2012年度国家社会科学基金项目

“明清通俗小说书坊考辨与综录”（项目批准号：12BZW054）成果

明清通俗小说书坊

考辨与综录

文革红 著

凤凰出版社

图书在版编目（CIP）数据

明清通俗小说书坊考辨与综录 / 文革红著. -- 南京：凤凰出版社，2022.6
ISBN 978-7-5506-3620-0

Ⅰ. ①明… Ⅱ. ①文… Ⅲ. ①通俗小说－小说研究－中国－明清时代 Ⅳ. ①I207.41

中国版本图书馆CIP数据核字(2022)第093642号

书　　名　明清通俗小说书坊考辨与综录
著　　者　文革红
责任编辑　李相东
特约编辑　兰淑坤
装帧设计　陈贵子
出版发行　凤凰出版社(原江苏古籍出版社)
　　　　　发行部电话025-83223462
出版社地址　江苏省南京市中央路165号,邮编:210009
照　　排　南京凯建文化发展有限公司
印　　刷　江苏凤凰通达印刷有限公司
　　　　　江苏省南京市六合区冶山街道,邮编:211523
开　　本　880毫米×1230毫米　1/32
印　　张　20.375
字　　数　530千字
版　　次　2022年6月第1版
印　　次　2022年6月第1次印刷
标准书号　ISBN 978-7-5506-3620-0
定　　价　168.00元

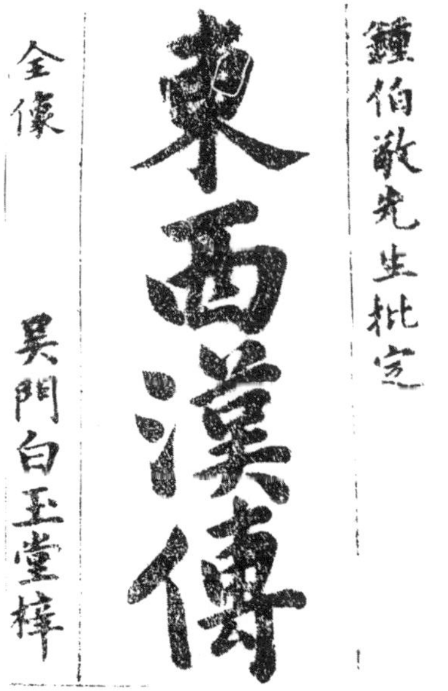

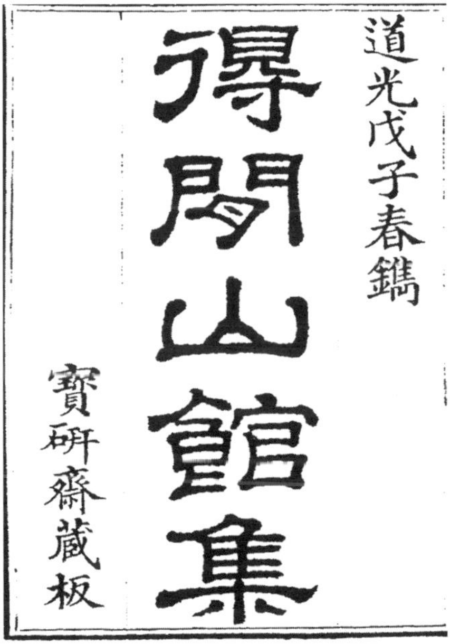

左图：**白玉堂（苏州）**[①]：明天启、崇祯间刊《新刻剑啸阁批评东西汉演义》，傅惜华旧藏。

右图：**宝研斋（苏州）**：清道光八年刊《得闲山馆集》，北京大学图书馆藏。

① 插图按照书坊名称首字汉语拼音音序排列。

毛聲山評三國志
金批第一才子書
金陵崇文堂梓

大奇手也異代之爭天下[illegible]
卑取其事以為傳其手又較庸拙
迺不得與三國並也吾嘗覽三國
爭天下之局而嘆天運之變化真
有所莫測也當漢獻失柄董卓擅
權羣雄並起四海鼎沸使劉皇叔

崇文堂（金陵）：清刊《第一才子书》十九卷一百二十回。

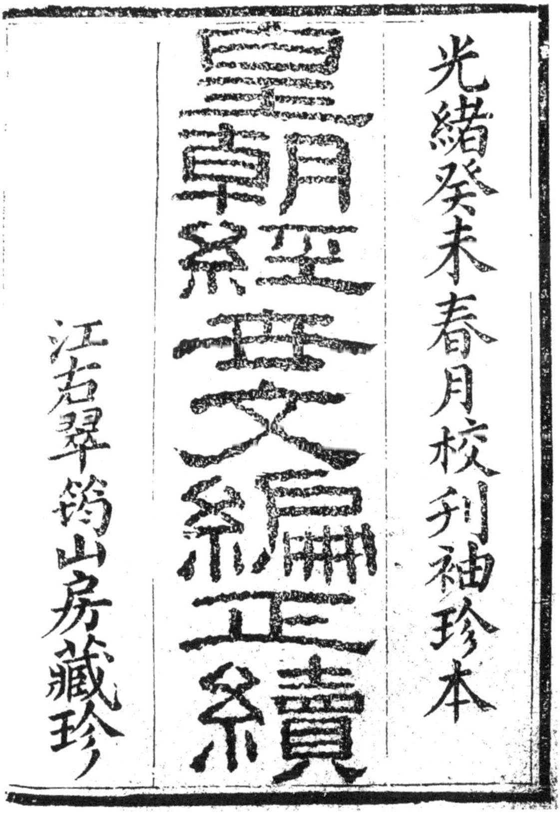
光緒癸未春月校刊袖珍本

皇朝經世文編正續

江右翠筠山房藏珍

翠筠山房（抚州金溪）：清光绪九年刊《皇朝经世文编正续》，北京大学图书馆藏。

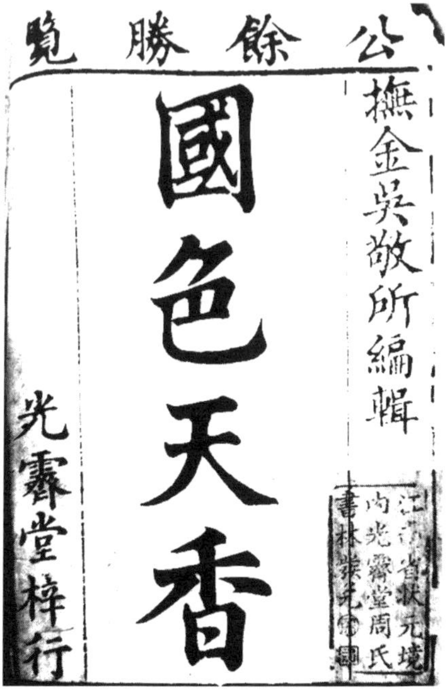

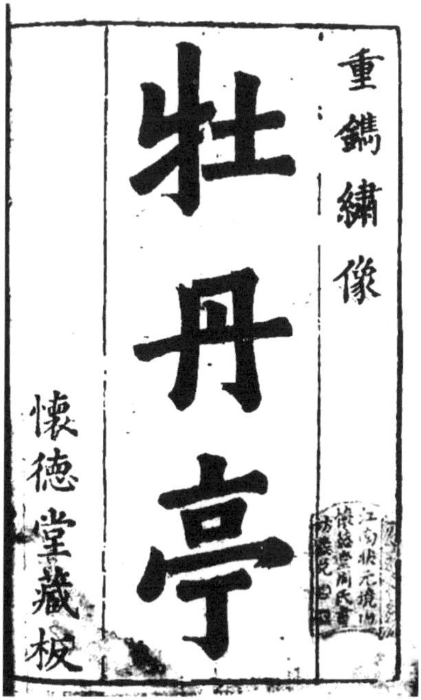

左图：**光霁堂（金陵）**：清初刊《新刻京台公余胜览国色天香》十卷，北京大学图书馆、复旦大学图书馆藏。

右图：**怀德堂（金陵）**：清康熙三十三年刊《吴吴山三妇合评牡丹亭还魂记》二卷，上海图书馆藏。

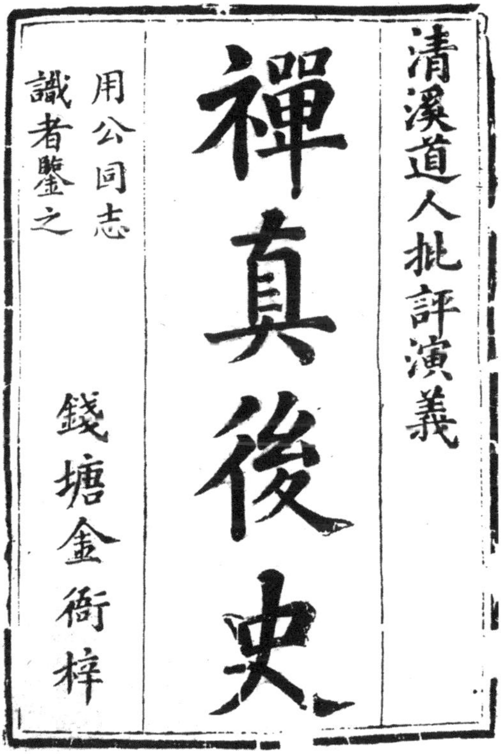
清溪道人批評演義
禪真後史
用公同志
識者鑒之
錢塘金衙梓

金衙（杭州）：明崇祯二年刊《新镌批评出像通俗演义禅真后史》十卷六十回，中国国家图书馆、浙江图书馆藏。

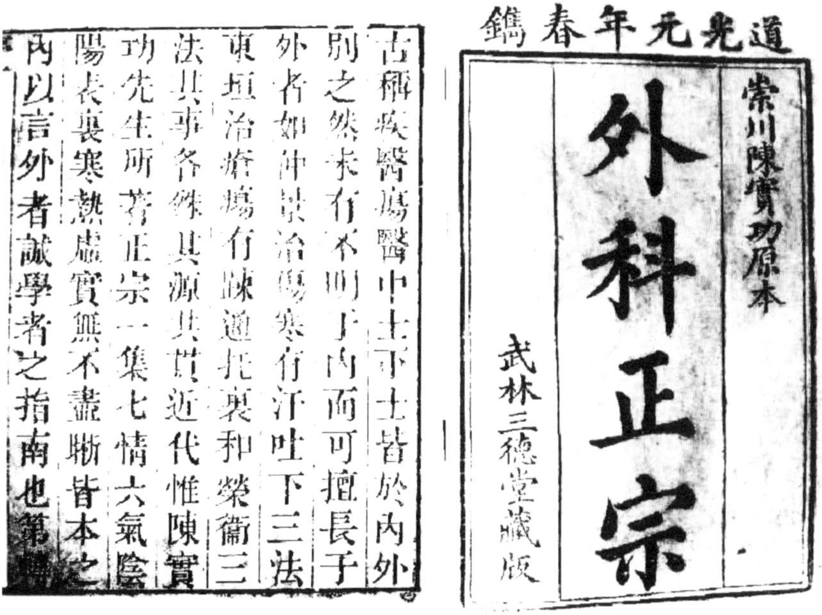

三德堂（杭州）：清道光元年刊《外科正宗》。

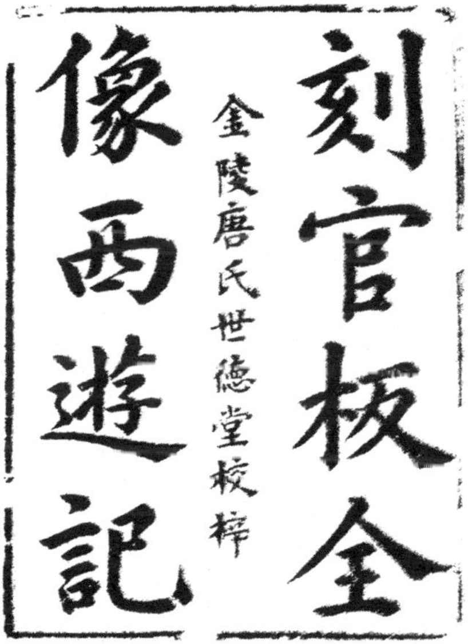

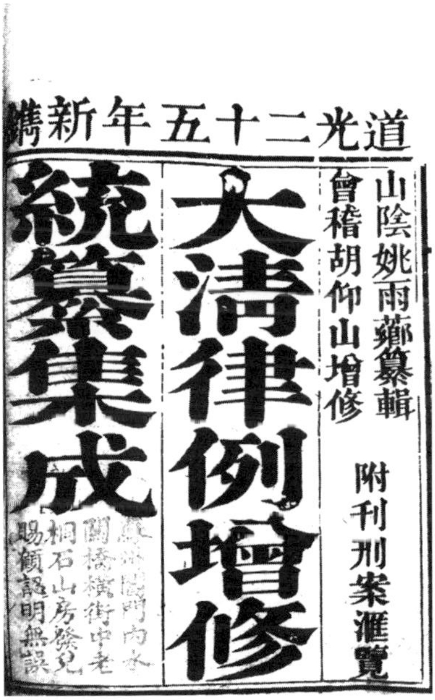

左图：**世德堂（金陵）**：明万历二十年刊《新刻出像官板大字西游记》一百回，中国国家图书馆藏。

右图：**桐石山房（苏州）**：清道光二十五年刊《大清律例增修统纂集成》。

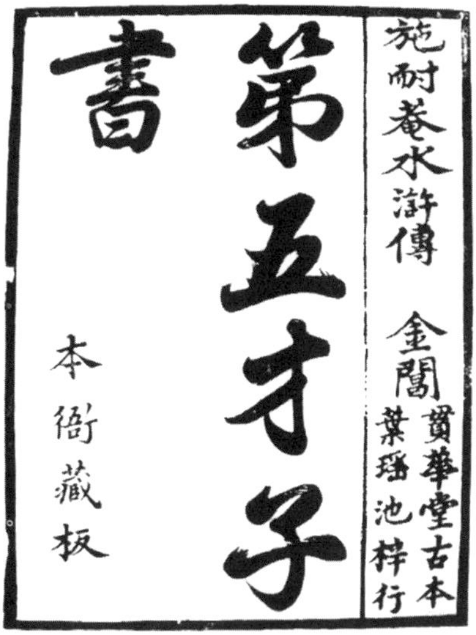

左图：**卫峻天（苏州）**：清嘉庆五年刊《蟫史》二十卷，北京大学图书馆藏；图为《蟫史绣像》上编第六十一叶。

右图：**叶瑶池（苏州）**：清初刊《第五才子书施耐庵水浒传》七十五卷七十回，北京大学图书馆藏。

目　录

绪 论

一

本书主要是对明清通俗小说书坊的考辨和综录。所谓明清时期包括明、清两代，其中明代两百七十六年，清代两百六十七年，共计五百四十三年的时间。这段时期是通俗小说繁荣发展的时期，也是通俗小说刊刻最为繁盛的时期。所谓小说书坊，指的是刊刻小说的书坊，即以营业为目的的小说出版者。明清通俗小说的出版主要以坊刻为主，当然小说出版者中也包括一些个人出版者，其中也不乏以赢利为目的的个人出版者，但数量仅占很小的一部分，而官刻小说更是凤毛麟角，因而我们的研究对象主要是以赢利为目的的小说书坊。

雕版印刷源自唐代，而坊刻至少在宋代就已经出现，书坊至明末嘉靖、万历年间开始介入通俗小说的出版，明末清初是书坊刊刻通俗小说的繁盛期，清末坊刻小说开始走下坡路，至清末被石印技术取代而逐渐消失。

通俗小说的发展无疑离不开小说的出版和传播，明清时期通俗小说传播的主体是书坊，书坊介入了小说从组稿、创作、编辑、评点到刊刻发行的各个环节，小说稿件的来源、内容选题的确立、流派的形成与发展、选本的编撰、评点的形式以及体制的演进等均与书坊关系密切，文人与书坊合作的模式逐渐形成并日益成熟，成为推动通俗小说发展的重要因素，书坊在通俗小说传播中的作用显得十分突出。小说传播的市场化为明清通俗小说的发展提供了前所未有的机遇。

然而，明清时期究竟有多少家书坊、刊刻了多少种小说，书坊在何种程度上影响通俗小说的发展，目前并没有学者进行全面的调查和统计，因而，需要从清理文献和史实入手，通过大量的调查统计来获取证据，从而得出明清通俗小说书坊及其刊刻小说的总数，对明清通俗小说书坊的考辨和综录正是基于这一目的。具体而言，这一研究的意义在于：

1. 有助于了解明清通俗小说书坊及其刊刻小说的总数，以便客观地、科学地、全面地认识通俗小说的发展情况。

2. 有助于了解明清通俗小说刊刻的地域空间分布，为从地域的角度研究通俗小说的发展奠定基础。

3. 明清小说出版业作为古代文化产业的一个部分，其出版情况、经营模式与方法能为当今的小说创作与出版提供一定的借鉴与参考，具有现实作用。

二

近年来从出版的角度研究中国古代通俗小说成为热点，越来越多的学者逐渐将研究的目光转向小说出版，特别是对小说出版机构——书坊的研究逐步深入。20 世纪 80 年代末韩锡铎、王清原《小说书坊录》是较早关于小说书坊的专著，于 2002 年修订再版。接续其后有陈大康的《通俗小说发展的历史轨迹》与《明代小说史》，其对小说书坊与小说作者、评点者、读者、统治阶级的文化政策间的关系进行探讨，为从出版的角度研究通俗小说开启了道路。近年来学界对小说书坊的研究进一步深入，取得了很大的成绩。以研究明代小说书坊为主的有程国赋《明代书坊与小说研究》、李忠明《17 世纪中国通俗小说编年史》、许振东《17 世纪白话小说的创作与传播——以苏州地区为中心的研究》和涂秀虹“福建刻书与明代通俗文学的发展”项目等；以研究晚清小说书坊为主的有潘建国的博士后出站报告

《上海地区的书局与晚清小说》等；跨越明清两代的有宋莉华《明清时期的小说传播》、汪燕岗“雕版印刷与明清通俗小说的出版”项目等。此外，黄霖、廖可斌、谭帆、萧相恺、石昌渝、刘世德、李梦生、苗怀明、李玉莲、刘勇强、黄仕忠，美国学者韩南、王靖宇，日本学者矶部彰、大木康、井上泰山，韩国学者崔溶澈、朴在渊、闵宽东，英国学者魏安等从传播的角度对小说出版与小说发展之关系的研究卓有成效。总之，近年来学者对小说书坊的研究拓展了古代小说研究的视野，为古代小说研究开启了新的方向。

由于学界也是近几年才开始关注小说书坊的研究，因而许多问题尚有待于深入探讨。举例言之，《小说书坊录》是目前对小说书坊的总体情况加以阐述的唯一专著，但问题不少，如有些小说书坊没有列入，小说刻本收罗不够全面，对小说书坊的时代界定不够准确，对小说书坊的地域未能展开调查等。《小说书坊录》共列出小说书坊1069家（石印或铅印书坊约120家，雕版印刷书坊约949家），而本书涉及的小说书坊仅包括雕版印刷书坊，其数量已经达到千家以上。程国赋《明代书坊与小说研究》附录《明代坊刻小说目录》，共计收入小说409种，书坊144家，这个数字是包含了文言小说在内的，明清通俗小说书坊的具体数字仍付诸阙如。笔者在《清代前期通俗小说刊刻考论》中已考清代前期小说书坊177家，刻本248种，但未包括清代前期刊刻明代小说的书坊在内，因而有待进一步完善。2015年笔者完成的《乾嘉时期小说书坊与通俗小说》已考乾嘉时期小说书坊378家，小说版本608种，而对于乾嘉以后的小说书坊目前尚未有人作考辨与综录的工作，仅有着重对个别地区或个别书坊的研究，如文娟“书坊与近代小说发展之关系研究——以扫叶山房为视角”（教育部人文社会科学研究项目）等。潘建国《上海地区的书局与晚清小说》收录小说书坊119家，但绝大部分为上海地区的石印书局，晚清雕版印刷小说书坊的数字仍不明确。因此有必要对明清通俗小说书坊加以整体考察与综合梳理，得出具体的数字，全面反映明清小说书坊刊刻小说的真实面貌。

三

本书旨在于前人研究的基础上对明清通俗小说书坊作全面的考辨和综录，总结明清小说书坊刻印小说的总体情况，为从出版的角度研究明清通俗小说提供文献和史实依据。内容主要分为三个部分：

一、明清通俗小说书坊的考辨和综录。主要是对小说书坊出现的时间、地域及刻书情况进行考辨，然后综录小说书坊所刊刻的所有通俗小说。

二、明清通俗小说书坊及其所刊小说的统计。在综录的基础上，统计小说书坊总数及刊刻小说总数，通过将明清通俗小说书坊及其所刊小说情况制成表格进行排序，最后得出小说书坊总数及刊刻小说总数。

三、以地域为单位，在调查基础上对不同地区明清通俗小说书坊及刻印小说情况进行统计，通过将明清不同地区通俗小说书坊及其所刊小说情况制成表格进行排序，统计各地区小说书坊总数及刊刻小说总数。

本书的基本研究思路是：

1. 明清通俗小说书坊考辨。主要考辨小说书坊出现的时间、地域及刻书情况。书坊出现的时间原则上以书坊最早刊刻小说的时间为准。书坊地域以省为一级单位，府为二级单位，县为三级单位。各地行政区划的名称及其辖区考虑到书坊的数量及分布情况，以《清史稿・地理志》为标准，划分为十八个地域单位，即江苏、广东、福建、浙江、江西、四川、直隶、湖南、山东、陕西、山西、湖北、贵州、河南、广西、安徽、日本、地区不明。

2. 明清通俗小说书坊所刊小说综录。以大塚秀高《增补中国通俗小说书目》等相关书目为基础，以各大图书馆实际收藏版本为依据，对明清通俗小说版本进行全面综录。

3. 明清通俗小说书坊及其刊刻小说总数统计。完成以下统计表：

（1）明清通俗小说书坊及其所刊小说总表

（2）明清不同地区通俗小说书坊及其所刊小说总表

（3）明清通俗小说书坊及其所刊小说总数

本书的研究方法是：

1. 实证调查法。主要对明清通俗小说书坊进行调查，包括书坊名称、地域、所刊小说时间、收藏情况等的调查。调查方式采用全员调查法，对明清通俗小说书坊及现存于大陆的明清通俗小说刻本及影印本力求全部加以调查。

2. 文献目录法。在明清通俗小说书坊及刊刻小说情况考察的基础上，综录明清通俗小说书坊及所刻小说版本。

3. 定量研究方法。在考辨和综录的基础上，统计明清通俗小说书坊总数、明清通俗小说刻本总数、明清通俗小说书坊和所刊小说的地域分布情况等。

本书的重点是：对明清通俗小说书坊进行考辨和综录，以此为基础统计明清通俗小说书坊总数、小说刻本总数，并将各个地区小说书坊及其所刊小说总数进行排序，为全面分析明清通俗小说刊刻的历程、特点、繁荣及衰落原因提供资料基础。

本书的难点是：

1. 明清通俗小说书坊及所刊小说的考辨目前可依靠的资料很少，所以必须从调查现存的明清通俗小说书坊所刊刻本、考证有关的具体问题做起。但此事的工作量巨大，需要调查书坊所刊书的情况，从而得出书坊主及其地域情况；需要查阅书坊所刊大量的刻本，从各种书坊和刻本的考察中得出该书坊的具体情况，以事实说话。因此，需要大量的时间、精力和不少的经费从事这一研究。

2. 由于明清通俗小说书坊及其所刊小说数量浩大，对明清通俗小说书坊的考辨和综录难免有所遗漏。

本书的创新之处在于：

1. 第一次对明清通俗小说书坊及其刊刻小说情况作全面的考辨和综录，以小说书目和实证调查为基础，力求在考证的基础上，细致、准确地综录明清通俗小说书坊及其刊刻小说情况。

2. 第一次全面统计明清时期小说书坊及其刊刻小说总数、各地区通俗小说书坊及其刊刻小说总数，以具体的数据说明问题，为从传播的角度研究古代通俗小说提供依据。

凡　例

一、本书首先对调查找出的明清通俗小说书坊进行考辨，考辨的内容包括书坊出现的时间、所在地域以及所刊刻的书籍；其次对其所刊小说进行综录，主要著录小说名称、卷数回数、刊刻时间及收藏地点；最后统计各项情况，制成《明清通俗小说书坊及其所刊小说总数表》。

二、本书所收小说书坊，仅限于通俗小说书坊，笔记小说和文言小说书坊概不收入。

三、本书所收小说版本，仅限刻本，石印本、铅印本和抄本概不收入。因佚失内封或有内封而未能找出出版者名称的小说刻本亦不收入。

四、本书所收小说书坊，以明、清两代为主要范围，少量地收入民国以后刊刻了小说的书坊。

五、参照《小说书坊录》体例，总体上以书坊为纲，以各个书坊所刻小说版本为目。所有小说书坊按书坊名称汉语拼音音序排列，以便于查检。

六、名称相同但地域不同的小说书坊分开著录，以阿拉伯数字排序进行区分。

七、书坊主为同一人、有多家书坊而书坊地域不变的情况下，尽量合并为一家书坊；书坊地域有变动的情况下则分开著录。

八、书坊所刊小说，先按照小说类型进行排序，顺序分别是拟话本小说、人情小说、才子佳人小说、艳情小说、神怪小说、历史演义小说、英雄传奇小说、侠义公案小说，同一类小说则按小说原刻本刊行的时间顺序排列，同一种小说的重刻本则以刊行时间的先后顺序排列。

九、明清通俗小说书坊的地域考辨以府为基本单位，如果不能找出小说书坊地域的，一律冠以“不明”，这样的小说书坊大约有283家。

十、本书所收小说刻本，参考的小说书目主要有大塚秀高《增补中国通俗小说书目》、孙楷第《中国通俗小说书目》等，同时通过实地调查补充大塚秀高《增补中国通俗小说书目》、孙楷第《中国通俗小说书目》未收的小说刻本，以各大图书馆实际收藏为准。另外还大量补充了孔夫子旧书网上拍卖的、未见小说书目著录和各大图书馆收录的小说刻本。

A

〔一〕爱莲斋　不明

道光十六年爱莲斋钞《易象解》四卷，(明)刘濂撰，中国国家图书馆藏。其余刊书未见，所在地不明。

1. **清刊《锦香亭》四卷十六回，中国国家图书馆藏**。

〔二〕爱日堂 1　建阳(继葵刘世忠)

余氏克勤斋万历十六年刊本《京本通俗演义按鉴全汉志传》十二卷(《西汉》六卷六十二则，《东汉》六卷五十七则)，日本蓬左文库藏，其中《东汉志传》卷一卷端题“爱日堂继葵刘世忠梓行”，图尾叶有牌记“清白堂杨氏梓行”，据此可知爱日堂继葵刘世忠曾经刊刻过《东汉志传》。王古鲁认为“余世腾”三字系挖补，为后来书贾所加，“爱日堂继葵刘世忠”等字亦为后来挖补，因而怀疑此书实原为余文台所刊，清白堂乃建阳杨氏书坊，“大约余氏此书板片后来为爱日堂或清白堂所得并重印”。爱日堂继葵刘世忠刊刻的其他书未见。

1. **明重印《京本通俗演义按鉴全汉志传》之《东汉志传》六卷五十七则，日本蓬左文库藏**。

〔三〕爱日堂 2　扬州(维扬)

维扬爱日堂同治三年刊《粉妆楼全传》，内封题“维扬爱日堂”，以此知爱日堂位于扬州。

金陵亦有爱日堂，清刊《幼学杂字》，内封题“四言对相/幼学杂字/金陵爱日堂梓”，书影见孔夫子旧书网。维扬爱日堂与金陵爱日堂或为同一家书坊的不同分号。

爱日堂清刊《孟子》七卷，版心有“爱日堂”字样。道光间刊《唐诗三百首注疏》，内封题“爱日堂梓”；道光间刊《字典考证》；同治十年刊《三字经注解备要》；清刊《重订本草从新》，题“爱日堂藏板”；清刊《爱日堂礼记大全》。以上诸书书影均见孔夫子旧书网。

1. **同治三年刊《说岳全传》二十卷八十回，北京师范大学图书馆藏**。

2. **同治三年刊《粉妆楼全传》不分卷八十回，维扬爱日堂藏板，北京大学图书馆藏**。

〔四〕爱月轩　杭州

清初书坊。爱月轩清初刊《幻缘奇遇小说》，首叙，题“撮合生题于西湖小舫”①，据此可推知此本刊于杭州，则爱月轩为杭州书坊。关于爱月轩的详细情况，参见文革红《清代前期通俗小说刊刻考论》“爱月轩”条(第388页)。

1. **清初刊《幻缘奇遇小说》十二卷十二回，日本佐伯文库藏**。

〔五〕安定堂　成都(富记)

安定堂乾隆癸卯四十八年春镌《测字法》，内封题“谢石先生原本/安定堂梓”，书影见孔夫子旧书网，可知乾隆间安定堂已开始营业刻书。

安定堂光绪已丑十五年刊《资深集补编注释》，内封题“富记安定

---

① ［日］大塚秀高编著. 增补中国通俗小说书目［M］. 日本：汲古书院，昭和五十九年八月(1984).

堂藏板”,作者题“灌邑唐吉人补编注释”。灌邑即“灌县”,清属成都府,今四川都江堰市,据此可推测安定堂位于四川成都府。

安定堂清代刊刻的书有:《鉴略妥注》,内封题“富记安定堂珍藏”;《二度梅全传》四卷,北京大学图书馆藏,内封题“天花主人编/绣像二度梅全传/贵记安定堂梓”;《古唐诗合解》,内封题“贵记安定堂藏板”;《重订诗学含英》十四卷,内封题“复记安定堂藏板”。安定堂书坊名称前的“富记”“贵记”等不知何意。另外还有:清刊《订正原本幼学珠玑》;同治四年新春镌《读我书斋搭题文钞》,内封题“三吾唐李杜先生/读我书斋搭题文钞/安定堂梓”;清刊《新选家宝对联》;等等。书影均见孔夫子旧书网。

1. **清刊《二度梅全传》四卷,北京大学图书馆藏。**

〔六〕安国堂　不明

清代宝翰楼刊本《绣像反唐全传》,内封题“如莲居士编次/绣像反唐全传/宝翰楼梓行”,插图每叶版心作“安国堂”,知插图原为安国堂所刊,宝翰楼得板后印。安国堂所刊书不多,其所在地区亦不明。关于安国堂的详细情况,参见文革红《乾嘉时期小说书坊与通俗小说》“安国堂”条(第340页)。

1. **约嘉庆间刊《异说反唐演义全传》十卷一百回,书影见孔夫子旧书网。**

〔七〕安乐堂　不明

道光九年序刊《说唐演义前后传》,辽宁省图书馆藏。其具体地点不明。

1. **道光九年序刊《说唐演义全传》不分卷六十八回,辽宁省图书馆藏。**
2. **道光九年序刊《说唐演义后传》十卷五十五回,辽宁省图书**

馆藏。

〔八〕安雅堂　嘉兴(嘉善谢墉)

安雅堂乾隆五十一年刊《荀子》二十卷,校勘补遗一卷,(唐)杨倞注,(清)卢文弨、谢墉校,中国国家图书馆藏。国图目录作"嘉善谢墉安雅堂",据此可知安雅堂为嘉善地区书坊,主人为谢墉,乾嘉年间刻书较活跃。嘉善,清代属嘉兴府。安雅堂明末即开始刻书,刊有《杨太真外传》《王魁传》等书,中国国家图书馆藏。关于安雅堂的详细情况,参见文革红《乾嘉时期小说书坊与通俗小说》"安雅堂"条(第260页)。

1. **乾隆四十六年刊《说唐演义全传》不分卷六十八回,南京师范大学图书馆藏。**

2. **乾隆四十六年刊《说唐演义后传》十卷五十五回,南京师范大学图书馆藏。**

〔九〕安正堂　建宁府建阳县(闽建安正堂双松刘朝绾/后街刘双松、刘莲台)

安正堂为明代福建建阳刘氏开设的书肆。建邑书林安正堂明刊《新编汉唐纲目群史品藻》三十卷,中国国家图书馆藏;明刊《锲王氏秘传知人风鉴源理相法全书》,题"闽建安正堂双松刘朝绾锓梓",中国国家图书馆藏。由此可知刘双松名朝绾,福建建阳人。安正堂万历间刊《唐钟馗全传》四卷三十四则,日本内阁文库浅草文库藏,卷一题"书林安正堂补正/后街刘双松梓行"。据此可知安正堂位于福建建阳后街,主人即刘双松,建阳明代属建宁府。

刘氏安正堂是明代建阳刻书历史最长、刻书数量最多的书坊,业主为刘宗器与其子刘仕中、刘莲台等。刘莲台明万历三十六年刊《新刊性理大全》四卷,题"建邑书林安正堂刘莲台",书影见孔夫子旧书网；万历三十七年刊《诗经大全》存卷十八至二十，卷尾有牌记题“万历己酉年季秋月安正堂刘莲台重刊”，见博宝拍卖网。由此可知刘莲台安正堂位于建阳。安正堂刘莲台万历间刊《鼎镌全像唐三藏西游释厄传》十卷六十七则，中国国家图书馆藏，卷端题“鼎锲全相唐三藏西游传卷之一/甲集/羊城冲怀朱鼎臣编辑/书林莲台刘永茂绣梓”，书末有牌记题“书林刘莲台梓”。

安正堂自明宣德四年至明万历三十九年，前后近二百年之久，先后刻书二十余种。弘治十七年刊《新刊杨文敏公后北征记》一卷、《新刊金文靖公前北征录》一卷；正德六年刊《新刊详增补注东莱先生左氏博议》二十五卷；正德十三年刊《周礼集注》七卷；正德十四年刊《集千家注批点补遗杜工部诗集》；嘉靖十一年刊《新刊医学启源》；万历二十年刊《新刊伤寒明理论》四卷；万历二十七年刊《锲王氏秘传圈注八十一难经评林捷径统宗》六卷。以上诸书均藏于中国国家图书馆。哈佛大学燕京图书馆藏嘉靖九年刘氏安正堂刊本《春秋集传大全》，(明)胡广等奉敕辑。

1. **万历间刊《鼎镌全像唐三藏西游释厄传》十卷六十七则，中国国家图书馆藏。**

2. **万历间刊《唐钟馗全传》四卷三十四则，日本内阁文库浅草文库藏。**

B

〔一〇〕拔矛居　不明

清初书坊。具体地点不明。

1. **清初刊《西汉演义》八卷一百则，大连图书馆藏。**

2. **清初刊《东汉演义》十卷一百二五则，大连图书馆藏。**

〔一一〕白雪楼　南昌(江右书林)

白雪楼后印明立声堂刊本《新订晋代许旌阳得道擒蛟铁树记》二卷十五回，安徽省图书馆藏，书尾刊“江右书林白雪楼刊行”。“江右”一般指江西，即长江以西地区，古人以西为右，故又称“江右”，以此知白雪楼为江西书坊。

1. **清刊《新订晋代许旌阳得道擒蛟铁树记》二卷十五回，安徽省图书馆藏。**

〔一二〕白玉堂　苏州(吴门)

明清时期苏州书坊，刻书始于明代。吴门白玉堂天启、崇祯间刊《新刻剑啸阁批评东西汉演义》，傅惜华旧藏，书影见吴希贤编《所见中国古代小说戏曲版本图录》，该书内封题“中波经先生批定/东西汉传/全像/吴门白玉堂梓”，据此可知，白玉堂为明代苏州书坊。

林家骊《哈佛大学哈佛燕京图书馆所藏的〈楚辞〉典籍》中，谈到明代《楚辞》善本中的第四种为明吴门白玉堂刻本《楚辞章句》：

《楚辞章句》十七卷,汉王逸撰。明吴门白玉堂刻本。四册。半页十行十八字,左右双边,白口,单鱼尾。框高19.1厘米,宽14.2厘米。题"汉刘向子政编集、王逸叔师章句"。前有正德十三年王鏊序、万历四十七年刘广序。

刘广序云:"归检箧中,适得先侍御子威手校《楚辞》十七卷,为洗游橐,付诸剞劂。"

此本有扉页,刊"楚辞朱注。合订七十二家评林。吴门白玉堂梓"。①

白玉堂刊刻的书尚有:明刻《袁中郎先生批评唐伯虎汇集》四卷,附外集一卷,(明)唐寅撰,祝允明等撰附,内封题"唐伯虎全集/袁中郎先生批评/白玉堂藏板/内附画谱纪事",河南大学图书馆藏。

清初刊《大清律集解附例》三十卷,附则例一卷新例一卷,(清)吴达海等编,白玉堂藏板,中国国家图书馆藏。

1. **明代天启、崇祯间刊《西汉演义》八卷一百则、《东汉演义》十卷一百二五则,傅惜华旧藏。**

〔一三〕白云楼　苏州(虞山)

白云楼清刊《新订晋代许旌阳得道擒蛟》八卷,美国哈佛大学哈佛燕京图书馆藏,内封题"江左书林白云楼"。江左,即江东,大致范围包括今苏南、皖南、浙北、赣东北地区。清道光十八年刊《古虞石室记》五卷,(清)钱泳辑,苏州图书馆藏,题"虞山白云楼禅院"。虞山,位于江苏省常熟市,因商周之际江南先祖虞仲卒后葬于此而得名,清属苏州府,据此可知白云楼位于金陵、苏州一带。

1. **清刊《新订晋代许旌阳得道擒蛟》八卷,江左书林白云楼刊**

---

① 林家骊.哈佛大学哈佛燕京图书馆所藏的《楚辞》典籍[J].职大学报,2007,(1):36—39.

本，美国哈佛大学哈佛燕京图书馆藏。

〔一四〕百花香岛　不明

百花香岛咸丰四年刊《镜花缘》二十卷一百回，辽宁省图书馆藏。刊刻的其他书未见，具体地点不明。因其插图与芥子园、光华堂本《镜花缘》类似，芥子园、光华堂均为南京书坊，疑百花香岛亦位于金陵。

1. **咸丰四年刊《镜花缘》二十卷一百回，辽宁省图书馆藏。**

〔一五〕拜经堂　常州（武进臧氏）

拜经堂为乾隆、嘉庆间武进臧氏书室名。武进即今常州，清属常州府。臧琳字玉林，江苏武进人，康熙间补县学生，以读经考古为务，长于汉学，尤精《说文》《尔雅》。著有《尚书集解》《尚书考异》等。臧琳玄孙臧庸乾嘉间刊《拜经堂丛书》十种六十四卷，包括臧琳撰《经义杂记》卅卷《叙录》一卷，嘉庆四年刊，内封题“武进臧氏拜经堂雕”，中国国家图书馆藏；《尔雅》三卷，内封题“宋本重雕/武进臧氏拜经堂藏版”。拜经堂嘉庆二十四年刊《拜经日记》十二卷，臧庸编，北京大学图书馆藏。

1. **清刊《东周列国志》一百〇八回，收藏地点不明。**[①]

〔一六〕宝翰楼 1　苏州（金阊、吴郡）

宝翰楼康熙三十四年刊《本经逢原》，浙江图书馆藏，内封题“金阊宝翰楼梓行”；清刊顾有孝辑《唐诗英华》，苏州图书馆藏，内封题“吴郡宝翰楼”。金阊叶继照康熙丙辰二十五年修补宝翰楼本《新刻

---

① ［日］大塚秀高. 增补中国通俗小说书目［M］. 日本：汲古书院，昭和五十九年八月（1984）：187.

注释故事白眉》十卷,卷端题“吴门宝翰楼梓”①;宝翰楼印明末项煟刊本《东坡先生全集》七十五卷,香港中文大学图书馆藏,内封题“金阊宝翰楼藏板”②。据以上书籍内封所题,知宝翰楼为苏州书坊,其主人为尤云鹗,明末清初开始营业刻书。尤云鹗康熙四十九年刊《忧患集偶钞》不分卷,(桐城)戴名世撰,中国国家图书馆藏。

宝翰楼的详细情况参见文革红《乾嘉时期小说书坊与通俗小说》“宝翰楼”条(第36—37页)。

1. **清初刊《喻世明言二刻》(《今古奇观》)四十卷四十篇,法国国家图书馆藏**。

2. **康熙间刊《李卓吾先生批评三国志真本》不分卷一百二十回,北京师范大学图书馆、美国耶鲁大学藏**。

3. **咸丰三年刊《于少保萃忠全传》十卷四十传,中国国家图书馆、北京大学图书馆藏**。

4. **清重刊《于少保萃忠全传》十卷四十传,中国国家图书馆藏**。

5. **清刊《北宋志传》五十回,江西省图书馆藏**。

6. **清刊《南宋志传》五十回,江西省图书馆藏**。

7. **康熙间刊《第一才子书》六十卷一百二十回,中国国家图书馆藏**。

8. **清刊《五虎平西前传》十四卷一百一十二回,辽宁省图书馆藏**。

9. **约嘉庆间刊《异说反唐演义全传》十卷一百回,书影见孔夫子旧书网**。

10. **清刊《文杏堂批评水浒传》三十卷不分回,法国国家图书馆藏**。

---

① 转引自叶瑞宝. 苏州书坊刻书考[J]. 江苏出版史志,1992,(3).

② 香港中文大学图书馆古籍善本书目系统编. 香港中文大学图书馆古籍善本书目,增订版[M]. 香港:中文大学出版社,2001.

11. **清初刊《李卓吾先生评忠义水浒全传》不分卷一百二十回，日本宫内厅书陵部藏。**

12. **道光二十七年刊《绿牡丹全传》六卷六十四回，中国国家图书馆、辽宁大学图书馆藏。**

〔一七〕宝翰楼 2　佛山

据大塚秀高《增补中国通俗小说书目》，佛山宝翰楼同治五年刊《镌李卓吾批点残唐五代史演义传》六卷，首都图书馆藏，内封题“佛山宝翰楼藏板”①，以此知宝翰楼为佛山书坊。

1. **同治五年刊《残唐五代史演义传》六卷，首都图书馆、英国博物院藏。**

〔一八〕宝华楼　抚州(金溪)

翠筠山房光绪五年刊《增订古文释义》，(上元)余自明评选，江西省图书馆藏，序前卷端题“翠筠山房”，版心有几叶亦作“翠筠山房”，目次卷端题“宝华楼古文释义新编目录次”，因此，初步断定此本为宝华楼原刻、翠筠山房翻刻本。翠筠山房实为江西书坊，宝华楼可能亦位于江西，与之有一定的关联。

宝华楼清刊《增补姓氏族谱笺释》，内封题“新建熊峻运先生著/宝华楼藏板”，书影见孔夫子旧书网。宝华楼所刊书为江西新建熊峻运著，表明宝华楼与江西具有密切的联系。

宝华楼嘉庆十三年刊《广广事类赋》三十二卷，北京大学图书馆藏，内封题“宝华楼藏板”，版心下方题“文光堂藏板”，说明此本为文光堂原刻、宝华楼转板后印本，文光堂为江西金溪书坊，则宝华

---

① ［日］大塚秀高. 增补中国通俗小说书目［M］. 日本：汲古书院，昭和五十九年八月(1984)：219.

楼与江西金溪书坊有一定的关联，故可大致推测宝华楼位于江西金溪。

宝华楼刊刻的书主要有：道光元年刊《孔子家语》十卷，中国海洋大学图书馆藏；道光二十四年刊《宝华楼诗经体注图考》，书影见孔夫子旧书网；咸丰九年刊《周礼精华》六卷，内蒙古大学图书馆藏；清刊《银海精微》《四书疏注撮言大全》《古文释义新编》《医学新悟》等书，书影均见孔夫子旧书网；其余刊书不一一列载。

关于宝华楼的详细情况，参见文革红《乾嘉时期小说书坊与通俗小说》“宝华楼”条（第 277 页）。

1. **清刊《天花藏批评玉娇梨》四卷，吉林大学图书馆藏。**

2. **清刊《西游真诠》一百回，中山大学图书馆藏。**

3. **清刊《草木春秋演义》三十二回，书影见孔夫子旧书网。**

4. **清覆明本《新刻按鉴演义京本三国英雄志传》六卷二百四十则，宝华楼藏板，中国国家图书馆藏。**

5. **清覆明三台馆刊本《新刻按鉴编集二十四帝通俗演义》，其中《西汉演义》九卷七十二则，《东汉演义》六卷四十六则，北京大学图书馆藏。**

6. **道光二十六年刊《双凤奇缘传》八十回，天津师范大学图书馆藏。**

7. **嘉庆间刊《粉妆楼全传》不分卷八十回，书影见孔夫子旧书网，与北大图书馆藏本不同板。**

8. **嘉庆二年刊《粉妆楼全传》不分卷八十回，北京大学图书馆、大连图书馆藏。**

9. **道光十年重刊《异说征西演义全传》六卷四十回，首都图书馆藏。**

10. **道光二十八年刊《大汉三合明珠宝剑全传》六卷四十二回，日本天理图书馆藏。**

〔一九〕宝华顺　不明

宝华顺清刊《搜神记》，目录卷端题“晋大梁干宝手著；清□出如林重增”，书影见孔夫子旧书网，由于字迹模糊，未能找出“□出”所在地。从插图看，人物较大，为金陵版画风格。清刊《渔洋山人精华录笺注》十二卷补一卷，四川大学图书馆藏；清刊《新增智囊补》二十八卷，(明)冯梦龙辑，山东大学图书馆藏。清刊《小题尖峰》《书经备旨辑要善本》等书，书影均见孔夫子旧书网。宝华顺具体地点不明。

1. **道光十八年刊《五美缘》八卷，辽宁大学图书馆藏**。

2. **同治八年重刊《商周列国全传》(《封神演义》)八卷一百回，书影见孔夫子旧书网**。

3. **道光十六年重刊《五虎平西前传》十四卷一百一十二回，中国国家图书馆藏**。

4. **道光十六年重刊《五虎平南后传》六卷四十二回，中国国家图书馆藏**。

5. **清刊《七国乐田演义》二十回，收藏地点不明**①。

〔二〇〕宝华堂　苏州(金阊)

宝华堂乾嘉间刊《四大奇书第一种三国志》一百二十回，书影见孔夫子旧书网，内封题“毛声山评三国志/第一才子书/金阊宝华堂藏板”，据此题署可知宝华堂为苏州书坊。张秀民《中国印刷史》亦载苏州书坊中有宝华堂②。关于宝华堂的详细考证情况参见文革红《乾嘉时期小说书坊与通俗小说》“宝华堂”条(第37页)。

---

① [日]大塚秀高. 增补中国通俗小说书目[M]. 日本：汲古书院，昭和五十九年八月(1984)：190.

② 张秀民著，韩琦增订. 中国印刷史(插图珍藏增订版)[M]. 杭州：浙江古籍出版社，2006：394.

1. 清刊《前七国孙庞演义》二十回，收藏地点不明①。

2. 乾嘉间刊《第一才子书》一百二十回，金阊宝华堂藏板，书影见孔夫子旧书网。

〔二一〕宝经阁　广州(省城学院前)

宝经阁光绪间刊《俗话倾谈》四卷，内封有“省城学院前宝经阁藏板”字样，书影见孔夫了旧书网，以此知宝经阁为广州书坊，位于学院前街。

1. 光绪三十三年刊《俗话倾谈初集》二卷十一则，书影见孔夫了旧书网。

2. 光绪三十三年刊《俗话倾谈二集》二卷七则，书影见孔夫子旧书网。

〔二二〕宝经堂　京师(京都琉璃厂)

宝经堂清刊《第一才子书》，内封题“京都琉璃厂宝经堂重刊/新版校对无讹”，书影见孔夫子旧书网，以此知宝经堂为京师书坊，位于琉璃厂。同治十三年京都宝经堂刊《韵府群玉》二十卷，河南大学图书馆藏，说明宝经堂开始刻书不晚于同治年间。宝经堂光绪二年刊《历代名人年谱》十卷，北京大学图书馆藏。

1. 清刊《第一才子书》十九卷一百二十回，书影见孔夫子旧书网。

〔二三〕宝纶堂　苏州(吴郡)

清初苏州书坊，刊书不晚于雍正年间。雍正甲寅十二年吴郡宝

---

① ［日］大塚秀高.增补中国通俗小说书目［M］.日本：汲古书院，昭和五十九年八月(1984)：190.

纶堂刊《宝纶字汇》，山东大学图书馆藏。雍正间刊《岭西水陆兵纪》附《拙政编》，中国国家图书馆藏。雍正十年刊《痘学真传》八卷，中山大学图书馆藏。乾隆五十七年刊《柚堂四种》，复旦大学图书馆藏有1980年上海书店影印本。关于宝纶堂的详细考证情况参见文革红《乾嘉时期小说书坊与通俗小说》“宝纶堂”条（第38页）。

1. **乾隆间刊《人间乐》四卷十八回，大连图书馆藏。**

〔二四〕宝宁堂　金陵

清代金陵书坊，刊书不晚于乾隆年间。清刊《诗经集传》八卷，序后有红印曰“绣谷吴氏定本/金陵宝宁堂梓”，书影见孔夫子旧书网，据此推知宝宁堂位于金陵地区。

宝宁堂乾隆五年刊《外科症治全生集》前集三卷，后集三卷，（古吴）王洪绪纂辑；乾隆二十二年刊《宝宁堂重订幼学须知句解》四卷，附《历代帝王国号歌》一套；乾隆间发兑《御纂医宗金鉴》，书影均见孔夫子旧书网。嘉庆六年刊《朱子家礼》十卷，首一卷，辽宁大学图书馆藏。

关于宝宁堂的详细情况，参见文革红《乾嘉时期小说书坊与通俗小说》“宝宁堂”条（第115—116页）。

1. **嘉庆三年刊《豆棚闲话》十二卷十二则，中国国家图书馆、北京大学图书馆藏。**

2. **嘉庆九年重刊《觉世名言十二楼》六卷三十八回，北京大学图书馆藏。**

〔二五〕宝仁堂　苏州（金阊）

清代苏州书坊，主人为钱德苍。钱德苍，字沛思，号镜心居士，生卒年不详，曾应科举不第，性格豪放不羁，常流连于酒歌之场，乾隆二十八年刊《时兴雅调缀白裘新集初编》，此后每年刊行一到二编，至乾隆三十九年出齐十二编。

金阊宝仁堂活动的时间大约在康熙以后，清初刊《济颠大师玩世奇迹》，首桃花庵主人序，序末有印，曰“结庐在金阊桃坞之间”①，说明宝仁堂位于金阊。乾隆年间刊《说呼全传》，复旦大学图书馆藏，内封有“金阊宝仁堂梓”字样，据此可知宝仁堂位于苏州。乾隆二十六刊《新订解人颐广集》八卷，美国哈佛大学哈佛燕京图书馆藏；乾隆五十三年刊《楚辞集注》八卷，南开大学图书馆藏；道光十年刊《半农先生春秋说》一卷，中山大学图书馆藏；光绪七年刊《百花新咏》一卷，中山大学图书馆藏。关于宝仁堂的详细考证情况参见文革红《清代前期通俗小说刊刻考论》“宝仁堂”条（第 228 页）。

1. **康熙后期刊《平山冷燕》六卷二十回，中国国家图书馆藏**。

2. **清初刊《济颠大师醉菩提全传》不分卷二十回，中国国家图书馆、大连图书馆藏**。

3. **乾隆三十六年刊《岳武穆精忠传》六卷六十八回，中国国家图书馆藏**。

4. **乾隆四十四年序刊《说呼全传》十二卷四十回，复旦大学图书馆、中国国家图书馆藏**。

〔二六〕宝善堂1　建阳（闽书林、郑以祯、郑瑞我）

明天启、崇祯间刊《新镌校正京本大字音释圈点三国志演义》十二卷二百四十则，上海商务印书馆旧藏，明建阳宝善堂郑以祯翻印南京国子监原刊本②，内封题“金陵国学原板/李卓吾先生评释圈点三国志/宝善堂梓”，卷端题“晋平阳侯陈寿史传/明卓吾李贽评注/闽瑞我郑以祯绣梓”，故知原版为南京国子监所刻，原刊本的刊板应该是

---

① 《济颠大师醉菩提全传》，宝仁堂刊本，见古本小说集成委员会编. 古本小说集成[M]. 上海：上海古籍出版社，1995—1996.

② [英]魏安. 三国演义版本考[M]. 上海：上海古籍出版社，1996：20.

天启、崇祯间李卓吾评本问世以后的事情。郑以祯，字瑞我，有宝善堂书坊，位于福建建阳。

1. **明天启、崇祯间刊《新镌校正京本大字音释圈点三国志演义》十二卷二百四十则，上海商务印书馆旧藏。**

〔二七〕宝善堂 2　苏州(金阊、吴门)

明崇祯间金阊宝善堂刊《史记》一百三十卷，四川大学图书馆藏；咸丰十一年刊《临证指南医案评本》，内封反面题“咸丰辛酉季吴郡宝善堂新刊”，又一本，题“吴门宝善堂书坊镌”，书影均见孔夫子旧书网，以此知宝善堂为苏州书坊。

此外，京师、镇江、上洋、杭州亦有宝善堂，京都宝善堂光绪三年刊《四书味根录》三十七卷，北京大学图书馆藏；镇江宝善堂清刊《真武宝卷》，内封题“光绪戊寅冬月重镌/真武宝卷/镇江宝善堂藏板”；上洋宝善堂清刊古雁门郎静谷纂辑《洗冤录检验集证》，内封题“上洋宝善堂藏板”；杭城宝善堂发兑《杀四门》，内封题“宝善堂/万喜良苦切/孟姜女万里寻夫/杭城沈位三发兑”，卷末题“杭城宝善堂发兑”，书影均见孔夫子旧书网，可知杭州宝善堂主人为沈位三。

1. **光绪七年刊《绿野仙踪》八十回，日本山口大学人文学部藏。**

〔二八〕宝文堂 1　广州

宝文堂于咸丰十年刊《海公大红袍全传》六十回，藏于辽宁省图书馆，内封有“省城宝文堂藏板”字样。由于广州书坊习用“省城”二字加于书坊名称之前，故可大致判断宝文堂为广州书坊。宝文堂营业时间主要在咸丰年间。关于广州宝文堂的详细情况，参见文革红《乾嘉时期小说书坊与通俗小说》“宝文堂”条(第 201 页)。

1. **清刊《解学士诗》一篇，二节本之下层，书影见孔夫子旧书网。**
2. **清刊《张子房归山诗》一篇，二节本之上层，书影见孔夫子旧**

书网。

3. **同治壬戌元年刊《重镌绣像红楼梦》一百二十回，中国国家图书馆藏。**

4. **乾嘉间刊《绣像批评鳞儿报》四卷十六回，美国哈佛大学哈佛燕京图书馆藏。**

5. **清刊《济颠大师醉菩提全传》四卷二十回，复旦大学图书馆藏。**

6. **清刊《残唐五代史演义传》八卷六十则，北京大学图书馆藏。**

7. **清刊《绣像第一才子书》六十卷 百二十回，书影见孔夫子旧书网。**

8. **咸丰十年刊《海公大红袍全传》不分卷六十回，省城宝文堂藏板，辽宁省图书馆藏。**

9. **道光二十二年刊《大明正德皇游江南传》七卷四十五回，中国国家图书馆藏。**

10. **光绪十九年刊《绣相彭公案》二十三卷一百一十六回，中山大学图书馆藏。**

11. **光绪十八年刊《永庆升平》二十四卷九十七回，清华大学图书馆藏。**

〔二九〕宝文堂 2　常州(江阴)

光绪、民国间江阴有宝文堂，光绪十八年仲夏刊《唐诗三百首注疏》，内封背面牌记题“光绪十八年仲夏江阴宝文堂藏板”；民国间刊《针灸大全》，内封题“第一善本/针灸大全/江阴宝文堂藏版”；民国间刊《温病条辩》，内封题“淮阴吴鞠通先生著/温病条辩/江阴宝文堂书庄藏板”；民国九年刊《本草从新》，亦题“江阴宝文堂书庄藏板”，书影均见孔夫子旧书网，故知清末、民国间江阴有宝文堂书庄，江阴明清时属常州府。民国北京亦有宝文堂书店。

1. 光绪二年刊《征西说唐三传》十二卷，江阴宝文堂藏板，北京大学图书馆藏。

〔三〇〕宝贤堂　上海(上洋)

宝贤堂咸丰九年刊《吕祖全传》二卷附《逸事》一卷，北京大学图书馆藏，内封题“上洋宝贤堂藏板”，据此可知宝贤堂位于上海。

1. 咸丰九年刊《吕祖全传》二卷附《逸事》一卷，北京大学图书馆藏。

〔三一〕宝兴楼　不明

宝兴楼具体地点不明。

1. 道光三十年刊《异说征西演义全传》四十回，北京大学图书馆、天津图书馆藏。

〔三二〕宝兴堂　东昌(东郡、东昌)

宝兴堂光绪十六年刊《绣像忠烈小五义传》二十四卷一百二十回，复旦大学图书馆藏，内封题“绣像忠烈小五义传/东郡宝兴堂刊本”；光绪二十四年刊《重订小学纂注》，内封题“东昌宝兴堂梓”，书影见孔夫子旧书网，以此知宝兴堂位于山东东昌府。

宝兴堂坐落在东昌古城楼东大街北侧的安乐巷，开业于康熙中叶，康熙五十二年刊《礼记体注大全合参》四卷，(清)范翔登辑，藏于山东莱阳图书馆。①

宝兴堂与善成堂、书业德、有益堂一起号称聊城“四大书庄”。出资人先为李姓，后改为林姓，均为河北衡水人。民国后宝兴堂书坊渐次衰弱，书版散失，解放时不再营业。

---

① 吕志正主编. 烟台公共图书馆馆藏古籍书目[M]济南：齐鲁书社，2002.

1. 嘉庆丙寅十一年刊《新刊红楼梦》十六卷一百二十回，宝兴堂藏板，北京大学图书馆藏。

2. 乾隆四十一年刊《杨家府世代忠勇通俗演义志传》六卷五十九则，中国国家图书馆藏。

3. 清刊《新刻剑啸阁批评西汉演义》八卷一百则，辽宁大学图书馆藏。

4. 清刊《新刻剑啸阁批评东汉演义》十卷一百二十五则，辽宁大学图书馆藏。

5. 光绪丙子二年刊《粉妆楼全传》八十回，吉林大学图书馆藏。

6. 光绪十年刊《三侠五义》二十四卷一百二十回，东郡宝兴堂刊本，复旦大学图书馆藏。

7. 光绪十六年刊《小五义》一百二十回，东郡宝兴堂刊本，复旦大学图书馆、北京师范大学图书馆、华东师范大学图书馆藏。

〔三三〕宝旭斋　金陵

宝旭斋清刊《增补幼学须知直解》，书影见孔夫子旧书网，正文卷端题“临川王相晋升甫增订/唐良瑜、李美甫集注/金陵宝旭斋书坊梓”，以此知宝旭斋位于金陵。宝旭斋乾隆壬午二十七年刊《本朝排律韶钧》，序题“乾隆壬午年七月朔日上元钱桂序”，序云“有易为力者刻成，聊弁数语于简端”，提到书之刻成，序写于南京，书亦刻成于南京。

宝旭斋刻书不晚于康熙间，所刻书有：康熙四十八年刊《武经大全标题会解》七卷，（清）鲁经纂辑，北京大学图书馆藏；康熙五十六年刊周大璋《朱子古文读本》，江西省图书馆藏；康熙六十年刊宣颖撰《南华经解》，吉林大学图书馆藏。清初刊《纲鉴会纂》，内封题“宝旭斋藏板”；雍正三年刊《四书通解》，内封题“宝旭斋、四德堂梓行”；乾隆丁酉四十二年刊《书柬活套》，书影见孔夫子旧书网。

1. **天启七年刊《宋精忠传》六卷六十八回，人民文学出版社藏**。

〔三四〕宝研斋　苏州（姑苏布政使南首吴锦霞斋）

宝研斋道光八年刊《得闲山馆集》，内封题“道光戊子春镌/宝研斋藏板”，书末叶有“姑苏布政使南首吴锦霞斋刻”一行十二字，北京大学图书馆藏，据此可知宝研斋为苏州书坊，主人为吴锦霞，位于苏州布政使南首。

宝研斋刻书不晚于乾隆年间，乾隆五十九年刊《一笠翁四种曲》八卷，藏于北京大学图书馆。

关于宝研斋的详细情况，参见文革红《乾嘉时期小说书坊与通俗小说》“宝研斋”条（第 39 页）。

1. **嘉庆三年刊《合锦回文传》十六卷，上海图书馆藏**。
2. **嘉庆三年重刊《合锦回文传》十六卷，北京师范大学图书馆藏**。
3. **道光六年刊《合锦回文传》十六卷，中国国家图书馆藏**。

〔三五〕宝芸堂　嘉兴（平湖）

宝芸堂雍正六年序刊《高青邱诗集辑注》十八卷，北京大学图书馆、香港中文大学图书馆藏，内封题“平湖宝芸堂藏板”；清刊《红楼复梦》一百卷一百回，中国国家图书馆藏，内封题“平湖宝芸堂藏板”；嘉庆十年刊《四书典制类联音注》，内封题“平湖宝芸堂藏板”，书影见孔夫子旧书网。平湖清属嘉兴府，故知宝芸堂为嘉兴书坊。

另光绪间湖南亦有宝芸堂，清光绪八年刊《五经体注大全》（包括《诗经融注体要》《书经体注合参》《礼记全经体注》《易经大全会解》《春秋全传备旨》），其中《诗经融注体要》，内封反面题“光绪壬午年夏五湖南宝芸堂镘版”，据此可知此宝芸堂位于湖南。

1. **清刊《红楼复梦》一百卷一百回，中国国家图书馆藏**。

〔三六〕抱青阁　金陵

抱青阁嘉庆二十三年刊《芥子园画传》共四集，北京大学图书馆藏，(清)王概摹，内封有“金陵抱青阁珍藏”字样，据此知抱青阁位于金陵。

抱青阁刊书不晚于康熙间，崇祯十七年序刊《音韵正讹》四卷，中国人民大学图书馆藏；康熙二十七年刊《古今尺牍大全》八卷，(清)李渔辑，北京大学图书馆藏；乾隆四十五年刊《古今诗话选隽》二卷，辽宁大学图书馆藏；清刊卜乘楼《增补春秋左传杜林合注》，(宋)林尧叟撰，书影见孔夫子旧书网。

关于抱青阁的详细情况，参见文革红《乾嘉时期小说书坊与通俗小说》“抱青阁”条(第116页)。

1. **嘉庆四年刊《绣像红楼梦》一百二十回，中国国家图书馆藏。**

2. **嘉庆二十四年刊《精绣通俗全像梁武帝西来演义》十卷四十回，中国国家图书馆藏。**

〔三七〕抱瓮轩　兖州(兖郡营署之百甓轩)

抱瓮轩嘉庆四年刊《续红楼梦》三十回，内封题曰“嘉庆己未新刊/续红楼梦/抱瓮轩”。该书作者为秦子忱，号“雪坞”，曾任山东兖州都司。书前有作者《弁言》，题“嘉庆三年九月中浣雪坞子忱氏题于兖郡营署之百甓轩”，从《弁言》可知，作者在郑药园(东鲁书院山长)的鼓励下续作《红楼梦》。时为嘉庆二年，作者在山东兖州任职，公余之暇经过东鲁书院，见到郑药园，郑鼓励他续作《红楼梦》。后郑去了滕县，写信告知他《红楼梦》已经出了续书，作者便多方购求，买来《后红楼梦》，但阅后很不满意，于是写下续书。郑药园回到兖州后，见到续书觉得很惊异，大家争相索阅，足见书是在兖州完成的，序写于“兖郡营署之百甓轩”，疑“百甓轩”即“抱瓮轩”，书刊刻于兖州无疑。

关于抱瓮轩的详细情况，参见文革红《乾嘉时期小说书坊与通俗小说》“抱瓮轩”条(第 310 页)。

1. **嘉庆四年刊《续红楼梦》三十卷，中国国家图书馆、北京大学图书馆藏**。

2. **清覆嘉庆四年刊本《续红楼梦》三十卷，浙江图书馆藏**。

3. **光绪八年刊《续红楼梦》三十卷，中国国家图书馆、复旦大学图书馆藏**。

〔三八〕本立堂 1　金陵

本立堂有多家，分别叙录如下：

1. 金陵本立堂。清刊《吴又可先生瘟疫方论》，内封题“金陵本立堂梓”，书影见孔夫子旧书网，以此知金陵有本立堂。

2. 苏州本立堂。叶德辉《书林清话 · 吴门书坊之盛衰》记载：“黄氏时收时卖，见于《士礼居藏书题跋记》，必一一注明其源流。当时久居苏城，又值承平无事，书肆之盛，比于京师。今于记中考之，有……本立堂书坊，旧抄本《古逸民先生集》一卷，《附录》一卷。”以此知苏州有本立堂。

3. 常州本立堂。康熙十四年刊《地理四弹子》，何令通著，游嵩记，张凤藻辑，陈彝则订正，中国国家图书馆藏，内封题“富春张九仪辑/地理四弹子/本立堂梓行”，并有“常郡千秋坊东首锡恩堂赵氏书林发兑”印记。

4. 叙府本立堂。民国五年重刊《罗军门集验良方》，内封题“叙府本立堂”，书影见孔夫子旧书网。

本立堂刊刻的书主要有：顺治十四年刊《本草纲目》五十二卷，(清)蔡茧斋辑，版心下刻“本立堂”，清华大学图书馆藏；康熙十八年饾版彩色套印《芥子园画传》一集五卷，(清)王概等绘编，(清)李渔论定，山西省太谷县图书馆、榆次市图书馆藏。

1. **光绪三十二年重刊《本立堂重梓燕居笔记藻学情林》十卷，郑**

州大学图书馆藏。

2. **清刊《今古奇观》四十回，书影见孔夫子旧书网。**

3. **清刊《第四才子书平山冷燕》四卷二十回，日本山口大学法学部藏。**

4. **清刊《五美缘》不分卷八十回，书影见孔夫子旧书网。**

5. **清刊《异说反唐演义全传》十卷一百回，书影见孔夫子旧书网。**

6. **清刊《警富新书》不分卷四十回，中国社会科学院文学研究所藏。**

〔三九〕本立堂 2　京师

京都本立堂嘉庆四年刊《万命根源百中经》，序末题“嘉庆己未年季秋月重刻，京都本立堂梓行”，书影见孔夫子旧书网，以此知京师亦有本立堂。

1. **光绪二十年刊《永庆升平后传》十二卷一百回，北京本立堂刊本，清华大学图书馆藏。**

〔四〇〕本立堂 3　赣州

赣州亦有本立堂，道光丙午二十六年刊《增订敬信录》，内封题“赣州本立堂重刊”；清刊《本立堂易经监本》，内封题“赣州本立堂藏板”，由此可知赣州有本立堂，刊书不晚于道光二十六年，清刊《原板古文快笔贯通解》《初学小题正风》《新增幼学故事琼林》等书，书影均见孔夫子旧书网。

1. **清刊《新镌晋代许旌阳得道擒蛟铁树记》三卷，书林赣州本立堂刊本，汪小洋目见，收藏地不明。**①

---

① 汪小洋. 邓志谟《铁树记》的另一版本与来源[J]. 明清小说研究，2000，(4)：118—123.

〔四一〕本兹堂　不明

清代书坊，具体地点不明。

1. **道光二年刊《双凤奇缘传》二十卷，收藏地不明**①。

〔四二〕笔耕山房　杭州

笔耕山房崇祯间刊《新镌绣像批评宜春香质》四集二十回，日本天理图书馆藏，作者题“醉西湖心月主人”，作者又著有《弁而钗》《醋葫芦》，均有插图，构图、刀法极为相近，明显出一人之手。《醋葫芦》第一回插图署“项南洲刊”，项南洲为明末杭州地区著名刻工。综合笔耕山房刊书情况可知其位于杭州。

1. **崇祯间刊《弁而钗》四集二十回，中国国家图书馆、台湾“中央图书馆”藏**。

2. **崇祯间刊《新镌绣像批评宜春香质》四集二十回，日本天理图书馆藏**。

3. **明刊《醋葫芦》四卷二十回，日本内阁文库藏**。

〔四三〕笔花轩　湖州

笔花轩顺治间刊《女才子》十二卷首一卷十二篇，中国国家图书馆、上海图书馆藏，作者为“鸳湖烟水散人”。首烟水散人《叙》，题“烟水散人漫题于泖上之蜃阁”。“泖上”指泖湖周围的区域，包括从松江到嘉兴一带区域。从题署可知烟水散人为鸳湖即嘉兴人。又有钟斐《题女才子序》，署“华亭通家弟钟斐题”，序云“及己亥春，随风而抵于秀州，泊于城南湖畔”。秀州指嘉兴，故作者生活的地区主要是嘉兴。

钟斐序后有《女才子凡例四则》，末有“笔花轩主人敬识”字样，据

---

① ［日］大塚秀高．增补中国通俗小说书目［M］．日本：汲古书院，昭和五十九年八月（1984）：196.

此题署可知《女才子》的刊刻者为笔花轩。

笔花轩主人或为浙江人。《女才子》是由一群浙江文人共同完成的，为《女才子》作评的文人有月邻主人、雪庐主人、武昌山长、钓鳌叟、幻庵、花茵上人等，他们的主要活动区域在湖州一带。

明代湖笔笔工有陆颖、陆文宝、陆继翁三代人，陆颖的笔轩名为“笔花轩”，事见解缙《笔妙轩》。《女才子》或即刊刻于湖州，则其刊刻者笔花轩可能就是湖州陆氏的笔花轩。

关于笔花轩的详细考证情况参见文革红《清代前期通俗小说刊刻考论》“笔花轩”条（第 473—486 页）。

1. **清刊《今古奇观》四十卷四十篇，中国国家图书馆藏**。

2. **顺治十六年刊《美人书》十二卷首一卷十二篇，天津图书馆藏**。

〔四四〕碧梧山房　金陵（江南宝苏局之碧梧山房）

小蓬莱山馆递藏嘉庆二十一年精拓本《问经堂帖四》，萧山施秋水少府刻，帖末有“李芳芝左德润余艺余芸施邦彦同观于江南宝苏局之碧梧山房”“嘉庆廿一年夏四月萧山施氏模勒上石”字样，书影见孔夫子旧书网，据此可知碧梧山房位于江南省，为宝苏局下设之印书机构。宝苏局为清代江苏省铸钱局，因江苏省钱局所铸之钱代字为“宝苏”，故其铸钱局称宝苏局，由此可知碧梧山房当位于金陵府。

1. **清刊《西晋演义》四卷一百一六则，英国博物院藏**。

2. **清刊《东晋演义》八卷二百三一则，英国博物院藏**。

〔四五〕璧园　上海

文瑞楼宣统己酉元年石印《吴友如画宝》十二集，内封及版心均题“上海璧园珍藏”，书影见孔夫子旧书网，以此知璧园书坊位于上海。

1. 乾隆四十五年刊《后七国乐田演义》,大连图书馆藏。

〔四六〕冰雪轩　不明

冰雪轩清刊《谐佳丽》四卷十二回,中国社会科学院文学研究所藏,内封题“云游道人编/谐佳丽/冰雪轩藏板”。冰雪轩刊刻的其他书未见,具体地点不明。

1. 清刊《谐佳丽》(《换夫妻》)四卷十二回,中国社会科学院文学研究所藏。

〔四七〕博古堂　嘉兴(鸳湖)

博古堂乾隆四十五年刊《诗经嫏嬛体注》三卷,(清)范紫登参订,题“鸳湖博古堂”,山东省栖霞市图书馆藏;嘉庆五年刊《诗韵珠玑》五卷,(清)余照撰,亦题“鸳湖博古堂”,山东省烟台图书馆藏。鸳湖,即嘉兴南湖,因此,博古堂为嘉兴书坊,营业时间为入清以后。乾隆十七年刊《秋水庵花影集》,(清)施绍莘撰,清华大学图书馆藏。

关于博古堂的详细情况,参见文革红《清代前期通俗小说刊刻考论》“博古堂”条(第526—527页)。

1. 嘉庆三十三年刊《草木春秋演义》三十二回,上海图书馆藏。

2. 道光二年刊《北宋金枪全传》十卷五十回,北京大学图书馆藏。

3. 道光三年重刊《北宋金枪全传》十卷五十回,首都图书馆、中山大学图书馆藏。

〔四八〕博古斋1　建宁(建阳)

博古斋清刊《博古斋评点小说警世奇观》十八帙,日本东京大学东洋文化研究所双红堂文库藏,内封题“博古斋评点小说/警世奇观/

西湖藏板”，版心下方题“博古斋”，目次题“古闽龙钟道人汇辑，豫金呵呵道人校阅”，卷首龙钟道人自序，锓“岑翁”“龙钟道人”印章，则“龙钟道人”即岑翁，也即该书评点者“叶岑翁”，福建人。此书编、序、评出自叶岑翁一人之手。闽潭龙钟道人尚辑有《燕居笔记藻学情林》十卷，题“闽潭龙钟道人辑，豫金呵笑道人校阅”，以此知叶岑翁为福建建阳人，为一书坊主，其博古斋又题作“博古堂”。

1. **光绪间刊《博古斋庚订燕居笔记藻学情林》十卷，中国国家图书馆、北京大学图书馆藏。**

〔四九〕博古斋 2　上海(上洋)

博古斋光绪十七年刊《前明正德白牡丹传》八卷四十六回，日本东京大学文学部藏，内封题“上洋博古斋存版”，以此知光绪间上海有博古斋书坊。

1. **光绪十七年刊《前明正德白牡丹传》八卷四十六回，日本东京大学文学部藏。**

〔五〇〕博雅书屋　不明

清刊《说岳全传》二十卷八十回，日本无穷会织田文库藏，内封题“博雅书屋藏板”。由于未能找到博雅书屋刊刻的其他书籍，其地点亦不能明确。

1. **清刊《说岳全传》二十卷八十回，博雅书屋藏板，日本无穷会织田文库藏。**

〔五一〕博雅堂　嘉兴

博雅堂有多家，分别叙录如下：

1. 嘉兴博雅堂。乾隆五十二年刊《缀白裘》十二集，中国国家图书馆藏，书目著录为“嘉兴博雅堂，清乾隆五十二年”。博宝拍卖网有

《缀白裘》内封书影一叶，题“乾隆丁未年夏镌/内分风调雨顺四册/缀白裘新集初编/嘉兴博雅堂梓行”，以此知博雅堂位于嘉兴，刊书不晚于乾隆年间。乾隆三十三年刊《外科正宗》，中国国家图书馆藏；乾隆三十八年刊《朱子家礼》八卷，卷首一卷，中国国家图书馆藏。

2. 苏州博雅堂。《不登大雅文库珍本戏曲丛刊·元明卷》，北京大学图书馆编，第一册、第二册为《贯华堂绣像第六才子西厢记》，目录作“康熙四十七年苏州博雅堂刻本”，据此知苏州亦有博雅堂，主要活动于康熙间。

3. 京都博雅堂。嘉庆十八年刊《温病条辩》，书影见孔夫子旧书网，内封题“京都琉璃厂路北博雅堂藏板”，以此知京师亦有博雅堂，位于琉璃厂路北。

博雅堂嘉庆八年刊本《鬼谷四友志》，首杨澹游序，题“东泖杨澹游笔”，正文卷端题“东泖杨景淐澹游父评辑”，目录卷端题“东泖三爻主人评点”。东泖为平湖对外交通之枢纽，南接当湖，北至泖口，与华亭三泖相接。平湖清属嘉兴府。既然《鬼谷四友志》的评辑者为嘉兴平湖人，那么刊刻《鬼谷四友志》的博雅堂非嘉兴博雅堂莫属。关于博雅堂的详细情况，参见文革红《乾嘉时期小说书坊与通俗小说》“博雅堂”条(第261—262页)。

1. **嘉庆八年刊《鬼谷四友志》三卷六回，中国国家图书馆、北京大学图书馆藏。**

〔五二〕补余轩　广州？

补余轩刊刻的小说主要是《白圭志》，原刊者为广州的绣文堂，另有右文堂、永安堂等刊本，右文堂、永安堂均为广州地区书坊，可见《白圭志》是流行于广州地区的小说，以此推测补余轩很可能也位于广州，惜未能找到补余轩所刊其他书籍，不能遽定。

关于补余轩的详细情况，参见文革红《乾嘉时期小说书坊与通俗小说》“补余轩”条(第 202 页)。

1. **嘉庆十年刊《白圭志》四卷十六回,中国国家图书馆藏。**

2. **嘉庆十一年刊《白圭志》四卷十六回,中国国家图书馆藏。**

3. **道光二十一年刊《白圭志》四卷十六回,首都图书馆藏。**

〔五三〕步月楼　苏州(金阊)

步月楼后印康熙三十八年宋荦刻《东坡先生年谱》,(宋)王宗稷撰,香港中文大学图书馆藏,内封题“金阊步月楼藏板”①;道光二年刊《善卷堂四六》,浙江图书馆藏,内封题“道光壬午新镌/善卷堂四六/金阊步月楼藏板”,足证步月楼为苏州书坊。

《得一录》,(清)余治撰,有上海图书馆藏同治八年姑苏得见斋刊本,卷十一有《各书坊公禁淫书议单条约》,记载苏州刊刻小说的书坊:“道光十七年十月日立公同议单。书业堂、扫叶山房、西山堂、兴贤堂、文渊堂、桐石山房、文林堂、三味堂、步月楼(书坊甚多,不及备载),共计书坊六十五家,各当面齐集城隍庙拈香立誓,各书花押,一焚神前,一呈臬宪,各执一纸存照。”可知当时苏州城竟有书坊六十五家之多,步月楼即在其中。

步月楼刊刻的书主要有:明刊《针灸甲乙经》十二卷,上海图书馆藏;明刊《伤寒明理论》四卷,(金)成无己撰,(明)吴勉学校,山西医学院图书馆藏;康熙五十九年刊《春秋经传集解》三十卷,山东省莱州市图书馆藏②;乾隆五十年刊《尚论张仲景伤寒论重编三百九十七法》二卷,首一卷,后四卷,(清)喻昌撰,清华大学图书馆藏③。光绪三十

---

① 香港中文大学图书馆古籍善本书目系统编. 香港中文大学图书馆古籍善本书目,增订版[M]. 香港:中文大学出版社,2001.

② 吕志正主编. 烟台公共图书馆馆藏古籍书目[M]济南:齐鲁书社,2002.

③ 清华大学图书馆编. 清华大学图书馆藏善本书目[M]. 北京:清华大学出版社,2002.

年刊《春秋左绣》三十卷，书影见孔夫子旧书网。据此可知步月楼营业刻书的时间由明代延续至清末。

1. **清初刊《西洋记》二十卷一百回，步月楼刊本，映旭斋藏板，上海图书馆藏。**

2. **清代重修《杨家府世代忠勇通俗演义志传》八卷五十八则，上海图书馆藏。**

3. **清发兑映旭斋藏板《西汉演义》八卷一百则，日本天理图书馆藏。**

4. **清发兑映旭斋藏板《东汉演义》十卷一百二五则，日本天理图书馆藏。**

〔五四〕步月山房　广州（顺德马贞榆）

步月山房光绪初年刻《李氏五种合刊》，（清）李兆洛编，（清）马贞榆校勘，中国国家图书馆藏，目录著录为“顺德马贞榆步月山房，光绪初”，据此我们可以确定步月山房为广州顺德书坊，主人为马贞榆。步月山房同治八年刊《忠雅堂评选四六法海》八卷，（清）蒋士铨评选，北京大学图书馆藏，内封题“步月山房藏板”，由广州龙藏街萃文堂印刷，据此可旁证步月山房为广州地区书坊。

步月山房光绪四年刊《博通汇引便览》，中山大学图书馆藏；光绪丙戌十二年刊《袁文笺正》十六卷，补注一卷，（清）袁枚撰，北京大学图书馆藏；光绪戊子十四年刊《遵古古诗源》十四卷，（清）沈德潜辑，北京大学图书馆藏；清末刊《南宋杂事诗》七卷，（清）沈嘉辙撰，北京大学图书馆藏；清末后印或翻刻同治十一年刊本《历代地理沿革图》，（清）马徵麟补订，辽宁大学图书馆藏，内封反面题“同治十一年刻于金陵怀宁方钥署检”，目录版心下方有“步月山房”字样。

1. **清刊《东周列国志》一百〇八回，日本京都大学人文科学研究所藏。**

C

〔五五〕彩云　不明

彩云书坊道光十四年刊《蝴蝶媒》四卷十六回，日本京都大学神山润次藏，内封题“彩云□板”。彩云书坊具体地点不明。

1. **道光十四年刊《蝴蝶媒》四卷十六回，日本京都大学神山润次藏**。

〔五六〕藏德堂　厦门

藏德堂道光三十年刊《北魏奇史闺孝烈传》十二卷四十六回，天津图书馆藏，卷端题“闽川张绍贤尔修著”，首序，署“道光庚戌夏六月浯岛铁庵槑道人书于鹭江寄舫”。鹭江，位于厦门市思明区内，为鼓浪屿和厦门岛之间的海域，因常有很多美丽优雅的白鹭盘旋飞翔，故被称为鹭江。序写作于厦门，作者为福建人，故可基本断定此本为福建刊本，其刊刻者藏德堂或为厦门书坊。

1. **道光三十年刊《北魏奇史闺孝烈传》，十二卷四十六回，中国国家图书馆藏**。

〔五七〕藏修堂　广州（粤东）

藏修堂光绪间刊《第五才子书水浒传》十二卷一百二十四回，刘半农于北京琉璃厂邃雅斋目见，内封题“粤东藏修堂”。粤东，一般指广州，据此可知藏修堂位于广州。

1. **光绪间刊《第五才子书水浒传》十二卷一百二十四回，刘半农于北京琉璃厂邃雅斋目见。**

〔五八〕藏珠馆　杭州（武林）

万历庚申四十八年刊《新刊徐文长先生评唐传演义》八卷九十则，已经佚失，今存日本内阁文库藏舒载阳刊本，题“武林藏珠馆”，有万历庚申钱塘黄士京二冯序，据此可知藏珠馆位于武林，即杭州。

1. **万历庚申四十八年刊《新刊徐文长先生评唐传演义》八卷九十则，佚失。**

〔五九〕草闲堂　镇江（云阳嗤嗤道人）

草闲堂为清初书坊，康熙间刊《草闲堂新编小史警悟钟》四卷十六回，藏于美国哈佛大学哈佛燕京图书馆，内封题“云阳嗤嗤道人编著/警悟钟/草闲堂梓”，目录卷端署“草闲堂新编小史警悟钟目录”，卷一、卷二卷端题“溧水嗤嗤道人编著/广陵琢月山人校阅”，卷三、卷四卷端题“云阳嗤嗤道人编著/广陵琢月山人校阅”。此书为草闲堂自编自刻的作品，据题署可知草闲堂主人就是云阳嗤嗤道人，或题“溧水嗤嗤道人”。“云阳”即江苏省丹徒县，清属镇江府。“溧水”清属镇江府溧阳县，故此可推知草闲堂位于镇江府。草闲堂另刻有《草闲堂新编绣像五凤吟》《小野新编催晓梦》等书。关于草闲堂的详细情况，参见文革红《清代前期通俗小说刊刻考论》“草闲堂”条（第503—508页）。

1. **康熙间刊《草闲堂新编小史警悟钟》四卷十六回，美国哈佛大学哈佛燕京图书馆藏。**
2. **康熙间刊《草闲堂新编绣像五凤吟》二十回，大连图书馆藏。**
3. **康熙间刊《小野新编催晓梦》四卷二十回，已经佚失。**

〔六〇〕昌远堂　建阳(书林昌远堂仕弘李氏)

昌远堂崇祯四年刊《华光天王南游志传》四卷十八则,英国博物院藏,内封题"昌远堂李铺梓行",末叶图署"刘次泉刻像",并有牌记曰"辛未岁孟冬月书林昌远堂梓","辛未"为崇祯四年。后有自厚堂嘉庆十六年翻刻本,正文卷端题"三台馆山人仰止余象斗编,书林昌远堂仕弘李氏梓",见《古本小说集成》第一辑第一百二十册,以此知昌远堂为李仕弘所有之堂。该书编者余象斗为福建建阳书坊主,疑李仕弘亦为福建建阳人,以开设书坊谋生。

1. **崇祯四年刊《华光天王南游志传》四卷十八则,英国博物院藏**。

〔六一〕长春阁　苏州(古吴遁世老人)

长春阁为清初书坊,清初刊《新编批评绣像后七国乐田演义》四卷十八回,已经佚失,现存古吴崇文堂后印本,上海图书馆藏。其正文版心题"长春阁藏板",首有《后七国序》,末署"遁世老人漫题",有印二"遁世老人""长春阁",据印章所题,可知长春阁主人实即遁世老人。此本目次前作者题"古吴遁世老人演辑",足证遁世老人为苏州人,则长春阁自应为苏州书坊。《江苏出版志》亦将"长春阁"列为苏州书坊。关于长春阁的详细情况,参见文革红《清代前期通俗小说刊刻考论》"长春阁"条(第117页)。

1. **清初刊《拍案惊奇》,首都图书馆藏**。

2. **康熙间刊《新镌批评绣像列女演义》六卷一百一十篇,存卷一至三,中国书店旧藏**。

3. **康熙间刊《新编批评绣像后七国乐田演义》四卷十八回,佚失,存古吴崇文堂后印本,上海图书馆藏**。

〔六二〕长庆堂　广州(羊城)

长庆堂清刊《万花楼杨包狄演义》,北京大学图书馆藏,卷端题“吴西瑞云斋原本/羊城长庆堂新梓”字样,以此知长庆堂为清代广州书坊。

1. **清刊《钟伯敬批评东西两汉全传》(剑啸阁原本),书影见孔夫子旧书网,存《西汉演义》八卷,内封题“维经堂藏板”,插图版心作“长庆堂”。**

2. **清刊《钟伯敬批评东西两汉全传》之《东汉演义》(剑啸阁原本),佚失。**

3. **清刊《新刻增异说唐全传》十四卷,英国博物院藏。**

4. **清刊《万花楼杨包狄演义》十四卷六十八回,北京大学图书馆、天津图书馆藏。**

〔六三〕长兴堂　重庆

长兴堂光绪二十五年刊《兴家书》,内封题“重庆长兴堂”,书影见孔夫子旧书网,以此知长兴堂为重庆书坊。长兴堂道光年间已经开始刊书,道光十七年刊《增补天下府州县图》,同治七年刊《批点礼记易读旁训》,书影均见孔夫子旧书网,另刊有《三字经》等书。

1. **道光十九年刊《争春园》四十八回,据李梦生《古本小说集成·争春园·前言》著录。**

〔六四〕畅心堂　金陵

畅心堂道光九年刊《说唐全传》,辽宁大学图书馆藏,内封题“新镌绘像/说唐全传/畅心堂梓行”,序题“时道光己丑菊月望日金陵居士题于浦润山辉”,可知此本刊刻于道光九年,序为金陵居士所作,其他刊本未有金陵居士序,结合此本字体、版式等,综合判断此本刊刻于金陵,则畅心堂为金陵书坊。

1. **道光九年刊《说唐演义全传》不分卷六十八回，中国国家图书馆、南京图书馆、辽宁大学图书馆藏**。

2. **道光九年刊《说唐演义后传》十卷五十五回，中国国家图书馆、南京图书馆、辽宁大学图书馆藏**。

〔六五〕陈长卿　苏州（古吴）

陈长卿刻书始于嘉靖年间，嘉靖二十九年刊《类编草堂诗余》四卷，（宋）何士信辑，（明）武陵逸史编次，山西师范学院藏[①]。万历三十九年刊《刘氏鸿书》一百〇八卷，（明）刘仲达辑，汤宾尹删止，藏于北京大学图书馆[②]。明刊《新刻魏仲雪先生评释琵琶记》，（明）汤显祖编，内封题"古吴陈长卿梓"[③]；清初刊《新刻魏仲雪先生批点西厢记》二卷、《会真记》一卷、《蒲东诗》一卷、《钱塘梦》一卷、《园林午梦记》一卷，（明）魏浣初评，李裔蕃注，内封题"古吴陈长卿"[④]。"古吴"指苏州，则陈长卿为苏州书坊主。关于陈长卿的详细情况，参见文革红《清代前期通俗小说刊刻考论》"陈长卿"条（第119—123页）。

1. **清初刊《新镌批评绣像列女演义》六卷一百一十篇，上海图书馆藏**。

2. **康熙间刊《新编批评绣像后七国乐田演义》四卷十八回，中国国家图书馆藏**。

---

① 山西省图书馆编. 山西省古籍善本书目[M]. 太原：山西人民出版社，1981.

② 北京大学图书馆编. 北京大学图书馆藏古籍善本书目[M]. 北京：北京大学出版社，1999.

③ 吴希贤. 所见中国古代小说戏曲版本图录[M]. 北京：中华全国图书馆文献缩微复制中心，1994.

④ 叶瑞宝. 苏州书坊刻书考[J]. 江苏出版史志，1992，(3).

〔六六〕陈景川局　苏州(玉峰)

陈景川局乾隆六十年刊《南史演义》三十二卷，北京大学图书馆藏，内封题“乾隆乙卯年镌/玉山杜纲草亭氏编次、云间许宝善穆堂氏批评/南史演义/门人谭载华南溪氏校订”，目录最后一叶左下角竖题“玉峰陈景川局镌”。玉峰，即昆山玉峰，位于昆山市内西北处，昆山清属苏州府，因此，陈景川局位于苏州之昆山。作者杜纲亦为江苏昆山人。关于陈景川局的详细情况，参见文革红《乾嘉时期小说书坊与通俗小说》“陈景川局”条(第41—42页)。

1. **乾隆六十年刊《南史演义》三十二卷，上海图书馆、北京大学图书馆藏**。

〔六七〕成德堂　广州

明清时期成德堂有两家：

1. 广州成德堂。清代刊刻木鱼书多种，倪钟之《寻访木鱼书：李福清的曲艺版本研究》云：“清以后，以广州为中心的书肆刊刻、翻印者甚多，据统计自清初至民国期间，民间书坊有50余家，较著名的有静净斋、成德堂、醉经堂、五桂堂等。木鱼书现存500余部，版本达四五千种之多，分别藏于国内外图书馆及个人手中。”①据此可知广州有成德堂书坊。

2. 天津小站成德堂。光绪间重刊《精选杂字》，内封题“小站成德堂梓行”，书影见孔夫子旧书网。小站，镇名，位于天津东南，据此可知光绪间天津有成德堂书坊。

成德堂清代刊刻的书籍有《成德堂书经旁音》《陈修园订景岳新方砭》《医学三字经》《新校幼学故事琼林》《红灯记全传》等，书影均见

---

① 倪钟之. 寻访木鱼书：李福清的曲艺版本研究[N]. 中国社会科学报，2013年2月6日.

孔夫子旧书网。

1. **光绪十九年刊《续红楼梦》四十卷四十回，辽宁省图书馆藏**。

〔六八〕成锦堂　湖北均州

成锦堂道光元年刊《先入言》，内封题“道光元年新镌/许昌慕甲荣著/先入言/成锦堂藏板”，序末题“道光元年岁次辛巳菊月题于均阳学署”，书影见孔夫子旧书网。均阳，南朝梁置，属始平郡，治所在今湖北丹江口市北，西魏属武当郡，唐武德初属均州，八年废入武当县。而武当县明洪武九年入均州，直属湖广布政使司；成化十二年以后均州无领县，由直隶州降为散州沿至清末，据此，我们可以从序的写作地点“均阳学署”，大致推测刊刻者成锦堂位于湖北均州。

成锦堂刊刻的书尚有：嘉庆十年刊《新刻有正味斋试帖详注》四卷，北京大学图书馆藏。书影见于孔夫子旧书网的有：嘉庆甲子九年重刊阳湖庄述祖撰《抱经堂校定白虎通原本》；嘉庆九年刊《邢退庵课幼二十艺》；嘉庆十年刊《白鹤神数》，内封题“嘉庆乙丑重刻/白鹤子秘诀/白鹤神数/成锦堂梓行”；清刊《书经》，内封题“洪武正韵/校正无讹/紫阳书经/成锦堂梓”；清刊《片玉四书》，上附《大小试新旨》；清刊《十杉亭帖体诗笺注》正五卷，续二卷；清刊《薇云小舍帖体诗笺注》正二卷，续二卷。其余刊书较多，不一一列载。

1. **清覆明本《出像玉鼎京本隋唐演义》八卷一百一十四则，北京大学图书馆藏**。

〔六九〕成文堂　广州(粤东省城状元坊内太平新街)

据《中国通俗小说总目提要》，“《群英杰》六卷三十回，存，不题撰人。存广州正兴街成文堂刻本，扉页下署‘粤东省城状元坊内太平新街成文堂板’。全书残存一册卷一至二。版式与上述翰文堂刻本大体相同”。以此知广州有成文堂，位于状元坊内太平新街。另外，广州成文堂同治五年刊《芸芗阁诗草》二卷，复旦大学图书馆藏；光绪二十三年刊《中西四千年记历》；清末刊《成文堂刻曲》、木鱼书《英台回乡》以及粤剧剧本《三国碎锦》等，书影见孔夫子旧书网。

1. **光绪十五年刊《今古奇观》八卷，日本长泽规矩也旧藏。**

2. **光绪戊子十四年刊《张子房归山诗》一篇，书影见孔夫子旧书网。**

3. **光绪戊子十四年刊《解学士诗》一篇，书影见孔夫子旧书网。**

4. **光绪三十年刊《绣像第一才子书》，五十一卷一百二十回，书影见孔夫子旧书网。**

5. **清刊《群英杰》六卷三十四回，广州三元街成文堂刊本，见《中国古代小说总目(白话卷)》。**

6. 1914 **年刊《跻春台》四十篇，谭正璧旧藏。**

〔七〇〕成文信 1　登州(烟台)

成文信记光绪十八年刊《奎壁诗经》八卷，辽宁大学图书馆藏，内封题“成文信记藏板”，右下角有方形朱印，题“烟台成文信记自造古今书籍发兑”，以此知成文信记位于山东烟台，烟台清属登州、莱州府两府管辖。烟台成文信记光绪壬辰十八年重镌《监本易经》四卷，内封题“烟台成文信记藏板”，吉林大学图书馆藏；光绪二十四年刊《重订古文释义新编》八卷，中国海洋大学图书馆藏；光绪二十四年刊《忠经》一卷，山东大学图书馆藏。

成文信刊刻的书籍尚有：光绪壬辰十八年刊《绣像红灯记》，书影见孔夫子旧书网；光绪二十二年刊《古文释义新编》，山东大学图书馆藏；光绪二十五年刊《诗韵集成》，北京大学图书馆藏；清刊《依韵重编使用杂字》《周易本义》等书籍。成文信刊刻的书籍多集中于光绪年间。

1. **光绪二十三年刊《拍案惊奇》八卷二十二回，美国哈佛大学哈**

佛燕京图书馆藏。

2. **光绪二十一年刊《今古奇观》八卷四十回，日本上田市立图书馆藏。**

3. **光绪二十六年刊《西游真诠》八卷一百回，书影见孔夫子旧书网。**

4. **光绪十八年刊《升仙传》八卷五十六回，日本东京大学文学部藏。**

5. **光绪二十年刊《续英烈传》四卷二十四回，日本东京大学东洋文化研究所藏。**

6. **光绪十八年刊《说唐薛家府传》六卷四十二回，日本早稻田大学藏。**

〔七一〕成文信 2　青州（潍县潍阳）

山东潍坊亦有成文信记书坊，清刊《龙文鞭影》，内封题“潍阳成文信记藏板”；光绪戊子十四年刊《增补二论典故最豁集》四卷，内封题“潍阳成文信梓”，书影均见孔夫子旧书网，以此知光绪年间潍阳有成文信记书坊。潍阳在清代为青州、莱州、沂州三府所辖，属山东省。潍阳成文信光绪十五年春刊《礼记易读》二卷，光绪二十四年秋刊《时论精选》，书影均见孔夫子旧书网，所刊刻书籍多集中于光绪年间。

1. **清刊《绣像第一才子书》五十一卷一百二十回，书影见孔夫子旧书网。**

2. **光绪十八年刊《龙图公案》六卷一百则，日本东京大学东洋文化研究所双红堂文库藏。**

〔七二〕诚德堂　建阳（熊清波）

诚德堂熊清波万历二十四年刊《新刻京本补遗通俗演义三国全传》二十卷，中国国家图书馆藏，牌记题“万历岁次丙申冬月诚德堂熊清波锲行”。诚德堂熊清波为福建建阳书坊主。

1. **万历丙申二十四年刊《新刻京本补遗通俗演义三国全传》二十卷，书林诚德堂熊清波刊本，中国国家图书馆、日本德富苏峰成篑堂藏。**

〔七三〕承德堂　金陵（江南省状元境内）

清初金陵书坊。康熙十五年刊《世说新语》四卷，见《尘故庵藏书目录》。清初三槐堂刊本《名医指掌医方集解》，内封有“江南省状元境内承德堂书坊发兑”朱印；乾隆三十年古吴三槐堂重刊本《四书释义》，内封亦有“江南省状元境内承德堂书坊发兑”朱印，书影均见孔夫子旧书网，以此判断承德堂为清代金陵书坊，位于状元境内。

关于承德堂的详细情况，参见文革红《乾嘉时期小说书坊与通俗小说》“承德堂”条（第117—118页）。

1. **乾隆十七年序，与三槐堂、文会堂合刊《东周列国志》二十三卷一百〇八回，内封题“三槐、文会、承德堂藏板”，中国国家图书馆藏。**

2. **乾隆十七年序，与三槐堂、文会堂合刊《东周列国志》二十三卷一百〇八回，内封题“三槐、文会、承德堂藏板”，中国国家图书馆藏。此本行款与上一本不同，版心有“义合”字样，两者不是同板。**

〔七四〕池白水　苏州（吴门）

吴门池白水崇祯十五年刊《古学汇纂》十卷，（明）长洲周时雍辑，藏于北京大学图书馆；清刊《钟伯敬批评东西汉演义》，藏于日本筑波大学，日本大塚秀高《增补中国通俗小说书目》著录为“吴门池白水刊本”①，由此可知池白水为苏州地区书坊，可能为书坊主的姓名，亦可

---

① ［日］大塚秀高．增补中国通俗小说书目［M］．日本：汲古书院，昭和五十九年八月（1984）：193．

能为书坊名称。

1. **清刊《西汉演义》八卷一百则(《钟伯敬批评东西汉演义》之西汉),日本筑波大学藏。**

2. **清刊《东汉演义》十卷一百二十五则(《钟伯敬批评东西汉演义》之东汉),日本筑波大学藏。**

〔七五〕尺蠖斋　金陵

尺蠖斋万历间刊《两晋志传题评》,其中《西晋》四卷一百一十六则,《东晋》八卷二百三十一则,已经佚失。现存《两晋志传题评》的刊本,如大业堂本、带月楼本、万全书屋本,卷端大多题"秣陵陈氏尺蠖斋评释",故知陈氏尺蠖斋位于金陵。

1. **万历四十年刊《两晋志传题评》之《西晋》四卷一百一十六则,陈氏尺蠖斋评释,已经佚失。**

2. **万历四十年刊《两晋志传题评》之《东晋》八卷二百三十一则,陈氏尺蠖斋评释,已经佚失。**

3. **清刊《两晋志传题评》之《西晋》四卷一百一十六则,陈氏尺蠖斋评释,南京图书馆藏。**

4. **清刊《两晋志传题评》之《东晋》八卷二百三十一则,陈氏尺蠖斋评释,南京图书馆藏。**

〔七六〕赤绿山房　苏州(东吴)

赤绿山房清初刊《新镌绣像小说吴江雪》四卷,藏于法国国家图书馆,内封题"东吴赤绿山房梓"①;清初刊《拾珥楼新镌绣像小说双剑雪》二卷八回,藏于大连图书馆,内封题"东吴赤绿山房梓"。东吴,

---

① [日]大塚秀高.增补中国通俗小说书目[M].日本:汲古书院,昭和五十九年八月(1984):64.

据明周祁《名义考》，苏州即为东吴，指今苏州及周边常熟、太仓、吴江等县和上海吴淞江以北地区，因此东吴赤绿山房为苏州书坊无疑，其刊书在康熙年间。除刊刻上述两种小说之外，其余刊书极为少见。

1. **康熙四年刊《新镌绣像小说吴江雪》四卷二十回，中国国家图书馆藏。**

2. **清初刊《拾珥楼新镌绣像小说双剑雪》二卷八回(即《鸳鸯针》卷三、卷四)，大连图书馆藏。**

〔七七〕崇德书院　苏州(吴郡、姑苏)

吴郡崇德书院刊刻小说多在乾隆年间。万历间序刊《二十家子书》二十九卷，(明)谢汝韶编，清华大学图书馆藏[①]；清刊《西游真诠》一百回，辽宁省图书馆藏，内封题“吴郡崇德书院藏板”；嘉庆六年刊《新刻重校增补圆机活法诗学全书》二十四卷，(明)王世贞校正，(明)杨淙参阅，(清)唐谦绣梓，藏于山东大学图书馆，内封题“嘉庆陆年仲冬镌/姑苏崇德书院重刊”，据此可知崇德书院为苏州书坊。其营业时间一直延续至清光绪以后，光绪七年刊《金匮要略心典》，北京大学图书馆藏；光绪八年刊《尔雅注疏》十一卷，宁夏大学图书馆藏。叶瑞宝认为“‘崇德书院’疑不是历史上真正的讲学之书院，而是刻书业的行会组织，建于康熙十年，晚清易名‘崇德公所’。同治十三年立《书业捐资重建崇德公所碑》(碑文详见《江苏苏州刻书考序》)。这块碑文，揭示了刻书业的行会组织在康熙十年时早已建立，为书坊‘订正书籍，讨论删原’”。[②]

关于崇德书院的详细情况，参见文革红《乾嘉时期小说书坊与通俗小说》“崇德书院”条(第42页)。

---

① 清华大学图书馆编. 清华大学图书馆藏善本书目[M]. 北京：清华大学出版社，2002.

② 叶瑞宝. 苏州书坊刻书考[J]. 江苏出版史志，1992，(3).

1. **乾隆四十七年刊《封神演义》十九卷一百回，日本筑波大学藏。**

2. **乾嘉间刊《西游真诠》一百回，首都图书馆藏。**

3. **乾隆五十八年刊《隋唐演义》二十卷一百回，北京大学图书馆藏。**

4. **乾隆间刊《说唐演义全传》不分卷六十八回，天津图书馆藏。**

5. **乾隆间刊《说唐演义后传》不分卷五十五回，天津图书馆藏。**

6. **乾隆三十三年自序刊《飞龙全传》不分卷六十回，天津图书馆藏。**

〔七八〕崇德堂　金陵

崇德堂有多家，分别叙录如下：

1. 金陵崇德堂。乾隆间金陵崇德堂刊《帝京景物略》八卷，（明）刘侗、于奕正同修，藏于中国国家图书馆和四川师范大学图书馆[①]。

2. 东昌崇德堂。同治丁卯六年刊《小试分类文准》，内封题“东昌崇德堂梓行”，书影见孔夫子旧书网。

3. 上海崇德堂。光绪戊子十四年铅印《明纪事本末》，内封背面署“光绪戊子春月上海书业公所崇德堂校铸版”，书影见孔夫子旧书网，据此可知光绪间上海有崇德堂，为上海书业公所。北京师范大学图书馆藏有光绪十四年上洋书业公所崇德堂铅印《历朝纪事本末》七种。

4. 广州崇德堂。宣统三年活字印《声律启蒙撮要》，内封背面题“广州第七甫崇德堂活印”，书影见孔夫子旧书网，据此可知宣统年间广州有崇德堂书坊，位于第七甫。

崇德堂刊刻的书籍主要有：乾隆七年刊《正蒙初义》十七卷，（清）

---

① 杨绳信. 中国版刻综录[M]. 西安：陕西人民出版社，1987.

王植撰，清华大学图书馆藏；乾隆四十二年刊《宋四六选》，费振镛编，藏于陕西师范大学图书馆；嘉庆十二年刊《昆山玉》六卷，（清）李道辑，中国人民大学图书馆藏，内封镌“嘉庆十二年新镌/昭萍李道敬夫辑/崇德堂藏板”；清刊《而庵说唐诗》二十二卷，徐增撰，藏于山东栖霞图书馆；道光十八年刊《四音释义》十二集，（清）郑长庚辑，北京大学图书馆藏；同治五年刊《周礼精华》六卷，山东大学图书馆藏；道光丁酉十七年刻《较正方言应用杂字》；同治丁卯六年刊《四书章句集注》；清刊《书经补注附考备旨》《重订济阴纲目》《山海经》等书籍，书影均见孔夫子旧书网。崇德堂营业的时间延续至清末。由于金陵崇德堂活动于清初，与刊刻小说的崇德堂活动时间接近，故而我们将刊刻小说的崇德堂定为金陵崇德堂。

关于崇德堂的详细情况，参见文革红《清代前期通俗小说刊刻考论》“崇德堂”条(第 445 页)。

1. **雍正八年刊《玉娇梨》二十回，北京大学图书馆藏。**

2. **雍正八年刊《平山冷燕》二十回，北京大学图书馆藏。**

3. **同治十二年刊《二度梅全传》六卷四十回，中国人民大学图书馆藏。**

4. **乾、嘉间刊《异说南唐演义全传》十卷一百回，南京图书馆藏。**

5. **光绪十九年刊《征西说唐三传》十卷八十八回，天津图书馆藏。**

〔七九〕崇经堂　泉州

据《泉州文史资料》所载，崇经堂为泉州老字号书坊。[①]

崇经堂清刊《监本诗经全文》；光绪四年刊《十四层起讲启蒙捷

① 福建省泉州市鲤城区地方志编纂委员会编印. 泉州文史资料(1—10 辑汇编)[M]. 泉州：福建省泉州市鲤城区地方志编纂委员会编印，1994.

诀》;清刊《医方集解》三卷,内封题"崇经堂藏板",以上书籍书影均见孔夫子旧书网。

1. **乾嘉间刊《第一奇书金瓶梅》一百回,山西祁县图书馆藏。**

2. **清刊《好逑传》十八回,北京大学图书馆藏。**

3. **乾隆间刊《第一才子书》一百二十回,书影见孔夫子旧书网。现存芸经堂后印本,内封题"圣叹外书/毛声山评点三国志/第一才子书/芸经堂藏板",图像版心作"崇经堂",故知崇经堂曾刊刻过《第一才子书》。**

4. **光绪十一年刊《双凤奇缘传》八卷,日本京都大学人文科学研究所藏。**

〔八〇〕崇让堂 抚州金溪(绣谷杨云峰)

崇让堂道光二十年刊《张氏类经》,内封题"崇让堂藏板",序末叶有"绣谷杨云峰重梓/江阳杨作舟绘写/泾南杨开泰绘图/岳邑杨志禄承梨/珊城杨琚对校"竖排五行字,末行刻有"道光二十年岁在庚子开雕于橘园"字样,书影见孔夫子旧书网,据题署可知此本刊刻者为绣谷(即江西金溪)杨云峰,另据内封所题"崇让堂藏板",可知崇让堂主人即绣谷杨云峰,也就是说崇让堂应位于江西抚州金溪。

崇让堂嘉庆戊寅二十三年三月刊《大六壬寻原》,内封题"崇让堂藏板",其《发蒙上卷》,内封题"葵圃老人辑";道光己亥十九年刊《医书汇参辑成》,书影均见孔夫子旧书网;咸丰七年刊《四礼翼》,(明)吕坤撰,北京大学图书馆藏;同治十三年秋刊《养云山馆试帖注释》;清刊《周易》《诗经集注》等书,书影均见孔夫子旧书网,其余刊书不一一列载。

1. **清刊《新刻扬州近事雨花香》,附《通天乐》二篇、《家宝全集》四集,中国国家图书馆藏。**

〔八一〕崇顺堂　绵州(绵竹)

崇顺堂道光庚子二十年刊《古唐诗合解》,中国人民大学图书馆藏,序末题“道光庚子年应钟月新镌”,下刻印章曰“绵竹”“崇顺堂板”;咸丰三年刊《切总伤寒》,内封题“绵州崇顺堂梓”,书影见孔夫子旧书网。绵州,隋置,治巴西县(今四川绵阳东),在成都东北二百七十里,为省城门户。清代绵州辖有绵竹、德阳、梓潼等县,据此可知崇顺堂为四川绵州书坊。

崇顺堂乾隆间刊《吴又可先生瘟疫论》,内封题“崇顺堂藏板”,序末题“乾隆五十六年辛亥岁上元节江右抚临羽人彭教谦敬刊”,正文卷端题“川北莲溪羽人彭教谦敬刊”,据此或可说明崇顺堂主人即为彭教谦,江西抚州人,其开设的崇顺堂书坊在川北的绵州。崇顺堂刊刻的书籍尚有:道光丁未二十七年刊《书经体注图考大全》;清刊《新增幼幼集成》《学源周易》《算法全书》等书,书影均见孔夫子旧书网。

1. **清刊《二度梅全传》六卷四十回,中国社会科学院文学研究所藏。**

〔八二〕崇文堂 1　金陵

崇文堂同治八年重刊《增订图注本草备要》四卷,中国海洋大学图书馆藏,内封题“江宁崇文堂藏版”;清刊《第一才子书》十九卷一百二十回,书影见孔夫子旧书网,内封题“毛声山评三国志/金批第一才子书/金陵崇文堂梓行”,以此知崇文堂位于金陵。

崇文堂刊书不晚于崇祯年间,崇祯九年刊《皇明通纪法传全录》二十八卷、《皇明法传录嘉隆纪》六卷,中国人民大学图书馆藏;乾隆乙未四十年重刊《崇文字汇》十四卷,辽宁大学图书馆藏,内封题“崇文堂藏板”;嘉庆十年刊《地理五诀》八卷,中国人民大学图书馆藏;嘉庆庚辰二十五年刊《古文喈凤新编》;嘉庆戊午三年刊《崇文堂重订四书体注》,书影均见孔夫子旧书网;光绪五年刊《书经精华》,澳门大学图书馆藏;另刊有《事类赋》《广事类赋》《增定四书析疑大全》等书籍。

1. 嘉庆十七年刊《今古奇观》四十卷四十篇,日本京都大学文学部藏。

2. 乾隆甲午三十九年刊《平妖传》四卷四十回,书影见孔夫子旧书网。

3. 嘉道间刊《绣像第一才子书》十九卷一百二十回,金陵崇文堂刊本,书影见孔夫子旧书网。

4. 乾隆十七年序刊《东周列国志》二十三卷一百十八回,山西省图书馆藏。

5. 道光十八年刊《绿牡丹全传》八卷六十四回,中国国家图书馆藏。

6. 同治元年刊《绿牡丹全传》六卷六十四回,书影见孔夫子旧书网。

〔八三〕崇文堂 2　苏州(古吴)

崇文堂清初刊《前七国孙庞演义》六卷二十回、《新编批评后七国乐田演义》十八回,藏于北京大学图书馆,内封题“古吴崇文堂梓行”,说明崇文堂为清初苏州书坊;古吴崇文堂康熙四十二年朱墨套印《雅趣藏书》不分卷,(清)钱书撰,藏于北京大学图书馆和西南大学图书馆①。关于古吴崇文堂的详细情况,参见文革红《清代前期通俗小说刊刻考论》“古吴崇文堂”条(第 272 页)。

1. 康熙十八年序刊《孙庞斗志演义》六卷二十回(《前后七国演义》之一),上海图书馆藏。

2. 康熙十八年序刊《后七国乐田演义》四卷十八回(《前后七国

---

① 北京大学图书馆编. 北京大学图书馆藏古籍善本书目[M]. 北京:北京大学出版社,1999.

演义》之一），上海图书馆藏。

〔八四〕崇兴会　陕西同州合阳

合阳崇兴会光绪十二年刊《绿牡丹全传》六十四回，四川省图书馆藏。合阳，清属陕西同州府，故知崇兴会位于陕西同州合阳。

1. **光绪十二年刊《绿牡丹全传》六十四回，四川省图书馆藏。**

〔八五〕崇兴楼　重庆（合州）

崇兴楼清宣统三年刊《花文》，第一卷卷末题“张崇兴楼藏板”，第二卷卷端题“重庆金诚书局出板”，第三卷卷末题“重庆十八梯书坊起风堂板”，据此可知此本是重庆地区书坊的合刊本，因而推测崇兴楼可能位于重庆，其主人为张姓。另据赵云彩《清代合州文茂堂本川戏〈司马貌夜断七贤〉研究》：“清代合州较有名的书坊有文茂堂、忠恕堂、大文堂、崇兴楼、同兴楼等。”①合州即今天的合川，清代隶属重庆府，此条进一步说明崇兴楼确为重庆合州书坊。

1. **同治十一年刊《贪欢报》，中国国家图书馆藏。**

〔八六〕崇雅堂　厦门（鹭江）

崇雅堂道光元年刊《平闽全传》八卷五十二回，北京大学图书馆藏，内封题“鹭江崇雅堂藏板”②。鹭江，位于厦门，指鼓浪屿和厦门岛之间的海域，故此可知崇雅堂为厦门书坊。

1. **嘉庆十九年刊《金石缘》不分卷，日本东北大学藏。**

---

① 赵云彩. 清代合州文茂堂本川戏《司马貌夜断七贤》研究[J]. 四川戏剧，2013，(3)：43—45.

② [日]大塚秀高. 增补中国通俗小说书目[M]. 日本：汲古书院，昭和五十九年八月(1984)：231.

2. **道光元年刊《平闽全传》八卷五十二回，北京大学图书馆藏**。

〔八七〕崇正堂　广州(广东省文澜书院)

崇正堂自明嘉靖年间起即开始刻书，嘉靖三十五年刊《诗经》二十卷，中国国家图书馆藏，牌记题“嘉靖丙辰岁仲秋广东崇正堂重刊”；嘉靖三十五年刊《春秋》三十卷，(宋)胡安国传，北京大学图书馆藏；万历间刊《地理参赞玄机仙婆集》|二卷，美国哈佛大学哈佛燕京图书馆藏，据此可知崇正堂位于广东。

广东崇正堂光绪年间仍有刻书，光绪十七年冬重刊《绣像今古奇观》，内封题“广东省文澜书院崇正堂订正”，日本京都大学藏，据此可知刊刻小说《绣像今古奇观》的崇正堂位于广东省文澜书院内。

崇正堂光绪十七年刊《新刻笑林广记》四卷，(清)游戏主人纂辑，(清)粲然居士参订，中山大学图书馆藏。

1. **光绪十七年重刊《今古奇观》十卷，日本京都大学文学部狩野文库藏**。

〔八八〕初醒斋　不明

初醒斋清刊《百花魁》四卷十二回，日本东京大学东洋文化研究所藏。本书乃捏合《欢喜冤家》中的《一宵缘约赴两情人》《孔良宗负义薄东翁》两篇而成，为清代小说。故事发生地在杭州，初醒斋具体地点不明。

1. **清刊《百花魁》四卷十二回，日本东京大学东洋文化研究所藏**。

〔八九〕储英堂　不明

储英堂道光十年刊《新增批评绣像红楼梦》一百二十回，乃是嘉庆十六年东观阁刊本的覆刻本，辽宁省图书馆藏。内封题“道光庚寅重镌/东观阁梓行/储英堂藏板/新增批评绣像红楼梦”，以此知此本刊刻于道光十年。

陈力《〈红楼梦〉东观阁本再考》认为：

> 关于储英堂本，笔者所见为辽宁省图书馆所藏，扉页题“道光庚寅重镌，东观阁梓行，储英堂藏板，新增批评绣像红楼梦”。后附东观阁主人识语，行款及行间批、重点、重圈等与东观阁嘉庆十六年本同，字体风格与东观阁嘉庆十六年本相似，但将二本进行对比，储英堂本显然是据东观阁嘉庆十六年本覆刻……①

储英堂具体地点不明。

1. **道光十年刊《新增批评绣像红楼梦》一百二十回，辽宁省图书馆藏**。

〔九〇〕春壶小筑　不明

春壶小筑道光十七年刊《红楼梦补》不分卷二十四回，中国社会科学院文学研究所藏。其具体地点不明。

1. **道光十七年刊《红楼梦补》不分卷二十四回，中国社会科学院文学研究所藏**。

〔九一〕春明堂　不明

清同治十一年芥子园刊本《本草纲目》五十二卷，卷首一卷，《本草纲目图》三卷，（明）李时珍原著，中国海洋大学图书馆藏。其附录一为春明堂刊本《本草万方针线》八卷，（清）蔡烈先辑，内封题“蔡茧斋先生原本/春明堂梓”；二为《脉学奇经八脉考》一卷，（明）李时珍

---

① 陈力.《红楼梦》东观阁本再考[J]. 文献，2003，(1)：160—177.

辑，内封题“李濒湖先生纂辑/春明堂藏板”，有《重刻脉学奇经八脉考序》，末题“癸卯秋七月上澣长洲张鼎思书”，卷端题“蕲人濒湖李时珍纂辑”。据此可知春明堂为清代书坊，具体地点不明。可能与芥子园一样，同属金陵地区。

春明堂清刊《资治通鉴纲目》五十九卷，(宋)朱熹撰，(明)陈仁锡评；《资治通鉴纲目前编》二十五卷，(明)南轩撰，(明)陈仁锡评；《续资治通鉴纲目》二十七卷，(明)商辂撰，(明)陈仁锡评，中国国家图书馆藏。

1. **咸丰七年刊《第一才子书》六十卷一百二十回，扬州测海楼旧藏。**

〔九二〕慈善会　重庆(合川)

慈善会与会善堂民国二十二年合刊《西游原旨》二十卷，(清)刘一明撰，复旦大学图书馆藏，内封题“合川会善堂、慈善会”。合川，清属重庆府，据此可知慈善会位于重庆。

1. **民国二十二年与会善堂合刊《西游原旨》二十卷，复旦大学图书馆藏。**

〔九三〕萃芳楼　广州(粤东省城双门底)

萃芳楼同治戊辰七年新刊《医林改错》，内封题“粤东萃芳楼藏板”，书影见孔夫子旧书网；光绪二十四年广州萃芳楼刊《随园史论》，(清)袁枚撰，中山大学图书馆藏；光绪癸卯二十九年寅月新镌《妇孺浅解》，内封题“粤东省城双门底萃芳楼藏板”；光绪二十七年朱墨套印《加批史论初阶》，书影见孔夫子旧书网。据此可知萃芳楼为清代广州书坊，位于双门底。

1. **同治五年刊《好逑传》四卷十八回，中山大学图书馆藏。**

〔九四〕萃古堂　广州(广州十六甫卢达文)

萃古堂光绪十六年刊《希古堂骈文》甲集二卷,乙集六卷,(清)谭宗浚撰,华东师范大学图书馆藏,目录题“羊城萃古堂”。另据周连宽《羊城访书偶记(一)书肆巡礼》一文可知萃古堂位于广州十六甫,主人为卢达文①。

萃古堂道光十五年刊《天上有传奇》二卷,(清)黄朴著,北京大学图书馆藏。关于萃古堂的详细情况,参见文革红《乾嘉时期小说书坊与通俗小说》“萃古堂”条(第 203 页)。

1. **嘉庆十九年刊《四大奇书第一种》六十卷一百二十回,英国国家图书馆藏**。

〔九五〕萃锦堂　苏州(吴门)

萃锦堂清初刊《新镌全像武穆精忠传》八卷八十则,藏于大连图书馆,内封题“吴门萃锦堂”,由此可知萃锦堂位于苏州。吴门萃锦堂天启三年刊《词林逸响》四卷,(明)许宇辑,藏于中国国家图书馆②。《中国善本书提要》认为:“宇事迹无考,疑是书坊中人。是书非其所辑著,盖窃改周之标《吴歈萃雅》而成……学者之书,一变为坊间之本矣。”③《吴歈萃雅》初刊于万历四十四年,由苏州梯月主人辑录。叶瑞宝《苏州书坊刻书考》认为:“疑萃锦堂主人,即为许宇,万历、天启间人。”④

萃锦堂清初刊《一笠庵新编占花魁传奇》二卷,(清)李玉撰,中国

---

① 周连宽. 羊城访书偶记(一)书肆巡礼[J]. 广东图书馆学刊,1985,(4):8—12.

② 北京图书馆编. 北京图书馆古籍善本书目[M]. 北京:书目文献出版社,1980.

③ 王重民. 中国善本书提要[M]. 上海:上海古籍出版社,1983.

④ 叶瑞宝. 苏州书坊刻书考[J]. 江苏出版史志,1992,(3).

国家图书馆藏。

1. **明末清初刊《新镌全像武穆精忠传》八卷八十则，大连图书馆藏**。

〔九六〕萃精英阁　广州

清咸丰八年四色套印本《重刊补注洗冤录集证》，(清)王又槐增辑，李观澜补辑，孙光烈参阅，王又梧校订，日本关西大学藏，国内亦曾有拍卖本，内封题“萃精英阁藏板”[①]，此本乃是道光二十四年广东番禺知县文晟所刊五色套印本的重刻本，刊于广州的可能性极大，因此，我们大致推测萃精英阁位于广州。

1. **清刊《今古奇观》四十卷四十篇，日本内阁文库藏**。

2. **清刊《残唐五代史演义传》六卷六十则，中国人民大学图书馆藏**。

〔九七〕萃庆堂余泗泉　福建建宁(建阳)

萃庆堂余泗泉明万历年间刊《新刻增补全相燕居笔记》十卷，日本内阁文库藏，卷端题“芝士林近阳增编，书林余泗泉梓行”，卷四题“闽芝士林近阳增补，萃庆堂余泗泉梓行”，据此可知萃庆堂主人为余泗泉，其为福建建阳书坊主。

据魏同贤《古本小说集成・燕居笔记・前言》：

> 余氏萃庆堂是明代福建建阳有相当影响的书坊，余泗泉活跃于明代万历年间，曾以刊刻王凤洲《纲鉴历朝正史全编》和邓志谟《吕纯阳得道飞剑记》等著名。以此推断，本书大约出现于万历年间，应该早于现存何大伦序本《重刻增补燕居笔记》，更早

---

① 章用秀. 巧购《洗冤录》[N]. 天津日报，2015—6—17(16).

于署名“冯梦龙增编”的《增补批点图像燕居笔记》。①

1. **万历年间刊《新刻增补全相燕居笔记》十卷，日本内阁文库藏。**

2. **万历三十一年刊《新镌晋代许旌阳得道擒蛟铁树记》二卷十五回，日本内阁文库藏。**

3. **万历三十一年序刊《镌五代萨真人得道祝枣记》二卷十四回。**

4. **万历间刊《镌唐代吕纯阳得道飞剑记》二卷十三回，日本内阁文库藏。**

〔九八〕萃文书屋　金陵

根据潘建国《中国古代小说书目研究》，金陵有萃文书屋书坊：

> 关于清代南京书肆的具体情形，尚未找到确切的文献资料。不过，根据今人江澄波、杜信孚、杜永康等人《江苏刻书》“清代刻书”之研究，金陵官私刻书机构仍多达二十余所，其中较为活跃的民间书坊就有三山堂、三乐斋、文英堂、文进斋、芥子园、宝仁堂、萃文书屋等十数家。②

另清末民初成都有萃文书屋，清末刊《当家杂字居家必用》二阶本，吉林大学图书馆藏，下层卷端有“萃文书屋黄氏校刊”字样；民国间刊《龙文鞭影》，卷端题“成都萃文书屋”。以此可知清末民初成都萃文书屋主人为黄姓。

关于萃文书屋的详细情况，参见文革红《乾嘉时期小说书坊与通俗小说》“萃文书屋”条（第 120—121 页）。

---

① 魏同贤．燕居笔记・前言[A]．古本小说集成委员会编．古本小说集成[M]．上海：上海古籍出版社，1994.

② 潘建国．中国古代小说书目研究[M]．上海：上海古籍出版社，2005：202.

1. **乾隆五十六年辛亥刊《新镌全部绣像红楼梦》一百二十回(程甲本),中国国家图书馆、北京大学图书馆藏。**

2. **乾隆五十七年壬子刊《新镌全部绣像红楼梦》一百二十回(程乙本),中国国家图书馆、北京大学图书馆藏。**

3. **乾隆五十七年壬子刊《新镌全部绣像红楼梦》一百二十回(程丙本),上海图书馆藏。**

〔九九〕萃文堂　广州(羊城龙藏街)

萃文堂咸丰八年刊《格言联璧》,内封背面题“羊城龙藏街萃文堂承刊”;光绪五年重刊《陶渊明集》,番禺陶福祥校,书末题“羊城龙藏街萃文堂刊刷”,书影均见孔夫子旧书网;光绪十一年刊《后山先生集》二十四卷,(宋)陈师道撰,北京大学图书馆藏,内封背面镌“光绪十一年重刻赵本”,版心下镌“爱庐校本”,目录、卷末镌“番禺陶福祥校刊”,有雍正四年青浦王原序,序后镌“广州龙藏街萃文堂承刊”,以此知萃文堂为广州书坊,位于龙藏街,其主人可能即番禺陶福祥。

广州萃文堂道光十八年刊《觉不觉轩诗钞》十二卷,(清)简均培撰,中山大学图书馆藏;同治五年刊《吉羊溪馆诗钞》三卷,(清)熊景星撰,中山大学图书馆藏;同治九年刊《李义山诗集》三卷,复旦大学图书馆藏。其余刊书较多,不一一列载。

另清末有湖南长沙萃文堂,光绪二十年刊《湘城访古录》十七卷首一卷,(清)陈运溶纂,中国人民大学图书馆藏,内封镌“光绪廿年甲午夏刊”,例言末镌“星沙学院街萃文堂刊”;光绪二十一年《湘城遗事记》九卷,(清)陈运溶纂,中国人民大学图书馆藏,内封镌“光绪乙未闰五月刊”,目录末镌“星沙学院街萃文堂刊”,据此可知长沙萃文堂位于学院街。

1. **清刊《绣像第一才子书》六十卷一百二十回,山西大学图书馆藏。**

〔一〇〇〕萃英堂、宗文堂　建阳(建邑书林郑氏)

建邑书林萃英堂、宗文堂郑氏天启年间刊明余象斗辑《新刊诸司廉明奇判公案传》上下二卷十六类一百〇五则，上卷正文卷端署"建邑书林郑氏萃英堂刊"，下卷卷端署"建邑书林郑氏宗文堂梓"，以此知建安郑氏有萃英堂和宗文堂书坊。宗文堂万历三年刊《新刊宪台考正少微通鉴全编》二十卷，外纪二卷，厦门大学图书馆藏，书尾牌记镌"万历乙亥岁孟冬吉旦/建邑书林宗文堂郑望云重梓"，故知万历间宗文堂主人为郑望云。书林郑世魁宗文堂万历十八年刊《新刊笺注决科古今源流至论》三十卷，中山大学图书馆藏，据此郑望云、郑世魁很可能是同一人。

建安郑氏宗文堂是建阳由元入明的著名书坊，刻书较多，主要有：

元至顺元年刊《静修先生文集》二十二卷，中国国家图书馆藏，有上海涵芬楼据元宗文堂刊本影印本，武汉大学图书馆藏；嘉靖六年刊《古今韵会举要》三十卷，北京大学图书馆藏；嘉靖二十七年刊《诗经大全》二十卷，吉林大学图书馆藏；明刊《大学衍义补》一百六十卷，吉林大学图书馆藏；清刊《唐诗三百首注释》，南京大学图书馆藏。

1. **天启间刊《新刊诸司廉明奇判公案》上下二卷十六类一百〇五则，建邑书林郑氏萃英、宗文堂刊本，日本内阁文库藏。**

〔一〇一〕翠墨山房　不明

清刊《西游真诠》一百回，天津图书馆藏。翠墨山房具体地点不明。

1. **清刊《西游真诠》一百回，天津图书馆藏。**

〔一〇二〕翠隐山房　苏州

翠隐山房清刊《示我周行天下路程》三卷，(清)鹤和堂辑，北京大学图书馆藏，内封题“翠隐山房藏板”，正文前题“古吴/求放心斋辑定”。按，《示我周行》另有北大图书馆藏天德堂刊本、文光堂刊本、汇源堂刊本，人大图书馆藏谦益堂刊本等，卷端均题“闽中/碧溪鹤和堂辑定”，唯有翠隐山房刊本题“古吴/求放心斋辑定”，说明翠隐山房刊本《示我周行》乃是由苏州的求放心斋重新辑定的，意味着翠隐山房有可能位于苏州。

1. 同治九年重刊《飞龙全传》十二卷六十回，中国国家图书馆藏。

〔一〇三〕翠娱阁、薇园主人　杭州（陆云龙）

翠娱阁为明末清初杭州地区著名书坊，主人为陆云龙。陆云龙，字雨侯，一字于鳞，号蜕庵，约生于万历十五年，卒于康熙五年，于崇祯间在杭州设立翠娱阁，刊刻书籍多种：

崇祯间刊《翠娱阁评定钟伯敬先生全集》文十一卷，附录一卷，诗五卷，藏于天津图书馆，有《四库禁毁书丛刊》影印本[①]，卷端题“钱塘陆云龙雨侯甫评定，陆敏树生生参阅”，《合集》序署“时崇祯丙子春季钱塘陆云龙雨侯甫题于翠娱阁中”，有印曰“云龙”“字雨侯”，可证翠娱阁主人就是陆云龙。

翠娱阁崇祯间刊《翠娱阁评选明文归初集》三十四卷，藏于华东师范大学图书馆。崇祯六年刊《翠娱阁评选皇明十六家小品》三十二卷，（明）钟惺等撰，（明）陆云龙等评选，藏于复旦大学图书馆；崇祯九年刊《翠娱阁评选明文奇艳》十二卷，藏于北京大学图书馆；崇祯间刊《翠娱阁评选行笈必携十种》二十一卷，藏于复旦大学图书馆。

翠娱阁刊刻的其他书籍有《翠娱阁近言》《古今文匀》《四六小扎》

---

① 四库禁毁书丛刊编纂委员会. 四库禁毁书丛刊[M]. 北京：北京出版社. 1997，集部 140—141 册.

《近思录删》《明实录识大编》《性理纂》《翠娱阁文存》《诗存》《武林纪事》《评昭明文选》《明文钟吕》《古今分类诗选》《时筹纪略》《明伟人传赞》《保厘石画》，以及《怀湘》上下篇等。

清初顺治年间刊《清夜钟》十六回残存十回，路工旧藏，作者署“薇园主人述”，首有《清夜钟序》，末署“薇园主人言”，后有印二：一为葫芦形“江南不易客”，二为方形阴文“于鳞氏”。从序之题署与印章可知，“于鳞”即江南不易客，即薇园主人，为陆云龙。其详细情况，参见文革红《清代前期通俗小说刊刻考论》“翠娱阁”条（第 361—367 页）。

1. **崇祯十五年刊《辽海丹忠录》八卷四十回，日本内阁文库藏**。
2. **南明弘光间刊《清夜钟》十六回，残存七回，路工旧藏**。

〔一〇四〕翠筠山房　抚州金溪（江右）

翠筠山房光绪九年刊《皇朝经世文编正续》，藏于北京大学图书馆，内封题“光绪癸未春月校刊袖珍本/皇朝经世文编正续/江右翠筠山房藏珍”，版心题“翠筠山房”，序末署“同治壬申春月抚州饶新泉袖珍本/于长郡公署”，以此知翠筠山房位于江右，即今江西。光绪间许湾翠筠山房刊《增补五经备旨萃精》，见孔夫子旧书网，进一步说明翠筠山房位于江西抚州金溪之许湾。

翠筠山房于乾隆四十四年已经开始经营刻书业，乾隆四十四年刊《铜板四书补注附考备旨》，版心题“翠筠山房”，书影见孔夫子旧书网。乾隆五十五年刊《阴阳五要奇书》三十卷，上海图书馆藏，其中一集《郭氏元经》内封题“乾隆庚戌年镌/郭氏元经/翠筠山房板”、《八宅明镜》内封题“乾隆庚戌年镌/八宅明镜/翠筠山房板”。

翠筠山房刊刻的书尚有：嘉庆九年刊《息影偶录》八卷，清华大学图书馆藏；同治十三年刊《闲谈消夏录》十二卷，北京师范大学图书馆藏；光绪十年春刊《阳宅三要》，赵九峰辑，书影见孔夫子旧书网；清刊李光祚辑《新刻尺牍如面》六卷,卷首二卷,藏于中国国家图书馆。

1. **清刊《西游真诠》一百回,中国国家图书馆藏。**

2. **光绪四年刊《希夷梦》四十卷,北京大学图书馆藏。**

3. **同治八年刊《镜花缘》二十卷一百回,中国国家图书馆藏。**

4. **清末刊《第一才子书》十九卷一百二十回,辽宁省图书馆藏。**

5. **清末刊《东周列国志》二十三卷一百〇八回,书影见孔夫子旧书网。**

6. **道光十六年刊《五虎平西前传》十四卷一百一十二回,北京大学图书馆、辽宁省图书馆藏。**

7. **道光十六年刊《五虎平南后传》六卷四十二回,北京大学图书馆、辽宁省图书馆藏。**

8. **清刊《粉妆楼全传》八十回,辽宁省图书馆藏。**

〔一〇五〕存古堂 1　苏州(西美巷)

苏州西美巷存古堂嘉庆己巳十四年刊《常言道》四卷十六回,见博宝拍卖网,内封题"嘉庆己巳新镌/常言道/西美巷存古堂"。西美巷为苏州城区中西部的一条街巷,与东美巷平行,据此可知存古堂为苏州书坊。

另有金陵存古堂,光绪二年刊《适轩尺牍》,内封题"金陵存古堂藏板",书影见孔夫子旧书网。金陵存古堂清刊《玉匣记》,书影见孔夫子旧书网。

存古堂刊刻的书尚有:光绪辛巳七年重刊《诗韵集成》;光绪七年刊《道生堂全稿》等书,书影见孔夫子旧书网;光绪三十四年活字印《经学文钞》十五卷,(清)梁鼎芬、(清)曹元弼辑,厦门大学图书馆藏。

1. **嘉庆十四年刊《常言道》四卷十六回,书影见博宝拍卖网。**

〔一〇六〕存古堂 2　扬州(东台)

东台存古堂清刊《解学士诗》,内封题"解学士诗/合解张子良诗/

东台存古堂梓”，书影见孔夫子旧书网。东台，康熙六年属扬州府泰州，乾隆三十三年属扬州府，由此可知东台存古堂为扬州书坊。

1. **清刊《张子房归山诗》一篇，二节本之上层，书影见孔夫子旧书网。**

2. **清刊《解学士诗》一篇，二节本之下层，书影见孔夫子旧书网。**

〔一〇七〕存仁堂　建阳(陈怀轩)

存仁堂陈怀轩约崇祯间刊《新镌国朝名公神断陈眉公详情公案》七卷十五门四十七则，日本蓬左文库藏，内封题“眉公陈先生选/详情公案/存仁堂陈怀轩刊”，正文卷端题“临川毛伯丘兆麟订，建邑怀轩陈梓”。建邑应指的是建阳，说明存仁堂陈怀轩为明代福建建阳书坊。

1. **万历间刊《杜骗新书》四卷八十三则，美国哈佛大学哈佛燕京图书馆藏。**

2. **约崇祯间刊《新镌国朝名公神断陈眉公详情公案》七卷十五门四十七则，日本蓬左文库藏。**

3. **明刊《新镌国朝名公神断李卓吾详情公案》五卷十一门二十九则，日本东京大学东洋文化研究所藏。**

D

〔一〇八〕达道堂　建宁

达道堂嘉庆年间开始刻书，嘉庆丁丑二十二年刊《校刊目经大成》三卷首一卷，（清）黄庭镜撰，山东省图书馆藏。达道堂刊本为《校刊目经大成》的原刊本。作者黄庭镜，自号不尘子，清代闽中濉川（今福建建宁）人。黄氏于乾隆六年草成《目经大成》，乾隆三十九年甲午始得以抄录全集，但未刊行。后黄氏弟子邓学礼（赞夫）于嘉庆十年冒名刊行，更名为《目科正宗》，刊行九年后被黄庭镜之孙黄璧峰见到，遂以家藏旧本相校后刊印，复名《目经大成》，嘉庆二十二年由达道堂剞劂，二十三年戊寅梨枣告成。黄氏为福建建宁人，由其孙黄璧峰主持刊刻的《校刊目经大成》很有可能刊刻于福建，故我们可以大致推测达道堂位于福建。

达道堂清刊《达道堂四书体注合讲》十九卷，（清）翁复辑，中国国家图书馆藏，书名页又题“学源堂四书体注合讲”；清刊《批点春秋左传纲目句解》；咸丰七年刊《活婴第一善本牛痘新法全书》，内封题“达道堂藏板”，书影均见孔夫子旧书网。

1. **道光九年刊《娱目醒心编》十五卷三十七回，中国国家图书馆藏**。

〔一〇九〕达德堂　不明

达德堂具体地点不明。

1. 光绪五年发兑文海堂刊本《大汉三合明珠宝剑全传》六卷四十二回，俄罗斯圣彼得堡大学藏。

〔一一〇〕达古堂　苏州

达古堂天启五年刊《诸子汇函》九十三种，北京大学图书馆藏，内封题“达古堂藏版”，卷端题“昆山归有光熙甫汇辑，长洲文震孟文起参订”，有识语云“太仆归震川先生，精研老庄，沉酣子集，手辑玄晏，有功来学。文太史特为标显，先梓老庄，踵刻诸子，名曰汇函，堪开玄悟之津梁，用广文人之胸次”。据此可知该书由苏州人文震孟参订，则此书有可能刊刻于苏州，刊刻该书的达古堂是否为苏州书坊，姑存疑。

达古堂清刊《达古堂易经体注》，书影见孔夫子旧书网。

1. 清癸卯年重刊《好逑传》四卷十八回，傅惜华旧藏。癸卯为乾隆四十八年、道光二十三年或光绪二十九年。

〔一一一〕大成堂　扬州(维扬)

大成堂有多家，分别叙录如下：

1. 维扬大成堂。清刊《新增万宝元龙杂字》，内封题“维扬大成堂藏板”，书影见孔夫子旧书网，以此知清代扬州有大成堂。

2. 湘潭大成堂。咸丰间刊《池上草堂笔记》，内封题“湘潭大成堂藏板”，书影见孔夫子旧书网。

大成堂乾隆五十四年刊《罗氏会约医镜》二十卷，(湖南)罗国纲著辑，大成堂梓行，中山大学图书馆藏，自序题“楚南上湘罗国纲振占氏自序”，正文题“湖南整斋罗国纲振占氏著辑，胞弟校定，男定鸿、定泰编次”，从题署看，此书应当是在湖南刊刻的。

3. 京都大成堂。清光绪间刊《诗集传》八卷，(宋)朱熹注，北京师范大学图书馆藏；光绪十五年刊《东厢雅纨记》四十回，(清)刘松亭撰，北京大学图书馆藏。另外，京都大成堂清刊《万事通考七言杂字》《慎诒堂诗经》等书，书影见孔夫子旧书网。

4. 陈州大成堂。光绪癸未九年刊《养云山馆试帖注释》，书影见孔夫子旧书网。陈州即今河南省周口市淮阳区，清雍正十二年后属陈州府。

5. 开邑火烧坝孔大成堂。民国间刊《八仙图》，书影见孔夫子旧书网。开邑，民国间指四川开江县。

大成堂刊刻的书尚有：道光乙酉五年刊《分类针腋》，书影见孔夫子旧书网；咸丰二年刊《明戚少保纪效新书》十八卷，香港中文大学图书馆藏；光绪庚辰六年镌《史案》，北京师范大学图书馆藏；同治庚午九年双色套印《批点八家诗选注释》；清刊《增补便书便用通考》、《幼学故事琼林》、《杨清银论》、《银经发秘》合刻等，书影均见孔夫子旧书网。

1. **清刊《今古奇观》四十回，书影见孔夫子旧书网。**
2. **清末刊《封神演义》二十卷一百回，书影见孔夫子旧书网。**
3. **清刊《征西说唐三传》十卷八十八回，中国国家图书馆藏。**

〔一一二〕大成斋　杭州(武林)

大成斋清发兑《后三国石珠演义》三十回，藏于上海图书馆，内封题“圣叹外书/李卓吾先生批评/三国后传/武林大成斋发兑”。武林乃杭州之别称，以此知大成斋位于杭州。

大成斋刊书不晚于顺治年间，顺治乙酉二年刊《本草汇言》，(明)钱塘倪朱谟编，1997年北京中医古籍出版社有影印本。乾隆十年刊《潜邱札记》，(清)阎若璩撰，中国国家图书馆藏；乾隆五十二年刊《草字汇》十二卷，(清)石梁辑，中国国家图书馆藏；乾隆四十五年刊《重订文选集评》十五卷，首末各一卷，(清)于光华编，南京大学图书馆藏；清刊《四声猿》，附图四幅，(明)徐渭编，清华大学图书馆藏；清刊

《大成斋古文观止》，书影见孔夫子旧书网。

关于大成斋的详细情况，参见文革红《清代前期通俗小说刊刻考论》“大成斋”条（第 391 页）。

1. **乾隆五十年刊《豆棚闲话》十二卷十二则，天津图书馆藏。**

2. **清刊《后三国石珠演义》三十回，上海图书馆藏。**

〔一一三〕大道堂　成都

大道堂光绪十七年刊《三遂平妖传》八卷，四川省图书馆藏，内封题“成都大道堂”[①]，据此可知大道堂位于成都。大道堂道光五年刊《青云集分韵试帖详注》四卷，（清）杨逢春、萧应櫆辑，（清）沈品三等注，南开大学图书馆藏。同治丙寅五年刊《批点三十艺注释》，内封有“大道堂”“京板”方印两枚；同治癸酉十二年刊《鸿文堂详校外科正宗》，书影均见孔夫子旧书网；光绪十九年刊《音韵正讹》四卷，（清）孙耀辑，（清）吴思本订，北京大学图书馆藏；清刊《千家诗注释》《百家姓考略》《增补药性赋医方捷径珍珠囊合编》《尚书离句》《元亨牛经大全》《大道堂诗经体注》等书，书影均见孔夫子旧书网。大道堂刊书极多，应是清代成都地区比较著名的书坊。

1. **光绪十七年刊《三遂平妖传》八卷，四川省图书馆藏。**

2. **清刊《云合奇踪》五卷八十回，书影见孔夫子旧书网。**

3. **光绪五年重刊《第五才子书水浒传》十二卷一百二十四回，中国国家图书馆藏。**

4. **清刊《蔡元放评水浒后传》十卷四十回，复旦大学图书馆藏。**

5. **乾隆十七年序刊《东周列国志》二十三卷一百〇八回，书影见孔夫子旧书网。**

---

① ［日］大塚秀高. 增补中国通俗小说书目［M］. 日本：汲古书院，昭和五十九年八月（1984）：130.

〔一一四〕大德堂　扬州(维扬)

大德堂同治十三年刊《外科正宗》,内封题“同治甲戌年重镌/崇川陈实功原本/外科正宗/维扬大德堂藏板”,据此知大德堂位于扬州。

大德堂康熙四十四年刊《四书明儒大全精义》三十八卷,美国哈佛大学哈佛燕京图书馆藏;乾隆十七年刊《见闻录》,(清)徐岳撰,中国国家图书馆藏。乾隆间刊《云林别墅初辑酬世锦囊书启合编初集》,(清)邹景扬辑,藏于中国国家图书馆;乾隆甲寅五十九年刊《图注王叔和脉诀八十一难经辨真》、嘉庆甲子九年刊《左传选》,书影均见孔夫子旧书网;道光二十一年刊《正校绘图天雨花》三十回,(清)陶贞怀撰,中国人民大学图书馆藏。大德堂尚刊有《二论备旨童子进学解》《四言杂字》《选择通书广玉匣记》《东坡诗话》等书,书影均见孔夫子旧书网,其营业时间从康熙年间一直持续到光绪末年。

关于大德堂的详细情况,参见文革红《乾嘉时期小说书坊与通俗小说》“大德堂”条(第 172 页)。

1. **乾隆十五年刊《女才子书》十二卷首一卷十二篇,大连图书馆藏。**

2. **乾隆十八年刊《女才子书》十二卷首一卷十二篇,中国国家图书馆、上海图书馆藏。**

3. **同治十二年刊《娱目醒心编》十六卷三十九回,中国国家图书馆藏。**

4. **约嘉庆间刊《绣像第一才子书》十九卷一百二十回,南京图书馆藏。**

〔一一五〕大观堂　金陵

金陵大观堂清刊《云合奇踪》十卷,山东大学图书馆藏,卷五末题作“金陵大观堂刊行”,卷九末题作“大观堂重刊”,据此可知清代金陵有大观堂。

苏州亦有大观堂，刊书始于明末，崇祯二年刊《资治通鉴目录》三十卷，（宋）司马光编集，中国海洋大学图书馆藏，内封题“陈明卿太史评阅/资治通鉴目录/金阊大观堂发行”，序首页版心下镌“吴门金麟书/陈天祯刊”，据此可知大观堂应位于苏州，其主人为陈天祯。

金阊大观堂刊刻的书尚有：天启六年刊《宋元通鉴》一百六十七卷，（明）薛应旂编集，（明）陈仁锡评阅，南京大学图书馆藏；崇祯元年刊《宋丞相李忠定公别集》三卷，（宋）李纲撰，吉林大学图书馆藏；明末刊《甲子会纪》五卷，（明）薛应旂编集，（明）陈仁锡评阅，北京大学图书馆藏；明末刊《五经疏义统宗五种》十二卷，附《周礼》二卷，（明）陈仁锡评阅，复旦大学图书馆藏；崇祯十五年刊《增订二三场群书备考》四卷，（明）袁黄撰，北京大学图书馆藏；康熙间刊《凭山阁增辑留青新集》三十卷，（清）陈枚辑，吉林大学图书馆藏；道光二十五年刊《大佛顶首楞严咒》，朱印，北京大学图书馆藏；清刊《珍珠囊药性赋》《新镌透胆寒》等书，书影见孔夫子旧书网。

1. **清刊《云合奇踪》十卷八十回，金陵大观堂刊本，山东大学图书馆藏。**

〔一一六〕大经堂　抚州金溪

大经堂道光十年刊《四游全传》，中国国家图书馆藏，其《北游记》正文卷端题“许湾书林中巷大经堂梓”，据此可知大经堂位于江西抚州金溪许湾之中巷。

大经堂嘉庆十年刊《南海观音菩萨出身修行传》，北京大学图书馆藏，以此知其营业时间不晚于嘉庆十年。嘉庆十三年刊《书经体注图考大全》，孔夫子旧书网上有书影；雍正四年序刊《半窗史略》四十二卷，（清）龙铁芝纂，香港中文大学图书馆藏；清刊《小学集注》六卷，（明）陈选集注，南京大学图书馆藏；清刊《洞天奥旨》《小儿推拿活婴全书》《奎壁易经》《增订古文析义》等书；和香远堂合刊《书法正宗》，孔夫子旧书网均有书影。据《江西出版纪事》，知江西许湾大经堂是金溪两仪堂的分号，刊书质量不错。

1. **清刊《锦香亭》四卷十六回，日本天理图书馆藏。**

2. **清刊《两交婚》十八回，天津图书馆藏。**

3. **道光五年刊《争春园》十二卷，辽宁大学图书馆藏。**

4. **道光十年覆明刊《北方真武祖师玄天上帝出身志传》二卷二十四则，大连图书馆、北京大学图书馆藏。**

5. **清刊《北方真武祖师玄天上帝出身志传》二十四回，日本京都大学人文科学研究所藏。**

6. **嘉庆十年覆明刊《南海观世音菩萨出身修行传》一卷，北京大学图书馆藏。**

〔一一七〕大魁堂　上海

大魁堂咸丰元年刊《千字文释义》，苏州图书馆藏，内封题“上海大魁堂藏板”；同年刊《三字经训诂》，苏州图书馆藏，内封题“上海大魁堂桢记藏板”；清刊《监本易经》，内封题“上洋大魁堂藏板”，书影见孔夫子旧书网。据此可知大魁堂位于上海，上海清属松江府。

大魁堂刊书不晚于康熙年间，康熙五十九年刊《画禅室随笔》四卷，(明)董其昌撰，卷端题“华亭其昌著/长洲杨补编次/吴趋陈王宾校订”，中国国家图书馆等处藏。大魁堂同治三年刊《宣南鸿雪集》二卷，(清)廉兆纶等撰，复旦大学图书馆藏；清刊《百家姓考略》，(清)王相纂，徐建勋校，复旦大学图书馆藏；光绪二十二年刊《灵应祠田铺图形》，香港中文大学图书馆藏。可知大魁堂刊书延续至光绪年间。

关于大魁堂的详细情况，参见文革红《乾嘉时期小说书坊与通俗小说》“大魁堂”条(第189—190页)。

1. **清刊《西游真诠》一百回，中国国家图书馆藏。**

2. 清初刊《金批第一才子书》十九卷一百二十回，上海图书馆、北京师范大学图书馆藏，此本与下面的孔网本插图不同，两者不是同板。

3. 嘉道间刊《第一才子书》十九卷一百二十回，书影见孔夫子旧书网。

〔一一八〕大盛堂　金陵（金陵书林李澄源）

大盛堂明末刊《重刻增补燕居笔记》十卷，复旦大学图书馆、中国国家图书馆藏，内封题"重刻增补燕居笔记/大盛堂梓"，卷一题"金陵书林李澄源新梓"；明万历元年金陵三山对溪富春堂刊、清初金陵大盛堂修补本《新刻出像增补搜神记大全》六卷，北京大学图书馆、清华大学图书馆藏，内封题"金陵大盛堂梓"。据此可知大盛堂位于金陵，主人为李澄源。

大盛堂刊书不晚于康熙年间，康熙五十一年刊《重刻详订世史类编》六十一卷，（明）李纯卿等辑，谢迁补遗，清华大学图书馆藏；康熙五十四年刊《增补五子性理四书》，（清）华希闵辑注，北京大学图书馆藏；雍正七年刊《合例判庆云集》不分卷，（清）周梦熊辑，北京大学图书馆藏；嘉庆十五年刊《古文喈凤新编》八卷，（清）汪基辑，吉林大学图书馆藏；道光三年刊《文章游戏》八卷，（清）缪艮编，江西省图书馆藏；清末刊《佛说孟姜女长城宝卷》，书影见孔夫子旧书网。据此可知大盛堂刊书一直延续至清末。

大盛堂在苏州亦设书坊，古吴大盛堂清初刊《庚补笺释批评唐诗直解》七卷，首一卷，（明）李攀龙原撰，叶羲昂直解，蒋一葵笺释，钟惺批评，吉林大学图书馆藏；清刊《训蒙俗说》，内封题"古吴大盛堂梓行"，书影见孔夫子旧书网。

又有云林大盛堂。康熙三十八年刊《增补武经汇解》十卷，内封题"云林大盛堂梓"，北京大学图书馆藏。云林大盛堂康熙四十二年刊《唐宋八大家文钞》一百四十四卷，（明）茅坤辑，河南大学图书馆藏；康熙四十八年刊《留青广集》十四卷，（清）陈枚辑，山东大学图书馆藏；康熙五十三年重镌《增订春秋体注说约大全》，内封题“康熙五十三年重镌/云林大盛堂梓行”。云林，指江西金溪之云林镇。云林大盛堂可能为金陵大盛堂的分号。

1. **明末刊《重刻增补燕居笔记》十卷，复旦大学图书馆、中国国家图书馆藏。**

2. **道光十七年刊《争春园》四十八回，苏州大学图书馆藏。**

3. **康熙五十三年刊《列国志》八卷二百二十四则，北京大学图书馆藏。**

4. **光绪三十三年刊《忠孝勇烈奇女传》四卷三十二回，天津图书馆藏。**

〔一一九〕大文堂　广州

清代大文堂有多处，一一叙录如下：

1. 广东大文堂。大文堂同治甲戌年重刊《校补苏氏朱批孟子》，书影见孔夫子旧书网，内封题“大文堂梓”，卷端题“古冈赵大浣锦江氏增补”，序后题“羊城醉经楼□□堂督刊”。古冈即古代冈州，清代改名“新会”，属广州府，羊城也即广州，据此或可说明大文堂书坊位于广州。

广州大文堂道光二十八年刊《胎产心法》三卷，（清）阎纯宝撰，香港浸会大学图书馆藏；同治九年刊《试场异闻录五种》，（清）吕相燮辑，中国国家图书馆藏。宣统三年刊《全图易筋经》，中山大学图书馆藏，可知广州大文堂营业至清末。大文堂刊刻的小说极多，是个规模较大的书坊。

2. 山西大文堂。道光二十一年刊《桱华馆试帖汇钞辑注》十卷，（清）路德撰，（清）胡葆锷辑注，北京大学图书馆藏，内封题“道光辛丑年七月梓行/晋省大文堂”，由此可知山西太原有大文堂。

3. 京都大文堂。咸丰十一年刊《大清搢绅全书(辛酉秋季)》，北京大学图书馆藏，书衣签题“辛酉秋季/大文堂梓”“京都琉璃厂东门大文书坊……”，据此可知京都大文堂位于琉璃厂东门。咸丰七年刊《荡寇志》七十一卷七十一至一百四十回，(清)俞仲华撰，中山大学图书馆藏。

4. 江西大文堂。雍正十年至宣统三年刊《古唐诗合解》，唐诗十二卷，古诗四卷，武汉大学图书馆藏。

5. 四川重庆合州大文堂。光绪间刊《柳木剑》，清末民初刊《陈世美不认前妻》，中国国家图书馆藏。

1. 乾隆五十一年序刊《西湖佳话古今遗迹》十六卷十六篇，英国博物院藏。

2. 同治十二年刊《娱目醒心编》十六卷三十九回，北京大学图书馆藏。

3. 清末刊《娱目醒心编》十六卷三十九回，北京大学图书馆藏。

4. 清刊《天花藏批评玉娇梨》四卷二十回，浙江图书馆藏。

5. 清刊《天花藏批评玉娇梨》四卷二十回，书影见孔夫子旧书网。

6. 清刊《天花藏批评平山冷燕》四卷，天津图书馆藏。

7. 清刊《英云梦传》八卷十六回，谭正璧旧藏。

8. 道光二十八年重刊《金石缘》八卷，浙江图书馆藏。

9. 道光六年刊《合锦回文传》十六卷，中国国家图书馆藏。

10. 清刊《好逑传》四卷十八回，上海图书馆藏。

11. 清刊《映旭斋增订北宋三遂平妖全传》十八卷四十回，辽宁省图书馆藏。

12. 约道光、咸丰间刊《封神演义》二十卷一百回，复旦大学图书馆藏。

13. 清刊《后西游记》八卷四十回。

14. 清刊《草木春秋演义》五卷三十二回，中国国家图书馆藏。

15. 清刊《草木春秋演义》三十二回，大连图书馆藏。

16. 清刊《草木春秋演义》三十二回，日本东京大学东洋文化研究所仓石文库藏。

17. 道光丁未二十七年刊《济颠大师醉菩提全传》四卷二十回，上海图书馆藏。

18. 清刊《西游真诠》一百回，首都图书馆藏。

19. 清刊《新刻按鉴演义京本三国英雄志传》六卷二百四十则，上海图书馆藏。

20. 清刊《北宋志传》五十回，书影见孔夫子旧书网。

21. 清刊《南宋志传》五十回，书影见孔夫子旧书网。

22. 道光十七年刊《云合奇踪》十卷八十回。

23. 清刊《岳武穆精忠传》六卷六十八回，天津图书馆藏。

24. 清刊《西汉演义》八卷一百则，日本大阪大学文学部怀德堂文库藏。

25. 清刊《东汉演义》十卷一百二十五则，日本大阪大学文学部怀德堂文库藏。

26. 清刊《七国乐田演义》。

27. 光绪十六年刊《绣像第一才子书》六十卷一百二十回，山西省图书馆藏。

28. 清刊《说岳全传》二十卷八十回，北京大学图书馆藏。

29. 清刊《说岳全传》二十卷八十回，日本天理图书馆藏。

30. 乾隆十七年序刊《东周列国志》二十三卷一百〇八回，天津图书馆藏。

31. 约道光间刊《说唐演义前传》十卷六十八回，南京图书馆藏。

32. 约道光间刊《说唐小英雄传》二卷、《说唐薛家府传》六卷，南京图书馆藏。

33. 清刊《粉妆楼全传》八十回，厦门大学图书馆藏。

34. 道光十六年重刊《五虎平西前传》十四卷一百一十二回，北

京师范大学图书馆藏。

35. **清刊《征西说唐三传》十卷八十八回。**

36. **道光十年刊《海公大红袍全传》六十回，天津师范大学图书馆藏。**

37. **嘉庆十四年序、清刊《龙图公案》十卷一百则，上海图书馆藏。**

38. **道光十二年刊《绿牡丹全传》六卷六十四回，辽宁省图书馆藏。**

39. **咸丰七年重刊《荡寇志》七十卷七十回，日本大谷大学藏。**

〔一二〇〕大新堂　不明

大新堂具体地点不明。

1. **清刊《封神演义》十卷一百回，中国国家图书馆藏。**

〔一二一〕大兴堂　陕西兴安

大兴堂道光壬午二年新刊《增订敬信录》，内封题“兴安府大兴堂藏板”，书影见孔夫子旧书网。兴安府，古地名，今陕西省安康市，乾隆四十七年兴安州改设兴安府，属陕西布政司领，由此可知大兴堂为陕西兴安府书坊。大兴堂清代刊刻的书籍尚有：道光丙午二年刊《大兴堂增订四体书法》；道光九年刊《巧答文钞初集》；道光癸卯二十三年刊《重订痘疹定论》；咸丰庚申十年刊《诗韵集成》；同治戊辰七年刊《朱套七家诗笺注释》；光绪六年刊《批点二十艺句解》；清刊《幼学铁镜》《槐轩名家诗选笺注》等，书影均见孔夫子旧书网。大兴堂刊书多在道光至光绪年间。

1. **清刊《今古奇观》四十卷四十篇，英国牛津大学博德利图书馆藏。**

2. **乾隆五十一年序、清刊《西湖佳话古今遗迹》十六卷十六篇，孔德图书馆藏。旧藏。**

3. **乾嘉间刊《天花藏批评玉娇梨》四卷，中国社会科学院文学研究所藏。**

4. **嘉庆二十一年刊《西游真诠》一百回，上海图书馆藏。**

5. **道光十二年刊《绿牡丹全传》六卷六十四回，东北师范大学图书馆藏。**

〔一二二〕大业堂　金陵(周文炜)

明代金陵周文炜有书坊曰“大业堂”。周文炜，著名刻书家周亮工之父，江西金溪人，原籍河南祥符，长期寓居金陵，以开书坊著称。明万历四十五年金陵周文炜大业堂刻《梨云馆类定袁中郎全集》二十四卷，(明)袁宏道撰，西南大学图书馆、四川师范大学图书馆藏，可证周文炜至少于万历四十五年之前就已迁居金陵，开设书坊大业堂。康熙十六年金阊文雅堂梓行《山晓阁选明文全集》，(吴郡)孙执升评阅，江西省图书馆藏，有山晓阁《明文选例》云：“瑶篇邮寄祁致白门大业堂、吴门文雅堂以便汇选。”康熙十七年刊《朱子四书语类》五十二卷，(宋)朱熹撰，(清)金溪后学周在延重校，北京大学图书馆、北京师范大学图书馆藏，内封题“金陵大业堂梓”，都可证大业堂位于金陵。

周氏大业堂为金陵由明入清书坊。明代刊刻的书籍主要有：万历四十七年刊《山海经释义》十八卷，(晋)郭璞编，(明)王崇庆释义，北京大学图书馆藏；明刊《新镌删补易经直解》十二卷，(明)沈一贯编辑，(明)李光缙重辑，清华大学图书馆藏。

清代刊刻的书籍主要有：康熙元年刊《陋轩诗》八卷，(明)吴嘉纪撰，中国国家图书馆藏；康熙九年朱墨两色套印《广金石韵府》，(清)林尚葵辑，(清)李根校正，香港中文大学图书馆藏；康熙年间修补明刻《道书全集》存十二种，北京大学图书馆藏；康熙间大业堂印、郁郁堂刻(吴)吴山三妇合评《笺注第六才子书释解》八卷，版心下刻“大业堂”，十数叶后作“郁郁堂”，清华大学图书馆藏；清刊《天下才子必读书》十五卷，（清）金圣叹选批，中山大学图书馆藏。其余刊书不一一列载。

另有金阊大业堂，嘉庆己巳十四年春镌《重刊礼记省度》，朱墨两色套印本，（清）彭颐撰，江西省图书馆藏，内封题“金阊大业堂藏板”，由此可知金阊（苏州）有大业堂。

1. **明刊《李卓吾先生批评西游记》不分卷一百回，法国国家图书馆藏**。

2. **万历癸巳二十一年序刊《唐书志传通俗演义题评》八卷八十九则，日本东北大学藏**。

3. **万历四十年刊《西晋演义》四卷一百一十六则，中国国家图书馆藏**。

4. **万历四十年刊《东晋演义》八卷二百三十一则，中国国家图书馆藏**。

〔一二三〕大业堂　金陵周希旦

金陵书林周希旦万历四十年刊《重刻西汉通俗演义》八卷一百〇一则、《重刻京本增评东汉十二帝通俗演义》十卷一百四十六则，日本宫内厅书陵部藏。《西汉演义》题“绣谷后学敬弦周世用订讹，金陵书林敬素周希旦校□”；《东汉演义》题“金川西湖谢诏编集，金陵周氏大业堂评订”。据此可知金陵周希旦有大业堂书坊。周希旦与周文炜之关系待考。

1. **万历四十年刊《重刻京本增评东汉十二帝通俗演义》十卷一百四十六则，日本宫内厅书陵部藏**。

2. **万历四十年刊《重刻西汉通俗演义》八卷一百〇一则**。

〔一二四〕大酉堂　京师(京都)

大酉堂光绪三十年发兑上海点石斋石印《（光绪）癸卯直墨采真》

不分卷，内封题“京都大学堂评选/上海点石斋/飞鸿阁/芸华裴及/京都大西堂发兑”，中国人民大学图书馆藏；甲寅（咸丰四年或民国三年）刊《三字经》，书影见孔夫子旧书网，内封题“厂东西门内大西堂藏板”，据此可知大西堂为京师书坊，位于琉璃厂东西门内。

大西堂刊书不晚于嘉庆年间。嘉庆十四年刊《清文指要》三卷，续二卷，北京大学图书馆藏，内封题“嘉庆十四年夏重刻/大西堂藏版/清文指要”；嘉庆十八年重刊《重订香屑集笺注》，内封题“大酉堂藏板”，书影见孔夫子旧书网；嘉庆十九年刊《古文未曾有集》八卷，（清）工甫白评选，中国国家图书馆藏。

1. **清刊《忠义水浒传》二十卷一百一十五回（《汉宋奇书》之上层），英国博物院藏。**

2. **清刊《四大奇书第一种》六十卷一百二十回（《汉宋奇书》之下层），英国博物院藏。**

〔一二五〕带月楼　不明

带月楼刊书不晚于康熙年间。康熙间刊《濂洛关闽性理集解》四卷，（清）张伯行集解，中国国家图书馆藏；康熙癸卯二年序刊《资治新书》，（清）李渔辑，书影见孔夫子旧书网；康熙五十一年刊《行厨集》十七卷，诗四卷，（清）李之淜辑，汪建封辑，清华大学图书馆藏；乾隆二十七年刊《字汇》十二卷，《韵法直图》一卷，（明）梅膺祚撰，吉林大学图书馆藏；乾隆四十年刊《增补四书人物聚考图解》，有序，题“古杭黄澍谨题”；乾隆间刊《正字通》十二集三十六卷，首一卷，末一卷，（清）张自烈、廖文英辑，苏州大学图书馆藏；清刊《六科症治准绳》九卷，卷首一卷，（清）王肯堂编撰，中国国家图书馆藏；清刊《医学汇函》十三卷，卷首一卷，（明）聂尚恒撰；清刊《扁鹊八十一难经》一卷，（明）聂尚恒注。

带月楼具体地点不明，可能为杭州地区书坊。

1. 明刊《石点头》十四卷十四篇，中国国家图书馆、北京大学图书馆藏。

2. 清刊《新镌绣像醉醒石》十四卷，中国书店旧藏。

3. 清初刊《西晋演义》四卷一百十六则(《东西晋演义》之西晋)，中国社会科学院文学研究所藏。

4. 清初刊《东晋演义》八卷二百三十一则(《东西晋演义》之东晋)，中国社会科学院文学研究所藏。

〔一二六〕丹宝堂　广州(粤东省上陈塘)

丹宝堂清刊《走马春秋》四卷十六回，中国国家图书馆藏，内封题“省城上陈塘丹宝堂”，卷一末叶题“粤东省上陈塘丹宝堂板”。上陈塘，位于广州市太平门外，故知丹宝堂为清代广州书坊。

1. 清刊《走马春秋》四卷十六回，中国国家图书馆藏。

〔一二七〕丹柱堂　广州(省城第七甫)

丹柱堂清刊《新刊北方真武祖师玄天上帝出身志传》，藏于中国国家图书馆，内封题有“省城第七甫丹柱堂”字样，据此知丹柱堂为广州书坊，位于第七甫。

丹柱堂刊刻的书籍主要有：同治七年刊《丹山凤出头伯牙碎琴》，光绪廿五年刊《七政大全》，清刊《四续孟丽君再造天》等，书影均见于孔夫子旧书网。

另有书坊曰“丹桂堂”，后人常常将“丹柱堂”误为“丹桂堂”，从刊书情况看，广州丹桂堂营业刻书始于民国年间，民国三年丹桂堂刊《细订合参时辰通书》，内封有识语云“铺在粤东省城学院衙前对门北向开张，贵客光顾留心细察真假，请认攀丹桂堂正老铺苏家字号为记”，书影见孔夫子旧书网，据此可知丹桂堂位于广州学院衙前对门北向，为民国间书坊，并非清代位于第七甫的丹柱堂。丹柱堂与丹桂堂之间是否有关联，尚不明确。

关于丹柱堂的详细情况，参见文革红《乾嘉时期小说书坊与通俗小说》“丹柱堂”条(第204—205页)。

1. **清后期刊《阴阳显报鬼神传》四卷十八回，中国国家图书馆藏。**

2. **清刊《麟儿报》四卷十六回，美国国会图书馆藏。**

3. **咸丰六年刊《二度梅全传》六卷四十回，日本东京大学藏。**

4. **咸丰九年刊《好逑传》四卷十八回，日本无穷会织田文库藏。**

5. **清刊《济颠大师醉菩提全传》四卷二十回，美国耶鲁大学藏。**

6. **清刊《锋剑春秋》十卷六十回，浙江图书馆藏。**

7. **道光二十八年序刊《阴阳斗异说传奇》四卷十六回，英国博物院藏。**

8. **清刊《华光天王南游志传》十八回，中国国家图书馆藏。**

9. **清刊《北游记玄帝出身传》四卷二十四回，中国国家图书馆藏。**

10. **同治丁卯六年刊《北宋志传》五十回，南京大学图书馆藏。**

11. **同治丁卯六年刊《南宋志传》五十回，南京大学图书馆藏。**

12. **清刊《残唐五代史演义传》六卷六十回，南京师范大学图书馆藏。**

13. **咸丰十年重刊《第一才子书》六十卷一百二十回，日本米泽市立米泽图书馆藏。**

14. **清刊《新刻增异说唐全传》十四卷六十八回，中国国家图书馆藏。**

15. **清刊《后唐全传》十一卷五十五回，中国国家图书馆藏。**

16. **咸丰十年刊《赵太祖三下南唐被困寿州城》八卷五十三回，中国国家图书馆藏。**

17. **同治四年刊《赵太祖三下南唐被困寿州城》八卷五十三回，天津图书馆藏。**

18. 清刊《续北宋志天门阵演义十二寡妇征西》四卷十九回，日本天理图书馆藏。

19. 道光二十三年刊《说唐薛家府传》六卷四十二回，上海图书馆藏。

20. 清刊《异说反唐演义全传》十卷一百回，中国国家图书馆藏。

21. 清刊《后续五虎将平南》八卷三十五回，收藏地不明[①]。

22. 嘉庆十四年刊《警富新书》四卷四十回，书影见孔夫子旧书网。

〔一二八〕澹雅书局　宝庆

澹雅书局光绪二十一年刊《史通削繁》四卷，(唐)刘知幾撰，(清)纪昀削繁，(清)浦起龙注，目录题“宝庆澹雅书局”；光绪二十六年刊《船山史论》《宋论》等书，(清)王夫之撰，内封题“湖南澹雅书局藏版”，中国国家图书馆藏，以此知澹雅书局位于湖南宝庆府。

澹雅书局光绪十九年刊《欧阳文忠公全集》一百三十卷，(宋)欧阳修撰；光绪二十年刊《八铭堂塾钞》二集，(清)吴懋政辑，中国国家图书馆藏。见于孔夫子旧书网的有《四书备旨》《三指禅》《医方一盘珠》《鉴略妥注》《幼学琼林》《礼记集说》《诗经体注》《二论引端》《孔子家语》《唐诗三百首注释》《龙文鞭影》《种子金丹》等书，均刊于光绪及民国间，澹雅书局为晚清湖南宝庆书坊中刊书较多者。

1. 光绪三十三年刊《绣像第一才子书》五十一卷一百二十回，北京大学图书馆藏。

2. 光绪十九年刊《东周列国志》一百〇八回，日本京都大学人文科学研究所村本文库藏。

---

① ［日］大塚秀高. 增补中国通俗小说书目[M]. 日本：汲古书院，昭和五十九年八月(1984)：263.

〔一二九〕澹雅堂　不明

澹雅堂道光十一年新刊《阳宅三要》；光绪十二年新编《挽联合编》六卷；光绪丁酉二十三年刊《书式新裁》，内封题“澹雅堂藏版”，书影见孔夫子旧书网。澹雅堂具体地点不明。澹雅堂与澹雅书局是否为同一家书坊亦无确证。

1. **约嘉庆间刊《二度梅全传》六卷四十回，广东省立中山图书馆藏。**

〔一三〇〕道生堂　常州（宜兴）

道生堂光绪四年重刊《忠孝勇烈奇女传》四卷三十二回，中国国家图书馆藏，内封题“常州道生堂藏板”；光绪癸未九年刊《状元书经》，内封题“宜兴道生堂藏板”，书影见孔夫子旧书网。宜兴清属常州府，据此可知清代道生堂位于常州府宜兴县。

道生堂同治庚午九年重刊《验方新编》，内封题“道生堂藏板”；清刊《鬼谷子先生四字经前定数》；光绪庚辰六年重刊《注释唐诗三百首》，书影均见孔夫子旧书网。

另有江右道生堂，光绪十五年刊《指明算法》，内封题“江右道生堂藏板”，书影见孔夫子旧书网；浒湾道生堂光绪二十九年刊《三味局增定课读鉴略妥注善本》五卷，中国国家图书馆藏。以此知江西抚州金溪浒湾亦有道生堂书坊。

1. **光绪四年重刊《忠孝勇烈奇女传》四卷三十二回，中国国家图书馆藏。**

〔一三一〕得成堂　不明

得成堂具体地点不明。

1. **光绪乙亥元年刊《常言道》四卷十六回，复旦大学图书馆藏。**

〔一三二〕得月楼　上海(上洋)

1. 明末江阴李鹗翀书斋名为“得月楼”，有《江阴李氏得月楼书目摘录》，光绪十四年刊本，中国国家图书馆藏。江阴属常州府，则明末得月楼当在常州。李氏是藏书家，是否刻书不清楚。

2. 上洋得月楼。光绪十一年刊《十三经不贰字》，(清)李鸿藻撰，华东师范大学图书馆藏。上洋即上海，由此可知光绪间上海有得月楼书坊。

得月楼刊书不晚于乾隆间，乾隆四十八年刊《张仲景著伤寒论》，内封题“得月楼藏板”，卷端题“钱塘张卿子参”；乾隆二十三年序刊《汇纂诗法度针》；光绪庚辰六年刊《校补廿一史约编》；清刊《搭截文钞》；清刊《新增象吉大通书》，内封题“中元甲子未来历/潭阳魏明远纂辑/新增象吉大通书/得月楼藏板”，书影均见孔夫子旧书网。

1. **清初刊《巧连珠》四卷十五回，已经佚失。**

2. **明末清初刊《映旭斋批点北宋三遂平妖传》不分卷四十回，北京大学图书馆藏。**

3. **雍、乾间刊《苏庵二集归莲梦》不分卷十二回，已经佚失。**

〔一三三〕得月斋　金陵周誉吾

得月斋周誉吾万历三十四年序刊《新镌陈眉公先生批评春秋列国志传》十二卷二百二十三则，(明)余邵鱼撰，陈继儒评，中国国家图书馆藏。

周誉吾明刊《周会魁校正官板名儒四书大全》十八卷，(明)胡广等辑，周士显订，中国国家图书馆藏。周誉吾出身于刻书世家，其祖上从元代起就经营刻书，有留耕堂书坊。留耕堂为“元代一刻书家周姓的室名。刻印过宋朱熹《资治通鉴纲目》59 卷(半页 10 行，行 16 字)。至明代，后裔周誉吾刻印过周士显校正《四书大全》

18卷”[1]。据许振东、宋占茹《明代金陵周氏家族刻书成员与书坊考述》一文，知周誉吾为金陵刻书家[2]，则其书斋“得月斋”应位于金陵。

周誉吾刊刻的书主要有：明重刊嘉靖二十七年金陵书林对溪唐富春刻本《太医院校注妇人良方大全》，藏中国中医研究院图书馆，内封题“锲太医院校注妇人良方大全/周誉吾刊行”；明刊《性理大全书》七十卷，（明）胡广等撰，重刻万历二十五年吴勉学师古斋刻本，牌记曰“太史李九我先生纂订/性理大全/呈祥馆周誉吾藏板”，前刊万历丁酉年吴勉学师古斋序，卷尾有“新安吴勉学重校”字样，见博宝拍卖网，据此可知周誉吾又有书斋名“呈祥馆”。

从其刊书情况看，周誉吾生活的年代主要是明末。

1. **万历三十四年序刊《新镌陈眉公先生批评春秋列国志传》十二卷二百二十三则，中国国家图书馆藏**。

〔一三四〕德华堂　济南（山东省城德华堂王少南）

德华堂光绪十二年刊《志远堂文集》十卷，（清）邹钟撰，藏于北京大学图书馆，内封背面题“光绪十二年山东省城德华堂王少南刊”，据此知德华堂位于山东济南，主人为王少南。

德华堂道光二十五年刊《古唐诗合解笺注》，内封题“德华堂藏板”，书影见孔夫子旧书网。关于德华堂的详细情况，参见文革红《乾嘉时期小说书坊与通俗小说》“德华堂”条（第305—306页）。

1. **乾隆四十年刊《雪月梅全传》十卷五十回，上海古籍出版社、北京大学图书馆藏**。

---

① 瞿冕良编著. 中国古籍版刻辞典（增订本）[M]. 苏州：苏州大学出版社，2009：725.

② 许振东，宋占茹. 明代金陵周氏家族刻书成员与书坊考述[J]. 河北大学学报（哲学社会科学版），2011，（2）：105—108.

〔一三五〕德聚堂 1　金陵

德聚堂清刊《新刻出像京本忠义水浒传》，藏于中国国家图书馆，内封题“金陵德聚堂、文星堂梓行”；清又刊《佛印问答东坡诗话》三卷，内封题有“金陵德聚堂梓行”字样；清刊《梅花易数》，卷端题有“宋邵雍尧夫著/秣陵德聚堂订正”字样，孔夫子旧书网均可见书影。秣陵指金陵，据此知德聚堂位于金陵。

关于德聚堂的详细情况，参见文革红《乾嘉时期小说书坊与通俗小说》“德聚堂”条（第 121—122 页）。

1. **康熙三十四年序、乾隆间刊《全像封神传》十卷一百回，北京大学图书馆藏**。

2. **清刊《忠义水浒传》二十卷一百一十五回（《汉宋奇书》之上层）**。

3. **清刊《四大奇书第一种》二十卷一百二十回（《汉宋奇书》之下层）**。

4. **清初与文星堂合刊《新刻出像京本忠义水浒传》十卷一百一十五回，中国国家图书馆藏**。

5. **清刊《云合奇踪》十卷八十回，中国国家图书馆藏**。

〔一三六〕德聚堂 2　苏州（古吴，陈长卿）

古吴德聚堂崇祯间刊《河洛理数》，四川省图书馆藏[①]；清刊《增补发微大统历正通书大全》，内封题“德聚堂陈长卿”梓，书影见孔夫子旧书网。据此可知明末苏州即有德聚堂，主人为陈长卿。金陵亦有德聚堂，两者之间的关系待考。参见本书“陈长卿”条。

1. **清初古吴德聚、文枢堂合刊后印万历庚申四十八年与耕堂费守斋刊本《新刻京本全像演义三国志传》，藏于日本**。

---

① 杨绳信. 中国版刻综录[M]. 西安：陕西人民出版社，1987.

2. **明末刊《新刻出像玉鼎列国志》十二卷一百〇八回，日本东京都立中央图书馆特别买上文库藏。**

〔一三七〕德林堂　顺天府（胜芳）

德林堂光绪二十九年刊《永庆升平后传》十二卷一百回，题“胜芳德林堂”。胜芳镇，属直隶顺天府霸州文安县管辖，清朝时被列为直隶六大重镇之一，以此知德林堂位于顺天府胜芳镇。

1. **光绪二十九年刊《永庆升平后传》十二卷一百回，据孙楷第目录著录。**

〔一三八〕德畲堂　不明

德畲堂具体地点不明。

1. **清刊《大汉三合明珠宝剑全传》六卷四十二回，谭正璧旧藏。**

〔一三九〕德盛堂　莱州（密邑）

德盛堂光绪乙未二十一年重校刊《唐诗合解笺注》，内封题“密邑德盛堂藏板”；光绪乙巳三十一年刊《历代纲鉴总论》，内封题“密邑德盛堂校正无讹”；清刊《木刻杂字》，书末有“莱州府高密德盛堂梓板”字样，书影均见孔夫子旧书网，据此可知此处密邑指高密，明初属山东青州府，明太祖洪武九年改属莱州府，清初沿袭明制，清光绪三十一年属胶州，因此，清代德盛堂当位于山东莱州府高密县。

德盛堂清代刊刻书籍多种，光绪八年刊《左传易读》六卷，吉林大学图书馆藏；光绪十六年刊《新订四书补注备旨》，山东大学图书馆藏。孔夫子旧书网上可见的有同治四年刊《增删卜易》，光绪三年刊《课幼二十艺》，光绪十五年刊《绣像二十四孝新订日记故事》，光绪十八年刊《星命万年书》，光绪十八年刊《分缮唐诗三百首注释》，清刊《鉴略四字书》等，不一一列举。

另有河南彰德府德盛堂，清刊《必须杂字》《官版正字告子集注》等书。

1. **光绪丁酉二十三年春刊《张子房归山诗》一篇，书影见孔夫子旧书网。**

2. **光绪丁酉二十三年春刊《解学士诗》一篇，书影见孔夫子旧书网。**

3. **清刊《绣鞋记警贵新书》四卷二十回，书影见孔夫子旧书网。**

4. **光绪丁酉二十三年刊《巧连珠》四卷，书影见孔夫子旧书网。**

〔一四〇〕德馨堂　眉山(何氏)

眉山何氏德馨堂道光己亥十九年刊《通易西游正旨》，北京大学图书馆、北京师范大学图书馆藏，第一回题"峨邑张含章逢源注，受业眉山友松何廷椿校刊"，以此知四川眉山德馨堂主人为何友松，字廷椿。

1. **道光己亥十九年刊《通易西游正旨》一百回，北京大学图书馆、北京师范大学图书馆藏。**

〔一四一〕德元堂　重庆(四川忠州)

德元堂清刊《钟伯敬先生批评东西汉演义》，大连图书馆藏，内封题"忠州德元堂藏板"。忠州，清代隶属于四川重庆，以此可知德元堂为四川重庆书坊。

1. **清刊《西汉演义》八卷一百则(《钟伯敬批评东西汉演义》之西汉)，大连图书馆藏。**

2. **清刊《东汉演义》十卷一百二十五则(《钟伯敬批评东西汉演义》之东汉)，大连图书馆藏。**

〔一四二〕登笼馆　不明

登笼馆具体地点不明。

1. **万历间刊《新镌重订出像注释东汉通俗演义》,傅惜华旧藏。**

〔一四三〕登秀堂　金溪

登秀堂清刊《文成字汇》首卷、尾卷和天干十二部,内封题“登秀堂藏板”,《凡例》卷端署“文光堂梓行”,可见为文光堂原刻、登秀堂得板后印本,书影见华夏收藏网。文光堂为清代江西金溪书坊,从地域接近性的角度看,登秀堂很可能也位于金溪,姑存疑。

登秀堂主要刊刻的书籍有嘉庆元年刊《娄景全传》,道光十五年刊《张太史训了三十篇》,道光二十年刊《二龙图》,清刊陈方平选《江释分法小题拆字》《古唐诗合解》等,书影均见孔夫子旧书网。关于登秀堂的详细情况,参见文革红《乾嘉时期小说书坊与通俗小说》“登秀堂”条(第 278 页)。

1. **清刊《绣像批点红楼梦》一百二十回,书影见孔夫子旧书网。**
2. **嘉庆二十四年刊《听月楼》不分卷二十回,中国国家图书馆藏。**

〔一四四〕钓璜轩　南安(吕熊)

钓璜轩康熙间刊《女仙外史》一百回,藏于复旦大学图书馆等处,有《古本小说集成》影印本,内封题“古稀逸田叟/新大奇书/女仙外史/钓璜轩贮板”。作者古稀逸田叟即吕熊,字文兆,约生于崇祯六年至八年间,卒于康熙末、雍正初,江苏昆山人,晚年居住苏州。《女仙外史》是吕熊在南昌花费三年时间完成的。此书为吕熊自刻本,由南安郡守陈奕禧为吕熊出资,“钓璜轩”乃吕熊之书斋名。既然南安郡守陈奕禧为吕熊出资刊刻了《外史》,因此《外史》刊刻的地点当在江西南安。

关于钓璜轩的详细情况,参见文革红《清代前期通俗小说刊刻考论》“钓璜轩”条(第 535—537 页)。

1. **康熙五十年自序刊《新刻逸田叟女仙外史大奇书》不分卷一百回，复旦大学图书馆、上海图书馆藏。**

〔一四五〕鼎翰楼　不明

鼎翰楼乾隆十一年刊《荆楚要览》，(清)陈蔚章纂，藏于中国国家图书馆，内封题“鼎翰楼藏版”，可证鼎翰楼乾隆年间已经营刻书。荆楚乃湖北之古称，据此判断鼎翰楼有可能位于湖北。

鼎翰楼嘉庆元年刊《大六壬神课金口诀》六卷，《别录》一卷，(明)适适子撰；嘉庆庚申五年刊《文成字汇》；清刊《增订古文观止》五卷；道光二十八年刊《孔子家语》，书影均见孔夫子旧书网。

鼎翰楼刊书与湖北省有较大的关联，似为湖广地区书坊，详细地点尚不能确定。

关于鼎翰楼的详细情况，参见文革红《乾嘉时期小说书坊与通俗小说》“鼎翰楼”条(第329页)。

1. **嘉、道间刊《锦香亭》四卷十六回，中国国家图书馆藏。**
2. **清初刊《凤凰池》四卷十六回，苏州图书馆藏。**
3. **嘉庆五年刊《金石缘》□卷。**

〔一四六〕东壁山房1　上海

上海东壁山房光绪十三年刊《今古奇闻》二十二卷，复旦大学图书馆藏，内封题“上元王寅冶梅氏选/新选今古奇闻/上海东壁山房藏板”，序题“光绪十三年岁次丁亥夏四月上浣东壁山房主人王寅冶梅甫题于春申江上”，有印章“王寅”“冶梅”“金陵王氏”，据此知东壁山房主人即为王寅，字冶梅，金陵人氏，其所开设之东壁山房书坊位于上海。

东壁山房清刊《韩氏医通》，内封题“东壁山房藏板”，书影见孔夫子旧书网。又有汉镇东壁山房，光绪八年刊《东莱博议》，内封题“汉镇东壁山房藏板”，书影见孔夫子旧书网。汉镇即汉口，此东壁山房可能为王寅在汉口开设的分号。

1. **光绪十三年刊《今古奇闻》二十二卷二十二篇，中国国家图书馆藏**。

〔一四七〕东壁山房 2　京师

东壁山房清刊《绿牡丹全传》六卷八十四回，中国社会科学院文学研究所藏。内封题“京都东壁山房藏板”，由此可知京师亦有东壁山房，是否与上海东壁山房为同一家书坊，尚待考证。

1. **清刊《绿牡丹全传》六卷六十四回，中国社会科学院文学研究所藏**。

〔一四八〕东皋书屋　不明

东皋书屋乾隆三十三年序刊《飞龙全传》，内封题“东皋书屋藏板”，作者自序题“时乾隆三十三年岁在戊子仲秋之望东隅吴璿题”，有印“吴璿之印”“衡章”，辽宁大学图书馆藏。此本《中国通俗小说总目提要》认为是崇德书院的翻刻本：“东皋书屋藏板本，编次行款与乾隆三十三年(1768)崇德书院本全同，当为崇德书院刊板的重印或翻刻本。”①实际此本字体比崇德书院刊本精，笔画周正，确为乾隆刊本，应是原刊本，崇德书院本有可能为翻刻本。东皋书屋刊刻的其他书未见，此书屋可能是作者吴璿的书室，非营业性质的书坊。吴璿自称“东隅吴璿”，“东隅”古代指中原地区以东的小国，具体指何处难以明确判断，东皋书屋具体位于何处亦不明。

1. **乾隆三十三年自序刊《飞龙全传》不分卷六十回，辽宁大学图**

---

① 江苏省社会科学院明清小说研究中心，文学研究所编. 中国通俗小说总目提要[M]. 北京：中国文联出版公司，1990.

书馆藏。

〔一四九〕东观阁　金陵

东观阁刊书不晚于崇祯八年，崇祯八年刊《历代名臣奏议》三百五十卷，（明）吴郡张溥删正，藏于北京大学图书馆。

据杜泽逊《明末版权史事钩沉——崇祯十三年金陵石啸居刻〈四书大全辩〉卷首版权文件十四通读后》，南京有东观阁书坊：

> 第 14 通《抄刻应天府告示》。此告示为崇祯十三年六月应天府出示、金陵书坊石啸居张贴，即前 13 通版权文件之结局……此告示张贴处为“东观阁书房”。据《石啸居书目》“国朝古文辩”条所云“恳邮寄本坊东观阁”之语，可知东观阁书房即石啸居书坊之售书处。①

陈力《〈红楼梦〉东观阁本再考》一文赞成伊藤漱平的观点，认为东观阁非苏州书坊，可能位于北京，主人为王德化：

> 他（指伊藤漱平）在《〈程伟元刊《新镌全部绣像红楼梦》小考〉补说》一文中引用法式善《梧门诗话》的一段话，指出东观阁在北京琉璃厂，其主人为王德化（字珠峰，江西人），其说可从。②

既然北京、南京均有东观阁书坊，究竟是哪家刊刻了《红楼梦》，就要详细地进行甄别。南京东观阁早在崇祯八年就开始刊书，早于北京琉璃厂之东观阁，且京师东观阁刊书的记录并不多，故其是否有实力刊刻《红楼梦》尚存疑问。《红楼梦》较早的版本，如萃文书屋活字本、抱青阁刊本均刊于金陵，藤花榭本刊刻于扬州，这显然意味着

---

① 张本义. 大连图书馆百年纪念学术论文集[M]. 沈阳：万卷出版公司，2007，上册.

② 陈力.《红楼梦》东观阁本再考[J]. 文献，2003，(1)：160—177.

《红楼梦》最早流传的地区是江南之金陵、扬州等地，而非北京，所以，东观阁本刊刻于北京的说法尚有待确证。

清代东观阁尚刊有《汤头歌诀》一书，内封题“汪讱庵先生原本/汤头歌诀后附经络歌诀/癸未重刊/东观阁藏板”，书影见孔夫子旧书网。癸未为乾隆二十八年、道光三年或光绪九年。

关于东观阁的详细情况，参见文革红《乾嘉时期小说书坊与通俗小说》“东观阁”条(第122页)。

1. **嘉庆初年刊《新镌全部绣像红楼梦》一百二十回，中国国家图书馆、北京大学图书馆藏。**

2. **嘉庆辛未十六年刊《新增批评绣像红楼梦》一百二十回，天津图书馆藏。**

3. **嘉庆十九年刊《绣像红楼梦》一百二十回，四川大学图书馆、杜春耕藏。**

4. **嘉庆二十三年刊《新增批评绣像红楼梦》一百二十回，中国国家图书馆藏。**

5. **道光二年刊《新增批评绣像红楼梦》一百二十回，杜春耕藏。**

〔一五〇〕东泰山房　京师(京都)

东泰山房光绪七年刊《诗品注释》，内封题“京都东泰山房藏板”，书影见孔夫子旧书网，以此知东泰山房为京都(即京师)书坊，刊书主要在光绪年间。

1. **光绪七年重刊《升仙传》八卷五十六回，中国国家图书馆藏。**

2. **光绪间刊《绿牡丹全传》六卷六十四回，天津师范大学图书馆藏。**

3. **清刊《粉妆楼全传》十卷八十回，日本东京大学东洋文化研究所双红堂文库藏。**

〔一五一〕东溪堂　苏州

东溪堂康熙四十七年刊《士材三书》，(明)李中梓撰，(清)尤乘增辑，收《诊家正眼》三卷、《本草通玄》二卷、《病机沙篆》二卷，附尤乘《寿世青编》二卷。尤乘，苏州人，乃李士材学生，该书内封题“康熙戊子新镌/吴门尤生洲先生辑/合镌增补士材三书/东溪堂梓行”，首有“康熙丁未夏五吴门尤侗题于看云草堂”序。

东溪堂明末清初刊《薛氏医按》二十四种，(明)薛己撰，日本早稻田大学藏，内封题“东溪堂梓行”。薛己，字立斋，吴县人。雍正年间刊《西厢记》，书影见孔夫子旧书网，版画精美，插图有“程致远写”字样。清刊《情史》，(明)冯梦龙辑，大连图书馆藏，内封题“东溪堂藏板”；清刊《寓意草》一卷，(明)喻昌撰，中山大学图书馆藏。喻昌，字嘉言，号西昌老人，江西新建人，清初移居江苏常熟，明末清初著名医家，与张路玉、吴谦齐名，号称清初三大家。

东溪堂所刊书多为苏州人或寓居苏州者撰辑，结合插图、字体等判断，其或为苏州书坊。

1. **清刊《隋唐演义》二十卷一百回，大连图书馆藏**。

〔一五二〕独处轩　不明

独处轩同治二年刊《好逑传》，(清)名教中人撰，中国国家图书馆等处藏，内封题“癸亥年花朝月/好逑传/独处轩藏板”，据此可知独处轩为同治间书坊。由于其所刊书不多见，故未能找出其地点所在。

1. **同治二年刊《好逑传》四卷十八回，中国国家图书馆、上海图书馆、北京大学图书馆、南开大学图书馆等处藏**。

〔一五三〕敦堂　不明

敦堂道光三年刊《五美缘全传》，中国国家图书馆、华东师范大学图书馆藏，其余所刊书未见。不知为何处书坊。

1. **道光三年刊《五美缘》不分卷八十回，中国国家图书馆、华东师范大学图书馆藏。**

〔一五四〕敦德堂　京师（京都）

敦德堂光绪十五年刊《礼拜箴规》，玉润堂撰，见《中国宗教历史文献集成》第四编《清真大典》，第十五册，影印本，目录题“京都敦德堂”①，据此可知敦德堂为京师书坊。

敦德堂刊刻的书尚有：同治二年刊《新刻万国朝宗》六卷，（清）戴作铭辑，北京大学图书馆藏，内封题“敦德堂藏板”，卷端题“石城蒋天锡洪九氏校对”；清刊《女四书集注》，内封题“敦德堂藏板”，版心有“令德堂”字样，书影见孔夫子旧书网；光绪癸未九年刊《在山堂集》三十卷，（清）程大中著，（清）吴毓梅编次，武汉大学图书馆藏。

1. **清刊《第一才子书》六十卷一百二十回，书影见孔夫子旧书网。**

〔一五五〕敦和堂　金陵（江宁状元境）

清代三桂堂王振华刊本《警世通言》三十六卷三十六篇，中国国家图书馆藏，据大塚秀高《增补中国通俗小说书目》，此本内封有朱印“江宁状元境□□敦和堂发兑”②字样，据此可知敦和堂位于金陵，发兑过清代三桂堂王振华刊本《警世通言》。

1. **清发兑三桂堂王振华《警世通言》三十六卷三十六篇，中国国家图书馆藏。**

---

① 周燮藩主编. 中国宗教历史文献集成，第四编：清真大典，第十五册[M]. 合肥：黄山书社，2005.

② [日]大塚秀高编著. 增补中国通俗小说书目[M]. 日本：汲古书院，昭和五十九年八月(1984)：10.

〔一五六〕敦厚堂　苏州

敦厚堂刊书不晚于乾隆年间，乾隆十年刊《周易本义》十二卷，(宋)朱熹本义，苏州大学图书馆藏；乾隆庚戌五十五年重镌《增订应制诗赋题解》，书影见孔夫子旧书网。苏州吴江敦厚堂民国十七年印《鞠通乐府瘦吟楼词合刊》，内封反面题“吴江敦厚堂复印”，以此知民国间敦厚堂位于苏州吴江。

又有汴城敦厚堂，同治五年刊《北东园笔录》初编六卷，续编六卷，三编六卷，四编六卷，(清)梁恭辰撰，华东师范大学图书馆藏，题“汴城敦厚堂”。汴城即清代河南开封府，据此可知敦厚堂位于开封。

清代敦厚堂刊刻的书尚有道光间刊《增补外科证治全生合编》，咸丰间刊《十药神书注解》，光绪十八年刊《霍乱转筋绞肠吊脚痧症合刻》等，书影均见孔夫子旧书网。

1. **光绪十四年刊《狐狸缘全传》六卷二十二回，华东师范大学图书馆、浙江大学图书馆藏。**

〔一五七〕敦化堂　金陵

敦化堂乾隆间即开始经营刻书，乾隆五十九年春镌《监本易经》，卷末有牌记，题“东汝王氏订本/金陵敦化堂梓”，书影见孔夫子旧书网；嘉庆元年刊《东医宝鉴》二十三卷，藏于北京大学图书馆，题“江宁敦化堂”；道光二年刊《四子谱》两卷，内封题有“金陵敦化堂梓行”字样，孔夫子旧书网上有书影。据此可知敦化堂为清代金陵书坊。

敦化堂刊刻的书主要有：乾隆二十三年刊《省轩考古类编》，藏于北京大学图书馆；嘉庆二十年镌《鉴略妥注》，书影见孔夫子旧书网；万历三十九年序、清刊《路史》四十四卷，(宋)罗泌撰，藏于山西祁县图书馆；康熙五年序、清刊《三字经训诂》一卷、《百家姓考略》一卷、《千字文释义》一卷，藏于山西省文物局。清刊《天下才子必读书》十五卷末一卷，(清)金圣叹选评，藏于山西祁县图书馆。关于敦化堂的详细情况，参见文革红《乾嘉时期小说书坊与通俗小说》“敦化堂”条（第126—127页）。

1. **乾隆四十七年刊《西游真诠》一百回，北京大学图书馆藏。**

2. **约清中期和光霁堂合刊《绣像第一才子书》十九卷一百二十回，书影见孔夫子旧书网。**

3. **乾、嘉间刊《四大奇书第一种》六十卷一百二十回，北京大学图书馆藏。**

4. **乾隆十七年序，乾、嘉间刊《蔡元放评点东周列国志》二十三卷一百〇八回，辽宁省图书馆藏。**

〔一五八〕敦仁堂　抚州金溪（绣谷）

敦仁堂光绪四年刊《两般秋雨盦随笔》八卷，（清）梁绍壬撰，北京大学图书馆藏，内封背面镌“光绪戊寅岁春月绣谷敦仁堂重雕”。绣谷，江西抚州金溪之别称，据此可知敦仁堂为金溪书坊。

敦仁堂刊刻的书主要有：道光辛丑二十一年刊《节韵幼仪》，书影见孔夫子旧书网；咸丰壬子二年重刊《算法统宗》；光绪丙子二年重刊《周易参同契分章注解》，卷端题“金溪济一子傅金铨顶批圈点醒秘”，书影见孔夫子旧书网，内封题“敦仁堂藏板”；同治十年刊《耳食录》，卷端题“临川乐钧原名宫谱莲裳”，辽宁大学图书馆藏；同治癸酉十二年刊《桃花泉棋谱》，（清）范西屏著，吉林大学图书馆藏，内封题“敦仁堂梓行”。据敦仁堂刊书情况判断，其刊书时间主要是清代道光以后。

1. **《西晋演义》四卷一百一六则（《东西晋演义》之西晋），内蒙古大学图书馆藏。**

2. **《东晋演义》八卷二百三一则（《东西晋演义》之东晋），内蒙古大学图书馆藏。**

〔一五九〕多文斋　厦门

厦门多文斋道光间刊《秋水轩尺牍详注》，内封背面题“厦门多文斋”，书影见孔夫子旧书网。清刊《新镌秘本玉支矶小传》四卷、《再生缘》十卷、《绿牡丹全传》六卷等小说，内封均有“厦门多文斋藏板”字样，以此知多文斋位于厦门。

多文斋同治元年刊《慎独集》十卷，内封题“厦门多文斋藏版”，书影见孔夫子旧书网。其刊书时间主要是道光以后。

1. **咸丰八年刊《新镌秘本玉支矶小传》四卷二十回，北京大学图书馆、复旦大学图书馆藏。**

2. **光绪二年刊《再生缘》十卷，日本东京大学文学部波多野太郎藏。**

3. **咸丰七年重刊《后三国石珠演义》六卷二十九回，日本东京大学文学部藏。**

4. **咸丰七年刊《海公小红袍全传》十卷四十二回，书影见孔夫子旧书网。**

5. **同治九年刊《绿牡丹全传》六卷六十四回，日本九州大学教养部藏。**

E

〔一六〇〕二合堂　不明

二合堂详细地点不明。

1. **道光二十六年刊《张子房归山诗》一篇，书影见孔夫子旧书网**。

2. **道光二十六年刊《解学士诗》一篇，书影见孔夫子旧书网**。

〔一六一〕二经堂　不明

二经堂详细地点不明。

1. **嘉庆十八年刊《海公大红袍全传》六十回，英国博物院藏**。

〔一六二〕二美堂　金陵

二美堂清刊《家宝四集》，(清)石成金撰，书影见孔夫子旧书网。内封题“本衙藏板”，外封书签题“二美堂”，全书避康熙讳极严。作者石成金，清代医家，字天基，号惺庵愚人、觉道人、良觉居士。江苏扬州人，生于顺治十六年，卒于乾隆四年。著作甚多，如《养生镜》《长生秘诀》《石成金医书六种》《雨花香》等，并编有笑话集《笑得好》等书。《家宝四集》又有三美堂刊本，内封题“本衙藏板”，外封书签题“三美堂”。按，三美堂为金陵书坊，明末刊吴炳《粲花斋五种曲》，中国社会科学院文学研究所藏。三美堂与二美堂均刊有《家宝四集》，且均题“本衙藏板”，可见两者之间关系密切，三美堂位于金陵，则二美堂亦有可能是金陵书坊。

1. **清刊《欢喜冤家》六卷，大连图书馆藏**。

〔一六三〕二南堂　金陵

二南堂万历四十三年序、清刊《汲古阁重订字汇》，内封题“金陵二南堂梓行”，书影见孔夫子旧书网，据此题署可知二南堂位于金陵。

二南堂康熙三十六年刊《楚辞灯》四卷，（清）林云铭撰，藏于北京大学图书馆；康熙五十一年刊《荆川文集》十八卷，见孔夫子旧书网；雍正四年刊《重订七种文选》，（清）储欣编，藏于河西学院图书馆；乾隆五十年增修《伤寒论三注》十八卷，（清）喻昌撰，（清）刘宏璧删补，藏于北京大学图书馆；乾隆五十年刻《唐宋八大家类选》十四卷，（清）储欣评选，藏于上海图书馆。书影见于孔夫子旧书网的书籍有乾隆甲辰四十九年刊《增补四书人物备考》，乾隆五十年刊《西汉文选》，嘉庆七年刊《而庵说唐诗》，嘉庆壬戌七年刊《四书补注附考备旨》，清刊《诗经体注图考大全》等。

二南堂刻书多是在康熙至嘉庆间，是清代初期金陵规模较大的书坊之一。

关于二南堂的详细情况，参见文革红《乾嘉时期小说书坊与通俗小说》“二南堂”条（第 127—128 页）。

1. **乾、嘉间发兑金陵王衙藏板《西湖佳话古今遗迹》十六卷十六篇，上海图书馆藏**。

〔一六四〕二胜会　重庆（渝城）

二胜会光绪四年刊《二奇合传》十六卷四十回，内封题“光绪戊寅年镌/二奇合传/渝城二胜会藏板”。渝城即四川重庆，据此可知二胜会为晚清重庆书坊。

1. **光绪四年刊《二奇合传》十六卷四十回，北京大学图书馆、首**

都图书馆、华东师范大学图书馆藏。

〔一六五〕二友堂 1　苏州(姑苏)

清代苏州书坊。乾隆年间姑苏二友堂刊《审视瑶函》六卷,(明)(秣陵)傅仁宇撰,(广陵)林长生补,(清)张秀征订正,详情见《江苏刻书》,据此可知二友堂位于苏州。

二友堂乾隆年间已经开始刻书,乾隆三十二年刊《试帖灵通解》,内封题"乾隆三十二年冬镌/□城任福佑珍藏/学诗捷径、试帖灵通解/二友堂梓行",孔夫子旧书网上有书影。

关于二友堂的详细情况,参见文革红《乾嘉时期小说书坊与通俗小说》"二友堂"条(第44—45页)。

1. **清刊《英云梦传》八卷十六回,英国博物院藏。**

2. **嘉庆二十五年刊《后续五虎将平南》八卷三十五回,中国国家图书馆藏。**

〔一六六〕二友堂 2　成都

成都二友堂咸丰二年刊《后续五虎将平南》八卷三十五回,四川省图书馆藏,内封题"成都二友堂",以此知成都亦有二友堂书坊。

1. **咸丰二年刊《后续五虎将平南》八卷三十五回,四川省图书馆藏。**

〔一六七〕二酉萃英居　不明

北京琉璃厂有二酉堂,不知与二酉萃英居有无关联。二酉萃英居除嘉庆间刊《说呼全传》外,未见其刊刻的其他书籍,其地点亦无法确定。

1. **嘉庆十年刊《说呼全传》十二卷四十回,存卷一至卷六、卷九至十二,中国国家图书馆藏。**

〔一六八〕二酉局　北京(北京前门外打磨厂中间路北)

二酉局可能即北京老二酉堂书局。民国间印行《成亲王易州庙记》,外封题“北京老二酉堂书局/开设/北京前门外打磨厂中间路北”;民国间印行《打鱼杀家》,外封题“北京老二酉堂书局印行”,书影见孔夫子旧书网。据此可知老二酉堂书局为民国间北京书坊,开设于北京前门外打磨厂中间路北。

1. **清刊《玉楼春》二十四回,美国哈佛大学哈佛燕京图书馆藏**。

〔一六九〕二酉堂 1　京师(京都)

二酉堂又称“京都老二酉堂”,据叶德辉《书林清话》卷九《都门书肆之今昔》,“或曰:二酉堂自前明即有之,谓之老二酉”,“此百年之中,其书肆之开闭几何,书估之姓名几何,皆无可考。惟二酉堂岿然独存。据其同贸人云肆址犹前明故处,而主人则屡易姓矣”。① 可知二酉堂与老二酉堂为同一家书坊,始建于明末,有记载称最早的地址在东琉璃厂路南,但建立的具体时间和地址已无从考证。孙殿起《琉璃厂小志》谓“琉璃厂早年规模较大之书店,首数老二酉”。二酉堂道光癸未三年刊《鉴略四字书》,卷末题“道光癸未年冬月/京都西二酉堂新刊”;道光庚寅十年刊《医林改错》,内封题“京都打磨厂东二酉堂”;清刊《英烈春秋》,内封题“京都东二酉堂梓行”,书影见孔夫子旧书网。这里所谓“东二酉堂”“西二酉堂”应是根据打磨厂的位置而言,道光三年的二酉堂位于打磨厂西,而道光十年的二酉堂已经位于京师打磨厂东。癸丑季夏(咸丰三年)刊《大清缙绅全书》,北京大学图书馆藏,封面有“京都打磨厂路北二酉堂四季校准”字样,知咸丰间二酉堂位于北京打磨厂路北。清代光绪年间,二酉堂由陈荫棠接办,仍位于东打磨厂路北四十八号四合院中,采取前店后厂的形式。这

---

① 叶德辉. 书林清话、书林余话[M]. 湖南:岳麓书社,1999.

时的二西堂以刻售普通百姓喜好的戏本、小零本为特色，生意红火。中华人民共和国成立后，二西堂生意日渐冷清，最终于1958年公私合营时并入新华书店。

京都二西堂刊刻的书籍主要有：乾隆三十五年刊《增补医宗必读全书》；乾隆壬辰三十七年刊《诗经体注》；乾隆四十八年刊《撰修条例》；乾隆甲辰四十九年新刻《唐诗灵通解初集》；嘉庆十八年满汉文刊《新刻校正买卖蒙古同文杂字》；道光元年朱墨两色套印《参星秘要诹吉便览》；清刊《大字六言杂字》《珍珠囊药性赋》，内封均题“京都老二西堂梓行”；清刊《精选五言千家诗注解》《原板医宗说约》《活法机要》等书，书影见孔夫子旧书网。老二西堂清刊《新刻搜集诸家匐筮源流断易大全》四卷，余兴国编辑，中国国家图书馆藏；光绪七年刊《本草备要》；清末民初石印《六言杂字》《四言杂字》《绘图增注三字经》《上论集注》等书，中国国家图书馆藏；民国三十三年印行《绘图言文对照学生国音新尺牍》，总发行所题“北京打磨厂路北二西堂”。

1. **光绪六年刊《今古奇观》，浙江图书馆藏。**

2. **光绪庚辰六年重刊《济公全传》不分卷二十回，中国国家图书馆藏。**

3. **清覆明本《新刻按鉴演义京本三国英雄志传》六卷二百四十则，中国国家图书馆藏。**

4. **光绪十二年重刊《镌玉茗堂批点残唐五代史演义传》十二卷六十则，吴晓铃旧藏。**

5. **清末刊《承运传》四卷，中国国家图书馆藏。**

6. **光绪八年重刊《说岳全传》八卷八十回，北京大学图书馆藏。**

7. **嘉庆六年刊《征西说唐三传》十卷八十八回，中国国家图书馆藏。**

8. **光绪九年刊《三侠五义》一百二十四回，书影见孔夫子旧书网。**

〔一七〇〕二酉堂 2　扬州(维扬)

扬州亦有二酉堂,道光癸巳十三年新镌《律赋最新二集》,内封题"扬州二酉堂藏板",书影见孔夫子旧书网;道光二十八年广陵二酉堂刊《昌黎先生诗增注证讹》十一卷,北京师范大学图书馆藏;清刊《子史辑要诗赋题解》四卷,内封题"维扬二酉堂藏板"。据此可知扬州有二酉堂书坊,可能是京师二酉堂的分号。

1. **道光辛丑二十一年刊《双凤奇缘传》,收藏地点不明**[①]。

---

① [日]大塚秀高. 增补中国通俗小说书目[M]. 日本:汲古书院,昭和五十九年八月(1984):190.

F

〔一七一〕梵香阁　苏州

梵香阁清初刊《金粉惜》，日本东京大学东洋文化研究所藏，据石昌渝主编《中国古代小说总目（白话卷）》著录，此本内封题“绣像世说古本/金粉惜/古吴梵香阁藏”①。“古吴”即苏州，以此知梵香阁位于苏州。此书卷端题“梵香阁逸史搜辑/湖上客蠡庵评润”，据此可知《金粉惜》乃是由梵香阁逸史自编自刻的，其人为一文人型私人刻书家，真实姓名已不可考。

1. **清初刊《金粉惜》十二卷十二篇，日本东京大学东洋文化研究所藏。**

〔一七二〕飞春阁　嘉兴

飞春阁多刊弹词，嘉庆十九年刊《珍珠塔》五十六回，（清）周殊士、陆士珍编，北京大学图书馆藏，有嘉庆十九年鸳水主人序，该序为飞春阁刊本独有。“鸳水”即嘉兴之鸳鸯湖，鸳水主人为嘉兴人当无疑义，则有着鸳水主人序的飞春阁刊本《珍珠塔》刊刻于嘉兴的可能性极大，也就是说飞春阁极有可能位于嘉兴。

飞春阁道光元年刊《绣像福寿大红袍》，序题“道光辛巳春书于红

---

① 石昌渝主编. 中国古代小说总目（白话卷）[M]. 太原：山西教育出版社，2004：161.

雨山庄/废闲主人识”；道光二年刊《绣像说唱麒麟豹传》，（清）陆士珍撰，序题“道光壬午春杏月鸳湖逸史书于红雨山庄之玩月楼/废闲主人识”。为两书作序的“废闲主人”为嘉兴人，因道光二年博古堂刊本《北宋金枪全传》题“鸳湖废闲主人校阅”，这两个废闲主人同为道光间人，当即同一人，其人从小喜爱南词，此点进一步说明了飞春阁与嘉兴的密切联系。

道光元年飞春阁刊《绣像还金镯》四集二十八卷，内封题“飞春阁梓行”，北京大学图书馆藏；道光三年刊《绣像双珠球》四集二十八卷，藏于北京大学图书馆；同治十二年重镌《落金扇》，书影见孔夫子旧书网。

关于飞春阁的详细情况，参见文革红《乾嘉时期小说书坊与通俗小说》“飞春阁”条（第 262—263 页）。

1. **嘉庆间刊《生姜袋》不分卷二十回，存四至六、十三至二十回，阿英旧藏**。

〔一七三〕丰胜书坊　厦门（鹭门）

丰胜书坊嘉庆十九年刊《天豹图传》四十回，中国国家图书馆等处藏，内封题“嘉庆十九年镌/绣像天豹图传/厦门丰胜书坊藏板”，序末署“嘉庆阏逢阉茂畅月三影张氏题于鹭门城东醉墨轩书屋”，有印曰“二酉”“丰胜书记”。鹭门也即厦门，据此知丰胜书坊位于厦门，主人即序作者张氏。丰胜书坊刊刻的其他书籍未见。

关于丰胜书坊的详细情况，参见文革红《乾嘉时期小说书坊与通俗小说》“丰胜书坊”条（第 293—294 页）。

1. **嘉庆十九年刊《天豹图传》十二卷四十回，日本东洋文库藏**。

〔一七四〕风月庄左卫门　日本京都

风月庄左卫门日本宽保三年（清乾隆八年）刊《小说精言》四卷，

[日]冈白驹译，香港中文大学图书馆藏，卷末刻“宽保三癸亥岁七月发行/京师书坊风月庄左卫门”；日本宽政七年（乾隆六十年）刊《通俗隋炀帝外史》八卷四十回，香港中文大学图书馆藏，卷末牌记题“近江赘世子译/宽政七年乙卯春求板/平安书林风月庄左卫门、至利兵卫、梅村兵卫”；清初期刊《靖献遗言》，末署“京师二条通衣棚/风月庄左卫门发行”，书影见孔夫子旧书网。平安，指日本平安京，日本京都的古称，是 794 年至 1868 年明治天皇迁都东京之前的首都，位于京都市，由此可知风月庄左卫门位于日本京都二条通衣棚，活跃于日本庆安至明治年间（相当于明代至清末）。

风月庄左卫门宽文九年（康熙八年）刊《唐鉴》二十四卷，范淳夫著，（东莱）吕祖谦音注，香港中文大学图书馆藏；宽政三年（乾隆五十六年）刊秋水园主人撰《画引小说字汇》，藏于北京大学图书馆。关于风月庄左卫门的详细情况，参见文革红《乾嘉时期小说书坊与通俗小说》“风月庄左卫门”条（第 334—335 页）。

1. **日本宽保三年（乾隆八年）刊《小说精言》四卷，香港中文大学图书馆藏。**

2. **日本宽政七年（乾隆六十年）刊《通俗隋炀帝外史》八卷四十回，香港中文大学图书馆藏。**

〔一七五〕奉孝轩　扬州

奉孝轩嘉庆二十四年刊《清风匣》四卷三十二回，中国国家图书馆藏，据李斗《扬州画舫录》卷十一《虹桥录》下，知作者为浦琳，字天玉，扬州江都说书艺人。《扬州画舫录》是李斗居住在扬州时以其亲身所见所闻而写成的有关扬州民间习俗、地方风物、城市建筑、文学艺术等各方面情况的书籍，从他对浦琳说书时的神态形象及观众反应的记叙中，可知他亲眼见过浦氏其人、亲耳听到过浦氏说书。

《清风闸》小说在浦琳生前似没有刊行过，现存最早刊本为奉孝轩刊本。首序，末署“嘉庆己卯夏五月既望/梅溪主人书于奉孝轩”，序云：“因是书脍炙人口，可以振靡伪、挽颓风，惜向无刻本，非所以传久远，今不惜工价，付诸剞劂。”可见奉孝轩刻本为此书原刊本，刻者很可能是一家扬州书坊。《扬州刻书考》即将《清风匣》归为扬州地区所刊小说①。

关于奉孝轩的详细情况，参见文革红《乾嘉时期小说书坊与通俗小说》“奉孝轩”条（第 173—174 页）。

1. **嘉庆二十四年刊《清风闸》四卷三十二回，中国国家图书馆、吴晓铃藏**。

2. **道光二十三年刊《清风闸》四卷三十二回，北京大学图书馆藏**。

〔一七六〕凤鸣堂　不明

凤鸣堂具体地点不明。

1. **清刊《女才子书》十卷首一卷，中国国家图书馆藏**。

〔一七七〕凤山楼　日本

凤山楼清刊《肉蒲团》六卷二十回，荷兰莱顿大学汉学院图书馆藏，此本字劣，文本与康熙四十四年日本青心阁刊本相同，正文旁亦有日文片假名，为日本刊本，则凤山楼为日本书坊，具体位置不详。

1. **清刊《肉蒲团》六卷二十回，荷兰莱顿大学汉学院图书馆藏**。

〔一七八〕凤吟楼　不明

凤吟楼道光以后刊《五凤吟》四卷二十回，北京大学图书馆藏，卷端题“凤吟楼新刻续六才子书”，版心有“凤吟楼”字样。稼史斋刊本

---

① 王澄. 扬州刻书考[M]. 扬州：广陵书社，2003：301—302.

和草闲堂刊本作者题“云阳嗤嗤道人编著”，此本作“云间嗤嗤道人编著”。凤吟楼刊刻的其他书未见，详细地点不明。

1. **清刊《五凤吟》四卷二十回，北京大学图书馆、日本内阁文库藏。**

〔一七九〕佛云阁　不明

佛云阁约嘉庆间刊《杏花天》六卷十四回，美国哈佛大学哈佛燕京图书馆藏，作者题“古棠天放道人撰/曲水白云山人批评”。道光十八年的苏郡设局收毁淫书公启之《计毁淫书目》、道光二十四年的浙江巡抚设局查禁淫词小说书目和同治七年的江苏巡抚丁日昌续查禁淫书目都录有此书。刊刻此小说的佛云阁位于何处不明，大约亦是苏杭一带书坊。关于佛云阁的详细情况，参见文革红《乾嘉时期小说书坊与通俗小说》“佛云阁”条(第 341—342 页)。

1. **约嘉庆间刊《杏花天》六卷十四回，美国哈佛大学哈佛燕京图书馆藏。**

〔一八〇〕福禄里　佛山

清刊《俗话倾谈初集》四卷十则，内封题“佛山福禄里藏板”，书影见孔夫子旧书网。该书坊无名称，仅知其位于佛山福禄里。

1. **清刊《俗话倾谈初集》四卷十则，书影见孔夫子旧书网。**

〔一八一〕福文堂 1　广州

福文堂道光庚子二十年刊《医学入门》，内封题“广城福文堂梓行”；咸丰间刊《增订图注本草备要》，内封题“省城福文堂藏板”，书影见孔夫子旧书网；咸丰元年刊《劝戒续录》，题“广城福文堂”，厦门大学图书馆藏。这里的“广城”“省城”均指广州，以此知福文堂为广州书坊。

咸丰间刊本《连元阁明心宝鉴》，版心有“福文堂”字样，末有“马岗冯卓立承刻明心宝鉴正文”字样，书影见孔夫子旧书网，可知福文堂刊刻此书时所雇刻工来自马岗，即今顺德地区，清属广州府。

福文堂刊书不晚于嘉庆五年，嘉庆五年刊《二度梅全传》，英国博物院藏；道光己酉五年新刊《新增龙文鞭影》，郑州大学图书馆藏；道光辛丑二十一年刊《福文堂增订四体字典》，书影见孔夫子旧书网。清代福文堂刊刻小说十余种，可见福文堂是广州地区规模较大的书坊。福文堂不仅自己刻书，还发兑别的书坊刻的书，如同治五年刊本《新增资治新书二集》，内封题“佛山连元阁板/省城福文堂发兑”，书影见孔夫子旧书网。

1. **咸丰六年刊《今古奇观》，日本京都大学教养部藏。**

2. **同治九年发兑连元阁藏板《西湖佳话古今遗迹》十六卷十六篇，北京大学图书馆藏。**

3. **清刊《玉娇梨》二十回，俄罗斯国家图书馆藏。**

4. **光绪二十八年刊《天花藏批评平山冷燕》四卷二十回，北京大学图书馆藏。**

5. **嘉庆十三年刊《好逑传》六卷十八回，奥地利国家图书馆藏。**

6. **嘉庆五年刊《二度梅全传》六卷四十回，英国博物院藏。**

7. **道、咸间刊《绣戈袍全传》八卷四十二回，法国国家图书馆藏。**

8. **同治八年刊《绿野仙踪》八十回，书影见孔夫子旧书网。**

9. **清刊《东游八仙全传》（《四游记》之一）二卷四十五回（书林□□氏梓），中国国家图书馆藏。**

10. **清刊《南游华光志传》（《四游记》之一）四卷十八回（书林昌远堂仕弘李氏梓），中国国家图书馆藏。**

11. **清刊《北游记》（《四游记》之一）四卷二十四回（东粤书林正祖圣秀堂梓行），中国国家图书馆藏。**

12. **清刊《忠义水浒传》二十卷一百一十五回（《汉宋奇书》之上层），南京师范大学图书馆藏。**

13. **清刊《四大奇书第一种》二十卷一百二十回(《汉宋奇书》之下层),南京师范大学图书馆藏。**

14. **清刊《大明传定鼎奇闻》六卷二十二回,英国皇家亚洲学会藏。**

15. **嘉庆十九年重镌《第一才子书》六十卷一百二十回,奥地利国家图书馆藏。**

16. **嘉庆六年刊《说岳全传》九集,英国博物院藏。**

17. **嘉庆二十年刊《绣像后宋慈云走国全传》八卷三十五回,法国国家图书馆藏。**

18. **乾隆五十年序刊《异说征西演义全传》六卷四十回,吉林大学图书馆藏。**

19. **嘉庆十二年刊《征西说唐三传》九十回,英国博物院藏。**

20. **道光十八年刊《说唐薛家府传》六卷四十二回,英国博物院藏。**

21. **清刊《东周列国志》一百〇八回,收藏地点不明**[①]。

22. **清后印佛山圣德堂嘉庆间刊本《五虎平西前传》十四卷一百一十二回,首都图书馆藏。**

23. **清刊《忠义水浒传》八卷一百十五回,见钱振民《初论〈水浒传〉简本与繁本的关系(上)》。**

〔一八二〕福文堂 2　佛山

佛山亦有福文堂,如天津师范大学图书馆藏《万花楼杨包狄演义》右文堂藏板,内封第二行有"佛山福文堂藏板"字样,可见广州福文堂在佛山设有分号。

---

① [日]大塚秀高编著. 增补中国通俗小说书目[M]. 日本:汲古书院,昭和五十九年八月(1984):187.

1. 咸丰八年刊《后续大宋杨家将文武曲星包公狄初传》十四卷六十八回，天津师范大学图书馆藏。

〔一八三〕福源堂　重庆

福源堂光绪二年刊《岳武穆精忠传》六卷六十八回，四川省图书馆藏。内封题“重庆福源堂”，以此知福源堂位于重庆。福源堂乾隆四十四年刊《助字辨略》五卷，（清）刘淇撰，北京师范大学图书馆藏；同治十三刊《昭明文选集腋》；清刊《向太史稿》，书影见孔夫子旧书网。

1. 光绪二年刊《岳武穆精忠传》六卷六十八回，四川省图书馆藏。

〔一八四〕富春堂　金陵

富春堂刻书始于万历年间，万历间刊《绣刻演剧十种》，中国国家图书馆、上海图书馆、南京图书馆等地藏，有《古本戏曲丛刊初集》影印本，其中《鹦鹉记》题“金陵富春堂绣梓”，《白兔记》末有牌记题“皇明万历金陵三山街唐氏富春堂梓”；万历三十二年刊《事文类聚》新集三十六卷，外集十五卷，中国国家图书馆藏，卷端题“金陵唐富春子和刊”“建业唐富春子和刊”，序题“万历甲辰孟春之吉金溪唐富春精校补遗重刻”。以此知富春堂主人为唐富春，字子和，江西抚州金溪人，开设书坊于金陵三山街。

富春堂刻的书主要有：万历七年刊《新刊古今名贤品汇注释玉堂诗选》八卷，藏于上海图书馆、清华大学图书馆。嘉靖、万历间刊《太医院校注妇人良方大全》，卷端题“金陵书林对溪唐富春梓”；万历间刊《搜神记》，中国国家图书馆藏；万历二十五年刊《礼记集注》十卷，中国国家图书馆藏；明刊《王叔和图注脉诀》四卷，中国国家图书馆藏；明刊《重修政和经史证类备用本草》三十卷，藏于中国国家图书馆;明刊《官板大六壬神课金口诀》,书影见孔夫子旧书网。清刊《地理秘窍》十卷,(明)甘时望撰,中国国家图书馆藏;清中期刊《水镜神相全编》;道光十一年刊《东医宝鉴》;清刊《芥子园画传四集》《天星秘穷图书》《朱批七家诗选注释》《富春堂书经体注》《医学心悟》等,书影均见孔夫子旧书网。

富春堂为金陵由明入清书坊,实力较强,规模大,刻书内容广泛,所刊戏曲、小说亦夥。

关于富春堂的详细情况,参见文革红《乾嘉时期小说书坊与通俗小说》“富春堂”条(第128—129页)。

1. **同治十二年刊《娱目醒心编》十六卷三十九回,北京大学图书馆藏**。

2. **乾、嘉间刊《续四才子》四卷十八回,中国国家图书馆藏**。

3. **万历间刊《鼎雕国朝宪台折狱苏冤神明公案》存卷一、二,中国社会科学院文学研究所藏**。

〔一八五〕富桂堂 广州(学院前)

据《中国通俗小说总目提要》,广东富桂堂咸丰元年刊《绣球缘》四卷二十九回,不题撰人,北京大学图书馆藏,封面上端横刻“咸丰元年新刻”,题“大明全传绣球缘”,右栏为“内附钦赐状元”,左下双行小字题“学院前富桂堂”。咸丰七年刊《阴阳显报鬼神传》四卷十八回,首都图书馆藏,内封题“学院前富桂堂”。广州书坊多集中在学院前,学院即提督学院,即今书坊街,又称书芳街,故知富桂堂为广州书坊。

富桂堂清刊南音唱本《新烧衣附荐何文秀》《新本唱南音丁山射雁》等,书影见孔夫子旧书网。

1. **同治元年刊《后唐奇书莲子瓶演义传》四卷二十三回,日本东京大学东洋文化研究所双红堂文库藏**。

〔一八六〕富经堂　广州

富经堂清刊《新选背鲜红罗全本》六卷，郑州大学图书馆藏，内封有“内附苏金定走难/仙姑传术南音/省城学院前富经堂藏板”字样；同治十二年新刻木鱼书《周天乐出头彩凤问卜》，内封题“学院前富经堂”，书影见孔夫子旧书网。以此知富经堂为广州书坊，位于学院前街。据《中国通俗小说总目提要》，富经堂咸丰七年刊《阴阳显报鬼神传》四卷十八回，首都图书馆藏，正文卷端题“新刻鬼神传终须报”，下则称“省城富经堂藏板”。

广州富经堂清代刊刻的书籍尚有：同治六年刊《丹山凤班本夜送寒衣》；同治十一年刊《丹山凤班本李铁拐收妖》，书影见孔夫子旧书网；同治十一年刊《草木新本牡丹亭》四卷，吉林大学图书馆藏；清刊《龙舟歌五种》五卷，复旦大学图书馆藏。

1. **咸丰七年刊《阴阳显报鬼神传》四卷十八回，首都图书馆藏。**
2. **咸丰九年刊《阴阳显报鬼神传》四卷十八回，英国博物院藏。**
3. **道光十二年刊《混元盒五毒全传》四卷二十回，浙江图书馆藏。**
4. **咸丰十一年刊《瓦岗寨演义全传》五卷二十回，英国博物院藏。**

〔一八七〕富文堂　京师

京都富文堂道光二十五年刊《大清搢绅全书》，北京大学图书馆藏，内封题“乙巳春季/富文堂梓”；清刊《五种遗规》，(清)陈弘谋辑，北京大学图书馆藏，函套题签钤“京都富文堂发兑”，据此可知富文堂为京都(即北京)书坊。

又有徽城富文堂，嘉庆丁巳三年刊《千字文》《三字经》，内封均题“徽城富文堂藏板”；清刊《便蒙群珠杂字》，正文卷端题“徽郡富文堂梓行”；民国甲寅三年刊《四言杂字》和《监本四书》，内封均题“徽城富文堂梓行”。徽城，安徽徽州府徽城镇，今安徽歙县，据此可知富文堂为安徽徽州书坊。徽城富文堂清代尚刊有《官板百家姓》《尺牍见心集》《新刻启蒙甲子》等，书影均见孔夫子旧书网。

清道光二十四年莞城富文堂刊《十三续金刀记大封杨家将全本》四卷，复旦大学图书馆藏。莞城即莞城镇，位于东莞，据此可知东莞亦有富文堂书坊。清末刊《三国志全书》初集四卷，二集四卷，三集四卷，复旦大学图书馆藏。

潍阳富文堂清刊《买卖杂字》，书影见孔夫子旧书网，以此知山东潍坊亦有富文堂。

1. **清覆尚友堂刊本《拍案惊奇》三十六卷，英国皇家亚洲学会藏。**

G

〔一八八〕改过轩　苏州

改过轩清初刊《双姻缘》四卷十二回，北京大学图书馆藏，内封题“笑花主人编”，有序，题“醒世主人题”。故事抄录自《古今小说》卷四十《沈小霞相会出师表》。八回以下多猥亵语，则此书的出现当在《古今小说》之后。

明末清初刊本《今古奇观》四十卷四十篇，中国国家图书馆藏，题“姑苏抱瓮老人辑”，有署名“姑苏笑花主人漫题”序，知笑花主人为苏州人。《今古奇观》大约出现在崇祯年间，则作序者笑花主人亦为崇祯前后人。醒世主人与笑花主人可能为同一人，约生活在明末清初。本衙藏板《新刊绣榻野史》八卷，卷之一题“醒世主人校阅/李卓吾先生评”①，故事中提到江南苏州府，为清初地名，故知“醒世主人”为清初人，其所校阅的《新刊绣榻野史》为清初所刊。由于《双姻缘》传世未见其他刊本，我们可以由作者笑花主人推测改过轩可能位于苏州。

1. **清初刊《双姻缘》四卷十二回，北京大学图书馆藏**。

〔一八九〕甘朝士局　苏州(吴门)

甘朝士局乾隆五十八年刊《北史演义》六十四卷，藏于上海图书

---

①　本衙藏板《新刊绣榻野史》正文书影，见张兵主编. 五百种明清小说博览[M]. 上海：上海辞书出版社，2005：159.

馆，目录最后一叶左下方有“吴门甘朝士局刻”字样。吴门即苏州，故知甘朝士局为清代苏州书坊。

甘朝士清刊《图注脉诀辨真》四卷，（西晋）王叔和撰，书影见孔夫子旧书网上北京雍和嘉诚拍卖有限公司2011年秋季艺术品拍卖会，正文题“古吴张青万、汪斗南仝校”，序言后镌有“甘朝士刻”四字；清代陶澍书写《蟠龙丈人歌》，清初拓本，最后一叶刻署“吴门甘朝士刻”，书影见孔夫子旧书网。据此可知甘朝士为苏州人，不仅从事木刻，也从事石刻，主要于苏州一带从事刊刻活动，故我们可以从刻工定《北史演义》为苏州书坊所刊刻。

关于甘朝士局的详细情况，参见文革红《乾嘉时期小说书坊与通俗小说》“甘朝士局”条（第45页）。

1. **乾隆癸丑五十八年刊《北史演义》六十四卷，上海图书馆藏**。

〔一九〇〕高田书屋　日本

日本高田书屋明治十八年（清光绪十一年）刊《五色石》八卷，中国社会科学院文学研究所藏，笔炼阁主人撰，日本服部诚一评点。

1. **明治十八年（光绪十一年）刊《五色石》八卷，中国社会科学院文学研究所藏**。

〔一九一〕皋鹤堂　苏州

皋鹤堂乃清代小说批评家张竹坡书斋名，张竹坡批评《第一奇书金瓶梅》，卷端即有“皋鹤堂批评”字样。张竹坡（1670—1698），生于康熙九年七月二十六日，名道深，字自得，以号行。江苏铜山人，祖籍浙江绍兴。康熙三十二年于家中皋鹤草堂评点《金瓶梅》，康熙乙亥三十四年三月完成《金瓶梅》的批点工作，后于康熙三十七年春赴永定河工地图谋进身，工地竣工时暴病身亡，时年二十九岁。

《皋鹤堂批评第一奇书金瓶梅》一百回最早的刊本为本衙藏板

本,康熙间刊,大连图书馆藏,内封题"彭城张竹坡批评金瓶梅/第一奇书/本衙藏板/翻刻必究",有谢颐序,题"时康熙岁次乙亥清明中浣秦中觉天者谢颐题于皋鹤堂"。有回前总评,并附有《新刻绣像批评金瓶梅》插图。据王汝梅校注《皋鹤堂批评第一奇书金瓶梅》(吉林大学出版社 1994 年版),它在所有的《第一奇书》版本中最完整,总评和正文分开来刻,《寓意说》比其他的本子多出两百多字。"玄"字避讳,如八回八叶"玄色缎子鞋"。康熙四十七年满文译本《金瓶梅》即以《第一奇书》为底本①,说明此书的刊刻不晚于康熙四十七年。

据张竹坡弟弟张道渊的《仲兄竹坡传》回忆,这个本子的刊刻者是张竹坡自己。② 张竹坡也曾说:"况小子年始二十有六,素与人全无恩怨,本非借不律以泄愤懑,又非囊有余钱,借梨枣以博虚名。"③可见,本衙藏板本为张氏皋鹤堂家刻本。

那么这个本子究竟刻于何地呢?《仲兄竹坡传》提到刊本刻好后被张竹坡"载之金陵",即用车或船将板片和刻本带到金陵,从而排除了书刻于金陵的可能性。所幸的是,我们可以从"张评甲本"的翻刻本上找到线索。

《第一奇书》皋鹤草堂梓行本为"张评甲本"的翻刻本,中国人民大学图书馆藏。该本内封右上方纵题"彭城张竹坡批点",中间大字纵题"第一奇书金瓶梅",左上方题"姑苏原板",左下方题"皋鹤草堂梓行"④。

---

① 黄润华. 略谈满文译本《金瓶梅》[D]//徐朔方,刘辉.《金瓶梅》论集[M]. 北京:人民文学出版社,1986:204.

② 张道渊. 仲兄竹坡传[D]//侯忠义,王汝梅编.《金瓶梅》资料汇编[M]. 北京:北京大学出版社,1985.

③ 《第一奇书金瓶梅》不分卷一百回[M]. 康熙三十四年序刊本. 上海图书馆藏.

④ 鸟居久晴.《金瓶梅》版本考[M]//黄霖,王国安编译. 日本研究金瓶梅论文集. 济南:齐鲁书社,1989:42.

值得注意的是左上方所题“姑苏原板”四字。所谓“原板”通常指最早刊刻的板片，根据原板重新印刷的书叫“××原板”，这里的“姑苏原板”指皋鹤草堂梓行本所依据的旧板是在苏州刊刻的。《第一奇书》的第一个版本为本衙藏板“张评甲本”，皋鹤草堂梓行本是对本衙藏板本的覆刻，所以，内封所题的“姑苏原板”当指本衙藏板“张评甲本”无疑，这就等于告诉我们，本衙藏板“张评甲本”是在苏州刊刻的。

关于皋鹤堂的详细情况，参见文革红《清代前期通俗小说刊刻考论》“皋鹤堂”条（第123 130页）。

1. **康熙间刊《皋鹤堂批评第一奇书金瓶梅》一百回（张评甲本），本衙藏板翻刻必究，大连图书馆藏。**

2. **约康熙间刊《皋鹤堂批评第一奇书金瓶梅》一百回（张评乙本），本衙藏板翻刻必究，吉林大学图书馆藏。**

3. **康熙间刊《皋鹤堂批评第一奇书金瓶梅》一百回，中国人民大学图书馆藏。**

〔一九二〕耕书屋　杭州

耕书屋康熙十九年刊《后三国石珠演义》三十回，上海图书馆、日本德山毛利氏藏，有《古本小说集成》影印本，内封题“梅溪遇安氏著/绣像批评后三国石珠演义/耕书屋梓行”，序署“庚申孟夏澹园主人题于篆竹亭”，作者署“梅溪遇安氏著”，“梅溪”或指浙江省安吉县梅溪镇，位于县东北三十里，因溪上多梅而得名。北宋时置，明洪武六年设税课局并置河泊所。日本德山毛利氏藏本插图有“黄顺吉刻”“新安黄君达刻”字样。黄顺吉顺治十五年与刘孝先合刻过《无声戏小说》图十二叶，刊于杭州；顺治十七年刻《续金瓶梅》插图，刊于杭州；康熙元年刻《赛花铃》插图四叶，刊于湖州；顺、康间刻名山聚刊本《女开科传》图六叶，刊于绍兴。因此，可初步断定黄顺吉主要活动于浙江杭、嘉、湖、绍一带，不出浙江范围，为安徽新安黄姓刻工家族中的一员。

耕书屋清初刊《凤凰池》十六回，大连图书馆藏，作者署“烟霞散人编”，烟霞散人又作《巧联珠》，藏于中国国家图书馆，有《古本小说集成》影印本，首序，署“癸卯槐夏西湖云水道人题”，序曰“烟霞散人博涉史传，偶于披览之余，撷逸搜奇，敷以菁藻，命曰《巧联珠》”。目录署“五彩堂编次”，正文署“烟霞逸士编次”，可见作者“烟霞逸士”又称“烟霞散人”，即五彩堂主人，所作小说多刊于杭州。因此，耕书屋刊本《后三国石珠演义》应为杭州一带刊本，或可说明耕书屋位于杭州。

关于耕书屋的详细情况，参见文革红《清代前期通俗小说刊刻考论》“耕书屋”条（第376—378页）。

1. **清初刊《凤凰池》不分卷十六回，大连图书馆藏。**

2. **康熙十九年序刊《后三国石珠演义》三十回，上海图书馆藏。**

〔一九三〕攻玉山庄　不明

攻玉山庄道光二十一年刊《水石缘》六卷二十九段，中国社会科学院文学研究所、清华大学图书馆藏，攻玉山庄刊刻的其他书未见，地点不明。

1. **道光二十一年刊《水石缘》六卷二十九段，中国社会科学院文学研究所藏。**

〔一九四〕龚绍山　苏州

龚绍山万历四十七年刊《镌杨升庵批评隋唐两朝志传》十二卷一百二十二回，日本尊经阁文库藏，有《古本小说集成》影印本，书末有牌记题“金阊书林龚绍山绣梓”，据此可知龚绍山为万历间苏州书坊主。天启六年刊《脉经》十卷，《人元脉影归指图说》二卷，美国哈佛大学哈佛燕京图书馆藏。

1. 万历四十三年序刊《新镌陈眉公先生评点春秋列国志传》十二卷，中国国家图书馆、日本内阁文库藏。

2. 万历四十七年刊《镌杨升庵批评隋唐两朝志传》十二卷一百二十二回，日本尊经阁文库藏。

〔一九五〕龚氏　苏州(本衙藏板)

崇祯四年刊本《新镌出像批评通俗小说鼓掌绝尘》四集四十回，本衙藏板，大连图书馆藏，题“古吴金木散人编”，有赤城临海逸叟叙，叙云“余主人龚君延选经文书画，嗣后房稿行世，因海内共赏选叙，索《鼓掌绝尘》小引一篇”，故知刊刻者为龚氏；孙楷第亦谓“刻书者为书林龚某，撰小说者为吴某，当亦选家者之流”。据谭正璧、谭寻《古本稀见小说汇考》：“凡四集，明末苏州刊大字本。”①知此本为苏州刊本。

1. 崇祯四年刊《新镌出像批评通俗小说鼓掌绝尘》四集四十回，本衙藏板，大连图书馆藏。

〔一九六〕古讲堂　苏州

古讲堂刊书始于清初，康熙二十七年刊《唐诗鼓吹笺注》十卷、《东嵓草堂评定唐诗鼓吹》十卷，(金)元好问选，(元)郝天挺注，(明)廖文炳补注，(清)朱三锡评，藏于北京大学图书馆。古讲堂乾隆五十三年刊《济颠大师醉菩提全传》二十回，藏于中国国家图书馆，内封题“金阊古讲堂梓”，据此可知古讲堂位于苏州。

清初书业堂、古讲堂合刊王象晋《二如亭群芳谱》二十九卷，藏于

---

① 谭正璧，谭寻. 古本稀见小说汇考[M]. 杭州：浙江文艺出版社，1984：123.

华东师范大学图书馆；清刊《漱芳轩合纂四书体注》《幼学须知句解》，书影均见孔夫子旧书网。关于古讲堂的详细情况，参见文革红《乾嘉时期小说书坊与通俗小说》“古讲堂”条(第 46 页)。

1. **乾隆五十三年刊《济颠大师醉菩提全传》不分卷二十回，中国国家图书馆藏**。

〔一九七〕古经阁　广州

古经阁同治四年刊《金石缘》八卷，藏于中国国家图书馆，内封题“羊城古经阁藏板”；清刊《南海观世音菩萨出身修行传》二十六回，内封署“双门底古经阁藏板”；光绪二十年刊《同音字汇》，内封署“双门底古经阁藏板”，书影见孔夫子旧书网。以此知古经阁为广州书坊，位于双门底。

古经阁嘉庆十八年秋镌《小仓山房同人尺牍》，光绪二十年刊《正音撮要》，书影均见孔夫子旧书网，故知古经阁至少在嘉庆年间已业刻书，营业时间持续至光绪末年。

关于古经阁的详细情况，参见文革红《乾嘉时期小说书坊与通俗小说》“古经阁”条(第 208 页)。

1. **同治五年刊《好逑传》四卷十八回，书影见孔夫子旧书网**。
2. **同治四年刊《金石缘》八卷二十四回，北京大学图书馆、中国国家图书馆藏**。
3. **清刊《南海观世音菩萨出身修行传》二卷二十五则**。
4. **咸丰十年重刊《第一才子书》六十卷一百二十回，书影见孔夫子旧书网**。
5. **咸丰九年刊《东周列国志》一百〇八回，四川省图书馆藏**。
6. **光绪元年刊《说唐薛家府传》六卷四十二回，首都图书馆藏**。
7. **嘉庆间刊《警富新书》四卷四十回，书影见孔夫子旧书网**。

〔一九八〕古香书屋　杭州(武林项梦昶)

古香书屋有多处：

1. 武林项梦昶古香书屋，乾隆五年刊《仇山村遗集》一卷，附录一卷，复旦大学图书馆藏；民国间涵芬楼影印本《黄尊素说略》，版心有“古香书屋项氏钞本”字样，书影见孔夫子旧书网。据此可知乾隆间古香书屋位于杭州，主人为项梦昶。

2. 莱阳杨氏古香书屋。嘉庆十四年刊《吉金所见录》十六卷，南京大学图书馆藏；道光七年刊《吉金所见录》存五卷，复旦大学图书馆藏；嘉庆二十四年刊《吉金所见录》十六卷，复旦大学图书馆藏。

古香书屋刊刻的书籍主要有：嘉庆癸酉十八年刊《四书求是》；嘉庆戊寅二十三年刊《续七巧图》，序题“嘉庆戊寅巧月巧日题于乞巧楼前/碧梧居士”，有印曰“潘印”“众南罗某”；道光庚子二十年新刊《易经体注会解》，内封题“古香书屋刊”；咸丰癸丑三年刊《性理论选鸿规》，内封题“古香书屋刊”；同治元年刊《五经体注大全》，内封题“古香书屋刊”，其中《书经体注合参》，内封反面题“宝芸堂藏板”；光绪二十九年三义堂刊本《七字鉴略注解》，内封题“光绪癸卯新刻/三义堂梓”，序末署“光绪□年岁次乙亥春王正月止浣吉日书于古香书屋之东轩”，据此可知光绪元年(即光绪乙亥)古香书屋刊有《七字鉴略注解》；民国间铅印《唐诗三百首注疏》。以上书籍书影均见孔夫子旧书网。

1. 光绪九年刊《葛仙翁全传》四卷十六回，书影见孔夫子旧书网。

〔一九九〕观成堂　金陵

观成堂康熙二十一年刊《纲鉴百将策题汇纂广集》八卷，卷首一卷，北京大学图书馆藏，内封题“金陵观成堂梓行”，据此可知观成堂位于金陵。康熙二十九年刊《诗经集成》，中国国家图书馆藏，内封题

“康熙二十九年新镌/金陵陈君美梓行”，有红印“观成堂”“本衙藏版”，正文第三十一卷卷前刊“赵灿英殿飏汇辑”，卷后刊“金陵陈元明书”，据此可知此本为金陵刊本，说明观成堂位于金陵，主人为陈君美。

金阊亦有观成堂，康熙间金阊书林观成堂刊《病机汇论》十八卷，(清)沈项撰，见《江苏刻书》。清观成堂刊《九经》五十一卷附一卷，(明)秦镤订正，北京师范大学图书馆藏。

1. **明末刊《新镌龙兴名世录》不分卷二十回，收藏地点不明**。

2. **《续英烈传》不分卷二十回，日本东洋文库藏**。

〔二〇〇〕观文书屋　苏州

观文书屋乾隆四十八年刊《说唐演义全传》六十八回、《说唐演义后传》五十五回，中国国家图书馆藏，内封题“乾隆癸卯年重镌/鸳湖渔叟校订/绣像说唐全传/观文书屋梓行”，知此本刊刻于乾隆四十八年，具体刊刻地点不明，从小说刊刻风格及特征判断，和姑苏绿慎堂刊本极为接近，属于同一系统，则观文书屋可能亦为苏州书坊。关于观文书屋的详细情况，参见文革红《乾嘉时期小说书坊与通俗小说》“观文书屋”条(第46页)。

1. **乾隆四十八年重刊《说唐演义全传》不分卷六十八回，上海古籍出版社藏**。

2. **乾隆四十八年重刊《说唐演义后传》不分卷五十五回，中国艺术研究院戏曲研究所藏**。

〔二〇一〕贯华堂　苏州(金圣叹)

贯华堂为金圣叹书室名，崇祯十四年序刊《第五才子书施耐庵水浒传》七十五卷七十回，北京大学图书馆、清华大学图书馆等处藏，卷之四为“贯华堂所藏古本《水浒传》前自有序一篇，今录之，东都施耐庵序”，乃金圣叹伪撰。正传七十卷，由金圣叹评点，刻于崇祯十四年。此书一出，就压倒了其他的刊本，独自流传了三百余年。此系金圣叹用袁无涯原刊本、芥子园刊本为底本整理而成的删节本。

金圣叹（1608—1661），名采，字若采。一说原姓张。明亡后改名人瑞，字圣叹，自称泐庵法师。明末清初苏州吴县人，著名的文学家、文学批评家。金圣叹的主要成就在于文学批评，对《水浒传》《西厢记》《左传》等书及杜甫等诸家唐诗都有评点。

1. **崇祯十四年序刊《第五才子书施耐庵水浒传》七十五卷七十回，北京大学图书馆、清华大学图书馆等处藏。**

〔二〇二〕光华堂　佛山（佛山十七间）

禅山光华堂同治七年刊《明鉴易知录》十五卷，（清）朱国标撰，（清）吴乘权辑，北京大学图书馆藏，内封上刻“同治戊辰/禅山光华堂新镌板”。“禅山”即广东佛山，从“光华堂”前冠“佛山”二字，知光华堂为佛山书坊。光华堂同治十年刊《俗话倾谈二集》，内封题“同治十年春镌/俗话倾谈二集/佛山十七间光华堂藏板/三集嗣出”，书影见孔夫子旧书网，由此可知光华堂位于佛山十七间。

光华堂咸丰六年刊《资江舆颂》四卷，卷首一卷，卷末一卷，（清）邓庭枏、郭光奎辑，中国国家图书馆藏。

孔夫子旧书网上有光华堂藏板之《地理救贫捷要》，内封有“青云楼发兑”字样，青云楼为广州书坊，发兑即批发，一般以批发本省刊刻的书为主，此点进一步说明光华堂为广东佛山书坊。

1. **同治七年发兑青云楼藏板《今古奇观》十卷，日本山口大学法学部藏。**

2. **同治十年刊《俗话倾谈二集》二卷七则，书影见孔夫子旧书网。**

3. **咸丰己未九年发兑五云楼藏板《新镌绣像红楼梦》一百二**

十回。

4. **咸丰十年刊《好逑传》四卷十八回，辽宁大学图书馆藏。**
5. **清刊《西游真诠》一百回，浙江图书馆藏。**
6. **道光八年刊《镜花缘》二十卷一百回，书影见博宝拍卖网。**
7. **清刊《警富新书》四卷四十回，中国国家图书馆藏。**

〔二〇三〕光霁堂　金陵

光霁堂清发兑《新刻京台公余胜览国色天香》十卷，北京大学图书馆、复旦大学图书馆藏，内封有红印题曰“江南省状元境内光霁堂周氏书林发兑”；清刊《朱子家礼》，内封亦有朱印“江南省状元境内光霁堂周氏书林发兑寿记”，见孔夫子旧书网。以此知光霁堂为江南省（江苏省）金陵状元境内书坊，主人姓周。

光霁堂刻书应不晚于乾隆间，乾隆十四年刊《历朝诗岑》二十二卷，北京大学图书馆藏；乾隆二十七年刊《本朝应制排律漱芳集》六卷，首一卷，（清）李光理辑，李光琼、李光玖笺注，清华大学图书馆藏；乾隆三十九年刊《四书古人典林》十二卷，美国哈佛大学哈佛燕京图书馆藏；乾隆五十四年刻《光霁堂重镌春秋体注》，版心有“光霁”二字，内封题“乾隆五十四年新刊/苕溪范紫登先生参订/光霁堂重镌春秋体注/敬业堂梓行”，书影见孔夫子旧书网。

清代光霁堂刊刻的书籍尚有：《历朝纲鉴会纂》，内封题“光霁堂藏版”，书影见孔夫子旧书网；《诗经正解》，内封题“光霁堂梓行”，南开大学图书馆藏；明末清初刊《五经类编》，书影见孔夫子旧书网；顺治十六年刻、乾隆光霁堂修补印行《李义山诗集》三卷、《李义山诗谱》一卷、《诸家诗评》一卷，（唐）李商隐撰，（清）朱鹤龄笺注，四川大学图书馆藏。清刊《梁昭明文选六臣全注》，见孔夫子旧书网。

光霁堂刊书较多，且大多纸墨精良，字体端方，质量较高。所刻书往往将“光霁堂”或“光霁”字样刻于版心之下方，并在内封盖上“江南省状元境内光霁堂周氏书林发兑"朱印。光霁堂主人即周文炜，周亮工之父，周文炜同时又有书坊大业堂、敬业堂等。

光霁堂在苏州有分号，清刊《增补四书人物备考》，内封题"古吴光霁堂藏板"，右下方镌有红印曰"江南省状元境光霁堂周氏书林发兑寿记"，书影见孔夫子旧书网，说明苏州、金陵两地均有光霁堂，金陵光霁堂与苏州光霁堂或为总号与分号的关系。

广州亦有光霁堂，同治十年刊《番禺县志》，中国人民大学图书馆藏。

1. **清初刊《新刻京台公余胜览国色天香》十卷，北京大学图书馆、复旦大学图书馆藏。**

2. **乾隆十七年序、约乾隆间刊《蔡元放评点东周列国志》二十三卷一百〇八回，书影见孔夫子旧书网。**

3. **清初刊《第五才子书水浒传》七十五卷七十回，书影见孔夫子旧书网。**

〔二〇四〕光裕堂　苏州

光裕堂康熙三十七年刊《四书或问语类大全合订》，（清）黄越合订，山东大学图书馆藏，内封题"康熙戊寅/上元黄际飞手次/古吴光裕堂梓行"；雍正间刊《四书或问语类集解释注大全》，（清）朱良玉纂辑，苏州大学图书馆藏，内封题"古吴光裕堂梓行"；万历四十七年序刊《楚辞》十七卷，郑州大学图书馆藏。据此可知光裕堂为苏州书坊，刊书不晚于康熙三十七年。

清代光裕堂刊刻的书尚有：雍正壬子十年刊《古文辑注初编》，（清）朱西田辑，内封题"雍正壬子春镌/光裕、光德、光远堂梓行"；乾隆三十九年藏秘本《咽喉指掌》；和聚锦堂合刊《性理大全会通》七十卷，续编四十二卷，北京大学图书馆藏；同治四年刊《巴山七种》，吉林大学图书馆藏；其余刊书不一一列载。

1. **同治四年刊《新订晋代许旌阳得道擒蛟全传》四卷，戴不凡旧藏**。

〔二〇五〕广顺堂　长沙

广顺堂清同治十二年夏月刊《宰湘节录》，吉林大学图书馆、北京大学图书馆藏，书影亦见孔夫子旧书网，内封题“长沙广顺堂刊”，据此判断广顺堂为长沙书坊。同治十二年长沙广顺堂尚刊有《节录奏疏》，华东师范大学图书馆藏。

嘉庆二十二年广顺堂刊《寿世保元》十卷，(金溪)龚廷贤撰，卷端题“广顺堂藏板”，江西省图书馆藏。辛未年重镘《有正味斋试帖》，据序大致推测辛未为嘉庆十六年或同治十年；清刊《大板声律启蒙摄要》《幼课三十艺》《雪心赋辩讹正解》等，书影均见孔夫子旧书网。

1. **顺治十五年序、清刊《觉世名言十二楼》十二卷三十八回，北京大学图书馆藏**。

〔二〇六〕广荫堂　不明

广荫堂具体地点不明。

1. **清刊《飞龙全传》十二卷六十回，内蒙古大学图书馆藏**。

〔二〇七〕广裕堂　陕西榆林

民国间陕北榆林佳县乌镇广裕堂曾用石印法印私钞，证明广裕堂为刻书书坊。民国间的广裕堂在清朝是否刻书，由于资料缺乏，不能确知，其他地区未有发现名为广裕堂的书坊，我们姑定广裕堂位于陕北榆林佳县乌镇。关于广裕堂的详细情况，参见文革红《乾嘉时期小说书坊与通俗小说》“广裕堂”条(第 326 页)。

1. **清中期刊《天花藏批评平山冷燕》二十回，华东师范大学图书**

馆藏。

2. **乾隆丁未五十二年镌《精刊古本两才子书》四卷十八回，俄罗斯国家图书馆藏。**

〔二〇八〕贵文堂　金陵

贵文堂清刊蔡沈集传《尚书》，卷末有“金陵贵文堂订本/王氏校梓”字样；清怀德堂刊本《图注难经脉诀》，内封题“京江蔡伯遴先生定/王叔和先生原本/图注难经脉诀/怀德堂梓行”，钤有红印曰“江南省城状元境贵文堂发兑”，书影均见孔夫子旧书网。以此知贵文堂位于金陵状元境内，主人姓王。

贵文堂嘉庆十三年刊《增订四书体注旁训》，书影见孔夫子旧书网；嘉庆十四年刊《诗经集传》，北京大学图书馆藏；嘉庆己巳十四年刊《监本书经》，见孔夫子旧书网；嘉庆十五年刊《小学集注》六卷，北京大学图书馆藏；嘉庆庚辰二十五年刊《熙朝新语》十六卷，北京大学图书馆藏；清刊《松阳讲义》十二卷，山东大学图书馆藏；清刊《庚子山全集》十卷，武汉大学图书馆藏；清刊《会海字汇》，郑州大学图书馆藏；清刊《新刻红风传》三卷，北京大学图书馆藏；其余刊书不一一列载。

京都亦有贵文堂，道光三十年刊《大清搢绅全书》(庚戌春季)，北京大学图书馆藏，内封题“庚戌春季/贵文堂梓”，右边有“京都琉璃厂厂东门贵文堂新刊按季/搢绅第一本/叙文 凡例 封典 品级……”的识语，以此可知道光间北京亦有贵文堂。道光癸未三年琉璃厂贵文堂刊《韫山堂时文全集》不分卷；道光二十七年刊元好问《遗山集》，北京大学图书馆藏。

1. **清刊《后红楼梦》不分卷三十回，俄罗斯国家图书馆藏。**
2. **道光元年重刊《后西游记》四十回，天津图书馆藏。**
3. **道光元年刊《龙图公案》一百则，北京大学图书馆、美国哈佛**

大学哈佛燕京图书馆藏。

〔二〇九〕郭勋　武定侯

郭勋为明初开国勋臣武定侯郭英六世孙，于正德三年承袭武定侯爵位，进封翊国公。他善书，尤工篆书，嘉靖十八年编撰《英烈传》为先祖郭英射死陈友谅之功造势，影响了嘉靖帝，争得了使郭英与徐达、常遇春等六王并列配享朱元璋太庙的殊荣。

1. **嘉靖间刊《水浒传》，《宝文堂书目》著录**。
2. **嘉靖间刊《三国志演义》，《宝文堂书目》著录**。

H

〔二一〇〕海陵轩　广州

海陵轩清刊《凤凰山》七十二卷，北京大学图书馆藏，内封题“凤凰山/海陵轩刊”，孔夫子旧书网另有两本，一本右下方有“省城双门底古经阁藏板”字样，一本则题“省城第七甫明经阁”，说明此书分别由广州古经阁和明经阁刊刻，海陵轩刊本为得板后印本，则海陵轩有可能也位于广州。

海陵轩同治七年刊弹词《十美图》四十卷，复旦大学图书馆藏；同治庚午九年刊《铜板四书合讲》，书影见孔夫子旧书网。清末刊《目耕斋读本三集》不分卷，北京大学图书馆藏；光绪元年刊《四书合讲》，清华大学图书馆藏。海陵轩营业时间延续至清末。

1. **乾隆五十一年序刊《西湖佳话古今遗迹》十六卷十六篇，北京大学图书馆、日本天理图书馆藏。**

〔二一一〕海瀛轩　不明

海瀛轩具体地点不明。

1. **同治十年刊《唐奇书莲子瓶演义传》四卷二十三回，中国国家图书馆藏。**

〔二一二〕函三堂　苏州(金阊)

金阊函三堂乾隆三十九年序刊《列国志辑要》八卷，(清)杨庸辑，藏于中国国家图书馆，内封署“四知堂藏板/金阊函三堂梓行”，以此知函三堂位于苏州。

姑苏函三堂乾隆五十九年刊《针灸大成》，内封署“姑苏函三堂藏板”；乾隆六十年刊《四书典林》、嘉庆九年刊《重订唐诗合解笺注》、清刊《增补尺牍契券见心集》，内封均署“金阊函三堂梓行”，书影均见孔夫子旧书网，则函三堂为苏州书坊。

函三堂刊刻的书尚有：康熙四年序刊《外科大成》；嘉庆十五年刊《孝经集注》；清刻《周礼注疏删翼》《应酬诗文汇选》《古文观止》等。函三堂为清代苏州地区实力较强、规模较大的书坊，营业时间一直延续至民国。

光绪间福建莆田有函山堂书坊，不知与苏州函三堂是否有关联。

关于函山堂的详细情况，参见文革红《乾嘉时期小说书坊与通俗小说》“函山堂”条（第 47—48 页）。

1. **乾隆三十九年刊《列国志辑要》八卷一百九十则，中国国家图书馆藏**。

〔二一三〕汗简斋　广州（羊城西湖街）

汗简斋嘉庆十四年刊《道德经转语》二卷，《考正》二卷，（唐）陈致虚撰，吉林大学图书馆藏，题“羊城汗简斋”；嘉庆十四年刊《道德经释义》上下卷，序后署“羊城西湖街汗简斋承印”，吉林大学图书馆藏。以此知汗简斋位于广州西湖街。

关于汗简斋的详细情况，参见文革红《乾嘉时期小说书坊与通俗小说》“汗简斋”条（第 208—209 页）。

1. **乾隆乙酉三十年刊《今古奇观》四十卷四十篇，南京图书馆藏**。

〔二一四〕翰宝楼　佛山（粤东佛山福禄大街）

翰宝楼同治五年刊《好逑传》四卷十八回，天津图书馆藏，内封有

"佛山翰宝楼"字样；光绪庚辰六年刊《幼学信札》《俗音字辨》，序末有"佛山福禄里翰宝楼藏板"字样；清刊《四书正文》，内封有"粤东佛山福禄大街翰宝楼铜板机器印"字样，书影均见孔夫子旧书网。以此知翰宝楼为清代广东佛山书坊，位于福禄大街。

佛山翰宝楼同治四年刊《石南书院课士草》，苏州大学图书馆藏；同治丁卯六年刊《注释张百川先生塾课》，书影见孔夫子旧书网；同治七年刊《唐人赋钞》六卷，中山大学图书馆藏；清刊《四书疏注撮言大全》三十六卷，中山大学图书馆藏。翰宝楼刊书的活跃期在同治年间，刻书业延续至清末。

1. **清刊《警富新书》四卷四十回，日本东洋文库藏。**
2. **同治十三年刊《平山冷燕》四卷二十回，天津图书馆藏。**
3. **清刊《天花藏批评玉娇梨》四卷，日本筑波大学藏。**
4. **同治五年刊《好逑传》四卷十八回，天津图书馆藏。**
5. **同治九年刊《水石缘》□卷，首都图书馆藏。**
6. **清刊《西晋演义》四卷一百一六则，书影见孔夫子旧书网。**
7. **清刊《东晋演义》八卷二百三一则，书影见孔夫子旧书网。**
8. **同治五年刊《第一才子书》六十卷一百二十回，日本福井市立图书馆藏。**

〔二一五〕翰海楼　杭州

翰海楼康熙间刊《豆棚闲话》十二卷十二则，卷端署"圣水艾纳居士编/鸳湖紫髯狂客评"，从作者署名前冠"圣水"可知其为杭州人。西湖旧名"明圣湖"，而宋乾道间杭州慈圣院有圣水池，书叙述发生于杭州的故事如西施故事都较准确，可见作者为杭州人或寓居杭州者。

从刊刻风格看，翰海楼本刊刻于杭州。图署"胡念翌写"，胡念翌是活动于杭州的画工，顺治十七年刻于杭州的《续金瓶梅》插图署"胡念翌写"；顺治末年杭州李渔《无声戏合集》插图第四叶署"念翊写"，第六叶署“胡念翌画”；康熙元年杭州汪氏蜩寄刊本《吕祖全传》第4叶图署“念翊写”；康熙二年胡念翌在杭州为汪象旭绘《西游证道书》插图。可见，胡念翌是杭州版刻绘图的名家高手，《豆棚闲话》插图亦由胡念翌作于杭州，时间在顺、康间。书中多吴语词汇，因此，《豆棚闲话》应出于杭州，则翰海楼为杭州书坊。

翰海楼乾隆四十四年刊《订补明医指掌》，藏于北京大学图书馆，可见翰海楼刊书延续至乾隆以后。关于翰海楼的详细情况，参见文革红《清代前期通俗小说刊刻考论》“翰海楼”条（第396—397页）。

1. **乾隆三十八年刊《今古奇观》，首都图书馆藏**。

2. **康熙间刊《豆棚闲话》十二卷十二则，中国国家图书馆藏**。

3. **乾隆十六年刊《西湖佳话古今遗迹》十六卷十六篇，天津师范大学图书馆藏**。

4. **清刊《新镌绣像醉醒石》不分卷十五回，吉林大学图书馆藏**。

〔二一六〕翰文堂　佛山（佛山大地街）

翰文堂咸丰、同治年间刊《异说奇闻群英杰全传》六卷三十四回，广东省立中山图书馆藏，内封左下署“佛镇翰文堂板”；光绪三十三年刊《新增算法撮要》，内封有“佛山大地街翰文堂板”字样；清刊《对类引端》三卷，内封题“佛镇翰文堂藏板”，复旦大学图书馆藏；清刊《翰文堂诗经读本》，内封有“佛镇大地街”字样，书影见孔夫子旧书网。由此知翰文堂为佛山书坊，位于大地街。

另佛镇福禄街亦有翰文堂，光绪二十年刊《增订幼学小讲秘诀》，清刊《地理人子须知》，书影均见孔夫子旧书网。

翰文堂刊刻的书籍尚有《唐宋八大家类选》《新选五色荷花全本》《眼科大全》《医学心悟》《岭南即事全集》《龙文鞭影》等。

翰文堂分号较多，广城（广州）有翰文堂，同治三年刊《万氏妇人科集证》，内封题“广城翰文堂梓行”，书影见孔夫子旧书网；民国六年铅印《吴阳骊唱集》、民国八年铅印《苍城骊唱集》，苏州大学图书馆藏。

莞城(东莞)翰文堂清末刊《八续金刀记单阳血镜全本》四卷、《十四续金刀记西樊芙蓉帕全本》四卷，复旦大学图书馆藏。

成都翰文堂光绪二十八年壬寅七月刊《明夷待访录》一卷，(清)黄宗羲撰，中国人民大学图书馆藏。

1. **清刊《二度梅全传》不分卷，辽宁省图书馆藏。**

2. **咸、同间刊《异说奇闻群英杰全传》六卷三十四回，广东省立中山图书馆藏。**

〔二一七〕翰香楼　不明

翰香楼乾隆初年刊《桃花扇》六卷十六回，无序，无跋，亦不知作者姓氏。翰香楼究竟为何地书坊不明。

关于翰香楼的详细情况，参见文革红《乾嘉时期小说书坊与通俗小说》“翰香楼”条(第342页)。

1. **乾隆初年刊《桃花扇》六卷十六回，路工旧藏。**

〔二一八〕翰香堂　汀州(福建连城雾阁村四堡乡)

翰香堂为福建连城雾阁村四堡乡书坊。国家文物局以“文物保函〔2016〕626号”文批复的福建连城中南村与雾阁村四堡书坊建筑保护修缮和展示利用工程中，有翰香堂的名字；《连城县第三次全国文物普查不可移动文物名录》之“古建筑”门类中有“雾阁翰香堂、万卷楼、玉兰堂、文苑堂”的名字。由此可知翰香堂为福建连城雾阁村四堡书坊，其建筑至今保存完好。连城清代隶属汀州府。

翰香堂刊刻的书能找到的主要有：嘉庆甲子九年刊《林太史集》十四卷，附存不分卷，(清)林兆鲲著，(清)林泰校刊，中国人民大学图书馆藏。林兆鲲，福建莆田人，乾隆三十一年进士殿试第二甲，翰林院编修、著名诗人。该书由林泰校刊，或说明翰香堂主人即林泰。

翰香堂民国间刊野鹤老人著《增删卜易》，内封题“翰香堂藏板”，书影见孔夫子旧书网。

1. **咸丰四年刊《北宋志传》五十回，书影见孔夫子旧书网。**

2. **咸丰四年刊《南宋志传》五十回，书影见孔夫子旧书网。**

〔二一九〕翰选楼　佛山（佛山福禄大街）

翰选楼清刊《编注医学入门》，卷七末有牌记署“佛山福禄大街翰选楼藏板”，孔夫子旧书网上可见书影，故知翰选楼为清代佛山书坊，位于福禄大街。嘉庆间刊《三元三要八宅救害明镜》二卷，内封署“江钓叟顾吾庐辑/翰选楼藏板”，藏于香港中文大学图书馆；咸丰八年刊《注释桥梓绣林》，内封署“养斋江浩然荣诏氏选著/翰选楼藏板”，书影见孔夫子旧书网。

关于翰选楼的详细情况，参见文革红《乾嘉时期小说书坊与通俗小说》“翰选楼”条（第226—227页）。

1. **咸丰、同治间刊《绣像红楼梦》一百二十回，辽宁大学图书馆藏。**

2. **咸丰五年刊《二度梅全传》六卷四十回，书影见孔夫子旧书网。**

3. **道光十二年序刊《大明正德皇游江南传》七卷四十五回，英国牛津大学博德利图书馆藏。**

4. **嘉庆十四年刊《警富新书》四卷四十回，首都图书馆藏。**

〔二二〇〕翰巽楼　不明，疑为翰选楼

1. **清刊《忠义水浒传》二十卷一百一十五回（《汉宋奇书》之上层），奥地利国家图书馆藏。**

2. 清刊《四大奇书第一种》六十卷一百二十回(《汉宋奇书》之下层),奥地利国家图书馆藏。

〔二二一〕翰苑楼　广州

翰苑楼光绪五年刊《制义约钞》不分卷,(清)何文绮编,中山大学图书馆藏,内封题“广州翰苑楼”,据此可知翰苑楼为广州书坊。翰苑楼其余刊刻的书未见。

1. 光绪丁丑三年刊《王希廉评红楼梦》一百二十回,北京大学图书馆、上海图书馆藏。

〔二二二〕好德堂　湖州

好德堂清初刊《新镌绣像小说一片情》,藏于日本东京大学东洋文化研究所双红堂文库,首有署“沛国樗仙题于西湖舟次”的序,下有印记两方,一为“一段云”,一为“好德堂印”,据此可知“好德堂”主人为“沛国樗仙”,江苏沛县人。序写作于“西湖舟次”,表明他是在西湖游玩时写下此序的,由此判断作序者不是杭州人。从书的内容、故事判断小说写作并刊于湖州。

好德堂清初又刊《好逑传》四卷十八回,署“名教中人编次/游方外客批评”,阿英旧藏。阿英谓维风老人《叙》上方有好德堂记号,《叙》署“宣化里维风老人敬题于好德堂”。湖州有宣化坊,因此,维风老人当是湖州人。通过以上分析大致判定“好德堂”为湖州书坊,活动时间为清初。

关于好德堂的详细情况,参见文革红《清代前期通俗小说刊刻考论》“好德堂”条(第467—473页)。

1. 清初刊《一片情》存四卷十四回,日本东京大学东洋文化研究所双红堂文库藏。

2. 清初刊《好逑传》四卷十八回,阿英旧藏。

〔二二三〕何必居　不明

何必居清初刊《女开科传》十二回，日本庆应义塾大学藏，日本宝历甲戌(清乾隆十九年)《舶载书目》著录："《女开科传》，何必居梓行，一部四本，虎丘花案逸史，岐山左臣编次，蠡庵居士参详。"①何必居刊刻的其他书未见，所在地不明。

1. **雍、乾间刊《女开科传》不分卷十二回，日本庆应义塾大学藏**。

〔二二四〕合川书坊　重庆

合川不明书坊民国七年刊《绣云阁》八卷一百四十三回，四川省图书馆藏。合川，清代属重庆府。

1. **民国七年刊《绣云阁》八卷一百四十三回，四川省图书馆藏**。

〔二二五〕合兴堂　不明

合兴堂嘉庆九年刊《婆罗岸全传》不分卷二十回，美国哈佛大学哈佛燕京图书馆藏，首有圆觉道人序，题"嘉庆九年清和月谷旦圆觉道人题"，合兴堂地点不明。

1. **嘉庆九年刊《婆罗岸全传》不分卷二十回，美国哈佛大学哈佛燕京图书馆藏**。

〔二二六〕合义堂　袁州

合义堂清代发兑朱墨套印本《钦定协记辨方书》十五卷，外封书签有"合义堂""京苏书籍发兑"朱印，书影见孔夫子旧书网，知合义堂所发兑书籍为京(南京)、苏(苏州)地区书坊所刊，因而也就排除了合

---

① ［日］大庭脩编著. 宫内省书陵部藏舶载书目，关西大学东西学术研究所资料集刊七［M］. 日本：关西大学东西学术研究所，昭和四十七年一月二十一日(1972).

义堂为京、苏书坊的可能性。

合义堂光绪壬午八年秋月重刊《增补安乐铭》，内封背面题“板存景德镇十八砾同文堂书纸铺……”，卷末有“万邑席珍子王文选敬摹”“亚拙王文选敬录”字样，并有印“席珍子王文选书”字样，书影见孔夫子旧书网，说明该书由万邑王文选刊刻。“万邑”，江西万载之别称，清属袁州府。该书板存景德镇市，亦说明其刊刻不出江西范围，因此我们可以大致推测合义堂为江西袁州书坊。

合义堂乾隆五十一年序刊《阳宅三要》四卷，清刊《御纂医宗金鉴》等，书影均见孔夫子旧书网。

1. **清刊《新镌绣像风流悟一编》不分卷八回，首都图书馆藏**。

〔二二七〕合影楼　苏州

合影楼清刊《桃花艳史》六卷十二回，藏于北京大学图书馆，高罗佩亦藏。小说叙述唐朝苏州人康健，字水太，性好僻静，在阊门外建一园，种桃花三百余株，建桃花亭，日盘桓其中。按：苏州阊门外有桃花坞，以桃花茂盛而出名，著名画家唐寅曾筑居于桃花坞而出名。小说所描述为桃花坞景致，以此推测作者可能为苏州人或寓居苏州者。小说又见于道光十八年苏郡设局收毁淫书目，足见其在苏州被大量刊行、出售，所以被列于禁书目中，据此亦可推测合影楼刊本《桃花艳史》为苏州书坊所刊。

关于合影楼的详细情况，参见文革红《乾嘉时期小说书坊与通俗小说》“合影楼”条(第48页)。

1. **约乾、嘉间刊《桃花艳史》六卷十二回，北京大学图书馆藏**。

〔二二八〕荷香小榭　不明

荷香小榭具体地点不明。

1. **乾隆五十一年序刊《西湖佳话古今遗迹》十六卷十六篇，南京**

图书馆、中国社会科学院文学研究所藏。

〔二二九〕衡鉴堂　金陵?

衡鉴堂刻有多种乡试闱墨，咸丰辛亥元年刊《陕甘闱墨》，内封题“咸丰辛亥/衡鉴堂藏板”；同治间刊《同治甲子科江南闱墨》；光绪间刊《湖南闱墨》，内封题“光绪丙子科/湖南闱墨/衡鉴堂锓板”，书影均见孔夫子旧书网；光绪八年刊《光绪壬午科湖南闱墨》不分卷，吉林大学图书馆藏；光绪间刊《光绪补行庚子辛丑恩正并科湖南闱墨》一卷、《光绪癸卯恩科湖南乡试闱墨》、《光绪癸卯恩科贵州闱墨》等，北京大学图书馆藏；光绪十七年刊《福建闱墨》，苏州大学图书馆藏；另刊有《光绪癸巳恩科江南闱墨》《光绪一十九年癸巳科云南闱墨》《光绪壬午科湖北闱墨》《光绪癸卯科陕西闱墨》等。衡鉴堂实为贡院中的建筑之一，为试官阅卷之重地，江南贡院、甘肃贡院、福建贡院等均有衡鉴堂。

1. **清刊《天花藏批评平山冷燕》四卷二十回，书影见孔夫子旧书网。**

〔二三〇〕恒谦堂　杭州

恒谦堂道光九年春刊《近科三江考卷英华》，内封题“道光九年春镌/钱唐周芾堂编次/近科三江考卷英华/恒谦堂藏板”，序题“钱塘周龙章芾堂氏序”，周芾堂为杭州孝廉，嘉庆、道光间人，以此可知此书当刊刻于杭州，则恒谦堂为杭州书坊。

恒谦堂嘉庆十年校镌《同怀制义》，书影见7788古籍网。嘉庆十二年刊《应试小题及锋集注释》，(潭阳)余之俊秀民评选，书影见孔夫子旧书网，其余刊书未见。

1. **清刊《玉楼春》二十四回，首都图书馆藏。**
2. **清刊《绣像铁花仙史》不分卷二十六回，中国国家图书馆、法**

国国家图书馆藏。

〔二三一〕红梅山房　金溪(珊城)

红梅山房道光二十二年刊《白鱼亭》八卷，北京大学图书馆藏，书前有作者自叙，末署“道光廿二年季春月中浣趣园野史珊城黄瀚题于红梅山房”。珊城，江西金溪之别称，由此可知作者为金溪人。从作者为江西金溪人大致推测此书刊刻于金溪，红梅山房可能为金溪书坊。

另有上海红梅山房，光绪丙申二十二年活字校印《校正万年书》，内封反面有字云“上海三洋泾桥北首英界双庆里口纬文阁红梅山房启”，书影见孔夫子旧书网，据此可推测红梅山房为清末上海书坊。

1. **道光二十二年刊《白鱼亭》八卷六十四回，中国艺术研究院戏曲研究所藏。**

〔二三二〕红蔷阁　杭州

红蔷阁嘉庆十九年刊《红楼圆梦》，嘉庆间以红蔷阁为书室名的有俞宝华，嘉庆十八年刊有《红蔷阁诗略》，俞宝华撰，藏于中国国家图书馆、中山大学图书馆。因两个红蔷阁均在嘉庆间，基本可推断两者为同一家书坊，红蔷阁主人即刊刻《红楼圆梦》的俞宝华。俞宝华，清代学者，海宁人，其父是俞思谦，字秉渊，号潜山，为太学生，曾任山西汾州知府，与《红楼梦》关联较大。乾隆四十六年刊《海潮辑说》二卷；乾隆五十九年作《红楼梦传奇序》，著《红楼梦歌》，由于俞氏家族与《红楼梦》的渊源，刊刻《红楼圆梦》之红蔷阁极有可能为俞宝华之红蔷阁，位于海宁。海宁乾隆三十八年后为海宁州，属杭州府。

关于红蔷阁的详细情况，参见文革红《乾嘉时期小说书坊与通俗小说》“红蔷阁”条(第 243 页)。

1. 嘉庆十九年刊《红楼圆梦》不分卷三十回，中国国家图书馆、上海图书馆藏。

〔二三三〕红叶山房　苏州

红叶山房光绪戊子十四年刊《双飞凤全传》《续四才子》各四卷十八回，北京大学图书馆藏，内封均题“姑苏红叶山房”，据此可知红叶山房为苏州书坊。

红叶山房道光戊子八年刊《红叶山房试卷》《巧搭文粹》；道光甲辰二十四年刊《烂柯神机》，内封题“红叶山房藏板”，书影见孔夫子旧书网；光绪九年刊《金淑人割臂奉翁》，北京大学图书馆藏。

1. 光绪十四年刊《两交婚》四卷十八回，北京大学图书馆、吉林大学图书馆、美国哈佛大学哈佛燕京图书馆藏。

〔二三四〕宏道堂　重庆

宏道堂为清代四川泸州著名书坊，康熙五十五年由江西人杨宏道创办于四川泸州百子图。乾隆四十四年刊《四书补注附考备旨》，内封署“粤东邓林原本/宏道堂版权”，末题“江右杨宏道堂精选书籍发兑”，书影见孔夫子旧书网，据此可知宏道堂主人为江西杨氏，宏道堂至迟在乾隆四十四年已经开始经营刻书业。

清道光年间，宏道堂在成都、重庆开设分号，重庆宏道堂刊《改良新增绘图幼学故事琼林》，内封署“渝城宏道堂藏板”。宏道堂后来又发展了宜宾、乐山、宜昌、汉口、南京、上海的刻印市场。

宏道堂刊刻的书籍主要有：嘉庆八年重镌《资治通鉴纲目前编》，藏于北京大学图书馆；嘉庆十八年刊《宏道堂古文观止》，书影见孔夫子旧书网；清刊《元亨疗马集大全》，藏于北京大学图书馆；清末刊《读史方舆纪要》，藏于北京大学图书馆；清末刊《草字汇》十二卷，石梁集，吉林大学图书馆藏；清刊《女科要旨》，署“宏道堂藏板”；同治二年刊《尚书离句》；清刊《新增象吉备要通书》，（潭阳）魏明远纂辑；清刊《小儿推拿活婴全书》三卷；光绪二十一年刊《时方括歌》；其余刊刻书籍较多，如《袖珍士材三书》《重订痘疹定论》《幼幼集成》《温病条辨》《礼记心典传本》《详定外科正宗》等，书影均见孔夫子旧书网，不一一列载。

光绪间吴县亦有宏道堂书坊，光绪十七年刊《名法指掌图新纂》，（清）黄鲁溪编辑，藏于山东大学图书馆，吴县宏道堂可能为泸州宏道堂之分号。

关于宏道堂的详细情况，参见文革红《乾嘉时期小说书坊与通俗小说》“宏道堂”条（第317—318页）。

1. **清刊《觉世名言十二楼》十二卷三十八回，台湾大学图书馆藏。**

2. **乾隆五十一年序刊《西湖佳话古今遗迹》十六卷十六篇，上海图书馆藏。**

3. **清刊《映旭斋批点新平妖传》十卷四十回，书影见孔夫子旧书网。**

4. **清刊《西游真诠》一百回，上海图书馆藏。**

5. **光绪间刊《草木春秋演义》五卷三十二回，成都宏道堂刊本，四川省图书馆藏。**

6. **光绪二十二年刊《云合奇踪》十卷八十回，天津师范大学图书馆藏。**

7. **光绪三十二年刊《有夏志传》六卷十九则（与《有商志传》合刊），中国国家图书馆藏。**

8. **光绪三十二年刊《按鉴演义帝王御世有商志传》十九则（与《有夏志传》合刊），中国国家图书馆藏。**

9. **清刊《残唐五代史演义传》八卷六十回，南京大学图书馆藏。**

10. **清刊《四大奇书第一种》五十一卷一百二十回，书影见孔夫子旧书网。**

11. **清刊《说岳全传》二十卷八十回，吉林大学图书馆藏。**

12. **乾隆十七年序刊《东周列国志》一百〇八回，首都图书馆藏。**

13. **清刊《说唐演义后传》□回，河南大学图书馆藏。**

14. **道光间刊《海公大红袍全传》十卷六十回，书影见孔夫子旧书网。**

15. **咸丰十年刊《绿牡丹全传》六卷六十四回，日本东京大学文学部藏。**

16. **嘉庆二年序刊《飞龙全传》十二卷六十回，书影见孔夫子旧书网。**

〔二三五〕宏德堂　金陵

宏德堂嘉庆十五年刊《正蒙四书》，内封题“嘉庆庚午重锓/正蒙四书/宏德堂藏板”，有题“江宁布政使拓溪史积容续识”的识语，书影见孔夫子旧书网，或可说明此本刊刻于金陵，则宏德堂为金陵书坊。

宏德堂清代刊刻的书籍有：康熙丙申五十五年序刊《地理琢玉斧峦头歌括》，见《故宫珍本丛刊》第412册；嘉庆丙子二十一年刊《王叔和图难经脉诀》；嘉庆二十二年刊《黄帝素问灵枢合纂》三卷，内封题“嘉庆丁丑夏新镌/宏德堂藏板”，刊刻精湛。乾、嘉间刊《注释八铭塾钞》初集及二集；道光七年重镌《注释少岩赋草》，序题“道光七年岁次丁亥四月下澣泾川愚弟吴楠石仙氏识”；道光乙未十五年新刊《古文注释》；光绪间精刊《御纂医宗金鉴》六十卷，书影均见孔夫子旧书网。清末刊《古文喈凤新编》八卷，河南大学图书馆藏。另刊有《医学发明》《重订本草从新》《宏德堂礼记备旨》《地理辩证》等，书影均见孔夫子旧书网。

1. **清刊《新镌玉娇梨》，辽宁大学图书馆藏。**

2. **清刊《前七国孙庞演义》二十回，中国国家图书馆藏。**

3. **清刊《七国乐田演义》二十回，中国国家图书馆藏。**

〔二三六〕宏文堂　常州

常州宏文堂道光十年孟冬月刻《律赋新编》，苏州大学图书馆藏，内封题“毗陵宏文堂梓行”；同治七年刊刻《建邑书林南阳郡鼎镌会海对类》二十卷，复旦大学图书馆藏；光绪四年写刻《五经不二字音歆释文》，北京大学图书馆藏，内封反面题“光绪四年中秋前三日毕工常州宏文堂梓行”，由此可知常州有宏文堂书坊。

清末四川重庆有宏文堂，光绪三十二年新刻《指明全编算》，书影见孔夫子旧书网，内封题“铜邑宏文堂发兑”，书末有宏文堂牌记，云“本店开立川东重庆府铜梁县□□新场人正街坐南向北……”，据此可知重庆宏文堂的具体位置。

京都亦有宏文堂，刊刻《百家姓笺注》，书影见孔夫子旧书网。

清末民初汉口有宏文堂，刊《才子杂字》，内封题“吴川楼先生编辑/孙秉记/汉口宏文堂藏版”；清末刊《铜版绘图三字经》，封面题“汉口民权路中市宏文堂印行”，此宏文堂出现的时间较晚。

1. **光绪四年刊《铁冠图全传》八卷五十回，复旦大学图书馆藏**。

〔二三七〕鸿宝堂　苏州

鸿宝堂乾隆十九年刊《异说征西演义全传》四十回，藏于中国国家图书馆，首序，署“乾隆十八年岁次癸酉孟冬中都逸叟书于护龙里”，正文署“吴门恂庄主人编次”。护龙里位于苏州，此本为《异说征西演义全传》原刊本，据序和正文题署断此本刊刻于苏州，则鸿宝堂位于苏州。

鸿宝堂同治九年刊《种痘新书》；清刊《千家诗注》《孟子》，书影均见孔夫子旧书网。光绪二十五年刊朱绶《东游纪程》，藏于中国国家图书馆地方志家谱阅览室，由此知鸿宝堂营业一直延续至清末。

明代福建有鸿宝堂书坊，明末刊《珍珠囊药性赋》，卷端署“太医院罗右源校正/闽书林鸿宝堂刊行”，以此知明末鸿宝堂位于福建。

关于鸿宝堂的详细情况，参见文革红《乾嘉时期小说书坊与通俗小说》“鸿宝堂”条(第 48—49 页)。

1. **道光十二年刊《新平妖传》四十回，清华大学图书馆藏。**

2. **道光二十六年刊《云合奇踪》五卷八十回，上海图书馆藏。**

3. **乾隆十九年刊《异说征西演义全传》四十卷四十回，中国国家图书馆藏。**

〔二三八〕鸿文堂　杭州(武林)

鸿文堂乾嘉间刊《南北宋志传》一百回，藏于天津图书馆，内封署“武林鸿文堂”，以此知鸿文堂为杭州书坊。

武林鸿文堂刊书的繁盛期在乾隆年间，乾隆三十五年刊《增订一夕话新集》六卷，清华大学图书馆藏；乾隆四十二年刊《缀白裘新集合编》，藏于辽宁大学。

关于鸿文堂的详细情况，参见文革红《乾嘉时期小说书坊与通俗小说》“鸿文堂”条(第 242 页)。

1. **嘉庆二十年刊《金石缘》八卷，书影见孔夫子旧书网。**

2. **乾、嘉间刊《北宋志传》五十回，天津图书馆藏。**

3. **乾、嘉间刊《南宋志传》五十回，天津图书馆藏。**

〔二三九〕弘毅馆　日本

1. **日本弘毅馆庆应元年(清同治四年)刊《皇明大儒王阳明先生出身靖难录》上中下三卷，不分回，北京大学图书馆藏。**

〔二四〇〕厚德堂　不明

厚德堂光绪九年刊《厚德堂集验方萃编》四卷，(清)奇克唐阿著，北京大学图书馆藏，序末题“长白慎修奇克唐阿手辑，杭郡梦莲周青旭校正，同治四年清和上澣吉订”，此书初刊于同治四年，订正者为杭州人周青旭。

厚德堂刊刻的书尚有：乾隆九年刊《四书题镜》，内封题“苕上汪灵川纂述/厚德堂藏板”；清刊《五经旁训读本》，(清)徐立纲撰，内封题“吴郡张氏重校/厚德堂梓”，该书初刊本为乾隆丙子二十一年吴郡映雪草堂刊本；光绪丁丑三年朱墨套印《增补诹吉宝镜图》，内封题“厚德堂梓行”；清刊《十四层启蒙捷诀》，内封题“星沙曹晓庐著/厚德堂藏板”；清刊《银海精微》四卷，书影均见孔夫子旧书网。厚德堂为何地区书坊尚不明确。

1. **道光二十二年刊《镜花缘》二十卷一百回，中国国家图书馆藏**。

〔二四一〕蝴蝶楼　广州

根据柳存仁《伦敦所见中国小说书目提要》，广州蝴蝶楼刻《绣鞋记警贵新书》四卷二十回①，武汉大学图书馆藏本卷端题“粤省无名氏/清闲主人订”，可知作者乌有先生为广东人。小说故事发生在莞邑、羊城一带，作者对岭南地理十分熟悉，从罗浮山下烟霞客的题词“寒声传诵家家遍，清磬遂今播岭南”等句判断该书所写故事在岭南传诵较广，据此推测蝴蝶楼在广州。

1. **清刊《绣鞋记警贵新书》四卷二十回，中国国家图书馆藏**。
2. **清刊《娇红传》**。

〔二四二〕护国庵　常德(湖南常德府)

护国庵于嘉庆二十四年重刊《西游原旨》二十四卷一百回，藏于上海图书馆，内封署“湖南常德府护国庵藏板”，据此可知护国庵位于湖南常德府。

---

① 柳存仁. 伦敦所见中国小说书目提要[M]. 北京：书目文献出版社，1982:122—123.

关于护国庵的详细情况，参见文革红《乾嘉时期小说书坊与通俗小说》“护国庵”条(第 314 页)。

1. **嘉庆二十四年刊《西游原旨》一百回，上海图书馆藏**。

2. **嘉庆二十五年或稍后刊《西游原旨》一百回，书影见孔夫子旧书网**。

〔二四三〕花幔楼　苏州

花幔楼康熙中后期刊《花幔楼批评写图小说生绡剪》十九回，中国国家图书馆、大连图书馆藏，有《古本小说集成》影印本，此书内封署“花幔楼主人评点/本衙藏板”，即自己家里刊刻、收藏的书板，则小说为作者自刻，刊刻者即花幔楼主人。小说目次前署“集芙主人批评/井天居士较点”，足证“花幔楼主人”“集芙主人”“井天居士”实为同一人，乃小说之编者、评者和刊刻者。首有《小说生绡剪弁语》，末署“谷口生漫题于花幔楼中”，说明谷口生即花幔楼主人，序乃为自序。谷口生即《生绡剪》之编辑者，第一、二回的作者。

《明清吴语词典》指出《生绡剪》“吴语成分较多”①。第一回有句云“其父原是北人”。从说话语气看作者应是南方人。第十一回云：“我侬家婆一束假发拖了去。”眉批：“卖药的真正苏州人。”从批评者说话的口气看其似为苏州人，由此我们大致推测谷口生可能为苏州人，则花幔楼可能为苏州书坊。

关于花幔楼的详细情况，参见文革红《清代前期通俗小说刊刻考论》“花幔楼”条(第 160—165 页)。

1. **康熙中后期刊《花幔楼批评写图小说生绡剪》不分卷十九回，中国国家图书馆、大连图书馆藏**。

---

① ［日］宫田一郎，石汝杰主编. 明清吴语词典［M］. 上海：上海辞书出版社，2003：838.

〔二四四〕华经堂　广州（省城第七甫）

华经堂同治乙丑四年刊《金石缘全传》，北京大学图书馆藏，内封题“第七甫华经堂藏板”，据此可知华经堂为广州书坊，位于第七甫。华经堂道光己酉二十九年刊《太上感应篇》，内附《观世音经》《经验良方》，内封题“省城第七甫华经堂藏板”，书影见孔夫子旧书网；咸丰四年重镌《七巧图解》，内封题“省城华经堂藏板”，北京大学图书馆藏。

华经堂刊刻的书尚有嘉庆六年序刊《适情雅趣》，清末刊《陈榕门四书章句集注》，均见孔夫子旧书网。

1. **同治四年刊《金石缘全传》八卷二十四回，北京大学图书馆藏**。

2. **同治三年刊《说唐薛家府传》六卷四十二回，郑州大学图书馆藏**。

〔二四五〕华文堂　广州（广州西湖街）

华文堂同治七年刊《阙里述闻》，（曲阜）郑晓如述，藏于江西省图书馆，内封背面方框题“同治戊辰秋七月开雕于广州西湖街华文堂”，据此知华文堂位于广州西湖街。

华文堂刊书不晚于乾隆六年，该年刊《春秋五传》，藏于江西省图书馆，内封题曰“乾隆六年春镌/仁和张岐然先生原本/春秋五传/左传国语胡传公羊穀梁附吕博议/华文堂藏板”；清刊《西堂全集》，藏于山东烟台公共图书馆①。

关于华文堂的详细情况，参见文革红《清代前期通俗小说刊刻考论》“华文堂”条（第 511—512 页）。

1. **雍、乾间刊《玉支玑》四卷二十回，中国国家图书馆、南京图书馆藏**。

2. **清初刊《凤凰池》□卷□回，收藏地点不详**。

---

① 吕志正主编. 烟台公共图书馆馆藏古籍书目[M]. 济南：齐鲁书社，2002.

3. 清刊《情梦柝》四卷二十四回，日本东京大学东洋文化研究所双红堂文库藏。

4. 雍、乾间刊《蝴蝶媒》四卷十六回，佚失，日本宝历甲戌《舶载书目》著录。

〔二四六〕华轩斋　不明

华轩斋详细地点不明。

1. 道光元年刊《清风闸》四卷三十二回，见《古本小说丛刊》十二辑。

〔二四七〕华玉堂　广州（省城学院前）

英国博物院藏《俗话倾谈一集》四卷十则，华玉堂刊本，内封有“省城学院前华玉堂藏板”[①]字样，知华玉堂为广州书坊，位于学院前街。

华玉堂刊刻的书极少，孔夫子旧书网上找到两种书影，一种是华玉堂真本《初学字辨》及《初学尺牍》；一种是华玉堂双色木活字套印本《清甲申年大字通书》。

1. 清刊《俗话倾谈一集》四卷十则，英国博物院藏。

〔二四八〕怀德堂　金陵（江南状元境内怀德堂周氏）

怀德堂刻书始于明代，崇祯四年刊《地理大全》，（明）李国木辑，藏于苏州图书馆，内封题曰“金陵怀德堂梓”，据此题署知怀德堂位于金陵。康熙三十三年刊《吴吴山三妇合评牡丹亭还魂记》二卷，藏于上海图书馆，内封有红印曰“江南状元境内怀德堂周氏书坊发兑”，据

---

① 石昌渝主编. 中国古代小说总目（白话卷）[M]. 太原：山西教育出版社，2004:362.

此可知怀德堂主人为周姓。

怀德堂刊《素问病机气宜保命集》三卷，有宣德六年序，(金)刘守真撰，藏于山西省文物局；万历四十一年刊《焦氏说楛》七卷，焦周撰，藏于南京大学图书馆[①]；康熙十一年刊《编年考》十卷，(清)沈球辑，藏于清华大学图书馆[②]；雍正三年刊《因树屋书影》十一卷，周亮工撰，藏于上海图书馆；雍正十三年刊《历科廷试状元策》十卷，(明)焦竑辑，胡任舆增订，藏于北京大学图书馆。乾隆三十七年重刊《增订小学体注》；乾隆三十九年刊《重订易经体注大全》；清刊《图注难经脉诀》《增订古文集解》等多种书籍。

关于怀德堂的详细情况，参见文革红《乾嘉时期小说书坊与通俗小说》"怀德堂"条(第131—132页)。

1. **乾隆三十三年刊《重订醒世姻缘传》不分卷一百回，山东省图书馆藏**。
2. **清刊《映旭斋批点北宋三遂平妖传》四十回，中国书店旧藏**。
3. **清刊《西游证道书》一百回**。
4. **光绪三年秋刊《镜花缘》二十卷一百回，苏州大学图书馆藏**。
5. **清刊《云合奇踪》十卷八十回，北京大学图书馆藏**。
6. **乾隆三十一年刊《第一才子书》十九卷一百二十回，北京大学图书馆藏**。
7. **乾隆十七年序，乾、嘉间刊《东周列国志》二十三卷一百〇八回，书影见孔夫子旧书网**。

〔二四九〕怀善堂　广州(香邑澳门蔡怀善堂)

怀善堂光绪二十二年刊《训子琐言》，澳门大学图书馆藏，内封题

---

① 杨绳信. 中国版刻综录[M]. 西安：陕西人民出版社，1987.

② 清华大学图书馆编. 清华大学图书馆藏善本书目[M]. 北京：清华大学出版社，2002.

“香邑澳门蔡怀善堂敬送”，据此知怀善堂为澳门书坊，澳门清代属广州府香山县，此处的“香邑”当指香山无疑。

怀善堂道光十六年刊《曹溪通志》八卷，北京师范大学图书馆藏。曹溪，禅宗南宗别号，以六祖惠能在广东韶州府曹溪宝林寺演法而得名，曹溪被看作“禅宗祖庭”，对于该寺的历史记载，有释憨山撰写于明万历二十七至二十八年之间的旧志，凡四卷十门，清康熙十年马元重修之，是为《曹溪通志》，道光十六年怀善堂重镌《曹溪通志》，亦能说明怀善堂为广东地区书坊。

怀善堂光绪元年刊《诗韵合璧》五卷，北京师范大学图书馆藏。

1. **清刊《粉妆楼全传》八十回，河南大学图书馆藏。**

〔二五〇〕怀新楼　不明

怀新楼约乾、嘉间刊《西游真诠》十卷一百回，大连图书馆、日本东京大学东洋文化研究所藏，怀新楼具体地点不明。

1. **清刊《西游证道书》一百回。**
2. **约乾、嘉间刊《西游真诠》十卷一百回，大连图书馆藏。**

〔二五一〕怀颖堂　苏州

怀颖堂康熙三十一年刊《金批第一才子书》六十卷一百二十则[①]，上海图书馆藏，内封题“壬申年新镌/金批第一才子书/姑苏书业、怀颖堂梓”，以此知怀颖堂位于苏州，为清初书坊。

1. **康熙三十一年与书业堂合刊《金批第一才子书》六十卷一百二十则，上海图书馆藏。**

---

① 每卷两则，相当于两回，图二十叶。

〔二五二〕槐荫山房　京师(京都琉璃厂东门内路南)

槐荫山房光绪三十四年刊《大清最新百官录》,(清)彭汝畴编,北京大学图书馆藏,内封题"京都琉璃厂东门内路南槐荫山房",据此可知槐荫山房为京师书坊,位于琉璃厂东门内路南。

槐荫山房道光年间刊《稗海》七十种,北京大学图书馆藏;光绪十八年刊《增订周犊山全稿》,(清)周镐撰,北京师范大学图书馆藏。

上海有槐荫山房书庄,民国十一年印行《绘图增补益幼杂字》,书影见孔夫子旧书网,卷端题"上海槐荫山房印行";民国十六年影印《吕祖注讲金刚心经》,内封题"上海槐荫山房藏板",据此可知民国间槐荫山房位于上海。复旦大学图书馆藏有多种槐荫山房所印戏曲唱词。

1. **道光二十九年刊《品花宝鉴》不分卷六十回,英国博物院藏**。

〔二五三〕焕文书局　上海

焕文书局光绪十九年石印《绘图增批西游记》,内封背面题"光绪癸巳年上海焕文书局印",以此知焕文书局位于上海。光绪二十七年刊《东塾读书记》十五卷,北京大学图书馆藏,内封背面有"光绪二十七年焕文书局用广州本重刻点画悉遵原本校勘"字样。另焕文书局有石印本多种。

1. **光绪二十六年刊《平金川全传》四卷三十二回,北京大学图书馆藏**。

〔二五四〕焕文堂　贵州安顺(贵州安顺府城同知巷街)

焕文堂嘉庆三年刊《御案易经补注备旨》,内封署"安顺同知巷陈焕文堂梓";嘉庆四年序刊《四书人物类典楷法串珠》,内封正面署"焕文堂梓行",背面署"本堂住居贵州安顺府城同知巷街";清刊《杂字连珠》,内封署"安顺焕文堂藏板",书影均见孔夫子旧书网。据以上题署可知嘉庆间焕文堂位于贵州安顺府府城同知巷，主人为陈姓。焕文堂雍正间刊《增订四书大全摘要》，由此可知焕文堂开始经营刻书不晚于雍正时期，活跃于乾、嘉间。

关于焕文堂的详细情况，参见文革红《乾嘉时期小说书坊与通俗小说》“焕文堂”条（第 332—333 页）。

1. **清初刊《飞花艳想》十八回，见《中国古典孤本小说宝库》**。

2. **清刊《巧连珠》，见《海外藏中国古代十大孤本》第六卷**。

3. **乾隆间刊《第二才子书好逑传》四卷十八回，中国国家图书馆藏**。

4. **乾、嘉间刊《玉楼春》四卷二十四回，首都图书馆藏**。

5. **清焕文堂后印明杨春荣刊本《南海观世音菩萨出身修行传》四卷二十四则，英国博物院藏**。

6. **清焕文堂印万卷楼刊本《海刚峰先生居官公案传》四卷七十一则，台湾“中央图书馆”藏**。

〔二五五〕幻中了幻斋　不明

幻中了幻斋道光二十九年刊《品花宝鉴》不分卷六十回，北京大学图书馆、复旦大学图书馆等处藏，内封正面题“品花宝鉴”，反面题“戊申年十月幻中了幻斋开雕己酉六月工竣”。幻中了幻居士《序》云：“传闻石函氏本江南名宿，半生潦倒，一第蹉跎，足迹半天下，所历名山大川，聚为胸中丘壑，发为文章，故邪邪正正，悉能如见其人，真说部中之另具一格者。”知作者石函氏为江南人士，此本极有可能刊刻于苏杭一带。

1. **道光二十九年刊《品花宝鉴》不分卷六十回，北京大学图书馆、复旦大学图书馆等处藏**。

〔二五六〕皇殿住持　汉阳

汉阳府皇殿住持同治十二年刊《七真祖师列仙传》，内封题“板存汉阳府□□□□”，卷末题“汉阳府皇殿住持募化十方众善信及玄裔弟子众等全刊”，有“同治十二年岁次癸酉季春上元吉日龙门弟子王诚章谨识”序，书影见孔夫子旧书网，以此知湖北的汉阳府皇殿住持亦曾主持刊刻小说。

1. **同治十二年刊《七真祖师列仙传》二卷，书影见孔夫子旧书网。**

〔二五七〕黄金屋　苏州（金阊）

黄金屋乾、嘉间刊《世无匹》四卷十六回，大连图书馆藏，内封题“金阊黄金屋梓”，由此知黄金屋位于苏州。

1. **乾、嘉间刊《生花梦二集》四卷十六回，大连图书馆藏。**

〔二五八〕黄正甫　闽芝城潭邑

闽芝城潭邑黄正甫天启三年刻《新刻京本按鉴考订通俗演义全像三国志传》二十卷二百四十段，中国国家图书馆藏，卷端题“书林黄正甫梓行”。芝城，建宁府之别称；潭邑，即建阳。黄正甫为福建建阳刻书家，又名“黄一鹗”，万历年间人。

其详细情况参见沈伯俊、金文京《中国和日本：〈三国演义〉研究的回顾与展望》一文：

> 沈伯俊：在与日本学者的交流中，我深深感受到你们治学的三大特点：一、高度重视对资料的全面占有。例如您和中川谕、上田望对《三国》版本的掌握。中川谕通过不同版本的文字比较，认为黄正甫本属于二十卷简本系统，其文字是由删略繁本而成；既然如此，黄正甫本就绝不是最早的《三国》版本。他还发现了能够证明黄正甫活跃在万历末年前后的有力证据——日本内阁文库收藏的《兴贤日记故事》。该书卷首题署为“洪都詹应用竹校正/书林黄正甫绣梓”，木记则写明“万历辛亥孟夏月/书林

> 黄正甫绣梓”。“万历辛亥”即万历三十九年(1611),可见黄正甫活跃于万历末年。而黄正甫本序文所署“癸亥”即天启三年(1623),因此,它应该刊行于天启三年(沈伯俊:《第二届中国古典小说数字化研讨会暨第二届〈三国演义〉版本研讨会综述》,载《明清小说研究》2003 年第 4 期)。①

黄正甫家族拥有书坊曰“仁和堂”,乾隆己酉五十四年刊《重镌三元选择集要》,乾隆五十六年刊《续课童草后编》,清刊《全本礼记体注》等,书影见孔夫子旧书网,其余刊书不一一列载。

1. **天启三年刻《新刻京本按鉴考订通俗演义全像三国志传》二十卷二百四十段,中国国家图书馆藏。**

〔二五九〕会成堂　杭州(浙省)

会成堂乾隆五十一年刊《今古奇观》四十篇,藏于日本无穷会天渊文库,据日本大塚秀高《增补中国通俗小说书目》,出版者题为“浙省会成堂”;清刊《痘疹定论金镜录》,内封署“浙省会成堂书坊镌”,书影见孔夫子旧书网。据此知会成堂位于杭州。

会成堂嘉庆九年重刊《人像水镜集全编》;嘉庆二十年重刊《原板医宗必读》,内封题“敷润堂梓行”,序和正文版心均有“会成堂”字样;清刊《冯氏锦囊秘录》,书影见孔夫子旧书网。由此可知会成堂活跃于乾、嘉间。

关于会成堂的详细情况,参见文革红《乾嘉时期小说书坊与通俗小说》“会成堂”条(第 244—245 页)。

1. **乾隆五十一年重刊《今古奇观》四十卷四十篇,上海图书馆藏。**

---

① 沈伯俊,金文京. 中国和日本:《三国演义》研究的回顾与展望[J]. 文艺研究,2006,(4):61—75.

2. **嘉庆五年重刊《觉世名言十二楼》六卷三十八回，中国国家图书馆、天津图书馆藏。**

〔二六〇〕会锦堂　济南

清刊《绣像红楼梦》一百二十回，内封题“济南会锦堂藏板”，以此知会锦堂为济南书坊。

1. **清刊《绣像红楼梦》一百二十回。**

〔二六一〕会敬堂　杭州

会敬堂乾隆十六年刊《西湖佳话》，藏于大连图书馆，序署“乾隆十五年岁在庚午孟春中浣书于古杭文昌阁”，内封有“杭城清河坊下首文翰楼书坊发兑”题署，该本序写作于杭州，其发兑亦在杭州，说明会敬堂本刊于杭州，则会敬堂书坊应位于杭州。

关于会敬堂的详细情况，参见文革红《乾嘉时期小说书坊与通俗小说》“会敬堂”条(第245页)。

1. **乾隆十六年刊《西湖佳话古今遗迹》十六卷十六篇，中国国家图书馆、上海图书馆藏。**

〔二六二〕会善堂　重庆(合川)

会善堂民国二十二年刊《西游原旨》二十卷，(清)刘一明撰，复旦大学图书馆藏，内封题“合川会善堂、慈善会”。合川，清属重庆府，据此可知会善堂为民国间重庆书坊。民国七年刊《三字经注解备要》，华东师范大学图书馆藏；民国八年刊《关圣帝君劝孝戒淫合编附观音灵咒》，中国海洋大学图书馆藏；民国八年刊《桃花源传奇》二卷，北京大学图书馆藏；其余刊书不一一列载。

1. **民国二十二年合川会善堂、慈善会合刊《西游原旨》二十卷一百回，复旦大学图书馆藏。**

2. **民国七年刊《七真因果传》二卷二十九回。**

〔二六三〕会文堂 1　苏州(姑苏)

会文堂清刊《眼科大全》,内封署“姑苏会文堂梓”;道光七年刊《书经精华》、咸丰辛亥元年刊《诗经精华》,书影见孔夫子旧书网,咸丰元年刊《易经精华》,(清)薛嘉颖撰,江西省图书馆藏,内封均题“姑苏会文堂藏版”,据此知会文堂位于苏州。

会文堂刊刻的书尚有:咸丰元年刊《外科正宗》,藏于北京大学图书馆;清刊《西厢记》八卷,藏于中山大学图书馆;光绪九年刊《四书补注附考备旨》、清刊《重镌左传杜林合注》五十卷、《增补医宗必读全书》,书影均见孔夫子旧书网;其他刊书尚多,不一一列载。会文堂营业时间延续至清末。

关于姑苏会文堂的详细情况,参见文革红《乾嘉时期小说书坊与通俗小说》“会文堂”条(第 50 页)。

1. **嘉庆元年刊《新刻史纲总会列国志传》十六卷二百一十九则,法国国家图书馆藏。**
2. **清刊《西汉演义》八卷一百则,日本九州大学藏。**
3. **清刊《东汉演义》十卷一百二十五则,日本九州大学藏。**
4. **清中期刊《续英烈传》五卷三十四回,中国社会科学院文学研究所藏。**
5. **清刊《前七国孙庞演义》四卷二十回,吉林大学图书馆藏。**
6. **清刊《七国乐田演义》四卷十八回,吉林大学图书馆藏。**
7. **嘉庆六年重刊《说唐演义全传》不分卷六十八回,首都图书馆藏。**
8. **嘉庆六年重刊《说唐演义后传》不分卷五十五回,首都图书馆藏。**
9. **清刊《隋唐演义》二十卷一百回,北京师范大学图书馆藏。**

〔二六四〕会文堂 2　广州

广州会文堂道光四年刊《四大奇书第一种》六十卷一百二十回，英国国家图书馆藏，以此知广州亦有会文堂书坊。

1. **道光四年刊《四大奇书第一种》六十卷一百二十回，英国国家图书馆藏**。

2. **道光二年刊《五虎平南后传》六卷四十二回，英国博物院藏**。

〔二六五〕会文堂 3　厦门

厦门会文堂光绪丁亥十三年仲夏刊薛嘉颖撰《诗经精华》，内封题“厦门会文堂藏板”，厦门大学图书馆藏；光绪丙午三十二年春刊《诗经白文》，内封题“厦门会文堂书局藏板”；清刊《增补尺牍达衷集》，内封题“厦门会文堂藏板”；民国间刊《增广梁山伯祝英台新歌全传》，内封有“福建厦门会文堂”字样，书影均见孔夫子旧书网。以此知会文堂为福建厦门书坊。

厦门会文堂清代还刊有《指明算法》《新刻詹典嫂告御状新歌》等，书影见孔夫子旧书网。

1. **光绪二十九年刊《龙图公案》五卷一百则，首都图书馆藏**。

〔二六六〕会贤堂　广州

会贤堂清刊《礼记备旨全文》，内封署“正祖会贤堂藏板”；正祖会贤堂清刊《监本诗经》、《增补笺注第六才子西厢记释解》八卷附末一卷、《论语》等，书影均见孔夫子旧书网。清刊《西厢记》，内封题“绣像第六才子书/金圣叹批西厢记/会贤堂藏版”，见北京卓德 2012 年秋季艺术品拍卖会。

正祖会贤堂当位于广州。又有老会贤堂，位于佛山。“正祖”相对于“老”而言，大概是正宗的意思。

关于会贤堂的详细情况，参见文革红《乾嘉时期小说书坊与通俗小说》“会贤堂”条(第209页)。

1. **嘉庆二十二年刊《西湖佳话古今遗迹》十六卷十六篇，中国国家图书馆藏。**

2. **清刊《花天荷传》四卷十六回，英国博物院藏。**

3. **清刊《忠义水浒传》二十卷一百一十五回(《汉宋奇书》之上层)，清华大学图书馆藏。**

4. **清刊《四大奇书第一种》二十卷一百二十回(《汉宋奇书》之下层)，清华大学图书馆藏。**

5. **清刊《西汉演义》八卷一百则，北京师范大学图书馆藏。**

6. **清刊《东汉演义》十卷一百二十五则，北京师范大学图书馆藏。**

〔二六七〕会友堂　苏州(金阊)

会友堂清刊《礼记体注大全合参》四卷，(清)范翔登辑，题“金阊会友堂梓”，山东蓬莱图书馆藏①。清刊《状元易经》《状元书经》，各四卷，(宋)程颐著，题“金阊会友堂藏板”，书影见孔夫子旧书网。以此知会友堂为苏州书坊。

会友堂清代刊刻的书籍尚有：乾隆乙酉三十年刊《璇玑遗述》六卷，末一卷，清华大学图书馆藏；嘉庆八年刊《困学纪闻集证》二十卷，卷首一卷，卷末一卷，南开大学图书馆藏；清刊《唐诗三百首》，(清)孙洙辑，江西省图书馆藏。刊书较多，不一一列举。

清代又有济南会友堂，同治八年刊《汉石例》六卷，第二册书末页镌有“板存山东省城济南府后宰门中间路北会友堂刻字铺”字样，中国人民大学图书馆藏；光绪二十四年刊《山东曹州府教案条约》，山东

---

① 吕志正主编. 烟台公共图书馆馆藏古籍书目[M]. 济南：齐鲁书社，2002.

大学图书馆藏。

山西亦有会友堂，同治壬申十一年刊《使用杂字》，内封题"晋沃会友堂梓行"，书影见孔夫子旧书网。"晋沃"指山西省临汾市曲沃县，清属平阳府，据此可知山西会友堂位于平阳曲沃县。清刊《慎诒堂诗经》，内封有识语，末署"会友堂晋记谨录"，书影见孔夫子旧书网，这里的"晋记"无疑也是指山西。

1. **清刊《征西说唐三传》十卷八十八回，天津师范大学图书馆藏**。

〔二六八〕会元　不明

嘉庆十一年刊《粉妆楼全传》十二卷，英国博物院藏，内封题"会元藏板"。会元书坊具体情况不明。

1. **嘉庆十一年刊《粉妆楼全传》十二卷，英国博物院藏**。

〔二六九〕会元楼　佛山（广东佛山镇福禄街）

会元楼清刊《二续慈云太子走国全本》三十卷，内封题"佛山福禄街会元楼板"，泽田瑞穗旧藏，现藏日本早稻田大学风陵文库；清刊《三续慈云太子走国全本》《四续慈云太子走国全本》，北京师范大学图书馆藏，均题"佛山福禄街会元楼板"；清刊《新增诗经补注备旨详解》，内封题"佛镇会元楼板"；清刊《幼学信札经营尺牍》，序末小字题"广东佛山镇福禄街会元楼板"，书影均见孔夫子旧书网。由此可知会元楼为佛山书坊，位于福禄街。

1. **清刊《群英杰》六卷三十四回**。
2. **同治十三年刊《瓦岗寨演义全传》五卷二十回，中国国家图书馆藏**。
3. **清刊《续北宋志天门阵演义十二寡妇征西》四卷十九回，北京大学图书馆藏**。

〔二七〇〕会元堂　成都(四川省城内大科甲巷会元堂杨爱亭)

成都有会元堂，同治间刊《董方立遗书》九种附三种，(清)董祐诚撰，北京大学图书馆藏，内封题“同治己巳重刻于四川成都寓舍”，序末镌“四川省城内大科甲巷会元堂杨爱亭刊”字样；同治间刊《听云仙馆俪体文集》，目录末题“四川省城内大科甲巷会元堂杨爱亭刊”，书影见孔夫子旧书网；同治九年刊《忠雅堂诗文集》，四川大学图书馆藏，诗集目录后镌“成都杨会元堂刊”。据此可知会元堂位于成都大科甲巷内，主人为杨爱亭。同治十年刊《切总伤寒》《增补脉诀》等书。

武林有会元堂，清刊《盘龙镯全传》二十四卷，北京大学图书馆藏；长沙会元堂同治六年刊《太上感应篇》一卷，吉林大学图书馆藏；西安会元堂清刊《淳化阁释文》十卷，内封题“西安府学谢家会元堂藏板”，四川大学图书馆藏。几家会元堂的关系待考。

1. **清刊《后西游记》四十回，英国博物院藏**。

〔二七一〕会云楼　佛山

乾隆四十七年刊《镌玉茗堂批点残唐五代史演义传》六卷六十则，内封题“佛山会云楼”，据此可知佛山有会云楼书坊。

1. **乾隆四十七年刊《镌玉茗堂批点残唐五代史演义传》六卷六十则**。

〔二七二〕慧空经房　杭州

杭州慧空经房民国十九年刊《七真祖师列仙传》二卷，复旦大学图书馆藏；同治十二年刊《大华山紫金岭两世修行刘香宝卷全集》，内封题“板存杭州昭庆慧空经房印造流通”，序末题“板藏杭州钱塘门昭庆慧空经房印造流通”，中国人民大学图书馆藏，据此可知杭州慧空经房位于钱塘门昭庆寺内，以印造佛经为主，印书的年月从同治年间延续至民国时期，有时亦题“浙杭西湖慧空经房”。

1. **民国十九年刊《七真祖师列仙传》二卷，复旦大学图书馆藏**。

〔二七三〕汇珍楼　常州（毗陵）

毗陵汇珍楼光绪七年活字印《野叟曝言》二十卷一百五十二回，复旦大学图书馆藏。毗陵即常州，以此知汇珍楼位于常州。

1. **光绪七年活字印《野叟曝言》二十卷一百五十二回，复旦大学图书馆藏**。

J

〔二七四〕积成书局　归德(孟邑)

孟邑积成书局清代刊《新刻京台公余胜览国色天香》十卷，日本京都大学文学部藏。孟邑，今河南睢县西北，睢县是商丘市下辖县，清属归德府，因此，积成书局为河南归德府书坊。

1. **清刊《新刻京台公余胜览国色天香》十卷，日本京都大学文学部藏**。

〔二七五〕积德堂　金陵

积德堂书坊最早出现在元代。元至正九年积德堂刊《周易程氏传》六卷，附《系辞精义》二卷，(宋)程颐传，现存清光绪十年遵义黎氏"古逸丛书"覆刻本，辽宁大学图书馆藏，图终题"至正己丑孟春积德堂新刊"，据此可知积德堂元代就已经出现。明代金陵有积德堂，据《明代版刻图释》第四册《新编金童玉女娇红记》题记"金陵乐安新刊，积德堂刊行"①，知金陵积德堂宣德十年刊《金童玉女娇红记》。马文大《明代的金陵版画》称"宣德十年(1435)金陵积德堂刊《金童玉女娇红记》，是现今所见明代最早的戏曲版画，对宋元盛行一时的上图下文式旧版型大胆变革……"②。清代积德堂刊刻的书有：乾隆丙午五

---

① 周心慧主编. 明代版刻图释(1—4)[M]. 北京：学苑出版社，1998.

② 马文大. 明代的金陵版画[J]. 中华文化画报，2013(5).

十一年新刊《地理五诀》,内封题“积德堂藏板”;清刊《阳宅三要》;光绪丁亥十三年刊《玉堂字汇》,卷端题“维扬德成堂汪氏校刊”,书影均见孔夫子旧书网。

1. **清刊《张子房归山诗》一篇(上层),书影见孔夫子旧书网。**

2. **清刊《解学士诗》一篇(下层),书影见孔夫子旧书网。**

3. **清刊《宿世良缘》四卷十二回,中国书店书目所见。**

4. **清后期刊《王望如先生评论五才子书水浒传》七十五卷七十回,书影见孔夫子旧书网。**

〔二七六〕积经堂　长沙

积经堂光绪间刊《分类详注饮香尺牍》,饮香居士原辑,白下慵隐子笺释,内封题“长沙积经堂藏板”,书影见孔夫子旧书网,可知积经堂位于长沙。

积经堂清刊《鉴略妥注》,内封题“星沙杨文盛藏板”,目录题“积经堂新增鉴略妥注目录”,卷五末题“积经堂增定课见鉴略妥注善本卷五终”,书影见孔夫子旧书网,此或能说明积经堂主人即星沙杨文盛,“星沙”乃长沙之别称。

积经堂还刊有《本草备要医方集解》,书影见孔夫子旧书网。

1. **清刊《画图缘》四卷十六回,中国国家图书馆藏。**

2. **清刊《蝴蝶媒》四卷十六回,中国国家图书馆藏。**

〔二七七〕积庆堂　金陵(周曰校)

明天启间刊《钟伯敬先生批评三国志》二十卷一百二十回,日本京都大学藏。无序目,第二十二卷版心下题“批评三国志”“积庆堂藏板”,以此知积庆堂曾刊刻过《钟伯敬先生批评三国志》。积庆堂清初刊《云林神谷》,书影见孔夫子旧书网,版心下方题“积庆堂”,卷端则题“金陵书林周曰校刊行”,以此可知积庆堂实即周氏所开设书坊,位于金陵。清刊《重订袖珍五经类编》，书影见孔夫子旧书网。

1. **明天启间刊《钟伯敬先生批评三国志》二十卷一百二十回，日本京都大学藏**。

2. **明刊《钟伯敬先生批评忠义水浒传》一百卷一百回，日本京都大学藏**。①

〔二七八〕积善堂　金陵

明清时期名为"积善堂"的书坊有多家：

1. 金陵积善堂，见日本昭和三年影印金陵积善堂刊本《金童玉女娇红记》（《古本戏曲丛刊初集》又据以影印）卷首。

2. 福建建阳陈氏积善堂

万历三十九年潭邑文林积善堂陈奇泉刊《新刻星平总会命海全编》十卷，首一卷，美国哈佛大学哈佛燕京图书馆藏。"潭邑"为福建建阳之别称，明代属建宁府，以此知明代福建建阳有积善堂，主人姓陈。

万历五年陈氏积善堂刊《新刻艺圃球琅集注》四卷，美国哈佛大学哈佛燕京图书馆藏；万历十年刊《太乙仙制本草药性大全》八卷，中医学研究院图书馆藏，复旦大学图书馆藏有影印本，2001 年北京中医古籍出版社出版。万历二十二年刊《新锲王氏家传济世碎金方》八卷，日本内阁文库藏，复旦大学图书馆藏有影印本，2002 年北京中医古籍出版社出版。

万历文林积善堂陈孙贤刊《重镌官版地理天机会元》，中山大学图书馆藏。万历十二年正月吉日积善堂重刊《大乘正信除疑无修证自在宝经》，书影见孔夫子旧书网。

3. 杭州积善堂，清道光壬辰十二年浙省积善堂第七次重刻《玉

---

① 孙楷第. 中国通俗小说书目[M]. 北京：作家出版社，1958：184.

历宝钞》，卷末题“仁和高丰敬刊”，书影见 7788 古籍网，据此可知浙江积善堂主人为杭州高丰。

4. 西安积善堂，光绪二年刊《灶君真经》，内封题“板存西安省城内东涝巷积善堂卢家刷印”，书影见孔夫子旧书网。

5. 重庆綦邑积善堂，光绪九年重镌《达生保赤》，内封题“板存綦邑积善堂/印送者不取板资”，书影见孔夫子旧书网。“綦邑”指重庆綦江县，以此知此积善堂为重庆书坊。

6. 京都积善堂，光绪丁亥十三年刊《易成》二卷、《易成方》二卷，内封题“都门后铁厂积善堂藏板”，中国人民大学图书馆藏，以此知京都积善堂位于都门后铁厂。

7. 云南积善堂，光绪丁亥十三年重刊《十仙修真宝卷》，内封题“板存云南省/积善堂藏板”；光绪二十九年刊《游冥传》，内封题“板存云南省积善堂”；光绪甲辰三十年刊《应用呈卷》，内封题“古滇积善堂重刊”，书影均见孔夫子旧书网。

8. 河南归德襄邑积善堂。光绪乙巳三十一年刊《救劫奇文》，内封题“□府襄邑积善堂存板”，书影见孔夫子旧书网。襄邑县治所在今河南睢县，清属归德府。

积善堂刊刻的书籍尚有：道光二年刊《先天易数》；道光戊戌十八年孟春新镌《平仄分集便读》，书影均见孔夫子旧书网；清末刊《孟子》七卷，复旦大学图书馆藏；清刊《来瞿唐先生易注》十五卷，北京师范大学图书馆藏；民国三年重刊《血河经》，题“积善堂藏板”，书影见孔夫子旧书网。刊书较多，不一一列载。

1. **清刊《碧玉楼》六卷十八回，北京大学图书馆藏**。

2. **光绪十九年刊《忠孝勇烈奇女传》四卷三十二回，中国国家图书馆藏**。

〔二七九〕积秀堂　金陵（唐际云）

积秀堂书坊，由唐际云万历间开设于金陵。《中国印刷史》《明代出版史稿》均将积秀堂定为金陵书坊。积秀堂刻书始于万历年间，据江苏尊善堂藏古籍目次，唐际云积秀堂万历二十九年刊《道书全集》八十二卷，(明)阎鹤辑；明刊《性理大全》，内封署"积秀堂唐际云藏板"，美国哈佛大学哈佛燕京图书馆藏。

积秀堂为金陵著名书坊，刊刻的书籍有多种，藏于中国国家图书馆的有：清初刊《明诗归》十卷，(明)钟惺、谭元春辑；康熙间刊《庄子南华经解》；康熙间刊《凭山阁增辑留青新集》三十卷，(清)陈枚选，(清)陈德裕增辑；雍正七年刊《十科策略笺释》，(清)刘文安撰，刘作梁注；雍正七年刊《呆斋公年谱》，(清)刘作梁撰；乾隆四年刊《四书讲义困勉录》三十七卷；嘉庆九年刊《唐诗合解》十二卷，(清)屈复撰；嘉庆十四年刊《寄岳云斋初稿》十卷，(清)聂铣敏撰。

积秀堂所刊书在孔夫子旧书网上可以查见的有：乾隆四十一年刊《增补四书人物备考》；嘉庆五年刊《活幼新法》；嘉庆十三年刊《外科正宗》；清刊《增补如面谈新集》《步元书经》《监本礼记》《应试唐诗类释附考》《周礼节释》等，不一一列举。

积秀堂所刊书大多质量上乘，字体秀雅，纸墨精良。关于积秀堂的详细情况，参见文革红《乾嘉时期小说书坊与通俗小说》"积秀堂"条(第133—134页)。

1. **道光以前刊《今古奇观》四十卷四十篇，中国国家图书馆藏。**

2. **嘉庆二十年刊《听月楼》不分卷二十回，首都图书馆藏。**

3. **嘉庆二十二年刊《听月楼》不分卷二十回，中国社会科学院文学研究所藏。**

4. **光绪三年刊《听月楼》不分卷二十回，山东大学图书馆藏。**

5. **清刊《第一才子书》六十卷一百二十回，书影见孔夫子旧书网。**

6. **嘉庆元年重刊《蔡元放评点东周列国志》二十三卷一百〇八回，日本东京大学藏。**

7. **乾隆五十年刊《异说征西演义全传》六卷四十回，北京大学图**

书馆藏。

〔二八〇〕稽古堂　西安(省城南院门)

同治间复泰堂刊本《金刚菠萝蜜经》,序末署"同治岁次辛未卯月陕西鄠县贺遇霖雨亭氏敬题",又署"鄠邑涝浴口复泰堂藏板/有印送施者问省城南院门稽古堂不误",据此可知稽古堂位于陕西省城西安南院门。

稽古堂刊刻的书尚有:嘉庆二十三年刊《音韵义要》;清刊《时方括歌》《景岳新方砭》《医学三字经》,(闽)陈修园著,书影均见孔夫子旧书网。

关于稽古堂的详细情况,参见文革红《乾嘉时期小说书坊与通俗小说》"稽古堂"条(第 324—325 页)。

1. **嘉庆十九年刊《有夏志传》(与《有商志传》合刊)六卷十九则,中国国家图书馆藏**。

2. **嘉庆十九年刊《有商志传》(与《有夏志传》合刊)六卷十九则,中国国家图书馆藏**。

〔二八一〕集成堂 1　扬州(维扬)

据日本大塚秀高《增补中国通俗小说书目》[①],维扬集成堂清刊《济颠大师醉菩提全传》不分卷二十回,日本细野燕台旧藏,由此可知清代扬州有集成堂书坊。

1. **清刊《济颠大师醉菩提全传》不分卷二十回,日本细野燕台旧藏**。

---

① [日]大塚秀高.增补中国通俗小说书目[M].日本:汲古书院,昭和五十九年八月(1984):148.

〔二八二〕集成堂 2　广州

广州集成堂光绪癸卯二十九年刊《粤东书院新艺》四卷，广东省立中山图书馆藏，由此可知集成堂为广州书坊。

集成堂嘉庆间已经开始营业刻书，嘉庆九年刊《增补寿世保元》，内封题“嘉庆九年新镌/龚云林先生原本/增补寿世保元/集成堂梓行”；清刊《凤仪四书》，(宋)朱熹集注，北京师范大学图书馆藏。清刊《大字孝经》《大字易经》《监本诗经》《注释唐诗三百首》《四书正文》《四言杂字》等，内封题“集成堂梓行”，书影均见孔夫子旧书网。

又有福州集成堂，光绪二年刊《紫玉钗》，(清)佚名编，见《福建省志・戏曲志》(页 86)。光绪十五年刊《尔雅直音》二卷，题“福省南街集成堂”，由此知集成堂位于福州南街。

又有上洋集成堂，光绪四年刊《夏书禹贡注读》不分卷，华东师范大学图书馆藏。上洋即上海。

又有徽城集成堂，清刊《新刻启蒙甲子》，正文卷端题“徽城集成堂梓行”，书影见孔夫子旧书网。徽城清代属徽州府歙县，因此，此集成堂为徽州府书坊。

1. **嘉庆二十三年刊《今古传奇》十四卷十四篇，天津图书馆藏。**

2. **道光十二年刊《镜花缘》二十卷一百回，日本京都大学人文科学研究所藏。**

〔二八三〕集古居　不明

集古居刊书集中于嘉庆年间，刊小说多种，具体地点不明。

关于集古居的详细情况，参见文革红《乾嘉时期小说书坊与通俗小说》“集古居”条(第 343 页)。

1. **嘉庆十三年刊《葛仙翁全传》四卷十六回，中国国家图书馆藏。**

2. **道光元年刊《葛仙翁全传》四卷十六回，日本早稻田大学藏。**

3. **嘉庆十八年刊《新订晋代许旌阳得道擒蛟全传》八卷，中国国家图书馆藏。**

4. **嘉庆八年刊《新世弘勋》四卷二十二回，天津图书馆藏。**

5. **嘉庆十四年刊《新世弘勋》四卷二十二回，日本天理图书馆藏。**

〔二八四〕集古堂　苏州

集古堂清刊《尔雅》三卷，(宋)郑樵注，苏州大学图书馆藏，内封题"海虞集古堂"。海虞指江苏常熟海虞镇，清属苏州府，据此可知集古堂为苏州书坊。

集古堂乾隆四十六年刻《重订缀白裘新集合编》四十八卷，北京师范大学图书馆藏；乾隆己酉五十四年新镌《原板古文快笔贯通解》，书影见孔夫子旧书网；嘉庆十六年刊《监本春秋》三十卷总目二卷，华东师范大学图书馆藏；道光乙酉五年新镌《图注本草医方合编》，见孔夫子旧书网；道光七年刊《韵切指归》四十四卷，吉林大学图书馆藏；同治五年刊《李氏音鉴》六卷首一卷，厦门大学图书馆藏；清刊《能与集合编》《监本易经大全》《春秋左传辨体旁训合订》《梅花易数》《学文汇典注释》等，书影均见孔夫子旧书网。

1. **光绪二年刊《开辟演义通俗志传》六卷八十回，辽宁省图书馆藏。**

〔二八五〕集古斋　温州(瑞安杨衙街)

集古斋光绪十六年刊《古籀拾遗》三卷，附《宋政和礼器考》一卷，(清)孙诒让记，北京大学图书馆藏，内封背面钤"瑞安杨衙街集古斋发行"朱印记，《宋政和礼器考》末叶末行镌"永嘉戴钟毓刻字"，据此可知集古斋位于浙江瑞安县杨衙街，瑞安清属温州府。

清末上海有集古斋，光绪三十四年石印《昭代名人尺牍》二十四卷附小传，北京大学图书馆藏。

1. **清刊《续英烈传》五卷三十四回，首都图书馆藏。**

〔二八六〕集锦堂　绍兴

集锦堂乾隆年间已经开始营业刻书，乾隆元年刊《性理体注训解标题》；乾隆十七年刊《瀛海探骊集》八卷，卷首署"海盐朱埏之辑/余姚毛寅初/会稽冯泉/崞县田枏同注"，书影见中国书店第36期大众收藏书刊资料拍卖会，其作者、注者均为浙江人，且以绍兴人为主，或可说明集锦堂为绍兴书坊。

集锦堂嘉庆二十一年刊《杜塾九订方言插注杂字》，内封署"嘉庆丙子年新镘/集锦堂梓行"，卷一题"定阳杜明仁子安氏重注/男宽永得众氏点次"。定阳，属东汉会稽郡所辖县，东汉建安二十三年析新安县置定阳县，县址在定阳（今浙江常山招贤镇），属会稽郡。因此，集锦堂与绍兴地区联系密切。集锦堂清刊《出像玉鼎京本隋唐演义》存卷一，书影见孔夫子旧书网，序署"山阴徐渭文长撰"，序乃假托绍兴徐渭，此亦可说明集锦堂为绍兴地区书坊。

关于集锦堂的详细情况，参见文革红《乾嘉时期小说书坊与通俗小说》"集锦堂"条（第268—269页）。

1. **清代后期刊《新刻京本列国志传》八卷，北京大学图书馆藏。**
2. **清刊《出像玉鼎京本隋唐演义》□卷□回，存卷一，书影见孔夫子旧书网。**
3. **嘉庆五年序刊《于公案奇闻》八卷一百四十六回，北京大学图书馆藏。**

〔二八七〕集经堂　扬州（维扬）

集经堂同治二年刊《争春园》四十八回，复旦大学图书馆藏，内封题"同治癸亥年镌/精绘绣像争春园/维扬集经堂梓"，以此知集经堂为扬州书坊。

1. **同治二年刊《争春园》不分卷四十八回，复旦大学图书馆藏。**

2. **咸丰乙卯五年刊《说岳全传》二十卷八十回，书影见孔夫子旧书网。**

〔二八八〕集圣堂　福建？

集圣堂清刊《集圣堂镌李笠翁先生汇纂警世怡情集》，郑州大学图书馆藏。北京大学图书馆藏有道光九年继溪堂刊本《集圣堂镌李笠翁先生汇纂警世怡情集》，继溪堂位于福建四堡乡，则集圣堂也有可能在福建。

1. **道光九年刊《警世选言》不分卷六回，北京大学图书馆藏。**

〔二八九〕集文堂　扬州（兴化）

清代有多家集文堂：

1. 兴化集文堂：道光十四年刊《笔花医镜》，内封题“兴化集文堂”；清刊《三字经训诂》，内封题“兴化集文堂藏板”，书影见孔夫子旧书网。以此知兴化有集文堂。兴化清属扬州府。兴化集文堂清代还刊有《百家姓考略》，华东师范大学图书馆藏。道光十四年刊《千字文释义》，内封题“维扬集文堂”，华东师范大学图书馆藏。

2. 安省集文堂：道光二十六年刊《蚕桑事宜》，题“安省集文堂藏版”，卷末题“板存安省城内马王庙栅口左集文堂刻字店”，北京大学图书馆藏，此集文堂应位于安徽省城合肥。

3. 云南集文堂：道光三十年刊《景行录》，内封题“云南集文堂”，山东大学图书馆藏；光绪八年重刊《千金至宝》，内封题“板存云南省三牌坊集文堂”，书影见孔夫子旧书网。

集文堂刊刻的书籍尚有：同治年间刊《集文堂新刻世事通考全书》上下卷、外卷，道光间刊《广达生编》，清刊《声律启蒙撮要》等，书影均见孔夫子旧书网。

1. **清刊《天花藏批评玉娇梨》四卷，北京大学图书馆藏。**

2. **清刊《新刻天花藏批评平山冷燕》四卷二十回，北京大学图书馆藏。**

3. **清刊《北宋志传》五十回，苏州大学图书馆藏。**

4. **清刊《南宋志传》五十回，苏州大学图书馆藏。**

〔二九〇〕集新堂　福州(福州南门外斗中街)

集新堂光绪丙子二年镌《地理五诀》，内封题“福省集新堂藏板”；清刊《四书正文》，卷端题“福州集新堂藏板”，书影均见孔夫子旧书网。由此可知集新堂为清代福州书坊。清末刊《三国因》，内封题“醉月主人编次/三国因/集新堂藏板”，版心题“集新堂”，据官桂铨手稿本《清刻单行话本小说〈三国因〉的发现》(书影见孔夫子旧书网)：“集新堂是清末福州南门外斗中街一家刻书铺，刊有很多福州评话(即弹词)、闽剧唱本、启蒙读物等书籍。光绪三年就刻有《紫玉钗平讲曲》。此书约刻于光绪中。”据此文可知集新堂位于福州南门外斗中街。

1. **光绪间刊《三国因》二卷，见官桂铨手稿。**

〔二九一〕集谊会　四川重庆或绵竹

四川书坊。重庆集谊会光绪二十一年刊《绿野仙踪》八十回，天津图书馆藏；同治二十年刊《续纂施公案》三十六卷一百回，吉林大学图书馆藏。四川绵竹集谊会光绪二十年刊《续施公案》三十六卷一百回，四川省图书馆藏。绵州，隋置，治巴西县(今四川绵阳东)，在成都东北二百七十里，为省城门户。清代绵州辖有绵竹、德阳、梓潼等县，据此可知集谊会为四川绵州书坊。

1. **光绪二十一年刊《绿野仙踪》八十回，天津图书馆藏。**

2. 同治二十年刊《续纂施公案》三十六卷一百回，吉林大学图书馆藏。

3. 光绪二十年刊《续施公案》三十六卷一百回，四川省图书馆藏。

〔二九二〕汲古斋　宁城

清代有多家汲古斋：

1. 宁城汲古斋，咸丰八年刊《绣像龙凤金钗》十集，内封题"宁城汲古斋藏板"，郑州大学图书馆藏，咸丰年间"宁城"所指不明。

2. 广西钦州汲古斋，光绪十二年刊《太华小志》六卷，中国人民大学图书馆藏。

3. 嘉兴汲古斋。乾隆戊寅二十三年刊《赋汇录要笺略》三十卷，北京大学图书馆藏，内封题"乾隆戊寅年镌/汲古斋藏板"，孔网另有一本，与北大藏本不同板，内封改为"长洲沈归愚、嘉兴钱香树两先生同鉴定/汲古斋藏板"，有沈归愚、钱陈群序，正文卷端均题"秀水吴光昭笺略，门人陈书同辑"，据序及作者题名，此本很可能为嘉兴刊本，不能遽定，姑存疑。

汲古斋嘉庆二十三年刊《三五类编》三卷，北京大学图书馆藏。

1. 《今古奇观》四十卷四十篇，中国社会科学院文学研究所藏。

〔二九三〕笈邮斋　建宁(建邑)

笈邮斋万历间刊《新锲全像大字通俗演义三国志传》二十卷，英国牛津大学藏，内封题"全像英雄三国志传/笈邮斋藏版"，二十卷末有牌记云"闽书林笈邮斋梓行"，据此可知笈邮斋位于福建建阳。

1. 万历间刊《新锲全像大字通俗演义三国志传》二十卷，英国牛津大学藏。

〔二九四〕吉水县衙　吉安

吉水县衙清刊《玉茗堂原本岳武穆精忠传》六卷六十八回，中国人民大学图书馆藏，内封题“吉水县衙藏板”。吉水清属江西吉安府。

1. **清刊《玉茗堂原本岳武穆精忠传》六卷六十八回，中国人民大学图书馆藏。**

〔二九五〕即墨庄　不明

即墨庄同治十三年刊《龙图公案》五卷一百则，日本内阁文库藏，内封题“即墨庄藏板”。即墨庄具体地点不明。

1. **同治十三年刊《龙图公案》五卷一百则，日本内阁文库藏。**

〔二九六〕寄畅楼　不明

寄畅楼清刊《景岳全书》，内封题“庚申新镌/张会卿先生著/景岳全书/寄畅楼藏板”，书影见孔夫子旧书网。庚申为乾隆五年、嘉庆五年或咸丰十年，不能遽定。其余刊书极少见，地点不明。

1. **覆明刊《禅真逸史》八卷四十回，中国国家图书馆藏。**

〔二九七〕继溪堂　汀州

继溪堂由福建汀州连城四堡乡人马有庄创办于乾隆年间，遗址在马屋南山堂，“马有庄(杰公房)，萃威长子，派名从和，字贵周，号继溪，生于乾隆癸卯年，卒于道光庚戌年。在广东翁源开书坊”①。

继溪堂清刊《四书朱子本义汇参》，(清)王步青辑，见 2011 年 5 月 26 日天津立达春季古籍拍卖专场。

1. **道光九年刊《警世选言》不分卷六回，北京大学图书馆藏。**

---

① 黄青松. 清代连城四堡书坊堂号考究[J]. 福建图书馆理论与实践，2012,(1).

〔二九八〕继志堂　建阳

根据中川谕先生《关于继志堂刊〈三国英雄志传〉——兼论清代的〈三国演义〉出版情况》的介绍，书林继志堂雍正甲寅十二年刊《鼎镌按鉴演义古本全像三国英雄志传》二十卷，日本东京大学东洋文化研究所藏[①]，题“闽书林潭西陈以润男芳继志堂”，据此可知继志堂位于福建建阳西部，主人为陈以润。雍正九年刊《读史备忘》八卷，复旦大学图书馆藏。

1. **雍正甲寅十二年刊《鼎镌按鉴演义古本全像三国英雄志传》二十卷，日本东京大学东洋文化研究所藏**。

〔二九九〕嘉会堂陈氏　苏州(金阊)

嘉会堂崇祯间刊《墨憨斋批点平妖传》不分卷四十回，日本内阁文库藏，内封题“金阊嘉会堂梓行”，以此知嘉会堂为苏州书坊。嘉会堂崇祯元年序刊《唐人选唐诗》八种，清华大学图书馆藏；康熙三十六年刊《张东海全集》十卷，(明)张弼撰，北京大学图书馆藏；康熙三十七年刊《三鱼堂四书大全》四十卷，(清)陆陇其撰，南开大学图书馆藏；康熙间刊《陆稼书先生三鱼堂文集》十二卷，北京大学图书馆藏；乾隆四年重刊《四书讲义困勉录》四十三卷，(清)陆陇其撰辑，美国哈佛大学哈佛燕京图书馆藏。

1. **崇祯间刊《墨憨斋批点平妖传》不分卷四十回，日本内阁文库藏**。

〔三〇〇〕稼史轩　苏州(姑苏)

稼史轩清刊小说《定鼎奇闻》，美国哈佛大学哈佛燕京图书馆藏，

---

① [日]中川谕. 关于继志堂刊《三国英雄志传》——兼论清代的《三国演义》出版情况[J]. 中国社会文化，2006，(20).

据吴晓铃按语“此本封面作：新世鸿勋，大明崇祯传，定鼎奇闻，姑苏稼史轩梓”①，知稼史轩为苏州书坊，从刊书情况看主要活动于清初。

1. **清刊《醒梦骈言》十二回，首都图书馆、天津图书馆藏。**

2. **乾、嘉间刊《新世鸿勋》(足本)四卷二十回，美国哈佛大学哈佛燕京图书馆藏。**

3. **清刊《新世鸿勋》(节本)四卷二十回，鲁迅故居旧藏。**

〔三〇一〕稼史斋　苏州

稼史斋康熙十七年刻《经史辨体》，藏于浙江图书馆，序署“康熙十有七年八月望前三日徐与乔书”，序后附作者《例言》曰：“是编泰杨夫子教属稿，丙辰(康熙十五年)之春、丁巳(康熙十六年)夏携稿旌扬，旌扬镌工甲天下，大尹闻锦溥谋授之梓而督学使者邵瞻两先生语承鉴定，捐俸鸠工，时施愚山、梅渊公、鲍在杭诸君子相遇，并加厘正，门人张有功、汪宕遽、胡玉成董剞劂事，会大尹迁内翰，去工未竣，携归里门，我友朱拓庵、叔詹水重加核定，弟彦国文、饶于静、子羽郧侯日嘱谋卒业焉。”《例言》交代书写成后作者将稿子带到旌扬，旌扬大尹闻锦溥将俸禄捐出为其谋求刊刻，但因大尹迁内翰而未能完工，因此，作者只好又将书带回家乡昆山图谋刊刻，最后在“里门”即昆山刻成，参与校订工作的有他的兄弟、女婿、儿子、朋友多人。昆山属苏州府，因此，书是在苏州刻成的，则刊刻者稼史斋应为苏州书坊。

稼史斋康熙间序刊《雪心赋辨讹正解》，内封题署“稼史斋梓行”，书影见孔夫子旧书网；清代后印明万历三十八年余象斗刊本《鼎镌赵田了凡袁先生编纂古本历史大方纲鉴补》三十九卷首一卷，藏于中山

---

① 齐如山撰，吴晓铃辑．哈佛大学所藏高阳齐氏百舍斋善本小说跋尾[M]//《明清小说论丛》第一辑．沈阳：春风文艺出版社，1985：292.

大学图书馆。

关于稼史斋的详细情况，参见文革红《清代前期通俗小说刊刻考论》（第279—281页）。

1. **康、雍间刊《五凤吟》四卷二十回，上海图书馆藏**。

〔三〇二〕兼善堂　金陵

兼善堂天启四年刊《警世通言》四十卷四十篇，藏于日本蓬左文库，内封题“金陵兼善堂”，以此知明代的兼善堂位于金陵。

西凉有兼善堂，光绪二十一年刊《御制劝善要言》，内封题“西凉兼善堂藏板”，书影见孔夫子旧书网，以此知光绪间兼善堂位于西凉。西凉古称凉州，汉武帝时被纳入中国版图，疆域为今甘肃西部及新疆部分。因其政府所在地（甘肃武威凉州区）、统治地区古为凉州，故国号为“凉”，又因位于凉州西部，故名“西凉”。

1. **天启四年刊《警世通言》四十卷四十篇，佚失**。

2. **天启四年序、清初刊《警世通言》四十卷四十篇，日本东京大学东洋文化研究所藏**。

〔三〇三〕简香斋　宁波（宁郡）

简香斋嘉庆十六年刊《周礼精华》六卷，华东师范大学图书馆藏；同治十三年校正重刊《古文观止》，书影见孔夫子旧书网；清刊《医经原旨》，书影见孔夫子旧书网；光绪二年孟夏新镌《诗经精华》二卷，南京师范大学图书馆藏，内封均题“宁郡简香斋藏板”，以此知简香斋为浙江宁波书坊。

简香斋刊刻的书籍尚有：清刊《易经》，北京大学图书馆藏；光绪七年刊慈水杨采青重校《薛生白医师秘笈》，内封题“浙宁简香斋藏板”；清刊《神童诗》；光绪二年刊《正宗指掌统宗大全》，书影均见孔夫子旧书网。民国二十四年刊《明心宝鉴》二卷，山东大学图书馆藏。

嘉庆九年阳湖平津馆丛书本《说文解字》十五卷，山东大学图书馆藏，钤有印章曰“当湖陈氏简香斋藏书之印”。当湖，浙江平湖之别称，清属嘉兴府，据此可知嘉庆间简香斋主人为平湖人陈氏。

1. **光绪四年刊《东周列国志》一百〇八回，南京图书馆藏**。

〔三〇四〕建泉堂　建阳（建邑书林余氏）

建邑书林余氏建泉堂明刊《新刻皇明诸司廉明公案》四卷一百〇六则，中国国家图书馆藏，有万历二十六年余象斗自序，以此知建泉堂为明代福建建阳书坊，主人为余姓。建泉堂刊刻的书今不多见。

1. **万历二十六年自序刊《新刻皇明诸司廉明公案》四卷一百〇六则，中国国家图书馆藏**。

〔三〇五〕剑光阁　长沙（金沙）

金沙有剑光阁，光绪十七年刊《青云集补注》六卷，吉林大学图书馆藏。金沙所指地区可能为长沙。

无锡华希闵书室名“剑光阁”，康熙二十七年刊《词律》二十卷，清华大学图书馆藏；康熙四十六年刊《遗山先生文集》四十卷，华东师范大学图书馆藏；乾隆六年刊《二程节录》四卷，复旦大学图书馆藏；乾隆三十八年刊《公孙子注解》一卷，吉林大学图书馆藏；分别于乾隆二十九年、三十年、五十四年、五十八年、嘉庆五年、嘉庆二十二年刊《重订事类赋》三十卷，北京大学图书馆、河南大学图书馆藏；乾隆二十九年序、嘉庆四年刊《重订广事类赋》四十卷，复旦大学图书馆藏；厦门大学图书馆藏有清刊《事类赋》三十卷，内封题“剑光阁藏版”。清刊《五国故事》二卷，版心下端题“知不足斋丛书”，书后有乾隆癸巳（乾隆三十八年）仲春吴长元跋，山东大学图书馆藏。清刊《剑光阁增订释义经书便用通考杂字》二卷外一卷，苏州大学图书馆藏。无锡华氏剑光阁活动时间主要为乾隆、嘉庆时期，无锡清属常州府。

1. 同治壬申十一年重刊《说岳全传》二十卷八十回，书影见孔夫子旧书网。

〔三〇六〕剑啸阁　苏州

“剑啸阁”为明末清初著名戏曲家、小说家袁于令的刻书室名。袁于令(1592—1672)，原名晋，字韫玉，号凫公，晚号箨庵，又号吉衣道人、幔亭、白宾，生于明万历二十年，卒于清康熙十一年。吴门袁氏乃吴县刻书世家，从明正德年间就开始经营刻书。袁于令的“剑啸阁”，刊刻戏曲、小说多种。据杜孚信《明代版刻综录》载，于令以“剑啸阁”名义刻有《剑啸阁自订西楼梦传奇》二卷、《剑啸阁鹔鹴裘记》二卷、《玉茗堂批评红梅记》二卷。

关于剑啸阁的详细情况，参见文革红《清代前期通俗小说刊刻考论》(第155—160页)。

1. 明刊《新刻剑啸阁批评西汉演义》八卷一百则(《新刻剑啸阁批评东西汉演义》之一)，北京大学图书馆、广西壮族自治区第一图书馆藏。

2. 明刊《新刻剑啸阁批评东汉演义》十卷一百二十五则(《新刻剑啸阁批评东西汉演义》之一)，北京大学图书馆、广西壮族自治区第一图书馆藏。

3. 清初刊《剑啸阁批评秘本出像隋史遗文》十二卷六十回，佚失。

〔三〇七〕江左书林　上海(上洋)

江左书林光绪己丑十五年刊《伤寒瘟疫条辨》，内封题“上洋江左藏版”，有朱印曰“江左书林督造书籍”，书影见孔夫子旧书网；光绪十六年刊《医方集解》，内封题“光绪十六年孟夏上洋江左书林仿原版校刻”，书影见孔夫子旧书网；民国六年石印《初唐四杰文集》，内封题

“民国六年上海江左书林石印”，河南大学图书馆藏。据此可知江左书林为清末上海书坊，上洋即指上海。

江左书林刊书应不晚于道光十一年，该年刊《国朝画识》十七卷、《墨香居画识》十卷，吉林大学图书馆藏；道光二十三年刊《神相汇编》，内封题“道光癸卯仲秋新镌/神相汇编/上洋江左书林藏板”，书影见孔夫子旧书网。

江左书林清末刊刻书籍多种，同治七年刊《广群芳谱》，郑州大学图书馆藏；清刊《病机沙篆》，书影见孔夫子旧书网；光绪十二年刊《针灸大成》《辩证奇闻》，北京大学图书馆藏；光绪十二年刊《唐诗合解笺注》；光绪丙戌十二年刊《监本易经》，书影均见孔夫子旧书网。另刊有《痘疹正宗》《仕才三书》《文成字汇》《罗经透解》《廿一史约编》《万年书》《周礼精华》《龙文鞭影》《白香山诗集》等多种书籍。江左书林清末石印和铅印书籍多种，其名称不一一列举。江左书林是清末上海地区规模较大的书坊。

1. **光绪十年刊《风月梦》不分卷三十二回，中国国家图书馆藏。**

2. **清刊《白圭志》四卷十六回，中国国家图书馆、辽宁省图书馆藏。**

3. **清刊《斩鬼传》四卷十回，中国国家图书馆藏。**

4. **清刊《第一才子书》十九卷一百二十回，吉林大学图书馆藏。**

5. **光绪十二年重刊《东周列国志》二十三卷一百〇八回，大连图书馆藏。**

6. **光绪十五年刊《说唐演义前传》十卷六十八回，书影见孔夫子旧书网。**

7. **《异说反唐演义全传》十卷一百回，中国人民大学图书馆藏。**

8. **《大明正德皇游江南传》七卷四十五回，辽宁大学图书馆藏。**

〔三〇八〕讲德斋　苏州（金阊）

讲德斋为清初书坊，康熙年间已经开始营业刻书。康熙二十八年刊《锦字笺》四卷,(清)黄沄辑,内封署“金阊讲德斋藏板”,南京师范大学图书馆藏,以此知讲德斋位于苏州。

姑苏讲德斋嘉庆二十一年刻《增补痘疹玉髓金镜录》四卷,(明)翁仲仁撰;清刊《小四书》及京江毛正儒编《六壬经纬》六卷,孔夫子旧书网上有书影。

关于讲德斋的详细情况,参见文革红《乾嘉时期小说书坊与通俗小说》“讲德斋”条(第 52 页)。

1. **嘉庆十七年刊《新平妖传》八卷四十回,北京师范大学图书馆藏**。

〔三〇九〕皆雅楼　不明

皆雅楼乾隆三十八年刊《金批第一才子书》十九卷,首一卷,一百二十回,上海图书馆藏,内封题“乾隆癸巳年新镌/金批第一才子书/皆雅楼藏板”,乾隆癸巳为乾隆三十八年,书于此年刊刻。遍查孔网和国图网站,均未找到此书坊刊刻的其他书。

1. **乾隆三十八年刊《金批第一才子书》十九卷一百二十回,上海图书馆藏**。

〔三一〇〕解颜堂　不明

解颜堂约道光间刊《情梦柝》四卷二十回,题“蕙水安阳酒民著,西山灌菊散人评”,写刻,怡园五种之一,复旦大学图书馆藏,内封题“有怀主人/情梦柝传/解颜堂梓”,此本为删节本,和啸花轩本比,删除了很多文字,如回首诗词和很多细节描述,文笔极为简省。书口有“乙巳年置”字样,“乙巳”综合避讳、字体等判断应为道光二十五年或光绪三十一年,但此本更可能为道光间刊本,不晚于道光二十五年,不太可能是光绪刊本。因此,解颜堂为道光间书坊,具体位于什么地区不明。

1. **道光间刊《情梦柝》四卷二十回，怡园五种之一，复旦大学图书馆藏。**

2. **道光十四年刊《双奇梦传》四卷二十回，怡园五种之一，日本京都大学藏。**

〔三一一〕芥轩　不明

清代画家李崧（1656—1736），字静山，号芥轩，江苏无锡布衣。工花卉、芦雁。为人和蔼，淡于名利，与妻吴氏及继妻薛氏隐居梁溪之啸傲泾，相传其为汉代梁鸿栖隐之地。有《芥轩集》《浣香词》。事见《清画家诗史》《无锡县志》《归愚文钞》《清朝书画家笔录》等。

未见该书坊刊刻的其他书籍，具体位于什么地区不明。

1. **清刊《雅观楼全传》四卷十六回，中国国家图书馆藏。**

〔三一二〕芥子园　金陵

芥子园为清代著名戏曲家、小说家李渔于康熙年间设于南京的书铺。芥子园正式落成于康熙八年，原为李渔金陵别墅的园名，据沈新林《芥子园浅探》一文考证："芥子园原址与李渔旧居金陵闸相邻，在今白鹭洲公园东南的老虎头。"[①]李渔《一家言全集》卷四《芥子园杂联》曰："此余金陵别业也，地止一丘，故名芥子，状其微也。往来诸公，见自稍具丘壑，谓取芥子纳须弥之意。"[②]康熙八年初夏落成。书坊与芥子园相接，故亦用芥子为名。"营构芥子园是他在秦游之后、楚游之前的粤游中得到一笔酬金才了此夙愿的。"[③]

---

① 沈新林. 芥子园浅探[J]. 明清小说研究，1989，(1).

② 单锦珩. 李渔年谱[M]//李渔. 李渔全集，第十九卷[M]. 杭州：浙江古籍出版社，1993.

③ 沈新林. 芥子园浅探[J]. 明清小说研究，1989，(1).

芥子园刻印售卖兼营，从康熙年间一直延续到清末。李渔经营芥子园的时间为康熙八年至十六年。他晚年归老杭州时卖掉了芥子园，其原因正如他在《上都门故人述旧状书》中所云："况住金陵二十载，逋累满身。在则可缓，去则不容不偿。故临行所费金钱，什佰于舟车之数。无论金陵别业属之他人，即平生著述之梨枣，与所服之衣，妻妾儿女头上之簪，耳边之珥，凡值数钱一镪者，无不以之代子钱，始能挈家而出。"①因此，康熙十六年李渔归老杭州时芥子园已易主，即便是李渔著作的板片也已被卖掉。李渔在世时，其女婿沈因伯以"芥子园甥馆"自称，书铺主要由他经营管理，后似仍然掌管其事。据康熙四十年王安节《画传合集序》(二集)，知芥子园其时已三易其主。芥子园在李渔身后依然刊刻了很多书，颇有经营之道。

芥子园在杭州亦设有分号，清初刊《四书述朱或问语类精义大全》，内封署"武林芥子园梓行"，书影见孔夫子旧书网，足证芥子园书坊在杭州设有分号。

芥子园清代刊刻的书主要有：

1. 康熙十八年刊《芥子园画传》初集(《山水谱》四卷)，(清)王概等摹辑，藏于北京大学图书馆。

2. 康熙四十年芥子园甥馆刊彩色套印本《芥子园画传》二集(《花卉》八卷首一卷末一卷、《青在堂菊谱》二卷)、三集(《生物》)和四集(《写真》)，今存《兰竹谱》载诸鼎序，系康熙二十一年所作，藏于北京大学图书馆，(清)王概、王蓍、王臬等辑，内封盖有红色印章曰："芥子园画铺二集、三集、笠翁诗笺封启/在江南省城内三山街椿寿斋膏药店发卖。"②

---

① 单锦珩. 李渔年谱[M]//李渔. 李渔全集，第十九卷[M]. 杭州：浙江古籍出版社，1993.

② [法]魏丕信监修，田涛主编. 法兰西学院汉学研究所藏汉籍善本书目提要[M]. 北京：中华书局，2002.

3. 康熙五十年刊《凭山阁纂辑诗林切玉》八卷，（清）陈枚选，藏于清华大学图书馆。

4. 雍正二年、雍正八年刊《笠翁一家言全集》，内封题“芥子园本衙藏板”，藏于浙江图书馆、西南大学图书馆。

5. 康、雍时期刊《情史》二十四卷，藏于上海图书馆。

6. 雍正十三年后印苏州课花书屋刊本《芥子园绘像第七才子书琵琶记》六卷，藏于上海图书馆。

芥子园刊书较多，不一一列载。其所刊小说，有著名的“芥子园四大奇书”。关于芥子园的详细情况，参见文革红《乾嘉时期小说书坊与通俗小说》“芥子园”条（第 422—426 页）。

1. 清刊《今古奇观》四十卷四十篇，日本东北大学藏。

2. 乾隆五十一年序刊《西湖佳话古今遗迹》十六卷十六篇，首都图书馆藏。

3. 咸丰七年刊《三巧缘》二十回，阿英旧藏。

4. 康、雍间刊《西游真诠》一百回，中国国家图书馆藏。

5. 道光十年序刊《镜花缘》二十卷一百回，中国国家图书馆藏。

6. 道光十二年刊《镜花缘》二十卷一百回，复旦大学图书馆、北京大学图书馆藏。

7. 道光二十一年刊《镜花缘》二十卷一百回，上海图书馆藏。

8. 乾隆四十九年刊《新刻史纲总会列国志传》十六卷二百一十九则，中国社会科学院文学研究所藏。

9. 康熙间刊《第一才子书》六十卷一百二十回，北京大学图书馆藏。

10. 清刊《绣像第一才子书》十九卷一百二十回，见中国书法网。

11. 康、雍间刊《四大奇书第一种》五十一卷一百二十回，中国人民大学图书馆藏。

12. 清刊《四大奇书第一种》五十一卷一百二十回，书影见孔夫子旧书网。

13. **清刊《李笠翁评阅三国志》二十四卷一百二十回,收藏地点不详。**

14. **清刊《绣像隋唐演义》二十卷一百回,书影见孔夫子旧书网。**

15. **嘉庆元年重刊《蔡元放评点东周列国志》二十三卷一百〇八回,日本东京大学藏。**

16. **不晚于乾隆四十七年刊《薛家将平西演义》八卷三十二回,大连图书馆藏。**

17. **清初刊《忠义水浒传》一百回,中国国家图书馆藏。**

18. **雍正十二年刊《第五才子书水浒传》七十五卷七十回,上海图书馆、浙江图书馆藏。**

19. **清后期刊《第五才子书水浒传》七十五卷七十回,中国国家图书馆藏。**

20. **清后期刊《第五才子书水浒传》七十五卷七十回,河南大学图书馆藏。**

21. **嘉庆二年序刊《飞龙全传》二十卷六十回,天津图书馆藏。**

22. **道光十一年刊《绿牡丹全传》六十四回,收藏地点不明。**

〔三一三〕金阊书林　苏州

金阊书林康熙丙辰十五年刊《痘学真传》,内封题"古吴叶子容著/痘学真传/金阊书林梓",浙江图书馆藏,以此知金阊书林为清初苏州地区书坊。

1. **清初覆尚友堂刊本《拍案惊奇》三十六卷,日本佐伯文库藏。**

2. **清覆尚友堂刊本《拍案惊奇》三十六卷,北京大学图书馆、美国哈佛大学藏。**

3. **道光九年刊《施案奇闻》八卷九十七回,辽宁省图书馆藏。**

〔三一四〕金谷楼　佛山

金谷楼清刊《新刻钟伯敬先生批评封神演义》,山东省图书馆藏,内封有“佛山金谷楼”字样，以此知金谷楼为广东佛山书坊。金谷楼刊刻的其他书未见。

1. **清刊《封神演义》一百回，山东省图书馆藏。**

〔三一五〕金谷园　金陵

据大塚秀高《增补中国通俗小说书目》，清初文盛堂刊本《今古奇观》，有印章题“江南宏文会馆后/奇望街听松楼内/金谷园书坊发兑”，据此可知金谷园位于江南省宏文会馆后奇望街听松楼内。江南省即江苏省，省会为金陵，则金谷园为金陵书坊无疑。金谷园乾隆三十年刊《典制类林》，书影见孔夫子旧书网，序末有“江宁张玉林镌”字样，可能为刻工姓名。

金谷园清初至清末均有刻书。康熙四十二年刊《国语》九卷，(明)闵齐伋裁注，藏于清华大学图书馆①。康熙六十年刻、乾隆二十六年后印《重镌易经体注大全》，藏于江西省图书馆。书影见于孔夫子旧书网的有：乾隆二十六年重刊《李厚庵先生稿》；嘉庆十六年重刊《周易质义》；道光七年刊《分类诗腋》；同治间刊《随园诗话》《随园诗话补遗》，(清)袁枚撰；清刊《诗韵含英》《书经体注大全》《诗经体注图考大全》等。不一一列举。

苏州亦有金谷园，古吴金谷园清刊《唐荆川先生文集》十二卷，藏于香港中文大学图书馆②。

关于金谷园的详细情况，参见文革红《乾嘉时期小说书坊与通俗小说》“金谷园”条(第136—137页)。

1. **清初刊《今古奇观》四十卷四十篇，阿英旧藏。**

---

① 清华大学图书馆编. 清华大学图书馆藏善本书目[M]. 北京：清华大学出版社，2002.

② 香港中文大学图书馆古籍善本书目系统编. 香港中文大学图书馆古籍善本书目，增订版[M]. 香港：中文大学出版社，2001：279.

2. **清刊《今古奇观》四十卷四十篇，日本九州大学文学部藏**。

3. **嘉庆间刊《今古奇观》四十卷四十篇，日本宫内厅书陵部藏**。

4. **嘉庆十年刊《红楼复梦》一百卷一百回**。

5. **同治二年重镌《四大奇书第一种》六十卷一百二十回，日本东京大学文学部藏**。

6. **道光二十七年刊《征西说唐三传》九十回，首都图书馆藏**。

7. **清初刊《忠义水浒传》一百回，书影见孔夫子旧书网**。

〔三一六〕金鉴堂　广东

金鉴堂最早可追溯到唐朝宰相张九龄。张九龄，字子寿，广东韶州曲江（今广东韶关）人。据说唐玄宗为了求得治国安邦之策，下令张氏总结列代治国的经验，张九龄为此综述列朝存亡兴衰之理，写成书五卷，唐玄宗对此甚为赏识，赐名为《千秋金鉴》，作为治国的铭言而珍藏。“金鉴家风”即来源于此。张氏后人遂以“金鉴”作为堂号。由于张氏后人散居广东各地，因而金鉴堂应不出广东范围，刊刻多种张氏家谱。

金鉴堂清刊《金鉴堂四书补注附考备旨》，书影见孔夫子旧书网。关于金鉴堂的详细情况，参见文革红《乾嘉时期小说书坊与通俗小说》“金鉴堂”条（第210—211页）。

1. **清刊《镜花缘》二十卷一百回，日本东北大学藏**。

2. **嘉庆十年刊《续西游记》不分卷一百回，日本天理图书馆藏**。

〔三一七〕金声堂　扬州（宜陵，京江刘氏）

金声堂咸丰三年刊《粉妆楼全传》八十回，中国国家图书馆藏，内封题“宜陵金声堂藏板”。宜陵，指江苏省扬州市江都区宜陵镇，以此知金声堂为扬州宜陵书坊。

又有清江金声堂，同治年间即开始刻书，同治十年刊《旷视山房续集》,内封题“同治辛未秋/板存清江金声堂梓”;光绪三十年刊《诗经集注》,内封反面题“清江东门大街纪家楼旁大元巷口/本坊不惜工资复加校对精刊无讹自梓印订各种童蒙书籍发兑”,据此可知金声堂位于清江东门大街纪家楼旁大元巷口。此清江指何地不明。

清江金声堂光绪十年刊《青云集试帖分韵详注》;光绪十四年刊《引种牛痘新书》,内封反面题“京江刘氏重刊”。京江指长江流经江苏镇江市北的一段,因镇江古名京口而得名,京江刘氏可能即金声堂的主人,镇江人。光绪十五年金声堂刊《牙牌神数图注详解》;光绪三十三年刊《幼学句解》,书影均见孔夫子旧书网。

1. **咸丰三年刊《粉妆楼全传》不分卷八十回,中国国家图书馆藏。**

〔三一八〕金衙　杭州(钱塘)

钱塘金衙崇祯二年序刊《新镌批评出像通俗演义禅真后史》十卷六十回,中国国家图书馆等处藏,内封题“钱塘金衙”,据此可知金衙位于杭州。

1. **崇祯二年序刊《禅真后史》十卷六十回,中国国家图书馆、浙江图书馆藏。**

2. **清初刊《新镌批评出像通俗演义禅真后史》十卷五十三回(简本),上海图书馆、清华大学图书馆藏。**

〔三一九〕金玉楼　佛山(粤东佛镇福禄大街)

金玉楼清刊《文献通考详节》二十四卷,清华大学图书馆藏,内封题“佛山金玉楼梓行”;同治十一年刊《皇越地舆志》二卷,(越南)佚名撰,越南嗣德二十五年(1872,清同治十一年)刊,中国国家图书馆藏,内封题“岁在壬申年新镌/粤东佛山福禄大街金玉楼藏板”;光绪十九年刊《对类引端》,内封题“粤东佛镇福禄大街金玉楼藏板”,书影见孔夫子旧书网。以此知金玉楼为佛山书坊，位于福禄大街。

金玉楼刊刻的书籍尚有：清初刊《四六法海》十二卷，苏州大学图书馆藏，内封题“禅山金玉楼藏板”；同治七年刊《试帖准绳》不分卷，北京大学图书馆藏；咸丰戊午八年刊《医学入门》、同治乙丑四年刊《小仓山房尺牍》、清刊《增补韵屑玉详注》《医方集解》等，书影均见孔夫子旧书网。

1. **清刊《平山冷燕》四卷二十回，天津师范大学图书馆藏。**

2. **同治四年刊《草木春秋演义》三十二回，书影见孔夫子旧书网。**

3. **光绪二年刊《东游八仙全传》二卷四十五回，中国人民大学图书馆旧藏。**

4. **光绪二年刊《南游华光志传》四卷十八回，中国人民大学图书馆旧藏。**

5. **光绪二年刊《西游记传》四卷四十一回，中国人民大学图书馆旧藏。**

6. **光绪二年刊《北游记》四卷二十四回，中国人民大学图书馆旧藏。**

7. **清刊《忠义水浒传》二十卷一百一十五回（《汉宋奇书》之上层），美国哈佛大学哈佛燕京图书馆藏。**

8. **清刊《四大奇书第一种》六十卷一百二十回（《汉宋奇书》之下层），美国哈佛大学哈佛燕京图书馆藏。**

9. **同治二年重刊《征西说唐三传》九十回，日本东京大学东洋文化研究所藏。**

10. **咸丰九年刊《万花楼杨包狄演义》十四卷六十八回，天津师范大学图书馆藏。**

〔三二〇〕金兆燕　扬州

人民文学出版社1974年据北京图书馆藏嘉庆八年卧闲草堂本

影印《儒林外史》，藏于复旦大学图书馆，其《出版说明》云：

> 《儒林外史》刊本以金兆燕刻本为最早。同治八年苏州书局活字本《儒林外史》所载金和跋文称“是书为全椒金棕亭先生官扬州府教授时梓以行世，自后扬州书肆刻本非一”。金棕亭名兆燕，他自乾隆戊子春作扬州府教授，到己亥冬为止，共十二年。而程晋芳《文木先生传》约写于乾隆庚寅、辛卯年间，其时《儒林外史》尚无刻本。因此可推测金兆燕刻书似在乾隆壬辰至己亥之间。金兆燕这一刻本，至今也未发现。

据此记载推测，金兆燕刻本刊于乾隆三十七至四十年之间，刊于扬州，现已佚失。关于金兆燕的详细情况，参见文革红《乾嘉时期小说书坊与通俗小说》“金兆燕”条（第174—175页）。

1. **乾隆间刊《儒林外史》，佚失**。

〔三二一〕襟霞阁　上海（上海新闸路太平坊）

襟霞阁主人为费龙丁，民国间自费印《缶老人（吴昌硕）手迹》。民国九年发行《江南风流才子唐六如先生笺启》，（明）唐伯虎撰，（清）金圣叹评，题“上海新闸路太平坊襟霞阁发行”，又题“吴门柴楼轩珍藏”，或题“虞山襟霞阁精印”，以此知襟霞阁位于上海新闸路太平坊。又有虞山襟霞阁，民国二十五年精印《绣像三国演义》，首提要，末署“虞山襟霞阁”，书影见孔夫子旧书网。虞山，位于常熟境内，属苏州府，以此知苏州亦有襟霞阁。

襟霞阁民国间石印或铅印多种书籍，如《水浒传》《绣像足本红楼梦》《聊斋志异》《古本金瓶梅》《二十年目睹之怪现状》《老吏批判菁华》《恶讼师刀笔故事》《袁中郎全集》《骂人百法》《天下名山游记》《新编评注菁华》等。

1. **清刊《混元盒五毒全传》十六卷二十回，胡士莹旧藏**。

〔三二二〕锦春堂　处州

锦春堂乾隆间刊《增订精忠演义说岳全传》二十卷八十回，大连图书馆藏，内封题“□□新镌/增订精忠演义/说岳全传/锦春堂藏板”，其地点不明。有锦春斋，浙江处州书坊，光绪间刊《三千字文》，内封题“光绪甲申年新镌/处郡锦春斋藏板”，正文卷端题“郑锦春藏板”，书影见孔夫子旧书网，由此知锦春斋为浙江处州书坊，主人姓郑。刊刻的书籍主要有：光绪丙子二年刊《大学正文》；清末刊《增补三字经》《百家姓》《千家诗》《增广贤文》等，书影均见孔夫子旧书网。

1. **乾隆间刊《说岳全传》二十卷八十回，大连图书馆藏**。

2. **清刊《说岳全传》二十卷八十回，美国哈佛大学哈佛燕京图书馆藏**。

〔三二三〕锦奎堂　不明

锦奎堂详细地点不明。

1. **清刊《征四寇传》十卷二十八回，中国国家图书馆藏**。

〔三二四〕锦盛堂　抚州金溪(绣谷)

绣谷锦盛堂道光十年刊《绣像西游记全传》四卷，中国国家图书馆藏，内封题“绣像西游记全传/□□(依稀可辨认为锦盛)堂梓行”，正文卷端题“齐云杨致和编、天水赵毓真校、绣谷锦盛堂梓”，以此知锦盛堂为绣谷即江西抚州金溪书坊。

锦盛堂刊书不多，清代发兑《寄园寄所寄》十二卷，四川大学图书馆藏排印本；清刊《外科百效全书》，内封题“龚应圆先生著/外科百效全书/锦盛堂梓行”，书影见孔夫子旧书网。

1. **道光十年覆明刊《北游记》二十九回，加二十七则，中国国家图书馆藏**。

2. **道光十年覆明刊《南游华光志传》十七则，中国国家图书

馆藏。

3. **道光十年覆明刊《西游记传》四卷四十一回，中国国家图书馆藏。**

〔三二五〕锦文堂　京师（京都打磨厂东口路南）

锦文堂清刊《七言杂字》，内封题“京都打磨厂锦文堂藏板”；清刊《续大八义》，内封题“京都打磨厂东口路南锦文堂藏板”，书影均见孔夫子旧书网。以此知锦文堂为京师书坊，位于打磨厂东口路南。锦文堂刊刻的书籍尚有：清刊《百千音义》，内封题“重复校订洪武正韵/百千音义/京都锦文堂藏板”，正文题“瀛洲李文登梓行”，由此可知锦文堂主人可能为瀛洲李文登。乾隆己酉五十四年刊《医方药性赋捷径合刻》；嘉庆十年重刊《详批学文正法》；嘉庆乙丑十年新镌《周易经义审》；甲申冬月刊《绣荷包》；清末京都锦文堂重镌《二十四糊涂》等。

1. **光绪二十二年刊《二度梅全传》六卷四十回，上海图书馆藏。**
2. **光绪二十二年重刊《升仙传》八卷五十六回，首都图书馆藏。**

〔三二六〕锦心斋　不明

阿英《小说三谈·小说搜奇录》第二十三《今古奇观》提到有《袖珍绣像今古奇观全传》，锦心斋刊，从《今古奇观》四十回本中选出二十回刊出。锦心斋地点不明。

1. **嘉、道间刊《袖珍绣像今古奇观全传》二十回，见阿英《小说三谈》。**

〔三二七〕近文堂　佛山（佛山十七阁舍人后街）

近文堂清刊《松峰说疫》二卷，内封题“禅山舍人后街近文堂板”，书影见孔夫子旧书网；咸丰八年刊《镜花缘》，北京师范大学图书馆藏，内封有“佛山近文堂”字样；清刊《近文堂四书正文》，内封有“佛山镇十七阁”字样，书影见孔夫子旧书网。以此知近文堂为广东佛山书坊，位于十七阁之舍人后街。

近文堂刻书较多，刊刻的书籍有：道光庚寅十年刊《仪度六壬选日要诀》、咸丰戊午八年刊《诗韵集成》，书影均见孔夫子旧书网；同治十年刊《香屑集》，北京大学图书馆藏；清刊《新刻阴阳宝扇》初集至八集，复旦大学图书馆藏；同治癸酉十二年刊《增补天机断易大全》、光绪庚辰六年刊《小题尖锋》、清刊《详订古文评注全集》《增补事类赋统编》等，书影均见孔夫子旧书网。

1. **同治九年重刊《今古奇观》四十卷四十篇，缺卷七，日本天理图书馆藏**。

2. **清刊《平山冷燕》四卷二十回，辽宁大学图书馆藏**。

3. **清刊《白圭志》四卷十六回，日本大阪府立图书馆“朝日新闻”文库藏**。

4. **清刊《新刊八仙出处东游记》二卷五十六则，中国国家图书馆藏**。

5. **清刊《斩鬼传》四卷十回，吴晓铃旧藏**。

6. **清刊《西游记传》四卷四十一回，中国国家图书馆藏**。

7. **咸丰八年刊《镜花缘》二十卷一百回，北京大学图书馆、北京师范大学图书馆藏**。

8. **道光十五年重刊《后续大宋杨家将文武曲星包公狄青初传》十四卷六十八回，北京大学图书馆藏**。

〔三二八〕京板　金陵

乾隆五十二年刊本《历代神仙通鉴》三十九卷，(清)徐道撰，藏于上海图书馆，内封题曰“乾隆丁未年/陈榕门辑/内附仙史、明纪并载/京板”。所谓的“京板”，通常指刻于南京的板木，如明末刻本《新镌京板工师雕斩正式鲁班经匠家镜》三卷，卷端题有“南京御匠司/司承周言校正”字样，当刻于南京。因南京刊书板木质量较高，因而书坊习用“京板”相号召，以示刊书质量精良，尤其是福建地区书坊，常用“京板”进行标榜。该书既题“京板”，则可能刊刻于金陵。

关于京板的详细情况，参见文革红《乾嘉时期小说书坊与通俗小说》“京板”条(第137—138页)。

1. **乾隆五十二年刊《神仙通鉴》三十九卷，上海图书馆藏**。

〔三二九〕京都　京师

京都书坊清刊《梼杌闲评全传》五十卷五十回，不署撰人，内封题“京都藏板”，大连图书馆、中国人民大学图书馆、中国社会科学院文学研究所、辽宁省图书馆等均有收藏，此书坊当位于京都，即北京。

1. **清末刊《梼杌闲评全传》五十卷五十回，上海图书馆藏**。

〔三三〇〕经国堂　饶州

经国堂嘉庆十四年刊《罗经图说》，内封署“嘉庆拾肆年镌/贵溪周淳庸手著/罗经图说/经国堂藏板”，序署“嘉庆十四年己巳岁仲春中旬周庸五甫题于饶郡客舍”。此本序写作于嘉庆十四年，内封所题刊刻年代为嘉庆十四年，说明为原刊本。序写作于饶州，即今江西上饶一带，说明其刊刻者经国堂为江西饶州书坊。《江西出版纪事》记载“1823年(清道光三年)鄱阳经国堂刊印章穆撰《调疾饮食辨》6卷、《诸方针线》1卷”[①]，据此可知经国堂为江西书坊，位于鄱阳，清属饶州府。经国堂康熙年间始营刻书，刻书一直延续至光绪间，刊书籍多种。刊刻的书籍主要有：康熙间刊《万年书》，藏于中国国家图书馆；乾隆三十年刊《增补古今氏族谱笺释》，书影见孔夫子旧书网；嘉庆三年刊《经国堂易经备旨》七卷，(清)邹圣脉辑，藏于中国国家图书馆；

---

① 龚平如. 江西出版纪事[M]. 南昌：江西人民出版社，1996：57.

嘉庆六年刊《说诗乐趣》二十卷，辽宁大学图书馆藏；嘉庆十五年刊《咏物诗选注》、嘉庆二十一年春刊《寄岳云斋诗初稿》，书影均见孔夫子旧书网；道光二十八年刊《情史类略》，北京师范大学图书馆、吉林大学图书馆藏；咸丰十年刊《诹吉宝镜》，书影见孔夫子旧书网；清刊《文成字汇》，复旦大学图书馆藏；清刊《楚辞灯》四卷，吉林大学图书馆藏；另刊有《庄子南华经解》《水法图说》《陈子性家藏书》《小儿推拿活婴全书》《神相水镜集全编》《入地眼全书》《书经备旨辑要》《增补寿世保元》《新镌本草医方合编》《随园诗话》等，书影均见孔夫子旧书网。

光绪间湖南亦有经国堂，刊刻《古文释义》，北京大学图书馆藏，内封题“光绪甲辰三十年湖南谷经国堂重刊/上元余自明先生评注/古文释义”，以此知湖南经国堂主人姓谷。清代湖南宝庆经国堂尚刊有《诗经集传》八卷，南京大学图书馆藏。

京都亦有经国堂，清末刊《新刊绣像彭公案》一百回，北京大学图书馆藏。

京都经国堂、湖南经国堂与江西经国堂的关系待考。关于经国堂的详细情况，参见文革红《乾嘉时期小说书坊与通俗小说》“经国堂”条（第 290—291 页）。

1. **咸丰二年重刊《麟儿报》四卷十六回，中国国家图书馆藏。**

2. **清刊《白圭志》四卷十六回，北京大学图书馆藏。**

3. **乾隆间刊《好逑传》四卷十八回，浙江图书馆、日本早稻田大学藏。**

4. **同治八年覆明刊《商周列国全传》八卷一百回，中国国家图书馆藏。**

5. **清刊《雷峰塔奇传》五卷十三则，台湾“中央研究院”历史语言研究所傅斯年图书馆藏。**

6. **清刊《绣像英烈全传》十卷，扬州吴引孙测海楼旧藏。**

7. **清刊《北宋志传》五十回，复旦大学图书馆藏。**

8. **清刊《南宋志传》五十回，复旦大学图书馆藏。**

9. **清刊《后七国乐田演义》四卷十八回，浙江图书馆藏。**

10. **清刊《续英烈传》五卷三十四回，中国国家图书馆藏。**

11. **清中期刊《绣像第一才子书》十九卷一百二十回，书影见孔夫子旧书网。**

12. **清刊《东周列国志》一百〇八回，美国耶鲁大学藏，书影见孔夫子旧书网。**

13. **道光二十年刊《海公大红袍全传》六十卷六十回，中国国家图书馆藏。**

14. **道光二十八年刊《大汉三合明珠宝剑全传》六卷四十二回，中国国家图书馆、中国社会科学院文学研究所藏。**

15. **光绪十八年刊《新刊绣像彭公案》二十三卷一百回，北京大学图书馆、北京师范大学图书馆、郑州大学图书馆藏，京都经国堂刊本。**

〔三三一〕经绘堂　不明

经绘堂刊书不多，目前能查到的仅有：清刊《济阴纲目》附《保生碎事》十四卷，书影见孔夫子旧书网；同治十二年刊《增订古今秘苑》二卷，收藏地点不明。经绘堂为何地书坊亦不明。

1. **同治十三年刊《飞龙全传》十二卷六十回，吉林大学图书馆藏。**

〔三三二〕经纶堂　宝庆（邵州）

经纶堂嘉庆九年刊《扬子法言》《韩非子评注》《管子详注》《文中子笺释》《淮南子笺释》等书，内封题“嘉庆甲子新镌/杨子笺释（韩非子评注、管子详注、文中子笺释、淮南子笺释）/宝庆经纶堂藏板”；清刊《课士赋》，内封题“邵州经纶堂藏版”，书影均见孔夫子旧书网。宝庆，即湖南宝庆府，今湖南邵阳，据此经纶堂为清代宝庆书坊，主人姓谷。乾、嘉间邵阳谷氏经纶堂曾动用四千多担田租刊刻《二十四史》，被称为“破产刻书”，至今仍传为书林美谈。

经纶堂清刊《重订事类赋》三十卷，《重订广事类赋》四十卷；同治七年刊《审视瑶函》；咸丰元年刊《经纶堂增订四体书法》；咸丰三年刊《金光斗临经》；清刊《幼学故事寻源详注》《增补雷公炮制药性赋》《本草医方合编》《秋水轩尺牍》《梅花易数》《经纶堂古文析义合编》《张神峰命理斗谬正宗》《新镌对联同善应酬合璧》《书经体注合参大全》《聊斋志异》等。

1. **道光间刊《绣像批点红楼梦》一百二十回，北京师范大学图书馆藏。**

2. **乾、嘉间刊《天花藏批评玉娇梨》四卷，吉林大学图书馆藏。**

3. **清刊《新镌天花藏批评平山冷燕》四卷二十回，中国国家图书馆藏。**

4. **清刊《锦香亭》四卷十六回，上海图书馆藏。**

5. **清刊《好逑传》四卷十八回，上海图书馆藏。**

6. **清刊《水石缘》六卷三十段，北京大学图书馆、中国国家图书馆藏。**

7. **清末刊《白圭志》十六回，北京大学图书馆、辽宁省图书馆藏。**

8. **清刊《封神演义》二十一卷一百回，辽宁大学图书馆藏。**

9. **清刊《草木春秋演义》五卷三十二回，北京大学图书馆藏。**

10. **康熙五十九年序、道光间刊《斩鬼传》四卷十回，北京大学图书馆藏。**

11. **乾隆四十三年刊《商周列国全传》八卷一百回，天津图书馆藏。**

12. **同治十一年刊《北宋志传》五十回，中国国家图书馆藏。**

13. **同治十一年刊《南宋志传》五十回，中国国家图书馆藏。**

14. **清刊《云合奇踪》十卷八十回，中国书店旧藏。**

15. 清刊《西汉演义》八卷一百则，中国社会科学院文学研究所藏。

16. 清刊《东汉演义》十卷一百二十五则，中国社会科学院文学研究所藏。

17. 清刊《四大奇书第一种》六十卷卷首一卷，一百二十回，北京大学图书馆藏。

18. 清刊《第一才子书》五十一卷一百二十回，北京大学图书馆藏。

19. 乾隆十七年序刊《东周列国志》二十三卷一百〇八回，辽宁省图书馆藏。

20. 道光十六年重刊《五虎平西前传》十四卷一百一十二回，中国国家图书馆藏。

21. 道光十六年重刊《五虎平南后传》六卷四十二回，中国国家图书馆藏。

22. 清刊《万花楼杨包狄演义》十四卷六十八回，北京大学图书馆藏。

23. 咸丰四年重刊《双凤奇缘传》二十卷八十回，辽宁大学图书馆藏。

24. 道光十二年序刊《大明正德皇游江南传》四卷二十一回、《大明游江南梁太师访主传》四卷二十四回，谭正璧旧藏。

25. 同治十一年刊《大隋志传》四卷四十六回，首都图书馆藏。

26. 道光二十八年刊《大汉三合明珠宝剑全传》六卷四十二回，浙江图书馆藏。

27. 道光二十七年刊《绿牡丹全传》六十四回，首都图书馆藏。

〔三三三〕经畲山房　不明

经畲山房详细地点不明。

1. **光绪十七年刊《龙图公案》十卷一百则，书影见孔夫子旧书网**。

〔三三四〕经世堂　长沙（湘乡罗氏）

经世堂光绪丙申二十二年刊《明辨斋丛书》前编四集，南京大学图书馆藏，题“湘乡罗氏经世堂”。湘乡，今属湘潭市，清属长沙府，以此知经世堂位于湖南长沙，主人姓罗。

湖南罗经世堂后印光绪间蒋氏求实斋刊本《求实斋丛书》十五种，北京大学图书馆藏；咸丰壬子二年刊《经世堂增订四体书法》，书影见孔夫子旧书网；清刊《经世堂四书补注附考备旨》，书影见孔夫子旧书网。

1. **清刊《五虎平西前传》十四卷一百一十二回，浙江图书馆藏**。

〔三三五〕经文堂　宝庆

经文堂清刻《经文堂四书补注附考备旨》，卷一署“宝庆经文堂藏板”；清初刻《封神演义》一百回，内封署“宝庆经文堂板”；光绪三十一年校印毛评本《三国志通俗演义》，内封背面题“宝庆经文堂校印”，书影均见孔夫子旧书网。据此判断经文堂位于湖南宝庆。

经文堂乾隆二十五年刻《新增幼学故事琼林》，书影见孔夫子旧书网；同治十三年刻印《张果星宗命格大全》，藏于华东师范大学图书馆；光绪二十年重刻《经文堂四书述要旁训》、清刊《净发须知》《重订诗学含英》《古唐诗合解》等，书影均见孔夫子旧书网。

关于经文堂的详细情况，参见文革红《乾嘉时期小说书坊与通俗小说》“经文堂”条（第 312—313 页）。

1. **光绪十四年序刊《今古奇观》卷数不明，辽宁省图书馆藏**。
2. **清刊《蝴蝶媒》四卷十六回，中国社会科学院文学研究所藏**。
3. **清刊《二度梅全传》四卷，中国社会科学院文学研究所藏**。

4. **清刊《封神演义》一百回，收藏地点不明。**

5. **清刊《西游真诠》一百回，书影见孔夫子旧书网。**

6. **清刊《西汉演义》八卷一百回，书影见孔夫子旧书网。**

7. **清刊《东汉演义》十卷一百二十六回，书影见孔夫子旧书网。**

8. **光绪八年刊《绣像第一才子书》六十卷一百二十回，北京大学图书馆藏。**

9. **光绪二十二年刊《绣像第一才子书》六十卷一百二十回，书影见孔夫子旧书网。**

10. **清末刊《东周列国志》二十三卷一百〇八回，书影见孔夫子旧书网。**

11. **清刊《说唐演义前传》十卷六十八回，内蒙古大学图书馆藏。**

12. **清刊《异说后唐传三集薛丁山征西樊梨花全传》十卷八十八回，华东师范大学图书馆藏。**

13. **清刊《粉妆楼全传》八十回，浙江图书馆藏。**

14. **清刊《万花楼杨包狄演义》十四卷六十八回。**

15. **清刊《双凤奇缘传》二十卷八十回，中国国家图书馆藏。**

16. **嘉庆十三年序、清末刊《龙图公案》十卷一百则，中国国家图书馆藏。**

17. **嘉庆十年序刊《施案奇闻》八卷九十七回，上海图书馆藏。**

〔三三六〕经袖堂　松江

经袖堂乾、嘉间刊《蔡元放评点东周列国志》一百〇八回，藏于中国国家图书馆，目录、读法、正文版心下方均有“经袖堂”字样，知为经袖堂所刊。

首蔡元放序，署“乾隆元年春月/七都梦夫蔡元放氏题于支瞬居中”，又有胡宗文序，题“乾隆五年岁次庚申春月/绣谷胡宗文题”，序中有云：“予于己未（乾隆四年）夏初署理松江府篆，政事之暇，偶阅是书，爰不揣固陋，妄为改订，讹者正之，繁者芟之，庶披读之下，开卷了然，间亦窃附管蠡之见，以补原评之所不及。”据序可知胡宗文是在松江订正此书的，则此本可能亦刊刻于松江，说明经袖堂可能位于松江。

关于经袖堂的详细情况，参见文革红《乾嘉时期小说书坊与通俗小说》“经袖堂”条（第 190 页）。

1. **乾隆元年蔡元放序、乾隆五年胡宗文序刊《东周列国志》五十四卷一百〇八回，中国国家图书馆藏**。

〔三三七〕经训堂　京师

经训堂有多家，一为镇洋毕沅经训堂，乾隆间刻有《经训堂丛书》，中国国家图书馆、北京大学图书馆等多处有收藏。

二为青浦王昶经训堂，乾隆五十五年刊《述庵诗钞》；道光十七年刻《湖海文传》，首有“嘉庆乙丑仲夏青浦王昶德甫氏识”序；嘉庆十年刊《金石萃编》，中国国家图书馆藏。

三为光绪间经训堂。刊《同治光绪中兴奏议选》八卷，内封题“经训堂藏板”，有光绪元年序，题“光绪元年太岁乙亥季夏之月浙江陈弢序于宣南行馆”，书影见孔夫子旧书网。“宣南”指北京宣武门以南地区，则此本无疑是在北京刊刻的，据此可以推知光绪间经训堂位于京师。光绪八年刊刻《续红楼梦》的经训堂应为京师经训堂。

1. **光绪八年刊《续红楼梦》三十卷，中国社会科学院文学研究所藏**。

〔三三八〕经义堂　苏州（金阊）

经义堂乾隆十一年刊《增补万宝全书》三十卷，美国哈佛大学哈佛燕京图书馆藏，内封题“金阊经义堂藏板”；乾隆二十年刊《伤寒来苏集》四卷，《伤寒附翼》二卷，香港中文大学图书馆藏，内封题“金阊经义堂藏板”；嘉庆十九年刊《红楼梦》一百二十回，华东师范大学图书馆藏，内封题“金阊经义堂”；道光五年刊《贡举考略》五卷，南开大学图书馆藏，内封亦题“金阊经义堂”。以此知嘉、道间经义堂位于苏州，乾隆年间已开始经营刻书业。

道光十年阊门经义堂刊《藤花亭》十种，北京大学图书馆藏；乾隆戊申五十三年刊《增补致富全书》，书影见孔夫子旧书网。

另京都有经义堂，清末刊刻《千字文笺注》《新出子弟书得钞傲妻》《万事通考七言杂字》《命理天机铁板数》《御制百家姓》等，书影均见孔夫子旧书网。

1. **嘉庆十九年刊《绣像红楼梦》一百二十回，华东师范大学图书馆藏**。

2. **道光元年刊《二度梅全传》六卷四十回，日本无穷会织田文库藏**。

〔三三九〕经翼山房　不明

经翼山房光绪三十年刊《蝴蝶媒》十六回，中国国家图书馆藏。其余刊书未见，为何地书坊亦不明。

1. **光绪三十年刊《蝴蝶媒》四卷十六回，中国国家图书馆藏**。

2. **光绪九年刊《封神演义》十九卷一百回，北京大学图书馆藏**。

〔三四〇〕经余厚　不明

经余厚咸丰年间已经开始经营刻书业，刊书活跃期主要是同治年间。咸丰辛亥元年刊《重订五七言千家诗详注》，内封题“经余厚藏板”；同治癸亥二年刊《龙文鞭影》；同治四年刊《诗经体注图考大全》《唐诗合解笺注》；同治六年刊《龙图公案》《字学举隅》《渔古轩诗韵》；同治十二年刊《铜板四书补注附考备旨》；同治甲戌十三年新镌《增订铜版诗韵集成》《铜板五方元音大全》，内封题“经余厚藏版”，书影均见孔夫子旧书网。经余厚位于何处不明。

1. **同治五年刊《说唐演义前传》十卷六十八回，美国哈佛大学哈佛燕京图书馆藏。**

2. **同治五年刊《说唐薛家府传》六卷四十二回，单刊本，美国哈佛大学哈佛燕京图书馆藏。**

〔三四一〕经元升　不明

经元升嘉庆六年序刊《四书人物类典串珠》，序题“嘉庆辛酉仲春上元藏志仁认斋氏题于冶城”，书影见孔夫子旧书网；清刊《卜筮正宗》，题“林屋山人王洪绪辑/经元升梓行”；清刊《选择通书广玉匣记》，内封题“经元升梓”，书影均见孔夫子旧书网；经元升刊刻《红楼梦》一百二十回，南开大学图书馆藏。经元升为何地书坊不明。

1. **清刊《觉世名言十二楼》十二卷三十八回，中国国家图书馆藏。**

2. **清刊《绣像批点红楼梦》一百二十回，南开大学图书馆藏。**

3. **清刊《第三才子书玉娇梨》四卷二十回，上海图书馆藏。**

4. **咸丰癸丑三年刊《英云梦传》十六卷十六回，复旦大学图书馆藏。**

〔三四二〕经元堂　宝庆（宝庆吴氏）

宝庆吴氏经元堂光绪三十二年刻《宣讲集要》十五卷首一卷，（清）郭嵩焘撰，藏于日本京都大学人文科学研究所。宝庆即今湖南邵阳市，则经元堂位于湖南宝庆。

经元堂刊刻的书主要有：乾隆四年刊《增补万宝全书》二十卷，（明）陈继儒撰，北京大学图书馆藏；乾隆五十二年刊《曲江书屋新订批注左传快读》十八卷首一卷，北京师范大学图书馆藏；乾隆五十四年刊《罗氏会约医镜》，藏于江西省图书馆；道光十二年刊《增补一夕话》十二卷，复旦大学图书馆藏；道光二十二年刊《三字锦》九卷末一卷，中山大学图书馆藏；同治二年刊《国语详解小仓山房尺牍》六卷，河南大学图书馆藏；清刊《古文析义二编》八卷，武汉大学图书馆藏；清刊《天玉经》一卷、《增补姓氏族谱笺释》八卷，山东大学图书馆藏；清刊《月日纪古》十二卷，南京大学图书馆藏。书影见于孔夫子旧书网的有：光绪三十一年刊《黄氏医书八种》，（昌邑）黄坤载先生著；清刊《崇正辟谬永吉通书》《蜀碧》《字汇》《奇门通书大全》《诗韵集成》《寓意草》《经元堂诗经体注合参》《绘图外科正宗》《左绣》等，不一一列载。

关于经元堂的详细情况，参见文革红《乾嘉时期小说书坊与通俗小说》“经元堂”条（第 313—314 页）。

1. **清刊《今古奇观》四十卷四十篇，首都图书馆藏。**

2. **清刊《天花藏批评玉娇梨》四卷，日本大阪府立图书馆“朝日新闻”文库藏。**

3. **清刊《第四才子书平山冷燕》四卷二十回，书影见孔夫子旧书网。**

4. **清刊《锦香亭》四卷十六回，中国国家图书馆藏。**

5. **约乾隆间刊《好逑传》四卷十八回，吉林大学图书馆藏。**

6. **清刊《英云梦传》八卷十六回，南京图书馆、北京大学图书馆藏。**

7. **嘉庆十二年刊《金石缘》八卷二十四回，中国国家图书馆藏。**

8. **清刊《二度梅全传》四卷，辽宁省图书馆藏。**

9. **乾隆四十三年刊《商周列国全传》八卷一百回，浙江图书馆藏。**

10. **清刊《草木春秋演义》三十二回，上海图书馆藏。**

11. **清刊《北宋志传》五十回，辽宁省图书馆藏。**

12. **清刊《南宋志传》五十回，辽宁省图书馆藏。**

13. **清刊《北宋志传》五十回，山西省图书馆藏。**

14. 清刊《南宋志传》五十回，山西省图书馆藏。

15. 清刊《西汉演义》八卷一百则，北京大学图书馆藏。

16. 清刊《东汉演义》十卷一百二十五则，北京大学图书馆藏。

17. 清刊《新镌全像武穆精忠传》八卷八十则，中国国家图书馆藏。

18. 光绪十六年刊《镌玉茗堂批点残唐五代史演义传》二卷六十则，天津图书馆藏。

19. 咸丰三年刊《第一才子书》六十卷一百二十回，美国加州大学柏克莱分校东亚图书馆藏。

20. 咸丰四年刊《东周列国志》二十三卷一百〇八回，首都图书馆藏。

21. 清刊《异说征西演义全传》四十回，美国哥伦比亚大学藏。

22. 清刊《粉妆楼全传》十卷八十回，中国国家图书馆藏。

23. 道光十六年刊《五虎平西前传》十四卷一百一十二回，南京图书馆藏。

24. 清刊《五虎平南后传》六卷四十二回，北京师范大学图书馆藏。

25. 清刊《万花楼杨包狄演义》□卷，辽宁省图书馆藏。

26. 道光二十六年重刊《双凤奇缘传》二十卷八十回，辽宁省图书馆藏。

27. 乾隆四十一年重刊《龙图公案》八卷一百则，北京师范大学图书馆藏。

〔三四三〕静寄山房　京师

静寄山房乾隆五年刊《新刻批评绣像平山冷燕》六卷二十回，上海图书馆、中国国家图书馆等处藏，内封署“冰玉主人批点/平山冷燕/静寄山房开雕”，首冰玉主人题词，曰：“庚申（乾隆五年）夏月，小监于肆中购得《平山冷燕》一书，余退朝之暇，取而观之，以消长夏……因随笔所之，批点数语，聊以寄兴云尔。冰玉主人戏题。”弘晓，号冰玉道人，清怡僖亲王。从名字上看和乾隆皇帝弘历为同辈，故其批点和刊刻《平山冷燕》应在京师。

关于静寄山房的详细情况，参见文革红《乾嘉时期小说书坊与通俗小说》“静寄山房”条（第 321—322 页）。

1. **乾隆五年刊《新刻批评绣像平山冷燕》六卷二十回，上海图书馆、北京大学图书馆藏。**

〔三四四〕敬书堂　金陵

敬书堂同治元年刻《地理体用合编》四卷，中国国家图书馆藏，国图目录作“金陵状元境内敬书堂”，（清）林士恭、吴颐庆同著，据此知敬书堂位于金陵状元境内。

敬书堂嘉庆八年刊《资治通鉴纲目》五十九卷，北京大学图书馆等处藏；嘉庆十三年刻《周易》四卷，（宋）朱熹本义，见于《潍坊古籍书目》。道光二年刊《春秋左传集解》三十卷，山东大学图书馆藏；道光十二年刊《七家诗选》，（清）王廷绍等撰；咸、同间刊《忠雅堂诗词全集》，辽宁大学图书馆藏；清末刊《明朝纪事本末》八十卷，北京大学图书馆藏；清刻《礼记》十卷，浙江师范大学图书馆藏。见于孔夫子旧书网的有清刊本《公羊穀梁春秋合编附注疏纂》《敬书堂四书析义大全》《敬书堂左绣》《文成字汇》《诗经备旨喈凤详解》等，不一一列载。

关于敬书堂的详细情况，参见文革红《乾嘉时期小说书坊与通俗小说》“敬书堂”条（第 138—139 页）。

1. **乾、嘉间刊《石点头》十四卷十四篇，上海图书馆、中国国家图书馆藏。**

2. **清刊《新刻绣像平妖全传》十八卷四十回，上海图书馆藏。**

3. **嘉庆四年刊《东西晋演义》十二卷五十回，中国国家图书**

馆藏。

4. 清中期刊《后七国乐田演义》十八回，北京大学图书馆藏。

5. 嘉庆十六年刊《东周列国志》二十三卷一百〇八回，日本东北大学藏，书影见孔夫子旧书网。

6. 道光、咸丰间刊《龙图公案》八卷一百则，中国国家图书馆藏。

〔三四五〕敬堂 王泗源　不明

1. 明刊《新刻音释旁训评林演义三国志史传》二十卷，收藏地点不详。

〔三四六〕敬文堂　江西(江右)

清代敬文堂有多家，一为无锡华希闵敬文堂，一为江右敬文堂，一为广东顺邑乐从敬文堂。下面分别予以阐述：

1. 无锡华希闵敬文堂。乾隆间刊《事类赋》三十卷，北京师范大学图书馆藏；乾隆甲申二十九年锡山敬文堂刻《重镌增广事类赋》四十卷，(清)华希闵撰注，北京师范大学图书馆藏。此敬文堂为无锡华希闵的私人刻书室。

2. 江右敬文堂。光绪戊戌二十四年仲冬重刊《东莱博议》，北京大学图书馆藏，内封题“江右敬文堂藏板”；光绪己亥二十五年新刻《孟子讲义》，内封亦题“江右敬文堂藏板”，书影见孔夫子旧书网，以此知光绪间江右(江西)有敬文堂。

3. 广东顺邑乐从敬文堂。清刊《翰文堂四书正文》，卷末有字题“顺邑乐从敬文堂刊”，书影见孔夫子旧书网。顺邑即顺德，清属广州府。

敬文堂刻书多种，分别有：嘉庆九年刊《周易备旨一见能解》，(明)黄淳耀撰，(明)严而宽增补，中国国家图书馆藏；道光二十年刊《五方元音大全》二卷，中山大学图书馆藏；清刊《礼记集说》十卷，

(元)陈澔撰,中国国家图书馆藏;清刊《详注分类饮香书牍》四卷,中国人民大学图书馆藏;等等。

孔夫子旧书网上所见敬文堂刊刻的书籍有:嘉庆九年刊《诗韵题解辨同合刻》;嘉庆十一年刊《外科正宗》;道光十七年刊《诗料正宗详注》;道光二十三年刊《阳宅必用》;同治八年刊《养蒙针度》;光绪六年刊《书经体注图考大全》;光绪十七年刊《四书讲义养正编》;光绪二十四年刊《礼记易读》。刊书较多,不一一列载。

1. **清刊《北宋志传》五十回,山东省图书馆藏**。

2. **清刊《南宋志传》五十回,山东省图书馆藏**。

3. **光绪二十四年刊《三续施公案》五十回,北京师范大学图书馆藏**。

〔三四七〕敬业山房　不明

敬业山房康熙年间刊《愚斋语录》,清华大学图书馆藏;道光二十二年刊《北史演义》六十四卷,南开大学图书馆、郑州大学图书馆等处藏。其余刊书极少,具体地点不明。

1. **道光二十二年刊《北史演义》六十四卷,中国国家图书馆藏**。

〔三四八〕敬业堂1　金陵(大梁周文炜)

敬业堂清刊《国色天香》十卷,藏于中国国家图书馆,署"大梁周文炜敬业堂"。周文炜,江西抚州金溪人,原籍河南祥符(今属开封),故自称"大梁周文炜",著名刻书家周亮工之父,又有书坊名"大业堂",其详细情况参见本书"大业堂"条。

敬业堂刊书不晚于康熙年间:康熙三十四年刻《学海津梁》四卷,崔学古辑,北京师范大学图书馆藏;康熙间刻《幼科铁镜》六卷,(清)夏鼎撰,中国国家图书馆藏;乾隆四十一年刻《性理标题训解》,书影见孔夫子旧书网;清刊《仙佛合宗》,(明)伍守阳撰,中国国家图书馆藏;清刻《审视瑶函眼科大全》六卷首一卷、《敬业堂尚书体注大全》等。不一一列载。

关于敬业堂的详细情况,参见文革红《乾嘉时期小说书坊与通俗小说》“敬业堂”条(第139—140页)。

1. **康熙间刊《新刻京台公余胜览国色天香》十卷,中国国家图书馆、北京大学图书馆藏。**

2. **清刊《拍案惊奇》九卷三十五回,四川省图书馆藏。**

3. **清刊《映雪斋增订北宋三遂平妖传》十八卷四十回,天津师范大学图书馆藏。**

4. **乾隆间刊《西游真诠》一百回,天津图书馆藏。**

5. **嘉庆十九年刊《四大奇书第一种》六十卷一百二十回,英国国家图书馆藏。**

6. **乾隆元年序刊《说唐演义后传》十一卷五十五回,英国皇家亚洲学会藏。**

7. **嘉庆十年刊《五虎平西前传》十四卷一百一十二回,中国国家图书馆、英国博物院藏。**

〔三四九〕敬业堂2　京师(京都)

京都敬业堂道光丁亥七年新刊《绿野仙踪》,内封题“京都敬业堂藏板”,以此知敬业堂位于京师。金陵亦有敬业堂,与京都敬业堂的关系待考。

京都敬业堂光绪丁丑三年春刊《重校读史论略》,苏州大学图书馆藏。

1. **道光七年刊《绿野仙踪》八十回,日本东北大学藏。**

〔三五〇〕敬叶堂　不明

敬叶堂具体地点不明。

1. 清刊《映旭斋增订北宋三遂平妖全传》十八卷四十回，收藏地点不明。

〔三五一〕敬艺堂　绍兴（浙绍）

敬艺堂清刊《南宋志传》，中国国家图书馆藏，内封题“浙绍敬艺堂”，以此知敬艺堂为浙江绍兴府书坊。

敬艺堂嘉庆二十一年刊《增订四书释地补注》，辽宁大学图书馆藏；道光三年刊《地理辨讹》，书影见孔夫子旧书网；道光八年刊《梦厂杂著》十卷，（清）俞蛟撰，吉林大学图书馆藏；《故宫珍本丛刊》第377册收录敬艺堂道光乙酉五年春刊《医学类腋》，（天台）曹光熙先生辑，叙题“道光二年岁次壬午季夏天台克安氏曹光熙书于湖窦之月波楼”；清刊《增补诗法入门》，书影见孔夫子旧书网。

1. 清刊《北宋志传》五十回，中国国家图书馆藏。

2. 清刊《南宋志传》五十回，中国国家图书馆藏。

〔三五二〕九道堂　成都

九道堂光绪十七年刊《东汉演义评》八卷，四川省图书馆藏，内封题“成都九道堂”，据此可知九道堂位于成都。

1. 光绪十七年刊《东汉演义评》八卷，四川省图书馆藏。

〔三五三〕九如堂　金陵

九如堂乾、嘉间刊《韩湘子全传》三十回，藏于中国国家图书馆，内封题“金陵九如堂藏板”，以此知九如堂位于金陵。

九如堂刊书始于明万历间，刊《唐诗品汇》九十卷，《唐诗适遗》十卷，藏于辽宁大学图书馆；崇祯间刊《音韵正讹》四卷，藏于吉林大学图书馆；清刻《第六才子书》六卷首一卷，藏于北京大学图书馆；清刊《芬舟学画编》《选择通书广玉匣记》《类联集古二编》等，书影见孔夫子旧书网。其余刊书不一一列载。

关于九如堂的详细情况，参见文革红《乾嘉时期小说书坊与通俗小说》“九如堂”条（第141—142页）。

1. **道光二十八年刊《五美缘》八卷，中国社会科学院文学研究所藏。**

2. **天启三年序，乾、嘉间刊《韩湘子全传》不分卷三十回，中国国家图书馆、复旦大学图书馆藏。**

3. **乾隆十五年蔡元放序刊《西游证道大奇书》二十卷一百回，天津图书馆藏。**

4. **清刊《新刊八仙出处东游记》，美国哈佛大学哈佛燕京图书馆藏。**

5. **清刊《南游华光志传》，美国哈佛大学哈佛燕京图书馆藏。**

6. **清刊《西游记传》，美国哈佛大学哈佛燕京图书馆藏。**

7. **清刊《北游记》，美国哈佛大学哈佛燕京图书馆藏。**

〔三五四〕九思堂　嘉兴

九思堂乾隆间刻《重订证治准绳全书》，（金坛）王宇泰原本，江西省图书馆藏，内封署“嘉兴九思堂藏板”，末镌“吴氏”“书林”二印，以此知九思堂位于嘉兴，主人为吴氏。九思堂刊刻的书尚有：《中原音韵》，（元）周德清编，清华大学图书馆、四川师范大学图书馆藏；清刊《六壬指南》《古文观止》《象棋全谱》等，书影见孔夫子旧书网。

关于九思堂的详细情况，参见文革红《乾嘉时期小说书坊与通俗小说》“九思堂”条（第263页）。

1. **乾、嘉间刊《北宋志传》五十回，南京大学图书馆藏。**

2. **乾、嘉间刊《南宋志传》五十回，南京大学图书馆藏。**

3. **清初刊《四大奇书第一种》六十卷一百二十回，书影见孔夫子旧书网。**

〔三五五〕聚古楼　不明

聚古楼详细地点不明。

1. **乾、嘉间刊《北宋志传》五十回，北京大学图书馆藏**。

2. **乾、嘉间刊《南宋志传》五十回，北京大学图书馆藏**。

〔三五六〕聚古堂　嘉兴

聚古堂清初刊《浓情快史》，作者署“嘉禾餐花主人”，正文署“西湖鹏鹦居士评阅”，据此知作者为嘉禾（嘉兴）人，评阅者为杭州人。聚古堂藏板为《浓情快史》现存最早刊本，内封右上方题“鹏鹦斋评阅/聚古堂藏板”①，“鹏鹦斋”顾名思义为“西湖鹏鹦居士”之书斋，位于杭州，书当最后写定于杭州，则刊刻者“聚古堂”极有可能位于杭州。

聚古堂清刊《近思录》，有和刻本，系翻刻聚古堂刊本，书影见孔夫子旧书网，内封题“翠娱阁订定/近思录”，“翠娱阁”为清初杭州书坊，此点进一步证明聚古堂和杭州有一定联系。

聚古堂刊刻的书还有：清刊《分国左氏条贯》十八卷，内封署“卢文子先生原本/长洲曹德培编次/聚古堂梓”，藏于中国国家图书馆、北京大学图书馆。

另北京琉璃厂亦有聚古堂，但出现时间在乾隆以后，恐非清初的聚古堂。

关于聚古堂的详细情况，参见文革红《清代前期通俗小说刊刻考论》“聚古堂”条（第 401—402 页）。

1. **康熙间刊《浓情快史》不分卷三十回，日本京都大学陶庵文库藏**。

---

① 康熙聚古堂藏板本《浓情快史》扉页书影，转引自张兵主编. 五百种明清小说博览[M]. 上海：上海辞书出版社，2005：763.

〔三五七〕聚古斋　佛山

自厚堂嘉庆十六年刊《西游记传》四卷四十一回，北京大学图书馆藏，内封题“西游唐三藏出身传/藏板”，卷一题“齐云阳至和笔、天水赵裢真校、龙江聚古斋梓”。龙江，今佛山市顺德区，因此，聚古斋当为广东佛山书坊。

聚古斋同治四年刊《花月偶联》，李敷荣撰。

民国间上海有聚古斋，石印碑帖《赵承旨草庵诗》，书末有“上海城内天主堂街聚古斋发兑各种法帖”字样，书影见孔夫子旧书网，可见上海聚古斋位于上海城内天主堂街。

1. **嘉庆十六年刊《西游记传》四卷四十一回，存自厚堂后印本，北京大学图书馆藏**。

〔三五八〕聚和堂　济南

聚和堂光绪甲辰三十年初镌《左传句解》，内封题“济南聚和堂梓”；光绪三十年新镌《奎壁诗经》《奎壁易经》，内封题“济南聚和堂发兑”，书影见孔夫子旧书网。以此知聚和堂为济南书坊。

聚和堂刊书不晚于道光元年，道光元年新刊《训蒙巧对》，见孔夫子旧书网；光绪二十一年刊《渔洋诗法》三卷、《诗法浅说》二卷，中山大学图书馆藏；光绪二十八年刊《三才略》七种，郑州大学图书馆藏；清刊《时方妙用》《凤洲纲鉴会纂》《绣像珍珠囊药性赋》《三字经注解备要》《增删卜易大全》《新订四书补注备旨》等，多刊刻于光绪年间，书影均见孔夫子旧书网。

1. **清刊《绣像红楼梦》一百二十回**。

〔三五九〕聚锦堂1　金陵

聚锦堂明末即开始营业刻书，天启二年重修万历三十七年梅庆生刻《杨升庵先生批点文心雕龙》十卷，上海图书馆、北京大学图书馆、清华大学图书馆藏，内封题“金陵聚锦堂梓”，钤印曰“江南省状元境聚锦堂李氏书林发兑”，据此知聚锦堂位于金陵状元境内。清刊《梅花易数》，目录叶右起第二行下方题“金陵聚锦堂订正”；清刊《监本礼记》，卷末有方形牌记题“云林李氏重订/金陵聚锦堂梓”，书影均见孔夫子旧书网，据此可知聚锦堂主人李氏为云林人，即江西抚州金溪云林镇人。

聚锦堂为金陵书坊中规模较大、刻书较多者，万历间刻《山海经广注》十八卷，（晋）郭璞撰，（明）汪舟次校，藏于山西省临猗县图书馆。崇祯间刻《宋朱晦庵先生名臣言行录》，藏于北京大学图书馆；明刊《对类》二十卷，（明）吴勉学考注，藏于清华大学图书馆；康熙二十二年刻《岭云编》，藏于南开大学图书馆；康熙二十八年刊《增补四书备旨四集》，书影见孔夫子旧书网；康熙五十一年刻《景岳全书》，藏于北京师范大学图书馆；康熙五十六年刊《增订广舆记》，内封题“蔡九霞先生汇辑/聚锦堂梓行”，香港中文大学图书馆藏；康熙六十一年刻《思绮堂文集》，（清）章藻功撰，藏于江西省图书馆、陕西师范大学图书馆；清初光裕、聚锦堂合刊《性理大全会通》七十卷，（明）胡广等辑，钟人杰订正，藏于清华大学图书馆。乾隆十八年重刊《增补白眉故事》，藏于山东大学图书馆；乾隆二十六年刊《古文觉斯全集》，书影见孔夫子旧书网；道光八年刊《子史辑要诗赋题解后集》四卷，书影见孔夫子旧书网；同治九年刊《来生福》，藏于北京大学图书馆；光绪十八年刊《批选务本堂塾课》。

清代聚锦堂尚刊有《卫济余编》《成裕堂第七才子书》《明文小题传薪》《算法大全》《皇清百名家诗》《琴谱大全》《地理四弹子》《诗经体注图考大全》等，刊书时间一直延续至清末。

1. **乾隆四十九年刊《拍案惊奇》三十六卷，辽宁省图书馆藏。**

2. **道光辛卯十一年刊《今古奇观》四十卷四十篇，书影见孔夫子旧书网。**

3. **清刊《玉娇梨》四卷二十回，中国国家图书馆、北京大学图书**

馆藏。

4. 清刊《平山冷燕》六卷二十回，书影见孔夫子旧书网。

5. 咸丰八年刊《白圭志》四卷十六回，中国社会科学院文学研究所藏。

6. 乾隆四十年序、道光间刊《雪月梅全传》十卷五十回，中国国家图书馆藏。

7. 康熙五十九年序刊《斩鬼传》四卷十回，山西省文物局藏。

8. 光绪十三年刊《升仙传》八卷五十六回，中国国家图书馆藏。

9. 道光三十年刊《杨家府世代忠勇通俗演义志传》六卷五十九则，天津图书馆藏。

10. 清刊《出像玉鼎京本隋唐演义》□卷□回，存卷一，郑州大学图书馆藏。

11. 乾隆二十一年刊《四大奇书第一种》十九卷一百二十回，中国海洋大学图书馆、日本神户大学附属图书馆藏。

12. 乾隆十七年序刊《东周列国志》二十三卷一百〇八回，中国国家图书馆藏。

13. 乾隆十七年序刊、清重刊《东周列国志》二十三卷一百〇八回，中国国家图书馆藏。

14. 嘉庆十六年刊《五虎平西前传》十四卷一百一十二回，南京图书馆藏。

15. 嘉庆十二年刊《五虎平南后传》六卷四十二回，日本东京大学东洋文化研究所藏。

〔三六〇〕聚锦堂 2　苏州（古吴）

苏州亦有聚锦堂，与金陵聚锦堂的关系有待考证。吴门聚锦堂万历四十四年刻《笺释细注宋李梅亭先生四六标准》四十卷，藏于华东师范大学图书馆，内封题“古吴聚锦堂梓”；崇祯间刻《朱子纂辑宋名臣言行录全集》，藏于北京大学图书馆，内封署“古吴聚锦堂梓”；明刻《缥缃对类大全》二十卷，（明）屠隆订正，藏于清华大学图书馆；康熙八年刻《增补注释故事白眉》，（明）许以忠辑，南京大学图书馆藏；乾隆十三年刻《外科正宗》，内封署“乾隆戊辰冬刊/新镌图像外科正宗/古吴聚锦堂梓行”，书影见孔夫子旧书网。“吴门”“古吴”均指苏州，据此可知苏州亦有聚锦堂书坊，刻书时间主要是明末清初。

1. **雍正元年刊《英云梦传》八卷十六回，北京大学图书馆藏**。

〔三六一〕聚锦堂 3　金溪（云林）

云林聚锦堂清初刊《西湖二集》三十四卷三十四篇，藏于上海图书馆、中国国家图书馆、中国艺术研究院戏曲研究所等，内封署“精刻绣像/西湖二集、内附西湖秋色一百韵/云林聚锦堂藏板”。云林，指江西抚州金溪云林镇，据此可知云林聚锦堂位于金溪。因聚锦堂主人李氏即云林人，因而云林聚锦堂很可能是金陵聚锦堂的分号。

1. **清初覆崇祯间刊本《西湖二集》三十四卷三十四篇附西湖秋色百韵，中国国家图书馆、中国艺术研究院戏曲研究所藏**。

〔三六二〕聚锦旭　山东

泰和堂民国五年刊《状元书经》，内封题“民国丙辰新镌/状元书经/泰和堂藏板”，正文版心有“聚锦旭”字样，可知用的是聚锦旭的旧板。泰和堂为山东济宁书坊；道光二年宝兴堂刊本《四书典腋》，松轩主人编，外封有“聚锦旭记”红色印章，宝兴堂亦为山东聊城书坊，疑聚锦旭也可能位于山东。

聚锦旭刊书不晚于道光年间，道光二十五年刊《竹笑轩赋钞初二集》，吉林大学图书馆藏；咸丰庚申十年重镌《应酬汇选新集》，书影见孔夫子旧书网；清刊《春秋纲目左传句解》六卷，中国人民大学图书馆藏；另刊有《星桥制艺小题初编二编》《批点聊斋志异新评》《批点寄岳云斋诗帖详注》等，书影见孔夫子旧书网。

1. **清刊《西汉演义》八卷一百则，书影见孔夫子旧书网。**

2. **清刊《东汉演义》十卷一百二十五则，书影见孔夫子旧书网。**

〔三六三〕聚经阁　广州（羊城）

据邹颖文《晚清〈三字经〉英译本及耶教仿本〈解元三字经〉概述》一文，知聚经阁为羊城（即广州）书坊：

> 今天在海外图书馆，以《解元三字经》为名的通俗本《三字经》尚有：(1)清羊城聚经阁刻本《解元三字经》，封面右上角印“遵依洪武正韵”，左下角印“羊城聚经阁”，出版年、作者未详，正文每页五行，每行两句，每页合共30字。此为蒙学《三字经》，述史部分以十七史终，现藏伦敦大学东方与非洲研究学院图书馆马礼逊特藏(Morrison Collection)。①

聚经阁清代尚刊有《本草三家合注全集》，书影见孔夫子旧书网。

1. **道光十九年刊《施案奇闻》九十七回，天津师范大学图书馆藏。**

〔三六四〕聚经堂　广州（省城学院前）

聚经堂清刊《四游记》，北京大学图书馆藏，其中《东游八仙记出身传》《新刊北方真武祖师玄天上帝出身志传》《华光天王南游志传》内封均有“省城学院前聚经堂藏板”字样，以此知聚经堂为广州书坊，

---

① 邹颖文．晚清《三字经》英译本及耶教仿本《解元三字经》概述[J]．图书馆论坛，2009，(2)：176—178.

位于学院前街。孔夫子旧书网有清代佛经印刷雕板，上有牌记刻匠为“板存学院前对门聚经堂刻字店”，亦说明聚经堂位于广州学院前街。

聚经堂刊书不晚于乾隆五十四年，该年重刻《大生要旨》，内封题“省城聚经堂藏板”，书影见孔夫子旧书网。道光十年刊《西湖苏迹》，北京师范大学图书馆藏；同治九年刊《吉祥花》六卷，北京大学图书馆藏；清刊《雪心赋辨讹正解》《古文析义二编》等，书影见孔夫子旧书网。

咸丰间聚经堂刊《医方易简新编》，题“顺邑罗叶祥重刊”，书影见孔夫子旧书网，则聚经堂的主人可能为顺德人罗叶祥，顺德清属广州府。

又有江西聚经堂，咸丰辛酉十一年季秋刊《藤香草堂词稿》，内封题“江西聚经堂梓”，书影见孔夫子旧书网；清末扬州亦有聚经堂，邗江聚经堂光绪二年刊《龙文鞭影》二卷，《续龙文鞭影》三卷，苏州大学图书馆藏。

1. **光绪四年刊《锋剑春秋》十卷六十回，中国国家图书馆藏。**

2. **清刊《东游八仙全传》二卷四十五回，北京大学图书馆藏。**

3. **清刊《南游华光志传》四卷十八回，北京大学图书馆藏。**

4. **清刊《西游记传》四卷四十一回，北京大学图书馆藏。**

5. **清刊《北游记》四卷二十四回，北京大学图书馆藏。**

6. **道光二十二年刊《大明正德皇游江南传》七卷四十五回，英国博物院藏。**

〔三六五〕聚魁堂　京师（琉璃厂西门南柳巷路东）

聚魁堂清末刊《姑娘逛二闸》，内封题“逛二闸/厂西门南柳巷路东/聚魁堂梓行”，据此可知聚魁堂位于京师琉璃厂西门南柳巷路东，营业时间延续至民国间，铅印多种书籍。

1. 光绪四年刊《飞龙全传》八卷六十回，书影见孔夫子旧书网。

〔三六六〕聚奎斋　建阳

聚奎斋万历三十三年刊《二十四尊得道罗汉传》六卷二十三则，日本内阁文库藏，卷首有“书林清白堂梓”，书末又题“万历甲辰（三十二年）冬书林杨氏梓”，可知聚奎斋本是利用杨氏清白堂原板刊印的。作者朱星祚，生平不详，卷三署“扶林朱星祚编”，扶林是江西抚州府临川县，因此推知其为江西人。此本上图下文，是明万历年间福建书坊常用款式。江西与福建相邻，很多江西文人到福建特别是建阳书坊做编辑谋生，根据朱星祚的创作可推知其乃为建阳书坊主服务的文人，则聚奎斋应为明代建阳书坊。

明聚奎斋还刊有《四书集注》十九卷，（宋）朱熹撰，内封题“片壁六经集注/聚奎斋梓”，藏书家韦力收藏。

1. 万历三十三年刊《二十四尊得道罗汉传》六卷二十三则，日本内阁文库藏。

〔三六七〕聚升堂　广州（羊城）

羊城聚升堂光绪九年刻《九江儒林乡志》二十一卷，（清）朱次绮、冯栻宗纂，藏于首都图书馆，据此可知聚升堂位于羊城广州。

书林聚升堂康熙六十年刊《挹奎楼选稿》十二卷，（清）林云铭撰，见《中国古籍善本书目·集部·楚辞类》；清刊《锲旁注事类捷录》，书影见孔夫子旧书网。

关于聚升堂的详细情况，参见文革红《清代前期通俗小说刊刻考论》“聚升堂”条（第511页）。

1. 康熙四十年序刊《警世选言》不分卷六回，中国国家图书馆藏。

〔三六八〕聚盛堂　扬州(扬州小东门聚盛堂书庄)

聚盛堂清刻《新刻赵五娘上京琵琶记》十四卷,内封署"维扬聚盛堂梓",书影见孔夫子旧书网,以此知聚盛堂为扬州书坊。清末刻《卫灵公》,存卷八,版心署"扬州小东门聚盛堂书庄发行"。国家图书馆藏有扬州聚盛堂刊《阎瑞生谋害莲英》小唱本;今人有收得维扬聚盛堂所刊四本唱本,分别为《串唱上大人》《水栽秧歌》《雇工姐号子歌》《绣香袋》,另聚盛堂本《中庸》。聚盛堂刊刻的书尚有:嘉庆十五年刊《咏物诗选注释》;清刻《重镌本草备要医方集解合编》六卷,(清)汪昂撰,胡俞文辑,藏于江西省图书馆;清刊《寿世保元》《左传句解》等,书影见孔夫子旧书网。

关于聚盛堂的详细情况,参见文革红《乾嘉时期小说书坊与通俗小说》"聚盛堂"条(第 175—176 页)。

1. **光绪十二年刊《风月梦》不分卷三十二回,中国国家图书馆藏。**

2. **清刊《新刻天花藏批评玉娇梨》四卷二十回,中国国家图书馆藏。**

3. **清刊《好逑传》四卷十八回,上海图书馆藏。**

4. **嘉庆二十四年重刊《商周列国全传》八卷一百回,山东大学图书馆藏。**

5. **同治十年刊《济颠大师醉菩提全传》不分卷二十回,浙江图书馆藏。**

6. **清刊《北宋志传》五十回,复旦大学图书馆藏。**

7. **清刊《南宋志传》五十回,复旦大学图书馆藏。**

8. **清刊《新镌全像武穆精忠传》八卷八十则,吉林大学图书馆藏。**

9. **清刊《后七国乐田演义》六卷十八回,南京图书馆藏。**

10. **光绪十九年春刊《第一才子书》十九卷一百二十回,书影见**

孔夫子旧书网。

11. 同治二年刊《铜板全像第一才子书》六十卷一百二十回，南开大学图书馆藏。

12. 清末刊《东周列国志》二十三卷一百〇八回，书影见孔夫子旧书网。

13. 清刊《说唐小英雄传》二卷、《说唐薛家府传》六卷，浙江图书馆藏。

14. 清刊《双凤奇缘传》二十卷八十回，书影见孔夫子旧书网。

15. 同治六年重刊《海公大红袍全传》六十回，首都图书馆藏。

16. 光绪十七年刊《续小五义》一百二十四回，华东师范大学图书馆藏。

〔三六九〕聚堂　不明

聚堂详细地点不明。

1. 清刊《岭南逸史》二十八回，俄罗斯科学院东方研究所圣彼得堡分所藏。

〔三七〇〕聚文堂　苏州(姑苏)

聚文堂书坊有多家：

1. 姑苏聚文堂。嘉庆九年重刻《列子笺释》系列丛书，包括《南华经》《管子》《淮南子》《冲虚至德真经》《韩非子》《道德经评传》《鹖冠子》《中说》等十种，内封署“嘉庆甲子/重镌列子笺释/姑苏聚文堂藏板”，版心下刻有“花斋藏板”字样，藏于吉林大学图书馆、山东省烟台公共图书馆等，据此可知聚文堂位于苏州。

姑苏聚文堂刻书时间不晚于康熙间，康熙间张心所聚文堂刊《立雪轩评注古文集解》八卷，程润德评注，中国国家图书馆藏。乾隆年间聚文堂刊《庄子独见》不分卷，(清)胡文英撰，书影见孔夫子旧书网。

2. 广州聚文堂。羊城聚文堂咸丰间刻《池上草堂笔记》四卷，吉林大学图书馆藏；光绪七年广州双门底聚文堂刊《官话指南》四卷，中山大学图书馆藏。

3. 杭州聚文堂。同治七年刊《晁具茨先生诗集》十五卷，内封反面题“同治戊辰秋七月武林聚文堂开雕”，南开大学图书馆藏；光绪六年刊《大清律例增修统纂集成》四十卷，《督捕则例》二卷，中国人民大学图书馆藏，内封朱笔题“浙省大街清河坊北首聚文堂书坊发兑”字样。以此知晚清杭州亦有聚文堂书坊，位于清河坊北首。

4. 京都聚文堂。光绪七年刊《重订古唐诗合解笺注》十二卷，附古诗，南开大学图书馆藏，内封有“京都聚文堂梓行”字样，以此知光绪间京师有聚文堂。

因聚文堂刊刻小说极多，难以区分其具体地域，故究竟何地的聚文堂刊刻了这些小说不作具体区分。

1. **道光二十五年刊《五美缘》不分卷八十回，首都图书馆藏。**

2. **同治十二年刊《封神演义》二十卷一百回，南京师范大学图书馆藏。**

3. **光绪十七年刊《华光天王南游志传》十七则，日本天理图书馆藏。**

4. **清刊《北宋志传》五十回，中国国家图书馆藏。**

5. **清刊《南宋志传》五十回，中国国家图书馆藏。**

6. **光绪四年刊《万花楼杨包狄演义》十四卷六十八回，复旦大学图书馆藏。**

7. **清刊《西汉演义》八卷一百回，英国博物院藏。**

8. **清刊《东汉演义评》八卷三十二回，北京师范大学图书馆藏。**

9. **清刊《异说征西演义全传》六卷四十回。**

〔三七一〕聚贤居　不明

聚贤居嘉庆十四年刻《新史鸿勋》一书，藏于中国国家图书馆、北京大学图书馆。其余刊书未见，地点不明。

1. **嘉庆十四年刊《新史鸿勋》四卷二十二回，中国国家图书馆、北京大学图书馆藏**。

〔三七二〕聚贤山房　不明

聚贤山房道光九年刻《新刻按鉴演义京本三国英雄志传》六卷，藏于复旦大学图书馆、北京师范大学图书馆，其余刊书未见，具体地点不明。

1. **道光九年刊《新刻按鉴演义京本三国英雄志传》六卷二百四十则，复旦大学图书馆、北京师范大学图书馆藏**。

〔三七三〕聚贤堂　广州（广州学院前，羊城）

聚贤堂清刊《同音字汇》，内封题“广州学院前聚贤堂板”，正文前题“羊城聚贤堂”，书影见孔夫子旧书网，据此可知聚贤堂为清代广州书坊。

广州聚贤堂刊刻的书主要有：咸丰五年刊《仰高轩诗草》，中山大学图书馆藏；同治十三年刊《清朝骈体正宗》十二卷，北京师范大学图书馆藏；清刊《校正幼学须知成语考》，北京师范大学图书馆藏；光绪二十六年羊城聚贤堂精刻《千字文句释》，书影见孔夫子旧书网。另刊有《洞天奥旨》《增订青云文能兴集》《诗经旁训》《指掌算法》《草诀歌》《陈氏藻书》等，书影均见孔夫子旧书网。

浙省有聚贤堂，同治八年刊《注释增广千字文类》，复旦大学图书馆藏，此聚贤堂应位于杭州。

潮州亦有聚贤堂，光绪丙戌十二年刊《书经精华》六卷，光绪癸巳十九年刊《正音撮要》，内封均题“潮城聚贤堂藏板”，以此知潮州亦有聚贤堂，可能为广州聚贤堂的分号。

1. **咸丰八年刊《蜃楼志》二十四卷，北京大学图书馆藏。**

〔三七四〕聚星堂　福州（福州南门外斗中路拾柒院）

聚星堂清刊《加订幼学须知》，内封题“福州聚星堂存板”；清末刊《新增绘图千家诗》，内封题“福州聚星堂藏板”；民国乙亥二十四年刻《新版大字三字经》，内封题“福州南门外斗中路拾柒院聚星堂”，书影均见孔夫子旧书网。以此知聚星堂为福州书坊，位于南门外斗中路拾柒院。

聚星堂刊刻的书尚有：清刊《戚林八音合订》八卷，复旦大学图书馆藏；道光间刊《试律青云集》四卷，中国人民大学图书馆藏；道光丙午二十六年刊《小题正鹄初集》，清刊《训蒙六字直言》，书影均见孔夫子旧书网。

1. **道光二十年刊《海公大红袍全传》六十卷六十回，首都图书馆藏。**

〔三七五〕聚兴魁　天津（唐山镇）

聚兴魁民国二十年刊《百家姓》，内封题“天津聚兴魁发庄”；光绪三十二年刊《新出二度梅》十二卷，天津图书馆藏，内封题“唐山镇聚兴魁”，以此知聚兴魁位于天津唐山镇。民国戊寅二十七年刊《论语集注》，书影见孔夫子旧书网。

1. **光绪己亥二十五年刊《巧奇冤全传》十卷，书影见孔夫子旧书网。**
2. **光绪三十二年刊《新出二度梅》十二卷，天津图书馆藏。**

〔三七六〕聚兴堂　京都

聚兴堂有多家：

1. 京都聚兴堂，清刊《新刻双龙传》四卷，北京大学图书馆藏。

2. 天津聚兴堂，光绪二十九年刊《朱子格言》，内封题“光绪癸卯新镌/朱子格言/天津聚兴堂梓”，据此可知光绪间天津有聚兴堂，光绪间还刊有《三字文》；宣统三年刊《五方元音》；民国辛酉十年春月镌《六言杂字》，书影均见孔夫子旧书网。

3. 河南彰德府聚兴堂，清末刊《五凤岭》，内封题“彰德府聚兴堂梓”，据此可知河南聚兴堂位于彰德府。

聚兴堂清同治十年刊《想当然耳》八卷，南开大学图书馆藏；同治十一年刊《小题易读》《诗韵典要》，书影见孔夫子旧书网；光绪四年刊《诗集传》，北京大学图书馆藏。

1. 光绪三年刊《二度梅全传》六卷四十回，日本京都大学人文科学研究所藏。

〔三七七〕聚秀堂　苏州(古吴)

聚秀堂康熙间刊《四书合参析疑》，内封署“古吴聚秀、光裕堂梓行”，书影见孔夫子旧书网，以此知聚秀堂为苏州书坊。金阊聚秀堂康熙二十五年刊尤侗《西堂诗集》，上海图书馆藏；乾隆二十八年刊《四书人物备考》十二卷，清华大学图书馆藏。

聚秀堂刊刻的书尚有：乾隆二年刊《三订四书析疑》；乾隆三十一年刊《详注分编举业初津》，书影均见孔夫子旧书网；嘉庆五年刊《古文释义新编》八卷，江西省图书馆藏；嘉庆八年刊《困学纪闻集证》二十卷，卷首一卷，末一卷，北京师范大学图书馆藏；道光五年刊《说铃》五十三种，辽宁大学图书馆等处藏；此外还刊有《地理五诀》《图注本草医方合编》《临证指南医案》《历朝纲鉴会纂》《广广事类赋》《古文观止》等书。

浙江衢州有聚秀堂，同治十一年刊《金石聚》十二卷，南京师范大学图书馆藏；民国九年刊《赵清献公文集》十卷，南京大学图书馆藏。

江西金溪亦有聚秀堂，清刊《医学心镜录》十一卷，见《江西出版纪事》。

1. **清刊《天花藏平山冷燕》四卷二十回，书影见孔夫子旧书网。**
2. **清刊《英云梦传》八卷十六回，四川省图书馆藏。**
3. **清刊《后七国乐田演义》□卷，天津师范大学图书馆藏。**

〔三七八〕聚英堂　武昌

武昌聚英堂道光二十年刊《绿野仙踪》八十回，山西省图书馆藏，以此知聚英堂位于武昌。

此外，清代广州亦有聚英堂，嘉庆十七年刻《援鹑堂诗集》七卷，署“广州聚英堂”，藏于广东省立中山图书馆；嘉庆二十四年刻《元气堂诗集》二卷，（明）何吾驺撰，亦署“广州聚英堂”，中山大学图书馆藏，则嘉庆间广州有聚英堂书坊。

聚英堂乾隆十六年刻《清绮轩词选》，藏于苏州大学图书馆；嘉庆十七年刊《历朝纲鉴总论提要》上下卷、道光七年刻《聚英堂原板礼记》，书影均见孔夫子旧书网；同治九年刊《银海精微》、同治十二年刊《六壬指南》，藏于北京大学图书馆。

清刊《聚英堂小题规范》《痘疹萃精》《字学举隅》等书，不一一列举。

关于聚英堂的详细情况，参见文革红《乾嘉时期小说书坊与通俗小说》“聚英堂”条（第 211 页）。广州聚英堂与武昌聚英堂的关系待考。

1. **嘉庆二十一年刊《二度梅全传》□卷，谭正璧旧藏。**
2. **道光二十年刊《绿野仙踪》八十回，山西省图书馆藏。**

〔三七九〕聚瀛堂　京师（京都琉璃厂）

据《书估与清帝国的书籍流传》一文，聚瀛堂位于京师琉璃厂，主人为杭州人崔琦，约开设于乾隆末年：

> 至乾隆五十五年，高丽柳得恭在《燕台再游录》中所记聚瀛堂亦为李文藻所未记。
>
> 崔琦，琉璃厂之聚瀛堂主人；陶生，五柳居主人也。崔是钱塘人，陶生亦过南人也。聚瀛堂特潇洒，书籍又广，庭起簟棚，随景开阖，置椅三四张，床桌笔砚，楚楚略备，月季花数盆烂开。初夏天气甚热，余日雇车至聚瀛堂散闷。卸笠据椅而坐，随意抽书看之，甚乐也，时或往五柳居与陶生话……①

由此可见，聚瀛堂为乾隆年间杭州人崔琦在京都琉璃厂所开书铺，约开设于乾隆末年。据柳得恭《燕台再游录》，崔生在京开书铺乃是秉父命：

> 崔生年少，亦能诗，雅人也。余问曰："君何故离乡，在此贩书乎？"答："父命也。"余曰："命甚事？"答："为功名，如今五六年矣。但此时非功名之时，欲卷归。而书本若是浩大，一时亦难区处，所以踌躇也。"②

聚瀛堂刊刻的书有：嘉庆六年刊《聚瀛堂详校医宗必读》，书影见孔夫子旧书网；嘉庆九年印《浙西六家词》十一卷，龚翔麟撰，北京大学图书馆、北京师范大学图书馆藏；嘉庆十年刊《周官精义》十二卷，山东大学图书馆藏；嘉庆十七年刊《谐铎》十二卷，(吴门)沈起凤相威氏著；清刊《廿一史约编》《诗韵含英辨同》等，书影见孔夫子旧书网。

1. 清刊《新刻京台公余胜览国色天香》十卷，日本天理图书馆藏。

---

① 徐雁平. 书估与清帝国的书籍流传[M]. 古典文献研究(第十六辑)，2013:105.

② 同上。

〔三八〇〕聚元堂 苏州(古吴)

清代聚元堂有多家,分别阐述如下:

1. 古吴聚元堂。清刊《前后七国志》各六卷,吉林大学图书馆藏,内封题“古吴聚元堂梓行”,以此知清代苏州有聚元堂书坊。

2. 京都聚元堂。咸丰辛亥元年新镌《元秘塔文》,(清)祁春浦临,内封题“咸丰辛亥年新镌/板存京都琉璃厂聚元堂”,书影见孔夫子旧书网,以此知京师有聚元堂书坊,位于琉璃厂,咸丰年间已经开始刻书。北京聚元堂清末刊《新刻五女兴唐传》,中国国家图书馆藏。

3. 杭州聚元堂书局。清刊《白牡丹至公道药全本》一卷,复旦大学图书馆藏;石印《米南宫十七帖》,书影见孔夫子旧书网。

4. 泊镇聚元堂。光绪丁亥十三年刊《龙文鞭影》五卷,北京大学图书馆藏;光绪癸巳十九年刊《奎壁诗经》八卷,内蒙古大学图书馆藏;光绪三十年刊《五方元音大全》,书影见孔夫子旧书网;光绪间刊《幼学故事琼林》,北京大学图书馆藏。泊镇,指河北沧州泊头市泊镇,清属直隶省河间府。泊镇初兴于隋唐,建镇于金代,史称泊头镇,自古就是商贾云集的“水陆码头”。

5. 河南彰德府聚元堂。清末刊《豹头山》;壬申年(同治十一年或民国二十一年)新刻《代音山西杂字》,内封均题“彰德聚元堂梓”;清末民初刊《绘图百家姓》(启蒙小学用书),内封题“彰德聚元堂藏板”。彰德府,治安阳县,辖境相当于今河南省鹤壁、林州、汤阴、安阳及河北省涉县、磁县、临漳、武安等市县地,因此,聚元堂为清末河南彰德书坊。

6. 上海聚元堂。宣统三年石印《绣像秀英宝卷碧玉簪》,北京师范大学图书馆藏。

1. 光绪十二年刊《今古奇观》,北京师范大学图书馆藏。

2. 乾、嘉间刊《后红楼梦》不分卷三十回,中国国家图书馆藏。

3. 清刊《西游真诠》一百回,书影见孔夫子旧书网。

4. **康熙十八年序、清末刊《前七国孙庞演义》四卷二十回，书影见孔夫子旧书网**。

5. **清末刊《七国乐田演义》六卷，书影见孔夫子旧书网**。

6. **光绪十九年刊《大隋志传》四卷四十六回**。

7. **光绪十二年刊《粉妆楼全传》十卷八十回，中国社会科学院文学研究所藏**。

8. **光绪三十二年刊《粉妆楼全传》八十回，天津师范大学图书馆藏**。

9. **清刊《龙图公案》则数不详，山东省图书馆藏**。

〔三八一〕聚云楼　福建

聚云楼嘉庆十一年刊《小儿论》；清刊《监本诗经》，内封题“聚云楼家藏”；清刊《新刻陈见君宝珠记》《新刻七言杂字》等，书影均见孔夫子旧书网。《新刻陈见君宝珠记》演明正德朝陈见君故事，故事发生在福建兴化县，泉州木偶剧目有《宝珠记》，因而疑聚云楼书坊位于福建地区。

1. **光绪间刊《半日阎王全传》二卷，书影见孔夫子旧书网**。

〔三八二〕聚珍楼　上海

聚珍楼光绪间白纸仿宋精印罗振玉编《毛诗草》，题“上海聚珍楼”，据此知聚珍楼位于上海。1920年铅印《玉壶山房词》二卷，中山大学图书馆藏。其余刊书未见。

1. **光绪十年刊《东周列国志》二十三卷一百〇八回，日本东北大学狩野文库藏**。

2. **道光十六年重刊《五虎平西前传》十四卷一百一十二回**。

〔三八三〕聚珍堂　京师(京都隆福寺路南)

聚珍堂光绪丁丑三年刊《红楼梦影》二十四回，复旦大学图书馆藏，内封题“云槎外史新编/光绪丁丑校印/京都隆福寺路南聚珍堂书坊发兑”；光绪二年聚珍堂活字印《绣像红楼梦》一百二十回，内封镌“光绪丙子年校印/绣像红楼梦/京都隆福寺路南聚珍堂书坊发兑”，有“聚珍堂摆印”朱文方印。据此可知聚珍堂为京师书坊，位于隆福寺路南。光绪元年刊《忠孝经集注》，内封亦题“京都隆福寺路南聚珍堂书坊发兑”，书影见孔夫子旧书网。

聚珍堂刊刻的书籍尚有：道光丙午二十六年刊《试帖青云集》；清刊满汉合璧《小儿语》；光绪戊寅四年仲夏开雕《聚珍堂四书》，有聚珍堂主人签名，雕刻精良；光绪庚辰六年刻《幼学琼林》等，书影均见孔夫子旧书网。聚珍堂营业的时间当不晚于道光二十六年。

聚珍堂以采用木活字印书闻名业界。美国魏爱莲《〈红楼梦影〉及其出版商北京聚珍堂》一文详述了聚珍堂的情况：

> 对聚珍堂最为完整的叙述来自蒙古官员崇彝。他追溯晚清历史的《道咸以来朝野杂记》写就于 1930 年，侧重于北京的日常生活，他在众多的选题中也描绘了书市贸易。内容如下：
>
> 隆福寺街东口路南聚珍堂书肆(今歇业)，本天绘阁旧址，同治中，为一内务府旗人张姓接收，改名聚珍。因张氏有旧书数屋，不知好坏，遂充书肆装架之货。复用工人刻木字若干，以为活字版之用。此亦有心人也。其初拟遍印不经见之书，惜后来只印说部(欲印《红楼梦》不果)数种，为《三侠五义》、《极乐世界》及《儿女英雄传》而已。光绪己未(二十一年)，聚珍堂后柜失慎，木字皆付之一炬。所印之《包公案》(即《三侠五义》)最有名。因此书本无底本，当年故旧数友(有祥乐亭、文冶庵二公在内)，每日听评书，归而彼此互记，因凑成此书。其中人物，各有赞语(今本无)，多趣语，谐而雅。此道光间石玉昆所传也。《儿女英雄

传》为文铁仙先生所撰。其间治庵、俶南两先生多所赞助。然此二书聚珍本极难得,《极乐世界》弹词则无味也。

有证据让我们指出崇彝书中的几处错误。……此外,从其他资料及崇彝的其余记载中可知,聚珍堂的经理姓刘,而不是姓张。也许张氏提供了启动资金及书籍股份总额,其后由刘氏家族接管经营(隆福寺一带的书店与皇宫联系密切,照理来说不应缺失张氏脱手聚珍堂的相关记载)。不管怎样,聚珍堂一开业,张氏便销声匿迹。最后,也是最为重要的一点,是我们能够证实聚珍堂在开始发行汉语小说之前就已经规模可观了。如前所述,聚珍堂的满汉合璧书目(其中尚有不少印本在世),早在1840年(道光二十年)就开始出版,至少持续到1894年(光绪二十年)。换而言之,这比它后来出版汉语书籍时间有据的七年多出很长时间。

……书商孙殿起进一步为我们提供了聚珍堂的历史资料。如下:

刘英烈,原名五盛,字魁武,束鹿县人,于光绪二年开设,刊有《聊斋拾遗》《儿女英雄传》《石头记》等书,皆用小字聚珍本,故以聚珍名堂。并刊有清文书如《虚字指南篇》《四书》等。至民国元年,英烈长子书文继其业。至十八年,英烈季子书升继其业。凡经营五十余年歇。①

因此,聚珍堂主人为刘氏,其营业时间始于道光二十年,至少持续到光绪二十年。聚珍堂刊刻书籍的情况亦证实了魏氏所言不虚。

1. **光绪丙子二年活字覆王希廉本《王希廉评红楼梦》一百二十**

---

① [美]魏爱莲.《红楼梦影》及其出版商北京聚珍堂[A]//于沛主编.清史译丛,第九辑[M].杭州:浙江古籍出版社,2010.

回,中国国家图书馆、天津图书馆藏。

2. **光绪七年刊《续红楼梦》三十卷,中国国家图书馆藏。**

3. **光绪三年活字印《红楼梦影》不分卷二十四回,首都图书馆藏。**

4. **光绪四年木活字印《济公传》二十卷,天津图书馆藏。**

5. **光绪六年木活字印《济颠大师醉菩提全传》二十卷,首都图书馆藏。**

6. **光绪五年木活字印《忠烈侠义传》一百二十四回,书影见孔夫子旧书网。**

7. **光绪四年刊《儿女英雄传》四十回,北京师范大学图书馆藏。**

〔三八四〕暨锡聚珍堂　常州

暨锡聚珍堂道光四年刊《鬼谷四友志》三卷六回,天津图书馆藏。暨锡可能即无锡,清属常州府。

1. **道光四年刊《鬼谷四友志》三卷六回,天津图书馆藏。**

K

〔三八五〕考文堂 不明

考文堂具体地点不明。

1. **清刊《后西游记》四十回，英国博物院藏。**

〔三八六〕可经阁 不明

可经阁清刊《新刻钟伯敬先生批评封神演义》二十卷一百回，日本东京大学文学部藏；道光三年刊《新刻按鉴编纂开辟衍绎通俗志传》六卷八十回，北京师范大学图书馆藏。其余刊书未见，具体地点不明，营业时间主要是道光间。

1. **清刊《封神演义》二十卷一百回，日本东京大学文学部藏。**
2. **道光三年刊《新刻按鉴编纂开辟衍绎通俗志传》六卷八十回，北京师范大学图书馆藏。**

〔三八七〕可语堂 杭州

可语堂康熙二年刻《新镌批评绣像巧连珠》十五回，烟霞逸士编次，藏于中国国家图书馆、美国哈佛大学哈佛燕京图书馆，有《古本小说集成》影印本，内封署"续三才子书/巧连珠/可语堂梓"，序署"癸卯槐夏西湖云水道人题"，序云："予取而读之，跃然曰：此非所谓发乎情，止乎礼义者欤！亟授之梓。不知者以为途讴巷歌；知者以为路之风雅无愧也。嗟乎，吾安得近令词家，而与之深讲于'情'之一字也哉！”从“亟授之梓”等语看，此书的刊刻者乃为西湖云水道人，杭州人，所以此书原刻本当是在杭州刊刻的。可语堂刊本是此书原刻本，则可语堂当为杭州书坊。

可语堂清初刊《飞英声》，残存卷一第一篇《闹青楼》，藏于北京大学图书馆，内封题“钓鳌逸客选定/飞英声/可语堂”。关于可语堂的详细情况，参见文革红《清代前期通俗小说刊刻考论》“可语堂”条(第344—345页)。

1. **清初刊《飞英声》□卷，残存卷一第一篇，北京大学图书馆藏**。

2. **康熙二年刊《新镌批评绣像巧连珠》不分卷十五回，美国哈佛大学哈佛燕京图书馆藏**。

〔三八八〕克勤斋　建阳余氏

克勤斋万历十六年刊《京本通俗演义按鉴全汉志传》十二卷(《西汉》六卷六十二则，《东汉》六卷五十七则)，日本蓬左文库藏，《叙西汉志传首》末署“万历十六年秋月书林余氏克勤斋梓”，卷端题“鳌峰后人熊钟谷编次，书林文台余世腾梓行”，据此可知克勤斋主人为余氏文台余世腾。余近泉克勤斋万历间刊《克勤斋新刊古本少微先生资治通鉴节要》五十卷，中国人民大学图书馆藏，卷端下题“建书林余近泉重刊”，以此知克勤斋余近泉为福建建阳书坊主。

书林余明台克勤斋明刊《书经集注》，中国国家图书馆藏；克勤斋余碧泉万历二十年刊《弇州山人四部稿选》十六卷，中国国家图书馆藏；明刊《由拳集》二十三卷，清华大学图书馆藏；万历间刊《文选纂注评苑》二十六卷，美国哈佛大学哈佛燕京图书馆藏；克勤斋余文台万历间刊《评林注释要删古文大全》十一卷，美国哈佛大学哈佛燕京图书馆藏，牌记题“克勤斋余文台梓行”。疑余碧泉、余明台、余世腾、余文台、余近泉可能为同一人。

1. **万历十六年刊《京本通俗演义按鉴全汉志传》十二卷，日本蓬**

左文库藏。

〔三八九〕课花书屋　苏州（吴门，苏州阊门外上津桥下塘西山庙前）

课花书屋康熙间刊、雍正乙卯十三年芥子园后印《芥子园绘像第七才子书》，藏于上海图书馆，有《第七才子书序》，署“康熙乙巳（康熙四年）秋七夕后五日吴侬悔庵题于看云草堂”，有印二“悔庵”“课花书屋”。第一卷卷末题“雍正乙卯春日七旬灌叟程自莘氏较刊于吴门之课花书屋”，下又另起一行接“苏州阊门外上津桥下塘西山庙前藏板”。据此可知“课花书屋”位于苏州，具体地址是“苏州阊门外上津桥下塘西山庙前”。据《民国吴县志》记载，上津桥位于阊门外西，运河上。课花书屋清初刊《快心篇》初集五卷十回、二集五卷十回、三集六卷十二回，题“天花才子编辑、四桥居士评点”，而巧合的是苏州阊门外运河上由东向西合计有四桥，分别是渡僧桥、上津桥、通津桥和来凤桥，则《快心篇》的评点者及序作者“四桥居士”有可能即课花书屋主人。

关于课花书屋的详细情况，参见文革红《清代前期通俗小说刊刻考论》（第169—172页）。

1. **康熙中期以后刊《快心篇》初集五卷十回，二集五卷十回，三集六卷十二回，上海图书馆、天津图书馆藏。**

〔三九〇〕空青室　松江

空青室清刊《西游补》十六回，复旦大学图书馆藏，内封题“三一道人评阅/西游补/空青室藏板”，卷端题“静啸斋主人著”，序题“癸丑孟冬（咸丰三年）天目山樵识”，书后附《读西游补杂记》。序云：

> 予游莺湖，得旧抄本《西游补》于延州来氏，原本略有评语，以示我友武陵山人，山人曰：未尽也。间疏证一二，以示三一道

> 人。道人曰：嘻，犹未尽。乃覆加评阅考论，而删存其原评之中款者，犹以为未尽，不得如悟一子之诠《西游记》也。予曰：书不尽言，言不尽意，读者随所见之深浅，以窥测古人而已，奚所谓尽者？……南潜《易发》，因见杏叶而悟黄钟之度，《西游》言芭蕉扇小于杏叶，展之长丈二尺，或有所触，遂托始于此。道人笑曰：其然，此亦不可尽之一证也。他日将授之梓，而请序于余。因书其语与贻之。

莺湖，即莺脰湖，在吴江县南平望镇东南，镇泽附近。序中交代，天目山樵在莺湖游玩时，得到旧抄本《西游补》，于是拿给好友武陵山人看，山人认为原有评论不到位，于是天目山樵加以疏正和评阅，再给三一道人看，三一道人最终说要将此书付梓，而请序于天目山樵，可见，此刊本应为三一道人所刊。三一道人一般认为即《读西游补杂记》的作者钱培名，也即《西游补》空青室藏板本的刊刻者。

钱培名(生卒年不详)，字梦花，曾为候选县丞，钱熙祚从侄。其父钱熙经，曾协助钱熙祚校勘《守山阁丛书》和《指海》。钱培名编校《小万卷楼丛书》，由武陵山人顾观光和天目山樵张文虎协助。

"天目山樵"即清代道光、咸丰间学者兼小说评点家张文虎。张文虎(1808—1885)，字孟彪，又字啸山，别号天目山樵，江苏南汇(今上海市)人，成年后居于上海金山，在钱圩钱熙祚家坐馆 30 年，以评点《儒林外史》而知名于小说批评界。

武陵山人即顾观光(1799—1862)，字宾王，号尚之，别号武陵山人，清代数学家、天文学家、医学家，金山人。弃科举，以行医为业，诊病之余，系统研究了我国历代的历法和数学名著。道光十四年后与张文虎一起协助钱熙祚校勘《守山阁丛书》与《指海》，协助钱培名校勘《小万卷楼丛书》等巨著。

《西游补》空青室藏板本显然是三人合作的又一成果，因此，此书之刊刻应在上海金山县，清属松江府，"空青室"或即钱培名的书室名。

1. **咸丰三年序刊《西游补》不分卷十六回，复旦大学图书馆藏**。

〔三九一〕奎壁堂　金陵

据《中国古籍版刻词典》，奎壁堂又名“奎壁斋”，为明万历间福建莆阳人郑思鸣、郑大经寓居金陵时所开设的书坊，位于状元坊。郑思鸣，字元美。①

金陵奎壁斋明刻《监本书经》，藏于中国国家图书馆。存清京都文和堂藏板（覆刻本），序后有方框牌记，署“莆阳人郑氏订本/金陵奎壁斋梓”，或署“金陵奎壁斋订本/莆阳郑氏校梓”，据此可知奎壁斋位于金陵，主人为莆阳郑氏。

郑思鸣奎壁斋明末刊《鼎镌诸方家皇明名公文隽》，（明）袁宏道辑，藏于南京图书馆；清朱墨套印《易经》四卷，藏于中国国家图书馆；道光十六年刻《金匮方歌括》，书影见孔夫子旧书网。

关于奎壁斋的详细情况，参见文革红《乾嘉时期小说书坊与通俗小说》“奎壁斋”条（第145—146页）。

1. **清刊《封神演义》二十卷一百回，徐家汇藏书楼藏**。
2. **约嘉庆间刊《西游真诠》四卷一百回，南京图书馆藏**。
3. **同治三年刊《隋唐演义》二十卷一百回，北京大学图书馆藏**。
4. **同治五年刊《隋唐演义》二十卷一百回，天津图书馆藏**。
5. **道光二十三年刊《说岳全传》二十卷八十回，天津师范大学图书馆藏**。
6. **清刊《新刻增异说唐全传》十四卷，书影见孔夫子旧书网**。

---

① 瞿冕良编著. 中国古籍版刻辞典（增订本）[M]. 苏州：苏州大学出版社，2009：623.

〔三九二〕奎元堂　佛山(禅山)

奎元堂有多家，现分别予以叙录：

1. 佛山奎元堂。乾隆四十七年刊《陈子性藏书》，有陈氏家藏序，题“乾隆四十七年岁次壬寅桂月谷旦禅山书坊奎元堂”，书影见孔夫子旧书网，据此可知乾隆间佛山有奎元堂书坊。

2. 四川泸州奎元堂。清光绪甲辰三十年泸州奎元堂刊《正蒙字义》；清刊《指明算法》，书末有广告牌记曰“本店开设四川省泸州城内，钮子街灵官祠对门。新纂指明算法全篇，加有注解。此书只此一家，并无分店，不惜工资，选买上色纸制印发兑，如有士农工商诸君赐顾，须认明本店招牌为记不误，每本取纹银一钱二分”，书影均见孔夫子旧书网，以此知光绪间泸州有奎元堂。

3. 兰州奎元堂。清光绪十九年刊《圣谕六训》，内封题“光绪十九年兰省城重刊/宣讲拾遗/此板暂存鼓楼东奎元堂新刊”，据此可知兰州奎元堂位于鼓楼东面。

4. 巴川奎元堂。光绪十九年新镌邹梧冈先生鉴定《新增故事琼林幼学》，内封题“巴川奎元堂发兑”，北京师范大学图书馆藏。巴川指四川重庆府。

5. 铜邑奎元堂。光绪乙未二十一年刊《礼义权变录》，书影见孔夫子旧书网，内封题“铜邑奎元堂发兑”。铜邑指安徽省池州府铜陵县。

6. 荣邑奎元堂。清刊《李东垣珍珠囊药性赋》，目录题“荣邑奎元堂”。荣邑指山东荣邑县或河南巩县。

7. 浙江绍兴奎元堂民国间校印《绘图九千字文》，石印本，书影见孔夫子旧书网。

1. 清刊《说岳全传》二十卷八十回，浙江图书馆藏。

2. 咸丰七年刊《薛丁山征西樊梨花全传》十卷八十八回，上海图书馆藏。

〔三九三〕奎照楼　绍兴(浙绍)

奎照楼光绪乙巳三十一年石印《重庆堂随笔》二卷，中国人民大学图书馆藏，内封题“浙绍奎照楼石印”；清刊《易经旁训》，内封题“绍城奎照楼藏板”，书影见孔夫子旧书网。以此知奎照楼为浙江绍兴书坊。

奎照楼清代刊刻的书尚有：道光三年刊《启悟集增注》；清刊《易经旁训》《医方简义》《雷公炮制药性赋》；光绪九年刊《医宗必读》，书影均见孔夫子旧书网；光绪十一年刊《伤寒第一书》，中山大学图书馆藏，内封一般题“浙绍奎照楼藏板”或“奎照楼藏板”；清末民初石印书籍多种，如《真本改良幼学琼林》《绘图九千字文》《御注孝经》等，书影均见孔夫子旧书网。

1. **光绪庚辰六年重刊《说岳全传》八十回，日本新潟县立新潟图书馆藏。**

L

〔三九四〕来凤馆　苏州

来凤馆顺治四年刻《最娱情》四集，为小说、戏曲等综合文学刻本，藏于中华书局，有《古本小说集成》影印本，上层四集，分别是《古今诗话》《古今曲藻》《古今小说》《挂枝儿》，下层是《来凤馆精选古今传奇》四集，分别为《忠孝集》《风怀集》《情侠集》《玄索集》，首丁亥（顺治四年）来凤馆主人序，序曰："故予于诸刻中摘其久悬人之齿牙以及辞佳而白趣、情节真、关目巧者，汇而成帙，列为四集。首忠孝而次风怀。凡世之怀仁辅义，致君泽民者，视一集。名花当窗，娟月窥户，赋东门而咏同车时，阅二集。轻裘肥马，醉花眠柳时，三集可观。拨铜琵琶，执铁绰板，唱'大江东去'者，四集可式。至如诗话、小说诸种，出自野史稗官，尤愧罗一遗万。是皆最娱悦时人之耳目者，故名是刻曰《最娱情》云耳。"可见，此书的正名为《最娱情》。此书上层第四集选《挂枝儿》，《挂枝儿》乃流传于苏州地区的民歌，故此书似为苏州地区书坊所选，则来凤馆可能位于苏州。

关于来凤馆的详细情况，参见文革红《清代前期通俗小说刊刻考论》"来凤馆"条（第 285—286 页）。

1. **顺治四年刊《最娱情》四集，中华书局藏**。

〔三九五〕嫏嬛山馆　长沙

小嫏嬛山馆咸丰元年春仲刊《杭氏七种》，内封题"长沙小嫏嬛山馆重刊”，北京大学图书馆藏；光绪二十六年刊《二曲先生全集》二十六卷，北京大学图书馆藏，内封牌记题“湘阴奎楼蒋氏小嫏嬛山馆重校刊”；清刊《二程遗书》二十五卷，内封题“星沙小嫏嬛山馆”，华东师范大学图书馆藏。据此可知小嫏嬛山馆为清代长沙书坊，主人为蒋氏。咸丰元年刊《虞初新志》二十卷、《虞初续志》十二卷，河南大学图书馆藏，内封题“咸丰元年重刊/虞初新志/小嫏嬛山馆藏板”，孔夫子旧书网有一本题“嫏嬛山馆藏板”，疑嫏嬛山馆也即小嫏嬛山馆。

小嫏嬛山馆刊书不晚于道光年间，刊刻的书有：道光二十年刊《纪文达公文集》十六卷，卷首一卷，武汉大学图书馆藏；咸丰元年刊《类书十二种》，中山大学图书馆藏；咸丰元年刊《四书反身录》八卷，卷首一卷，复旦大学图书馆藏；咸丰元年重校刊《困学纪闻注》二十卷，山东大学图书馆藏。

1. **咸丰六年刊《西湖小史》四卷十六回，中国国家图书馆藏**。

〔三九六〕嫏嬛书屋　扬州（竹西）

嫏嬛书屋咸丰二年刊《绣像西游真诠》十卷一百回，苏州图书馆藏，内封题“竹西嫏嬛书屋藏板”。竹西，代指扬州，以“竹西”描写扬州最著名的诗词为杜牧的“谁知竹西路，歌吹是扬州”和姜夔的“淮左名都，竹西佳处”。扬州有竹西寺，曾有以“竹西”为名的谜社，以此知嫏嬛书屋位于扬州。

1. **咸丰二年刊《绣像西游真诠》十卷一百回，苏州图书馆藏**。
2. **道光二十九年刊《云中雁三闹太平庄全传》不分卷五十四回，中国国家图书馆藏**。

〔三九七〕嫏嬛斋　广州

嫏嬛斋嘉庆四年刻《绣像红楼复梦》一百卷一百回，藏于北京大学图书馆、辽宁省图书馆，内封题“绣像红楼复梦/嫏嬛斋藏板”。首陈诗雯序，末署“嘉庆己未秋九重阳日书于羊城之读画楼”，次作者自序，末署“嘉庆四年岁次己未中秋月书于春州之蓉竹山房”，春州清代隶属岭南道。由于目前未见早于嫏嬛斋本《红楼复梦》的刊本，故可定嫏嬛斋本为《红楼复梦》的原刊本。陈序作于羊城，作者自序写于岭南春州，故可推知此本刊刻于广州，则嫏嬛斋为广州书坊无疑。

关于嫏嬛斋的详细情况，参见文革红《乾嘉时期小说书坊与通俗小说》“嫏嬛斋”条(第 211—212 页)。

1. **嘉庆四年刊《绣像红楼复梦》一百卷一百回，北京大学图书馆藏**。

〔三九八〕傍梅书屋　不明

傍梅书屋刊刻的其他书未见，详细地点不明。

1. **光绪十一年刊《双凤奇缘传》八卷，中国国家图书馆藏**。

〔三九九〕老会贤　佛山

老会贤堂乾隆四十九年刻《情史》，内封署“乾隆甲辰秋镌/情史/詹詹外史评辑/老会贤堂藏版”；乾隆五十年刊《医学入门》，内封署“乾隆五十年新镌/佛山老会贤堂□□”，书影见孔夫子旧书网。以此知老会贤堂位于佛山，乾隆年间已开始经营刻书业。

永安堂嘉庆十七年刊《渊海子平》，内封署“嘉庆壬申年新镌/永安堂藏板”，目录卷端题“洪都芝城广寒子增释/禅山书林老会贤堂梓行”，据此知老会贤曾刊刻过《渊海子平》。老会贤堂清刊有《论语》一书，书影见孔夫子旧书网。

又有正祖会贤堂，道光间刊《礼记备旨全文》，内封署“正祖会贤堂藏板”；清刊《监本诗经》，书影见孔夫子旧书网。正祖乃正宗之义，正祖会贤堂当位于广州。

关于老会贤的详细情况，参见文革红《乾嘉时期小说书坊与通俗小说》“老会贤”条(第228页)。

1. **清刊《新订玉娇梨全传》四卷二十回,书影见孔夫子旧书网。**

2. **嘉庆十九年刊《好逑传》十八回,俄罗斯科学院东方研究所圣彼得堡分所藏。**

3. **清刊《忠义水浒传》二十卷一百一十五回,厦门大学图书馆藏。**

4. **清刊《四大奇书第一种》二十卷一百二十回,厦门大学图书馆藏。**

〔四〇〇〕乐善堂　常州

乐善堂有多家,分别叙述如下:

1. 常州乐善堂,民国甲子十三年重刊《感应篇百讲》,内封题“板藏常郡乐善堂书庄”;光绪二年刊《惜谷免灾宝卷》一卷,复旦大学图书馆藏;光绪六年刊《何仙姑宝卷》二卷,南京师范大学图书馆藏;光绪七年刊《毗陵东青邱氏宗谱》六卷,郑州大学图书馆藏;光绪十九年刊《醒心宝卷》一卷,吉林大学图书馆藏;光绪二十九年刊《太华山紫金镇两世修行刘香宝卷全集》,北京师范大学图书馆藏。

2. 上海乐善堂。光绪辛卯十七年刊《清嘉录》十二卷,南京大学图书馆藏;清刊《针灸要旨》三卷,北京大学图书馆藏。清末铅印书籍多种。

3. 长沙乐善堂。光绪二十二年刊《太阳经忏》,内封题“湘省南正街乐善堂藏板”,书影见孔夫子旧书网,以此知长沙乐善堂位于南正街。

4. 广州顺德乐善堂。光绪三十三年刊《济世经验方》,内封题“顺邑谈乐善堂新刊”“粤东河南洪德大街文在兹善书坊藏板”,书影见孔夫子旧书网,以此知广州顺德有乐善堂。

5. 赣州乐善堂。民国六年刊《劝惩辑要》,内封题“古虔乐善堂”

"凡好善君子印送者向赣城上棉布街阳吉香斋印刷不取板资"，书影见孔夫子旧书网。赣州简称"虔"，别称"虔城"，古虔指赣州无疑。

1. **光绪四年刊《忠孝勇烈奇女传》四卷三十二回，常州乐善堂刊本，中国国家图书馆藏**。

〔四〇一〕雷姓　四川叙州（富顺县下南邓井关关外龙泉井侧雷姓宅下）

四川富顺雷姓书坊同治八年刊《绣云阁》八卷一百四十三回，据吴晓铃记载，此本内封题"板存富顺县下南邓井关关外龙泉井侧雷姓宅下"，据此可知雷姓书坊位于四川富顺县，富顺县清代隶属于叙州府。

1. **同治八年重刊《绣云阁》八卷一百四十三回，天津图书馆藏**。

〔四〇二〕藜光阁　京师

北京琉璃厂有藜光阁书铺，见孙殿起《琉璃厂小志》第三章《书肆变迁记》："藜光阁　某姓，江西人，于咸丰年开设，至光绪□年易石镇，字静庵，良乡县人，于十□年易苏学礼，束鹿县人，前后经营凡五十余年歇。近易成古斋文玩铺。"①《京师坊巷志稿》卷上"李广桥"条中称"李广桥，亦作藜光桥"②，"藜光阁"字号或缘于此。

1. **嘉庆十一年序刊《粉妆楼全传》十二卷，英国博物院藏**。

〔四〇三〕藜光楼　苏州（吴郡）

康熙间古吴映峰楼、藜光楼刊《朱子语类》五十二卷，（清）周在延

---

① 孙殿起. 琉璃厂小志[M]. 上海：上海书店出版社，2010：82.

② 京师五城坊巷胡同集、京师坊巷志稿[M]. 北京：北京古籍出版社，1982：160.

重校，北京大学图书馆藏[①]；藜光楼清刊《李卓吾先生批评三国志》一百二十回，题“吴郡藜光楼、植槐堂”。以此知藜光楼位于苏州，为清初书坊。

清刊《四书大全》，内封题“闲舆斋藏板/藜光楼梓行”，书影见孔夫子旧书网。

1. **明末与植槐堂合刊《李卓吾先生批评三国志》一百二十回，中国国家图书馆、北京大学图书馆藏。**

2. **清刊《新镌全像武穆精忠传》八卷八十则。**

〔四〇四〕藜光堂　建阳（富沙刘兴我、刘荣吾）

富沙刘兴我崇祯元年刊《全像水浒忠义志传》二十五卷一百一十五回，日本东京大学东洋文化研究所双红堂文库藏，首汪子深叙，题“戊辰长至日清源汪子深书于巢云山房”，“戊辰”被《古本小说丛刊》定为崇祯元年，卷端题“富沙刘兴我梓行”，“富沙”为福建建阳的古称，据此可知刘兴我为福建建阳书坊主。

刘兴我与藜光堂富沙刘钦恩荣吾为同一人，后者刊有《全像忠义水浒》，日本东京大学藏，内封题“藜光堂藏板”，卷端题“书林刘钦恩荣吾父梓行”，有温陵郑大郁叙。藜光堂还刊有《全像三国志传》：“《三国志传》藜光堂刊本署‘明富沙刘荣吾梓行’。刘荣吾与刘兴我当即同一人。可知他是明代人。富沙则系福建建阳的古称。”[②]

1. **明刊《全像三国志传》二十卷，刘修业记。**

2. **明刊《全像忠义水浒》一百一十五回，日本东京大学藏。**

3. **崇祯元年刊《全像水浒忠义志传》二十五卷一百一十五回，日**

---

① 北京大学图书馆编. 北京大学图书馆藏古籍善本书目[M]. 北京：北京大学出版社，1999.

② 刘世德、陈庆浩、石昌渝主编. 古本小说丛刊，第二辑第一册，前言[M]. 北京：中华书局，1989：3.

本东京大学东洋文化研究所双红堂文库藏。

〔四〇五〕藜照楼　绍兴(越郡)

藜照楼乾隆三十三年重镌《景岳全书》,内封题“越郡藜照楼藏板”,有会稽鲁超清序,香港中文大学图书馆藏,以此知藜照楼为越郡即绍兴书坊。

藜照楼康熙二十七年序刊《范石湖诗集》二十卷,北京大学图书馆藏;康熙二十八年刊《藜照楼明二十四家诗定》二十四卷,河南大学图书馆藏;乾隆六年序刊《庄子南华经》六卷,山东大学图书馆藏;道光五年刊《茧斋诗稿》六卷、《赋稿》二卷,复旦大学图书馆藏;嘉庆戊辰十三年新镌《类联雅品》《童蒙拾诵》,清刊《论语集注》《孟子》等,书影均见孔夫子旧书网。

1. **道光癸卯二十三年刊《龙图公案》□卷□则,首都图书馆藏。**

〔四〇六〕藜照书屋　成都

藜照书屋光绪三十四年刊《医学心悟》,内封背面题“光绪戊申年仲冬月成都藜照书屋校刻”,书影见孔夫子旧书网;咸丰八年刊《绿牡丹全传》六卷六十四回,宣统二年刊《正续楹联丛话》十二卷,《续话》四卷,南京大学图书馆藏,亦题“成都藜照书屋”。故知藜照书屋位于成都。

藜照书屋刊刻的书籍尚有:嘉庆二十一年刊《四书经注集证》十九卷,北京师范大学图书馆藏;道光间刊《学源堂易经》、光绪己丑十五年刊《诗学含英》,书影见孔夫子旧书网;光绪二十四年刊《中西纪事本末》二十四卷,卷首一卷,北京师范大学图书馆藏;清刊《三农纪》二十四卷,中国人民大学图书馆藏。

1. **道光元年刊《今古奇观》四十回,书影见孔夫子旧书网。**
2. **光绪七年刊《今古奇观》□卷,四川省图书馆藏。**

3. **光绪己亥二十五年刊《跻春台》四十篇，上海图书馆藏。**

4. **光绪十四年刊《后红楼梦》不分卷三十回，书影见孔夫子旧书网。**

5. **光绪间刊《商周列国全传》八卷一百回，四川省图书馆藏。**

6. **清刊《第一才子书》六十卷一百二十回，书影见孔夫子旧书网。**

7. **清刊《第一才子书》十九卷一百二十回，书影见孔夫子旧书网。**

8. **清刊《说唐演义前传》十卷六十八回，日本东京大学文学部藏。**

9. **清刊《施案奇闻》八卷九十七回，四川省图书馆藏。**

10. **咸丰八年刊《绿牡丹全传》六卷六十四回，四川省图书馆藏。**

〔四〇七〕礼耕书屋　不明

礼耕书屋详细地点不明。

1. **清刊《说岳全传》二十卷八十回，俄罗斯国家图书馆藏。**

〔四〇八〕李光明庄　金陵（南京）

清乾、嘉间金陵书坊，创始人为李光明。清刊印《郡百家姓》，书影见孔夫子旧书网，内封署“金陵聚宝门内状元境/状元境口状元阁自梓印订书籍发兑”，据此可知李光明庄位于金陵状元境口状元阁。

《中华印刷通史》详细记载了李光明的刻书历程：

> 李光明，字椿峰，号晓星樵人。他的室名何陋居，设肆于金陵聚宝门三山街大功坊郭家巷内电线局西首秦状元巷中，并设分肆于状元境口状元阁。所刻各书，前面多印有推广文字的告白启事。版心下刻“李光明庄”四字，有的还在刊叶附刻目录。据所刻《书经》刊叶目录所载，李光明庄刻印了一百六十七种书，计经部四十一种，史部六种，子部三种，集部五十二种，其中所刻尊经书院、钟山书院、惜阴书院的文章十二种，启蒙类二十四种，

闺范类四种，医算杂学类二十四种，善书类十三种。目录下方用白文标明“以上价目一律制钱，不折不扣”。传本所见，刻书用两种字体，一是宋体方字，占多数；一是写刻欧体楷书，如刻《益幼杂字》，字体书写秀劲。书版多委金陵唐鲤跃雕刻。①

关于李光明庄的详细情况，参见文革红《乾嘉时期小说书坊与通俗小说》“李光明庄”条(第146—147页)。

1. **乾、嘉间刊《张子房归山诗》一篇，戴不凡旧藏**。

2. **乾、嘉间刊《解学士诗》一篇，戴不凡旧藏**。

〔四〇九〕李渔 1　杭州

李渔清初刊《无声戏小说》十二回，藏于日本尊经阁文库，署“觉世稗官编次，睡乡祭酒批评”。“觉世稗官”乃李渔之号，他生于万历三十九年，卒于康熙十九年，浙江兰溪人，本名仙侣，字笠鸿，一字谪凡，号笠翁，别署湖上笠翁、觉世稗官、笠道人、随庵主人等。清初著名的小说家、戏剧家，长期寓居杭州、金陵，靠卖文、刻书等谋生。据《李渔年谱》等资料，李渔在顺治七年四十岁时由兰溪移家杭州；康熙元年五十二岁时，由杭州迁往金陵；康熙十六年六十七岁时，又由金陵迁回杭州，居住在吴山的层园。《无声戏小说》成书于他居住杭州期间。李渔的小说刊刻事业始于杭州。顺治年间，他编刊《无声戏小说》及《无声戏二集》，小说出版得到浙江布政使张缙彦的帮助。李渔所作的《十二楼》《连城璧》等小说也由他自己主持刊刻。后来，进一步在金陵开设书坊“翼圣斋”和“芥子园”，刊刻了大量的戏曲、小说和其他书籍，大多是他自己的作品。

关于李渔在杭州刻书的详细情况，参见文革红《清代前期通俗小

---

① 张树栋，庞多益，郑如斯. 中华印刷通史[M]. 北京：印刷工业出版社，1999.

说刊刻考论》“李渔——杭 W1”条(第 326—335 页)。

1. **顺治间刊《无声戏小说》不分卷十二回,日本尊经阁文库藏。**

2. **顺治间刊《无声戏二集》□回,佚。**

3. **顺治间刊《无声戏合集》十二卷十二篇,存二卷二篇,北京大学图书馆藏。**

4. **顺治十五年序刊《醒世恒言十二楼》十二卷三十八回,法国国家图书馆藏。**

〔四一〇〕李渔 2 金陵

李渔清初在金陵刊刻小说《连城璧》。《连城璧》是用《无声戏合集》的旧板进行挖改后刊刻的,其主要的原因是帮助李渔刊刻小说的浙江布政使张缙彦因刻《无声戏二集》获罪而不得不删除与其有关的内容。关于李渔在金陵刻书的详细情况,参见文革红《清代前期通俗小说刊刻考论》“李渔——金 W4”条(第 434—438 页)。

1. **康熙间刊《连城璧》内编十二集外编六卷,日本佐伯文库藏。**

〔四一一〕立声堂 不明

立声堂明刊《新镌晋代许旌阳得道擒蛟铁树记》二卷十五回,有江右白雪楼后印本,安徽省图书馆藏,《中国古籍善本书目》著录。未见其刊刻的其他书籍,具体地点亦不明。

1. **明刊《新镌晋代许旌阳得道擒蛟铁树记》二卷十五回,安徽省图书馆藏。**

〔四一二〕立盛堂 京师(京都)

立盛堂光绪十二年刊《异说反唐演义全传》十四卷一百四十回,天津图书馆藏,内封题“京都立盛堂藏板”,据此可知立盛堂位于京师。

1. **清刊《雷峰塔奇传》五卷十三则，胡士莹旧藏。**

2. **光绪十二年刊《异说反唐演义全传》十四卷一百四十回，天津图书馆藏。**

〔四一三〕立文堂　抚州金溪（许湾）

立文堂同治九年刊《渔洋诗话》，内封题“同治庚午年镌/许湾立文堂”，书影见孔夫子旧书网，由此可知立文堂为江西金溪许湾书坊。

立文堂同治七年新刻《养云山馆试帖》四卷、《小搭春华》，书影见孔夫子旧书网；同治八年刊《归田琐记》，梁章钜撰，北京大学图书馆藏；同治十一年刊《小题鸣凤》；清刊《慎诒堂书经》《雪心赋辨讹正解》，书影均见孔夫子旧书网；光绪间刊张之洞《輶轩语》等二种七卷，河南大学图书馆藏。

1. **乾隆十七年序《东周列国志》二十三卷一百〇八回，日本东京大学藏。**

〔四一四〕立言堂　梧州

立言堂清刊《音释四言杂字》，卷末有“王立言堂”字样；清刊《新增象吉备要通书》，卷末题“信郡王桂芳斋”；宣统三年刊《王氏女》，内封题“广信立言堂藏板”，卷末题“王立言堂藏板”，书影均见孔夫子旧书网，以此知立言堂位于广信，清属广西梧州府，主人为王桂芳。道光二十七年新刻《增音大方六言杂字》；光绪二十七年刊《徐氏三种》。

1. **清刊《异说反唐演义全传》十卷一百回，书影见孔夫子旧书网。**

〔四一五〕励园书室　不明

励园书室具体地点不明。

1. **清刊《续英烈传》五卷三十四回，大连图书馆藏。**

〔四一六〕连元阁　佛山

连元阁咸丰八年刊《镜花缘》，内封有“佛山连元阁板”字样，中国国家图书馆藏；清刊《新增批点绣像红楼梦》，美国哈佛大学哈佛燕京图书馆藏，内封亦题“佛山连元阁藏板”；咸丰五年刊《太上感应篇》一卷，北京大学图书馆藏，内封题“佛山连元阁、省城福文堂”。以此知连元阁为清代佛山书坊。

连元阁道光二十一年刊《课童金镜全集》；咸丰五年刊《连元阁明心宝鉴》，书影均见孔夫子旧书网；咸丰六年刊《飞星紫微斗数》六卷，中国人民大学图书馆藏；同治二年刊《笔花医镜》二卷，北京大学图书馆藏；同治三年刊《应世便书》，书影见孔夫子旧书网；同治五年刊《分类诗腋》八卷，中国人民大学图书馆藏；同治六年刊《袁文笺注》十六卷，附注一卷，北京大学图书馆藏；同治间刊《唐诗鼓吹》十卷、光绪七年刊《唐诗合选详解》十二卷，中山大学图书馆藏；光绪六年刊《地理辩证疏》、清刊《批点增注七家诗》《神农本草经读》等，书影均见孔夫子旧书网。

连元阁为佛山地区刻书较多、规模较大的书坊。

1. **同治九年刊《西湖佳话古今遗迹》十六卷十六篇，日本东北大学藏。**

2. **咸丰间刊《新增批点绣像红楼梦》一百二十回，美国哈佛大学哈佛燕京图书馆藏。**

3. **清刊《济颠大师醉菩提全传》四卷二十回，上海图书馆藏。**

4. **清刊《西游真诠》一百回，天津图书馆藏。**

5. **咸丰八年刊《镜花缘》二十卷一百回，中国国家图书馆藏。**

6. **同治丙寅五年刊《隋唐演义》二十卷一百回，北京大学图书馆藏。**

7. **清刊《云合奇踪》十卷八十回，复旦大学图书馆藏。**

8. **同治甲子三年刊《第一才子书》六十卷一百二十回，书影见孔夫子旧书网。**

9. 咸丰十年刊《双凤奇缘传》□卷，辽宁省图书馆藏。

10. 清刊《大明正德皇游江南传》四卷二十一回、《大明游江南梁太师访主传》四卷二十四回，中国国家图书馆藏。

〔四一七〕联辉堂三垣馆　建阳（闽建郑少垣）

联辉堂三垣馆万历乙巳三十三年刊《新锲京本校正通俗演义按鉴三国志传》，日本内阁文库藏，内封题"刻三国志赤帝余编/联辉堂"，卷端署名为"书林少垣联辉堂梓行"，书末有牌记题"万历乙巳岁孟秋月闽建书林郑少垣梓"，以此知联辉堂三垣馆主人为郑少垣，为福建建阳书坊主。

1. 万历乙巳三十三年刊《新锲京本校正通俗演义按鉴三国志传》，日本内阁文库藏。

〔四一八〕联经堂　高州（高城，高郡）

联经堂光绪十六年刊《高州府志》，（清）杨霁修，内封题"高城联经堂"，书影见孔夫子旧书网，高城清属广东高州府，以此知联经堂为广东高州书坊。光绪间高郡联经堂还刊刻过罗芝园《鼠疫汇编》一书，详细情况参见《岭南医家活用王清任解毒活血汤治疗鼠疫》一文："（解毒活血汤）救人不知凡几矣。省垣西关众善士，将第二次存高郡联经堂刻本刊发；钦州李直刺，将第三次存省垣圣经堂增本刊发；海口众善士，将第四次存高郡联经堂增本刊发，印送已多，流传亦远。""高州石城罗君芝园，光绪十七年，始从《医林改错》得解毒活血汤一方，移治此症，救活多人，著为《鼠疫汇编》，远近传送。二十五年书传至肇，板经五刊矣。"①

---

① 李永宸，赖文. 岭南医家活用王清任解毒活血汤治疗鼠疫[J]. 中华中医药杂志，2006(7).

高郡和高城均指高州，因此，联经堂位于高州。

1. **清翻刻《贪欢报》八卷，大连图书馆藏**。

〔四一九〕联墨堂　广州

联墨堂刊书不晚于道光年间，道光二十三年春刊《近科墨卷大观》，书影见孔夫子旧书网；道光二十五年刊《墨卷大醇》共四编，中国国家图书馆藏；广州联墨堂乾隆十三年序刊《左传经世钞》二十三卷，香港中文大学图书馆藏，以此知联墨堂位于广州。

联墨堂光绪间刊《诗学含英》、光绪十三年刊《增补药性雷公炮制》八卷、清刊《凭山阁增辑留青新集》，书影均见孔夫子旧书网；光绪二十年刊《尔雅注疏》十一卷，中山大学图书馆藏；光绪二十七年刊《古文析义》十六卷，浙江师范大学图书馆藏；联墨堂还刊有《陈子性藏书》等书籍。

1. **同治间刊《西游真诠》一百回，见《伦敦所见中国小说书目提要》**。

2. **同治十一年刊《隋唐演义》二十卷一百回，日本东京大学文学部藏**。

〔四二〇〕联益堂　广州(省城)

翰选楼刊本《警富新书》，首都图书馆藏，目录最后一叶左下方有“省城联益堂藏板”字样，知联益堂亦刊刻过此书。这里的“省城”指的是广东省省城，广州书坊一般在书坊名称前习用“省城”二字，据此可以推知联益堂为广州书坊。

联益堂刊有小说多种，另清刊弹词《新刻时兴雷峰塔古迹白蛇记全本》四卷三十回，复旦大学图书馆藏。

翰选楼刊本《警富新书》目录末叶题“省城联益堂藏板”，不同于另外一本版心有“丹柱堂”字样、目录首叶题“联益堂藏板”、目录末叶题“丹柱堂藏板”，因而两个联益堂刊本并非同板。

1. **道光二十八年刊《阴阳斗异说传奇》四卷十六回，中国国家图书馆藏。**

2. **乾隆十七年序刊《东周列国志》二十三卷一百〇八回，日本东京大学藏。**

3. **道光二十三年刊《说唐薛家府传》六卷四十二回，上海图书馆藏。**

4. **嘉庆间刊《警富新书》四卷四十回，有丹柱堂后印本，书影见孔夫子旧书网。**

5. **嘉庆十四年刊《警富新书》四卷四十回，有翰选楼后印本，首都图书馆藏。**

〔四二一〕濂溪书斋　福建

濂溪书斋道光间刊《平闽全传》八卷五十二回，日本东京大学东洋文化研究所双红堂文库藏，《平闽全传》是流行于福建地区的小说，因而濂溪书斋亦可能为福建地区书坊。

1. **道光间刊《平闽全传》八卷五十二回，日本东京大学东洋文化研究所双红堂文库藏。**

〔四二二〕两衡堂　金陵

两衡堂康熙四十七年刊《明文得》，（清）孙维祺评点，内封题“康熙戊子新镌/庐江孙起山评点/明文得/初学文得即出/金陵两衡堂梓”①，以此知两衡堂位于金陵。

清两衡堂后印明末刊本《粲花斋新乐府四种》八卷，（明）吴炳撰，

---

① 四库禁毁书丛刊编纂委员会. 四库禁毁书丛刊・经部第2册[M]. 北京:北京出版社.

藏于浙江图书馆、清华大学图书馆。顺治年间刊《西楼记》，藏于上海图书馆，第一叶插图署“项南洲刊”。项南洲为明末清初著名刻工，曾刻笔耕山房刊本《醋葫芦》图二十叶，与洪国良合刻人瑞堂刊本《隋炀帝艳史》图八十叶，清初刻《新镌全像孙庞斗志演义》图二十叶。

两衡堂清初后印绣霞阁刻本《画中人传奇》，上海图书馆藏；乾隆三十九年刊《重订四书左国辑要》、乾隆五十三年刊《熊学士文稿》，书影均见孔夫子旧书网。两衡堂为由明入清书坊，据张秀民《明代南京的印书》①，其主人姓戴。

关于两衡堂的详细情况，参见文革红《清代前期通俗小说刊刻考论》“两衡堂”条（第448—449页）。

1. **清初刊《李笠翁评阅三国志》二十四卷一百二十回，首都图书馆、中国社会科学院文学研究所藏。**

〔四二三〕两仪堂　抚州金溪（江西，江右）

两仪堂光绪十八年刊《古唐诗合解》十六卷，内封背面有牌记题“光绪壬辰年江西两仪堂锓板”，武汉大学图书馆藏；光绪十八年刊《东莱博议》，内封背面有牌记题“光绪壬辰年江西两仪堂锓板”；光绪戊戌二十四年夏月两仪堂刊《科举文献》，内封题“江右两仪堂校刊”，书影均见孔夫子旧书网，以此知两仪堂为江西书坊。据《江西出版纪事》，两仪堂位于江西金溪许湾，“王荆公安石后裔上池村王家筑，盛时在吉安设同字号分店，没于中华人民共和国建立前”②。

两仪堂刊书不晚于乾隆间。乾隆三十九年刊、乾隆五十年后印《河洛精蕴》十九卷，武汉大学图书馆藏，内封题“乾隆甲午年镌/两仪堂藏版”；乾隆四十八年刊《两当轩诗钞》十六卷，北京师范大学图书

---

① 张秀民. 明代南京的印书[J]. 文物，1980，(11).

② 龚平如. 江西出版纪事[M]. 南昌：江西人民出版社，1996.

馆藏；道光十四年刊《四书集字音义辨》，(浔阳)万青铨校订，江西省图书馆藏。

清代两仪堂刊刻的书尚有：《瘟疹定论》存四卷，(豫章)朱纯嘏编辑；《慎诒堂札记》，(元)陈澔集说；《五经体注》，(清)张圣度等辑；《本草三家合注》，郭汝骢集注；《左传句解汇隽》六卷，韩菼重订；《四书集注》等书，均藏于江西省图书馆。《翻刻第七才子书》六卷，(清)查声山评，山西师范大学藏。

两仪堂刊书较多，质量上乘，是江西规模较大的书坊。

1. **清刊《新刻玉娇梨》四卷，日本京都大学文学部铃木文库藏。**

2. **康熙三十四年序、清末刊《封神演义》二十卷一百回，书影见孔夫子旧书网。**

3. **清刊《西游真诠》一百回，见中国收藏热线。**

4. **光绪十七年刊《全像东游记上洞八仙传》二十九回，加二十七则，日本天理图书馆藏。**

5. **光绪十七年刊《南游华光志传》十八回，日本天理图书馆藏。**

6. **光绪十七年刊《西游记传》四十一回，日本天理图书馆藏。**

7. **光绪十七年刊《北游记》二卷二十四则，日本天理图书馆藏。**

8. **清刊《新镌全像武穆精忠传》八卷八十则，中国国家图书馆藏。**

9. **乾隆十七年序刊《东周列国志》二十三卷一百〇八回，书影见孔夫子旧书网。**

10. **道光十二年刊《东周列国志》二十三卷一百〇八回，书影见孔夫子旧书网。此本与上本《东周列国志》行款不同。**

11. **清刊《异说反唐演义全传》十卷一百回，书影见孔夫子旧书网。**

〔四二四〕两益堂　西安(三原使署)

两益堂同治十三年刊《眼科秘旨》，内封题“异人传授/眼科秘旨/

两益堂藏板”，反面题“同治甲戌暮春刊于三原使署”，序题“同治十三年三月守拙生书于三原使署”，书影见孔夫子旧书网。三原，咸阳下辖县，清属西安府，三原使署建于清代，为陕西督学使署，以此知两益堂位于西安府。

两益堂咸丰元年刊《绣像妥注六才子书》，书影见孔夫子旧书网，其余刊书较少见。

1. **清刊《玉鼎京本绣像隋唐演义》八卷一百一十四则，中国社会科学院文学研究所藏**。

〔四二五〕两余堂　不明

两余堂清嘉庆间刊《龙图公案》八卷一百则，北京大学图书馆、天津图书馆藏。其余刊书未见，地点不明。

1. **嘉庆间刊《龙图公案》八卷，北京大学图书馆、天津图书馆藏**。

〔四二六〕林九兵卫　京师

林九兵卫日本享保十三年（清雍正七年）刊《李卓吾先生批点忠义水浒传》十回，北京大学图书馆藏，书末有“享保戊申孟春望日/京师书房/林九兵卫”字样，据此可知此本当是林九兵卫在京师开的书坊所刊。据陈安梅《〈水浒传〉在日本的传播》：

> 享保十三年（1728）和刻本《忠义水浒传》初集五册由京都的“文会堂林九兵卫”书店出版发行。接下来的二集五册（到第二十回）则于宝历九年（1759）由林九兵卫和林权兵卫两家书店出版发行。①

1759年为清乾隆二十四年。

---

① 陈安梅.《水浒传》在日本的传播[J]. 文艺评论，2014(8)：164—168.

林九兵卫于日本元禄七年(清康熙三十三年)刊《世说新语补》二十卷,有《后序》,末题"元禄七年甲戌八月之吉/京东洞院通夷川上町/林九兵卫梓行",书影见孔夫子旧书网。京都林九兵卫于日本元禄九年(清康熙三十五年)刊《新镌李卓吾先生增补批点皇明正续合并通纪统宗》十三卷首一卷,(明)陈建撰,袁黄、卜大有补,李贽批点,香港中文大学图书馆藏[①]。

1. **日本享保十三年(雍正七年)刊《李卓吾先生批点忠义水浒传》十回,北京大学图书馆藏。**

〔四二七〕林屋石楼　苏州

林屋石楼康熙五十一年刻《历代神仙通鉴》二十卷,藏于上海图书馆。林屋石楼有时亦题作"林屋玞楼""包山玞楼""包山林屋洞府",位于苏州洞庭东山。玞为美石次玉,同"砆",是石头而似玉者。包山,亦名苞山、夫椒山,俗称洞庭东山,位于苏州吴县西南太湖中。《吴地记》云:包山下有洞穴,潜行于水底,无所不通,号为地脉,为十大洞天之第九——林屋洞天也。包山玞楼即林屋洞府,位于苏州。

关于林屋洞府的详细情况,参见文革红《清代前期通俗小说刊刻考论》"林屋洞府"条(第237—244页)。

1. **康熙五十一年刊《历代神仙通鉴》二十卷,上海图书馆藏。**
2. **康熙后期刊《三教同原录》二十卷,北京大学图书馆藏。**

〔四二八〕麟瑞堂　苏州(古吴)

麟瑞堂崇祯八年序刊《开辟演义通俗志传》六卷八十回,中国国家图书馆藏,内封题"古吴麟瑞堂",据此可知麟瑞堂为苏州书坊。

---

① 香港中文大学图书馆古籍善本书目系统编. 香港中文大学图书馆古籍善本书目,增订版[M]. 香港:中文大学出版社:65.

1. **崇祯八年序刊《开辟演义通俗志传》六卷八十回，中国国家图书馆藏**。

〔四二九〕麟玉楼　广州（粤东第八甫，羊城第八甫）

麟玉楼光绪二十年刊《诹吉通书》，北京师范大学图书馆藏，题“粤东第八甫麟玉楼”；清刊《会元千字文》《状元幼学诗》，内封均题“遵依道光字典校正无讹/羊城第八甫麟玉楼梓”，书影见孔夫子旧书网。以此知麟玉楼为广州书坊，位于第八甫。清代刊刻的书不多见。

1. **清刊《第一才子书》六十卷一百二十回，日本国会图书馆藏**。

〔四三〇〕凌云阁　苏州

凌云阁乾隆三十一年后印康熙五十五年刊本《本朝名媛诗钞》六卷，（清）平江胡抱一评辑，藏于中国人民大学图书馆、复旦大学图书馆等处，目录题为“康熙五十五年苏州凌云阁藏板”，据此知凌云阁为清代苏州书坊。

凌云阁主人为江西人王氏，嘉庆间刊《时方括歌》，有嘉庆八年赵在田序，序末最左一行题“江右王凌云阁重镌/不惜工本/校对无讹”字样，书影见孔夫子旧书网，以此知凌云阁主人姓王，江西人。

凌云阁清刊《苏东坡访友》二卷，藏于复旦大学图书馆。另清末上海地区有凌云阁书庄，石印《五经味根录》《康熙字典》《经解入门》《五虎平西》等书。

关于凌云阁的详细情况，参见文革红《乾嘉时期小说书坊与通俗小说》“凌云阁”条（第53页）。

1. **乾隆间刊《好逑传》四卷十八回，大连图书馆藏**。

〔四三一〕凌云轩　嘉兴

凌云轩清刊《枕上晨钟小说》十八回，中国国家图书馆藏，内封题

“不睡居士编/枕上晨钟/凌云轩刊”，序署“时甲寅之春三月既望不睡居士书于□尺轩”，有印“长啸”“云山”，目录前题“鸳水独醒道人编，金台不睡居士评”。鸳水即嘉兴鸳湖，编者为嘉兴人或可说明刊刻者凌云轩为嘉兴书坊。

1. **清刊《枕上晨钟小说》不分卷十八回，中国国家图书馆藏**。

〔四三二〕令德堂　金溪

令德堂清刊《礼记》，首陈澔序，序末行有字，题曰“绣谷周令德堂重刊”，书影见孔夫子旧书网。绣谷即金溪锦绣谷，据此知令德堂位于金溪，主人姓周。

令德堂刊书不晚于康熙间，康熙三十八年刊《可仪堂一百二十名家制艺》四十八卷，北京大学图书馆藏；绣谷周氏令德堂乾隆五十八年刊《事类赋注》三十卷，（宋）吴淑撰，北京大学图书馆藏；乾隆间刻《五经类编》二十八卷，（清）周世樟撰，江西省图书馆藏；乾隆间刻《批点春秋左传纲目句解》六卷，吉林大学图书馆藏；嘉庆九年刻《春秋精义》九卷首一卷，黄淦撰，江西省图书馆藏；清刊《宋诗别裁》八卷，香港中文大学图书馆藏；清刊《四书蒙求》十九卷，四川大学图书馆藏。其余见于孔夫子旧书网的主要有：嘉庆间刻《四书人物类典串珠》；道光二年镌《袁柳庄神相全编》；道光八年刊《苏老泉批注朱套孟子》；光绪五年刊《新增医学捷要》；清刊《古唐诗合解》《注释八铭塾钞初集》《注释八铭塾钞二集》《元诗别裁》《陈子性藏书》《重镌本草医方合编》《仪礼精义》《书经精义》等书。营业时间一直延续至清末。

关于令德堂的详细情况，参见文革红《乾嘉时期小说书坊与通俗小说》“令德堂”条（第 279 页）。

1. **清刊《天花藏批评玉娇梨》四卷，美国哈佛大学哈佛燕京图书馆藏**。

2. **清刊《新镌天花藏批评平山冷燕》四卷二十回，日本天理图书**

馆藏。

3. **清刊《好逑传》四卷十八回，书影见孔夫子旧书网。**

4. **嘉、道间刊《第一才子书》十九卷一百二十回，书影见孔夫子旧书网。**

〔四三三〕琉璃厂　京师

京都琉璃厂道光丙申十六年刊《五经揭要》，包括《周易揭要》《礼记揭要》《尚书揭要》《春秋三传揭要》《毛诗揭要》，内封均题"京都琉璃厂发兑"，书影见孔夫子旧书网；道光二十八年刊《制义萃珍》，苏州大学图书馆藏；咸丰二年刊《十三经集字摹本》，内封题"京都琉璃厂发兑"，书影见孔夫子旧书网；咸丰丙辰六年刊《鸿雪轩尺牍》，见孔夫子旧书网；同治癸酉年刊《江解元全稿》，内封题"京都琉璃厂藏板"，苏州大学图书馆藏；光绪八年刊《长搭针度》，内封背面题"光绪壬午镌/京都琉璃厂"；光绪十年刊《七字鉴略注解》，内封题"京都琉璃厂藏板"，书影见孔夫子旧书网。

清代京都琉璃厂刊刻的书籍尚有《巧搭从新》《光绪乙酉刻直省乡墨萃腴》《东华录》《四书题窍典腋合编》《江浙四名家时文钞》《得月楼截搭文钞》《精选空策》等。

1. **光绪戊子十四年刊《巧奇冤全传》八卷，书影见孔夫子旧书网。**

2. **光绪十四年刊《升仙传》八卷五十六回，书影见孔夫子旧书网。**

3. **清刊《第一才子书》十九卷一百二十回，书影见孔夫子旧书网。**

4. **清刊《双凤奇缘传》二十卷八十回，大连图书馆藏。**

5. **光绪壬辰十八年刊《增像秦英征西全传》六卷四十六回，书影见孔夫子旧书网。**

6. **光绪十一年重刊《绿牡丹全传》十一卷六十四回，中国国家图书馆、日本天理图书馆藏**。

7. **光绪十三年重刊《绿牡丹全传》十一卷六十四回，辽宁大学图书馆藏**。

8. **光绪十五年刊《绿牡丹全传》六十四回，美国耶鲁大学藏**。

〔四三四〕六合堂

六合堂具体地点不明。

1. **康、雍间刊《第一才子书》六十卷一百二十回，存五十九至六十卷，书影见孔夫子旧书网**。

〔四三五〕六经堂　广州(羊城第七甫、粤东第七甫)

六经堂光绪二十七年石印《改良妇孺三字书》，内封题“光绪二十七年三版/羊城第七甫六经堂石印”，书影见孔夫子旧书网；又刊《医纲总枢全书》，内封题“民国二年粤东第七甫六经堂”，以此知六经堂为广州书坊，位于第七甫。嘉庆二十四年刊《昭明文选六臣汇注疏解》三十九卷，北京大学图书馆藏；道光间刊《增注少品赋草》；清刊《地理人子须知》，书影见孔夫子旧书网。据来新夏《林则徐年谱新编》，六经堂的主人为翁亚瀂：

> 又清华大学编《原藏故宫大高殿军机处档案》中有十月二十二日林则徐的《审拟刊卖假捏照会外国公文之翁亚瀂》一折，折内叙述审问结果是：“翁亚瀂，籍隶顺德县，向在省城南海县属开张六经堂书铺生理。铺内刊有查禁鸦片章程，并戒烟药方发卖。道光十九年四月内，有在省应试未获之新会县不识名陈姓文童走至翁亚瀂铺内，购买查禁鸦片章程，该犯翁亚瀂见其所携手巾包内，有钦差与本省督抚会行英吉利国禁造鸦片文稿一纸。问以何处得来，陈姓称系辗转传钞，不知来历。翁亚瀂见稿内声叙

鸦片害人,必须永远断绝,照会英吉利国禁人制造各情,与现闻官府查办事理相似,误信为真,当向借钞存留。陈姓去后,翁亚瀣起意刊印,摆卖图利,随照底稿钞录刊刻,印刷成本,并于书面刊印省城六经堂发卖字样,即被访闻拿获,连板片印本,解经臣等讯取大概供情。"(《鸦片战争》Ⅳ,中国近代史资料丛刊,页一六九)

结果,这个热心于禁烟的书贩终以"诈传一二品官言语,杖一百,徒三年"。这个印本当时可能流传很广,连《澳门月报》也加以采登,梁廷枏可能见到此印本便作为见闻而加以记述。这个印本的来源可能就是二月拟稿。它极可能是林则徐拟定的一个初稿,被流传出来,但肯定没有奏报过,更没有正式颁发。①

由此可见,六经堂的主人为翁亚瀣,顺德县人,在广州南海开设书铺。道光间曾因刊《查禁鸦片章程》并戒烟药方,以"诈传一二品官言语"的罪状,遭到"杖一百,徒三年"的处罚。

1. **光绪二年重刊《西湖小史》四卷十六回,天津图书馆藏**。

〔四三六〕六秋亭　福建

六秋亭清后印龙溪振文堂本《铁树记》三卷,正文前题"竹溪散人邓谟子编,书林龙溪振文堂刊",北京大学图书馆藏。振文堂本已不存。龙溪,一般指福建漳州府所属龙溪县,因而可推知振文堂为漳州书坊。六秋亭刊刻的其他书未见,大致可以推测为福建书坊。

1. **清覆明刊《新订晋代许旌阳得道擒蛟全传》三卷首一卷,北京大学图书馆藏**。

---

① 来新夏. 林则徐年谱新编[M]. 天津:南开大学出版社,1997.

〔四三七〕六堂　不明

六堂具体地点不明。

1. 清刊《第一奇书金瓶梅》一百回。

〔四三八〕楼外楼　汀州

楼外楼有两家，一为福建连城刻书家邹圣脉的书室，一为松江朱泾丁实夫丁氏家族之书室，现分别叙录如下：

一、邹圣脉楼外楼

据连城县志及《邹氏族谱》记载：邹梧冈，名圣脉，字宜彦，生于康熙三十年，卒于乾隆二十八年，福建连城四堡乡雾阁村（原属长汀）人，出生于刻书世家，布衣，著有《书画同珍》《幼学故事琼林》《鉴史琼林》《五经备旨》《寄傲山房诗集》等，其中《幼学故事琼林》最著名，他的著作中常见"雾阁邹圣脉梧冈氏纂"字样，"雾阁"即四堡乡雾阁村。

谢江飞《也谈邹梧冈参订〈三国演义〉毛评本的版本价值——与张志和、黎必信二先生商榷》一文认为楼外楼位于杭州：

> 邹氏出生在闽西一个旮旯的小山村，交通不便，信息不灵，他早年科举失意，一生亦农亦工（指刻书），与山水为伴，很少远涉他乡。他一生大致有两次跨出州境，一次是乾隆年间刻印他的书画集《书画同珍》到过杭州，有他写于杭州楼外楼的序言。[①]

经查考，乾隆七年刊本《书画同珍》，北京师范大学图书馆藏，内封署"楼外楼藏板"，序言署"乾隆壬戌桂月题于楼外楼/梧冈邹圣脉"，印二"邹圣脉印""宜彦"，序中并未提到楼外楼位于杭州，从序的题署看，楼外楼应为邹圣脉所有之书室，书由邹氏自刻。楼外楼书坊后又刊行了《楼外楼订正妥注第六才子书》。

---

① 谢江飞. 也谈邹梧冈参订《三国演义》毛评本的版本价值——与张志和、黎必信二先生商榷[J]龙岩学院学报，2012，(01)：47—51.

由此可知，此楼外楼并非杭州书坊，由于邹氏本人即刻书家，楼外楼就是他开设的书坊名，邹氏一生很少离开家乡，其刻书业也是限于家乡，楼外楼极有可能就在他的家乡福建连城四堡乡，清属汀州府。

楼外楼刻书的历史至少延续至咸丰十年。咸丰十年重镌《三字经注解备要》，内封题“楼外楼藏板”，书影见孔夫子旧书网。

二、松江朱泾丁氏楼外楼

嘉庆五年刊《砚小史》四卷，（清）朱栋撰，北京大学图书馆藏，内封署“嘉庆庚申春镌/砚小史/楼外楼藏板”。卷一署“金山朱栋二编/顾璜兰谷、严济舫渔参”，卷二题“丁益美实夫/张清新六花参”，卷三题“丁益琳阆环/黄鼎琴友参”，卷四题“丁繁滋耘庄/释达邃漪云参”。卷四作者附十三古砚图，云“取诸公之砚附于后”，其中有一款“驼基圭砚”，图左下方有印曰“楼外楼藏”。作者云“余既得一小砚，子香复购此”，说明此砚为丁益琳所有。子香即丁益琳，字桂山，号子香，国子生，金山人，善画兰，能诗，不永年而卒，约卒于嘉庆十八年。丁益琳为此书卷三的参订者，既然砚上刻有“楼外楼”字样，似表明楼外楼即丁益琳所有之楼。当然另有一种可能性，即“楼外楼藏”字样也可能是砚台原来的主人刻上去的。但此书既然题“楼外楼藏板”，又由丁氏等人参校，因此更大的可能性是这个楼外楼即丁氏所有之楼，否则不可能这么巧丁益琳所购买的砚台上恰巧有“楼外楼”字样，这个字更有可能是丁益琳刻上去的。因此仍然可以判定楼外楼即丁氏所有之楼，其应当位于朱泾，清隶属松江府，活动时间是嘉庆间。

关于楼外楼的详细情况，参见文革红《乾嘉时期小说书坊与通俗小说》“楼外楼”条（第 301—303 页）。

1. **嘉庆十三年刊《岭南逸史》不分卷二十八回，书影见孔夫子旧书网。**

2. **嘉庆十四年刊《岭南逸史》不分卷二十八回，北京大学图书馆藏。**

3. **道光四年序刊《五美缘》不分卷八十回，英国博物院藏**。

〔四三九〕镂云斋　登州（黄邑、山东登州黄邑城北十里许羊沟营村）

镂云斋民国六年刊《七真祖师列仙传》二卷，内封题“黄邑镂云斋藏板”，有《纯阳祖师降叙》，云“序云维山东登州黄邑城北十里许羊沟营村徐道人字……”，书影见孔夫子旧书网，据此可知镂云斋位于山东登州府黄邑城北。镂云斋尚印有宝卷《警世真言》《善道真言》两种，外封题“黄邑镂云斋刷印善本”，书影见孔夫子旧书网。

1. **中华民国六年重刊《七真祖师列仙传》二卷，书影见孔夫子旧书网**。

〔四四〇〕卢林　杭州

杭州卢林天启间刊《于少保萃忠全传》十卷四十传，详细情况参见苗怀明《几部描写于谦事迹的古代通俗小说考论》：

> 另一种见于路工先生的著录：“《于少保萃忠传》，十卷十回，明天启年间原刊本，图极精……题‘钱塘高亮明卿父纂述’‘槜李沈国元飞仲父批评’，前有万历辛巳（一五八一）年林从吾序，并有王守仁、吴宽题赞。杭州卢林刊本。”（注：路工《访书见闻录》之《古本小说新见》，上海古籍出版社 1985 年版。）路工先生所见的这个版本与浙江省图书馆的藏本接近，但有两点令人感到疑惑：一是其回数，不知是真的共十回，还是路工先生的误记。按正常情况应该是七十回或四十回，也许路工先生看到的是个残本，可是他并没有明确交代；一是该书作者的署名，路工先生还特意强调：“此题作者高亮，字明卿，道光年间刊本误成‘孙高亮’。”但在笔者所见的抄本和刊本上，均题作者名为“孙高亮”，而非“高亮”。从上述情况看，这个天启间杭州卢林刊本并非如

路工先生所说的“原刊本”，可能是同浙江图书馆和中国国家图书馆所藏相同的刊本。当然，也不排除其所见为《于少保萃忠全传》而非《于少保萃忠传》的可能性。不过它的确有可注意处，可惜不知该书归藏何处，无法目验证实。①

卢林可能为杭州地区刻书家。

1. **天启间刊《于少保萃忠全传》十卷四十传**。

〔四四一〕绿慎堂　苏州

绿慎堂乾隆间刊《新刻增异说唐后传》不分卷五十五回，北京大学图书馆藏，内封题“扫北征东合刊/说唐后传/姑苏绿慎堂藏板”；乾隆乙亥二十年序刊《伤寒来苏论》，内封题“金阊绿慎堂藏板”，书影见孔夫子旧书网，以此知绿慎堂位于苏州。光绪已卯五年刊《知愧轩尺牍》，内封反面题“绿慎堂王氏镌板校正无讹”，知绿慎堂主人姓王。绿慎堂康熙间刊《对类便读》；道光辛卯十一年刊《三家医案合刻》；光绪间刊《内经知要》二卷，光绪九年刊《监本易经》等，书影见孔夫子旧书网。其营业时间延续至清末。关于绿慎堂的详细情况，参见文革红《乾嘉时期小说书坊与通俗小说》“绿慎堂”条（第53—54页）。

1. **同治九年刊《增删二度梅奇说》六卷三十二回，胡士莹旧藏，书影见孔夫子旧书网**。

2. **乾隆三年刊《说唐演义前传》六十八回，辽宁省图书馆藏**。

3. **乾隆三年刊《说唐演义后传》不分卷五十五回，北京大学图书馆藏**。

---

① 苗怀明. 几部描写于谦事迹的古代通俗小说考论[J]. 明清小说研究，2000，(2)：191—206.

〔四四二〕绿荫堂　苏州

绿荫堂，有时题作“吴郡绿荫堂”，有时题作“金阊绿荫堂”或“苏州绿荫堂”，如顺治年间金阊绿荫堂刊《九宫谱定》十二卷总论一卷，(清)东山钓史(查继佐)辑，藏于清华大学图书馆、苏州图书馆、西南大学图书馆，内封署“金阊绿荫堂梓行”。“吴郡”“金阊”均代指苏州，所以，绿荫堂当位于苏州。

绿荫堂刊刻书籍多种，崇祯间吴郡绿荫堂刻《白雪斋选订乐府吴骚合编》四卷，藏于北京大学图书馆、清华大学图书馆；康熙二十六年苏州绿荫堂印万树堆絮园刻本《词律》二十卷，(清)万树撰，藏于清华大学图书馆；康熙二十三年刊《本草纲目》五十二卷、卷首二卷，(明)李时珍辑，藏于北京大学图书馆；康熙四十六年刊《四书人物备考》；清初刊《史记》一百三十卷，(明)徐孚远、陈子龙测议，藏于清华大学图书馆；康熙年间刊《字汇》十二卷，(明)梅膺祚撰，藏于清华大学图书馆；康熙间刊《百名家词钞》百卷，(清)聂先、曾王孙编，藏于上海图书馆、清华大学图书馆。乾隆六十年刊《学耕易经》、清刊《黄帝素闻灵枢合纂》《诗韵含英》《三家医案合刻》《小儿推拿广意》《易林补遗》《国朝词综》等，书影均见孔夫子旧书网。故知绿荫堂是明清时期苏州规模较大、刻书较多的书坊。

关于绿荫堂的详细情况，参见文革红《乾嘉时期小说书坊与通俗小说》“绿荫堂”条(第54—55页)。

1. **乾隆十五年序刊《西湖佳话古今遗迹》十六卷十六篇，美国哈佛大学哈佛燕京图书馆藏。**

2. **清刊《玉娇梨》卷数不详，法国国家图书馆藏。**

3. **清刊《平山冷燕》卷数不详，法国国家图书馆藏。**

4. **道光元年重刊《英云梦传》八卷十六回，日本京都大学人文科学研究所藏。**

5. **光绪十四年刊《新刻绣像平妖全传》八卷四十回，辽宁省图书**

馆藏。

6. **康熙丁卯二十六年刊《李卓吾先生批评三国志》不分卷一百二十回，首都图书馆、中国社会科学院文学研究所藏。**

7. **清刊《第一才子书》五十一卷一百二十回，书影见孔夫子旧书网。**

〔四四三〕绿荫巽　不明

清刊《绿荫巽金批第一才子书》十九卷首一卷一百二十回，上海图书馆藏，内封题“圣叹外书/毛升山评点/绿荫巽金批第一才子书/本堂藏版”，孔夫子旧书网藏本外封有图章曰“营口裕顺公自在江浙苏闽拣选古今书籍发兑”。除刊《第一才子书》外，未见绿荫巽刊刻其他书籍，具体地点不明。关于绿荫巽的详细情况，参见文革红《乾嘉时期小说书坊与通俗小说》“绿荫巽”条(第 346 页)。

1. **嘉、道间刊《绿荫巽金批第一才子书》(1)十九卷一百二十回，上海图书馆藏，书影见孔夫子旧书网。**

2. **嘉、道间刊《绿荫巽金批第一才子书》(2)十九卷一百二十回，书影见孔夫子旧书网。**

3. **嘉、道间刊《绿荫巽金批第一才子书》(3)十九卷一百二十回，中国国家图书馆藏。**

〔四四四〕绿玉山房　扬州

绿玉山房道光七年刊《玉蟾记》六卷五十三回，北京大学图书馆藏。作者题“通元子黄石著、钓鳌子校阅、餐霞外史参订、红杏道人校字”，刊刻者为恬淡人。书第一回《恬淡人读史问天》有云：

> 这书是通元子编成，恬淡人发刻传出来的。那通元子本来是个仙家，这恬淡人不知何许人也，初号荷锄子，后数十年来又以恬淡人为号。其人拙于谋生，家无长物。惟吟咏自娱而已。

爱读忠孝书，喜谈节义事。与世无所忤，究亦不肯脂韦随俗，每读史偶有所得，辄笔之于书，不拾前人牙慧，务出己见以为论断。自汉以下皆有史评……谁知通元子早已安排过了。因前有《岳传》明说岳少保的果报，铸像诛奸，完过宋朝一段公案。他复演出《玉蟾记》，隐寓于少保果报，配合姻缘，又完过明朝一段公案。到后来草堂闲话，黄石授书，恬淡人始信事由前定，天道无私，把他一腔子牢骚不平之气，都化为乌有了。司空表圣云："人淡如菊，惟我种菊人能知人之。淡不萦情于利禄，不役志于纷华，就是仙人。何用传其姓氏。即以恬淡人作通元子观，有何不可？"自从听了这书，大约记得七八分，又买了一部脚本看熟，说出来虽不合腔，却不至有头没尾，诸位如不嫌聒耳，明日请来赏菊听书。

恬淡人为此书的刊刻者，其人拙于谋生，与世无争，爱读忠孝节义书，爱写史评。从"即以恬淡人作通元子观，有何不可"，可推断恬淡人实际即作者通元子，此书为作者自编自刻。一般认为通元子为黄石。

从小说第一回的内容可以大致推测作者为扬州人：

老汉非士非农，半村半郭，乃维扬一个卖花的便是。家住傍花村里，秋来种菊生涯，竹篱三径客，茅屋一壶茶，因此得交文人学士，满壁题诗。虽不能博古通今，却也粗粗懂得几句文义。那些看花的说："你种菊，也是个雅人，何不吟诗和我们呢？"我说："不嫌鄙俗，就效颦了。"

诗曰：

老圃偏饶晚节香，曾携鸦嘴种花黄。
清晨采菊新城卖，午后听书到教场。

信口而成，不归诗律。见笑，见笑！众人说这诗不减《扬州竹枝词》……

据此可知作者、刊刻者为扬州人，则刊刻书坊绿玉山房可能位于扬州。

1. **道光七年刊《玉蟾记》六卷五十三回，北京大学图书馆藏。**

2. **道光十九年刊《玉蟾记》六卷五十三回，中国国家图书馆藏。**

〔四四五〕绿云轩　不明

绿云轩详细地点不明。

1. **道光二十二年刊《离合剑莲子瓶》不分卷三十二回，中国国家图书馆藏。**

M

〔四四六〕茂选楼　不明

茂选楼道光间刻《巧搭穿杨》《小题别体》《巧搭分品》三种，内封署“宛南史鉴子衡氏著/茂选楼藏板”，《小题别体》正文署“中州洛阳李撰一辑”；《巧搭分品》正文署“中州洛阳史鉴子衡氏著”，孔夫子旧书网上可见书影。茂选楼是否位于河南洛阳，仅凭作者难以判定。由于茂选楼刊刻的其他书籍未见，故其地点难以判断。关于茂选楼的详细情况，参见文革红《乾嘉时期小说书坊与通俗小说》“茂选楼”条(第 347 页)。

1. **清刊《天花藏批评平山冷燕》卷数未详**。

2. **乾隆四十七年刊《封神演义》二十卷一百回，北京大学图书馆藏**。

〔四四七〕梅园　不明

梅园康熙四十四年刻《合刻天花藏才子书》，上栏为《玉娇梨》四卷，下栏为《平山冷燕》四卷，中国国家图书馆藏。梅园刊本是据康熙二十五年合刻本翻刻的。梅园不知位于何处，很多地方都有“梅园”，最著名的是无锡梅园。天花藏主人所刊作品在康熙年间基本不出江苏省，其所作《人间乐》有“锡山老叟”序，康熙十八年又刻无锡邹流漪先生《启祯野乘二集》，和无锡书坊有较密切的联系，故此梅园很可能指无锡之梅园。不能遽定，姑置于此。

1. **康熙四十四年重刊《合刻天花藏才子书玉娇梨》四卷二十回，中国国家图书馆藏**。

2. **康熙四十四年重刊《平山冷燕》四卷二十回，中国国家图书馆藏**。

3. **清刊《新刻京本春秋五霸七雄全像列国志传》八卷，英国博物院藏**。

〔四四八〕美锦堂　济南

美锦堂乾隆间刻《痘症精言秘要》四卷，（清）袁句撰，序署“乾隆癸酉（十八年）六月廿五日双园主人志”，卷端署“洛阳袁句大宜甫著/历下潘遇隆友臣甫校”，书影见孔夫子旧书网。袁句，乾隆十年进士，洛阳人，所撰《痘症精言秘要》早期刻本有乾隆二十年畏斋藏板、乾隆五十二年夫于袁氏藏板，此为乾隆十八年美锦堂重订本，其他如集锦堂本、崇文堂本等，尽管亦署“历下潘遇隆友臣甫校”，刊刻时间均晚于美锦堂刊本，故署“历下潘遇隆友臣甫校”的本子最早或由美锦堂刊刻。历下清属济南府，由于美锦堂刻书不多，只能从校订者判断其为济南书坊。

关于美锦堂的详细情况，参见文革红《乾嘉时期小说书坊与通俗小说》“美锦堂”条（第 306—307 页）。

1. **嘉庆二十二年刊《济颠大师醉菩提全传》不分卷二十回，清华大学图书馆藏**。

〔四四九〕美善堂　不明

美善堂光绪间木活字印《江西遂川藻林何氏家族建祠志》《藻林何氏宗祠主簿》，其他刊书未见。美善堂具体地点不明。

1. **清刊《飞龙全传》六十回，山东大学图书馆藏**。

〔四五〇〕美玉堂　建阳

美玉堂明末刊《二刻按鉴演义全像三国英雄志传》二十卷，上海图书馆藏，魏安的《〈三国演义〉版本考》称它为"魏玛藏本"，并认为是建阳书坊所刊："33a 明建阳刊本。刊行者不详。"[①]美玉堂明末清初刊《三刻按鉴演义全像三国英雄志传》二十卷，存一册卷六至卷十，上海图书馆藏；清初刊《四刻按鉴演义全像三国英雄志传》二十卷，存一册卷一至卷十，上海图书馆藏。魏安的《〈三国演义〉版本考》认为美玉堂为福建建阳书坊，美玉堂刊刻的《按鉴演义全像三国英雄志传》也确实符合建阳刊本的特征。

1. **明刊《按鉴演义全像三国英雄志传》二十卷二百四十则，中国国家图书馆藏。**

2. **明末刊《二刻按鉴演义全像三国英雄志传》二十卷，存卷六至卷十，上海图书馆藏。**

3. **明末刊《三刻按鉴演义全像三国英雄志传》二十卷，存卷六至卷十，上海图书馆藏。**

4. **清初刊《四刻按鉴演义全像三国英雄志传》二十卷，存卷一至卷十，上海图书馆藏。**

〔四五一〕弥坚堂　福建

弥坚堂清初刊《终须梦》二卷十八回，北京大学图书馆藏，书由弥坚堂刊刻，作者题"弥坚堂主人编次"，可见，书是弥坚堂主人自编自刻的，弥坚堂主人为一能文出版者。弥坚堂刊刻的其他书未见，可能仅为作者的书斋名，并非刻书书坊。

书中主人公康梦鹤为福建漳州人，书中有句云"话说皇明福建漳

---

① ［英］魏安.《三国演义》版本考［M］. 上海：上海古籍出版社，1996：52.

州府”①，称明朝为“皇明”，则作者似应为明人或明末清初人。书末云：“弥坚堂主人与梦鹤交契，不啻胶漆之亲，熟悉一生所经事迹……因为之作《终须梦》以记焉。”②作者自称与梦鹤为好友，则可能亦为福建人。因此，弥坚堂刊本《终须梦》可能是在福建地区创作和刊刻的。

1. **顺治间刊《终须梦》二卷十八回，存第二至九回，北京大学图书馆藏**。

〔四五二〕绵文堂　京都

京都绵文堂清末梓行发兑《巧奇冤全传》十卷，内封题“巧奇冤全传/京都绵文堂梓行发兑”，书影见孔夫子旧书网，以此知绵文堂位于京都。

1. **清末刊《巧奇冤全传》十卷，书影见孔夫子旧书网**。

〔四五三〕妙景斋　不明

道光二十三年刊刻《红楼幻梦》，具体地点不明。

1. **道光二十三年刊《红楼幻梦》二十四卷二十四回，中国国家图书馆、首都图书馆藏**。

〔四五四〕闽斋堂　建阳(杨居谦)

闽斋堂崇祯四年刊《新刻增补批评全像西游记》二十卷一百回，日本庆应义塾图书馆藏，序后有印，题“闽斋堂杨氏居谦校梓”，卷端题“仿李秃老批评/闽斋堂杨居谦校梓”，书末署“崇祯辛未岁闽斋堂

---

① 《终须梦》，见古本小说集成委员会编. 古本小说集成[M]. 上海：上海古籍出版社，1990，本书据上海图书馆藏步月主人订刊本影印.

② 同上。

杨居谦校梓”，据此可知闽斋堂为崇祯间杨居谦所有之堂。

关于杨居谦，付善明《闽斋堂刊〈西游记〉簝言评语研究》认为：“居谦名懋卿，为杨春元号闽斋者之子。杨闽斋为建阳书商，以清白堂为堂号，刻有《重刻京本通俗演义按鉴三国志传》和《鼎镌京本全像西游记》。杨居谦子承父业，以闽斋堂为堂号刻《新刻增补批评全像西游记》。”①故可知闽斋堂为崇祯间福建建阳书坊，主人为杨居谦。

1. **崇祯辛未四年刊《新刻增补批评全像西游记》二十卷一百回，日本庆应义塾图书馆藏**。

〔四五五〕名山聚　绍兴

名山聚康熙十三年刻《梁昭明文选越裁》，(清)洪若皋辑评，藏于广西师范大学图书馆，收录于《四库全书存目丛书》集部第287册。首有作者自序，末题“康熙岁次甲寅腊月天台洪若皋虞邻氏题于会稽旅舍”，序曰：

> 今岁罹闽寇之变，避地越城，家园邱墟，室庐倾荡，倚仲宣之楼，醮虞卿之砚，贸坊林之古本，考殿最于寒檠……书成，汇为十有一卷，命之曰：梁昭明文选越裁，志始也。裁者何？志删也。越者何？志地也，亦志僭也。

序作于绍兴，序中交代书是作者在绍兴避兵灾时所写所刊的，书名“越裁”正点明刊刻地所在。故名山聚系绍兴书坊，活动于清初。

名山聚康熙间刊《女开科传》十二回，藏于大连图书馆，画工题“古越马云生写”，可知其为绍兴人，此进一步说明名山聚为绍兴地区书坊。

关于名山聚的详细情况，参见文革红《清代前期通俗小说刊刻考

---

① 付善明.闽斋堂刊《西游记》簝言评语研究[J].河北北方学院学报(社会科学版)，2009，(4).

论》“名山聚”条(第517—520页)。

1. **清初刊《女开科传》不分卷十二回,大连图书馆藏。**

2. **明末刊、清修《京本云合奇踪》二十卷八十则,大连图书馆藏。**

3. **崇祯六年自序刊《剑啸阁批评秘本出像隋史遗文》十二卷六十回,中国国家图书馆、日本东京国立国会图书馆藏。**

4. **康熙间刊《剑啸阁批评秘本出像隋史遗文》十二卷六十回,中国国家图书馆藏。**

〔四五六〕明德堂1 建阳(潭邑刘太华)

潭邑明德堂刘太华万历间刊《详刑公案》八卷四十则,大连图书馆藏,内封题“新镌详刑公案/明德堂梓”,书末莲牌木记题“南闽潭邑艺林刘氏太华刊行”。“南闽潭邑”,为建阳古称,可见刘太华明德堂为建阳书坊。明正德十二年刊《国语补音》二卷;嘉靖十年刊《新刊陶节庵伤寒十书》十卷;崇祯间刊《顾瑞屏太史评阅韩昌黎先生全集》四十卷,均藏于中国国家图书馆;嘉靖间刊印过《诗经大全》《书经大全》《卫生宝鉴》等书。

1. **万历间刊《详刑公案》八卷四十则,大连图书馆藏。**

〔四五七〕明德堂2 汉口(本坊原寓汉口永宁巷正街,今移永宁巷后街下数家粤东公所上隔壁便是)

明德堂同治三年刊《增补传家必读安乐铭》,内封题“同治甲子年重刊/增补安乐铭/陈明德堂藏板”,反面有识语,云“板存明德堂大房刻刷善书坊,本坊原寓汉口永宁巷正街,今移永宁巷后街下数家粤东公所上隔壁便是,乐善印送,杭改连纸每本钱一百廿七十文”,足见明德堂在汉口,同治年间已开始刊印书籍,主人姓陈。清末广州亦有明德堂,刊《大骂梅知府》一卷,复旦大学图书馆藏。

1. **清刊《水石缘》六卷三十段,天津图书馆、日本天理图书馆藏。**

〔四五八〕明清堂　不明

明清堂详细地点不明。

1. **清刊《禅真逸史》八卷四十回，首都图书馆藏。**

〔四五九〕鸣盛堂　京师

据朝鲜朴趾源《热河日记》，鸣盛堂为乾隆间开设于北京的书坊：

> （乾隆庚子四十五年七月）初三日己卯……余曰："吾阻水留此已数日，真此永日难消，你老岂有可观书册，为借数日否？"富曰："无有，往日京里时，舍亲折公新开刻铺，起号鸣盛堂，其群书目录适在橐中，如欲遣闲时，不难奉借。"①

作者说因大水滞留热河一乡间，因想借书遣闷，于是找到当时在此教书的富图三格，富氏告诉他自己没有书，但他的亲戚在京师开有鸣盛堂书铺，他刚好带有鸣盛堂的群书目录，于是借给了朴氏。

由此可见，鸣盛堂书铺位于京师，营业刻书不晚于乾隆四十五年。孔夫子旧书网上有鸣盛堂乾隆辛亥五十六年刊《四声便览》一书，内封题"乾隆辛亥新镌/鸣盛堂藏板"，可知鸣盛堂确实在乾隆年间已经开始营业刻书。其主人是富氏的亲戚。

鸣盛堂刊刻的书尚有：嘉庆二十三年刊《熙朝新语》十二卷，内封题"嘉庆戊寅新镌/续集嗣出/鸣盛堂藏板"，山东大学图书馆藏；道光四年重刊《熙朝新语》，北京大学图书馆藏；嘉庆元年刊《四书典制联音注》；道光五年刊《两湖育材集》；同治五年新镌《全批套板增注七家诗选》六卷；清刊《鸣盛堂新刻解缙雅趣诗集原本》等，书影均见孔夫子旧书网。

1. **清刊《云合奇踪》五卷八十回，首都图书馆藏。**

---

① 朴趾源. 热河日记[M]. 上海：上海书店，1997.

〔四六〇〕墨憨斋　苏州

“墨憨斋”为明代著名通俗文学家冯梦龙的书室。冯梦龙，字犹龙、子犹、耳犹，号姑苏词奴，又号墨憨子、顾曲散人，吴县人。墨憨斋为其藏书室名，他删改旧作写成《墨憨斋定本传奇》，包括《酒家佣》《精忠旗》《新灌园》《风流梦》《梦磊记》《楚江情》《女丈夫》《洒雪堂》等。

清初题有“墨憨斋”的小说有《百练真海烈妇传》《墨憨斋主人新编十二笑》《墨憨斋新编绣像醒名花》，其中大部分是冯梦龙的儿子冯焴继承墨憨斋堂号而编刊的一系列小说，不完全出自后人对冯梦龙的伪托。

关于墨憨斋的详细情况，参见文革红《清代前期通俗小说刊刻考论》“墨憨斋”条(第104—112页)。

1. **顺、康间刊《墨憨斋新编绣像醒名花》十六回，美国哈佛大学哈佛燕京图书馆藏**。

2. **康熙间刊《百炼真海烈妇传》不分卷十二回，法国国家图书馆藏**。

〔四六一〕墨庄主人　不明

墨庄主人天启元年刊《新编出像赵飞燕昭阳趣史》上下两卷，荷兰莱敦大学汉学院图书馆藏，台北《中国古艳稀品丛刊》第四辑收录，内封左半有“墨庄主人识”，云：“昭阳者，飞燕、合德所居之殿也。向有外传，俱凭口创，未汇大全，余致恨焉。今博搜古史，辑为一篇，实费数年之心力，以备一时之胜览，识者不当以宣淫导欲观也。”首《趣史序》云：“向刻《玉妃媚史》，足为玉妃知己，若不僝工以写昭阳之趣，昭阳于九泉宁不遗恨君耶？乃爰辑其外纪，题曰《昭阳趣史》。”上卷第十一叶图背面题“辛酉岁孟秋写于有况居”，辛酉为天启元年，当成书于天启元年前。

1. **天启元年刊《新编出像赵飞燕昭阳趣史》上下两卷，荷兰莱敦大学汉学院图书馆藏。**

〔四六二〕目睹堂　不明

目睹堂清刊《皋鹤堂批评第一奇书金瓶梅》，有弄珠客序，其余刊书未见，具体地点不明。

1. **清刊《皋鹤堂批评第一奇书金瓶梅》一百回，日本藏。**

N

〔四六三〕南武　不明

南武咸丰七年重刊《荡寇志》七十卷七十回，北京大学图书馆藏。孔夫子旧书网有"南武藏板"，内封题"咸丰七年重镌/山阴俞仲华先生荡寇志/结水浒传/南武藏板"，有咸丰七年重刊东篱山人序。南武具体地点不明。

1. **咸丰七年重刊《荡寇志》七十卷七十回，北京大学图书馆藏。**

〔四六四〕南屏山房　杭州(程侠)

崇祯五年序刊《新镌出像批评龙阳逸史》不分卷二十回，日本佐伯文库藏。首《龙阳逸史题辞》，题"崇祯壬申阳月阳至日蔗道人题于菖茇中"。《叙》署名"崇祯壬申仲秋前二日新安程侠题于南屏山房"。"《龙阳逸史》作于杭州，观程侠叙可知。就插图题字及刻工等迹象，此书很可能亦是在杭州出版的。后来的两种男同性恋中篇集《弁而钗》及《宜春香质》亦皆是杭州产品。这和书中所说的当日盛行南风、杭州为甚的社会情况是相符的。"①因此，南屏山房当位于杭州，其主人为程侠。

1. **崇祯五年序刊《新镌出像批评龙阳逸史》不分卷二十回，日本**

---

① 石昌渝主编. 中国古代小说总目(白话卷)[M]. 太原：山西教育出版社，2004：218.

佐伯文库藏。

〔四六五〕南屏新院　广东嘉应州(镇邑)

镇邑南屏新院光绪二十九年刊《七真祖师列仙传》二卷，有《重刻七真祖师列仙传序》，题“光绪二十九年清和月朔回道人序于镇邑南屏新院”；有附录，末题“光绪二十九年清和月上澣，镇邑周祖道附录”，书影见孔夫子旧书网。据此可知南屏新院为镇邑书坊，主人为周祖道。镇邑指广东蕉岭镇邑，清代隶属嘉应州，即今天的梅州。

1. **光绪二十九年刊《七真祖师列仙传》二卷，上海古籍出版社藏。**

〔四六六〕凝萃草堂　不明

凝萃草堂道光辛卯十一年刊《绣像红楼梦》，详细地点不明。

1. **道光辛卯十一年刊《绣像红楼梦》。**

P

〔四六七〕品文堂　东昌

据吴云涛《聊城刻书与出版业的兴衰概况》一书，品文堂位于山东东昌聊城：

> 从明末到清初，聊城的书坊陆续增添。最早开业的是书业德，随后有善成堂、有益堂等相继创立。到了清乾隆、嘉庆时期(1736—1818)地方商业日臻繁荣，科举试场也更加热闹，应运而兴的书店不断发展，又出现了敬文堂、文英堂、聚锦堂、聚盛堂、聚和堂等家。以后又有了万育堂、文奎堂、品文堂。最后又出现了福成堂、魁允堂、精忠堂、三合堂、万兴成等家。至于德润斋、郁文斋以及一些发售纸墨笔砚、碑帖文具，也稍带卖书的店铺，更是不少。①

品文堂出现的时间应是清朝后期。品文堂光绪壬午八年新镌《重校批点青云集合注》，光绪丙戌十二年冬刊《明文明全集》，书影均见孔夫子旧书网。

1. **清末刊《封神演义》二十卷一百回，书影见孔夫子旧书网。**
2. **光绪二十年刊《新史奇观》四卷二十二回，北京师范大学图书**

---

① 吴云涛．聊城刻书与出版业的兴衰概况[A]．中国人民政治协商会议山东省委员会文史资料研究委员会编．文史资料选辑(第四辑)[M]．山东人民出版社，1982.

馆藏。

3. 光绪十九年刊《忠孝勇烈奇女传》四卷三十二回，首都图书馆藏。

〔四六八〕苹华堂　不明

李金泉《苹华堂刊〈皋鹤堂批评第一奇书金瓶梅〉版本考》一文认为，苹华堂刊本《皋鹤堂批评第一奇书金瓶梅》是在兹堂系统《第一奇书》的祖本：

> 在兹堂本、康熙乙亥本及皋鹤草堂梓行本三种版本其实是用同一刻版在不同时期的刷印而已，从版本学上讲只能算作一种版本，尽管三种版本的封面有所不同，但内容完全一致，而且它们存在很多相同的特点，我们暂称其为“在兹堂系”版本，而苹华堂本是他们的祖本。①

李金泉进一步认为，苹华堂本的价值主要在于：

> 苹华堂本却保留了部分不见于大连本和吉林、首图本的批语，可以这样认为，在《第一奇书》版本中，苹华堂本的重要性仅次于初刻本，其地位和吉林大学本及首图本相当。
>
> 在苹华堂本出现之前，此系统版本我们所能见到的是在兹堂本、乙亥本和皋鹤草堂本，尽管三个版本用的就是苹华堂本的原刻版，但因为经过无数次的刷印，刻板已经严重损坏，版面也模糊不清，从而造成内容缺失，给研究带来极大的困难。而苹华堂本版面文字非常清晰，内容也很完整，无论是阅读还是研究都无文字上的障碍，亦可校订它本之失。更重要的是，它的出现彻底解决了在兹堂本、乙亥本和皋鹤草堂本三个版本的关系问题，

---

① 李金泉. 苹华堂刊《皋鹤堂批评第一奇书金瓶梅》版本考[J]. 书目季刊(台湾)，2012，(3).

也使在兹堂本或乙亥本为《第一奇书》初刻本的观点遭到了彻底的否定，这就是苹华堂本最大的价值所在。[①]

因此，苹华堂本无疑是《第一奇书》的一个重要版本。可惜苹华堂刊刻的其他书未见，未能找出其所在地。

1. **清刊《皋鹤堂批评第一奇书金瓶梅》一百回，书影见孔夫子旧书网**。

〔四六九〕平山堂　扬州？

平山堂清刊《天花藏批评平山冷燕》，平山堂刊刻的书不多见，因而疑其并非刻书书坊。扬州有平山堂，位于扬州市西北郊蜀冈中峰大明寺内。始建于宋仁宗庆历八年，当时任扬州知府的欧阳修极赏这里的清幽古朴，于此筑堂。坐此堂上，江南诸山，历历在目，似与堂平，平山堂因而得名。平山堂是专供士大夫、文人吟诗作赋的场所，是否刊书不得而知。

1. **清刊《天花藏批评平山冷燕》卷数未详，美国哥伦比亚大学藏**。

---

① 李金泉. 苹华堂刊《皋鹤堂批评第一奇书金瓶梅》版本考[J]. 书目季刊(台湾)，2012，(3).

Q

〔四七〇〕齐府　金陵(南京)

万历十九年杨明峰重刊《新镌龙兴名世录皇明开运英武传》八卷六十则,日本内阁文库藏,内封题“原板南京齐府刊行,书林明峰杨氏重梓”,由此可知南京齐府刊行过此书,已经佚失。后由杨明峰于万历十九年重刊,因此,此书之刊刻不应晚于万历十九年,刊刻地点在南京。

齐府,明太祖庶七子朱榑洪武三年被封为齐王,就藩山东青州。后于宣德三年,与三子皆暴卒,幼子贤赫安置庐州。廖可斌《古本小说集成·英武传·前言》谓“所谓南京齐府刊行云云,或以旧称称之,以作招徕,不一定出于假托”。

1. **万历十九年重刊《新镌龙兴名世录皇明开运英武传》八卷六十则,佚失**。

〔四七一〕齐省堂　不明

齐省堂同治十三年活字印《增订儒林外史》五十六回,复旦大学图书馆、中国国家图书馆藏,内封正面题“增订儒林外史/齐省堂藏板”,背面题“同治甲戌十月开雕/翻刻必究”。有“同治甲戌十月惺园退士书”序,以及增订例言五条,交代删润修饰的缘故。陈美林认为齐本的评定者即惺园退士,其说可从:

> 至于齐本评者为谁何?书中未有明白交代,笔者疑即为增

订本作序的惺园退士。他在序中说："余素喜披览，辄加批注，屡为友人攫去。"又说："偶于故纸摊头得一旧帙，兼有增批，闲居无事，复为补辑。"可见，其先已有自己"批注"，后又为"旧帙""补辑"，闪烁其辞，欲盖弥彰，正说明批评文字出自其手。①

陈美林所言不虚，《增订儒林外史》卷末题"齐省堂增订儒林外史"，那么齐省堂就是增订者"惺园退士"的书斋名。惺园退士其人生平事迹不详。平步青《霞外捃屑》卷九说有一种"吴氏重订小字本"，不知是否指齐本。

1. **同治十三年刊《儒林外史》五十六回，复旦大学图书馆藏**。

〔四七二〕其有堂　不明

乾隆己巳十四年刊《新说西游记》一百回，北京大学图书馆藏，未见刊刻的其他书籍，详细地点不明。

1. **乾隆己巳十四年刊《新说西游记》一百回，北京大学图书馆藏**。

〔四七三〕岐山园　不明

岐山园清刊《孙庞斗志演义》四卷，大连图书馆藏。岐山，山名，在陕西凤翔府岐山县西北，又名天柱山；一在山西介休县。岐山园详细地点不明。

1. **清刊《孙庞斗志演义》四卷，大连图书馆藏**。

〔四七四〕岐园　福州

岐园雍、乾间刻《锦香亭》四卷十六回，藏于大连图书馆。清代福

① 陈美林．略论《儒林外史》齐省堂评——纪念吴敬梓逝世240周年[J]．河北师院学报(社会科学版)，1994，(3)：91—97.

建光泽人上官紫凤，字灵仙，生卒年不详，乃刑部主事何秋涛的母亲，有《岐园标雅诗余》四卷；福州府闽侯县甘白乡辖岐园保，故岐园可能跟福建有关。

关于岐园的详细情况，参见文革红《清代前期通俗小说刊刻考论》“岐园”条(第548—549页)。

1. **雍、乾间刊《锦香亭》四卷十六回，大连图书馆藏**。

〔四七五〕启盛堂　金陵(江宁启盛堂住奇望街/李氏书林)

启盛堂至少雍正年间已经开始刻书，雍正八年铜板刊印《精镌铜板四书体注》十九卷，内封锓朱印，上有字两行曰“江宁启盛堂住奇望街/李氏书林内发兑”①，说明启盛堂位于金陵奇望街，主人姓李。乾隆十年刊《觉悟斋典故四书镜》，内封署“文兴堂、三乐斋、启盛堂梓行”，书影见孔夫子旧书网。清刊《春秋左传杜林真本》五十卷首一卷，(晋)杜预注，(宋)林尧叟补注，(明)钟惺评点，藏于辽宁大学图书馆。

关于启盛堂的详细情况，参见文革红《清代前期通俗小说刊刻考论》“启盛堂”条(第449页)。

1. **清中期刊《天花藏批评平山冷燕》六卷二十回，中国国家图书馆藏**。

2. **雍正十二年刊《官板大字全像批评三国志》二十四卷一百二十回，日本东京大学东洋文化研究所藏**。

〔四七六〕启文堂　广州(学院前)

启文堂清刊《海雪集笺》十二卷，内封题“南海邝湛若先生撰/海

---

① 张秀民. 中国印刷史[M]. 上海：上海人民出版社，1989.

雪集笺/绮错楼藏版/学院前启文堂承镌”,北京大学图书馆藏。“学院前”一般指广州学院前街,为广州著名书坊街,由于书坊街南面是提督学院,即督学的住所,是管理一省教育的最高衙门,因此,书坊街又称“学院前”或“学院衙前”,据此可知启文堂为广州书坊,位于学院前。启文堂道光十八年刊《五方母音》二卷,清华大学图书馆藏;清刊《新刻三国纲鉴鼓词》,北京大学图书馆藏;清刊《应酬全书》,书影见孔夫子旧书网。

1. **清刊《北方真武祖师玄天上帝出身志传》二十四回,北京大学图书馆藏**。

〔四七七〕启秀堂　常州(锡山)

明代武林即杭州有启秀堂,天启四年刊《新刻批评百将传正集》和《续集》,中国国家图书馆藏,可知明代启秀堂位于杭州。

清代乾隆间有无锡锡山启秀堂,乾隆四十三年刊《重订文选集评》十五卷,复旦大学图书馆藏。嘉庆二十二年刊《犊山类稿》六卷,《诗稿》四卷,《课易存商》一卷,《读书杂记》一卷,《随笔杂记》一卷,(清)周镐撰,南京大学图书馆藏。周镐,字怀西,号犊山,无锡人。乾隆己亥举人,历官漳州知府,署汀漳龙道。无锡清属常州府,由此知乾、嘉间启秀堂位于常州府无锡县。

清末上海有启秀堂书庄,光绪元年刊《指南尺牍生理要诀》,内封题“上洋启秀堂藏版”;光绪间石印《新出飞归算》,内封题“上洋启秀堂书庄印”,书影均见孔夫子旧书网。上洋即指上海,以此知启秀堂书庄位于上海。清末石印《绣像凤凰白鹤图》,中国国家图书馆藏。

1. **清刊《英云梦传》八卷十六回,美国国会图书馆藏**。

〔四七八〕启元松　不明

启元松道光四年刊《岂有此理》,郑州大学图书馆藏;清刊《疗马集》《昭明文选李善注》等，书影见孔夫子旧书网。其余刊书未见，位于何处不明。

1. **道光十六年刊《拍案惊奇》三十六卷，北京大学图书馆藏**。

2. **道光二十三年重刊《双凤奇缘传》□卷，山东大学图书馆藏**。

〔四七九〕启元堂　苏州（金阊）

启元堂乾隆五十九年刻《字汇》，孔夫子旧书网可见书影，内封署"乾隆甲寅年重镌/宣城梅诞生先生原本、文成字汇/金阊启元堂梓行"，由此可知启元堂位于苏州。

启元堂康熙六十年刊《南华真经解》三卷，藏于复旦大学图书馆；乾隆五十九年刊《古文释义》，内封署"乾隆五十九年重镌/上元余自明评选、古文释义/启元堂梓行"。启元堂刊书多种，如清刊《康熙字典》十二集，河南大学图书馆藏；光绪五年刊《仙源书院书目》四卷，中山大学图书馆藏；清刊《唐诗合选详解》《寿世保元》等，书影见孔夫子旧书网。

关于启元堂的详细情况，参见文革红《乾嘉时期小说书坊与通俗小说》"启元堂"条（第55—56页）。

1. **清刊《北宋志传》五十回，上海图书馆藏**。

2. **清刊《南宋志传》五十回，上海图书馆藏**。

3. **嘉庆元年刊《第一才子书》十九卷一百二十回，书影见孔夫子旧书网**。

4. **道光十六年刊《五虎平西前传》十四卷一百一十二回，中国国家图书馆藏**。

5. **道光十六年刊《五虎平南后传》六卷四十二回，中国国家图书馆藏**。

6. **清刊《征西说唐三传》□回，辽宁省图书馆藏**。

〔四八〇〕起凤楼　不明

起凤楼清刊《二度梅全传》四卷，浙江图书馆藏，其余刊书未见，具体地点不明。

1. **清刊《二度梅全传》四卷，浙江图书馆藏**。

〔四八一〕乾元堂　南昌吴城

乾元堂嘉庆十九年刊《增订敬信录》，内封署“嘉庆甲戌年重刊/增订敬信录/板存吴城乾元堂书店/凡信善者自备纸张工资、布通天下功德无量”，由此知乾元堂位于吴城。名为“吴城”的地区有：江西南昌新建吴城镇、江苏淮安淮阴区吴城镇、河南省桐柏县吴城镇等，下面根据乾元堂刊书的情况，大致推测此吴城为江西吴城。

乾元堂道光十五年刊《分类缄腋》，内封署“新吴涂谦敷五著”，序署“嘉庆二十五年岁在庚辰孟春月/豫章新吴涂谦敷五氏识”，序写于豫章之吴城；乾隆四十七年序刊《寿世保元》，序署“新建洪阳张位撰/乾隆四十七年岁次壬寅重梓”，序亦写作于江西新建。

观乾元堂所刊书和豫章之吴城确有密切关联，而和江苏、河南吴城无太大关联。同时，江西吴城的经济、地理环境等条件也使得其具备刻书的可能。吴城自宋至清末商业极其发达，乾隆到咸丰百余年间发展进入鼎盛期，口岸转输的经济功能已超过南昌，全镇有南杂、布匹、纸行、文具、百货药业、盐业、银楼、麻庄、木行、烟业以及灯笼、京果、豆麦行、酿酒作坊、粮食等大小店铺上千家。清末吴城是江西木材外运的最大集散地。《增订敬信录》内封所署“凡信善者自备纸张工资”，既然吴城纸业发达，则自备纸张对吴城人来说显然不是件难事。

乾元堂清代尚刊有：乾隆五十七年刊《皇朝武功纪盛》四卷，（清）赵翼撰，北京大学图书馆藏；嘉庆间刊《书经备旨辑要善本》、康熙五十六年序刊《外科全书》，书影均见孔夫子旧书网；光绪十五年刊《金石要言》，玉山老人讲，华东师范大学图书馆藏；光绪二十六年木活字排印《澄怀园语》四卷，（清）张廷玉撰，华东师范大学图书馆藏；清刊《增补地理直指原真》、李东垣编辑《珍珠囊药性赋》上下卷等，书影均见孔夫子旧书网。

关于乾元堂的详细情况，参见文革红《乾嘉时期小说书坊与通俗小说》“乾元堂”条（第287—288页）。

1. **嘉庆十七年重刊《商周列国全传》八卷一百回，中国人民大学图书馆藏。**

2. **道光十三年刊《海公大红袍全传》不分卷六十回，辽宁省图书馆藏。**

〔四八二〕乔山堂　福建（闽书林刘龙田）

明代福建建阳书坊。关于刘龙田的生平资料，参见陈国代、徐俐华《建阳书林乔山堂刘龙田刊刻书考略》：

> 刘大易（1560—1625年），字熿文，号龙田，乔山刘福棨仲子，建宁府建阳县书林人……于天启乙丑年六月十七日卒，享年六十有六，后葬本里茶布桥竹子泉之原……实际上，刘大易与其兄刘大金继续以其父之号名堂开肆刻书，明万历至天启年间以乔山堂、乔山书舍、乔木山房、龙田刘氏忠贤堂、书林刘大易等名号刻印医书，类书，小说戏曲等通俗实用之书约40多种。笔者目前统计，刘氏祖孙三代所刻之书有55种……因此说，刘氏从事出版业具有家族传承性，刊印图书重视实用性，适合大众阅读，而出版诸多的图书，特别是医药学方面的图书，无疑丰富了中华文化宝库，为人类进步做出积极的贡献。①

---

① 陈国代，徐俐华. 建阳书林乔山堂刘龙田刊刻书考略[J]. 飞天，2009，(24).

1. **万历间刊《新锓全像大字通俗演义三国志传》二十卷，日本日光晃山慈眼堂藏**。

〔四八三〕芹香阁　佛山（佛山镇走马路）

芹香阁光绪十六年刊《瓦岗寨演义全传》五卷二十回，中山大学图书馆藏，据中山大学图书馆馆藏目录，此本题“佛镇芹香阁刊本”，佛镇即佛山，据此可知芹香阁为广东佛山书坊。芹香阁清末刊《粤讴》，佛山市博物馆藏，内封上有“佛山镇走马路芹香阁”字样，以此知芹香阁位于佛山走马路。

佛山芹香阁清末刊《全本梁山伯即系牡丹记南音》二卷，复旦大学图书馆藏；清刊《适情雅趣》八卷，中山大学图书馆藏；清刊《新辑七国孙膑全本》四卷，复旦大学图书馆藏；光绪二十七年刊《新选全本五虎平西初集》四卷，北京师范大学图书馆藏。其余刊书不一一列载。

1. **清刊《南游志传》四卷十八回，中山大学图书馆藏**。

2. **光绪十六至二十五年刊《绣像东游传八仙炼道》四十五回，香港中文大学图书馆藏**。

3. **光绪十六至二十五年刊《南游华光志传》四卷十八回，香港中文大学图书馆藏**。

4. **光绪十六至二十五年刊《西游记传》四卷，香港中文大学图书馆藏**。

5. **光绪十六至二十五年刊《北游记》二卷，香港中文大学图书馆藏**。

6. **光绪十六年刊《瓦岗寨演义全传》五卷二十回，中山大学图书馆藏**。

〔四八四〕琴韵书舍　不明

琴韵书舍清刊《姻缘扇》八回，中国国家图书馆藏。其余刊书未见，具体地点不明。

1. **清刊《姻缘扇》八回，缺第五、八回，中国国家图书馆藏。**

〔四八五〕青藜阁　日本东京（东都书贾浅草区茅町贰丁目五番地，主人为北泽伊八）

青藜阁天宝四年（清道光十三年）刊《行书类纂》十二集，书影见孔夫子旧书网，内封题“文政己丑年镌/行书类纂/集古字堂藏版/东都书贾青藜阁发兑”，书末叶题“天保四年癸巳正月发兑/书肆　江都浅草茅町二丁目/须原屋伊八”。东京在江户时代亦称为东都，据此可知青藜阁为日本东京书坊，主人为须原屋伊八。

青藜阁道光四年刊《三家书论》，内封题“文政甲申新镌/三家书论/青藜阁藏版”，书末署“浅草茅町二丁目/书林　须原屋伊八”，书影见孔夫子旧书网，则道光间青藜阁主人为须原屋伊八无疑。

青藜阁明治十二年（清光绪五年）刊《幼学诗韵续》，内封题“明治十二年十月再版/淡海蘅园先生阅/门人林琛、大前彬同辑/附录时令提要/东京书林 千钟房、青藜阁合梓”，书末署“出版人 北泽伊八 同浅草区 茅町贰丁目五番地”，据此书题署，可知青藜阁位于浅草区茅町贰丁目五番地，主人为北泽伊八。

青藜阁刊刻的中文古籍尚有：嘉永元年（清同治三年）刊《棋经佳致精局》四卷，（日本）安井算知撰，北京大学图书馆藏；刊《三家妙绝》三卷，（宋）范成大、杨万里、陆游撰，（日本）河世宁选，复旦大学图书馆藏，另刊有《朵云帖》《文草小成》《三体千字文》《四书读本辨义》《略可法》《有正味斋诗帖详注》等，书影均见孔夫子旧书网。

1. **光绪十三年刊《东周列国志》二十三卷一百〇八回，南京图书馆藏。**

〔四八六〕青文堂　不明

青文堂刊书不多，清刊《山洋指迷全书》，有序，题“乾隆丁未嘉平月山阴姚雨方序/时年七十有七”，书影见孔夫子旧书网，此本为乾隆五十二年以后的翻刻本。青文堂为乾隆以后书坊，其具体地点不明。

1. **道光十年刊《绿野仙踪》八十回，上海图书馆藏**。

〔四八七〕青霞室　不明

青霞室清刊《如意君传》，孙楷第先生《中国通俗小说书目》记云："《如意君传》，未见，刘衡如先生云：日人某书中记有青霞室刊本，四册。此书演唐武后事，嘉庆十五年御史伯依保奏禁。见《癸巳存稿》。"青霞室具体情况不明。

1. **清刊《如意君传》，孙楷第《中国通俗小说书目》著录**。

〔四八八〕青心阁　日本

青心阁日本宝永乙酉年（清康熙四十四年）刊《肉蒲团》二十回，（清）李渔撰，日倚翠楼主人译，藏于香港中文大学图书馆、科技大学图书馆①。内封题署"宝永乙酉秋上梓/青心阁发兑"，有《肉蒲团序》，署"倚翠楼主人题于五里雾中人家"。

关于青心阁的详细情况，参见文革红《清代前期通俗小说刊刻考论》"青心阁"条（第541—542页）。

1. **日本宝永二年（清康熙四十四年）刊《肉蒲团》不分卷二十回，香港中文大学图书馆藏**。

〔四八九〕青云楼　广州

青云楼同治八年朱墨套印刊《聊斋志异》十六卷，藏于中国国家图书馆，内封题"同治己未年孟秋/羊城青云楼藏版"；清刊《纲鉴易知

---

① 香港中文大学图书馆古籍善本书目系统编. 香港中文大学图书馆古籍善本书目，增订版[M]. 香港：中文大学出版社，2001：222.

录》，内封署“羊城青云楼藏板”字样；清末刊《苏文忠诗合注》五十卷，卷首一卷，北京大学图书馆藏，内封镌“天平街青云楼发兑/省城天平街五云楼藏板”；清刊《医学入门》，书末牌记署“广城书林青云楼识”，书影见孔夫子旧书网；同治十一年刊《新增资治新书全集》二十卷，(清)李笠翁辑，亦署“羊城青云楼”，以此知青云楼位于广州天平街。

青云楼刊书当不晚于嘉庆间，嘉庆八年刻《尔雅注疏》十一卷，藏于北京大学图书馆；同治十三年刻《凤凰山》七十二卷七十二回，藏于复旦大学图书馆；清刻《青云楼增订四书正文中庸》《重订明诗别裁》等，书影见孔夫子旧书网。

关于青云楼的详细情况，参见文革红《乾嘉时期小说书坊与通俗小说》“青云楼”条(第 213—214 页)。

1. **乾隆间刊《玉娇梨》四卷，中国国家图书馆藏。**

2. **乾隆间刊《平山冷燕》四卷二十回，北京师范大学图书馆藏。**

3. **乾隆五十二年刊《好逑传》四卷十八回，日本东京大学东洋文化研究所仓石文库藏。**

4. **清刊《封神演义》二十卷一百回，山东省图书馆藏。**

5. **同治七年刊《今古奇观》十卷，日本早稻田大学藏。**

〔四九〇〕青芝堂药号　扬州韩

韩青芝堂药号光绪二十九年刊《新订考据真实湘子全传》四卷十六回，(清)韩沐泉撰，内封题“维扬韩青芝堂药号”，吉林大学图书馆藏，以此知韩青芝堂药号位于扬州，主人为韩姓。

1. **光绪二十九年刊《韩湘子全传》三十回，日本京都大学人文科学研究所藏。**

〔四九一〕清白堂　建阳(杨氏)

杨氏清白堂，明嘉靖、万历时建阳著名刻书堂号，主人杨春元，号闽斋，杨丽泉、杨新泉等亦为清白堂主，万历年间刊有多种通俗小说。

清白堂杨闽斋万历三十一年刻《鼎锲京本全像西游记》二十卷一百回，日本内阁文库藏，内封题“新镌全像西游记传/书林杨闽斋梓行”。卷首第二行下，除卷十二外，均题“华阳洞天主人校”；第三行下，或题“闽书林杨闽斋梓”“建书林杨闽斋梓”“闽建书林杨氏梓”“清白堂杨闽斋梓”“闽建邑清白堂梓”等。据书中题署可知清白堂杨闽斋为福建建阳书坊。明末刊《新镌厝仪部编纂皇明捷录》十四卷，内封镌“金陵官板/潭城书林杨闽斋梓”，中国人民大学图书馆藏。

杨氏清白堂明万历间刊《达摩出身传灯传》四卷七十则，日本天理图书馆藏，署“逸士朱开泰选修，书林清白堂杨丽泉梓行”，据此可知杨丽泉亦为清白堂主人。

清白堂嘉靖三十一年刊《新刊大宋中兴通俗演义》八卷，(明)熊大木撰，日本内阁文库藏，卷一署“书林清白堂刊行”。据汪燕岗《〈全汉志传〉与〈两汉开国中兴志传〉的成书》，杨涌泉是清江堂主人而非清白堂主：

> 熊大木所编之另一部小说《大宋中兴通俗演义》，其卷一署“书林清白堂刊行”，一般都认为是清白堂原刊。书前又有熊大木嘉靖三十一年序，云该书是应姻亲杨涌泉所作，故一般认为杨涌泉是清白堂主人。但石昌渝师经过仔细研究后，认为原书应是清江堂所刊，“现存本是拿了清江堂刊本与清白堂刊《会纂宋岳武穆王精忠录后集》合而为一书，在合刊时对清江堂刊本正文卷一首叶做了替补(或挖改)，换上清白堂的坊号”。这样，杨涌泉也应该是清江堂主人而非清白堂主。①

杨新泉亦为清白堂主人，万历十六年清白堂杨新泉刊《评林新锲

① 汪燕岗.《全汉志传》与《两汉开国中兴志传》的成书[J].明清小说研究，2007,(3)：194—206.

瓿甄洞蒿》二十卷，诗集六卷，(明)吴国伦撰，(明)王世贞评，复旦大学图书馆藏。

1. **万历三十一年刊《鼎镌京本全像西游记》一百回，清白堂杨闽斋刊本，日本内阁文库藏。**

2. **明刊《达磨出身传灯传》四卷七十则，清白堂杨丽泉刊本，日本天理图书馆藏。**

3. **万历三十三年刊《新刻全像二十四尊得道罗汉传》六卷，(明)朱星祚撰，日本内阁文库藏聚奎斋后印本。**

4. **嘉靖三十一年刊《新刊大宋中兴通俗演义》八卷八十则，日本内阁文库藏。**

5. **万历十六年刊《京本通俗演义按鉴全汉志传》十二卷(《西汉》六卷，《东汉》六卷)，日本蓬左文库藏。**

6. **万历庚戌三十八年刊《重刻京本通俗演义按鉴三国志传》二十卷二百四十则，闽建杨春元闽斋刊本，日本内阁文库藏。**

〔四九二〕清和轩　不明

清和轩清刊《灯草和尚传》六卷十二回，署“元临安高则诚著/云游道人编次/明吴(趋)周求详评”，藏于北京大学图书馆。清和轩刊刻的其他书未见，具体地点不明。

1. **甲寅刊《灯草和尚传》六卷十二回，北京大学图书馆藏。**

〔四九三〕清江堂　建阳杨氏

杨氏清江堂，明嘉靖、万历时建阳著名刻书堂号，主人杨涌泉，万历年间刊有多种通俗小说。

据汪燕岗《〈全汉志传〉与〈两汉开国中兴志传〉的成书》，杨涌泉是清江堂主人而非清白堂主，参见本书“清白堂”条：

> 清江堂也是建阳一个著名书坊，明宣德六年开始刊书，嘉靖

年间最为活跃，如嘉靖七年刊《三礼考注》《书经大全》，嘉靖十年刻《紫阳朱子纲目》，十四年刻《资治通鉴纲目前编》，十五年刻《资治通鉴汉唐纲目经史品藻》等。从所刊书来看，清江堂主杨涌泉对历史类著作很有兴趣，其所刊之通俗小说，除《大宋中兴通俗演义》外，还有嘉靖三十二年刊的《唐书志传通俗演义》（熊大木所著），故以他和熊大木的关系而言，《西汉志传》也应为清江堂所刊。①

1. **嘉靖三十一年刊《大宋中兴通俗演义》八卷八十则，日本内阁文库藏**。

2. **嘉靖三十二年刊《新刊参采史鉴唐书志传通俗演义》八卷八十九则，中国国家图书馆藏**。

〔四九四〕清籁阁　苏州

查《清人室名别称字号索引》，长洲褚逢椿室名为清籁阁。褚氏字仙根，善录书，工画。尝为朱酉生写《何山归棹图》，寥寥数笔，辄动人丘壑间想。

1. **康熙三十三年刊《封神演义》二十卷一百回，法国国家图书馆藏**。

〔四九五〕清秘阁　日本东京（东都）

清秘阁位于日本东都，即今东京。

1. **宝历十三年（清乾隆二十八年）刊《闲娱情传》不分卷，日本东京大学东洋文化研究所双红堂文库藏**。

---

① 汪燕岗.《全汉志传》与《两汉开国中兴志传》的成书[J]. 明清小说研究，2007，(3)：194—206.

〔四九六〕清明堂　不明

清明堂清刊《新刻天花藏批评平山冷燕》四卷二十回，首都图书馆、郑州大学图书馆藏，其余刊书未见，地点不明。

1. **清刊《第四才子书平山冷燕》四卷二十回，首都图书馆、郑州大学图书馆藏**。

〔四九七〕清平山堂　杭州洪楩

“清平山堂”乃明代洪楩之书室名。洪楩，字子美，明代钱塘西溪人。明文学家、刻书家、藏书家。他继承先祖书香门第的遗业，在其祖父洪钟“两峰书院”的基础上，购书藏书，在杭州城南的仁孝坊（俗称清平巷）构筑了“清平山堂”。

清平山堂刻印唐、宋、元各家文集多种和医学、养生等书籍数种。洪楩在“清平山堂”刊刻的书籍主要有：嘉靖二十四年刊《唐诗纪事》八十一卷，（宋）计有功撰，中国国家图书馆、北京师范大学图书馆藏；嘉靖二十五年刊《新编分类夷坚志》五十一卷，（宋）洪迈撰，（宋）叶祖荣辑，中国国家图书馆藏；嘉靖二十五年刊《医药摄生类八种》不分卷，洪楩辑；嘉靖二十八年刊《六臣注文选》六十卷，（梁）萧统撰，（唐）李善等注，中国国家图书馆、香港中文大学图书馆藏；嘉靖三十六年刊《蓉塘诗话》二十卷，（明）姜南撰，北京大学图书馆藏；嘉靖间刊《路史》四十卷，（宋）罗泌撰，中国国家图书馆藏，均为世所公认的精刻本。

《清平山堂话本》原名《六十家小说》，据马廉考证，《清平山堂话本》刊刻的时间在嘉靖二十至三十年间①，因话本版心有“清平山堂”字样，故名。分为《雨窗》《长灯》《随航》《欹枕》《解闲》《醒梦》六集，每

---

① 马廉《影印天一阁旧藏雨窗欹枕集序》，见《雨窗欹枕集》，民国二十三年六月马廉用天一阁旧藏明嘉靖本影印，复旦大学图书馆藏。

集十篇。现存《雨窗》《欹枕》两集的残本，仅十二篇；又残本三册，书名不详，存十五篇，藏日本内阁文库，共计二十七篇，影印本合为一书，题作《清平山堂话本》。另有《翡翠轩》《梅杏争春》两篇，只存残页。书中收宋元明三代的短篇小说，有一部分标明“小说”或“新编小说”，当属小说家的话本。

1. **约嘉靖二十至三十年刊《柳耆卿诗酒玩江楼记》一篇，日本内阁文库藏。**

2. **约嘉靖二十至三十年刊《简贴和尚》一篇，日本内阁文库藏。**

3. **约嘉靖二十至三十年刊《西湖三塔记》一篇，日本内阁文库藏。**

4. **约嘉靖二十至三十年刊《合字文字记》一篇，日本内阁文库藏。**

5. **约嘉靖二十至三十年刊《风月瑞仙亭》末缺，日本内阁文库藏。**

6. **约嘉靖二十至三十年刊《蓝桥记》一篇，日本内阁文库藏。**

7. **约嘉靖二十至三十年刊《快嘴李翠莲记》一篇，日本内阁文库藏。**

8. **约嘉靖二十至三十年刊《洛阳三怪记》一篇，日本内阁文库藏。**

9. **约嘉靖二十至三十年刊《风月相思》一篇，日本内阁文库藏。**

10. **约嘉靖二十至三十年刊《张子房慕道记》一篇，日本内阁文库藏。**

11. **约嘉靖二十至三十年刊《阴骘积善》一篇，日本内阁文库藏。**

12. **约嘉靖二十至三十年刊《陈巡检梅岭失妻记》一篇，日本内阁文库藏。**

13. **约嘉靖二十至三十年刊《五戒禅师私红莲记》一篇，日本内阁文库藏。**

14. **约嘉靖二十至三十年刊《刎颈鸳鸯会》一篇，日本内阁文**

库藏。

15. 约嘉靖二十至三十年刊《杨温拦路虎传》一篇，日本内阁文库藏。

16. 约嘉靖二十至三十年刊《花灯轿莲女成佛记》一篇(《雨窗集》上)，天一阁旧藏。

17. 约嘉靖二十至三十年刊《曹伯明错勘赃记》一篇(《雨窗集》上)，天一阁旧藏。

18. 约嘉靖二十至三十年刊《错认尸》一篇(《雨窗集》上)，天一阁旧藏。

19. 约嘉靖二十至三十年刊《董永遇仙传》一篇(《雨窗集》上)，天一阁旧藏。

20. 约嘉靖二十至三十年刊《戒指儿记》一篇后缺(《雨窗集》上)，天一阁旧藏。

21. 约嘉靖二十至三十年刊《羊角哀死战荆轲》一篇前后缺(《欹枕集》上)，天一阁旧藏。

22. 约嘉靖二十至三十年刊《死生交范张鸡黍》一篇(《欹枕集》上)，天一阁旧藏。

23. 约嘉靖二十至三十年刊《老冯唐直谏汉文帝》一篇(《欹枕集》下)，天一阁旧藏。

24. 约嘉靖二十至三十年刊《汉李广世号飞将军》一篇(《欹枕集》下)，天一阁旧藏。

25. 约嘉靖二十至三十年刊《夔关姚卞吊诸葛》一篇(《欹枕集》下)，天一阁旧藏。

26. 约嘉靖二十至三十年刊《霅川萧琛贬霸王》一篇(《欹枕集》下)，天一阁旧藏。

27. 约嘉靖二十至三十年刊《李元吴江救朱蛇》一篇末缺(《欹枕集》下)，天一阁旧藏。

28. 约嘉靖二十至三十年刊《梅杏争春》一篇后缺，中国国家图

书馆藏。

29. **约嘉靖二十至三十年刊《翡翠轩》一篇，残缺，中国国家图书馆藏**。

〔四九八〕清啸阁　杭州（金棻）

清代杭州金棻有清啸阁，嘉庆三年拓《清啸阁藏帖》，金棻、陈希濂撰集，孔昭孔、冯瑜、刘征、冯鸣和等刻字，藏于南京大学图书馆，封面有印曰“金棻审定”“清啸阁藏”，故知清啸阁为金棻书室名；又拓有《瓯香馆集帖》，题“清啸阁藏板”。金棻，字涌清，号观堂，钱塘监生，候补员外郎。雅性，善鉴别，喜收藏。

1. **约嘉庆间刊《镌玉茗堂批点残唐五代史演义传》十二卷六十则，上海图书馆藏**。

〔四九九〕庆春堂　陕西同州（咸林、古郑）

庆春堂清刊《使用杂字》，内封题“咸林庆春堂梓”；清刊《解学士诗》，内封题“古郑庆春堂梓”，书影均见孔夫子旧书网。古郑，一名咸林，位于陕西华县毕家乡一带，公元前806年周宣王封庶弟姬友于此，名郑。《国语》云：“郑桓公为周司徒，采地咸林也。”咸林即华州，雍正三年前属陕西省西安府，雍正三年后升为直隶州，乾隆元年以后属同州府管辖，以此知庆春堂为陕西同州书坊。

庆春堂同治十二年新镌《刻阴阳柳洪泉三元总录》；清刊《龙光书经》等，书影见孔夫子旧书网。

又河南府有庆春堂药店，孔夫子旧书网上有木刻碑形广告，题曰“古豫州河南府庆春堂”“洛阳县城南十五里北叶家村北叶逢春自造八宝拨云散随棚发卖”，此庆春堂药店位于河南洛阳。河南府是洛阳的古称。唐代河南郡改为都畿道河南府。北宋时期河南府以西京洛阳为中心，元朝设河南江北行省，清代时府治洛阳。

1. 嘉庆十八年刊《张子房归山诗》一篇，书影见孔夫子旧书网。

2. 嘉庆十八年刊《解学士诗》一篇，书影见孔夫子旧书网。

〔五〇〇〕庆云楼　佛山

庆云楼咸丰八年刊《增补苏批孟子》二卷，中山大学图书馆藏，内封题“佛山庆云楼”；咸丰庚申十年孟夏刊《唐诗三百首注疏》，内封题“禅山庆云楼梓行”，书影见孔夫子旧书网。禅山即佛山，以此知庆云楼为清代佛山书坊。

庆云楼康熙二十二年序刊《王叔和图注难经脉诀》；雍正四年序刊《分法小题拆字新本》，吉林大学图书馆藏；咸丰八年刊《椟山文稿》，南京大学图书馆藏；清刊《诗经补注备旨详解》，书影见孔夫子旧书网。

1. 清刊《忠义水浒传》二十卷一百一十五回(《汉宋奇书》上栏)，山东省蓬莱图书馆藏。

2. 清刊《四大奇书第一种》二十卷一百二十回(《汉宋奇书》下栏)，山东省蓬莱图书馆藏。

3. 乾隆初年刊《盛世鸿勋》四卷二十二回，大连图书馆藏。

4. 清刊《东周列国志》二十三卷一百〇八回，书影见孔夫子旧书网。

5. 咸丰八年刊《万花楼杨包狄演义》十四卷六十八回，辽宁大学图书馆藏。

〔五〇一〕求无不获斋　福建

求无不获斋乾隆间刊《台湾外纪》三十卷，作者自题“九闽珠浦东旭氏江日升”，序署“九闽珠浦东旭氏江日升识”。江日升，字东旭，福建珠浦人，约卒于康熙后期，生平不详。《台湾外纪》卷首有康熙甲申陈祈永序，故其作不晚于康熙四十三年，则成书在平台未久之时。书亦刻于福建,则求无不获斋或位于福建,详细情况不明。

1. **乾隆三十八年刊《台湾外纪》三十卷三十则,江安傅氏双鉴楼藏**。

2. **乾隆三十八年刊《台湾外纪》十卷,上海图书馆藏**。

3. **道光二年刊《海公大红袍全传》六十卷六十回,山西省图书馆藏**。

〔五〇二〕群玉山房　宁波(宁郡)

群玉山房清嘉庆间刊《温病条辨》六卷,内封题“宁波群玉山房校刊”,苏州大学图书馆藏;清刊《初学检韵袖珍》十二集,内封题“宁郡群玉山房梓”,北京大学图书馆藏;清刊《便蒙四书正文》,卷端题“宁城又新街群玉山房刊”;清刊《书经旁训》,内封题“宁城群玉山房藏板”,书影见孔夫子旧书网。以此知群玉山房为宁波书坊,位于又新街。

群玉山房刊刻的书主要有:道光二十八年刊《苏黄两先生尺牍》八卷,北京师范大学图书馆藏;同治十一年刊《东华录》三十二卷,吉林大学图书馆藏;光绪七年刊《江氏数学翼梅》八卷,郑州大学图书馆藏;光绪八年刊《经文碧海鲸》不分卷,中山大学图书馆藏;光绪八年刊《玉芝堂文集》六卷,北京师范大学图书馆藏;光绪八年四明群玉山房刊《佛国记》一卷,北京师范大学图书馆藏;光绪八年刊《读通鉴纲目条记》二十卷,南开大学图书馆藏;清刊《雷公药性解》《医宗必读》,书影见孔夫子旧书网;民国三年石印《红楼梦传奇》,南京师范大学图书馆藏。群玉山房营业时间延续至民国间。

保定亦有群玉山房,清末民初发行《白话尺牍从新》二卷,封面题“保定群玉山房发行”,书影见孔夫子旧书网。

1. **光绪间朱墨套印《绣像第一才子书》六十卷一百二十回,书影见孔夫子旧书网**。

〔五〇三〕群玉斋　福州(福州城内总督后街)

群玉斋光绪十二年刊《刘涓子鬼遗方》,(清)龚庆宣撰,内封反面题"光绪丙戌三月吉日冠悔党主人募捐重刊/板藏福州城内总督后街群玉斋",书影见孔夫子旧书网,以此知群玉斋位于福州城内总督后街。福州群玉斋同治八年木活字印《平定粤匪纪略》十八卷,附录四卷,吉林大学图书馆藏;同治九年刊《汇刻书目合编》,郑州大学图书馆藏;同治九年刊《禹贡锥指节要》一卷,附《夏小正传》,吉林大学图书馆藏。光绪十三至十五年刊《四神志略》四种,北京大学图书馆藏。

1. **同治八年活字印《儒林外史》五十六回,中国国家图书馆藏**。

R

〔五〇四〕人瑞堂 金陵

人瑞堂崇祯四年序刊《隋炀帝艳史》八卷四十回，中国国家图书馆藏；崇祯间刊《葛仞上先生评选古文雷橛》六卷，内封题“古文雷橛/葛仞上先生选评/人瑞堂校梓”，美国哈佛大学哈佛燕京图书馆藏；康熙间刊《新刻钱希声先生四书课儿捷解》八卷，美国哈佛大学哈佛燕京图书馆藏；刊《新校尚书减注》六卷，内封题“蔡传便蒙书经集注/宝善堂记/人瑞堂藏板”，卷六后有牌记，刊“大明万历新岁春月吉旦书林宝善堂梓”，美国哈佛大学哈佛燕京图书馆藏。人瑞堂可能为苏州或金陵书坊。

人瑞堂崇祯十四年序刊《新刻人瑞堂订补全书备考》三十四卷，(明)郑尚玄订；崇祯年间刻《新锲翰林三状元会选二十九子品汇释评》，由李廷机作序。人瑞堂主人即郑尚玄，其人为福建建阳人，开设书坊人瑞堂于金陵或苏州。

1. **崇祯四年序刊《隋炀帝艳史》八卷四十回，中国国家图书馆藏**。

〔五〇五〕仁寿堂 1 金陵(周曰校)

仁寿堂万历十九年刊《新编簪缨必用翰苑新书》四集二十九卷，内封题“金陵周对峰刊”，总目后题“金陵书肆龙泉唐廷仁、对峰周曰校镌行”“万历辛卯冬月金陵周对峰刊”，版心下镌“仁寿堂刊”，中国国家图书馆藏，据此可知仁寿堂为金陵书坊，主人为周对峰周曰校。周曰校又有书坊曰万卷楼。

周曰校万历二十一年刊《皇明馆课经世宏辞续集》十五卷，王锡爵增辑，中国科学院图书馆藏，题“太原王锡爵元驭续补，秣陵焦竑弱侯父参订，绣谷周曰校应贤父督刊”①。绣谷，指江西抚州金溪之锦绣谷，因此，周曰校当为金溪人。周氏为南京刻书世家，原籍为金溪，后迁金陵。周曰校与周文炜两人关系待考。

明万历十一年周氏仁寿堂刊《东垣十书》，（明）李泉编，南京大学图书馆藏；周曰校仁寿堂明刊《新刊官板批评正百将传》十卷，续《百将传》四卷，中国国家图书馆藏；万历间刊《新镌云林神谷》四卷，美国国会图书馆藏，题“太医院医官金溪云林龚廷贤才子编著，金陵书林周曰校刊行”②；嘉庆十六年刊《柏楼吟》二卷，（明）孟蕴撰，复旦大学图书馆藏；清刊《成裕堂绘像第七才子书》六卷，吉林大学图书馆藏。其余刊书不一一列载。

1. **万历辛卯十九年刊《新刻校正古本大字音释三国志通俗演义》十二卷二百四十则，北京大学图书馆、日本内阁文库藏。**

2. **万历间重刊《新刻校正古本大字音释三国志通俗演义》十二卷二百四十则，中国国家图书馆藏。**

3. **万历间刊《大宋中兴通俗演义》八卷八十则，日本内阁文库藏。**

〔五〇六〕仁寿堂 2　苏州（吴门）

仁寿堂乾隆九年刻《济公传》十二卷，藏于日本宫内厅书陵部，首序，署“乾隆九年季春金陵旅寓枫亭王宣撰”，内封署“吴门仁寿堂藏

---

① 万历二十一年周曰校刊《皇明馆课经世宏辞续集》十五卷，见四库禁毁书丛刊编纂委员会. 四库禁毁书丛刊集部第 53 册[M]. 北京：北京出版社.

② 许振东. 周文炜家族早期的刻书活动及其关系[J]. 廊坊师范学院学报（社会科学版），2016，(3).

板”,据此可知仁寿堂位于苏州。

仁寿堂清初刻《金镜录伤寒验证舌法图说》,(元)敖氏撰,藏于中国国家图书馆;光绪十二年刻《保产金丹》,(清)刘文华辑,藏于中国国家图书馆。清刊《仿知不足斋丛书》五种,(清)无名氏辑,藏于中国国家图书馆。

关于仁寿堂的详细情况,参见文革红《乾嘉时期小说书坊与通俗小说》“仁寿堂”条(第56页)。

1. **乾隆九年刊《济颠禅师全传》十二卷,日本官内省书陵部藏。**

2. **清刊《斩鬼传》四卷十回,天津师范大学图书馆藏。**

〔五〇七〕人文聚 杭州(武林)

人文聚清刊杨尔曾撰《新镌批评出相韩湘子》三十回,内封题“武林人文聚藏版”,北京大学图书馆藏,以此知人文聚位于杭州。清刊《春秋心典传本》,内封题“人文聚梓行”,卷端题“钱塘赵晋襄先生鉴定”,书影见孔夫子旧书网,其他刊书不多见。

1. **清刊《韩湘子全传》不分卷三十回,北京大学图书馆藏。**

〔五〇八〕日照斋 不明

日照斋道光、咸丰间刊《绣像京本云合奇踪玉茗英烈全传》十卷八十回,复旦大学图书馆藏。其余刊书未见,具体地点不明。

1. **道光、咸丰间刊《云合奇踪》十卷八十回,复旦大学图书馆藏。**

〔五〇九〕荣茂堂 成都

成都荣茂堂清道光二十六年刊《三国演义》,见汪燕岗《论清代四川雕版印刷下通俗小说的出版》①,由此可知荣茂堂位于成都。咸丰

---

① 汪燕岗.论清代四川雕版印刷下通俗小说的出版[J].四川图书馆学报,2015,(6).

元年刊《崇正辟谬永吉通书大全》；同治丙寅五年发兑《春秋左传杜林合注》、光绪四年刊《槐轩百花千家诗注》，内封均题“姑苏原板/荣茂堂发兑”；同治五年刊《万斛珠类编》《铜板诗经附考备旨》；清刊《增订邓退庵先生家藏遵注四书备旨新本上孟》《九九全编指明珠算》等书，内封均见孔夫子旧书网。

1. **清刊《东汉演义评》八卷三十二回，美国耶鲁大学藏**。

2. **清刊《绣像第一才子书》六十卷一百二十回，书影见孔夫子旧书网**。

3. **乾隆十七年序刊《绣像新本东周列国志》二十三卷一百〇八回，书影见孔夫子旧书网**。

〔五一〇〕荣寿堂　金陵

万历间世德堂刊本《新刻出像官板大字西游记》二十卷一百回，中国国家图书馆藏，正文每卷首第二行下题“华阳洞天主人校”，第三行下题“金陵世德堂梓行”，其中卷九、十、十九、二十则题“金陵荣寿堂梓行”，卷十六则题“书林熊云滨重锲”，以此知荣寿堂为金陵书坊，万历间刊刻过《西游记》。

荣寿堂万历间刊《笔畴》二卷，（明）王达撰，吉林大学图书馆藏。其余刊书不多见。

1. **万历二十年序刊《新刻出像官板大字西游记》二十卷一百回，中国国家图书馆藏**。

〔五一一〕容与堂　杭州（虎林）

《暖红室汇刻传奇》之《李卓吾先生批评幽闺记》，1980年江苏广陵古籍刻印社影印贵池刘氏暖红室校刻明容与堂本，卷端题“虎林容与堂原本，贵池刘氏暖红室校订”，据此可知容与堂位于杭州。

容与堂万历三十八年刊《李卓吾先生批评忠义水浒传》一百卷引

首一卷一百回，中国国家图书馆、中国社会科学院文学研究所、日本内阁文库等处藏，日本藏本有李卓吾叙，署“温陵李卓吾撰/庚戌仲夏日虎林孙扑书于三生石畔”，序由杭州人孙扑写于杭州，进一步说明容与堂为杭州书坊。

容与堂乾隆三十二年刊《云逗楼集》二卷，（清）杨度汪撰，吉林大学图书馆藏。说明容与堂刊书延续至乾隆年间。

1. **万历三十八序刊《李卓吾先生批评忠义水浒传》一百卷引首一卷一百回，中国国家图书馆藏。**

〔五一二〕如是山房　福建？

如是山房清光绪二年刊《如是山房增订金批西厢记》四卷，卷首一卷，卷末一卷，中国国家图书馆、北京师范大学图书馆等处藏，内封题“圣叹外书/增订金批西厢/如是山房板”。其他刊书极少，未知准确地点。

1. **清刊《第一奇书金瓶梅》，收藏地点不明。**

〔五一三〕瑞凝堂　湖州（苕城）

康熙六十一年苕城瑞凝堂张汉重订本《重订啸余谱》十一卷，藏于吉林大学图书馆、中山大学图书馆等处，内封右栏题“瑞凝堂重订啸余谱”，左栏为识语，曰：“《啸余谱》为填词金针，向来失传，遂使宫商不协，清浊难分。瑞凝主人慨然重订，既无郢书燕说之讹，亦无鲁鱼亥豕之弊，识者鉴诸。”《啸余谱》乃明代程明善所辑，复旦大学图书馆藏有明流云馆刻本，则康熙间瑞凝堂本当为重订本，瑞凝堂主人即张氏，其刻书活动在康熙六十一年以后，瑞凝堂刊本《绮楼重梦》约刊于嘉庆年间，其间未见有其他名为“瑞凝堂”的书坊，故大致推测刊刻《重订啸余谱》的张氏瑞凝堂也即刊刻《绮楼重梦》的瑞凝堂，主人为张姓，苕城人。苕城即湖州。

关于瑞凝堂的详细情况，参见文革红《乾嘉时期小说书坊与通俗小说》“瑞凝堂”条（第 267—268 页）。

1. **嘉庆十年重刊《绮楼重梦》不分卷四十八回，中国国家图书馆、北京大学图书馆藏。**

〔五一四〕瑞文堂　佛山

清代广东佛山书坊。道光二十一年刊《注释张百川先生塾课》，内封题“道光辛丑年新镌/桐城周汝调先生编次，江宁后学陈观民注释/佛镇瑞文堂梓行”，书影见孔夫子旧书网，以此知道光间瑞文堂位于广东佛山。

瑞文堂清刊《增补指明算法》《四畜相法》，光绪间刊《有竹轩课艺》等。

晚清潮州府有瑞文堂书坊，清刊《新造忠义节》七卷，卷端题“潮城府前街吴家瑞文堂书坊”，华东师范大学图书馆藏；清刊《新造反唐》，卷端题“潮城府前街瑞文堂藏板”；清刊《新造韩廷美》，内封题“潮安县吴瑞文藏板”，书影见孔夫子旧书网。潮安县，清属潮州府，故知晚清瑞文堂为潮州书坊，位于府前街，主人姓吴。

潮城瑞文堂清刊《铜版梅庄订四书正文》，光绪间刊《忠孝经全文》和各种潮州歌册。

广东佛山瑞文堂与潮州瑞文堂之间有何关联，尚有待考证。刊刻小说《异说反唐演义全传》的瑞文堂活动于乾隆、嘉庆间，离佛镇瑞文堂活动的时间较为接近，因而，此瑞文堂可能为佛镇瑞文堂，非潮州瑞文堂。

1. **清乾隆间刊《异说反唐演义全传》十四卷一百四十回，辽宁省图书馆藏。**

〔五一五〕瑞云斋　佛山

吴西瑞云斋约嘉庆十三年刻《万花楼杨包狄演义》十四卷六十八

回，已佚，现存羊城长庆堂刊本，北京大学图书馆藏，正文卷端题“吴西瑞云斋原本/羊城长庆堂新梓”。“原本”即最早的刊本，以此知《万花楼杨包狄演义》原刊本为吴西瑞云斋刊本。羊城长庆堂刊本首鹤邑李雨堂序，题“时戊辰之春/自叙于岭南汾江之觉后阁”。戊辰为嘉庆十三年，序的写作地点为岭南汾江，汾江主要位于佛山境内，此或可说明《万花楼杨包狄演义》最早刊刻于佛山地区，则吴西瑞云斋当位于佛山。

关于瑞云斋的详细情况，参见文革红《乾嘉时期小说书坊与通俗小说》“瑞云斋”条（第230—231页）。

1. **约嘉庆十三年刊《万花楼杨包狄演义》十四卷六十八回，佚。**

〔五一六〕润丽堂　泉州（福潭）

润丽堂清刊《草闲堂新编小史警悟钟》四卷十六回，藏于中国国家图书馆，内封题“福潭润丽堂”。福潭，清属福建泉州安溪县，以此知润丽堂位于泉州。

1. **清刊《草闲堂新编小史警悟钟》四卷十六回，中国国家图书馆藏。**

S

〔五一七〕三才堂　苏州(古吴)

三才堂与三槐堂、三乐斋雍正三年合刊《李卓吾先生批评三国志》一百二十回，美国耶鲁大学藏，内封题“雍正乙巳夏镌/李卓吾先生评/新订绣像三国志/古吴三槐堂、三乐斋、三才堂藏板”①。古吴即苏州，据此可知三才堂位于苏州。三才堂刊刻的其他书未见。

1. **与三槐堂、三乐斋雍正三年合刊《李卓吾先生批评三国志》一百二十回，美国耶鲁大学藏**。

〔五一八〕三德堂　杭州(武林)

三德堂嘉庆十九年刻《能与集读本注释》，内封署“嘉庆甲戌年刊/童蒙拾诵/能与集读本注释/武林三德堂梓”；道光元年刻《外科正宗》，内封署“武林三德堂藏板”；清刊《雷公炮制药性赋解》，内封署“武林三德堂藏板”，书影均见孔夫子旧书网，据此知三德堂为杭州书坊。三德堂营业刻书不晚于乾隆间，乾隆五十八年刊《增订一夕话新集》，藏于南开大学图书馆；清刊《山法全书》，藏于香港中文大学图书馆；清刊《万氏妇人科》，书影见孔夫子旧书网。

关于三德堂的详细情况，参见文革红《乾嘉时期小说书坊与通俗小说》“三德堂”条(第 246 页)。

---

① [英]魏安.《三国演义》版本考[M]. 上海：上海古籍出版社，1996.

1. 乾隆六十年刊《豆棚闲话》十二卷十二则，中国国家图书馆藏。

〔五一九〕三多斋 1　苏州（古吴）

古吴三多斋清初刊《新镌批评绣像列女演义》六卷一百一十篇，藏于中国国家图书馆，为长春阁藏板的后印本，故版心仍镂“长春阁藏板”字样，内封则署“古吴三多斋梓”，可知此三多斋位于苏州。

1. 清初刊《新镌批评绣像列女演义》六卷一百一十篇，中国国家图书馆藏。

〔五二〇〕三多斋 2　金陵（江南省状元境内三多斋王氏书林）

三多斋嘉庆十二年重镌《四书述要》，内封题“嘉庆丁卯重镌/四书述要/金陵三多斋梓行”；清刊《铜人针灸经》三卷，附二十幅腧穴图，内封题“金陵三多斋梓”，以此知三多斋位于金陵。

乾隆四十年古吴大盛堂刊本《四书析义》，内封题“乾隆乙未重镌/四书析义/古吴大盛堂梓行”，盖有朱印曰“江南省状元境内三多斋王氏书林发兑”；嘉庆九年刊本《诗经体注图考》，内封题“嘉庆甲子年镌/诗经体注图考/三多斋藏板”，盖有朱印曰“江南省状元境内三多斋王氏书林发兑”；嘉庆十一年刊本《书经体注深诠》，外封题“宝仁堂”，内封题“嘉庆丙寅重镌/书经体注深诠/三多斋藏板”，盖有朱印曰“江南省状元境内三多斋王氏书林发兑”；嘉庆十七年刊《易经体注深诠》，外封题“三多斋”，内封题“嘉庆壬申重镌/易经体注深诠/三多斋藏板”，盖有朱印曰“江南省状元境内三多斋王氏书林发兑”，书影均见孔夫子旧书网，以此知三多斋为清中期金陵书坊，位于状元境内，主人姓王。刊刻书籍多种，营业时间一直延续到清末。在江西设有分号，参见“江右三多斋”条。

1. **天启三年序，乾、嘉间发兑金陵九如堂藏板《韩湘子全传》不分卷三十回，中国国家图书馆藏。**

2. **清中期刊《绣像第一才子书》十九卷一百二十回，韩国梨花女子大学藏。**

3. **清刊《西汉演义》，日本东北大学藏。**

4. **清刊《东汉演义》，日本东北大学藏。**

5. **乾隆十七年序，乾、嘉间刊《蔡元放评点东周列国志》二十三卷一百〇八回，书影见孔夫子旧书网。**

6. **清初康熙间刊《忠义水浒传》一百回，北京大学图书馆藏。**

7. **清刊《水浒后传》八卷四十回，上海师范大学图书馆藏。**

〔五二一〕三多斋 3　金陵（秣陵朱氏）

据大塚秀高《增补中国通俗小说书目》，三多斋清刊《云合奇踪》十卷八十回，日本京都大学人文科学研究所藏，内封署“秣陵朱氏三多斋”[①]，可知此三多斋位于金陵，主人姓朱。

1. **清刊《云合奇踪》十卷八十回，存卷一二，京都大学人文科学研究所藏。**

〔五二二〕三多斋 4　金溪（江右）

江右三多斋乾隆三十四年刻《性理体注深诠》，内封署“乾隆三十四年新镌/三多斋藏板”，有《例言》，末署“江右三多斋王氏梓行”，书影见孔夫子旧书网。江右即江西省，则江右三多斋无疑位于江西，乾隆间已营刻书业，主人姓王。

清初义合斋藏板《蔡元放评点东周列国志》二十三卷一百〇八

---

① ［日］大塚秀高．增补中国通俗小说书目［M］．日本：汲古书院，昭和五十九年八月(1984)：237.

回，藏于北京大学图书馆，内封有朱印曰“江右三多斋校订古今书籍经史时文/于河南省鼓楼街书坊发兑”，说明江右王氏三多斋清初发卖书籍多在河南省鼓楼街内。

江右三多斋至少在乾隆十一年已经开始刊书，乾隆十一年重镌《易经来注》，内封署“三多斋藏版”，有朱印曰“河南省鼓楼街内三多斋王氏书林发兑”；乾隆二十九年刊《易经体注深诠》，内封署“三多斋藏板”，有朱印曰“河南省鼓楼街内三多斋王氏书林发兑”。江右三多斋、金陵三多斋两家主人均为王氏，可能为王氏开设于不同地区的书坊。光绪末年京都和山西稷邑均有三多斋，可能亦为三多斋的分号。稷邑即山西稷山县，清属山西平阳府，今属山西运城。

关于江右三多斋的详细情况，参见文革红《乾嘉时期小说书坊与通俗小说》“江右三多斋”条(第 279—280 页)。

1. **乾隆十七年序，乾、嘉间刊《东周列国志》二十三卷一百〇八回，北京大学图书馆、中国社会科学院文学研究所藏。**

〔五二三〕三桂堂　苏州(金阊王振华)

王振华明刊《四书笑》，(明)冯梦龙辑，内封署“金阊王振华梓”，书影见吴希贤《所见中国古代小说戏曲版本图录》，以此知王振华为明末苏州书坊主。天启间刊小说《警世通言》四十卷，藏于北京大学图书馆，署“三桂堂王振华”，则王振华书坊名为“三桂堂”。

关于三桂堂的详细情况，参见文革红《乾嘉时期小说书坊与通俗小说》“三桂堂”条(第 60 页)。

1. **不晚于乾隆辛酉六年刊《警世通言》四十卷四十篇，《舶载书目》宽保元年(乾隆辛酉六年)点检书目著录。**

2. **明刊清修《警世通言》四十卷四十篇，日本东京都立中央图书馆特别买上文库藏。**

3. **清刊《警世通言》三十八卷三十八篇，首都图书馆、北京大学**

图书馆藏。

4. **清覆明本《警世通言》三十六卷三十六篇，孔德图书馆旧藏**。

5. **清刊重刻《警世通言》三十六卷三十六篇，尾上兼英藏**。

〔五二四〕三和堂　金溪

万历间湖州有三和堂，刊《天主圣教约言》，有同治十年金陵天主堂重刊本，内封题“明万历三十八年岁次辛丑湖州三和堂原梓/大清同治十年岁次辛未金陵天主堂重刊”，见孔夫子旧书网，据此可知明代万历年间湖州有三和堂书坊，清代是否继续刻书不明。

三和堂清刊《万氏家传伤寒摘锦》，卷之上为《论六经脉症治法》，内封题“罗田密斋万全编著”，卷端题“云林澹斋胡略校定/男靖宇胡廷佐编次”。云林，一般指江西金溪云林镇，编者和校订者为金溪人，或能说明三和堂为江西金溪书坊。三和堂清刊《奎壁书经》，版心作“令德堂”，乃是用令德堂的旧板刷印的，书影见孔夫子旧书网。令德堂为江西金溪书坊，此点进一步说明三和堂和江西金溪的联系。

三和堂道光十二年朱墨套印《七家诗选》七种，(清)张熙宇辑评，中国海洋大学图书馆藏；民国间湖南益阳有三和堂，印有民国私钞，上有“益阳三和堂”“包家村/大古塘”字样，书影见孔夫子旧书网。民国间三和堂还刊有《幼学杂字》，题“开来阁主人汇辑”，书影见孔夫子旧书网，刊刻较劣。

1. **清刊《说唐薛家府传》六卷四十二回，首都图书馆藏**。

2. **乾隆十八年序刊《反唐女娲镜全传》十卷一百回，天津师范大学图书馆藏**。

〔五二五〕三槐堂 1　苏州(海虞王昆源)

三槐堂王昆源明天启间刻《新刻名公神断明镜公案》，日本内阁文库藏有残本一至四卷。海虞书坊三槐堂主人，天启时刻有《侯鲭录》八卷，《雷公炮制药性解》六卷。三槐堂王昆源与海虞书坊三槐堂主人均活动于天启年间，疑两家实即一家书坊。明三槐堂刻简本《水浒传》，已佚，可能也是海虞书坊三槐堂所刊。

1. **大启间刊《新刻名公神断明镜公案》七卷五十八则，存卷一至四，日本内阁文库藏。**

〔五二六〕三槐堂 2 苏州(金阊、古吴)

据苏州清末书坊文学山房后人江澄波《明代王氏三槐堂刻书》和王业镇《三槐堂》等文，知三槐堂王氏出自山西太原，本姬姓，为周灵王太子晋之后。由于晋登仙时为王家之太子，遂称王氏。三槐堂之名起源于宋代兵部侍郎王祜，王祜字景叔，尝亲手种植三棵槐树于庭中，说："吾子孙必有为三公。"后来其子孙果然代代显贵，世世公卿。天下人遂称其为三槐王氏。其子孙分为几个支谱，有海虞王氏、洞庭东山莫厘王氏、昆山王氏、山阳王氏、宁波王氏、余姚王氏等。

王氏乃刻书世家，以苏州洞庭东山莫厘王氏为最盛，明大学士王鏊可为代表。王鏊(1450—1524)，字济之，藏书印有"三槐堂""济之""颜乐堂""震泽世家""吴趋"等。弘治十八年刻《震泽编》；正德十二年刻《孙可之文集》，前有王鏊序，藏中国国家图书馆。王鏊子王延喆，嘉靖四年覆刻宋建安黄善夫刊本《史记集解索引正义》一百三十卷，几可乱真。但苏州莫厘王氏家刻一般很少用"三槐堂"之名。

姑苏三槐堂至少从康熙年间已经开始刻书，康熙间刊《类书纂要》三十三卷，《四库全书存目丛书》子部第二三七册，收录辽宁省图书馆藏本，署"姑苏三槐堂藏版"①。金阊三槐堂清刻《增补四书精绣

---

① 《四库全书存目丛书》子部第二三七册，四库全书存目丛书编纂委员会编. 四库全书存目丛书[M]. 济南：齐鲁书社，1997.

图像人物备考》十二卷，藏于山东烟台公共图书馆[1]；雍正三年刻《李卓吾先生批评三国志》一百二十回，美国耶鲁大学藏，内封署"古吴三槐堂、三乐斋、三才堂藏板"[2]。雍正三年刊《七名家诗经稿》，内封署"古吴三槐堂藏板"，书影见孔夫子旧书网；雍正十三年刊《四书大全学知录》，(清)许泰交编，中国国家图书馆藏；乾隆八年刊《书经释义》六卷，(清)李沛霖辑，藏于中国国家图书馆；乾隆十五年刊《古文释义》、乾隆二十八年刻《诗经嫏嬛体注》、嘉庆十三年刻《外科正宗》、道光八年刻《增删卜易》，书影均见孔夫子旧书网。

王鸣盛三槐堂乾隆三十年刻《江浙十二家诗选》二十四卷，(清)王鸣盛辑，藏于清华大学图书馆。黄丕烈《士礼居藏书题跋记》之《中吴纪闻》六卷辛巳四年又四日记载："王鸣盛，嘉定人，侨寓阊门外庞家弄。"书刊于苏州。

关于三槐堂的详细情况，参见文革红《乾嘉时期小说书坊与通俗小说》"三槐堂"条(第56—59页)。

1. **雍正三年与三乐斋、三才堂合刊《李卓吾先生评三国志》一百二十回，美国耶鲁大学藏。**

2. **明末刊《北宋志传》五十回(《南北宋志传》之一)，中国国家图书馆藏。**

3. **明末刊《南宋志传》五十回(《南北宋志传》之一)，中国国家图书馆藏。**

4. **约康熙间刊《第一才子书》六十卷一百二十回，书影见孔夫子旧书网。**

5. **约康熙间刊《绣像第一才子书》十九卷一百二十回，日本东京大学藏。**

---

① 吕志正主编. 烟台公共图书馆馆藏古籍书目(M). 济南：齐鲁书社，2002.

② [英]魏安.《三国演义》版本考[M]. 上海：上海古籍出版社，1996.

6. **清初刊《李笠翁评阅三国志》二十四卷一百二十回。**

7. **乾、嘉间与文会堂、承德堂合刊《东周列国志》二十三卷一百〇八回，中国国家图书馆藏。**

8. **乾、嘉间与文会堂、承德堂合刊《东周列国志》二十三卷一百〇八回，中国国家图书馆藏。与上一本行款不同。**

9. **嘉庆六年刊《蔡元放评点东周列国志》二十三卷一百〇八回。**

10. **清中期刊《东周列国志》二十三卷一百〇八回，书影见孔夫子旧书网。**

11. **嘉庆二年序刊《精绘批评飞龙全传》不分卷六十回，俄罗斯国家图书馆藏。**

12. **嘉庆五年刊《绿牡丹全传》六十四卷六十四回，国会图书馆藏。**

〔五二七〕三槐堂3　金溪(江右)

《西湖佳话古今遗迹》十六卷十六篇，清金陵王衙藏板，藏于首都图书馆，内封有朱印曰“江右三槐堂校订发兑古今书籍经史时文/于江南省状元境书坊”。据此可知江右即江西有三槐堂书坊，在金陵状元境内设有书店发兑书籍。

江右三槐堂乾隆四年刊《增订春秋体注说约大全》，内封署“云林/三才、三槐堂藏板”，书影见孔夫子旧书网。云林，指江西抚州金溪云林镇，以此知江右三槐堂位于金溪。

关于江右三槐堂的详细情况，参见文革红《乾嘉时期小说书坊与通俗小说》“江右三槐堂”条(第280—281页)。

1. **康熙十二年序，乾、嘉间校订发兑金陵王衙藏板《西湖佳话古今遗迹》十六卷十六篇，首都图书馆藏。**

〔五二八〕三近堂　苏州

三近堂同治九年重编《产宝》，藏于江西省图书馆，序署“同治四年岁在乙丑仲夏/味余山人隶珊李棠识于姑苏旅次”，序曰：“壬寅（道光二十二年）岁，余自畿辅改官山左，得晤许珊林世丈，手是编见贻。是书珊林先生刻于平度官解，家乡流传绝少……咸丰辛亥（咸丰元年），乞假旋里，亲友传抄……今春需次吴门，重检敝麓，忽见旧本，良朋久忆，一旦重逢，此中殆有因缘耶？爰付剞劂，聊志弁端。”从序看此书刻于吴门，则三近堂当位于苏州。乾隆八年刻《春秋识小录》九卷附一卷，（清）程廷祚撰，藏于美国哈佛大学哈佛燕京图书馆。

关于三近堂的详细情况，参见文革红《清代前期通俗小说刊刻考论》“三近堂”条（第 298—300 页）。

1. **顺治间刊《无声戏合选》不分卷十二回，傅惜华旧藏。**

〔五二九〕三乐斋　苏州（古吴）

三乐斋与三槐堂、三才堂雍正三年合刊《李卓吾先生批评三国志》一百二十回，美国耶鲁大学藏，内封题“雍正乙巳夏镌/李卓吾先生评/新订绣像三国志/古吴三槐堂、三乐斋、三才堂藏板”①；雍正丙午四年刊《闻世堂古文选释》，内封题“古吴三乐斋梓行”，书影见孔夫子旧书网；雍正五年刊《四书会要录》三十卷，中国国家图书馆藏，题“古吴三乐斋”，据此可知三乐斋位于苏州。

三乐斋刊书始于明代。明天启间刻《增订九宫曲谱》二十一卷附录一卷，沈璟辑，龙骧校，北京大学图书馆藏；康熙七年刊《经济类考约编》二卷，（清）顾九锡辑；康熙五十七年刊《四书诸儒辑要》四十卷，都梁李沛霖岱云参订，江西省图书馆藏；雍正十三年刊《本草纲目》五十二卷，图三卷，中国国家图书馆藏；乾隆元年刊《丹台玉案》六卷，中国国家图书馆藏；乾隆十五年刊《贯华堂第六才子书》，书影见雅昌拍

---

① ［英］魏安.《三国演义》版本考［M］. 上海：上海古籍出版社，1996.

卖网；乾隆四十三年刊《尔雅注疏》十一卷，香港中文大学图书馆藏[①]；清刊《五子性理体注》八卷，中国国家图书馆藏。

又有金陵三乐斋，康熙间刊《诗经集成》，内封题“金陵三乐斋刊刻”，三十一卷卷末有“上元陈元明书”字样，书影见孔夫子旧书网。乾隆二十三年刊《唐诗笺要后集》八卷，中国国家图书馆藏。

1. **清雍正三年与三槐堂、三才堂合刊《李卓吾先生评三国志》一百二十回，美国耶鲁大学藏。**

〔五三〇〕三让堂　金溪

三让堂道光十六年刊《批点春秋左传句解》，序末题“道光十六年丙申岁四月初吉绣谷三让堂新镌”；同治八年刻《汉书》，内封署“同治八年九月金溪三让刊”，目录末署“金溪三让堂”；同治八年金陵书局刊本《前汉书》，目录末署“金溪三让堂”或“绣谷三让堂”，藏于中国国家图书馆；清刊《书经集注》，书末有“珊城三让堂吴氏课本”印章；光绪十七年刊《四书合讲》，内封题“光绪十七年夏月金溪三让刊”，书影均见孔夫子旧书网。金溪清隶属于江西抚州，乃临川文化发源地之一，别名“珊城”“绣谷”，以此知三让堂位于金溪，主人姓吴。金溪三让堂光绪十九年刻《风水一书》七卷，(清)欧阳纯补传，藏于中国国家图书馆。

三让堂刊刻的小说有二十多种，其版刻特征是在版心的下方镂“三让堂”字样。

关于三让堂的详细情况，参见文革红《乾嘉时期小说书坊与通俗小说》“三让堂”条(第281—282页)。

1. **光绪间刊《今古奇观》四十卷四十篇，上海图书馆、天津图书**

---

① 香港中文大学图书馆古籍善本书目系统编. 香港中文大学图书馆古籍善本书目，增订版[M]. 香港：中文大学出版社：35.

馆藏。

2. 道光间刊《绣像批点红楼梦》一百二十回，中国国家图书馆藏。

3. 约乾、嘉间刊《第三才子书玉娇梨》四卷二十回，天津师范大学图书馆藏。

4. 清刊《第四才子书平山冷燕》四卷二十回，行款 12 行×26 字，书影见孔夫子旧书网。

5. 清刊《天花藏批评平山冷燕》四卷二十回，行款 13 行×25 字，书影见孔夫子旧书网。

6. 光绪□年刊《天花藏批评平山冷燕》四卷二十回，天津图书馆藏。

7. 清刊《好逑传》四卷十八回，北京大学图书馆藏。

8. 清刊《二度梅全传》四卷，中国国家图书馆藏。

9. 乾隆四十年序、清发兑德华堂藏板《雪月梅全传》十卷五十回，日本北九州市立中央图书馆藏。

10. 清木活字印《白圭志》四卷十六回，中国国家图书馆藏。

11. 同治十二年刊《封神演义》二十卷一百回，书影见孔夫子旧书网。

12. 清刊《济颠大师醉菩提全传》四卷二十回，日本京都大学人文科学研究所藏。

13. 嘉庆壬申十七年重刊《商周列国全传》八卷一百回，中国人民大学图书馆藏。

14. 清刊《北宋志传》五十回，北京大学图书馆藏。

15. 清刊《南宋志传》五十回，北京大学图书馆藏。

16. 清刊《于少保萃忠全传》十卷四十传，天津图书馆藏。

17. 清刊《镌玉茗堂批点残唐五代史演义传》二卷六十则，日本内阁文库藏。

18. 清刊《新镌全像武穆精忠传》八卷八十则，北京大学图书

馆藏。

19. **清刊《第一才子书》六十卷一百二十回，书影见孔夫子旧书网。**

20. **乾隆十七年序《东周列国志》二十三卷一百〇八回，日本内阁文库藏。**

21. **清木活字印《双凤奇缘传》二十卷八十回，天津师范大学图书馆藏。**

22. **嘉庆十四年序刊《龙图公案》十卷一百则，辽宁省图书馆藏。**

23. **道光己酉二十九年刊《龙图公案》六十二则，天津图书馆藏。**

〔五三一〕三让协　不明

三让协具体地点不明。

1. **清刊《五虎平西前传》十四卷一百一十二回，北京大学图书馆藏。**

2. **清刊《五虎平南后传》六卷四十二回，大连图书馆藏。**

〔五三二〕三省堂　黄州(麻城)

三省堂有多家，分别叙述如下：

1. 麻城三省堂。麻城清属湖北黄州府。同治五年木活字印《曾氏族谱》十二卷，北京大学图书馆藏。同治十一年曾三省堂刊《孝经集义》三卷，复旦大学图书馆藏。

2. 上海三省堂。宣统元年三月发行《中俄话本》，版权页题“发行者　上海三省堂；刷印者　上海三省堂；总经售所　上海江左书林”，书影见孔夫子旧书网，以此知清末三省堂位于上海。

3. 武城三省堂。武城清属山东东昌府。武城曾三省堂民国二十六年排印《武城曾氏重修族谱》，书影见孔夫子旧书网。

同治五年殷三省堂刊《春雨楼诗集》四卷，文集四卷，吉林大学图书馆藏;清末民初三省堂铅印《朱子晚年全论》八卷,郑州大学图书馆藏。

另日本东京亦有三省堂,昭和年间出版书籍多种。

1. 清刊《新刻按鉴演义京本三国英雄志传》六卷二百四十则,上海图书馆藏。

〔五三三〕三台馆、双峰堂　建阳余氏(余象斗,潭阳、元素)

余象斗(16 世纪中叶—1637 年后),字仰止(一说名文台,字象斗),号三台山人,又名余世腾、余应召、余文台、余象乌等,福建建阳人。明代著名的书坊主、雕版印刷出版家、通俗小说家、评点家。余象斗的祖父名为余继安,父亲名为余孟和,号双峰。母亲姓刘。万历十六年(1588),他以"三台馆"的堂号刊刻了《万天官四世孙家传平学洞微宝镜》一书。同年他还以余世腾的化名与他人共同刊刻了小说《全汉志传》。这是现存余象斗所刻书目中最早的两种。"三台馆"一名,也被余象斗一直沿用,作为他书坊的堂号之一,他也因此常自称"三台馆主人"或"三台山人"。这一名号还传给了余氏后人,一直到清初都有被使用。另外他也使用"双峰堂"的名号,其应取自他父亲的号"双峰"。

1. 万历二十六年刊《万锦情林》,日本东京大学文学部藏,双峰堂刊本。

2. 明刊《新刊八仙出处东游记》二卷五十六则,余氏三台馆双峰堂刊本,日本内阁文库藏。

3. 万历三十年刊《北方真武祖师玄天上帝出身志传》四卷二十四则,熊仰台(余氏双峰堂)刊本,北京大学图书馆藏。

4. 万历壬辰二十年刊《新刻按鉴全像批评三国志传》二十四卷二百四十回,余氏三台馆双峰堂刊本,英国剑桥大学藏。

5. 万历壬辰二十年刊《新刊校正演义全像三国志传评林》二十卷缺六卷，存一百六十四则，余氏三台馆双峰堂刊本，英国伦敦博物院藏。

6. 万历二十一年刊《北宋志传》不分回，日本内阁文库藏。

7. 万历二十一年刊《南宋志传》不分回，日本内阁文库藏。

8. 癸巳（万历二十一年）序刊《新刊按鉴演义全像唐书志传通俗演义》八卷八十九则，余氏三台馆双峰堂刊本，中国社会科学院文学研究所藏。

9. 万历间刊《大宋中兴通俗演义》八卷八十则，日本内阁文库藏。

10. 万历三十四年重刊《京本春秋五霸七雄全像列国志传》八卷二百二十二则，中国国家图书馆、日本蓬左文库藏。

11. 明刊《新刻按鉴编集二十四帝通俗演义》之《西汉演义》九卷，北京大学图书馆藏。

12. 明刊《新刻按鉴编集二十四帝通俗演义》之《东汉演义》，北京大学图书馆藏。

13. 崇祯三年序刊《刻按鉴通俗演义列国前编十二朝志》四卷，日本天理图书馆藏。

14. 约崇祯间刊《神武传》四卷，吴晓铃目见。

15. 明刊《西晋演义》，佚失。

16. 明刊《东晋演义》，佚失。

17. 明重刊《全像演义皇明英烈志传》八卷六十则，存卷一、二，中国社会科学院文学研究所藏。余应诏刊本（南京齐府）重刊。

18. 明刊《官板皇明全像英烈志传》六卷六十则，中国国家图书馆藏。余应诏三台馆刊本。

19. 万历间刊《皇明诸司公案》六卷五十九则，中国艺术研究院戏曲研究所藏。

20. 明刊《廉明奇判公案传》二卷一百〇三则，日本蓬左文库藏。

21. **万历三十三年刊《廉明奇判公案传》四卷一百〇六则，富冈铁斋旧藏。**

22. **万历二十二年刊《京本增补校正全像水浒志传评林》二十五卷一百〇四回，日本日光晃山慈眼堂藏，余氏双峰堂刊本。**

〔五三四〕三畏堂　金陵

清三畏堂与光启堂合刻《适情雅趣》十卷，(金陵)徐芝精选，(会稽)陈学礼校正，内封有“三畏、光启堂藏版”字样；康熙四十四年三畏堂与光启堂合刻《武经七书汇解》，黎利宾撰，书影见孔夫子旧书网。光启堂为明金陵书坊，万历四十三年金陵光启堂王荆岑刻《徐笔峒先生十二部文集》，藏于复旦大学图书馆；万历间刻《百代医宗》；金陵光启堂王凤翔万历四十三年刻《欧阳文忠公集》。既然光启堂为金陵书坊，两家经常性地合刊似表明三畏堂亦位于金陵。

三畏堂刻的书主要有：康熙间刻《正字通》，藏于南开大学图书馆；康熙五十年刊《春秋大全》，内封题“康熙辛卯新镌/黄际飞先生校订/春秋大全/三畏堂藏板”；乾隆十五年刊《梁昭明文选六臣全注》；清刻《史记测议》一百三十卷，藏于辽宁大学图书馆；清刻《世说新语补》，藏于河南大学图书馆；清刻《紫微斗数》，内封署“三畏堂梓行”，正文卷端署“金陵益轩唐谦绣梓”；清刻《春秋体注大全合参》《摄生总要》等，书影均见孔夫子旧书网。关于三畏堂的详细情况，参见文革红《乾嘉时期小说书坊与通俗小说》“三畏堂”条(第149—150页)。

1. **乾隆四十八年刊《驻春园小史》六卷二十四回，中国国家图书馆、日本东京大学东洋文化研究所双红堂文库藏。**

〔五三五〕三星堂　镇江

三星堂有多家，兹一一考证如下：

1. 镇江三星堂。同治十年刊《秋灯丛话》十八卷，中国人民大学图书馆藏，内封题“同治十年春镌/镇江三星堂藏版”，可知此三星堂位于镇江。道光廿三年三星堂刊《十杉亭帖体诗笺注》，内封题“三星堂藏板”，书影见孔夫子旧书网，此三星堂不知是否是镇江三星堂。

2. 广西梧州泰三星堂。清末刊《四书质疑》，书末署“梧州泰三星堂刻刷”，书影见孔夫子旧书网。三星堂清末新刻特别时调《女十四恨》，此三星堂不知是否是梧州三星堂。

3. 山西运城稷山县贺三星堂。民国二十三年刊《贤名百孝篇》，内封题“民国二十三年山西稷山县望嘱村贺三星堂存板”，中国国家图书馆藏。稷山，属山西运城管辖，清属平阳府。

1. **咸丰二年刊《娱目醒心编》十六卷三十九回，天津图书馆藏。**

〔五三六〕三益堂1　杭州(武林)

三益堂有多家，兹分别考证如下：

1. 武林三益堂。清末刊《西湖佳话》十六卷，中国人民大学图书馆藏，内封题“武林三益堂藏板”，以此知杭州有三益堂。

2. 金陵三益堂。清初刊《镜香园毛声山评第七才子书》十二卷，首一卷，上海图书馆、吉林大学图书馆藏；嘉庆十三年刊《周官精义》十二卷，凡例后镌“嘉庆十三年正月金陵三益堂重刊”，北京大学图书馆藏。

3. 广州三益堂。清刊《新刻再订全本金叶菊》四卷，复旦大学图书馆藏。

4. 平邑三益堂。清刊《百家姓》，内封题“平邑□□三益堂藏版”。平邑，清属山东沂州府临沂费县管辖。

清代各家三益堂刊刻的书籍有：

乾隆三十六年新镌《合并音义评注渊海子平》，内封题“三益堂梓”，书影见孔夫子旧书网；乾隆五十八年刊《初学正音类辑》八卷，华东师范大学图书馆藏；乾隆间刊《经畲堂课孙草稿》，书影见孔夫子旧书网。嘉庆十五年刊《剔弊广增分韵五方母音》二卷，首一卷，内蒙古大学图书馆藏；嘉庆二十五年刊《墨余书异》八卷，吉林大学图书馆藏。

道光丁酉十七年刊《唐诗合解笺注》十二卷，北京大学图书馆藏；清刊《本草从新》六卷，吴仪洛辑，江西省图书馆藏。清刊《春秋旁训辨体合订》四卷，复旦大学图书馆藏。

道光七年三益堂新镌《训俗迩言》，内封题曰“板存京都琉璃厂东门外桶子胡同口内路北文斋王姓刻字铺，每本纸张工价纹银七分”；道光庚戌三十年刊《锦字笺》；同治丙寅五年刊《书经精华》，书影均见孔夫子旧书网。

另三益堂刊有《千字文释义》《本草医方合编》《重订正字略定本》《修真辩难》等书。

1. **乾隆五十一年序刊《西湖佳话古今遗迹》十六卷十六篇，日本新潟县立新潟图书馆藏。**

2. **清刊《西游真诠》八卷一百回，吉林省图书馆藏。**

3. **清刊《说岳全传》二十卷八十回，内蒙古大学图书馆藏。**

4. **清刊《禅真逸史》十卷四十回，大连图书馆藏。**

〔五三七〕三益堂 2　济南（周村）

周村三益堂清刊《毛声山批评三国志》五十一卷一百二十回，书影见孔夫子旧书网，内封题“周村三益堂藏板”，版心题“三益堂”；光绪庚子二十六年新镌《幼学故事琼林》，内封题“周村三益堂藏板”，以此知周村有三益堂。周村，素有“天下第一村”之称，位于山东省中部，清属山东济南府淄博县管辖。道光十五年刊《唐诗三百首注疏》六卷，续选一卷，武汉大学图书馆藏。

1. **清刊《毛声山批评三国志》五十一卷一百二十回，书影见孔夫子旧书网。**

〔五三八〕三义堂　京师

据章宏伟《论清代前期满文出版传播的特色》一文，可知北京康熙间有三义堂书坊：

> 康熙年间，刊印满文书的书坊多了起来，除了南京听松楼仍在刻印外，北京先后出现了十家刊印满文书的书坊，它们是宛羽斋、秘书阁、玉树堂、尚德堂、寄畅斋、天绘阁、文盛堂、四合堂、三义堂、尊古堂等。①

三义堂光绪辛卯十七年刊《地理原真》；光绪甲申十年刊《增删五经楼拆字》；清刊《增补三字经》《七言杂字》，书影均见孔夫子旧书网。

1. **清刊《张子房归山诗》一篇，书影见孔夫子旧书网。**
2. **清刊《解学士诗》一篇，书影见孔夫子旧书网。**
3. **新刊《绣像彭公案》二十三卷一百回，书影见孔夫子旧书网。**

〔五三九〕三余堂　杭州(武林、古越)

武林三余堂乾隆间刊《东周列国志》和《前后七国全志》，藏于复旦大学图书馆，内封均署“武林三余堂藏板”；乾隆四十五年刻《重订七种古文选》，北京师范大学图书馆藏；光绪四年刻《绣像十美图传》四十回，日本京都大学人文科学研究所藏，署“古越三余堂”，据此知三余堂为杭州书坊。

苏州亦有三余堂，清刊《王叔和图注难经脉诀》，内封署“古吴三余堂藏板”。清末浙江衢州有三余堂，刊《扁鹊心书》，题“浙衢三余堂”，书影均见孔夫子旧书网。三余堂刊刻的书主要有：乾隆二年刻《西青散记》四卷，(清)史震林撰，藏于山西师范大学图书馆；乾隆四十七年刊《三余堂古文析义二编》；嘉庆十二年刻《经余必读》；道光十

---

① 章宏伟.论清代前期满文出版传播的特色[J].河南大学学报(社会科学版)，2009，(1)：80—91.

六年刻《可仪堂全稿》;清刻《绣像天雨花演义》等,书影均见孔夫子旧书网。

关于三余堂的详细情况,参见文革红《乾嘉时期小说书坊与通俗小说》"三余堂"条(第247—248页)。

1. **乾隆四十八年刊《驻春园小史》六卷二十四回,中国国家图书馆藏。**

2. **乾隆五十三年刊《驻春园小史》六卷二十四回,北京大学图书馆藏。**

3. **道光十二年刊《五美缘》不分卷八十回,天津图书馆藏。**

4. **清刊覆明本《新刻按鉴演义京本三国英雄志传》六卷二百四十则,北京大学图书馆藏。**

5. **清刊《西汉演义》,北京师范大学图书馆藏。**

6. **清刊《东汉演义》,北京师范大学图书馆藏。**

7. **乾隆九年序、乾隆五十年刊《东周列国全志》十八卷八十四回,复旦大学图书馆、浙江图书馆藏。**

8. **乾隆五十年刊《前后七国全志》五卷二十四回,复旦大学图书馆藏。**

9. **清刊《五虎平西前传》十四卷一百一十二回,中国国家图书馆藏。**

10. **清刊《五虎平南后传》六卷四十二回,中国国家图书馆藏。**

11. **光绪十六年刊《铁冠图全传》八卷五十回,北京大学图书馆藏。**

12. **光绪十六年刊《龙图公案》六十二则,北京大学图书馆藏。**

〔五四〇〕三与堂　济南

三与堂乾隆二十七年刊《周易说略》四卷,(清)济阳张尔岐撰,其儿子、侄子及门人全校,山东大学图书馆藏。张尔岐(1612—1678),

字稷若，号蒿庵，山东济阳人，生于明神宗万历四十年，卒于清康熙十六年，明清之际著名经学家。三与堂刊本《周易说略》当为其后人所刊刻。张氏为济阳人，疑三与堂亦位于济阳，可能为张氏书室名。济阳明清均属济南府。

1. **清刊《后三国石珠演义》三十回，首都图书馆藏**。

〔五四一〕三元堂 1　佛山（粤东佛镇）

三元堂有多家，兹一一考证如下：

1. 佛山三元堂。清刊《济颠大师醉菩提全传》四卷二十回，辽宁省图书馆藏，内封有“粤东佛镇三元堂藏板”字样，以此知三元堂为广东佛山书坊。三元堂咸丰乙卯五年刊《聊斋志异评注》，内封题“青柯亭初雕，三元堂合梓”，有题“粤东三元堂主人识”的识语，北京师范大学图书馆藏；同治戊辰七年新刊《医林改错》、同治甲戌十三年孟秋刊《朱批增注聊斋志异》，内封均题“粤东三元堂藏板”，书影见孔夫子旧书网。

2. 汉口三元堂，嘉庆二十六至二十七年刊《新编韩湘子九度文公道情全本》三卷，北京师范大学图书馆藏。

3. 云阳三元堂。道光辛卯十一年新刊《袖珍字汇》，内封题“云阳三元堂梓行”，书影见孔夫子旧书网。云阳，可能指四川夔州府云阳县。

4. 江西宁都瑞金三元堂。道光辛卯十一年镌《大方六言帖》，内封题“瑞金三元堂藏板”，书影见孔夫子旧书网。瑞金，清属江西省宁都直隶州。

5. 常熟王氏三元堂。咸丰九年刊《试律大观》三十二卷，首一卷，南京大学图书馆藏。

6. 宁波三元堂。同治七年刊《省庵法师语录》二卷，附西方发愿文注、东海若解，华东师范大学图书馆藏。

7. 上海三元堂。清末上海三元堂刊《文必正送花楼会》二卷，华东师范大学图书馆藏，清刊《校刊铜板诗韵集成》，书影见孔夫子旧书网。

8. 清末民初广州三元堂。清末刊《善恶分明》，封面题“三元堂/粤东省城第七甫咸嘉巷开张/新出龙舟歌/善恶分明”，据此可知广州三元堂位于第七甫咸嘉巷。清末民初又刊《百花解心》，题“咸嘉巷三元堂发客”，书影均见孔夫子旧书网。同治七年刊《海国闻见录》二卷，吉林大学图书馆藏；同治九年刊《归田琐记》八卷，辽宁大学图书馆藏。

各三元堂刊书较多，不一一列举。

1. **嘉庆、道光间刊《红楼梦》一百二十回，北京师范大学图书馆藏。**

2. **清刊《天花藏批评玉娇梨》四卷，日本大谷大学藏。**

3. **道光元年刊《争春园》四十八回，英国博物院、俄罗斯圣彼得堡大学藏。**

4. **康熙三十四年序刊《封神演义》一百回，首都图书馆藏。**

5. **同治八年刊《开辟演义通俗志传》六卷八十回，中国人民大学图书馆藏。**

6. **清刊《济颠大师醉菩提全传》四卷二十回，辽宁省图书馆藏。**

7. **乾隆四十七年刊《残唐五代史演义传》六卷六十则，复旦大学图书馆藏。**

8. **清刊《征四寇传》十卷四十九回，北京大学图书馆藏。**

〔五四二〕三元堂 2　长沙（中湘九总黄）

中湘九总黄三元堂宣统三年刊《绣像三元记》，内封题“秦雪梅旌节传/中湘九总黄三元堂藏板”。清末民初刊《弹词》五十四种，北京师范大学图书馆藏；包括《蔡明凤辞店》，内封题“中湘九总黄三元堂名班戏文”，复旦大学图书馆藏。中湘，一般指长沙，其辖地包括今攸县、醴陵、株洲、长沙、浏阳、湘潭、韶山等县市大部所辖之地。

1. **民国三年刊《新刻二度梅忠孝节义》，书影见孔夫子旧书网**。

〔五四三〕扫叶山房　苏州（姑苏、上海）

扫叶山房乃明万历元年苏州洞庭山席氏设立于苏州阊门的书坊，为书坊中刻书较多者。康熙二十九年姑苏扫叶山房刻《增补字汇》四卷，（明）梅膺祚音释，藏于清华大学图书馆；光绪三十二年重刻《古文观止》，内封署“苏州扫叶山房藏板”，见孔夫子旧书网，据此知扫叶山房位于苏州。其营业时间一直延续到清末，后于同治元年至十三年在上海彩衣街开设分店（南号），于光绪六年设分店于上海棋盘街，称“扫叶山房北号”。民国初年又开设上海松江的马路桥、武汉汉口的四官殿等分号，增添石印设备，迁总店至棋盘街扫叶山房北号。民国十五年发行《青楼诗话》，内封背面题“总发行所上海北市棋盘街扫叶山房”，书影见孔夫子旧书网。

店主席氏世居苏州洞庭东山，于明末清初购得常熟毛氏汲古阁书版而设扫叶山房，盖取“校书如扫落叶”之意。其刻书最早见于明朝，席启寓雕板刊行《十三经》《十七史》行于世，又辑唐人诗百家付梓，所刻板心均有“扫叶山房”字样。席启寓之后分洞庭、虞山两支，其在虞山（今常熟）者多好刻书，启寓孙名鉴，字玉照，刻印书籍极多，曾购得毛晋汲古阁之书翻刻流传，其所刻书板心亦镌有“扫叶山房”字样。

关于扫叶山房的研究资料颇多，可参考文娟《文学场域变革中的交融共生——扫叶山房说部及杂志刊行研究》、杨丽莹《扫叶山房史研究》等书籍及沈冬丽硕士论文《17世纪末—19世纪初苏州书坊刻书——以书业堂、扫叶山房为中心》。

1. **同治十二年刊《娱目醒心编》十六卷三十九回，中国国家图书**

馆、辽宁大学图书馆藏。

2. 清刊《锦香亭》四卷十六回，中国国家图书馆藏。

3. 光绪六年刊《二度梅全传》六卷四十回，天津师范大学图书馆藏。

4. 清刊《白圭志》四卷十六回，中国国家图书馆、辽宁省图书馆藏。

5. 光绪戊子十四年刊《英云梦传》八卷十六回，书影见孔夫子旧书网。

6. 光绪九年刊《封神演义》十九卷一百回，中国国家图书馆藏。

7. 清刊《济颠大师醉菩提全传》四卷二十回，中国国家图书馆藏。

8. 光绪九年刊《镜花缘》二十卷一百回，中国社会科学院文学研究所藏。

9. 清刊《斩鬼传》四卷十回，中国国家图书馆藏。

10. 清刊《西汉演义》，日本大阪大学文学部怀德堂文库藏。

11. 清刊《东汉演义》，日本大阪大学文学部怀德堂文库藏。

12. 清刊《西汉演义》，书影见孔夫子旧书网。

13. 清刊《东汉演义》，书影见孔夫子旧书网。

14. 嘉庆九年刊《绣像第一才子书》十九卷一百二十回，中国国家图书馆藏。

15. 光绪十四年刊《第一才子书》十九卷一百二十回，中国国家图书馆藏。

16. 清刊《金批第一才子书》□卷一百二十回，书影见孔夫子旧书网。

17. 光绪十五年刊《说唐演义前传》十卷六十八回，书影见孔夫子旧书网。

18. 清刊《征西说唐三传》□卷□回，日本京都大学藏。

19. 清刊《三侠五义》一百二十四回，书影见孔夫子旧书网。

20. **光绪四年序刊《儿女英雄传》四十回，书影见孔夫子旧书网。**

21. **光绪十年刊《西游真诠》一百回，北京大学图书馆藏。**

22. **光绪十四年刊《绣像三国志演义》十九卷一百二十回，中国国家图书馆藏。（上海扫叶山房）**

23. **民国间刊《说岳全传》二十卷八十回，首都图书馆藏。（上海扫叶山房）**

24. **光绪九年刊《粉妆楼全传》十二卷，辽宁大学图书馆藏。（上海扫叶山房）**

25. **同治九年刊《云合奇踪》十卷八十回，书影见孔夫子旧书网。（云间扫叶山房）**

〔五四四〕森宝阁　广州（羊城十八甫、粤东省、粤东羊城）

森宝阁光绪戊寅四年活字排印《海山诗屋诗话》十卷，内封题“粤东羊城森宝阁活字板”，北京大学图书馆等处藏；清刊《解元三字经》，内封题“羊城十八甫森宝阁版”；光绪元年重刊《外科证治全生集》，内封题“粤东省森宝阁”，书影见孔夫子旧书网。以此知森宝阁位于广州十八甫。森宝阁活动的时间是晚清。

森宝阁刊刻的书尚有《增补笺注唐诗三百首》《书经读本》《三生合刻》《新增幼学故事琼林》《礼仪便览》《中日战辑》等，不一一列举。

1. **清发兑三多斋刊本《水浒后传》八卷四十回，日本东京大学东洋文化研究所仓石文库藏。**

〔五四五〕森宝斋　汉阳（楚北汉口镇、楚澴李氏）

森宝斋清翻刻汲古阁刊本《陆放翁全集》一百五十七卷，内封背面题“渭南文集、南南诗稿、逸稿、南唐书、家居旧闻，楚澴李氏森宝斋藏板”，辽宁大学图书馆藏；光绪十年刊《曾文正公家训》，内封背面题

“楚北汉口镇森宝斋藏板”，书影见孔夫子旧书网。据此可知森宝斋位于湖北汉阳府汉口镇，主人姓李。

森宝斋同治五年刊《清朝先正事略》六十卷，华东师范大学图书馆藏；光绪十年刊《壮悔堂文集》十卷，遗稿一卷，清华大学图书馆藏；清末刊《南宋杂事诗》七卷，中国人民大学图书馆藏；另刊有《论语》《二论详解》《外科证治全生》等，书影见孔夫子旧书网。

1. **咸丰四年刊《东周列国志》二十三卷一百〇八回，中国国家图书馆藏**。

〔五四六〕山水邻　苏州

山水邻明末清初刻《贯华堂评论金云翘传》二十回，本衙藏板本，藏于大连图书馆，首天花藏主人序，署“天花藏主人偶题”，后有印记两方，一为方形，曰“天花藏主人”，一为圆形，曰“山水邻”，据此可知天花藏主人与山水邻主人实为同一人，也即冯梦龙及其儿子冯焴。天花藏主人即素政堂主人是学界的共识，故可以推导出“素政堂主人”即“山水邻”主人的结论。素政堂位于金阊地区，则山水邻同样位于苏州，为冯氏家族所有之堂。

山水邻明刊传奇《山水邻新镌出像四大痴》和《山水邻新镌花筵赚》。

关于山水邻的详细情况，参见文革红《清代前期通俗小说刊刻考论》“山水邻”条(第 94—104 页)。

1. **明崇祯间刊《欢喜冤家》不分卷二十四回，佚失**。

2. **明末清初刊《贯华堂评论金云翘传》不分卷二十回，大连图书馆藏**。

〔五四七〕山阴书屋　不明

山阴书屋同治十年重镌小苍山房《随园诗话》，内封题“山阴书屋藏板”，书影见孔夫子旧书网。清刊《草木春秋演义》五卷三十二回，复旦大学图书馆、北京大学图书馆等处藏。其余刊书极少见，具体地点不明。

1. **清刊《草木春秋演义》五卷三十二回，复旦大学图书馆、北京大学图书馆藏。**

〔五四八〕山渊堂　苏州（吴郡、苏州胥门内歌熏桥东堍剪金桥巷中）

山渊堂嘉庆二十一年重刊《春秋左传杜林合注》、嘉庆二十三年重刊《诗经嫏嬛体注大全》、清刊《全本礼记体注》，内封均题“吴郡山渊堂藏板”，书影均见孔夫子旧书网，据此可知山渊堂为苏州书坊。清刊《袖珍字汇》，内封有方形朱印曰“苏州胥门内歌熏桥东堍剪金桥巷中□山渊堂正记书栈发兑”，据此可知山渊堂在苏州的具体地址。

山渊堂刊书的活跃期是嘉庆、道光间。嘉庆十二年刊《困学纪闻五笺集证》，复旦大学图书馆藏；嘉庆十六年刊《资治通鉴外纪》十卷，目录五卷，北京大学图书馆藏；嘉庆十七年刊《尚书大传》四卷，考异一卷，补遗一卷，续补遗一卷，复旦大学图书馆藏；嘉庆甲戌十九年刊《分韵子史题解》二十卷，苏州大学图书馆藏；嘉庆二十年刊《乡党图考》十卷，吉林大学图书馆藏；嘉庆二十二年刊《广广事类赋》三十二卷，中国海洋大学图书馆藏；嘉庆二十二年刊《本草从新》；道光元年正月刊《古唐诗合解》，北京大学图书馆藏；清刊《庚辰集》五卷，北京师范大学图书馆藏。另清刊《随园诗话》《地理辨正》等，书影见孔夫子旧书网。

1. **道光十一年刊《征西说唐三传》十卷八十八回，南京图书馆、中国国家图书馆藏。**

〔五四九〕善成东记　京师（京都琉璃厂中间路南）

善成东记清末刊《古文分编集评》四集二十二卷，（清）于光华编辑，北京大学图书馆藏，内封题“京都琉璃厂中间路南善成东记发兑”字样；光绪己丑十五年刊《监本四书章句》，内封题“京都善成东记藏板”；清刊《监本易经》，内封亦题“京都善成东记藏板”；光绪五年发兑《剑南钞》，(宋)陆游著，函套原签题“京都琉璃厂中间路南善成东记发兑”，书影均见孔夫子旧书网。据此可知善成东记为京师书坊，位于琉璃厂中间路南。

善成东记刊刻的书尚有：光绪十五年刊《善成东记监本诗经》，中国人民大学图书馆藏；清刊《左传翼》，中国人民大学图书馆藏；清刊《礼记体注大全合参》，书影见孔夫子旧书网等。

按，善成东记刊《监本四书章句》，内封题“京都善成东记藏板”，外封则题“善成堂”，据此可知善成东记与善成堂实为同一家书坊。善成堂为清代四川地区著名书坊，善成东记可能为善成堂设在北京的分号，营业时间主要是晚清。

1. **光绪二十年发兑维新堂藏板《林兰香》八卷六十四回，存一册第七至十五回，中国国家图书馆藏**。

2. **清发兑《第四才子书平山冷燕》四卷二十回，书影见孔夫子旧书网**。

3. **光绪十三年刊《二十四史通俗演义》二十六卷四十四回，天津图书馆藏**。

4. **清刊《水浒后传》十卷四十回，北京大学图书馆藏**。

5. **清刊《蔡元放评水浒后传》十卷四十回，卷首一卷，北京大学图书馆藏**。

〔五五〇〕善成堂　重庆(古渝、渝城、巴蜀)

善成堂为清代四川地区著名书坊，总号设在重庆，在成都、北京、南昌、汉口、沙市、山东东昌、济南等地均设有分号。同治十二年蜀东善成堂刊《代数术》二十五卷，北京师范大学图书馆藏；光绪戊申三十四年刊《医学心悟》,题“渝城善成书庄校刻”,书影见孔夫子旧书网;光绪二十一年刊《尔雅注疏》十一卷,四川大学图书馆藏,内封背面题“光绪乙未年孟秋月渝城善成堂刊”;光绪三十三年刊《急救经验良方》,内封背面题“时在光绪丁未岁巴蜀善成堂校刊”,书影见孔夫子旧书网;光绪乙巳三十一年夏月刊《墨耕堂幼学琼林》,内封题“蜀东善成堂”,书影见孔夫子旧书网。“渝”,重庆简称,据此可知善成堂位于重庆。善成堂为清代规模较大、刻书较多的书坊之一。

1. **光绪十六年刊《今古奇观》,书影见孔夫子旧书网**。

2. **清刊《天花藏批评玉娇梨》四卷,北京大学图书馆藏**。

3. **清刊《好逑传》四卷十八回,中国国家图书馆藏**。

4. **清刊《封神演义》十九卷一百回,上海图书馆藏**。

5. **光绪丁亥十三年刊《后西游记》四十回,书影见孔夫子旧书网**。

6. **光绪十一年刊《锋剑春秋》十卷六十回,中国国家图书馆藏**。

7. **光绪十七年刊《镜花缘》不分卷一百回,中国社会科学院文学研究所藏**。

8. **光绪十四年刊《狐狸缘全传》六卷二十二回**。

9. **清刊《北宋志传》五十回,首都图书馆藏**。

10. **清刊《南宋志传》五十回,首都图书馆藏**。

11. **咸丰三年刊《绣像第一才子书》六十卷一百二十回,四川大学图书馆藏**。

12. **同治三年春镌《第一才子书》六十卷一百二十回,行款**10**行**×25**字,书影见孔夫子旧书网**。

13. **清刊《第一才子书》六十卷一百二十回,行款**11**行**×33**字,书影见孔夫子旧书网**。

14. **清后期刊《第一才子书》十九卷一百二十回,书影见孔夫子旧书网**。

15. **清刊《新世鸿勋》四卷二十二回,吴晓铃藏**。

16. **乾隆十七年序、咸丰间刊《东周列国志》一百〇八回，天津师范大学图书馆藏。**

17. **光绪戊子十四年刊《东周列国志》二十三卷一百〇八回，书影见孔夫子旧书网。**

18. **同治十一年刊《西汉演义》八卷一百回，中国国家图书馆藏。**

19. **同治十一年刊《东汉演义评》八卷三十二回，复旦大学图书馆藏。**

20. **清刊《说唐演义前传》八卷，首都图书馆藏。**

21. **清刊《说唐演义后传》八卷，首都图书馆藏。**

22. **清刊《粉妆楼全传》八十回，吉林大学图书馆藏。**

23. **清刊《龙图公案》六卷九十五则，上海图书馆藏。**

24. **清刊《施案奇闻》八卷九十七回，四川省图书馆藏。**

25. **光绪十六年刊《小五义》一百二十回，见《西谛书目》。**

26. **光绪十八年刊《续小五义》一百二十四回，北京师范大学图书馆藏。**

27. **清刊《王望如先生评论五才子书水浒传》二十卷七十回，北京大学图书馆藏。**

28. **光绪十八年刊《永庆升平》二十四卷九十七回，南京大学图书馆藏。**

29. **清刊《五虎平南后传》六卷四十二回，成都善成堂藏板，天津图书馆藏。**

30. **清刊《第一才子书》十九卷一百二十回，东昌善成堂藏板，中国人民大学图书馆藏。**

〔五五一〕善美堂　不明

善美堂康熙八年序刊《吴吴山三妇评笺注释圣叹第六才子书西厢解释》，华东师范大学图书馆藏；乾隆二十九年序刊《寄傲山房塾课纂辑礼记全文备旨》十一卷，加拿大英属哥伦比亚大学亚洲图书馆、澳门大学图书馆藏；道光十八年刊《诗韵集成》，书影见孔夫子旧书网；道光二十一年刊《汇刻小题隽快新编》六编，苏州大学图书馆藏；咸丰辛酉十一年镌《分类诗腋》，中国国家图书馆藏；同治三年新镌《详注文范初编》；清刊《尚书离句》六卷，中山大学图书馆藏；清刊《新增幼学故事琼林》；清刊《唐诗合解笺注》，内封题“善美堂藏板”，版心则作“聚文堂”，书影均见孔夫子旧书网。

善美堂究竟为何地书坊尚未找到证据。

1. **清刊《第一才子书》六十卷一百二十回，日本早稻田大学藏。**

2. **清刊《忠义水浒传》二十卷一百一十五回，中国国家图书馆藏。**

3. **清刊《四大奇书第一种》六十卷一百二十回，中国国家图书馆藏。**

〔五五二〕善因楼　不明

善因楼清刊《批评新奇绣像红楼梦》一百二十回，中国国家图书馆藏，据嘉庆十六年东观阁本覆刻，内封题“批评新奇/绣像红楼梦/善因楼梓”。善因楼具体地点不明。

1. **清代据嘉庆十六年东观阁本覆刻《批评新奇绣像红楼梦》一百二十回，中国国家图书馆藏。**

〔五五三〕善友堂　不明

善友堂具体地点不明。

1. **光绪十四年刊《续红楼梦》三十卷。**

〔五五四〕善源堂　不明

善源堂具体地点不明。

1. **光绪甲辰三十年《韩湘子全传》不分卷三十回，书影见孔夫子旧书网**。

〔五五五〕鳣飞堂　山西

鳣飞堂道光以后刻《重镌丹溪心法附余》，内封题“附金匮钩玄、证治要略/鳣飞堂藏板”，附余五册为“慎修堂藏板”。慎修堂嘉庆丁卯十二年镌《读史论略》，内封题“高平慎修堂镌”，书影见孔夫子旧书网。高平，清属山西泽州府，因而慎修堂为山西泽州书坊，大致推测鳣飞堂也可能同样出自山西。关于鳣飞堂的详细情况，参见文革红《乾嘉时期小说书坊与通俗小说》“鳣飞堂”条（第 328—329 页）。

1. **清刊《拍案惊奇》三十六卷，美国哈佛大学哈佛燕京图书馆藏**。

2. **嘉庆二十一年刊《鳞儿报》四卷十六回，天津图书馆藏**。

3. **清刊《蝴蝶媒》四卷十六回，书影见孔夫子旧书网**。

〔五五六〕赏心亭　不明

赏心亭具体地点不明。

1. **崇祯间刊《贪欢报》不分卷二十四回，北京大学图书馆、中国社会科学院文学研究所藏**。

2. **清初刊《欢喜冤家》不分卷二十四回，北京大学图书馆、美国哈佛大学哈佛燕京图书馆藏**。

3. **清刊《万花楼杨包狄演义》十四卷六十八回，北京大学图书馆藏**。

〔五五七〕尚德堂　北京

尚德堂有多家，现一一考录如下：

1. 武林沈氏尚德堂。元至正二十二年刊《四书集注》十九卷，包背装，有“至正壬寅武林沈氏尚德堂刊”木记，山东省博物馆藏，《中华再造善本》影印，以此知元代杭州就有尚德堂书坊，主人为沈氏。

2. 北京刘顺尚德堂。康熙二十七年刊《同文汇集》四卷，(清)刘顺、桑格编辑，北京大学图书馆藏。据章宏伟《论清代前期满文出版传播的特色》一文，可知北京康熙间有尚德堂书坊：

> 康熙年间，刊印满文书的书坊多了起来，除了南京听松楼仍在刻印外，北京先后出现了十家刊印满文书的书坊，它们是宛羽斋、秘书阁、玉树堂、尚德堂、寄畅斋、天绘阁、文盛堂、四合堂、三义堂、尊古堂等。①

3. 武原尚德堂。清乾隆四十二年武原尚德堂刊《草圣汇辩》，见孔夫子旧书网。武原，清属嘉兴府平湖县。

4. 湖南尚德堂。光绪十八年刊《唐诗三百首注释(续选附后)》，内封题“光绪十八年夏月湖南尚德堂校刊”，书影见孔夫子旧书网，以此知光绪间湖南有尚德堂。

5. 永康尚德堂。光绪二十年刊《经余必读》八卷，《续编》八卷，《三集》四卷，(清)雷琳、钱树棠、钱树立辑，《三集》赵在翰辑，香港中文大学图书馆藏②。永康，清属浙江金华府。

6. 芜湖尚德堂。清末刊《新镌四体千家诗》四卷，内封题“芜湖尚德堂梓”，北京大学图书馆藏，以此知芜湖有尚德堂。芜湖清属安徽太平府。

7. 溧阳周氏尚德堂。民国八年木活字印《课子随笔》十卷，南京大学图书馆藏。溧阳明清时隶属镇江府。

尚德堂刊刻的书主要有：乾隆八年尚德堂刊《仪礼郑注句读》十

---

① 章宏伟. 论清代前期满文出版传播的特色[J]. 河南大学学报(社会科学版)，2009，(1)：80—91.

② 香港中文大学图书馆古籍善本书目系统编. 香港中文大学图书馆古籍善本书目，增订版[M]. 香港：中文大学出版社：34.

七卷，(清)张尔岐撰，顾炎武订正，北京大学图书馆、清华大学图书馆等处藏；乾隆二十一年刊《乡党图考》十卷，(清)江永撰，清华大学图书馆藏；乾隆癸丑五十八年重镌《尚德堂诗经体注图考大全》，书影见孔夫子旧书网；乾隆五十九年刊《文选注》六十卷，河南大学图书馆藏；嘉庆己未四年新镌《唐宋八大家公暇录》，书影见孔夫子旧书网；嘉庆甲子九年刊《寿世保元》；道光十五年刊《注释少岩赋草》，内封题"尚德堂藏板"，书影均见孔夫子旧书网；咸丰五年刊《酒令撮要》，北京大学图书馆藏。清刊《丹溪心法》五卷，(元)朱震亨撰，(明)吴勉学校，华东师范大学图书馆、山西医学院藏。清刊《历朝赋楷》八卷，首一卷，北京大学图书馆藏；崇祯五年序刊《大学衍义》四十三卷，中国人民大学图书馆藏；另孔夫子旧书网上有尚德堂清刊《重镌本草医方合编》等书，不一一列举。

1. **顺治六年刊《新刻按鉴演义京本三国英雄志传》六卷二百四十则，上海图书馆藏**。

2. **清刊《五虎平西前传》十四卷一百一十二回，中国社会科学院文学研究所藏**。

3. **清刊《五虎平南后传》六卷四十二回，中国社会科学院文学研究所藏**。

〔五五八〕尚论堂　太仓(娄东)

尚论堂乾隆癸亥八年仲春新镌《诗经阐注》八卷，中山大学图书馆藏，内封题"太仓浦惺廛纂辑/娄东尚论堂藏板"，序题"乾隆戊午春三月谷旦太仓后学浦泰惺廛氏书于尚论堂"，有印"谢浦泰印""惺廛"，据此可推断尚论堂位于娄东，即太仓，清代为江苏省下辖的直隶州。主人为浦泰，字惺廛，清藏书家、史志目录学家，出生于康熙十五年，江苏太仓人。北京大学图书馆藏刊本《新刊唐荆川先生稗编》一百二十卷有收藏印记曰"尚论堂""娄东谢氏家藏""卓荧观群书""本姓谢”“心传”“别字惺廛”“浦泰之印”等，可进一步说明尚论堂主人即浦泰，本姓谢，故又自称“谢浦泰”。“尚论堂”“杏花小楼”分别是他刻书和藏书的地方。

尚论堂雍正五年刊《楚辞注疏》八卷，北京大学图书馆藏；清刊《尔雅注疏》，书影见孔夫子旧书网；清刊《道德经解》，书影见孔夫子旧书网。尚论堂刻书多在雍、乾间，刊书质量精湛。

1. **清刊《新镌全像武穆精忠传》八卷八十则，日本东京大学东洋文化研究所仓石文库藏**。

〔五五九〕尚友堂　苏州(金阊安少云)

安少云尚友堂崇祯间刊《拍案惊奇》四十回，内封镂“金阊安少云梓行”字样，并有白文方印曰“尚友堂印”，版心下方每叶镂“尚友堂”三字，据此可知尚友堂为苏州书坊，主人是安少云。尚友堂刊书从明代一直延续至清末。雍正五年刻《楚辞疏》八卷，藏于吉林大学图书馆；清刻《韩昌黎集》四十卷，藏于北京师范大学图书馆；嘉庆三年刻《断易天机大全详解》、光绪二十四年刻《东莱博议》，书影均见孔夫子旧书网。

关于尚友堂的详细情况，参见文革红《乾嘉时期小说书坊与通俗小说》“尚友堂”条(第61—62页)。

1. **崇祯元年序刊《拍案惊奇》四十卷四十篇，日本日光轮王寺慈眼堂藏**。

2. **崇祯五年刊《二刻拍案惊奇》三十九卷三十九篇，附《宋公明闹元宵杂剧》一卷，佚失**。

3. **清初刊《初刻拍案惊奇》三十九卷，上海图书馆、日本广岛大学文学部藏**。

4. **清后修《二刻拍案惊奇》三十九卷三十九篇，附《宋公明闹元宵杂剧》一卷，日本内阁文库藏**。

5. 清刊《东游八仙全传》六卷八十回，俄罗斯东方研究所圣彼得堡分所藏。

6. 嘉庆十六年刊《东游志传》上下两卷五十六回，复旦大学图书馆、中山大学图书馆藏。

7. 嘉庆十六年刊《南游华光志传》四卷十八回，复旦大学图书馆、中山大学图书馆藏。

8. 嘉庆十六年刊《西游记传》四卷四十一回，复旦大学图书馆、中山大学图书馆藏。

9. 嘉庆十六年刊《北游记》二十四回，复旦大学图书馆、中山大学图书馆藏。

10. 清中期刊《绣像第一才子书》十九卷一百二十回，书影见孔夫子旧书网。

11. 道光二十七年刊《绣像第一才子书》二十三卷一百二十回，书影见孔夫子旧书网。

〔五六〇〕尚友斋　杭州(武林)

武林尚友斋光绪二十三年石印《读礼条考》，内封署“光绪丁酉武林尚友斋石印”，藏于中国人民大学图书馆；光绪二十五年石印马骕《绎史》，藏于天津图书馆。据此知尚友斋位于杭州。

尚友斋乾隆十四年刻《韩文论述》，藏于北京大学图书馆；道光二十七年刻《黄仲则先生年谱》，藏于吉林大学图书馆；咸丰九年刻《诗传蒙求分韵》，藏于复旦大学图书馆。

关于尚友斋的详细情况，参见文革红《乾嘉时期小说书坊与通俗小说》“尚友斋”条(第248—249页)。

1. 约乾隆间刊《说唐小英雄传》二卷、《说唐薛家府传》六卷，《舶载书目》著录。

〔五六一〕尚志堂　泉州

尚志堂乾隆二十年刊《别本今古奇观》，日本天理图书馆藏，内封题“泉城尚志堂”，以此知尚志堂为清代泉州书坊。

尚志堂嘉庆庚申五年镌《监本易经》，书影见孔夫子旧书网。泉州尚志堂刊刻的其他书未见。

1. **乾隆二十年刊《别本今古奇观》二十一卷二十一回，日本天理图书馆藏。**

2. **乾隆四十五年刊《人中画》四卷四篇，日本内阁文库藏。**

3. **乾隆间刊《再团圆》五卷五篇，日本内阁文库藏。**

4. **清刊《归莲梦》四卷十二回，北京大学图书馆藏。**

5. **清刊《归莲梦》四卷十二回，日本早稻田大学藏。**

〔五六二〕绍裕堂　不明

绍裕堂乾、嘉间刊《绍裕堂新刻水浒后传》八卷四十回，中国国家图书馆藏；清代后印永庆堂余郁生康熙十二年刊本《精绘图像梁武帝传》十卷四十回，卷首附有署名“绍裕堂主人”所撰识语。绍裕堂地点不明。

1. **康熙十二年序，约乾、嘉间后印《精绣通俗全像梁武帝西来演义》十卷四十回，北京大学图书馆藏。**

2. **乾、嘉间刊《水浒后传》八卷四十回，行款**9**行**×20**字，中国国家图书馆、上海图书馆藏。**

3. **乾、嘉间刊《水浒后传》八卷四十回，行款**12**行**×28**字，中国国家图书馆、美国哈佛大学哈佛燕京图书馆藏，与上本行款不同。**

〔五六三〕申报馆　上海

申报馆是近代中国发行时间最久、影响最大的报纸《申报》的报社大楼，位于上海公共租界中区山东路（俗称望平街）与汉口路的西南转角(门牌号码是汉口路 309 号)。1916 年至 1918 年,拆除原有 2 层砖木结构老楼,重建 5 层钢筋混凝土结构大厦,建筑面积 3680 平方米。共有 100 多个房间,申报馆当年底层是印刷厂,二楼是营业厅,三层是经理室、董事会、餐厅、会客厅,四、五层有图书馆、校对室、照相间,编辑室则在二、三、四层皆有。

《申报》原名《申江新报》,1872 年 4 月 30 日(清同治十一年三月二十三日)在上海创刊,1949 年 5 月 27 日停刊。为近代中国发行时间最久、具有广泛社会影响的报纸,是中国现代报纸的开端和标志。它前后总计经营了 78 年,历经晚清、北洋政府、国民政府三个时代,共出版 27000 余期。光绪十年五月八日增办中国第一份时事画报《点石斋画报》(旬刊),创设申昌书局并出版《古今图书集成》等图书,进行多种经营。

1. **同治十三年第一次活字排印《儒林外史》五十六回,中国国家图书馆藏**。

2. **光绪七年第二次活字排印《儒林外史》五十六回**。

3. **光绪九年排印《风月梦》不分卷三十二回,中国国家图书馆藏**。

4. **光绪八年排印《野叟曝言》二十卷一百五十二回,复旦大学图书馆藏**。

5. **光绪四年序、仿聚珍版刊《儿女英雄传》四十回,书影见孔夫子旧书网**。

〔五六四〕慎德堂　金华(浦江黄氏)

慎德堂道光十四年刊《白石山房逸稿》,内封题"浦江黄氏慎德堂",吉林大学图书馆藏。浦江,清属浙江金华府,以此知慎德堂为金华书坊,主人姓黄。

慎德堂乾隆三十八年刊《本草原始》,题"乾隆癸巳年重镌/慎德堂藏板”，书影见孔夫子旧书网，因而慎德堂刻书的时间不晚于乾隆三十八年；嘉庆辛酉六年刊《省吾斋诗赋集》十二卷，复旦大学图书馆藏；嘉庆壬申十七年重镌《痘科指迷》，书影见孔夫子旧书网；道光九年刊《增补大生要旨》，书影见孔夫子旧书网；咸丰三年重刊《纪效新书》，(明)戚继光撰，山东大学图书馆藏；另刊有《花镜》《淮南诗钞》《孟子》《新增幼学故事珠玑》《保赤存真》《事类赋》《四书典林》《月泉咏社》《倪石陵书》等书。

1. **道光二十三年刊《五美缘》不分卷八十回，北京大学图书馆、大连图书馆藏**。

2. **清刊《西晋演义》四卷一百十六则，中国国家图书馆藏**。

3. **清刊《东晋演义》八卷二百三十一则，中国国家图书馆藏**。

〔五六五〕慎修堂　金陵

慎修堂道光己酉二十九刊《读易备忘》，(清)王涤心撰，吉林大学图书馆藏，有郭序，题“道光二十五年岁在丙午闰五月望后八日苏门郭程先谨序”，又有作者胞兄王检心序，题“道光二十九年岁在己酉元旦胞兄检心谨序于金陵舟次”。王氏兄弟为河南内乡人。王检心(1804—1869)，清代著名理学家，原名立人，号子涵，出身官宦之家，清道光五年中举，历任江苏省句容、高淳、仪征、宜兴、铜山、兴华等县知县。序写作于金陵，因疑王氏慎修堂可能在江苏金陵。慎修堂咸丰五年刊《王香峰先生文集》，清华大学图书馆藏；咸丰丙辰六年刊《复性斋丛书》十三种，(清)王检心辑，王涤心校，北京大学图书馆藏。清刊《吴又可先生瘟疫论》，书影见孔夫子旧书网。

光绪间柯城有雷氏慎修堂，光绪甲申十年刊《时病论》；光绪丁亥十三年刊《医法心传》，内封正面题“安陆刘宾臣观察鉴定/柯城慎修堂藏板”，卷端题“新安程芝田先生遗著，门下晚学生雷丰少逸甫校刊”，则光绪间柯城慎修堂主人可能为雷丰。柯城指浙江衢州府城。

又有古相慎修堂，光绪间刊《四言杂字》，卷端题“光绪十七年岁在辛卯古相西乡垣北慎修堂主人武德馨书”，则古相慎修堂主人为武德馨。古相慎修堂尚刊有《十三经集字分画辨音释义》，书影见孔夫子旧书网。古相，指古相州，今河南安阳，清属彰德府。

1. **清刊《平山冷燕》二十回，俄罗斯圣彼得堡大学藏**。

2. **道光二十五年刊《瑶华传》十一卷四十二回，天津图书馆藏**。

〔五六六〕生盛堂　广州

嘉庆十六年刊《绣像四游全传》，其中《东游志传》上下两卷，五十六回，中国国家图书馆藏，与北大图书馆藏自厚堂藏板本为同板，自厚堂为广州地区书坊，据此推测生盛堂亦位于广州。

1. **嘉庆十六年刊《东游志传》上下两卷，五十六回，中国国家图书馆藏**。

2. **嘉庆十六年刊《南游华光志传》四卷十八回，佚失**。

3. **嘉庆十六年刊《西游记传》四卷四十一回，佚失**。

4. **嘉庆十六年刊《北游记》二十四回，佚失**。

〔五六七〕省斋　金陵

文光堂乾隆十四年刊《金石缘》二十四回，中国社会科学院文学研究所藏，序署“静恬主人戏题”，总评署“乾隆十四年岁次己巳仲春谷旦日省斋主人重录”，据此推断省斋主人为雍、乾间人。文光堂为金陵书坊，周氏文光堂明刊《两晋志传题评》，北京师范大学图书馆藏，以此知《金石缘》刊刻于金陵，则省斋主人可能为金陵人，省斋为金陵书坊。

省斋清初刊《唐人应制六韵诗钞》，(清)汪玉树选，郑州大学图书馆藏。

1. **清刊《醒世姻缘传》不分卷一百回，日本大谷大学藏**。

2. **乾隆五十五年刊《鸳鸯会》不分卷八回，中国国家图书馆藏。**

〔五六八〕圣德堂　佛山（禅山）

清嘉庆十九年圣德堂刊《狄青初传》十四卷六十八回，（清）李雨堂撰，长庆堂刊本，法国国家图书馆藏，第八、十、十二卷署“禅山圣德堂梓行”。禅山即佛山，以此知圣德堂为清中期广东佛山书坊。

1. **清刊《麟儿报》四卷十六回，英国伦敦大学亚非研究所藏。**
2. **清刊《忠义水浒传》二十卷一百一十五回，日本佐贺大学附属图书馆藏。**
3. **清刊《四大奇书第一种》二十卷一百二十回，日本佐贺大学附属图书馆藏。**
4. **清刊《绣像第一才子书》二十八卷一百二十回，书影见孔夫子旧书网。**
5. **清刊《新刻增异说唐全传》十四卷，英国博物院藏。**
6. **嘉庆六年刊《五虎平西前传》十四卷一百一十二回，首都图书馆藏。**
7. **道光二年之前刊《五虎平南后传》六卷四十二回，南京大学图书馆、英国博物院藏。**
8. **嘉庆十九年刊《万花楼杨包狄演义》十四卷六十八回，天津图书馆藏。**

〔五六九〕圣华房　日本京都

日本京都圣华房木活字印《痴婆子传》二卷三十三则，乾隆甲申二十九年序、同治七年跋，书影见孔夫子旧书网。

题“芙蓉主人辑，情痴子批校”，分上下两卷。书前有序，署“乾隆甲申岁挑浪月书于自治书院”；末有短跋，作“明治辛卯春木规子题”（同治七年）。第二十九页末有“洛阳耳口王草化户方寿延年植字”

一行。

1. **乾隆甲申二十九年序、同治七年跋，活字印《痴婆子传》二卷三十三则，书影见孔夫子旧书网。**

〔五七〇〕圣秀堂　广州（东粤书林正祖）

自厚堂嘉庆十六年刊本《新刊北方真武祖师玄天上帝出身志传》二十四回，北京大学图书馆藏，卷端题“东粤书林正祖圣秀堂梓行”。东粤，泛指广州地区，故知圣秀堂为广州书坊。

1. **清刊《新镌天花藏批评平山冷燕》四卷二十回，首都图书馆藏。**
2. **约嘉庆十六年刊《北游记》二十四回，北京大学图书馆藏。**

〔五七一〕盛德堂　宁波

盛德堂同治十三年刊《韵汇》五卷，内封题“秀水朱竹垞先生辑/鄞县沈道宽编次/盛德堂梓”，卷端亦题“鄞县沈道宽编次”，北京师范大学图书馆藏。鄞县，清属宁波府，从编者为宁波人看，似可推测盛德堂位于宁波，但无法定论。

盛德堂清刊《增补医宗必读全书》，内封题“己丑年新刊/增补医宗必读全书/盛德堂藏板”，书影见孔夫子旧书网。己丑为顺治六年、康熙四十八年、乾隆三十四年、道光九年或光绪十五年，不能遽定。清道光二十九年刊《安邦定国全志》四十卷，内封题“盛德堂藏板”，吉林大学图书馆藏。嘉庆二年序刊《古愚老人消夏录》四十卷，吉林大学图书馆、郑州大学图书馆藏，卷端题“事物原会/海阳竹林人汪伋葵田氏消夏录”。

从以上刊书情况分析，盛德堂为道光以后出现的书坊，大约是在宁波一带。

1. **清刊《白圭志》四卷十六回，中国国家图书馆藏。**

〔五七二〕师俭堂　建阳(萧少衢)

萧少衢师俭堂万历后期刊《律条公案》七卷,卷首一卷,四十六则。卷七前题“金陵陈玉秀选校,书林师俭堂梓行”,卷七后题“书林萧少衢梓行”,以此观之,萧少衢当是师俭堂主人。师俭堂,明代建阳萧少衢(1570—1621)、萧腾鸿(1586—?)兄弟刻书书坊名。

少衢,一作少渠,明刊《鼎镌诸方家汇编皇明名公文隽》八卷,北京师范大学图书馆藏,封面题“师俭堂萧少渠领绣”,卷末有“师俭堂萧少渠依京版刻”。明刊《苏文汇精》六卷,清华大学图书馆藏;天启七年刊《镌陈眉公评选秦汉文隽》四卷,华东师范大学图书馆藏;萧腾鸿师俭堂明刊《鼎镌西厢记》二卷附图,武汉大学图书馆藏,题“书林庆云萧腾鸿梓”。萧腾鸿,号庆云,以师俭堂名号刻过许多戏曲本子。

1. **万历后期刊《律条公案》七卷首一卷四十六则,缺卷二,日本内阁文库藏。**

〔五七三〕施唐培　泉州(泉城涂门外石垌乡)

厦门文德堂清后印施唐培刻本《施案奇闻》,藏于英国博物馆。柳存仁《伦敦所见中国小说书目提要》云:“黄纸封面书题,上端横刻道光庚辰夏镌……书中序文后目次前又刻:嘉庆戊午(三)年孟冬月新镌,其下为双行细字:住福建泉州府涂门城外后坂社施唐培督刻,可能这书还有一部分是旧板,不一定是庚辰夏新刻的书:柳存仁。”①

据此记载可知施唐培乃福建泉州书坊主,施唐培在嘉庆三年曾刻《施案奇闻》,此书的旧板由厦门文德堂得到,并于道光十年重刊,据《古本小说集成》影印本,此本刊刻于道光十年,则“道光庚辰”可能为“道光庚寅”之误。

---

① [日]大塚秀高.增补中国通俗小说书目[M].日本:汲古书院,昭和五十九年八月(1984):169—170.

施唐培尚刊有：道光十年刊《万花楼杨包狄演义》，藏于辽宁省图书馆，叙后有“住泉城涂门外石垌乡施唐培督刻”字样；道光十八年以文居后印施唐培刊本《增订诗韵集成》，序后亦有“住泉州府涂门城外后坂乡施唐培精刻”字样；道光二十年施唐培刻《芸皋先生自纂年谱》，（清）周凯编，见中国书网。厦门文德堂咸丰五年刊《四书体注》，目次后有双行细字曰“住泉州涂门外后坂乡施唐培精刻”；清刻《诗经旁训》，序后有“泉州城涂门外后坂社施唐培督刻”字样，书影均见孔夫子旧书网。

关于施唐培的详细情况，参见文革红《乾嘉时期小说书坊与通俗小说》“施唐培”条（第 299—300 页）。

1. **道光十一年刊《万花楼杨包狄演义》十四卷六十八回，辽宁省图书馆藏**。

2. **嘉庆戊午三年刊《施案奇闻》八卷九十七回，英国博物院藏**。

〔五七四〕十二室　不明

十二室具体地点不明。

1. **咸丰五年刊《双英记》四卷十二回，周绍良旧藏**。

〔五七五〕石氏　扬州

石成金，清代医家、作家，扬州人。字天基，号觉道人、惺斋、良觉居士。生于顺治十六年，卒于乾隆四年。虽未出仕，但与当时官场交往甚密。著作有《长生秘诀》《养生镜》《笑得好》《石成金医术六种》等。

扬州石氏为刻书世家。雍正七年刻《新刻扬州近事雨花香》四十卷四十篇，附《通天乐》十二篇，共五十二篇，署“扬州石成金天基集著/男峰年、嵩年校刻”，乃石成金之子石峰年、石嵩年校刻本。序写作于扬州，刊刻无疑在扬州。乾隆四年江都石氏刻《家宝全集》四集三十二卷，(清)石成金撰，藏于郑州大学图书馆、南京图书馆，首有康熙四十六年左心蕃序、乾隆四年石成金自序，由石成金之子石峰年、石嵩年，孙石怀寿、石遐寿校刻。江都石氏乾隆四十九年刻《金刚经石注》一卷，藏于华东师范大学图书馆；《多心经注》一卷，(清)石成金注[①]；乾隆年间刻《全婴心法》《保产心法》各一卷，附《毓兰居士种痘法》，石成金辑，藏于江西省图书馆。

1. **雍正间刊《新刻扬州近事雨花香》四十卷四十篇，附《通天乐》十二篇，上海图书馆藏。**

2. **雍正间刊《新刻扬州近事雨花香》三十四篇，附《通天乐》十篇，中国国家图书馆藏。**

〔五七六〕石兰书屋　不明

石兰书屋乾隆间刊《新刻京台公余胜览国色天香》十卷，北京大学图书馆藏，具体地点不明。

1. **乾隆间刊《新刻京台公余胜览国色天香》十卷，北京大学图书馆藏。**

〔五七七〕石渠阁　金陵(蒋氏)

石渠阁明万历三十八刊《新刻太医院发刻医家必究杏苑生春》八卷，卷端题“金陵书坊蒋氏石渠阁梓”，南京中医学院图书馆藏，以此知石渠阁位于金陵，主人为蒋氏，刊书不晚于万历年间。

石渠阁刊书一般题“梅墅石渠阁”，明梅墅石渠阁刊《新刻汪先生家藏医学原理》十三卷，(明)汪机编辑，清华大学图书馆藏；万历二十三年刊《汇书详注》三十六卷，王世贞辑，邹道元补，北京大学图书馆藏；万历三十年刊《月令广义》二十四卷，首一卷，(明)冯应京辑，吉林

---

① 王澄编著. 扬州刻书考[M]. 扬州：广陵书社，2003.

大学图书馆藏；万历已未年刊《山堂肆考》，南京大学图书馆藏；崇祯十一年刊《石渠阁精订摄生秘剖》四卷、《种子方剖》一卷、《种子秘剖》二卷、《房术奇书》二卷，北京大学图书馆藏；崇祯五年刊《大学衍义》四十三卷，中国人民大学图书馆藏，内封题“梅墅石渠阁藏板”；明刊《文献通考》三百四十八卷，河南大学图书馆藏；明刊《石渠阁重订周易去疑》十卷，（明）舒弘谔撰，北京大学图书馆藏。

石渠阁为金陵由明入清的书坊，清代刊刻的书主要有：明万历间刻、清康熙梅墅石渠阁印《六臣注文选》六十卷，（梁）萧统辑，（唐）李善、吕延济、刘良、吕向、李周翰等注，中国国家图书馆、四川大学图书馆藏；康熙十六年蒋云华石渠阁刊《石渠阁新订四书讲义童子问》十卷，美国哈佛大学哈佛燕京图书馆藏；康熙三十年梅墅石渠阁刊《元韵谱》五十四卷，（明）乔中和撰，北京大学图书馆藏；清刊《增补字汇全书》，内封题“梅墅石渠阁藏板”；天启七年世裕堂刻、梅墅竹韵居得板修补印《重刊许氏说文解字五音韵谱》十二卷，李焘撰，内封题“许氏说文/石渠阁订阅/梅墅竹韵居较梓”，美国哈佛大学哈佛燕京图书馆藏；清刊《穆天子传注疏》六卷，首一卷，末一卷，北京师范大学图书馆藏；咸丰十年重刊《苏黄两先生尺牍》十八卷，附《黄山谷先生题跋》四卷，北京大学图书馆藏。其余刊书较多，不一一列举。

1. **康熙五年补板《忠义水浒传》一百卷一百回，中国国家图书馆藏**。

〔五七八〕石渠山房　京师

石渠山房为京都琉璃厂书坊，光绪三年刊《桐云阁试贴辑注》，（四川江安）杨庚著，书影见孔夫子旧书网；光绪十一年刊《小题正鹄全集》，李元度辑，中国国家图书馆藏；光绪十六年夏月刊《唐诗三百首注疏》，（清）章燮注、于庆元编，华东师范大学图书馆藏；光绪十六年刊《养正草》《训蒙草》，路德撰，中国国家图书馆藏。

1. 嘉庆二十年刊《金石缘》八卷二十四回，中国国家图书馆藏。

〔五七九〕拾芥园　广州（羊城双门底、南海邹达泉）

拾芥园清刊《同音字汇》，卷端题“羊城双门底拾芥园藏板”，书影见孔夫子旧书网，以此知拾芥园在广州，位于双门底。清刊《纲鉴易知录》，吴大中丞鉴定，挪威奥斯陆皇家大学藏，内封亦有“双门底拾芥园藏板”字样。

另拾芥园清刊《邹征君遗书》六种附刻二种，同治十三年刊，（清）邹伯奇撰，中国国家图书馆、北京大学图书馆藏，两家均著录为“南海邹达泉拾芥园”，南海县清属广州府辖内，据此可知拾芥园主人为邹达泉。南海邹达泉拾芥园同治十二年刊《夏紫笙算书遗稿》四种，北京大学图书馆藏。

广州拾芥园刊刻的书尚有：道光九年刊《冰鉴》七卷，中国人民大学图书馆藏；道光三十年刊《谈征》，北京师范大学图书馆藏；光绪二十一年刊何梦瑶著《三科辑要》，包括《幼科良方》《痘科良方》和《妇科良方》；光绪二十三年刊《增注伤寒类证百问活人书》二十二卷；清刊《增补事类赋统编》《五经精华》《明文才调集》《关帝桃园明圣经》等书。

据《中国通俗小说总目提要》，《续北宋志天门阵演义十二寡妇征西》四卷十九回，有光绪庚寅粤东拾芥园板本。

1. 清刊《天花藏批评平山冷燕》四卷二十回，日本早稻田大学藏。

2. 道光二十五年刊《绿野仙踪》十六卷，中国社会科学院文学研究所藏。

3. 道光十六年刊《五虎平西前传》十四卷一百一十二回，日本东北大学狩野文库藏。

4. 道光二十三年刊《大明正德皇游江南传》七卷四十五回，中山

大学图书馆藏。

5. **光绪十六年刊《续北宋志天门阵演义十二寡妇征西》四卷十九回，据《中国通俗小说总目提要》著录。**

6. **光绪十六年刊《龙图公案》十卷一百则，上海图书馆藏。**

〔五八〇〕似菊别墅　不明

似菊别墅嘉庆二十一年刊《新刻异说南唐演义全传》十卷一百回，复旦大学图书馆藏。又有清末刊本《绣像反唐全传》，内封题“似菊别墅珍刊”，书影见孔夫子旧书网，其图画风格极其类似四川善成堂书坊所刊之书，因此我们可以大致推测似菊别墅可能位于四川地区。

1. **嘉庆二十一年刊《新刻异说南唐演义全传》十卷一百回，复旦大学图书馆藏。**

2. **清刊《异说反唐演义全传》十卷一百回，书影见孔夫子旧书网。**

3. **道光二十三年刊《异说反唐演义全传》十卷一百回，天津图书馆藏。**

〔五八一〕世德堂　金陵(唐氏)

金陵唐氏世德堂万历年间开始营业刻书。万历二十一年刻《南北宋志传》一百回，藏于北京大学图书馆，署“姑苏陈氏尺蠖斋评释/金陵世德堂梓”；明刊《南华真经旁注评林》十卷，中国国家图书馆藏，内封题“金陵唐氏世德堂绣梓”；万历二十五年刊《绣谷春容》，北京大学图书馆藏，题“羊洛敕里起北赤心子汇辑/建业大中世德堂主人校镌”。建业指金陵，据此可知世德堂位于金陵，主人为唐氏。

万历间金陵世德堂刊《三遂平妖传》，已佚，存钱塘王慎修重刊本，该书卷四另署“东原罗贯中编次/金陵世德堂绣梓”，卷三、卷四插图署“刘希贤刻”，刘希贤乃金陵版刻名工，多种书籍插图均出自其手，则此书由王慎修据金陵世德堂本重刊。

金陵世德堂万历二十年刻《新刻出像官板大字西游记》一百回，藏于中国国家图书馆，据考为现存《西游记》一书最早的刊本；万历三十四年刻《新刊训解直音书言故事大全》六卷，(宋)胡继宗撰，藏于清华大学图书馆；明朱墨套印《石室仙机》五卷，许谷撰，藏于南京大学图书馆。明刊《香囊记》《新镌批点出像一见赏心编》《节孝记》等书，藏于中国国家图书馆。

世德堂清代刊刻的书籍主要有：雍正八年刻《笠翁一家言全集》十六卷，藏于陕西省图书馆；乾隆二十七年刻《诗经体注图考》；乾隆间刻《词学全书》；嘉庆十四年钞《愁余草》；道光四年刻《北海亭集》，藏于北京大学图书馆。清刊《步元字汇》《罗经解》《河间试律矩》，书影均见孔夫子旧书网。其余刊书不一一列载。

关于世德堂的详细情况，参见文革红《乾嘉时期小说书坊与通俗小说》“世德堂”条(第151—152页)。

1. **万历丁酉二十五年刊《绣谷春容》十二卷，中国国家图书馆、中国艺术研究院戏曲研究所藏。**

2. **清刊《张子房归山诗》一篇，书影见孔夫子旧书网。**

3. **清刊《解学士诗》一篇，书影见孔夫子旧书网。**

4. **万历二十年陈元之序刊《新刻出像官板大字西游记》二十卷一百回，中国国家图书馆藏。**

5. **明刊《平妖传》四卷二十回，佚失。**

6. **清初刊《西游真诠》一百回，北京大学图书馆藏。**

7. **万历二十一年《新刊出像补订参采史鉴唐书志传通俗演义题评》八卷八十九则，中国国家图书馆藏。**

8. **万历二十一年序刊《北宋志传》五十回，北京大学图书馆藏。**

9. **万历二十一年序刊《南宋志传》五十回，北京大学图书馆藏。**

10. **清刊《北宋志传》五十回，复旦大学图书馆藏。**

11. **清刊《南宋志传》五十回，复旦大学图书馆藏。**

12. **乾隆三十三年自序刊《飞龙全传》二十卷。**

13. **道光丁未二十七年刊《西汉演义传》八卷，华东师范大学图书馆藏。**

14. **道光丁未二十七年刊《东汉志传》残本，华东师范大学图书馆藏。**

〔五八二〕世荣堂　不明

世荣堂明末重刊《东西晋演义》十二卷五十回，中国国家图书馆藏，其具体地点不明。

1. **明末重刊《东西晋演义》十二卷五十回，中国国家图书馆藏。**

〔五八三〕士礼居　苏州（吴门黄丕烈）

士礼居乃乾、嘉间苏州地区著名藏书家黄丕烈的书室名。

黄丕烈（1763—1825），字绍武，或作绍圃，号荛圃，又号荛翁、荛夫，长洲人，乾隆五十三年举人，清代目录家、出版家、藏书家、校勘家、版本家。

士礼居之得名是因为黄丕烈嘉庆七年冬迁居苏州悬桥巷，购得宋代严州刻本和景德官刻本《仪礼》两种，《仪礼》又名《士礼》，故名其书室曰“士礼居”。

士礼居刻的书主要有：嘉庆二十四年据宋本重刻《洪氏集验方》；道光三年影宋重刻《伤寒总病论》，内有牌记署“道光癸未岁吴门黄氏士礼居开雕/同邑施南金书”。道光元年刻《夏小正经传集解》，书影均见孔夫子旧书网。其余刊书不及备载。

关于士礼居的详细情况，参见文革红《乾嘉时期小说书坊与通俗小说》“士礼居”条（第62—63页）。

1. **嘉庆十一年刊《梁公九谏》一卷，上海图书馆藏。**

〔五八四〕守经堂 1　广州(羊城、学院前、粤东九曜坊)

守经堂光绪二十二年刊《尹溪石草书千字文》《尹溪石书草诀歌》,(朝鲜)尹囷著,北京师范大学图书馆藏,内封背面题"粤东九曜坊守经堂原板";光绪三十四年刊《俗话倾谈》二卷,内封题"羊城守经堂藏板";清刊《吕祖真经》,内封题"学院前守经堂藏板";清刊《王羲之笔阵图》,内封题"省城学院前守经堂藏板",书影均见孔夫子旧书网。据此可知守经堂位于广州学院前街之九曜坊。

广州守经堂刊书的活跃期是光绪年间,刊刻的书主要有:光绪五年刊《寻常语》,北京大学图书馆藏;光绪十二年刊《道德经解》,南京大学图书馆藏;光绪十五年刊《参校诗传说存》二卷,北京师范大学图书馆藏;光绪二十九年刊《粤讴》,吉林大学图书馆藏;清刊《校本再粤讴》,北京师范大学图书馆藏;清末刊《八代诗揆》五卷,补遗一卷,北京大学图书馆藏;民国间刊《对类引端》三卷,中山大学图书馆藏;另刊有《四书正文》《钟吕二子诗》等,书影见孔夫子旧书网。

1. **清刊《俗话倾谈传》四卷十则,书影见孔夫子旧书网。**
2. **清刊《俗话倾谈二集》二卷七则,书影见孔夫子旧书网。**

〔五八五〕守经堂 2　成都

成都守经堂为清末光绪年间四川学者刘沅之子刘桢文及门人刘芬等人集资创办的书坊。刘沅(1767—1855),字止唐,号青阳子,四川成都双流人。他创立的"槐轩学派",在四川国学界有深远影响。

守经堂光绪十二年刊《老子道德经解》,刘沅辑,书影见孔夫子旧书网;光绪癸巳十九年十月刊《医方摘要》三卷,刘桢文辑;光绪三十二年丙午刊《医理大概约说》,刘沅著,刘桢文辑,均由三台黄春元私人收藏;光绪二十五年刊《悟真篇阐幽》;清末刊《闺训清源》,刘桢文编,南京大学图书馆藏;民国五年刊《经忏集成经》十三种,续刻一种,忏六种,附直音一卷,刘沅辑,南京大学图书馆藏。守经堂光绪三十一年选集刘沅著作二十二种刻印成《槐轩全书》发行于世，又有民国三年至三十三年守经堂本。

1. **咸丰十一年刊《二奇合传》不分卷四十回，中国社会科学院文学研究所、四川省图书馆藏。**

〔五八六〕寿经堂　广州（岭南）

寿经堂道光间刊《龙川文集》三十卷，北京大学图书馆藏，内封题“字体谨遵佩文韵府校正/陈同甫先生著/龙川文集/岭南寿经堂版”，据此可知寿经堂为岭南书坊。岭南，原是指中国南方的五岭之南的地区，相当于现在广东、广西及海南全境。寿经堂道光己酉二十九年刊《陈同甫集》三十卷，内封题“字体谨遵佩文韵府校正/道光己酉年镌/陈同甫全集/寿经堂藏板”，武汉大学图书馆藏。《龙川文集》也即《陈同甫集》。

寿经堂咸丰十一年刊《四书讲义萃精》，香港中文大学图书馆藏；清末发兑石印本《随园诗话》十六卷，补遗四卷，金谷园藏板，中国海洋大学图书馆藏。

1. **同治二年发兑金谷园藏板《四大奇书第一种》六十卷一百二十回，日本东京大学文学部藏。**

〔五八七〕授经堂　金陵

授经堂同治九年重刊《幼科铁镜》，内封题“板存金陵授经堂”，书影见孔夫子旧书网；又有清刊本，内封题“礼记读本/遵依金陵授经堂藏板 康熙字典，点画无讹，校订精刊，诚善本也，识者鉴之”，书影见孔夫子旧书网，以此知授经堂为金陵书坊。嘉庆间刊《礼记增订旁训》六卷，吉林大学图书馆藏；光绪四年刊《易经》三卷，（宋）程颐传，华东师范大学图书馆藏。

1. **同治十年刊《混元盒五毒全传》不分卷二十回，天津图书**

馆藏。

〔五八八〕舒载阳　苏州(金阊)

舒载阳万历、天启间刊《新刻钟伯敬先生批评封神演义》二十卷一百回,日本内阁文库藏。内封题“金阊书坊舒甫冲刻”,第二卷题“钟山逸叟许仲琳编辑,金阊载阳舒文渊梓行”,可知刊刻者为苏州的书坊主舒甫冲,又名舒载阳,金阊舒载阳于万历四十八年梓武林藏珠馆刊本《唐传演义》,故可推测舒载阳为万历、天启间人。

1. **万历、天启间刊《新刻钟伯敬先生批评封神演义》二十卷一百回,日本内阁文库藏。**

2. **万历庚申四十八年刊《新刊徐文长先生评唐传演义》八卷九十则,日本内阁文库藏。**

〔五八九〕书成山房　松江

书成山房咸丰四年刊蔡元放批评《东周列国全志》,中国国家图书馆、北京大学图书馆、上海图书馆等处藏,内封题“秣陵蔡元放批评/朱套东周列国全志/书成山房开雕”,有胡宗文序,题“乾隆五年岁次庚申春月绣谷胡宗文题”,蔡元放序,题“乾隆元年春月七都梦夫蔡元放氏题于支瞬居中”,吴叙,题“绣谷吴门可观道人小雅氏撰”,《封建地图考》末叶有“咸丰四年春日开雕书成山房校对无讹”字样。

咸丰间朱墨套印本《东周列国全志》以书成山房为最早。楚北汉口镇森宝斋藏板、步月山房藏板本均有“咸丰四年春日开雕书成山房校对无讹”字样,显然是书成山房的翻刻本。乾隆五年胡宗文序云:“予于己未(乾隆四年)夏初署理松江府篆,政事之暇,偶阅是书,爰不揣固陋,妄为改订,讹者正之,繁者芟之,庶披读之下,开卷了然;间亦窃附管蠡之见,以补原评之所不及。土壤细流,共成高深,庶斯志也,不仅为稗野之史,而实为经世之书也夫!”胡宗文是在松江订正此书的，疑此本刊刻于松江，则书成山房有可能位于松江。

据汪燕岗《论清代四川雕版印刷下通俗小说的出版》一文，书成山房位于重庆："重庆书成山房　咸丰四年套印《东周列国志》。"①此说不知依据何在，姑存疑。

1. **咸丰四年刊蔡元放批评《东周列国全志》，中国国家图书馆、北京大学图书馆、上海图书馆等处藏。**

〔五九〇〕书文堂　不明

书文堂光绪十四年刊《大隋志传》四卷四十六回，北京师范大学图书馆藏。其余刊书极为少见，所在地点不明。

1. **光绪十四年刊《大隋志传》四卷四十六回，北京师范大学图书馆藏。**

〔五九一〕书学山房　不明

书学山房乾隆元年序刊《增删卜易大全》，内封题"野鹤老人手著/增删卜易大全/书学山房开雕"，书影见孔夫子旧书网。其余刊书极为少见，所在地点不明。

1. **乾隆五年序刊《东周列国志》二十三卷一百〇八回，山西省图书馆藏。**

〔五九二〕书业成　太原（晋祁）

书业成乃山西太原书坊，位于靴巷，后改名作"书业德"，乾隆年间为山西最大书坊，再改名为"书业诚"。道光元年刻《应试诗法浅说详解》六卷，内封题"岁在道光元年重镌/晋祁书业成梓行"，中国人民

---

① 汪燕岗．论清代四川雕版印刷下通俗小说的出版[J]．四川图书馆学报，2015，(6)．

大学图书馆藏；嘉庆二十四年刻《监本诗经》、道光元年刻《监本书经》，内封均署“晋祁书业成藏板”，书影见孔夫子旧书网。“晋”即山西省，“祁”指祁县，清属太原府，据此知晋祁书业成位于山西省太原祁县。

书业成刊刻的书籍主要有：道光元年刻《周礼精华》六卷；道光八年刻《书业成详校古文释义》；道光二十二年重刻《重订方言插注杂字》；清刻《周礼节训》，书影均见孔夫子旧书网。咸丰五年刻《明文选》二集，中国国家图书馆藏。

书业成记发兑的书籍主要有：《后汉书》一百二十卷，光绪十八年武林竹简斋刊本，北京大学图书馆藏；《剪灯丛话》二种，咸丰元年刊本，中国人民大学图书馆藏；《四书揭要》，嘉庆十三年如登楼刊本，中国人民大学图书馆藏。书业成记发兑的书籍内封均有“书业成记发兑”朱印。

关于书业成的详细情况，参见文革红《乾嘉时期小说书坊与通俗小说》“书业成”条（第 327 页）。

1. **乾隆五十年刊《今古奇观》，收藏地点不明**。
2. **清末刊《封神演义》十卷一百回，北京大学图书馆藏**。
3. **道光十八年刊《云合奇踪》八十回，天津师范大学图书馆藏**。
4. **道光二十三年刊《异说反唐演义全传》十卷一百回，辽宁省图书馆藏**。

〔五九三〕书业德记　东昌

书业德记光绪十四年刻《四书补注备旨》，卷末题“东昌书业德记书栈发兑”；清刻《诗韵集成》，卷端署“东昌书业德校刊藏板”，书影均见孔夫子旧书网；上海图书集成局光绪二十六年铅印《资治通鉴》二百九十四卷，《续资治通鉴》二百二十卷，钤朱文印曰“书业德记发售”“东昌书业德记精选洋板书籍发兑”。由此判断书业德记为山东东昌书坊，有时亦作“书业德”。

东昌书业德记是清末山东聊城著名书坊，刻印书籍以书版刻印精、内容校注全、书籍拣选细著称。除聊城总号外，尚有太原、介休、祁县、平遥、忻县及济南等十多个分号和代销处。

书业德记刊刻的书籍主要有：清末刊《春秋左传》五十卷，中国人民大学图书馆藏；清刊《纲鉴会通明纪》十五卷，山东大学图书馆藏；道光二十七年《天花八阵编》、清刊《奎壁书经》《详校诗经备旨》《两论讲义》《退密斋二十艺》《四书补注附考备旨》《幼学求源》等，书影均见孔夫子旧书网。

关于书业德的详细情况，参见文革红《乾嘉时期小说书坊与通俗小说》“书业德”条(第 309 页)。

1. **清刊《二度梅全传》六卷四十回，首都图书馆藏。**

2. **光绪四年发兑《二奇合传》十六卷，首都图书馆藏。**

3. **清发兑《续金瓶梅》十二卷六十四回，日本东京大学文学部藏。**

4. **嘉庆十年刊《绮楼重梦》不分卷四十八回，日本东洋文库藏。**

5. **道光十八年发兑《林兰香》八卷六十四回，日本早稻田大学藏。**

6. **同治三年发兑四和堂藏板《锋剑春秋》十卷六十回，中国国家图书馆藏。**

7. **清刊《残唐五代史演义传》八卷六十则，日本山口大学人文学部藏。**

8. **同治十年重刊《镌玉茗堂批点残唐五代史演义传》十二卷六十则，大连图书馆藏。**

9. **清发兑集古斋刊本《续英烈传》五卷三十四回，中国国家图书馆藏。**

10. **清发兑《绣像说唐三传》十卷八十八回，北京大学图书馆藏。**

11. **清刊《封神演义》十卷一百回，山东省图书馆藏。**

12. 清刊《西游真诠》八卷一百回，书影见孔夫子旧书网。

13. 光绪十八年刊《北宋志传》五十回，书影见孔夫子旧书网。

14. 光绪十八年刊《南宋志传》五十回，书影见孔夫子旧书网。

15. 清刊《毛声山批评三国志》五十一卷一百二十回，书影见孔夫子旧书网。

16. 光绪十三年刊《东周列国志》二十三卷一百〇八回，天津图书馆藏。

〔五九四〕书业德　太原（晋祁、祁邑）

山西书业德道光丁未二十七年新镌《西湖拾遗》，北京大学图书馆藏，内封题“晋祁书业德藏板”；清刊《百家姓》，内封题“祁邑书业德梓行”，书影见孔夫子旧书网。这里的“晋祁”“祁邑”指山西省祁县，清属太原府，以此知书业德为山西太原书坊。山西书业德乃东昌书业德的分号。

山西书业德道光六年仲春新镌《周礼精华》六卷，山东大学图书馆藏，内封题“山西书业德藏板”；光绪壬寅二十八年冬月山西书业德石印《王凤洲纲鉴会纂》附《御撰资治通鉴纲目》三编，书影见孔夫子旧书网。

1. 清刊《新刻京台公余胜览国色天香》十卷，上海图书馆藏。

2. 道光二十七年刊《西湖拾遗》四十八卷，北京大学图书馆藏。

3. 道光二十七年刊《绣像第一才子书》二十三卷一百二十回，书影见孔夫子旧书网。

4. 清刊《说岳全传》二十卷八十回，中国国家图书馆藏。

〔五九五〕书业公记　太原（晋省）

书业公记乾隆十三年刻《新说西游记》一百回，藏于中国国家图书馆，内封署“晋省书业公记藏板”。晋省即山西，据此知书业公记位于山西省太原。

晋祁书业公同治五年重刊《监本书经》，内封署“晋祁书业公藏板”，书影见孔夫子旧书网。“晋祁”指山西省祁县，清属太原府。

关于书业公的详细情况，参见文革红《乾嘉时期小说书坊与通俗小说》“书业公”条(第 327 页)。

1. **乾隆十三年戊辰自序刊《新说西游记》一百回，中国国家图书馆、北京大学图书馆藏。**

2. **乾隆己巳十四年刊《新说西游记》一百回，总批一卷，上海古籍出版社藏。**

〔五九六〕书业堂、书业鼎记　苏州

书业堂乾隆四十七年五色套印刊《芥子园画谱》三集，第三集有识语，末署“书业主人识”，有印二“书业堂”“赵氏珍藏”，其中《竹谱》《梅谱》卷末署“乾隆壬寅仲春月金阊书业堂重镌”，据此知书业堂主人为赵氏，为苏州书坊。

书业堂刊书较多，主要有：崇祯五年序刊《橘中秘》四卷，朱晋祯撰，南京大学图书馆藏；康熙序刊《战国策》十卷，藏于香港中文大学图书馆，内封署“姑苏书业堂重刊”；康熙二十七年序刊《花镜》，藏于浙江图书馆，内封署“金阊书业堂梓行”；康熙间序刊《伤寒赞论》二卷，张璐撰，藏于北京大学图书馆；雍正九年序刊《增补遗愁集》十二卷，(清)张贵胜辑，藏于中国国家图书馆；乾隆四十九年刊《本草纲目》五十二卷，河南大学图书馆藏；乾隆四十九年刊《重订七种古文选》，北京大学图书馆藏；乾隆五十年重刊《星平会海命学全书》十卷首一卷，南开大学图书馆藏；乾隆五十六年刊《第六才子书》八卷，北京师范大学图书馆藏；嘉庆三年刊《十三经注疏》，吉林大学图书馆藏；嘉庆二年刊《重订初学行文语类》、嘉庆十三年刊《书业堂详校古文释义》、嘉庆十七年刊《周礼节训》、嘉庆二十四年刊《龙门必跃》，书影均见孔夫子旧书网。其余刊书不及备载。可见，书业堂乃苏州著名书坊，乾、嘉间是刊书活跃期，刊刻小说多达三十五种。

按，书业鼎记也即书业堂。书业鼎记清发兑乾隆五十七至五十九年《纳书楹曲谱》，北京大学图书馆藏，书衣签镘“书业堂”叶状阳文朱印、“书业鼎记”阳文朱印、“书业堂图书”，由此可见书业堂又名书业鼎记。

关于书业堂的详细情况，参见文革红《乾嘉时期小说书坊与通俗小说》“书业堂”条(第63—72页)。

1. **清刊《新刻京台公余胜览国色天香》十卷，日本京都大学陶庵文库藏。**

2. **乾隆五十年刊《今古奇观》十一卷，中国社会科学院文学研究所藏。**

3. **嘉庆二十一年刊《拍案惊奇》十八卷，天津图书馆藏。**

4. **乾隆四十六年刊《豆棚闲话》十二卷十二则，中国国家图书馆藏。**

5. **清刊《第一奇书金瓶梅》。**

6. **嘉庆十年刊《英云梦传》八卷，复旦大学图书馆藏。**

7. **清刊《二度梅全传》六卷四十回，首都图书馆藏。**

8. **嘉庆十七年刊《新平妖传》八卷四十回，中国社会科学院文学研究所藏。**

9. **乾隆四□年刊《济颠大师醉菩提全传》不分卷二十回，日本京都大学文学部藏。**

10. **乾隆四十二年刊《济颠大师醉菩提全传》不分卷二十回，日本东京大学东洋文化研究所藏。**

11. **乾隆四十三年刊《济颠大师醉菩提全传》不分卷二十回，内蒙古师范大学图书馆藏。**

12. **乾隆四十五年刊《西游真诠》一百回，首都图书馆藏。**

13. **乾隆四十八年刊《后西游记》四十回，中国国家图书馆藏。**

14. 同治四年刊《新刻史纲总会列国志传》十六卷二百一十九则,中国国家图书馆藏。

15. 嘉庆十四年重刊《杨家府世代忠勇通俗演义志传》八卷五十八则,辽宁省图书馆藏。

16. 乾、嘉间刊《云合奇踪》十卷八十回,上海图书馆、大连图书馆藏。

17. 康熙三十一年刊《金批第一才子书》六十卷一百二十则,上海图书馆藏。

18. 康熙间刊《金批第一才子书》十九卷一百二十回,书影见孔夫子旧书网。

19. 乾隆间刊《金批第一才子书》一百二十回,南京图书馆藏。

20. 清中期刊《绣像第一才子书》十九卷一百二十回,书影见孔夫子旧书网。

21. 清刊《四大奇书第一种》五十一卷一百二十回,中山大学图书馆藏。

22. 乾、嘉间刊《西汉演义》八卷一百则,复旦大学图书馆藏。

23. 乾、嘉间刊《东汉演义》十卷一百二十五则,复旦大学图书馆藏。

24. 乾、嘉间刊《蔡元放评点东周列国志》二十三卷一百〇八回,胡士莹旧藏。

25. 嘉庆八年刊《异说反唐演义全传》十卷一百回,中国社会科学院文学研究所藏。

26. 嘉庆六年重刊《说唐演义全传》不分卷六十八回,中国国家图书馆藏。

27. 道光十六年刊《五虎平南后传》六卷四十二回,日本无穷会织田文库藏。

28. 道光二年刊《海公大红袍全传》六十卷六十回,中国国家图书馆藏。

29. **嘉庆六年刊《征西说唐三传》十卷八十八回,中国国家图书馆、南京图书馆藏。**

30. **乾隆四十四年刊《说呼全传》十二卷四十回,中国国家图书馆藏。**

31. **乾隆四十年刊《龙图公案》六十二则,中国国家图书馆、辽宁省图书馆藏。**

32. **同治六年刊《荡寇志》七十卷七十回,四川省图书馆藏。**

33. **同治七年刊《荡寇志》七十卷七十回,天津图书馆藏。**

34. **同治八年刊《荡寇志》七十卷七十回,大连图书馆藏。**

35. **乾隆三十五年序刊《蔡元放评水浒后传》十卷四十回,书业鼎记发兑本,中国社会科学院文学研究所藏。**

〔五九七〕树本堂　苏州(古吴)

古吴树本堂清刊《前七国孙庞演义》六卷二十回,天津图书馆藏,以此知树本堂位于苏州。

又有河南树本堂,乾隆四十七年刊《海门对联萃锦》,内封题“乾隆四十七年新镌/树本堂梓行”,序题“乾隆四十七年夏月之五日吉水王志道书于中州之树本堂”,以此可知树本堂位于中州,即河南省。

又有宛村刘树本堂,光绪元年刊《宛雅》初、二、三编,三十七卷,附诗话三卷,北京大学图书馆藏。宛村具体地点不明,由于《宛雅》所载皆自唐至清宣城之诗,故宛村很可能位于安徽宣城。

树本堂乾隆四十六年新镌《徐状元家训学文定法》;嘉庆丁巳二年新镌《应酬汇选新集》;清道光壬午二年刊《阳宅三要》、道光癸未三年镌《地理五诀》、丁丑年镌《本朝馆阁诗花样集》,书影均见孔夫子旧书网。

1. **清刊《前七国孙庞演义》六卷二十回,天津图书馆藏。**

〔五九八〕树德堂　福建(古闽书林)

树德堂有多家,现分别叙录如下:

1. 福建树德堂。万历四十二年刊《新刻搜罗五车合并万宝全书》,"明万历四十二年予章羊城徐企龙编辑、古闽书林树德堂梓行,日本宫内厅书陵部藏"①。

2. 金陵王氏树德堂。嘉庆十五年刊《洛间山人诗钞》十一种,北京大学图书馆藏。

3. 福州树德堂。道光二十八年刊《雁荡诗话》二卷,山东大学图书馆藏。

4. 陕西兴安府旬阳树德堂。清同治庚午九年秋七月刊《关帝明圣经》,内封题"陕西兴安府洵邑南路花园寺马庙沟吕树德堂重刻藏板敬送,如有仁人君子或印敬送者自备纸墨",书影见孔夫子旧书网,以此知树德堂位于陕西兴安府洵邑县,主人姓吕。兴安府即今陕西安康市,洵邑当为旬阳县。

5. 皖松树德堂。光绪辛巳七年重镌《杨忠愍公遗训》,北京大学图书馆藏,内封题"皖松树德堂",说明安徽亦有树德堂。

6. 永新陈氏树德堂。光绪十三至十四年刊《天文算学纂要》二十卷,北京大学图书馆藏。

7. 西安树德堂。光绪壬辰十八年冬刊《礼记易读》,内封背面题"关中树德堂重雕",说明树德堂位于陕西关中。关中是指"四关"之内,即东潼关(函谷关)、西散关(大震关)、南武关(蓝关)、北萧关(金锁关)。现关中地区位于陕西省中部,包括西安、咸阳、宝鸡、渭南、铜川、杨凌五市一区。光绪时树德堂刊《斩黄袍》,又名《醉陈桥》《桃花宫》《斩郑恩》,此树德堂位于西安。

---

① (日本)酒井忠夫监修,坂出祥伸、小川阳一编. 中国日用类书集成(第8卷)[M]. 日本:汲古书院,2001:11.

8. 泊镇树德堂，光绪间刊《名贤集》，内封题“泊镇树德堂藏板”，光绪甲辰三十年春镌《劝说七言杂字》，清刊《三言杂字》等，书影均见孔夫子旧书网。泊镇，指河北沧州泊头镇。

树德堂刊刻的书有：同治七年树德堂刊《淮南方孩未先生全集》，内封题“树德堂藏板”，北京师范大学图书馆藏；光绪元年刊《新刻训蒙名贤集》；光绪十年刊《幼学平仄易记略》；光绪三十年甲辰新刊《庄农七言》，光绪丁未三十三年刊《增补二论典故最豁集》《弟子规浅解》；清刊《龙光诗经》等，书影均见孔夫子旧书网。

1. **道光九年刊《娱目醒心编》十五卷三十七回，中国国家图书馆藏。**

〔五九九〕术堂　不明

术堂详细地点不明。

1. **清刊《后七国乐田演义》四卷十八回，俄罗斯圣彼得堡大学藏。**

〔六〇〇〕述圣堂　不明

清刊《英云梦传》八卷十六回，中国国家图书馆藏，具体地点不明。

1. **清刊《英云梦传》八卷十六回，中国国家图书馆藏。**

〔六〇一〕漱石山房　苏州（海虞戴氏、常熟）

漱石山房嘉庆四年刊《十国春秋》一百一十六卷，中国人民大学图书馆藏，内封反面题“版藏海虞戴氏漱石山房”；光绪十一年春刊《礼记旁训》，内封题“光绪十一年春常熟漱石山房刊行”，书影见孔夫子旧书网。海虞，常熟之古称，清隶属苏州府，据此可知漱石山房为苏州常熟书坊，主人姓戴。

常熟漱石山房光绪五年刊翁同龢鉴定《大题隽快》初编、二编，苏州大学图书馆藏；光绪八年刊《新义录》一百卷，河南大学图书馆藏。

1. **光绪十四年刊《狐狸缘全传》六卷二十二回，中国国家图书馆藏。**

〔六〇二〕双璧堂于宅　不明

双璧堂道光五年刊《于少保萃忠全传》十卷四十传，中国国家图书馆藏，内封题“双璧堂于宅板存”，据此可知双璧堂主人为于氏。

1. **道光五年刊《于少保萃忠全传》十卷四十传，中国国家图书馆藏。**

〔六〇三〕双桂堂　杭州

自南宋至清代名为“双桂堂”的书坊主要有以下几家：

1. 金华双桂堂。南宋景定二年金华双桂堂重刊《梅花喜神谱》，(南宋)宋伯仁编绘，上海博物馆藏。宋伯仁，字器之，广平(今河北广平)人。

2. 杭州双桂堂。万历三十一年武林双桂堂刊《历代名公画谱》不分卷，(明)顾炳辑，中国国家图书馆、上海图书馆藏。此书由钱塘顾炳摹揖自晋至明画迹一百零六幅，徐叔回校，刘光信刻。

3. 嘉兴沈尚杰双桂堂。乾隆十年刊钱曾《读书敏求记》四卷，中国国家图书馆藏。

4. 施双桂堂。清刊《瀛奎律髓刊误》四十九卷，(清)纪昀批点，四川大学图书馆藏，内封题“侯官李光垣约斋氏校刊/双桂堂施藏板”，可知此双桂堂主人为施姓。

5. 地点不明双桂堂。光绪十一年序刊《重刻昭明文选李善注》六十卷，(梁)昭明太子撰，(唐)李善注，(清)何焯评，(清)叶树蕃订，朱墨套印本，内封题“何义门先生评点/长洲叶涵峰参订/双桂堂藏板”，中国人民大学图书馆、吉林大学图书馆等处藏。此双桂堂地点不明。

另双桂堂乾隆甲申二十九年新刊《瘟疫论》，卷端题“具区吴有性又可甫著，松陵许永康尔宁校阅”，书影见孔夫子旧书网。清嘉庆间双桂堂还刊有《文选考异》十卷，见孔夫子旧书网。

1. **道光十二年刊《续英烈传》不分卷二十回，复旦大学图书馆藏**。

2. **道光二十年刊《续英烈传》不分卷二十回，首都图书馆藏**。

〔六〇四〕双笏庐　福建(闽)

双笏庐光绪十四年刊《花月痕》十六卷五十二回，中国国家图书馆藏，内封有“闽双笏庐藏板”字样。“闽”，福建简称，以此知双笏庐为福建书坊。疑为福州吴玉田所开设。

1. **光绪十四年刊《花月痕》十六卷五十二回，中国国家图书馆藏**。

〔六〇五〕双清仙馆 王希廉　苏州

双清仙馆道光十二年刊《新评绣像红楼梦全传》一百二十回，中国国家图书馆、北京大学图书馆藏，内封背面题“道光壬辰岁之暮春上浣开雕”，道光壬辰为道光十二年，书于该年刊刻。首《红楼梦批序》，题“道光壬辰花朝日王希廉□□氏书于双清仙馆”，因而此本为道光十二年双清仙馆刊行。有王希廉批序，“大观园图说”“红楼梦论赞”“红楼梦问答”“题词”“总评”“音释”等，每回首题“洞庭王希廉雪香评”，或题“东洞庭护花主人评”，有《红楼梦题词并序》，题“古吴女史绿君周绮自序”，习称“王希廉评本”。王希廉字雪香，江苏吴县人。东洞庭、古吴均指苏州，据此或可推测双清仙馆刊本刻于苏州。

1. **道光十二年刊《新评绣像红楼梦全传》一百二十回，中国国家**

图书馆、北京大学图书馆藏。

〔六〇六〕爽阁　杭州(夏履先)

爽阁乾、嘉间刻《禅真逸史》，藏于浙江图书馆，有《凡例》八则，末署“古杭爽阁主人履先甫识”，印二枚“夏履先印”“爽阁”，据此可知爽阁主人为夏履先，杭州人，明末开始经营刻书业。又爽阁崇祯四年刊《新镌雅俗通用珠玑薮》八卷，藏于北京大学图书馆，《故宫珍本丛刊》第 501 册收录，正文署“西湖散人辑”，有亦佳居士序，曰“武林方君者，因痛为删节，大不遗径寸，小不遗珠粒，名之以《珠玑薮》”①。可知作者为武林方君，也即西湖散人，其名为方汝浩(号清溪道人)，明末清初人，原籍洛阳，寓居杭州，为《禅真逸史》的作者。西湖散人乃方汝浩之别号。

1. **天启年间刊《禅真逸史》八卷四十回，日本日光山慈眼堂藏。**

2. **清初刊《禅真逸史》八卷四十回，存第一至三十七回，台湾“中央图书馆”藏。**

3. **乾隆五十二年重刊《禅真逸史》八卷四十回，复旦大学图书馆、日本静嘉堂文库藏。**

4. **乾、嘉间刊《禅真逸史》八卷四十回，上海图书馆、浙江图书馆藏。**

〔六〇七〕顺和堂　山东青州(潍阳)

顺和堂光绪甲申十年新镌《状元易经》《状元书经》，内封均题“潍阳顺和堂藏板”，书影见孔夫子旧书网。潍阳即山东潍坊，清代为青州、莱州、沂州 3 府所辖。

---

① 故宫博物院编. 故宫珍本丛刊第 501 册，新镌雅俗通用珠玑薮[M]. 海口：海南出版社，2000.

顺和堂光绪十年刊《唐诗合解笺注》十二卷，北京大学图书馆藏。光绪丁亥十三年刊《诗经备旨嗜风详解》、清刊《玉堂字汇》，书影均见孔夫子旧书网。顺和堂活动的时间是清末。

另民国间有淄川西关顺和堂，民国六年石印《淄川胡氏族谱》四卷，胡永年纂修，淄博市博山区图书馆藏。民国癸亥十二年石印《高王观世音救苦真经》，书影见孔夫子旧书网。淄川民国间属济南道，以此知民国间顺和堂位于淄川，主人或为胡姓。

1. **光绪十三年刊《第一才子书》十九卷一百二十回，书影见孔夫子旧书网。**

〔六〇八〕四德堂　金陵(金陵书林郑大经)

四德堂万历年间就开始刻书，万历四十三年刊《古事镜》，(明)邓志谟撰，袁宏道校订，北京大学图书馆、中国国家图书馆藏，署“金陵书林郑大经四德堂”，以此知四德堂为金陵郑氏所有。万历间刊《新刻四六旁训古事苑》二十三卷，中山大学图书馆藏。歙县郑思鸣在金陵状元坊经营的奎壁斋，同时署“金陵书林郑大经四德堂”，两家可能为同一家书坊。

清初四德堂仍为金陵名坊。雍正三年与宝旭斋合刊《四书通解》，内封题“宝旭斋、四德堂梓行”，书影见孔夫子旧书网。宝旭斋为金陵地区另一家书坊。四德堂康熙四十二年刊《雅趣藏书》，美国哈佛大学哈佛燕京图书馆藏。《四库全书存目丛书》影印收录乾隆四德堂刊本《周易告蒙图注》，(清)赵世迥撰。四德堂清代还刊有《启蒙古文读本》、《精考演禽三世相法》、石城许跃斋注释《应试诗料笺释》等，书影均见孔夫子旧书网。

1. **清刊《西汉演义》，书影见孔夫子旧书网。**
2. **清刊《东汉演义》，书影见孔夫子旧书网。**

〔六〇九〕四海堂　不明

四海堂刊刻的书较少见，道光十八年刊《争春园》四十八回；咸丰三年刊《十四层启蒙捷诀集》二卷，（清）曹原亮著，中国国家图书馆藏；清刊《药性歌诀雷公炮制大全》，书影见孔夫子旧书网。其具体地点不明。

1. **道光十八年刊《争春园》四十八回，复旦大学图书馆藏**。

〔六一〇〕四和堂　河南怀庆府(覃怀)

四和堂光绪甲午二十年新刊《康熙字典校正四书》和《地理五诀》，内封均题“怀庆四和堂梓”；光绪二十年新镌《大学中庸引端增补燕说》，内封题“怀庆府四和堂藏板”；光绪二十九年刊《七字鉴略》，内封题“覃怀四和堂”；清刊《紫阳诗经》，序末有小方牌记题“绣谷吴氏定本，覃怀四和堂校”，书影均见孔夫子旧书网。怀庆府，今河南沁阳市，古称“覃怀”，故知四和堂为河南怀庆府书坊。

四和堂刊书的活跃期是同治、光绪年间。光绪壬辰十八年刊《麻衣相法》《五方元音大全》《绣像珍珠囊药性赋》，清刊《四和堂韵对五七言千家诗辑钞》《二论典故引端》《增订应酬录选新集》《礼记集注》《东方朔占验通玄经》等书。

1. **道光八年刊《争春园》四十八回，复旦大学图书馆藏**。

〔六一一〕四美堂　金溪

四美堂多题作“云林四美堂”，乾隆二十一年刊《增补四书精绣图像人物备考》十二卷，图一卷，藏于北京大学图书馆；清刊《雪心赋辩讹正解》。云林指江西金溪云林镇，因而四美堂当位于金溪，刊书不晚于乾隆间。清豫章致和堂刊本《云锦四书人物备考》正文版心有“四美堂”字样，书影见孔夫子旧书网，可见用的是四美堂的旧板。豫章即南昌，南昌致和堂购买或租用四美堂的板木进一步说明了四美堂与江西有着密切的联系。

四美堂乾隆九年刻《增订广舆记》二十四卷，藏于北京大学图书馆，内封题“乾隆甲子新镌/四美堂梓行”；清刻《贯华堂第六才子书》八卷，藏于北京大学图书馆；清末刻《文艺金针》不分卷，中国人民大学图书馆藏；乾隆二十一年刻《增订古文析义全编》、乾隆二十八年刻《诗经体注图考大全》、光绪元年刻《痧痘全书》，书影均见孔夫子旧书网。可见，四美堂刻书一直延续到光绪年间。

关于四美堂的详细情况，参见文革红《乾嘉时期小说书坊与通俗小说》“四美堂”条（第 282 页）。

1. **乾、嘉间刊《綮元放评点东周列国志》二十三卷一百〇八回，书影见孔夫子旧书网**。

2. **清刊《后续五虎将平南》八卷三十五回，首都图书馆藏**。

3. **清刊《龙图公案》八卷，北京大学图书馆藏**。

4. **清刊《飞龙全传》六十回，书影见孔夫子旧书网**。

〔六一二〕四香高斋　杭州（平石）

四香高斋平石隆庆三年监刊《钱塘湖隐济颠禅师语录》一卷二十则，日本内阁文库藏，题“仁和沈孟泮述”“隆庆己巳四香高斋平石监刻”，从作者推知四香高斋位于杭州，主人即平石。

1. **隆庆间刊《钱塘湖隐济颠禅师语录》一卷二十则，日本内阁文库藏**。

〔六一三〕四雪草堂　苏州（褚人获）

四雪草堂为苏州褚人获的书斋。“四雪草堂”之名，见于褚人获《坚瓠集》，其“己集序”署“康熙乙亥仲夏端五日陈湖七十八叟张泠浣心氏拜撰”，序曰：“郡中稼轩褚先生者筑四雪草堂……树奇石怪，花笑鸟啼，稼轩匡坐其间，搜括群书，采摭名言、佳话、小赋、单词，汇萃成编，名曰《坚瓠集》。”[①]据此可知四雪草堂即褚人获书斋名。《坚瓠集》之癸集序署“时康熙岁在戊寅（三十七年）长至岭南刘云汉虚舟氏拜题”，序中描述道：“乃携诸同人逍遥屣步于四雪草堂中，怪石嵚嵌，修竹磊落，奇花异卉，掩映书幌间，主人冠博带出，相视莫逆，若平昔交。既乃设醴尽欢，入暮而还。”[②]可见，四雪草堂中山石垒叠，修竹潇洒，满植奇花异卉，书架掩映其间，暗示主人气节高概，胸怀磊落，平生胸藏万卷，博览群书。《坚瓠集》乙集序题“四雪草堂坚瓠乙集序言”，末署“康熙壬申（二十年）夏四月吉旦松吟老人苍书篆漫笔”。苍书乃褚人获的叔父。从序之题署可知康熙二十年褚人获已将其书室命名为四雪草堂。《坚瓠集》乃褚人获在四雪草堂辑录而成。

褚人获，明末清初小说家，字稼轩，一字学稼，号没世农夫、石农，约出生于崇祯八年，卒年在康熙四十五年之后，著有《退佳琐录》《读史随笔》《坚瓠集》等。

关于四雪草堂的详细情况，参见文革红《清代前期通俗小说刊刻考论》“四雪草堂”条（第136—145页）。

1. **康熙三十四年刊《封神演义》十九卷一百回，中国国家图书馆藏。**

2. **康熙三十四年序刊《四雪草堂重编通俗隋唐演义》二十卷一百回，行款10行×20字，上海图书馆藏。**

3. **康熙后期刊《四雪草堂重编通俗隋唐演义》二十卷一百回，北京大学图书馆藏。行款10行×23字，与上本不同。**

〔六一四〕四友堂　金溪（绣谷）

四友堂有两家，一为江西四友堂，一为山西四友堂。分别叙录

---

① 褚人获. 坚瓠集己集，张泠序[M]. 杭州：浙江人民出版社，1986. 8. 丙寅秋日柏香书屋校印本影印本。

② 褚人获. 坚瓠集癸集，刘云汉序[M]. 杭州：浙江人民出版社，1986. 8.

如下：

1. 江西四友堂。绣谷四友堂嘉庆十八年刊《十三经注疏》，中山大学图书馆藏。绣谷即江西抚州金溪锦绣谷。豫章四友堂清刊《增删韵府群玉定本》二十卷，中国国家图书馆藏。豫章指南昌。因此，江西四友堂位于江西抚州金溪和南昌。

2. 山西四友堂。清光绪二十六年刊《四书蒙读浅解》十九卷，中国人民大学图书馆藏，外封题“蒲州、解州/安邑、临邑三王氏刻”，孔夫子旧书网上另一本则题“蒲州、解州/安邑、临邑四友堂刻”。蒲州即山西蒲州府，临邑不是山东德州的临邑县，此处当指蒲州府下辖临晋县；解州，清代为山西直隶州，安邑为其所辖县，故山西四友堂位于蒲州、解州境内，为王氏家族所有。

四友堂刊刻的书主要有：乾隆三十五年刊《新刻药性巧合记》，书末叶题“乾隆三十五年桃月/四友堂吉立”；嘉庆四年刊《苏老泉批评孟子真本》；道光七年刊《律赋韵兰集注释》，书影均见孔夫子旧书网。嘉庆十二年刊《七经精义》，包括《周易精义》四卷、《书经精义》四卷、《诗经精义》四卷、《周礼精义》六卷、《仪礼精义》不分卷、《礼记精义》六卷、《春秋精义》四卷，山东大学图书馆藏；道光十四年刊《正字略》，宁夏大学图书馆藏；清末民初刊《新刻秦雪梅三元记全部》六卷，郑州大学图书馆藏。

另四友堂清代刊有《春秋注疏》《汉隶源流统略歌成》《篆法偏旁点画辨》《诗韵含英》《四书大全摘要》等，书影均见孔夫子旧书网。

1. **清刊《蝴蝶媒》四卷十六回，首都图书馆藏**。

〔六一五〕四知堂　南昌

四知堂乾隆五十年刻《列国志辑要》八卷一百九十节，（清）杨庸辑，存金阊函三堂梓行本，藏于中国国家图书馆、上海图书馆，内封题“南昌彭云楣先生鉴定/东周列国志辑要/四知堂藏板/金阊函三堂梓行”,版心有“四知堂”字样,据《古本小说集成》之前言,四知堂本为杨庸所刊。

杨庸,字邦怀,号慎园,江西南昌丰城人。“四知”是东汉东莱太守杨震拒贿的名言,即天知、神知、我知、子知,见《后汉书》第八十四卷。雍、乾间杨锡绂取“四知”为堂名,杨庸当为其晚辈,据此可知四知堂位于江西南昌丰城县。

关于四知堂的详细情况,参见文革红《乾嘉时期小说书坊与通俗小说》“四知堂”条(第 288—289 页)。

1. **乾隆五十年刊《列国志辑要》八卷一百九十则,江西省图书馆、日本京都大学文学部铃木文库藏**。

〔六一六〕松鹤斋　苏州

松鹤斋清刊《拍案惊奇》三十六卷,北京大学图书馆藏,目录题“苏州松鹤斋”,故知松鹤斋为清代苏州书坊。松鹤斋清末民初出多种笺纸,尤以松鹤斋仿古名笺《秦淮八艳图》为精美,外封题“澹盦题”。此澹盦不知是何人。

1. **清刊《拍案惊奇》三十六卷,北京大学图书馆藏**。

〔六一七〕松林堂　成都

成都松林堂清刊《粉妆楼全传》十卷八十回,四川省图书馆藏,以此知松林堂位于成都。

松林堂有两处,一为重庆松林堂,一为成都松林堂。重庆松林堂清刊弹词《新刻元龙太子中唐传》二卷,复旦大学图书馆藏;光绪十九年新刻《猪经大全》、光绪三十二年新刻《本草药性》,内封均题“合州松林堂”,书影均见孔夫子旧书网;光绪十五年重刊《天宝草本》,正文卷端下方题“合州松林堂刊”。可知此松林堂位于四川合州,清属重庆府。

松林堂光绪五年刊《金玉对联》，内封题“光绪己卯新刻/松林堂藏板”，书影见孔夫子旧书网。松林堂还刊有《外科枕藏》，刊刻不精，书影均见孔夫子旧书网。

1. **清刊《粉妆楼全传》十卷八十回，四川省图书馆藏。**

〔六一八〕松盛堂　杭州

松盛堂道光十五年刊《唐诗二百首注疏》，正文卷端题“蘅塘退士手编/建邑云仙氏章燮象德注/仁和孙孝根校正”，此为章注本。《唐诗三百首》的第一个注本即章注本。章燮（1783—1852，乾隆四十八年至咸丰二年），字象德，号云仙，建德三河乡人，道光间为孙洙的《唐诗三百首》作详细的注疏。松盛堂本有孙序，题“时大清道光甲午（十四）年仁和孙孝根顿首”，序中云“寄语先生可亟寿梨，幸勿若身之隐而不出也，是为嘱”，书后有跋，从卷端署名和孙序看，此书的第一个版本由杭州人孙孝根校正。松盛堂本又有题“道光十四年李超咸题于蛟门官署”的序；有范序，题“道光十五年岁在乙未秋九月上虞范廷懋书于兰溪学署之东轩”。除目录外，有《列名》，题“绍兴府上虞鸥汀范廷懋先生、胞弟鲤门化龙仝参订，男伴云、景星、柳坡、景风仝较梓”，因此综合判断，此本实际为绍兴范廷懋参订、由他的四个儿子所刊，这就意味着松盛堂为绍兴范氏所有。松盛堂有可能由范氏开设于杭州或绍兴地区。

松盛堂刊刻的书有多种，康熙四十年序刊《春秋体注大全合参》四卷，南开大学图书馆藏；清刊《幼幼集成》，内封题“南昌裘叔度先生鉴定/罗浮陈飞霞道人辑/松盛堂梓行”，有序题“大清乾隆十五年岁次庚午孟春罗浮陈复正飞霞氏书于遂阳之种杏草堂”，南京图书馆藏；清刊《松盛堂春秋左传杜林》五十卷，辽宁大学图书馆藏。

另孔夫子旧书网上有松盛堂刊刻的多种书籍：道光庚寅十年新镌《监本诗经》；光绪四年刊《十四层启蒙捷诀》；清刊《监本易经》《松

盛堂四书》《铜板四书补注附考备旨》《慎诒堂诗经》《松盛堂书经体注》《古文析义》《古文析义初二合编》《二论典故引端》《医学心悟》《古唐诗合解笺注》《诗韵含英》《小题偶钞巧对生花》《辨字摘要》等，不一一列举。因此，松盛堂是清代浙江地区规模较大的书坊，很有可能位于杭州或绍兴。

1. **清刊《五虎平南后传》六卷四十二回，辽宁省图书馆藏**。

〔六一九〕松玉堂　东京

1. **光绪间刊《五才子书水浒全传》，书影见孔夫子旧书网，日本东京松玉堂刊本**。

〔六二〇〕松竹轩　长沙

松竹轩乾隆十四年刊《宁乡涧西周氏族谱》，(清)周德湛纂修，藏于中国国家图书馆、吉林大学图书馆。宁乡清属长沙府，据此大致推测松竹轩为乾隆间长沙书坊，主人姓周。又刻《妖狐艳史》，现存抄本，乃据松竹轩刊本抄录。其他松竹轩所刊书未见。

关于松竹轩的详细情况，参见文革红《乾嘉时期小说书坊与通俗小说》“松竹轩”条(第315—316页)。

1. **约乾、嘉间刊《妖狐艳史》六卷十二回，佚失**。

〔六二一〕嵩山书屋　金陵

乾隆十三年嵩山书屋刻、乾隆三十九年芸经堂印《增补左绣汇参》三十卷，首一卷，美国哈佛大学哈佛燕京图书馆藏，孔夫子旧书网上另有一本，内封题“嵩山书屋藏板”，有红色印章曰“三多斋发兑”；嵩山书屋清刊《增补锦字笺注》，内封有红印“承德堂藏书”，书影见孔夫子旧书网。承德堂、芸经堂与三多斋均为金陵书坊。

嵩山书屋乾隆十四年刊二节本《戚参军八音字义便览》(上层)与

《太史林碧山先生珠玉同声》(下层),合刊,四卷,序题"乾隆十四年季春上浣晋安题于嵩山书屋",正文上层题"三山蔡士泮开壁氏汇辑",下层题"闽中藤山陈他也人氏汇辑、梅谷林涛与群氏校阅",书影见孔夫子旧书网。三山指金陵三山街,为金陵著名书坊街。

综合以上嵩山书屋刊书情况判断,嵩山书屋与金陵书坊有较密切的联系,可以大致推测嵩山书屋位于金陵。

1. **清刊《第一才子书》六十卷一百二十回,浙江图书馆藏**。

〔六二二〕颂德轩　扬州

颂德轩清刊《善恶图》,内封署"颂德轩藏板",书前有序,署"汉上浮槎使者"。孙楷第《中国通俗小说书目》云:"李斗《扬州画舫录》十一'虹桥录'下记当时评话有曹天衡之《善恶图》,疑即此书所本。"则此故事当流传于扬州地区,疑颂德轩为扬州地区书坊。

关于颂德轩的详细情况,参见文革红《乾嘉时期小说书坊与通俗小说》"颂德轩"条(第 176 页)。

1. **约乾隆间刊《新刻善恶图全传》不分卷四十回,中国国家图书馆藏**。

〔六二三〕诵芬室　常州(武进董康)

诵芬室为董康书室名。董康(1867—1947),戏曲理论家、刻书家。字授经,号诵芬室主人,武进人。清光绪十六年进士,历任刑部主事、郎中及北洋政府大理院长、司法总长等职。

诵芬室民国十一年刊《金台集》,内封背面题"壬戌仲春武进董氏诵芬室刊";民国间刊《蜕庵诗集四卷》,内封背面题"毗陵董氏诵芬阁影刊洪武本",书影均见孔夫子旧书网。由此知诵芬室为董康书室名。

诵芬室刊刻书籍多种:

光绪三十四年刊《大元圣政国朝典章前集》六十卷，华东师范大学图书馆藏；民国六年刊《读曲丛刊》八种，北京师范大学图书馆藏；民国六年刊《剪灯新话》《剪灯余话》，北京大学图书馆藏；民国十一年刊《碧云词》一卷，北京大学图书馆藏；民国二十三年刊《仿宋本新定续志》十卷，内封题“甲戌季夏诵芬室刊”，书影见孔夫子旧书网。民国三十年刊《杂剧三编》三十四卷，内封题“岁次辛巳冬诵芬室重校定”；另刊有《盛明杂剧》三十种，以及《青琐高议》《众香词》《无恙初稿》等多种书籍。

1. **民国六年刊《新镌绣像醉醒石》不分卷十四回，中国国家图书馆藏。**

〔六二四〕宋氏　成都

成都宋氏民国十四年刊《封神演义》十九卷一百回，首都图书馆藏。

1. **民国十四年刊《封神演义》十九卷一百回，首都图书馆藏。**

〔六二五〕素位堂　苏州

素位堂乾隆三十九年刻《衔远楼诗稿》二卷，（清）金廷炳撰，藏于北京大学图书馆，内封署“素位堂藏版”，首有彭启丰序，末署“乾隆三十八年十二月既望/葑溪彭启丰序”，序作于苏州葑溪，序之写作时间和内封所题刊刻时间仅相差一年，说明此本为该书原刻本。序末有小字一行曰“吴郡张若迁镌”，说明书乃是苏州刻工雕版的。作者署“松陵金廷炳西书著”，松陵为苏州吴江之代称，即此书是苏州人写作、雕版、写序的，足证此本是苏州刻本，则素位堂当位于苏州。

素位堂刊书不晚于顺治十六年，该年刻《李义山诗集》三卷，（清）朱鹤龄笺注，藏于山西师范大学图书馆；康熙三十二年刻《陈检讨集》二十卷，（明）陈维崧撰，（清）程师恭注，藏于中国国家图书馆；康熙间刻《可仪堂古文全集》，书影见孔夫子旧书网。

雍正十三年素位堂后印康熙间吴门聚锦堂刊本《增补白眉故事》十卷，藏于江西省图书馆，内封署“素位堂梓”，第一卷卷端题“贯日许以忠集/恭玉许国球校/吴门聚锦堂梓”，首有康熙八年许国球《重订白眉序》，据此知吴门聚锦堂于康熙间刊刻此书，素位堂于雍正十三年后印。

清初素位堂刻《史记》，藏于浙江图书馆；清素位堂后印崇祯间毛晋汲古阁刊本《文选》，藏于上海图书馆。清刊《注释饮香尺牍》《增补绣像外科正宗》《诗经大全》等。从刊书情况看，素位堂清初即已存在，刻书一直延续至清末，是苏州颇具实力的书坊之一。

光绪间江西亦有素位堂，光绪三年重刊李穆堂先生编辑《陆子学谱》，内封署“无怒轩原本/义里素位堂藏板”，有印“青田嫡胄”，版心刻“素位堂”或“素位堂家藏板”，序末署“雍正壬子穆堂学人李绂书于京邸无怒轩”。正文前署“廿二世裔孙慕祖敬刊/南昌万承苍订/后学临川李绂编/平越王士俊、陆川庞屿校”，江西省图书馆藏。

宋代陆九渊，字子静，“生于南宋高宗绍兴九年，死于光宗绍熙三年，其祖于五代末避地抚州金溪，为金溪陆氏之祖，居延福乡之青田”①。故其后人自称“青田嫡胄”，此“青田”并非浙江青田县，而是抚州金溪之青田。此书是陆九渊后人于家乡所刊，素位堂前加“义里”二字，当指家乡之意，则光绪年间的素位堂位于抚州金溪之青田。此书又云“素位堂家藏板”“青田嫡胄”，足以说明素位堂为陆氏后人所开设。

关于素位堂的详细考证参见文革红《清代前期通俗小说刊刻考论》“素位堂”条（第 244—247 页）。

1. **乾隆间刊《凤箫媒》四卷十六回，佚失。**

2. **约雍、乾间刊《两交婚》四卷十八回，北京大学图书馆藏。**

---

① 陆九渊. 陆九渊集[M]. 北京：中华书局，1980.

3. 乾、嘉间刊《画图缘》四卷十六回，书影见孔夫子旧书网。

〔六二六〕素心堂　苏州

清康熙间苏州胡氏素心堂刊《唐诗贯珠笺释》六十卷，（清）胡以梅选，北京大学图书馆、山西大学图书馆等处藏，卷首题"吴郡胡以梅燮亭甫笺，同学王贻荃洲若甫阅，侄胡之煜胡之炤胡庄鼎、婿王奕定仝参校"，版心有"素心堂"字样。从题署看，此书乃是吴郡胡以梅及其朋友家人共同笺释、参与校注的，素心堂乃是胡氏所有之堂，在苏州。素心堂嘉庆癸亥八年刊《写情集》，长洲绥山主人钱尚濠辑；清刊《医学心悟》，书影均见孔夫子旧书网。

1. 嘉庆二十五年刊《后续五虎将平南》八卷三十五回，日本大阪府立图书馆"朝日新闻"文库藏。

〔六二七〕素行斋　不明

素行斋清刊《换夫妻》四卷十二回，中国书店书目所见。素行斋刊刻的其他书未见，具体地点不明。

1. 清刊《换夫妻》四卷十二回，中国书店书目所见。

〔六二八〕素政堂　苏州（金阊）

据《四库禁毁书丛刊》史部第四一册，素政堂康熙十八年刻《启祯野乘二集》八卷，（清）邹漪撰，藏于中国国家图书馆，内封左下方题"金阊存仁、素政堂梓"。首序，末署"康熙十八年秋七月梁溪棘人邹漪谨序"，据此知素政堂与存仁堂均为苏州书坊，活动于康熙间。素政堂主人可能即冯梦龙的后人冯焴。关于素政堂的详细考证参见文革红《清代前期通俗小说刊刻考论》"素政堂"条（第59—74页）。

1. 顺治间刊《新镌批评绣像玉娇梨小传》不分卷二十回，日本内阁文库藏。

2. 顺治十五年序刊《新镌批评平山冷燕》二十回，大连图书馆藏。

3. 康熙十一年刊《新镌错认错锦疑团小传》不分卷十六回，芜湖市图书馆藏。

4. 康熙十一年刊《新镌绣像批评小说麟儿报》不分卷十六回，大连图书馆藏。

5. 清初刊《新编四才子二集两交婚小传》不分卷十八回，大连图书馆藏。

6. 清初刊《新镌秘本玉支矶小传》不分卷二十回，北京大学图书馆藏。

7. 顺、康间刊《定情人》不分卷，大连图书馆藏。

8. 康熙间刊《新镌批评绣像赛红丝小说》不分卷十六回，大连图书馆、法国国家图书馆藏。

9. 清初刊《批评绣像奇闻幻中真》不分卷十二回，法国国家图书馆藏。

10. 清初刊《新镌批评绣像锦传芳人间乐》不分卷十八回，美国哈佛大学哈佛燕京图书馆藏。

11. 康熙间刊《画图缘小传》不分卷十六回，大连图书馆藏。

12. 顺、康间刊《新镌批评绣像飞花咏》不分卷十六回，日本浅草文库、大连图书馆藏。

〔六二九〕索古堂　不明

索古居在孔夫子旧书网、百度上均无搜索结果。蛟川索古斋光绪十三年刊《索古斋印存》，蛟川包杞墉手拓印谱1册，卷首同里姚赘庵作序手迹，包杞墉自序手迹。蛟川，浙江宁波镇海县之别名。

1. 嘉庆八年刊《新世弘勋》四卷二十二回，宁稼雨藏。

T

〔六三〇〕泰和堂　济南(济宁)

泰和堂清刊《礼记体注合参大全》,内封题“济宁泰和堂梓行”;光绪三十一年刊《分类笔花医镜》,内封题“济宁泰和堂江大有藏板”,书影见孔夫子旧书网。以此知泰和堂为山东济宁书坊,主人为江大有。济宁清属济南府。

泰和堂光绪丁丑三年新镌《增补太医院医方捷径真本》;光绪甲辰三十年刊《西学三字经》;清刊《泰和堂古文集解》《官板正字下孟集注》;民国丙辰五年刊《状元书经》等,书影均见孔夫子旧书网。其余刊书不一一列载。

1. 嘉庆十六年刊《东周列国志》二十三卷一百〇八回,日本东北大学藏。

〔六三一〕泰山堂　京师(京都打磨厂路南)

泰山堂光绪二十一年刊《忠孝经集注》,内封题“京都打磨厂路南泰山堂书坊发兑”;光绪戊戌二十四年新镌《壹掌经》,内封题“京都泰山堂梓”,书影均见孔夫子旧书网。以此知泰山堂为清代京师书坊,位于打磨厂路南。

泰山堂光绪三十年刊《古文释义新编》八卷,北京大学图书馆藏;清末刊《诗集传》《金鞭记》《紫金镯》《四书读本》《五方元音》《新镌大字名贤集》《名贤集》《五言杂字》《针灸大成》等书。民国后改称“北平泰山堂”，刊《创业杂字》；有时又称“北京前门外打磨厂泰山堂书帖庄”，石印《绘图十字格言》，书影见孔夫子旧书网。

1. **光绪十年刊《今古奇观》，书影见孔夫子旧书网。**

2. **光绪十五年刊《巧奇冤全传》十卷，郑州大学图书馆藏。**

3. **光绪三十三年刊《二度梅奇说全集》六卷四十回，南京图书馆藏。**

4. **清刊《西游真诠》八卷一百回，宁稼雨藏。**

5. **清末刊《混元盒全传》十二卷，郑州大学图书馆藏。**

6. **光绪十九年刊《粉妆楼全传》八卷，辽宁省图书馆藏。**

7. **光绪十年刊《异说反唐演义全传》十卷一百回，首都图书馆藏。**

8. **光绪二十三年《新刻续彭公案》二十三卷八十回，中国国家图书馆、中国人民大学图书馆藏。**

9. **光绪十八年刊《续小五义》六十回，吉林大学图书馆藏。**

10. **光绪七年刊《绿牡丹全传》存卷一至卷四，中国国家图书馆、天津图书馆藏。**

〔六三二〕太素轩　济南(济水)

太素轩嘉庆二十一年刻《新刻金瓶梅奇书》一百回，藏于徐州朱玉玲女士处，内封题“第一奇书/金瓶梅/济水太素轩梓”。济水这里指山东济南，济水流经河南、山东两省入海，故可知太素轩位于济南。

关于太素轩的详细情况，参见文革红《乾嘉时期小说书坊与通俗小说》“太素轩”条(第307页)。

1. **嘉庆丙子二十一年刊《新刻金瓶梅奇书前后部》八卷一百回，徐州朱玉玲女士藏。**

〔六三三〕谈惜轩　不明

1. **道光间刊《双奇梦传》四卷二十回，吴晓铃、美国哈佛大学哈**

佛燕京图书馆藏。

〔六三四〕涛音书屋　苏州

清刊本涛音书屋藏板《瑶华传》四十二回，藏于郑州大学图书馆，卷端题“吴下香城丁秉仁编著/茂苑尤夙真阆仙评”，有嘉庆十年周永保跋，曰：“仆闻剞劂氏之技唯阊门最工，倘携书就梓，海内声价当必不胫而走，毋徒韫椟而藏焉可。”据此可知作者、评者均为苏州人，跋中显示作者拟将书稿携至阊门刊刻，因此，此书之刊刻地点当在苏州，则涛音书屋为苏州书坊。

丁秉仁又有《锦绣台传奇》一卷，亦涛音书屋所刊，刊于嘉庆间，见吴晓铃拟《古本戏曲丛刊》第七集目录初稿。

关于涛音书屋的详细情况，参见文革红《乾嘉时期小说书坊与通俗小说》“涛音书屋”条(第 76 页)。

1. **道光十八年刊《瑶华传》十一卷四十二回，中国国家图书馆藏**。

〔六三五〕桃红镇　金陵(江宁)

江宁桃红镇某书坊嘉庆间私刻《镜花缘》二十卷一百回，见孙佳讯《〈镜花缘〉公案辨疑》①。

1. **嘉庆间刊《镜花缘》二十卷一百回，见孙佳讯《〈镜花缘〉公案辨疑》**。

〔六三六〕藤花榭　扬州

扬州仪征汪氏藤花榭嘉庆十九年刊《经学五种》，(清)汪昌序辑，藏于北京大学图书馆、华东师范大学图书馆等处；道光二十年汪氏刊

---

① 孙佳讯.《镜花缘》公案辨疑[M]. 济南：齐鲁书社，1984.

《公是先生七经小传》《礼经会元》，藏于厦门大学图书馆；小说书坊藤花榭刻《红楼梦》在嘉庆间，刻《红楼梦补》分别在道光十三年和光绪二十九年，扬州汪氏藤花榭在道光以后依然经营刻书，故从时间上判断刊刻小说的藤花榭或为扬州仪征汪氏藤花榭。今人有藤花榭为金陵书坊一说，不知何据。

另有额勒布藤花榭，嘉庆十二年刻《说文解字》十五卷，额勒布据鲍氏家藏宋本重订，卷首有牌记题"嘉庆丁卯年开雕/藤花榭藏板"，有额勒布序，称其底本为宋雍熙三年刻本，经他"悉心点检，亥豕无讹，洵堪珍秘，缘重为雕镌，用广流布，学者取其大纯而弃其小疵，亦可谓善学说文者与"，卷尾署"秣陵陶上立临字"一行。"藤花榭"为额勒布书斋名。

额勒布(1747—1830)，字履丰，号约斋，出身于官宦世家，满洲正红旗。嘉庆十年至十三年官居两淮盐政，嘉庆十二年刻《说文解字》时正在扬州任上。嘉庆二十四年藤花榭刊刻《绣像红楼梦》时，额勒布已经离开扬州前往北京，而藤花榭本《绣像红楼梦》刊于北京的可能性不大，因而大致推测刊刻《红楼梦》的藤花榭并非额勒布藤花榭。

关于藤花榭的详细情况，参见文革红《乾嘉时期小说书坊与通俗小说》"藤花榭"条(第176—179页)。

1. **嘉庆庚辰二十五年刊《绣像红楼梦》一百二十回，杜春耕藏。**

2. **嘉庆间刊《绣像红楼梦》一百二十回，北京大学图书馆藏，与上本不同板。**

3. **嘉庆间刊《绣像红楼梦》一百二十回，中国国家图书馆藏，与前两本不同板。**

4. **嘉庆二十四年刊《红楼梦补》不分卷二十四回，香港大学冯平山图书馆藏。**

5. **道光十三年重刊《红楼梦补》不分卷二十四回，辽宁省图书馆藏。**

〔六三七〕体贤堂　桂林(桂林杨)

体贤堂清刊《余墨偶谈》八卷,(清)孙沄编,中国人民大学图书馆藏,目录作"桂林杨体贤堂";光绪二十七年刊《江楚会奏变法折三折》,(清)刘坤一、张之洞撰,中国人民大学图书馆藏,卷末镌"杨体贤堂刻刷"字样。据此可判断体贤堂位于广西桂林府,主人为杨氏。

1. **道光二十九年刊《海公大红袍全传》十卷六十回,书影见孔夫子旧书网**。

〔六三八〕体元堂　海门(通海)

体元堂光绪三十二年重刊《感应篇直解》,内封题"板存通海体元堂",书影见孔夫子旧书网。通海,指江苏海门通海镇,清乾隆三十三年归海门直隶厅管辖,故知体元堂为江苏海门书坊。

体元堂刊书不晚于嘉庆间,嘉庆癸酉十八年刊《百家姓集注》,内封题"体元堂梓";清刊《礼记备旨全文》;光绪乙酉十一年刊《神农本草经疏》,书影均见孔夫子旧书网。

1. **清刊《北宋志传》五十回,书影见孔夫子旧书网**。
2. **清刊《南宋志传》五十回,书影见孔夫子旧书网**。

〔六三九〕天宝楼　佛山(粤东佛镇福禄大街)

天宝楼清刊《群英杰》六卷三十四回,中国国家图书馆藏,内封有"佛镇天宝楼藏板"字样,以此知天宝楼为佛山书坊。民国间机器印《诗经》,内封题"粤东佛山镇福禄大街天宝楼书局校正",以此知天宝楼位于佛山福禄大街。

佛山天宝楼同治十三年刊《试帖仙样集裁诗十法》二卷,首论一卷,中山大学图书馆藏;光绪十四年刊《新增诗经补注附考备旨》八卷,香港中文大学图书馆藏;光绪二十二年刊《礼记易读》二卷,美国华盛顿大学东亚图书馆藏;光绪二十三年刊《诗学便读》一卷,香港中文大学图书馆藏，内封题“粤东天宝楼板”；光绪戊戌二十四年朱墨套印《朱批增注聊斋志异》，内封题“粤东天宝楼藏板”；粤东佛镇福禄大街天宝楼尚刊有《关帝桃园明圣经》《赤水玄珠》《会元千字文》《笔花医镜》等，书影均见孔夫子旧书网。天宝楼刻书较多，质量也精，为佛山地区有名书坊。

江右（江西）亦有天宝楼，同治丁卯六年刊《五帝本纪赞》，内封题“江右书街天宝楼藏板”，书影见孔夫子旧书网。江西天宝楼与佛山天宝楼的关系待考。

1. **清刊《今古奇观》三十二回，胡士莹旧藏。**

2. **清刊《群英杰》六卷三十四回，中国国家图书馆藏。**

3. **清刊《续北宋志天门阵演义十二寡妇征西》四卷十九回，书影见孔夫子旧书网。**

〔六四〇〕天宝堂　嘉应州（广东嘉应州兴宁县西城外华兴街）

天宝堂咸丰七年刊《罗钦若通书》，内封题“天宝堂/字元精偕男克盟、克贤、克成、克明、克□馆在广东嘉应州兴宁县西城外华兴街”，据此知天宝堂位于广东嘉应州（今梅州）兴宁县西城外华兴街。光绪间刊《金刚经五种广化录》等，书影均见孔夫子旧书网。

1. **光绪乙酉十一年刊《俗话倾谈初集》二卷十一则，书影见孔夫子旧书网。**

2. **光绪乙酉十一年刊《俗话倾谈二集》二卷七则，书影见孔夫子旧书网。**

〔六四一〕天德堂 1　苏州

天德堂清刊《龙图公案》十卷一百则，北京大学图书馆藏，为现存较早刊本，插图、刊印在诸多版本中最精，序署“江左陶烺元乃斌父题于虎丘之悟石轩”。序作于虎丘，可旁证天德堂刊本《龙图公案》刊刻于苏州。

天德堂清刻《士材三书》，内封题曰“吴门尤生洲先生辑/合镌增补士材三书/天德堂梓”，其中《增补病机沙篆卷下》卷端署“古吴尤乘生洲校订重镌”，可证书为苏州人尤乘重刻；清刊《新刻苏本元亨疗马集》，题“苏本”进一步证明天德堂为苏州书坊。另据叶瑞宝《苏州书坊刻书考》：

> 天德堂于清康熙五十五年与古吴文盛堂合刻《韵府群玉》二十卷。（书名页有“文盛天德堂梓行”牌记，并钤有“天德堂图书”篆体阴文朱色大红印。）后此版又易主姑苏“隆溪堂”书坊，故天德堂亦古吴书坊。天德堂于天启四年刻明张介宾类注《类经》三十二卷，《图翼》十一卷，《附翼》四卷，清嘉庆四年金阊萃英堂据此重刻发行……又刻元罗本撰《李卓吾先生评三国志》二十卷。①

天德堂在江西、湖南、四川等地均设有分号，需要注意区分。江右天德堂崇祯十四年序刊《唐诗归》三十六卷，（明）景陵钟惺伯敬等选定，（明）金沙王锡友石重订，藏于烟台公共图书馆②、南京大学图书馆，内封署“江右天德堂梓”，有“天德堂藏板”朱印。江右为江西省之别称，则江右天德堂为江西书坊。

又有长沙天德堂，清刊《新刻说唱大唐绣像金钏记全传》，藏于苏州图书馆，内封署“星沙西长街谭天德堂梓”。“星沙”即湖南省长沙市星沙镇，故此天德堂位于长沙，主人为谭姓。

四川亦有天德堂，道光二十年刻《直指算法统宗》十二卷，（明）程

---

① 叶瑞宝. 苏州书坊刻书考[J]. 江苏出版史志，1992，(3).

② 吕志正主编. 烟台公共图书馆馆藏古籍书目[M]. 济南：齐鲁书社，2002.

大位撰，藏于四川师范大学图书馆。四川天德堂可能为天德堂的分号。

天德堂明代刊刻的书主要有：万历三十三年刻《朱文公校昌黎先生文集》四十卷、《集传》一卷、《遗文》一卷、《外集》十卷，(唐)韩愈撰、李汉编，(宋)朱熹考异、王伯大音释，(明)朱吾弼重编，藏于中国国家图书馆；明刻《类经》三十二卷、《图翼》十一卷、《附翼》四卷，(明)张介宾类注，藏于中国国家图书馆。

清代刊刻的书籍主要有：康熙十一年刻《杜诗论文》五十六卷，(清)吴见思撰，藏于中国国家图书馆；康熙五十五年刻《诗韵便览》，李笠翁著，序后署"李渔自题/康熙乙未仲冬黄天德重镌"，书影见孔夫子旧书网，据此可知此天德堂主人姓黄；康熙六十年刻《悟真篇阐幽》三卷，(宋)张伯瑞撰，朱元育授，藏于清华大学图书馆；乾隆七年重刊《精选黄眉故事》，藏于北京师范大学图书馆；道光十二年刊《文成字汇》、清刻《新镌本草医方合编》，书影见孔夫子旧书网；清刻《楚辞笺注》，藏于南开大学图书馆；清刻《女科第一善本重订济阴纲目》，武叔卿著，藏于江西省图书馆。其余刊书不一一列载，其营业的时间延续至清代后期。

关于天德堂的详细情况，参见文革红《乾嘉时期小说书坊与通俗小说》"天德堂"条(第76—79页)。

1. **清刊《李卓吾先生评三国志》二十卷二百四十则，日本宝历甲戌《舶载书目》著录。**

2. **乾隆五十一年刊、万历三十四年序《杨家府世代忠勇通俗演义志传》八卷五十八则，北京师范大学图书馆藏。**

3. **康熙间刊《李卓吾评宋精忠传》八卷八十则，中国国家图书馆藏。**

4. **清刊《说唐薛家府传》六卷四十二回，日本东京大学文学部藏。**

5. **清刊《绣像龙图公案》十卷一百则，北京大学图书馆藏。**

6. **乾隆五十一年刊《第五才子书水浒传》十二卷一百二十四回，存一卷，郑州大学图书馆藏。**

〔六四二〕天德堂 2　成都

四川天德堂道光二十年刊《直指算法统宗》十二卷，（明）程大位撰，四川师范大学图书馆藏。四川天德堂可能是苏州天德堂在四川的分号。

1. **清刊《东周列国志》一百〇八回，四川省图书馆藏。**

〔六四三〕天利斋　京师（京都，阜城门内路南）

天利斋光绪二十年刊《今古奇观》，内封题“京都天利斋藏板”，卷末题“阜城门内路南天利斋存板”，据此可知天利斋为京都（京师）书坊，位于阜城门内路南。天利斋其余刊书较少见。

1. **光绪甲午二十年刊《今古奇观》十卷，书影见孔夫子旧书网。**

〔六四四〕天许斋　苏州（冯梦龙）

天许斋为明末苏州地区书坊。天启初，冯梦龙的首部通俗小说集《全像古今小说》由吴县天许斋刊行。一般认为茂苑野史、绿天馆主人即苏州冯梦龙，所刊小说大部分在苏州，天许斋所刊《古今小说》亦不例外，插图精绝、细致，具有苏州地区风格。

1. **泰昌、天启间刊《古今小说》四十卷四十篇，日本内阁文库藏。**
2. **泰昌、天启间覆刻《古今小说》四十卷四十篇，日本前田侯尊经阁文库藏。**

〔六四五〕天缘堂　湖北德安（云梦）

天缘堂光绪三十年刊《忠孝勇烈奇女传》四卷三十二回，北京大学图书馆藏，内封题“云梦天缘堂”；清刊《皇极金丹宝卷》，内封题“板存云邑天缘堂”，书影见孔夫子旧书网。云梦、云邑，均指云梦县，清属湖北德安府。

天缘堂刊刻书籍不多见。

1. **天缘堂光绪三十年刊《忠孝勇烈奇女传》四卷三十二回，北京大学图书馆藏**。

〔六四六〕蜩寄　杭州(汪象旭)

汪象旭，原名淇，字右子，更字憺漪，号西陵人、残梦道人。明末清初著名刻书家。祖籍安徽休宁，后迁居杭州。陈恩虎《明清刻书家汪淇生平考》一文(载《文献》2005 年第 3 期)，考证出汪象旭为安徽休宁西门人，其后迁居杭州。石昌渝主编《中国古代小说总目(白话卷)》亦有同样的看法：“祖籍西陵，实际上他生活在钱塘。书斋名残梦轩、蜩寄、还读斋。他曾以‘还读斋’为名刊行过一些出版物。”①汪淇自称“西陵憺漪子”，西陵即西泠，指杭州。汪淇为杭州人有一条十分重要的证据，即顺治十八年汪淇所刊《雪心赋直解》，序后有《雪心赋义例》，末署“顺治庚子冬余钱塘后学汪淇右子氏述于蜩寄”②，表明他是杭州人，而不是像有些学者所认为的那样是绍兴人。汪氏所题“西陵”也并非指绍兴萧山之西城湖，而是指西湖。汪氏所刻书中，有时也称自己的地望为“西湖”，如上海图书馆藏康熙二年刻本《尺牍新语》第一至十二、十四、十六、十八、十九册卷端均题“西湖/徐士俊野君、汪淇憺漪评笺”，而第十三、十五、十七、二十、二十一、二十二册

---

① 石昌渝主编. 中国古代小说总目(白话卷)[M]. 太原：山西教育出版社，2004:422.

② (唐)地师卜则巍著，(明)山人田希玉辑，后学何伯达氏、汪右子氏仝参订.《雪心赋直解·雪心赋义例》，见《故宫珍本丛刊·相宅相墓》第 409 种[M]. 海口：海南出版社，2000.

“西湖”皆作“西陵”。可见,“西陵”与“西湖”在汪氏看来是可以通用的。《雪心赋直解》附录《蜩寄辑录地理碎事》,署“客越憺漪汪”,“越”往往代指整个浙江地区,当然也包括杭州地区,所以汪氏的客居地应该是杭州。

汪氏刻的书主要有:明末至顺治十五年之间以“还读斋”名义刻书六部,分别为:明末刻《智囊全集》二十八卷,(明)冯梦龙辑,藏于中国国家图书馆;明刻《诗经人物备考》十三卷,(明)陈子龙编,藏于北京大学图书馆;明末刻《谭友夏钟伯敬先生批评绾春园传奇》二卷,(明)沈孚中撰,藏于中国国家图书馆;顺治七年刻《西陵十子诗选》十六卷,(清)毛先舒辑,藏于中国国家图书馆;顺治十五年刻《诗体明辩》十卷附《论诗》,(明)徐师曾辑,(清)汪淇等笺评,藏于中国国家图书馆、北京大学图书馆;清初金阊童晋之、武林还读斋刻《诗苑天声应制集》四卷、《应试集》三卷、《朝堂集》七卷、《馆课集》六卷、《历代乐章》二卷,(明)范良辑并评,藏于中国国家图书馆。

顺治十八年至康熙七年以“蜩寄”名义刊书多种,所刻书版心皆有“蜩寄”字样,先后刻有《雪心赋直解》及附录《地理碎事》、《西游证道书》、《吕纯阳祖师全传》、《女科第一善本重订济阴纲目》附《保生碎事:济阴慈幼外编》、《分类尺牍新语》、《尺牍新语二编》、《尺牍新语广编》等。

此外汪氏明代尚刻有《新镌士商要览天下水陆行程图》三卷,署“天都憺漪子选辑”,日本内阁文库藏本卷内有“西陵憺漪子”字样;另刻有医书《万病回春》①;康熙元年刻《王百谷先生谋野集》四卷,(明)王稚登撰,(清)汪淇、查望注释,藏于中国国家图书馆。

汪氏刻书范围广泛,从群众喜闻乐见的医书、兵书、地理书、道家书、地图集到文人文集、科举用书、尺牍、杂著无不涉猎,为古代文化事业的传播和繁荣做出了一定的贡献。

---

① 陈恩虎.明清刻书家汪淇生平初考[J].文献,2005,(3).

关于蜩寄的详细情况，参见文革红《清代前期通俗小说刊刻考论》“蜩寄”条(第335—344页)。

1. **康熙元年刊《吕祖全传》一卷附逸事一卷，美国哈佛大学藏**。

2. **康熙二年刊《新镌出像古本西游证道书》一百回，中国国家图书馆、日本内阁文库藏**。

〔六四七〕庭梅朱氏　不明

庭梅朱氏嘉庆间刊《蟫史》二十卷，屠绅撰，中国国家图书馆等处藏，内封题“蟫史，庭梅朱氏藏板”，为虞山卫峻天刊本的翻刻本。翻刻者为朱氏，亭梅为其书室名，此书室在何处不明。

1. **嘉庆五年刊《蟫史》二十卷，北京大学图书馆、中国国家图书馆藏**。

〔六四八〕通志堂　京师(纳兰性德)

通志堂，清初纳兰性德书室名。纳兰性德(1655—1685)，清代词人，与朱彝尊、陈维崧并称“清词三大家”。字容若，号楞伽山人，满族正黄旗人，康熙十五年进士。为武英殿大学士明珠长子，叶赫那拉氏。原名成德，因避皇太子胤礽(小名保成)之讳，改名性德。自幼天资聪颖，授乾清门三等侍卫，后循迁至一等。随扈出巡南北，并曾出使梭龙(黑龙江流域)考察沙俄侵扰东北情况。有《纳兰词》。

康熙间辑编刊刻《通志堂经解》一百三十八种。《通志堂经解》是清代最早出现的一部阐释儒家经义的大型丛书，收录先秦、唐、宋、元、明经解一百三十八种，纳兰成德自撰两种，共计一千八百卷，中国国家图书馆藏。

纳兰性德又有《通志堂集》二十卷，康熙间刊，中国国家图书馆、上海图书馆等处藏。

1. **清刊《批评绣像水浒传》二十卷，书影见孔夫子旧书网**。

〔六四九〕同德堂　金陵

同德堂清刻《第一善本仙拈集》,《故宫珍本丛刊》第 324 册收录,作者题"棉上李文炳焕章汇纂",首载《仙拈集助刻序》,曰:"因浮江汉,诣金陵,冀遇乐善有力之君子共成美事,亦未可知,而仓猝难遇。自揣囊中不惟全书力所不能,即药书欲先梓救世者亦独力难任。一日,与诸友会饮于雨花台畔,不觉苦衷形于浩叹,诸友问故,详告其实。诸友慨然曰:'先生之于此书,离家将九年,跋涉五千里,其用心亦可谓勤且苦矣。吾辈于全书力所不能,药书犹可自勉。'遂慨然输金付梓,不数月而其书告成。"①序中明白指出书是在金陵刊刻的,则刊刻此书的同德堂理应位于金陵。

柳存仁《明清小说版本研究》一文中,提到南京有一个同德堂,雍正三年还在活动。② 雍正年间江苏同德堂刊《左氏条贯》十八卷,(清)曹基撰,藏于中国国家图书馆、四川省图书馆,江苏省会即南京,故我们可以认为江苏同德堂即南京同德堂。

康熙二年同德堂刻《医学启蒙汇编》,(山东益都)翟良先生纂,《故宫珍本丛刊》第 372 册收录。除康熙二年序之外,有顺治十六年翟良序,正文版心下均有"文盛堂"字样,说明此本为文盛堂顺治十六年初刻、康熙二年同德堂后印本。据此可知同德堂在康熙年间已开始营业刻书。

同德堂刊刻的书主要有:清初刊《虎口余生传奇》二卷,遗民外史撰,藏于清华大学图书馆;康熙间刊《天玉经注》七卷,附《天玉经说》七卷、《穴法分受》二卷,(清)黄越撰,藏于中国国家图书馆;康熙间刻《张氏医通》十六卷,(清)张璐撰,藏于北京大学图书馆;雍正元年刻《唐宋八大家类选》十四卷,(清)储欣撰,藏于香港中文大学图书馆;

---

① 故宫博物院编. 故宫珍本丛刊・第一善本仙拈集[M]. 海口:海南出版社,2000.

② 段江丽.《醒世姻缘传》研究[M]. 长沙:岳麓书社,2003.

乾隆间刻《庄子独见》三十三卷，藏于中国国家图书馆；嘉庆十一年刻《秘书三种》五卷，藏于北京大学图书馆；道光二十五年后印崇祯间常熟毛氏汲古阁本《六十种曲》六十种，藏于北京大学图书馆；同治十一年刻《四书贯珠讲义》，藏于北京大学图书馆。其余刊书不一一列载。

关于同德堂的详细情况，参见文革红《清代前期通俗小说刊刻考论》"同德堂"条(第441—444页)。

1. **清刊《新刻京台公余胜览国色天香》十卷，池本善男藏。**

2. **清刊《醒世姻缘传》不分卷一百回，中国国家图书馆、首都图书馆藏。**

3. **康、雍间刊《隋唐演义》二十卷一百回，上海图书馆藏。**

〔六五〇〕同人堂　苏州

同人堂有三家，一为苏州同人堂，一为江西抚州金溪同人堂，一为新安同人堂：

1. 金阊同人堂。崇祯十一年序刊《审视瑶函》六卷，(明)傅仁宇撰；清刊《五经类编》二十八卷，周世樟撰，江西省图书馆藏。以此知同人堂为苏州书坊。

2. 绣谷同人堂。清刊《重刊三命通会》十二卷，序题"雍正乙卯花朝长芦都转盐运使使管盐法道事萝村蒋国祥撰"，后有"绣谷同人堂梓"字样，四川大学图书馆藏。绣谷，即江西抚州金溪锦绣谷，据此可知金溪有同人堂书坊。

3. 新安同人堂。乾隆三十年刊《希青亭集》不分卷，续一卷，南开大学图书馆藏。

同人堂刊刻的书主要有：乾隆五十八年刊《春秋穀梁传》十二卷、《春秋公羊传》十二卷，中山大学图书馆藏；嘉庆三年新镌《尚论篇》后四卷，书影见孔夫子旧书网；嘉庆丙寅十一年刊《史记测议》一百三十卷，南京大学图书馆藏；嘉庆间刊清吴锡麒撰《有正味斋全集》，河南大学图书馆藏；道光辛巳元年春镌《馆阁律赋雅正注释》；道光乙酉五年夏月刊《考卷约选》；道光癸卯二十三年刊《通天晓》，书影均见孔夫子旧书网；道光三十年刊《景岳全书》六十四卷，复旦大学图书馆藏；清刊《庚辰集》五卷，北京大学图书馆藏。

另刊有《长生殿》《同人堂春秋左传》《同人堂颐世方书》《四书题镜》《蒋季眉全稿》《同人堂左绣真本》《韵府对语》《万密斋书第三种伤寒摘锦》《万密斋书第六种片玉心书》《本草万方针线》《铜板四书补注附考》《同人堂重订本草纲目》《唐人试律说》《四书考辑要》等多种书籍，书影均见孔夫子旧书网。

1. **清刊《拍案惊奇》三十六卷，法国国家图书馆藏**。

2. **明末清初刊《石点头》十四卷十四篇，北京大学图书馆藏**。

3. **清刊《草木春秋演义》五卷三十二回，中国国家图书馆、首都图书馆藏**。

4. **清刊《禅真后史》十卷五十三回，山东大学图书馆藏**。

〔六五一〕同盛堂　赣州

同盛堂清刻《相猫猪狗法诀》，内封署“赣州同盛堂藏板”，书影见孔夫子旧书网，以此知清代同盛堂位于江西赣州。

同盛堂清刻《新刊秤命数法》，内封题“同盛堂梓”；清末刻《新刻侯美容大闹贤关镇丝带记》二卷，藏于中国国家图书馆，赣南有采茶戏《丝带记》，进一步说明同盛堂与赣州地区的联系。清代同盛堂刊刻的书并不多见。

关于同盛堂的详细情况，参见文革红《乾嘉时期小说书坊与通俗小说》“同盛堂”条(第 291 页)。

1. **嘉庆二十一年刊《金石缘》八卷，首都图书馆藏**。

〔六五二〕同文堂1　苏州

同文堂清刻《小儿推拿广义》三卷，陈世凯、王元璐等校，藏于山东省海阳图书馆，内封题“金阊同文堂藏板”①；同治十二年刻《四子谱》二卷，过文年辑，藏于吉林大学图书馆，亦题“金阊书林同文堂”②。据此可知同文堂位于苏州。

同文堂刊刻的书主要有：乾隆三十三年刻《诗学圆机活法摘要》；乾隆三十八年刻《史记选》；乾隆四十九年刻《春秋左传句解》；嘉庆二十五年刻《神相全编》，书影均见孔夫子旧书网。其余刊书不一一列载。同文堂为苏州历史较长的书坊，刊书活跃期是乾、嘉间，其刊刻的小说多达二十余种。

关于同文堂的详细情况，参见文革红《乾嘉时期小说书坊与通俗小说》“同文堂”条（第80—84页）。

1. **清刊《拍案惊奇》三十六卷，日本京都大学人文科学研究所藏。**

2. **嘉庆间刊《今古奇观》三十八卷，上海图书馆藏。**

3. **清刊《重订今古奇观》四十卷四十篇，北京大学图书馆藏。**

4. **清刊《曹雪芹原本红楼梦》一百二十回。**

5. **道光元年刊《二度梅全传》六卷四十回，日本无穷会织田文库藏。**

6. **嘉庆二十四年刊《听月楼》四卷，首都图书馆藏。**

7. **道光十八年刊《争春园》四十八回，辽宁省图书馆藏。**

8. **嘉庆间刊《商周列国全传》八卷一百回，书影见孔夫子旧书网。**

9. **清刊《济颠大师醉菩提全传》不分卷二十回，中国国家图书**

---

① 吕志正主编. 烟台公共图书馆馆藏古籍书目[M]. 济南：齐鲁书社，2002.

② 江澄波. 江苏刻书[M]. 南京：江苏人民出版社，1993：12.

馆藏。

10. 康熙五十九年序刊《斩鬼传》四卷十回，首都图书馆藏。

11. 咸丰四年刊《镜花缘》二十卷一百回，北京大学图书馆藏。

12. 乾隆四十二年重刊《西汉传》三卷，内蒙古大学图书馆藏。

13. 乾隆四十二年重刊《东汉传》三卷，内蒙古大学图书馆藏。

14. 嘉庆十五年刊《西汉演义》八卷一百回，书影见孔夫子旧书网。

15. 嘉庆十五年刊《东汉演义评》八卷三十二回，中国国家图书馆、南京图书馆藏。

16. 嘉庆二十年刊《西汉演义》八卷一百回，北京大学图书馆藏，据大塚秀高《增补中国通俗小说书目》著录。

17. 嘉庆二十年刊《东汉演义》十卷一百二十五则，北京大学图书馆藏，据大塚秀高《增补中国通俗小说书目》著录。

18. 嘉庆十年之前刊《隋唐演义》二十卷一百回，行款 11 行×24 字，佚失。

19. 清刊《隋唐演义》二十卷一百回，行款 10 行×24 字，书影见孔夫子旧书网。

20. 清后印启元堂刊本《第一才子书》十九卷一百二十回，版心作“启元堂”，书影见孔夫子旧书网。

21. 道光二十六年后印芥子园刊本《第一才子书》十九卷一百二十回，版心作“芥子园”，书影见孔夫子旧书网。

〔六五三〕同文堂 2　广州（粤东省城、广州城双门底）

广州同文堂咸丰元年刊《课余汇钞》八卷，加拿大英属哥伦比亚大学亚洲图书馆藏，内封背面题“咸丰元年辛亥孟秋开镌粤东省城同文堂记承刊”，据此可知广州有同文堂书坊。广州同文堂民国丁巳六年石印《幼学妇孺韵语》，内封题“广州城双门底同文堂刷印”，书影见孔夫子旧书网，据此可知广州同文堂位于双门底。广州同文堂光绪二十六年刊《十七史蒙求合编》十六卷，香港中文大学图书馆藏；民国初石印《监本春秋全文》十二卷，香港中文大学图书馆藏。

1. **清刊《五虎平西前传》十四卷一百一十二回，中国国家图书馆、北京大学图书馆藏。**

2. **清刊《五虎平南后传》六卷四十二回，中国国家图书馆、北京大学图书馆藏。**

3. **咸丰九年刊《万花楼杨包狄演义》十四卷六十八回，行款**12**行×**22**字，右文堂发兑，日本东京大学东洋文化研究所双红堂文库藏。**

4. **清刊《万花楼演义全传》□卷，行款**12**行×**24**字，书影见孔夫子旧书网。**

5. **道光癸未三年刊《说唐演义前传》十卷。书影见孔夫子旧书网。**

6. **光绪四年刊《说唐演义前传》十卷六十八回，辽宁大学图书馆藏。**

7. **清刊《粉妆楼全传》八十回，华东师范大学图书馆藏。**

8. **嘉庆二十年刊《飞龙全传》十六卷六十回，书影见孔夫子旧书网，浙江图书馆藏。**

〔六五四〕同文堂3　扬州（维扬）

维扬同文堂道光元年刊《雅观楼全传》四卷，河南大学图书馆藏；清刊《绛雪园古方选注》三卷，清华大学图书馆藏；清刊《千字文释义》，内封题“维扬同文堂梓”，书影见孔夫子旧书网。以此知清道光间维扬有同文堂书坊。

1. **道光元年刊《雅观楼全传》四卷十六回，中国国家图书馆藏。**

〔六五五〕同心堂　杭州

清代同心堂有多家，分别叙录如下：

1. 浙省同心堂。同心堂乾隆间刊《治浙成规》，北京大学图书馆藏，内封题“观察衙门刊行/治浙成规/同心堂藏板”。既然是《治浙成规》，刊刻者观察衙门应该是浙省的观察衙门，又云“同心堂藏板”，则说明这个同心堂即是刊刻者，可能是受观察衙门的委托刊刻此书。因此，同心堂很可能位于杭州。

同心堂乾隆二十年刊《成案续编》十二卷，(清)同德、李治运同辑，北京大学图书馆藏。

2. 武陵同心堂。嘉庆戊辰十三年重镌《寿世简便集》一卷，内封题“武陵同心堂敬刊”，(清)林清标(韦亭)辑，书影见孔夫子旧书网。武陵，清代辖区相当于常德府，故知武陵同心堂为湖南常德书坊。

3. 河南彰德同心堂。光绪丁未三十三年刊《凤山番道》，内封题“彰德府内黄县西北乡北阳坞村同心堂存板”，书影见孔夫子旧书网，以此知光绪间河南彰德府亦有同心堂。

4. 山西河津同心堂。民国十五年刊《梅氏救母》，内封题“河津高头上同心堂存板”，中国国家图书馆藏。民国二十七年刊《秀才犁地》，内封题“津邑高头上同心堂存板”，书影见孔夫子旧书网。河津民国间为山西河东道辖地，故知民国间同心堂位于山西河津县。

1. **清刊《西游真诠》一百回，日本名古屋市蓬左文库藏。**

〔六五六〕同义堂　山西平阳(洪邑、洪洞)

同义堂光绪乙亥元年春月新镌《六也堂训蒙草》，内封题“洪邑同义堂藏板”；清刊《走雪山》，内封题“洪洞同义堂刊”；光绪元年乙亥刊《卖画》，内封题“洪洞同义堂刊”。书影均见孔夫子旧书网。洪洞，明清时属山西平阳府，故此同义堂为山西平阳洪洞县书坊。清末绛州同义堂刊《三字经》，绛州亦为平阳府所辖县。

同义堂同治甲戌十三年新刻《明心宝鉴》；清末刊《双灵牌》《四言杂字》等，书影均见孔夫子旧书网。

又有佛山同义堂，光绪壬寅二十八年刊《礼义便览》，书影见孔夫子旧书网。

1. **道光七年刊《征西说唐三传》八十八回，山东省图书馆藏**。

〔六五七〕同元堂　河北河间府（泊镇）

同元堂清刊《书经》，内封题“洪武正韵/状元书经/泊镇同元堂梓”，书影见孔夫子旧书网，以此知同元堂位于泊镇。泊镇，即泊头镇，清属河北河间府沧州管辖。

同元堂刊书主要在光绪年间，光绪十年刊《诗料英华》十四卷，山东大学图书馆藏；光绪十四年刊《诗经融注大全体要》八卷，中国人民大学图书馆藏；光绪庚辰六年刊《对联大成》《状元百家姓》；光绪壬午八年刊《增补二论典故最豁集》；光绪丁亥十三年重刊《针灸大成》《批点便蒙学文正法详正》；光绪庚寅十六年刊《新刻韵对五七言千家诗辑钞》；清刊《状元诗经》《图注难经脉诀全集》等，书影均见孔夫子旧书网。

清代尚有亳州同元堂，刊《礼记体注大全》一书，书影见孔夫子旧书网。清代亳州属安徽布政使司直辖。

1. **清刊《英云梦传》八卷十六回，内蒙古大学图书馆藏**。

〔六五八〕同志堂　广州（羊城）

同志堂清刊《医门法律》，内封题“羊城同志堂藏板”，书影见孔夫子旧书网，据此知同志堂位于羊城即广州。

同志堂刊书不晚于乾隆年间，乾隆六十年刊《状元礼记》；嘉庆二十二年刻《寿世保元》；清刻《小仓山房诗集》《新订四书补注备旨》，书影均见孔夫子旧书网；道光九年刻《唐诗三百首》六卷，（清）蘅塘退士编，藏于北京大学图书馆。

关于同志堂的详细情况，参见文革红《乾嘉时期小说书坊与通俗小说》“同志堂”条(第 216—217 页)。

1. **乾隆四十七年刊《西游真诠》一百回，北京大学图书馆藏**。

2. **乾、嘉间刊《四大奇书第一种》六十卷一百二十回，北京大学图书馆藏**。

3. **乾、嘉间刊《王望如先生评论五才子书水浒传》七十五卷七十回，书影见孔夫子旧书网**。

〔六五九〕桐石山房　苏州(苏州阊门外水关桥横街中)

桐石山房道光三十年刻《书经体注图考大全》六卷，(清)钱希祥辑，内封署“姑苏老桐石山房梓行”；道光二十四年刻《寿世保元》，内封署“苏州老桐石山房重刊”，书影均见孔夫子旧书网；清刻《周礼节训》，内封题“姑苏桐石山房藏板”，藏于山东大学图书馆；道光二十五年刊《大清律例增修统纂集成》，内封有朱印曰“苏州阊门外水关桥横街中老桐石山房发兑”，书影见孔夫子旧书网。据此可知桐石山房位于苏州，在阊门外水关桥横街中。

桐石山房嘉庆间已开始刻书，刻书活跃期是道光年间。道光二十一年刻《古唐诗合解》十六卷，藏于辽宁大学图书馆；道光二十七年刻《桐石山房四书体注合讲》，(清)翁复编次，藏于北京大学图书馆；咸丰元年刻《医宗必读》十卷，(明)李中梓撰，藏于中国海洋大学图书馆；清刻《历朝词选》，藏于中山大学图书馆；清刻《评点春秋纲目左传句解汇隽》六卷，(清)韩菼重订，藏于辽宁大学图书馆。其余刊书不一一列载。

关于桐石山房的详细情况，参见文革红《乾嘉时期小说书坊与通俗小说》“桐石山房”条(第 79 页)。

1. **乾隆十七年序刊《东周列国志》二十三卷一百〇八回，辽宁省**

图书馆藏。

2. **嘉庆六年重刊《说唐演义全传》不分卷六十八回,中国国家图书馆、复旦大学图书馆藏**。

3. **嘉庆六年重刊《说唐演义后传》不分卷五十五回,中国国家图书馆、复旦大学图书馆藏**。

4. **道光十二年重刊《警富新书》不分卷四十回,中国国家图书馆藏**。

〔六六〇〕樟蘤(桐花)书屋　泸州(蜀南)

“樟蘤书屋”即桐花书屋。“樟”与“桐”同音,“蘤”即“花”的古字。嘉庆八年刊《时方妙用》四卷,内封题“樟蘤书屋重镌”,苏州大学图书馆藏;咸丰丁巳七年刊《引痘新法全书》,内封题“樟蘤书屋藏板”;光绪元年刊《神农本草经读》四卷;清刊《医学从众录》《新方八症》二卷,书影均见孔夫子旧书网。樟蘤书屋地点不明。

又有薛氏家塾桐花书屋,光绪五年补修校正嘉庆间敷文阁刻本《读史方舆纪要》一百三十卷,(清)顾祖禹撰,彭元瑞校订,昆明图书馆藏。内封背面题“光绪己卯蜀南桐花书屋薛氏家塾补修校正足本”;又光绪五年桐花书屋家塾校正嘉庆敷文阁珍版本《天下郡国利病书》一百二十卷,(清)顾炎武撰,龙万育校订,昆明图书馆藏。据此可知桐花书屋位于蜀南,即泸州一带,主人为薛氏。光绪乙酉十一年春刊《五经文海》,内封题“桐花书屋选”,书影见孔夫子旧书网。

樟蘤书屋与蜀南桐花书屋是否为同一家书坊,尚待考证。

1. **咸丰八年刊《云合奇踪》十卷八十回,中国国家图书馆藏**。

〔六六一〕退思堂　永州

退思堂乾隆十六年刊《绛帐纪闻》一卷,藏于北京大学图书馆,作者题“钱塘王文山先生手辑/解梁介玉涛正徵斋校”,版心作“退思堂”，序署“乾隆十六年岁次辛未一阳月上浣/解梁介玉涛书于宁远官舍之退思堂”，序云：

> 《绛帐纪闻》一编，乃涛肄业太学时，堂师文山先生所辑……蒙宪委治宁远，自揣识浅才疏……偶于箧中检得此册，不敢自秘，思广为流传，用作金鉴，而铁笔甚难，其人寸心耿耿。当是时，秦安吴子敬阶成进士，自都旋里，敦延荒署，课授诸生。偶于退食之余，持以相示，甚为印可。遂招其同邑王梓，选材校字，鸠工越五旬而竣。

又有陇川吴璒敬阶氏书于来远之杏林书屋序，可见书刊刻于宁远，据此可知退思堂位于湖南宁远县，清属永州府。

退思堂嘉庆元年刻《九疑山志》四卷，(清)吴绳祖编，藏于北京大学图书馆。九疑山位于今湖南宁远县，地方地理书籍一般为当地书坊所刊，故退思堂可能为湖南宁远地区书坊。

关于退思堂的详细情况，参见文革红《清代前期通俗小说刊刻考论》“退思堂”条(第 537—538 页)。

1. **雍正八年刊《玉娇梨》不分卷二十回，北京大学图书馆藏。**
2. **雍正八年刊《平山冷燕》四卷二十回，北京大学图书馆藏。**

W

〔六六二〕玩花书屋　不明

玩花书屋乾、嘉间刊《第一奇书金瓶梅》一百回，上海图书馆、日本东京大学东洋文化研究所双红堂文库藏，内封题“全像金瓶梅/彭城张竹坡批评第一奇书/玩花书屋藏板”，从字体等判断约是乾、嘉间刊。玩花书屋地点不明。

1. **乾、嘉间刊《第一奇书金瓶梅》一百回，上海图书馆藏。**

〔六六三〕玩花斋　不明

玩花斋具体地点不明。

1. **天启刊《新编出像赵飞燕昭阳趣史》六卷，日本今关天彭旧藏。**

〔六六四〕莞尔堂　不明

莞尔堂具体地点不明。

1. **乾、嘉间刊《天花藏批评平山冷燕》四卷二十回，吉林大学图书馆藏。**
2. **乾隆间刊《斩鬼传》四卷十回，首都图书馆藏。**
3. **乾隆五十八年刊《斩鬼传》四卷十回，中国社会科学院文学研究所藏。**
4. **道光五年刊《斩鬼传》四卷十回，日本天理图书馆藏。**

5. **光绪十二年重刊《斩鬼传》四卷十回，中国国家图书馆藏。**

〔六六五〕宛西堂　不明

宛西堂具体地点不明。

1. **清刊《水浒后传》八卷四十回，中国人民大学图书馆藏。**

〔六六六〕畹兰居　不明

畹兰居具体地点不明。

1. **道光二年刊《鸳鸯会》不分卷八回，中国社会科学院文学研究所藏。**

〔六六七〕畹香斋　杭州

三余堂乾隆四十八年刊《驻春园小史》六卷二十四回，中国国家图书馆藏，首《驻春园小史序》，署“时乾隆壬寅年菊月上浣水箬散人书于畹香斋”。《驻春园小史》序写作于“畹香斋”，现存最早刊本为三余堂刊本，三余堂位于杭州，说明此书乃杭州地区小说，则序的写作地点畹香斋似亦在杭州。畹香斋曾刻烟水散人编《桃花影》，基本可定为浙江地区的小说，可旁证畹香斋为杭州地区书坊。

1. **嘉庆十六年序刊《驻春园小史》六卷二十四回，北京大学图书馆藏。**
2. **清刊《桃花影》四卷十二回，吴晓铃旧藏。**
3. **清刊《桃花影》四卷十二回，存二卷六回，北京大学图书馆藏。**

〔六六八〕万卷楼1　金陵(白门、周曰校)

万卷楼万历间刻《三教开迷归正演义》，有《古本小说集成》影印本，内封题“白门万卷楼梓行”。白门为金陵之代称，据此知万卷楼为金陵书坊，从万历年间起即开始营业刻书。

金陵万卷楼周曰校万历十九年刊《新刊校正古本出像大字音释三国志通俗演义》十二卷二百四十则，以此可知万卷楼主人为周曰校，万卷楼为金陵周氏家族自万历年间起就使用的堂名，一直延续到清朝。

周曰校为江西金溪人，万历二十 年刻《皇明馆课经世宏辞续集》十五卷，王锡爵增辑，藏于中国科学院图书馆，有《四库禁毁书丛刊》影印本，卷端题“太原王锡爵元驭续补/秣陵焦竑弱侯父参订/绣谷周曰校应贤父督刊”。绣谷，指江西金溪之锦绣谷，故知周曰校为金溪人。周曰校与大业堂主人周文炜同样为金溪人，两人关系待考。

周氏万卷楼万历十五年刻《本草歌诀雷公炮制》八卷，附《药性诗歌便览》，藏于美国哈佛大学哈佛燕京图书馆；万历十八年刻《增定国朝馆课经世宏辞》十五卷，王锡爵增辑，藏于上海图书馆；万历十九年金陵书肆唐廷仁、周曰校刻《新编簪缨必用翰苑新书》前集十二卷、后集七卷、续集八卷、别集二卷，藏于美国哈佛大学哈佛燕京图书馆；万历间刻《新镌云林神谷》四卷，藏于美国国会图书馆，题曰“太医院医官金溪云林龚廷贤才子编著/金陵书林周曰校刊行”；万历二十八年刻《昭代典则》二十八卷，藏于美国哈佛大学哈佛燕京图书馆；万历三十年重刻龚廷贤《万病回春》；万历三十四年刻《新刻全像海刚峰先生居官公案》，有《古本小说集成》影印本，内封题“金陵万卷楼虚舟生镌”；万历四十四年石城万卷楼刻《北海集》四十六卷，藏于北京大学图书馆。

万卷楼清代刊刻的书主要有：康熙年间刻《汉诗》，藏于上海图书馆；乾隆十三至十四年刻《春秋大事表》五十卷首一卷、舆图一卷、附录一卷，（清）顾栋高撰，藏于香港中文大学图书馆[1]；同治九年刊《八铭文衡指要》，藏于苏州大学图书馆。以此知万卷楼刊书一直延续至

---

① 香港中文大学图书馆古籍善本书目系统编. 香港中文大学图书馆古籍善本书目，增订版[M]. 香港：中文大学出版社：24.

同治以后。

关于万卷楼的详细情况，参见文革红《清代前期通俗小说刊刻考论》“万卷楼”条(第451—456页)。

1. **万历十五年原刊《新刻京台公余胜览国色天香》十卷，佚失。**

2. **万历二十五年重刊《新刻京台公余胜览国色天香》十卷，日本内阁文库藏。**

3. **康熙间刊《警悟钟》四卷十六回，北京大学图书馆藏。**

4. **乾隆四十八年刊《驻春园小史》六卷二十四回，中国国家图书馆藏。**

5. **万历间刊《三教开迷归正演义》二十卷一百回，日本天理图书馆藏。**

6. **万历二十五年序刊《新镌全像包孝肃公百家公案演义》六卷一百回，韩国首尔大学(原京城大学)乐喜斋文库藏。**

7. **万历三十四年刊《海刚峰先生居官公案传》四卷七十一则，中国国家图书馆藏。**

〔六六九〕万卷楼 2　苏州

万卷楼崇祯八年序刊《新编扫魅敦伦东度记》二十卷一百回，题“金阊万卷楼”，日本日光轮王寺慈眼堂藏，以此知苏州亦有万卷楼书坊。

1. **崇祯八年序刊《新编扫魅敦伦东度记》二十卷一百回，日本日光轮王寺慈眼堂藏。**

〔六七〇〕万卷堂　绍兴

万卷堂康熙三十七年刊《诸葛丞相集》，(古虞)朱青岩纂辑，藏于北京大学图书馆。何光涛《清代亡佚三种屈原戏考论》考证朱青岩的籍贯为上虞，古虞即上虞：

> 《诸葛丞相集》四卷的相关资料　清康熙三十七年万卷堂刻本，藏北京大学图书馆，《四库全书存目丛书》据之影印。该书卷首有朱璘《序》，序后署时和名……目录下著明“古虞朱璘汇订”。正文卷一下题署“汉丞相诸葛亮著，古虞朱璘纂辑，男瑞图、鹏图校梓”……《河南通志》卷三十六《职官七·各府知府·南阳府》云：“朱璘，浙江上虞人，贡生，康熙二十九年任。”《山西通志》卷八十一《职官九·洪洞县》云：“朱璘，武清籍，上虞人，贡监，康熙十七年任。”《河南通志》《山西通志》亦皆言他为上虞人，朱璘亦自言籍贯为“古虞”，其《序》后朱文方印内容为“上虞朱青岩氏书记”，这些都说明朱璘为上虞人，“古虞”即上虞。①

此本由朱璘之子瑞图、鹏图校梓，据此可知万卷堂为朱氏家族所有之堂，位于浙江上虞，清属绍兴府。

万卷堂康熙三十七年刻《二程文略》，藏于北京大学图书馆；清刻《康熙字典》《历朝通鉴辑略》、乾隆二十四年序刊《全唐诗钞》，内封题“万卷堂藏板”，书影均见孔夫子旧书网。

另杭州洪楩有万卷堂。嘉靖二十八年刊《六臣注文选》，藏于天津图书馆。

清代保阳亦有万卷堂，刊《龙光诗经》，书影见孔夫子旧书网。保阳有山东保阳、江苏保阳。

清末民初四川成都有万卷堂，刻《夺棍打瓜》，题“成都学道街第八号万卷堂”，书影见孔夫子旧书网。

关于万卷堂的详细情况，参见文革红《乾嘉时期小说书坊与通俗小说》“万卷堂”条（第269—270页）。

1. 乾隆五十一年刊《豆棚闲话》十二卷十二则，北京大学图书馆藏。

---

① 何光涛.清代亡佚三种屈原戏考论[J].民族艺术研究，2012，(2)：33—41.

〔六七一〕万全书屋　金溪(云林)

万全书屋道光九年刊《东西晋演义》,内封题“云林万全书屋藏板”,据此可知万全书屋位于云林,即江西抚州金溪云林镇。

1. **道光九年刊《西晋演义》四卷一百十六则,中国国家图书馆、复旦大学图书馆藏。**

2. **道光九年刊《东晋演义》八卷二百三十一则,中国国家图书馆、复旦大学图书馆藏。**

〔六七二〕万元楼　苏州(姑苏)

姑苏万元楼清刊《拍案惊奇》三十六卷,中国国家图书馆、南京大学图书馆等处藏,以此知万元楼位于姑苏。

1. **清刊《拍案惊奇》三十六卷,中国国家图书馆藏。**

〔六七三〕万轴楼　四川资州(内江罗氏、城内西街盐市)

万轴楼清刊《四书补注备旨》,卷端题“内江罗万轴楼校刊”;光绪二十年刊《四书旁训》,内封反面题“光绪甲午年内江罗氏万轴楼镌板家藏城内西街盐市发售”,书影均见孔夫子旧书网。以此知万轴楼为四川内江书坊,位于城内西街盐市,主人姓罗。内江,清代属四川资州直隶州。万轴楼清刊《种痘新书》,书影见孔夫子旧书网。

1. **清刊《拍案惊奇》三十六卷,内蒙古大学图书馆藏。**

〔六七四〕王金友　湖南

湖南王金友堂光绪十八年刊《七真祖师列仙传》二卷,北京师范大学图书馆藏。

1. **光绪十八年刊《七真祖师列仙传》二卷,北京师范大学图书馆藏。**

〔六七五〕王洛川　金陵

金陵王洛川明刊《大宋宣和遗事》四卷，中国国家图书馆藏。

1. **明刊《大宋宣和遗事》四卷，中国国家图书馆藏**。

〔六七六〕王慎修　杭州

钱塘王慎修明刊清修《平妖传》四卷二十回，北京大学图书馆、日本大埋图书馆藏。内封题"冯犹龙先生增订/平妖传/本衙藏板"，卷四另署"东原罗贯中编次，金陵世德堂绣梓"，卷三、卷四图版，有"刘希贤刻"刊记，说明王慎修即据金陵世德堂本重刊。

1. **明刊清修《平妖传》四卷二十回，北京大学图书馆、日本天理图书馆藏**。

〔六七七〕王衙　金陵

金陵王衙康熙十二年刻《西湖佳话古今遗迹》十六卷十六篇，中国国家图书馆藏，内封题"金陵王衙藏板"，以此知王衙位于金陵，主人姓王。首都图书馆藏金陵王衙康熙间刊本《西湖佳话古今遗迹》八册十六卷，内封有红色图章曰"江右三槐堂校订发兑古今书籍经史时文/于江南省状元境书坊"。可见，金陵王衙应位于金陵状元境内。

王衙刊书不晚于崇祯年间，刻《路史约言》，(明)倪元璐撰，藏于香港中文大学图书馆。苏州亦有王衙，吴郡王衙天启七年刊《四六法海》十二卷，藏于北京大学图书馆，内封镌"四六法海/是编搜采六朝唐宋元名文，颇极精备，与他刻讹谬删改者不同，谨与海内同志共之，翻刻者千里必究/吴郡王衙藏板"。吴郡王衙与金陵王衙或为同一家书坊。

关于王衙的详细情况，参见文革红《清代前期通俗小说刊刻考论》"王衙"条(第454—455页)。

1. **康熙十二年刊《西湖佳话古今遗迹》十六卷十六篇，北京大学**

图书馆藏。

2. **康熙十二年序，乾、嘉间刊《西湖佳话古今遗迹》十六卷十六篇，中国国家图书馆藏。**

3. **康熙十二年序，乾、嘉间重刊《西湖佳话古今遗迹》十六卷十六篇，上海图书馆藏。**

4. **康熙十二年序，乾、嘉间刊《西湖佳话古今遗迹》十六卷十六篇，首都图书馆藏。**

〔六七八〕望仙岩　荆州（巫峡）

巫峡望仙岩万历三十一年重刊《征播奏捷传通俗演义》六卷一百回，日本京都大学文学部藏。巫峡，位于巫山县境内，隶属湖北荆州府建平郡。

1. **万历三十一年重刊《征播奏捷传通俗演义》六卷一百回，日本京都大学文学部藏。**

〔六七九〕维经堂　广州（省城天平街）

维经堂同治九年刊《俗话倾谈二集》二卷，内封题“省城天平街维经堂藏板”，书影见孔夫子旧书网；清刻《明医指掌医方集解》，内封题“天平街维经堂藏板”；民国间刊木鱼歌《新刻背解红罗全本》，内封题“羊城天平街维经堂藏板”，书影均见孔夫子旧书网。据此可知维经堂在广州，位于天平街。

维经堂清代刊刻的书籍主要有：道光七年刊《新刻批点四书读本》十九卷，辽宁大学图书馆藏；道光十七年发兑《四书味根录》不分卷，山东大学图书馆藏；清刊《山法全书批注》二卷，中山大学图书馆藏；另刊有《新增智囊补》《经验药方》《孟子》《初学字辨》《相门精义》《国朝二十四家文抄》《康熙字典》《滚盘珠》《同音字汇》《士俗日脚通书》等多种书籍。维经堂为广州地区规模较大的书坊，同时也是广州地区刊刻小说最多的书坊，刊刻的小说多达20余种。

1. **道光二十九年重刊《今古奇观》十卷，浙江图书馆藏。**

2. **同治二年刊《今古奇观》十卷，日本足利文库藏。**

3. **清刊《天花藏批评平山冷燕》四卷二十回，首都图书馆藏。**

4. **同治九年刊《俗话倾谈二集》二卷七则，书影见孔夫子旧书网。**

5. **咸丰六年刊《二度梅全传》六卷四十回，日本天理图书馆藏。**

6. **乾隆四十七年刊《封神演义》二十卷一百回，浙江图书馆藏。**

7. **清刊《西游真诠》一百回，书影见孔夫子旧书网。**

8. **同治五年刊《镜花缘》二十卷一百回，内蒙古大学图书馆藏。**

9. **光绪二年刊《新刻史纲总会列国志传》十六卷二百一十九则，日本早稻田大学藏。**

10. **清刊《西汉演义》八卷，书影见孔夫子旧书网。**

11. **清刊《东汉演义》，书影见孔夫子旧书网。**

12. **清刊《说岳全传》二十卷八十回，美国耶鲁大学藏。**

13. **清刊《绣像第一才子书》六十卷一百二十回，美国加州大学柏克莱分校东亚图书馆藏。**

14. **乾隆十七年序刊《东周列国志》二十三卷一百〇八回，日本东京大学藏。**

15. **约同治六年刊《续北宋志天门阵演义十二寡妇征西》四卷十九回，日本大阪府立图书馆藏。**

16. **约同治六年刊《南宋志小飞龙传》十卷五十回，日本大阪府立图书馆藏。**

17. **约同治六年刊《北宋志杨家将传》六卷三十一回，日本京都大学教养部藏。**

18. **清刊《新刻增异说唐全传》十卷六十八回，中国国家图书馆藏。**

19. **清刊《说唐薛家府传》六卷四十二回，长泽规矩也旧藏。**

20. 咸丰八年刊《万花楼杨包狄演义》十四卷六十八回，天津图书馆藏。

21. 光绪十一年刊《双凤奇缘传》八卷，中国社会科学院文学研究所藏。

22. 同治五年刊《海公大红袍全传》十卷六十回，日本早稻田大学、长泽规矩也旧藏。

23. 清刊《后续五虎将平南》八卷三十五回，天津师范大学图书馆藏。

24. 清刊《征西说唐三传》九十回，日本京都大学文学部铃木文库藏。

25. 咸丰十一年刊《粉妆楼全传》十二卷，内蒙古大学图书馆藏。

26. 同治七年刊《龙图公案》十卷一百则，复旦大学图书馆藏。

〔六八〇〕维新书局　上海

上海维新书局光绪二十九年刊《清俄关系》，石印本，中山大学图书馆藏；光绪壬辰十八年维新书局刊《孔子家语》，外封题"上海千顷堂发兑"，书影见孔夫子旧书网。据此知维新书局在上海，为清末书坊。

维新书局清刊《新刻出相音注劝善目莲救母行孝戏文》三卷，(明)郑之珍撰，北京大学图书馆藏；光绪甲辰三十年刊《尚书离句》《从政遗规》，清刊《张神峰命理辟谬正宗》《精考演禽三世相法》《新增象吉备要通书》等，书影均见孔夫子旧书网。

1. 清中期刊《第四才子书平山冷燕》四卷二十回，书影见孔夫子旧书网。

2. 嘉庆二十四年刊《南海观世音菩萨出身修行传》二卷二十五则。

〔六八一〕维新堂　广州(粤东顺德周)

维新堂清咸丰四年刊《续群方便览》,内封有"粤东顺德周维新堂敬刊/湘西余荣绶堂重刊"字样,末卷有题字云"道光元年孟冬顺德周维新堂印送二千二百本",书影见孔夫子旧书网,据该书内封所题字,可知维新堂为广州顺德周姓所开设书坊,道光元年已经开始营业刻书。

维新堂清刊《重镌朱青岩先生拟编明纪辑略》十六卷,(清)朱璘撰,北京大学图书馆藏;民国七年活字印《周氏宗谱》四卷,吉林大学图书馆藏。清代尚刊有梅膺祚音释《字汇》、《四书人物备考》等,书影见孔夫子旧书网。

1. **光绪四年刊《林兰香》八卷六十四回,复旦大学图书馆藏**。

〔六八二〕维扬堂　扬州

维扬堂道光三十年刊《四雪草堂重订通俗隋唐演义》二十卷一百回,北京师范大学图书馆藏,其具体地点不明,从名称上判断可能位于扬州。

1. **道光三十年刊《隋唐演义》二十卷一百回,北京师范大学图书馆藏**。

〔六八三〕纬文堂　广州(双门底)

纬文堂清同治间刊《绣像第五才子书》,辽宁省图书馆藏,内封有"双门底纬文堂藏板"字样;清刊《池上草堂笔记》二十四卷,题"羊城纬文堂",辽宁大学图书馆藏;同治三年刊《唐人说荟》二十卷,北京大学图书馆藏,同治三年刊《芥子园重订监本易经》,挪威奥斯陆皇家大学藏,同治三年刊《芥子园重订监本书经》,书影见孔夫子旧书网,内封均有"双门底纬文堂藏板"字样。以此知纬文堂为广州书坊,位于双门底。

纬文堂清代刊刻的书籍主要有：嘉庆元年刊《春秋左传》十七卷，中山大学图书馆藏；嘉庆二十三年刊《文章游戏》四编，各八卷，北京大学图书馆藏；道光二十五年刊《仁在堂时艺阶》，内封题“道光岁乙巳夏五月开雕版存纬文堂”，书影见孔夫子旧书网；同治元年刊《周易集解》，书影见孔夫子旧书网；同治四年刊《鹿洲全集》，蓝鼎元撰，山东大学图书馆藏。清刊《槐西杂志》四卷，中国人民大学图书馆藏；光绪十三年刊《新增详注管缄若稿》、清刊《夜谭随录》《张仲景伤寒论原文浅注》《山海经腴词》等，书影均见孔夫子旧书网。

1. **同治乙丑四年刊、乾隆五十一年序《西湖佳话古今遗迹》十六卷十六篇，书影见孔夫子旧书网。**

2. **清刊《绣像批点红楼梦》一百二十回。**

3. **清刊《第一才子书》六十卷一百二十回，日本京都大学附属图书馆藏。**

4. **同治五年刊《东周列国志》二十三卷一百〇八回，书影见孔夫子旧书网。**

5. **清后期刊《第五才子书水浒传》七十五卷七十回，辽宁省图书馆藏。**

〔六八四〕卫峻天（本衙藏板）　苏州（虞山）

虞山卫峻天嘉庆九年刻《蜃楼志》二十四回，藏于中国社会科学院文学研究所，该书卷末镌“虞山卫峻天刻”字样。虞山，位于江苏常熟，北濒长江，南临尚湖，因商周之际江南先祖虞仲葬于此而得名，清属苏州府，因此，此书当刊刻于苏州。

虞山卫峻天嘉庆五年刊《蟫史》，其《蟫史绣像》上编第六十一叶左下镌“虞山卫峻天制”字样，《蟫史绣像》下编第一叶左下镌“琴川皑仙氏写”字样，第六十一叶左下镌“姑苏遇清氏制”字样。琴川为常熟之别称，清属苏州府，说明《蟫史》为苏州刊本。皑仙氏当为写工姓名。

关于卫峻天的详细情况，参见文革红《乾嘉时期小说书坊与通俗小说》“卫峻天”条（第84—85页）。

1. **嘉庆九年刊《蜃楼志》二十四卷二十四回，中国社会科学院文学研究所藏。**

2. **嘉庆十二年刊《蜃楼志》八卷二十四回，北京大学图书馆藏。**

3. **咸丰八年刊《蜃楼志》二十四回，北京大学图书馆藏。**

4. **嘉庆五年刊《蟫史》二十卷，北京大学图书馆藏。**

〔六八五〕味根斋　福州（东冶）

味根斋光绪十二年刊《唐才子传》十卷，中国国家图书馆藏，内封有“东冶冯立基味根斋”字样。东冶为今福州港前身，唐代以后改称福州，说明味根斋为福州书坊，主人为冯立基。

味根斋咸丰九年刊《陈修园先生晚余三书》，内封题“咸丰己未春镌/陈修园先生晚余三书/伤寒真方歌括、伤寒医诀串解、十药神书注解/三山林氏校刊”，其中《十药神书注解》《伤寒真方歌括》《伤寒医诀串解》三书内封均题“味根斋藏板”，《伤寒医诀串解》六卷，正文卷端题“东冶林寿萱校正”，序题“咸丰丙辰（六年）秋九月望后三日福建巡抚吕佺孙书”，华东师范大学图书馆藏。该书序由福建巡抚所作，校正者为东冶人，进一步说明味根斋位于福建福州。

味根斋同治甲子三年刊《希夷秘诀》，内封题“味根斋藏板”，江西省图书馆藏。同治三年刊《雅俗便览》三卷首一卷，厦门大学图书馆藏；光绪十六年重刊《十药神书注解》《伤寒真方歌括》《伤寒医诀串解》，书影见孔夫子旧书网。

1. **道光二十七年刊《女才子书》十卷首一卷，中国国家图书馆藏。**

2. **清刊《济颠大师醉菩提全传》四卷二十回，荷兰汉学研究院藏。**

〔六八六〕味经堂　金陵(状元境内)

味经堂乾、嘉间刊《百家姓考略》《千字文释义》,内封均题“金陵味经堂梓”,书影见孔夫子旧书网,以此知乾、嘉间味经堂为金陵书坊。金陵味经堂嘉庆四年刊《白虎通德论》四卷,(清)庄述祖辑,四川师范大学图书馆藏。清发兑《明诗别裁集》,北京大学图书馆藏,内封左下钤“金陵状元境内味经堂发兑”朱印,则味经堂位于金陵状元境内。

味经堂乾隆三十七年刊《龙山诗话》,北京大学图书馆藏;乾隆甲寅五十九年重镌《味经堂诗经体注图考》,书影见孔夫子旧书网;嘉庆四年刊《韩诗外传》,辽宁大学图书馆藏。嘉庆十三年刊《味经堂重订古文释义》,书影见孔夫子旧书网;嘉庆十八年刊《桃花泉弈谱》,北京大学图书馆藏。刊书较多,不一一列载。

1. **乾隆五十一年序刊《西湖佳话古今遗迹》十六卷十六篇,日本早稻田大学藏**。

2. **道光二十五年刊《五美缘》不分卷八十回,天津图书馆藏**。

3. **乾隆癸卯五十八年刊《西游真诠》一百回,书影见孔夫子旧书网**。

4. **清刊《草木春秋演义》五卷三十二回,中国国家图书馆藏**。

5. **嘉、道间刊《西汉演义》八卷一百则,南京图书馆藏**。

6. **嘉、道间刊《东汉演义》十卷一百二十五则,佚失**。

7. **咸丰十年刊《征西说唐三传》十卷□回,天津师范大学图书馆藏**。

〔六八七〕蔚文堂　杭州

蔚文堂乾隆五十一年刊《西湖佳话古今遗迹》十六卷十六篇,内封题“乾隆丙午新镌/图绘西湖迹景/西湖佳话/蔚文堂藏板”,见孔夫子旧书网,首序,末署“乾隆五十一年岁次丙午季春中书”,有印二“孙氏”“蔚文堂”，此本乃《西湖佳话古今遗迹》乾隆五十一年序刊本的初刻本，其他有着乾隆五十一年序的本子内封均没有“乾隆丙午”字样，因而未必就是刊刻于乾隆五十一年，应均为后出的翻刻本。此本序后印章证明乾隆五十一年刊本的刊刻者是蔚文堂，主人姓孙。

蔚文堂乾隆二十九年刻《读左补义》，(清)姜炳璋辑。姜炳璋(1736—1813)，字石贞，号白岩，浙江象山丹城人，乾隆进士，与钱大昕、纪昀等并称“八彦”。此书被进呈御览采入《四库全书》，参阅的人多为杭州、绍兴、天台、宁波人，或可旁证蔚文堂为浙江地区书坊，位于杭州。

蔚文堂刊刻的书主要有：康熙六十一年刻《两汉文选》四卷、清刻《史记选》六卷，藏于北京师范大学图书馆；己未年(乾隆四年或嘉庆四年)刻《窦太师图像外科大全》、乾隆六十年秋刻《监本易经》，书影均见孔夫子旧书网；清刻《春秋公羊传》十二卷、《春秋穀梁传》十二卷，藏于山东大学图书馆。

关于蔚文堂的详细情况，参见文革红《乾嘉时期小说书坊与通俗小说》“蔚文堂”条(第251—252页)。

1. **乾隆五十一年刊《西湖佳话古今遗迹》十六卷十六篇，书影见孔夫子旧书网**。

2. **覆明本，约乾、嘉间刊《商周列国全传》八卷一百回，北京大学图书馆藏**。

〔六八八〕魏氏　建阳

建阳魏氏明刊《二刻按鉴演义全像三国英雄志传》二十卷存卷一至三，中国国家图书馆藏，卷端题“□□林魏□□□□”，魏安《〈三国演义〉版本考》称之为“明建阳魏氏刊本”①。魏氏其人无考。

① [英]魏安.《三国演义》版本考[M].上海：上海古籍出版社，1996:52.

1. **明刊《二刻按鉴演义全像三国英雄志传》二十卷存卷一至三**。

〔六八九〕文安堂　四川

文安堂道光十六年刊《齐氏家传医秘》，内封题“道光丙申年纂著/文安堂藏板”，首序，题“道光十六年孟冬月华阳县司谕愚弟聂汝俊灼三氏拜读”，正文卷端题“叙州逸士齐秉慧有堂氏纂辑”，书影见孔夫子旧书网。该本序的写作年代和刊刻年代在同一年，说明此本为初刊本，作者为叙州府人，叙州即今四川宜宾，作序者为华阳县司谕，华阳县清属成都府，因而从作者和作序者的地域综合判断文安堂为四川书坊。

文安堂清刊《唐诗三百首注释》，卷端有“文安堂重镌”及“宏道堂重镌”字样，宏道堂为四川泸州书坊，文安堂和宏道堂合刻《唐诗三百首》，进一步说明文安堂可能也在四川地区。文安堂尚刊有《批二十艺句解》，书影见孔夫子旧书网。

1. **咸丰四年刊《五美缘》不分卷八十回，天津图书馆藏**。

〔六九〇〕文宝堂 1　广州（凤城）

凤城文宝堂清刊《飞龙全传》八卷六十回，中国国家图书馆藏。凤城指广东顺德，清属广州府，以此知广州有文宝堂书坊。

1. **清刊《飞龙全传》八卷六十回，中国国家图书馆藏**。

〔六九一〕文宝堂 2　东昌

东昌文宝堂乾隆五十五年刊《百家姓笺注》，内封题“乾隆五十五年新镌/古今姓氏源流/百家姓笺注/文宝堂梓行”，卷端题“琅邪王相晋升笺注，东昌文宝堂校梓”，书影见孔夫子旧书网，以此知乾隆间东昌有文宝堂书坊。

文宝堂乾隆三十八年新镌《邢退庵课幼二十艺》，卷端题“山左邢日玖退庵手著”(山左是旧时山东的别称),乾隆五十二年新镌《千字文集注》,书影均见孔夫子旧书网。

京都文宝堂光绪己卯五年刊《临文便览》,内封题“京都琉璃厂文宝堂藏板”;光绪四年刊《策学渊萃》,其《采用书目》末题“京都琉璃厂文宝堂”;民国壬子元年刊《增批官子无双弈谱》,内封背面题“琉璃厂文宝堂藏版”,书影均见孔夫子旧书网。故知清末京师有文宝堂书坊。道光十八年刊《河间试律矩》二卷,中国人民大学图书馆藏;光绪八年四色套印《补注洗冤录集证》六卷,辽宁大学图书馆藏。

崇川顾文宝堂同治癸亥二年刊《东厨司命灶君灵签》,内封题“崇川南大街顾文宝堂梓”,书影见孔夫子旧书网。崇川,属南通管辖,清雍正二年隶属通州直隶州,乾隆三十三年隶属海门直隶厅。故知崇川文宝堂位于海门南大街,其主人姓顾。

文宝堂刊刻的书尚有:同治戊辰七年刊《乘槎笔记》;光绪壬午八年刊《补注洗冤录集证》;清刊《方言改用杂字》《广命学须知》《书柬活套文公家礼》《二论典故最豁集》等,书影均见孔夫子旧书网。

1. **乾隆五十五年重刊《觉世名言十二楼》十二卷三十八回,辽宁省图书馆藏。**

2. **道光己亥十九年刊《英云梦传》八卷十六回,美国哥伦比亚大学藏。**

3. **嘉庆十三年刊《绣像回文传》八卷十六回,中国国家图书馆藏。**

〔六九二〕文成堂1　扬州(樊川)

扬州樊川文成堂同治二年刊《增补万宝元龙通考杂字》,中国人民大学图书馆藏,内封题“樊川文成堂梓行”,上卷正文卷端题“维扬文成堂”。樊川,清属扬州府,以此知文成堂在扬州。樊川文成堂咸丰九年刊《花间笑语》,北京师范大学图书馆藏;光绪八年刊《说唐前传》十卷,吉林大学图书馆藏;同治元年刊《新刻增删二度梅奇说》六卷四十回，武汉大学图书馆藏。

另有京江文成堂，同治庚午九年春镌《尔雅正文直音》，内封题“京江文成堂藏板”，苏州大学图书馆藏；光绪十九年仲春月镇江文成堂重校刊《古诗源》，北京大学图书馆藏，可见清末镇江有文成堂。

又有洛阳文成堂，清刊《监本辨字音注读法四书白文》，卷端题“鼎邑文成堂藏板”，书影见孔夫子旧书网。鼎邑指洛阳，出自《左传·桓公二年》：“武王克商，迁九鼎于雒邑。”后遂以“鼎邑”指洛阳，则此文成堂在洛阳，为清代书坊。光绪间上海文成堂刻有多种石印本书籍。

1. **同治元年刊《二度梅全传》六卷四十回，武汉大学图书馆藏**。

2. **光绪八年刊《说唐演义前传》十卷六十八回，吉林大学图书馆藏**。

〔六九三〕文成堂 2　京师（京都打磨厂）

京都文成堂光绪十七年刊《今古奇闻》二十二卷，内封题“京都打磨厂文成堂藏板”，北京大学图书馆藏；光绪二十九年刊《圣谕广训注解》，内封题“京都崇文门外打磨厂路南文成堂存板”，北京大学图书馆藏，据此可知京都文成堂位于崇文门外打磨厂路南。

京都打磨厂文成堂刊刻的书籍尚有：光绪四年刊《尚书离句》六卷，山东大学图书馆藏；光绪十八年刊《古唐诗合解》十六卷，中国人民大学图书馆藏；光绪二十年刊《唐诗三百首注释》六卷，书影见孔夫子旧书网；光绪二十九年刊《四书章句》，北京大学图书馆藏；民国十年刊《监本诗经》八卷，北京大学图书馆藏；清末刊《论语最豁集》四卷，中国人民大学图书馆藏。其余刊书较多，不一一列载。

1. **光绪己丑十五年刊《巧奇冤全传》十卷，书影见孔夫子旧书网**。

2. **光绪十七年重刊《二度梅全传》六卷四十回，大连图书馆藏**。

3. **嘉庆二十一年刊《西游真诠》一百回,上海图书馆藏。**

4. **光绪二十五年刊《升仙传》八卷五十六回,首都图书馆藏。**

5. **清刊《说唐小英雄传》二卷、《说唐薛家府传》六卷。**

6. **光绪间刊《绣像第一才子书》五十一卷一百二十回,中国国家图书馆、北京师范大学图书馆藏。**

〔六九四〕文诚堂　重庆(渝城)

文诚堂清刊《书林四书》,卷末题"渝城文诚堂书林四书",书影见孔夫子旧书网。渝城即重庆,以此知文诚堂为四川重庆书坊。

文诚堂乾隆元年刊《疗马集大全》六卷,附《驼经》一卷,南开大学图书馆藏;清刊《文诚堂重校医方捷径》《文诚堂重订小学集注》《入地眼全书》《铜板四书补注附考备旨》《景岳全书》等,书影均见孔夫子旧书网。

1. **清刊《好逑传》十八回,日本京都大学藏。**

2. **清刊《雪月梅全传》十卷五十回,中国国家图书馆、美国哥伦比亚大学藏。**

3. **清刊《说唐小英雄传》二卷、《说唐薛家府传》六卷,书影见孔夫子旧书网。**

4. **清刊《东周列国志》一百〇八回,书影见孔夫子旧书网。**

〔六九五〕文萃堂　建阳(潭阳刘朝箴)

据北京大学中文系教授潘建国考证,书林文萃堂约万历间刊刻《五鼠闹东京》[①],此文萃堂即明万历间福建书坊潭阳刘朝箴文萃堂,万历三十六年刻孙丕显汇纂《文苑汇隽》二十四卷,中国国家图书馆藏。刻书的时间延续至明末,崇祯间刊钟惺辑《四六云涛》十卷。

---

① 潘建国编刊. 五鼠闹东京,虞虞斋丛书1[M]. 韩国首尔:学古房,2011.

1. 明万历间刊《新刻全像五鼠闹东京传》四卷存二卷，潘建国藏。

〔六九六〕文粹堂　苏州

文粹堂乾隆四十年刊《尺牍辑要》八卷，北京大学图书馆藏，目录题“苏州文粹堂”，据此可知文粹堂为苏州书坊。

文粹堂康熙二十八年刊《离骚辩》《楚辞约注》不分卷，北京师范大学图书馆藏；康熙二十九年刊《庄骚合刻》，北京大学图书馆藏，包括《庄子释意》三卷和《楚辞约注》不分卷，正文卷端题“金坛高秋月素蟾删定，曹同春孟序纂述”。

康熙四十年刊《池北偶谈》二十六卷，南京大学图书馆藏，首王渔洋序，后署“康熙辛未秋渔洋山人王士禛序”“辛巳长至海宁门人陈矣禧书”。康熙四十九年刊《分甘余话》四卷，厦门大学图书馆藏；清刊《松风阁琴谱》，北京大学图书馆藏；清重印《苏米志林》三卷，明天启五年东吴毛氏绿君亭刻、清文粹堂重印，中国人民大学图书馆藏。

另清末北京琉璃厂亦有文粹堂书坊。

1. 咸丰元年刊《金石缘》八卷二十四回，北京大学图书馆藏。

〔六九七〕文达堂　不明

文达堂光绪五年刊《茶余客话》十二卷，(清)阮葵生撰，(清)戴璐选，清华大学图书馆藏。文达堂具体地点不明。

1. 清刊《云合奇踪》八十回，首都图书馆藏。

〔六九八〕文道堂　重庆

文道堂民国间刻《声律启蒙对偶》，内封题“文道堂发兑”，卷二末署“巴川文道堂发兑”，书影见孔夫子旧书网。巴川，位于铜梁县，清属重庆府，以此知文道堂为重庆书坊。清刻《四书旁音》，卷端题“泸县文道堂发兑”，书影见中华古玩网。泸县，即四川泸州泸县，清属重庆府，此亦说明文道堂位于重庆。

文道堂嘉庆九年刻《奇情雅趣》十二卷，藏于北京大学图书馆，内封题“奇情雅趣/文道堂”，正文卷端署“抚州乐宫谱莲裳”，乃通俗文学作品。

关于文道堂的详细情况，参见文革红《乾嘉时期小说书坊与通俗小说》“文道堂”条（第 318—319 页）。

1. **嘉庆六年序刊《岭南逸史》不分卷二十八回，中国国家图书馆、北京大学图书馆、复旦大学图书馆藏。**

〔六九九〕文德堂 1　厦门

厦门文德堂清刊《新镌玉娇梨》，日本山口大学法学部藏，内封有“厦门文德堂藏板”字样；清刊《新增诗联合选》，内封亦题“厦门文德堂藏板”，书影见孔夫子旧书网。以此知文德堂为厦门书坊。清代厦门文德堂刊刻的小说多至三十余种。

1. **清刊《新刻京台公余胜览国色天香》十卷，书影见孔夫子旧书网。**
2. **清刊《今古奇观》四十卷四十篇，美国国会图书馆藏。**
3. **清刊《今古奇观》□卷□篇，书影见孔夫子旧书网。**
4. **清刊《天花藏批评平山冷燕》八卷二十回，日本东京大学文学部藏。**
5. **乾隆三十九年自序刊《水石缘》六卷三十段，复旦大学图书馆、北京大学图书馆藏。**
6. **清刊《水石缘》六卷三十段，中国国家图书馆藏。**
7. **清刊《驻春园小史》六卷二十四回，日本北九州市立中央图书馆藏。**
8. **嘉庆二十四年刊《争春园》四十八回，中国国家图书馆藏。**

9. 约嘉庆二十五年刊《争春园》四十八回,辽宁省图书馆藏。

10. 咸丰十年刊《映旭斋增订北宋三遂平妖全传》十八卷四十回,中国国家图书馆藏。

11. 光绪十年刊《草木春秋演义》五卷三十二回,日本无穷会织田文库藏。

12. 清刊《斩鬼传》四卷十回,日本东京大学文学部藏。

13. 清刊《西晋演义》四卷一百十六则,中国国家图书馆藏。

14. 清刊《东晋演义》八卷二百三十一则,中国国家图书馆藏。

15. 清刊《镌玉茗堂批点残唐五代史演义传》十二卷六十则,日本东京大学文学部藏。

16. 清刊《说岳全传》二十卷八十回,书影见孔夫子旧书网。

17. 清刊《东周列国志》二十三卷一百〇八回,浙江图书馆藏。

18. 道光三十年刊《北魏奇史闺孝烈传》十二卷四十六回,郑州大学图书馆藏。

19. 清刊《说唐演义后传》八卷,北京大学图书馆、中国国家图书馆藏。

20. 清刊《绣像混唐平西演传》八卷三十二回,中国国家图书馆藏。

21. 乾隆三十三年自序刊《飞龙全传》二十卷六十回,辽宁省图书馆藏。

22. 清刊《新镌玉娇梨》四卷,日本山口大学法学部藏。

23. 咸丰七年刊《引凤箫》四卷十六回,中国国家图书馆藏。

24. 光绪十六年刊《白圭志》四卷十六回,北京大学图书馆、中国国家图书馆藏。

25. 同治四年刊《争春园》六卷四十八回,北京大学图书馆、中国国家图书馆藏。

26. 咸丰九年覆明刊《西洋记》一百二十回,北京大学图书馆藏。

27. 咸丰九年覆明刊《杨家府世代忠勇通俗演义志传》八卷五十

八则。

28. **道光十二年刊《海公小红袍全传》十卷四十二回，中国国家图书馆藏。**

29. **同治四年刊《南史演义》三十二卷，中国国家图书馆、北京大学图书馆藏。**

30. **道光十年刊《施案奇闻》八卷九十七回，英国博物院藏。**

31. **道光九年刊《绿牡丹全传》六卷六十四回，日本东北大学狩野文库藏。**

〔七〇〇〕文德堂 2　成都

1. **同治元年刊《白圭志》四卷十六回，南京图书馆、四川省图书馆藏。**

〔七〇一〕文德堂 3　扬州（维扬）

维扬文德堂同治元年刊《新镌杨家府世代忠勇演义志传》八卷，郑州大学图书馆藏，内封有“维扬文德堂”字样，以此知清代扬州有文德堂书坊。

1. **同治元年刊、光绪八年修《杨家府世代忠勇通俗演义志传》八卷五十八则，中国国家图书馆藏。**

〔七〇二〕文富堂　苏州

姑苏文富堂道光二十五年刻《易经大全会解》四卷，（清）来尔绳著，内封署“姑苏文富堂梓行”字样，书影见孔夫子旧书网；咸丰元年姑苏文富堂刻《息影偶录》八卷，（仁和）张埏甫编，藏于烟台公共图书馆[1]。据此可知苏州有文富堂。嘉庆二十一年刊《纪晓岚先生诗注

---

① 吕志正主编. 烟台公共图书馆馆藏古籍书目[M]济南：齐鲁书社，2002.

释》，序题“嘉庆辛未岁清和月后学闽岩郭斌木轩书于西山钟灵书院之尚志堂”，西山指苏州之洞庭西山，或可旁证文富堂位于苏州。

扬州亦有文富堂，同治十年刻《笔花医镜》四卷，（清）江涵敦撰，藏于南京大学图书馆；光绪十一年重刻《瘟疫论补注》二卷，（明）吴又可撰，（清）仪征郑重光补注；光绪二十二年刻《古文观止》，内封题“光绪丙申年/扬州辕门桥南牌楼文富堂书庄梓行”，书影均见孔夫子旧书网。以此知同治间扬州文富堂位于辕门桥南牌楼，营业时间晚于苏州文富堂。清刻《黄帝内经灵枢注证发微》九卷，藏于北京大学图书馆。《扬州晚报》之《百年扬州，几多印书馆？》一文详细记载了文富堂的刻书情况：

> 文富堂乃清朝后期扬州知名的书坊。扬州学者韦明铧曾撰写了《追踪文富堂》，首次披露了扬州文富堂不为人知的故事。文富堂的主人邱绍周，名恒礼，绍周是他的字，年轻时曾经捐过“县丞”的虚衔，后来经营书店，结交过许多中外学者名流，可惜日本侵华战争过早结束了文富堂的翰墨生涯，也结束了邱绍周的贩书事业，晚年长期卧病于榻，1949 年去世，享年八十四岁。
>
> 长泽规矩也是日本著名版本学家，曾多次到中国购买和整理古籍，于 1931 年出版了《中华民国书林一瞥》，其中在第九章“扬州的旧书肆”中写道：“出了我落脚的绿杨旅社，向东是新胜街，向北是辕门街，教场街路西有文富堂邱氏，是扬州屈指可数的旧书肆。”另外一位日本人吉川幸次郎在中国留学时，在《高邮旧梦》一文中写道：“由镇江过江北上，乘汽车到达扬州市区，我寻访的第一站就是南牌楼的古书店。书店名不记得了，店主的名字则记着，叫邱绍周——一个留着络腮胡子，穿着马褂的矮小老人。”
>
> 文富堂不仅卖书，还刻书。据王澄先生《扬州刻书考》著录，

只有书目三种:《镜花缘》,清李汝珍撰,同治八年(1869)刻;《笔花医镜》,清江涵敦撰,同治十年(1871)刻;《瘟疫论补注》,明吴又可撰,清仪征郑重光补注,光绪十一年(1885)重刻,二十一年(1895)新镌。据韦明铧考证,仅文富堂所刻的医类书籍,至少还有《瘟疫论》、《瘟疫条辨》、《幼科铁镜》和《黄帝内经注证发微》等。①

关于文富堂的详细情况,参见文革红《乾嘉时期小说书坊与通俗小说》“文富堂”条(第85—86页)。

1. **乾隆四十七年序刊《二度梅全传》六卷四十回,中国国家图书馆、东北师范大学图书馆藏。**

2. **同治八年刊《镜花缘》二十卷一百回,北京大学图书馆、辽宁省图书馆藏。**

3. **清刊《云合奇踪》十卷八十回,上海图书馆藏。**

4. **清刊《第一才子书》六十卷一百二十回,书影见孔夫子旧书网。**

5. **乾隆十七年序刊《东周列国志》二十三卷一百〇八回,书影见孔夫子旧书网。**

6. **清末刊《龙图公案》八卷,书影见孔夫子旧书网。**

〔七〇三〕文光楼1 佛山(佛镇福禄大街)

文光楼光绪十三年刊《食物本草备考》,广东省立中山图书馆藏,内封题“佛山文光楼藏版”;清刊《千字文》,内封题“佛镇文光楼藏版”,书末题“佛镇福禄大街文光楼板”;咸丰十一年刊《尔雅直音》二卷,(唐)陆德明纂,亦题“佛山文光楼”,书影均见孔夫子旧书网。据此可知文光楼为佛山书坊,位于福禄大街。

---

① 百年扬州,几多印书馆?[N].扬州晚报,2011,07,02.

佛山文光楼光绪二十一年刊《岭南即事杂咏》十一集，复旦大学图书馆藏；清刊《草木新本牡丹亭》四卷三十二回，中山大学图书馆藏；民国间刊《新选群英杰全本南音》及二续、三续和四续，北京师范大学图书馆藏；清宣统二年顺邑琢文堂丰应梧承刻《佛镇福禄街文光楼通书》一册，书影见孔夫子旧书网。

1. **清刊《俗话倾谈初集》四卷十则，书影见孔夫子旧书网。**

2. **清刊《反唐女娲镜全传》十卷一百回，广东省立中山图书馆藏。**

〔七〇四〕文光楼 2　京师（琉璃厂东门路北）

北京文光楼光绪十六年刊《小五义》一百二十四回，北京大学图书馆、中国国家图书馆藏，内封题“光绪庚寅/绣像忠烈小五义传/二续嗣出/板存琉璃厂东门路北文光楼书坊”；光绪十七年刊《续小五义》一百二十四回，中国人民大学图书馆藏，内封题“光绪辛卯年/新刻全图续小五义/琉璃厂东门外路北文光楼书坊”。以此知文光楼为晚清京师书坊，位于琉璃厂东门路北。

《小五义》卷末有文光楼主人石振之的识语：“下余一百余回尚未刊刻，到此热闹节目为何住手？皆因中部所费不下二千余金，无力再刻下部，篇首业已叙过，如有慷慨富厚之士愿为续刻者，请到本铺商酌，本坊主人情愿效劳，计一年中除缴还资本外，尚可得利三五百金，名实兼收，岂非快事？文光楼主人石振之复识。”据此可知北京文光楼主人为石振之。

文光楼光绪五年刊《字学举隅》，内封题“光绪己卯仲秋新镌/板存琉璃厂东门文光楼”，书影见孔夫子旧书网。

1. **光绪十六年刊《小五义》一百二十回，中国国家图书馆藏。**

2. **光绪十七年刊《续小五义》一百二十四回，中国人民大学图书馆藏。**

〔七〇五〕文光堂1　金陵(珊城周)

文光堂清末刊《芥子园画传》四集，二集梅谱和三集内封均镌“金陵文光堂镌藏”，并有文光主人识语，美国华盛顿大学东亚图书馆藏，据此可知文光堂位于金陵。孔夫子旧书网上另有一本《芥子园画传》，内封题“本衙藏板”，有朱印曰“苏州文光堂书坊发”，则苏州亦有文光堂书坊。

文光堂主人为江西金溪周氏。莲溪周文光堂清刊《四书释义旁训》，书影见孔夫子旧书网，其中《论语》卷十之卷末有“莲溪文光堂周氏精镌”字样。莲溪，今属金溪双塘镇，以此知文光堂主人为周氏，金溪人。文光堂清刊《铜板四书遵注合讲》，内封题“小西山房藏板”，雍正八年序题“皇清雍正八年岁在庚戌相月望前三日太末翁复克夫氏谨序”，后有文光堂主人识语，题“莲溪主人白”，可知莲溪主人即文光堂主人，小西山房本为得板后印本。

文光堂明末刊《两晋志传题评》(《西晋》四卷一百一十六则，《东晋》八卷二百三十一则)，中国国家图书馆藏文远堂刊本，内封题“秣陵陈氏尺蠖斋评/绣像东西晋演义/文远堂梓”。每卷卷端镌“绣谷周氏文光堂梓行”(或“绣谷周氏文光堂梓校”“绣谷周氏文光堂校梓”)。绣谷即金溪之别称。文光堂清刊《孟子》，卷末题“珊城周文光堂家藏”，书影见孔夫子旧书网。珊城，江西抚州金溪之别称，因而周氏当为金溪人。

文光堂刊书不晚于乾隆间。乾隆五十六年刊《诗学圆机活法摘要》，书影见孔夫子旧书网；嘉庆元年刊《异谈可信录》二十三卷，北京大学图书馆藏。

道光间北京有文光堂，道光十二年刊《历代说约》四卷，内封题“京都琉璃厂文光堂梓行”，中国人民大学图书馆藏。

1. **清刊《新刻天花藏批评平山冷燕》四卷二十回，中国国家图书馆藏。**

2. 清刊《天花藏批评平山冷燕》二卷，日本东北大学藏。

3. 乾隆间刊《好逑传》四卷十八回，书影见孔夫子旧书网。

4. 乾隆十四年刊《金石缘》不分卷二十四回，北京大学图书馆、中国社会科学院文学研究所藏。

5. 嘉庆间刊《二度梅全传》六卷四十回，书影见孔夫子旧书网。

6. 道光以后刊《西游真诠》六卷一百回，南京图书馆藏。

7. 清刊《草木春秋演义》三十二回，俄罗斯圣彼得堡大学藏。

8. 明末刊《西晋演义》四卷一百十六则，北京师范大学图书馆藏。

9. 明末刊《东晋演义》八卷二百三十一则，北京师范大学图书馆藏。

10. 乾隆四十一年重刊《岳武穆精忠传》六卷六十八回，中国社会科学院文学研究所藏。

11. 清刊《残唐五代史演义传》六卷六十则，中国社会科学院文学研究所藏。

12. 清刊《第一才子书》六十卷一百二十回，北京大学图书馆藏。

13. 清刊《第一才子书》十九卷一百二十回，见中国书法网。

14. 乾隆十七年序刊《东周列国志》二十三卷一百〇八回，北京大学图书馆藏。

15. 清刊《异说征西演义全传》四十回。

16. 清刊《粉妆楼全传》十卷八十回，北京大学图书馆藏。

〔七〇六〕文光堂 2　广州（羊城）

文光堂同治元年刊《红楼后梦》二十四回，日本东京大学藏，内封题“羊城文光堂藏板”，据此知广州有文光堂书坊。羊城文光堂尚刊有《金匮要略浅注》十卷，见孔夫子旧书网。

1. 同治元年刊《红楼后梦》不分卷二十四回，日本东京大学藏。

〔七〇七〕文海堂　上海（上海王廷学子芹甫）

文海堂道光二十九年刊《巧合三缘》四卷十六回，复旦大学图书馆藏，题“上洋文海堂”，上洋即上海，以此知文海堂位于上海。上海文海堂光绪八年刊《历代职官表》六卷，中国人民大学图书馆藏，封面镌“光绪八年三月上海王氏印行”，总目下题“上海王廷学子芹甫重校”，版心下镌“上海王氏校刊”；光绪十二年刊《十三经对联大成》，封面题“上海子芹王廷学书于顾学庐”。据此判断王廷学可能即上海文海堂主人。上海文海堂清刊《学堂日记故事图说》，华东师范大学图书馆藏；光绪二十年石印《情史志异》，书影见孔夫子旧书网。

重庆亦有文海堂，咸丰五年刊《金匮歌括》四卷，书末有跋，题“咸丰五年仲春重庆赖文海堂校刊原版”，以此知重庆文海堂主人为赖氏。清代尚刊有《重镌本草医方合编》《广三字经略注校声》等，书影均见孔夫子旧书网。

民国间有宝应文海堂，民国壬子元年刊《批点春秋左传纲目句解》，书影见孔夫子旧书网。宝应清属扬州府，民国先后属淮扬道、淮阴行政督察区。

1. **光绪五年刊《大汉三合明珠宝剑全传》六卷四十二回，俄罗斯圣彼得堡大学藏。**

〔七〇八〕文翰楼　杭州（杭城清河坊下首）

文翰楼清代发兑会敬堂藏板《西湖佳话古今遗迹》十六卷十六篇，乾隆十六年刊本，上海图书馆藏，内封有“杭城清河坊下首文翰楼书坊发兑”字样，可见文翰楼书坊在杭州，位于清河坊下首。

文翰楼乾隆十四年刊《兰雪堂古事苑定本》十二卷，（明）邓志谟辑，南京大学图书馆藏。道光己巳二十五年刊《珊瑚集》；清刊《医学实在易》《勿药玄铨附急救良方》《见心集》等，书影见孔夫子旧书网。

1. **乾隆十六年刊《西湖佳话古今遗迹》十六卷十六篇，大连图书**

馆藏。

〔七〇九〕文和堂　京师(京都崇文门外打磨厂口内路南)

文和堂光绪六年朱墨双色刊《养蒙针度》五卷，北京师范大学图书馆藏，内封题“京都文和堂藏板”；光绪甲申二十年刊《正续龙文鞭影》内附《四字经全注》，内封题“打磨厂文和堂藏板”；光绪二十年刊《三字经注解备要》，内封题“板存京都崇文门外打磨厂口内路南文和堂书坊”，书影见孔夫子旧书网，以此知文和堂为京师书坊，位于崇文门外打磨厂口内路南。

京都文和堂嘉庆间已经开始刻书，嘉庆丙辰元年刊《状元书经》，书影见孔夫子旧书网；光绪六年孟春重刊《增补对韵千家诗集注》，见孔夫子旧书网；光绪八年刊《诗韵集成》十卷，北京大学图书馆藏；清末刊《诗集传》八卷，北京大学图书馆藏；光绪二十八年刊《周易本义》四卷，北京师范大学图书馆藏；光绪癸卯二十九年刊《西学三字经》；清刊《创业杂字》《铜板五方元音大全》等，书影均见孔夫子旧书网。

1. **光绪十二年重刊《云合奇踪》五卷八十回，天津图书馆藏。**
2. **清末刊《前七国孙庞演义》四卷二十回，中国国家图书馆藏。**
3. **清末刊《七国乐田演义》四卷十八回，中国国家图书馆藏。**
4. **光绪四年刊《说唐演义前传》十卷六十八回，北京大学图书馆藏。**
5. **光绪四年刊《说唐小英雄传》二卷、《说唐薛家府传》六卷，北京大学图书馆藏。**

〔七一〇〕文华楼　金溪?

文华楼清刊《文华楼诗学含英》，版心作“三让堂”，卷末有“三让堂梓行”字样，书影见孔夫子旧书网，可见文华楼和三让堂有一定的业务往来，三让堂为江西抚州金溪书坊，文华楼是否也位于金溪，尚待考证。文华楼道光壬辰十二年刊《新增小学详解》，书影见孔夫子旧书网；清刊《古唐诗合解》十二卷，河南大学图书馆藏。

1. **清刊《龙图公案》八卷一百则，日本名古屋大学藏**。

〔七一一〕文会成　登州（登州府蓬邑东街）

文会成光绪七年刊《四书人物类典串珠》四十卷，山东大学图书馆藏，内封题“登郡文会成梓”；光绪五年刊《奎壁书经》，内封题“登郡文会成藏板”；光绪甲申十年刊《返性图全书》，内封题“板藏登州府蓬邑东街文会成书坊”，书影均见孔夫子旧书网。登郡，指山东登州府；蓬邑，当指蓬莱县。由此可见文会成为山东登州府书坊，位于蓬莱县东街。同治年间已开始刻书，同治十一年刊《蓬山童试录二刻》，书影见孔夫子旧书网。

1. **清刊《张子房归山诗》一篇，书影见孔夫子旧书网**。

2. **清刊《解学士诗》一篇，书影见孔夫子旧书网**。

〔七一二〕文会合　不明

文会合详细地点不明。

1. **乾隆十七年序刊《东周列国志》二十三卷一百〇八回，中国国家图书馆藏**。

〔七一三〕文会堂　金陵（江南省状元境内文会堂王氏书坊）

清刊《正韵字体彩凤春秋》，书影见孔夫子旧书网，内封题“三槐、焕文堂梓行”，有朱印曰“江南省状元境内/文会堂王氏书坊发兑”，据此可知文会堂位于金陵状元境内，主人姓王。

《山东省图书馆馆藏易学书目》著录《新刻增订太史仇沧柱先生

家传周易备旨》四卷首一卷,(明)黄国鼎撰,(清)祁文友等订,乾隆五十五年金陵文会堂刻本,序后署“乾隆庚戌春王月金陵文会堂重梓”字样,书影见孔夫子旧书网。

金陵文会堂康熙八年刻《笺注绘像第六才子书西厢释解》八卷附《西厢文》,藏于清华大学图书馆;乾隆年间刻《黄钟通韵》二卷、《琴图补遗》一卷,(清)都四德撰;清刻《四书朱子本义汇参》四十三卷,(清)王步青辑,王士鳌编,藏于北京大学图书馆。

关于文会堂的详细情况,参见文革红《乾嘉时期小说书坊与通俗小说》“文会堂”条(第156—158页)。

1. **嘉庆癸酉十八年刊《后红楼梦》不分卷三十回,俄罗斯莫斯科汉学图书馆藏**。

2. **嘉庆二十一年刊《绮楼重梦》不分卷四十八回,英国博物院藏**。

3. **清刊《西汉演义》,北京大学图书馆藏**。

4. **清刊《东汉演义》,北京大学图书馆藏**。

5. **乾隆间刊《绣像第一才子书》十九卷一百二十回,北京大学图书馆藏**。

〔七一四〕文会益　湖南道州

文会益道光壬寅二十二年夏刊《重订正字略定本》,内封题“文会益藏板”,序题“己亥季春月道州何绍基记”,书影见孔夫子旧书网。“己亥”为道光十九年,据序所署年代可知此书为道光二十二年初刊本。何绍基(1799—1873),晚清诗人、画家、书法家。字子贞,号东洲,别号东洲居士,晚号蝯叟。湖南道州人。道光十六年进士。咸丰初简四川学政,曾典福建等乡试。历主山东泺源、长沙城南书院。通经史,精小学金石碑版。据《大戴记》考证《礼经》,有《惜道味斋经说》《东洲草堂诗钞》《东洲草堂文钞》《说文段注驳正》等著作。何绍基序写作于道光间，写于道州，或可说明文会益即湖南道州书坊。

1. **清刊《金批第一才子书》十九卷一百二十回，书影见孔夫子旧书网。**

〔七一五〕文锦堂1　金陵

文锦堂清刻《元鼎诗经》，内封题“金陵文锦堂梓行”，书影见孔夫子旧书网，以此知文锦堂位于金陵。文锦堂刊书较多，顺治十七年刊范柽、周采辑《古学鸿裁》十五卷、《诗学鸿裁》二卷，藏于北京师范大学图书馆；康熙间刊《资治新书》初集十四卷首一卷、二集二十卷，藏于吉林大学图书馆；乾隆十七年刻《字汇》十二卷，卷首一卷，卷末一卷，藏于山东大学图书馆；嘉庆十年刻《周易说略》四卷，藏于中国人民大学图书馆；嘉庆二十年刻清溪散人辑注《诗料正宗详注》，书影见孔夫子旧书网；清刻《新刊校正增补圆机诗韵活法全书》十四卷，(明)王世贞校，藏于北京大学图书馆。此外文锦堂有清一代尚刊有《留青新集》《童蒙金镜》《元鼎书经》《霞光易经》《学庸详解》《摄生总要》《五方元音大全》《书法正宗》等书，不一一列举。

关于文锦堂的详细情况，参见文革红《清代前期通俗小说刊刻考论》“文锦堂”条(第456—459页)。

1. **道光六年刊《金石缘》八卷，天津图书馆藏。**

2. **道光十五年刊《升仙传》八卷五十六回，书影见孔夫子旧书网。**

3. **道光二十七年重刊《升仙传》八卷五十六回，中国人民大学图书馆藏。**

4. **清代后期刊《新刻史纲总会列国志传》八卷二百二十六则，存卷一至六，中国国家图书馆藏。**

5. **康熙间刊《残唐五代史演义传》八卷六十则，北京大学图书馆藏。**

6. **康、雍间刊《隋唐演义》二十卷一百回，中国国家图书馆、北京大学图书馆藏**。

7. **清覆明本刊《海刚峰先生居官公案传》四卷七十一则，中国国家图书馆藏**。

〔七一六〕文锦堂 2　京都

京都文锦堂清刊《重订唐诗品汇》九十卷，《拾遗》十卷，(明)高棅编，北京大学图书馆藏；另刊有《方言杂字》《监本春秋》《监本易经》，内封均题“京都文锦堂梓行”，书影见孔夫子旧书网；康熙三十七年序刊《弈学会海》不分卷，北京师范大学图书馆藏；万历四十七年序刊《山堂肆考》二百二十八卷，补遗十二卷，(明)彭大翼纂著，张幼学编订，武汉大学图书馆、江西省图书馆藏。京都文锦堂与金陵文锦堂的关系待考。

1. **清刊《北宋志传》五十回，中国国家图书馆藏**。
2. **清刊《南宋志传》五十回，中国国家图书馆藏**。

〔七一七〕文聚堂　京师(琉璃厂)

文聚堂清刊《二论题备》，包含多种书籍，内封均题“琉璃厂文聚堂藏板”，书影见孔夫子旧书网，据此可知文聚堂位于京师琉璃厂。

文聚堂咸丰二年春刊《重订七言千家诗详解》；光绪十一年发兑文会堂刊朱墨套印本《牙牌神数图注详解》；清刊《文聚堂礼记备旨》《文聚堂易经备旨》《真草对联》《诗料集锦备览》《伤寒来苏集》等，书影均见孔夫子旧书网。

另河南开封有文聚堂，清刊《中州经义标准》，内封题“板存汴省东司门迤北路西文聚堂书坊发兑”。汴省即开封，据此可知开封东司门迤北路西有文聚堂书坊。

又民国间婺源有文聚堂，民国丁卯十六年镌《千家诗》，内封题

“婺邑文聚堂梓”，又刊《农业杂字》一书。婺邑清及民国二十三年前属安徽徽州府管辖。

1. **道光六年刊《金石缘》八卷二十四回，南京图书馆藏。**

2. **清刊《映旭斋增订北宋三遂平妖全传》十八卷四十回，中国国家图书馆、中国社会科学院文学研究所藏。**

3. **道光二十七年刊《济颠大师醉菩提全传》四卷二十回，中国国家图书馆藏。**

4. **咸丰七年序刊《荡寇志》七十卷七十回，辽宁省图书馆藏。**

〔七一八〕文聚斋　济南（布政司街）

文聚斋清刊《回头传》五卷，北京大学图书馆藏，内封题“省世恒言/新刻原本回头传上部/文聚斋梓行”，据山东大学王明远的硕士论文《省府前街的历史变迁与民俗传承》，可知文聚斋位于济南省布政司街：“据1927年《济南快览》记载，当时布政司街上还有博雅斋、古欢堂、鸿宝斋、尊古斋、详古斋、文聚斋、三益斋、现实斋、义兴斋、宝丰斋。”①因此，文聚斋为山东济南书坊。

1. **清刊《张子房归山诗》一篇，书影见孔夫子旧书网。**

2. **清刊《解学士诗》一篇，书影见孔夫子旧书网。**

3. **清刊《回头传》五卷，北京大学图书馆藏。**

〔七一九〕文奎堂　扬州

清代文奎堂有多家：

1. 扬州文奎堂。清嘉庆二十四年淮扬文奎堂刊《春秋不传》十二卷，（清）汤启祚著，中国国家图书馆藏。光绪十八年扬州文奎堂刻《诗韵集成》，（清）余照编，见王澄编著《扬州刻书考》。

---

① 王明远. 省府前街的历史变迁与民俗传承[D]. 济南：山东大学，2007.

2. 京都文奎堂。清宣统元年刊《吕祖参同妙经》三卷，北京大学图书馆藏，内封题“板存京都隆福寺文奎堂书局”；光绪三十二年刊《燕京岁时记》，内封题“光绪丙午仲秋开雕/板存隆福寺文奎堂”，书影见孔夫子旧书网。据此可知晚清京师有文奎堂书局，位于隆福寺旁。

3. 江西文奎堂。《故宫珍本丛刊》第376册收录文奎堂刊本《医书汇参辑成》，龙泉蔡宗玉象贞纂辑，序题“嘉庆七年金溪蔡巨翔为之序时年八十有六”，可证文奎堂为江西金溪书坊。

康熙二十四年文奎堂序刊《秘传男女小儿推拿秘诀》，（明）周于蕃撰，江西省图书馆藏。金溪文奎堂嘉庆二十二年重刻《礼记体注大全合参》，见孔夫子旧书网。

文奎堂刊刻的书主要有：雍正五年序刊《家宝全集》三十二卷，山东大学图书馆藏；道光二十八年刊《十七史蒙求》六卷，南京大学图书馆藏；咸丰四年刊《增订四体字法》，（清）刘若璪编，中国国家图书馆藏；咸丰九年刊《金匮方歌括》六卷、《伤寒真方歌括》六卷，中国人民大学图书馆藏；清刊《龙文鞭影》《八铭堂塾钞二集》等，中国国家图书馆藏。

1. 光绪甲午二十年刊《今古奇观》八卷四十回，书影见孔夫子旧书网。

2. 乾隆五十一年序刊《西湖佳话古今遗迹》十六卷十六篇，南京图书馆藏。

3. 道光四年刊《听月楼》不分卷二十回，日本天理图书馆藏。

4. 光绪十年刊《听月楼》不分卷二十回，上海图书馆藏。

5. 光绪六年刊《五美缘》不分卷八十回，郑州大学图书馆藏。

6. 同治八年刊《二度梅全传》六卷四十回，胡士莹旧藏。

7. 清刊《西游真诠》一百回，书影见孔夫子旧书网。

8. 清刊《北宋志传》五十回，中国人民大学图书馆藏。

9. 清刊《南宋志传》五十回，中国人民大学图书馆藏。

10. **清刊《镌玉茗堂批点残唐五代史演义传》六卷六十回，上海图书馆藏**。

11. **清刊《绣像隋唐演义》二十卷一百回，见博宝拍卖网**。

12. **清刊《说唐演义前传》□卷，天津师范大学图书馆藏**。

13. **清刊《说唐小英雄传》《说唐薛家府传》八卷，天津师范大学图书馆藏**。

14. **光绪四年刊《万花楼杨包狄演义》十四卷六十八回，浙江图书馆藏**。

15. **光绪十七年刊《双凤奇缘传》□卷，山东大学图书馆藏**。

16. **光绪十四年刊《人隋志传》四卷四十六回，复旦大学图书馆、天津图书馆藏**。

17. **清刊《异说反唐演义全传》十卷一百回，中国国家图书馆藏**。

〔七二〇〕文魁堂　上海(申江)

申江文魁堂光绪二十四年刊《青楼梦》六十四回，苏州大学图书馆藏。申江，上海黄浦江两岸地区，据此可知文魁堂位于上海。

1. **光绪十四年活字印《青楼梦》六十四回，书影见孔夫子旧书网**。

2. **清刊《禅真后史》□卷□回，残本，四川省图书馆藏**。

〔七二一〕文立堂　不明

据陈旭耀、罗念《明刊〈西厢记〉的主要佚本简介》，文立堂崇祯三年刻《新镌绣像批评音释王实甫北西厢真本》：

> 崇祯三年(1630) 文立堂刻，全称“新镌绣像批评音释王实甫北西厢真本”，此本今已流失。傅惜华先生《元代杂剧全目》著录：(二二) 明崇祯三年(一六三〇)文立堂刻本，五卷，书名：新镌绣像批评音释王实甫北西厢真本，明郑国轩校。今此本已流

> 传海外。这是关于文立堂刻本的最早著录，也是目前有关文立堂刻本的仅有信息，后来传田章《目录》著录“郑国轩本”时，所据也只有傅氏著录。①

据此可知崇祯年间文立堂已经开始营业刻书。

文立堂清刊《玉茗堂四种传奇》，南京师范大学图书馆、苏州大学图书馆等处藏；清刊《百家姓考略》《重镌三字经训诂》等，内封题“文立堂藏板”，正文卷端均题“歙西徐士业建勋氏校刊”，书影见孔夫子旧书网。

文立堂具体地点不明。

1. **清刊《说唐演义后传》十一卷，存卷一、二，英国博物院藏。**
2. **清刊《北宋志传》五十回，武汉大学图书馆、戴不凡旧藏。**
3. **清刊《南宋志传》五十回，武汉大学图书馆、戴不凡旧藏。**

〔七二二〕文林书局　成都

成都文林书局清刊《施案奇闻》八卷九十七回，四川省图书馆藏，以此知文林书局位于成都。

1. **清刊《施案奇闻》八卷九十七回，四川省图书馆藏。**

〔七二三〕文林堂　漳州（霞漳文林堂谢氏）

清代文林堂有多家，分别列举如下：

1. 福建漳州文林堂。清嘉庆庚辰二十五年刊《春秋左传》五十卷，中国人民大学图书馆藏，正文卷端题“霞漳文林堂谢氏梓行”。霞漳，明清时期福建漳州之雅称，得名之由是城南有丹霞山，以此可知文林堂位于福建漳州，主人为谢氏。嘉庆二十四年刊《诗经世本古

---

① 陈旭耀，罗念. 明刊《西厢记》的主要佚本简介[J]. 井冈山学院学报（哲学社会科学版），2008，(01).

义》二十八卷，复旦大学图书馆藏，内封题“溪邑文林堂谢氏藏板”，可进一步推断文林堂位于漳州府龙溪县。

文林堂嘉庆五年刊《字学一览》五卷，北京大学图书馆藏；嘉庆丙寅十一年重镌《书经体注深诠》，书影见孔夫子旧书网；嘉庆十八年刊《武溪集》二十卷首一卷，澳门大学图书馆藏；嘉庆二十三年刊《汇集雅俗通十五音》八卷，北京大学图书馆藏。

2. 浙江处州龙泉县文林堂。清刊《文林堂四书》，内封题“龙泉县西街头水井边文林堂”；光绪丙子二年刊《训童九经杂字》，内封题“龙邑西街文林堂刻”，书影均见孔夫子旧书网。据此可知清末浙江龙泉县有文林堂，位于西街头水井边。

3. 安徽徽州文林堂。光绪丙戌十二年刊《百家姓》，正文卷端题“徽郡文林堂梓”；清末刊《新刻启蒙甲子》，题“徽城文林堂梓行”；清刊《新刻旁训故事四字经》，题“徽郡文林堂梓”，书影均见孔夫子旧书网。据此可知安徽徽州有文林堂。

4. 四川顺庆文林堂。清刊《诗韵集成》，内封题“文林堂发兑”，书末有牌记题“顺庆文林堂藏板”，书影见孔夫子旧书网。顺庆，即四川顺庆府，故知四川顺庆有文林堂书坊。

另四川资州有文林堂，清刊《增广贤文》。安徽婺源文林堂清刊《玄天上帝金科玉律》，书末行题“婺邑文林堂刻印”；铜邑文林堂清刊《新刻校正李东桓先生药性赋》，书影均见孔夫子旧书网。

1. **道光元年重刊《开辟演义通俗志传》六卷八十回，行款** 9 **行×**18 **字，吴晓铃旧藏。**

2. **清刊《开辟演义通俗志传》六卷八十回，行款** 10 **行×**23 **字，辽宁省图书馆藏。**

3. **清刊《第一才子书》六十卷一百二十回，英国牛津大学藏。**

4. **清刊《说唐演义前传》十卷六十八回，辽宁大学图书馆藏。**

5. **清刊《说唐小英雄传》二卷、《说唐薛家府传》六卷，行款** 11 **行×**25 **字，辽宁大学图书馆藏。**

6. 清刊《说唐小英雄传》二卷、《说唐薛家府传》六卷，行款 12 行×28 字，中国社会科学院文学研究所藏。

〔七二四〕文瑞堂　漳州（霞漳）

文瑞堂乾隆二十六年刊《百韵草诀歌》，内封题“福省文瑞堂藏板”，清华大学图书馆藏；道光癸未三年刊《历科小题澄原后集》，内封题“福省文瑞堂藏板”，书影见孔夫子旧书网；道光八年刊《四书合讲》十九卷，内封题“闽漳文瑞堂藏板”，复旦大学图书馆藏。据此可知文瑞堂位于福建漳州府。

另北京有文瑞堂，雍正十三年刊《音汉清文鉴》二十卷，北京大学图书馆藏。

清代文瑞堂刊刻的书主要有《监本易经全文》《慎诒堂书经》《礼记体注大全》《王叔和图注难经脉诀》等，书影均见孔夫子旧书网。

1. 道光七年刊《双凤奇缘传》八卷，中国国家图书馆藏。

2. 道光七年刊《粉妆楼全传》十卷八十回，日本早稻田大学藏。

〔七二五〕文润山房　金陵

金陵文润山房明崇祯间刊《绣像玉闺红全传》六卷三十回，现只残存序，第一、二卷共十回及第三、四卷目录，东鲁落落平生撰，有民国三十二年丽华出版社铅印本，文润山房当位于金陵。

1. 崇祯间刊《绣像玉闺红全传》六卷三十回，佚失。

〔七二六〕文善堂　京师

文善堂道光间刊《新刻异说绿牡丹》六卷六十四回，吉林大学图书馆藏；民国间刊《宋朝历史狸猫换太子》七集，吉林大学图书馆藏，内封均题“京都文善堂”，据此可知文善堂位于京师。文善堂清代还刊有《增补姓氏族谱笺释》八卷，四川大学图书馆藏。

1. **光绪十五年刊《狐狸缘全传》六卷二十二回，北京大学图书馆藏**。

2. **清刊《粉妆楼全传》十卷八十回，中国国家图书馆藏**。

3. **道光十一年序刊《绿牡丹全传》六卷六十四回，首都图书馆藏**。

〔七二七〕文畬堂 广州（顺德温汝能）

文畬堂乃清代嘉庆间广州顺德温汝能所开设的书坊。

文畬堂嘉庆十三年刻《方舆类纂》，（清）顾祖禹撰，温汝能编；嘉庆十三年刻《粤东文海》，题“文畬堂藏板”，温汝能编；嘉庆十八年刻《粤东诗海》一百卷、补遗六卷，温汝能辑，藏于中山大学图书馆；嘉庆间刻广东弹词木鱼歌《绣像第八才子笺注》，内封题“文畬堂藏板”，藏于英国皇家亚洲学会。据此看来文畬堂所刊书多与广州有关，且多为温汝能刊编，因此，大致推测文畬堂主人为温汝能。温汝能，字希禹，号谦山，生于乾隆十三年（1748），卒于嘉庆十六年（1811），广州顺德龙山人，乾隆五十三年举人，官内阁中书舍人，诗才敏捷，著有《谦山文钞》《谦山诗钞》，编有《粤东诗海》《粤东文海》等书。

文畬堂嘉庆十一年刻《羊城古钞》，内封题“嘉庆十一年镌/顺德仇池石辑/羊城古钞/文畬堂藏板/翻刻必究”，书影见孔夫子旧书网。仇池石即仇巨川，乾、嘉间广东文献学家，顺德人，与温汝能甚投契，曾任温汝能的家庭教师。该书为温汝能在嘉庆五年仇池石病逝后为其刊刻，此点进一步证明了文畬堂主人即温汝能，主要活动于嘉庆年间。

关于文畬堂的详细情况，参见文革红《乾嘉时期小说书坊与通俗小说》“文畬堂”条（第218—219页）。

1. **嘉庆辛未十六年刊《新增批评绣像红楼梦》一百二十回，北京大学图书馆藏**。

2. 嘉庆十八年刊《后红楼梦》不分卷三十回，俄罗斯科学院汉学图书馆藏。

3. 嘉庆二十五年刊《第一才子书》六十卷一百二十回，奥地利国家图书馆藏。

〔七二八〕文盛堂 1　苏州(古吴)

清初古吴文盛堂重修万历刻本《资孝地理心学统宗》三十九卷，(明)徐善继、徐善述撰，藏于北京大学图书馆，内封题"古吴文盛堂梓"；又孙楷第著录《新刻京本春秋五霸七雄全像列国志传》八卷本云："坊本从余象斗本出者为古吴文盛堂、文英堂等细字小本，皆劣。"①可知古吴文盛堂刻有《新列国志》，则文盛堂为苏州书坊无疑。

文盛堂从明末开始刻书，天启间刊《东坡先生全集》七十五卷，(宋)苏轼撰，(明)陈仁锡辑；附《东坡诗选》十二卷，(明)谭元春辑、袁宏道阅；《东坡先生年谱》一卷，(宋)王宗稷撰，藏于北京大学图书馆、清华大学图书馆、山西省图书馆。明末刻《圆机韵学活法全书》，藏于北京大学图书馆；明末刻《五车韵瑞》一百六十卷，(明)凌稚隆编本，藏于山东省郓城县图书馆。

文盛堂清代刊刻的书主要有：康熙二十一年刻《详订四书难题集说》，藏于郑州大学图书馆；康熙二十五年与致和堂合刊《历朝赋楷》八卷，(清)王修玉辑，藏于清华大学图书馆；康熙三十二年刻《珍珠囊指掌补遗药性赋》四卷，(金)李杲撰，(清)王子接重订，藏于江西省图书馆；康熙三十三年刻《增补雷公炮制药性赋解》，藏于江西省图书馆；康熙四十七年与敦化堂合刻《读书作文谱父师善诱法合刻》，(毂水)唐翼修辑著；康熙五十五年刻《学诗初例》五卷首一卷，(清)袁若

---

① 转引自[日]大塚秀高编著. 增补中国通俗小说书目[M]. 日本：汲古书院，昭和五十九年八月(1984).

愚辑，藏于西南大学图书馆；康熙五十五年和天德堂合刊《新增说文韵府群玉》二十卷，(宋)阴时夫编，(宋)阴中夫注，藏于中国国家图书馆，内封题“康熙五十五年新镌/文盛、天德堂梓行”；康熙五十五年刻《庄子因》六卷，(战国)庄周撰，(清)林云铭评述，藏于中国国家图书馆；康熙五十八年刻《增补四书精绣图像人物备考》十二卷，(明)陈仁锡增定，藏于北京大学图书馆。

清初文盛堂发兑致和堂刊本《新刻出像点板时尚昆腔杂曲醉怡情》八卷，青溪菰芦钓叟辑，藏于上海图书馆；清初刻《原本直指算法统宗》十二卷，(明)程大位撰，藏于中国国家图书馆。

乾隆三年与怀德堂合刊《可仪堂一百二十名家制义》四十八卷，俞长城选评，藏于中国国家图书馆；乾隆二十二年刻《国语》二十一卷，藏于北京大学图书馆；嘉庆五年刻《贯华堂第六才子》八卷，藏于北京大学图书馆；嘉庆十一年刻《南华真经旁注》五卷，藏于北京大学图书馆；同治十年刻《剪灯新话》二卷，藏于北京师范大学图书馆；同治十年刻《秋灯丛话》十八卷，附《觅灯因话》二卷，藏于郑州大学图书馆。

可见，文盛堂主要的刻书年代是康熙、乾隆年间，一直延续至清末，具有相当的实力和规模。

关于文盛堂的详细情况，参见文革红《清代前期通俗小说刊刻考论》“文盛堂”条(第305—308页)。

1. **清初刊《今古奇观》四十卷四十篇，阿英旧藏。**

2. **乾隆五十二年重刊《今古奇观》四十卷四十篇，浙江图书馆藏。**

3. **清刊《今古奇观》四十卷四十篇，大连图书馆藏。**

4. **乾隆十五年序刊《西游证道大奇书》二十卷一百回，浙江图书馆藏。**

5. **清刊《绣像第一才子书》六十卷一百二十回。**

6. **乾隆辛亥五十六年刊《西游真诠》一百回，郑州大学图书馆藏。**

7. 雍、乾间刊《四雪草堂重订通俗隋唐演义》二十卷一百回，北京大学图书馆、浙江图书馆藏。

8. 清发兑钓璜轩贮板《新刻逸田叟女仙外史大奇书》不分卷一百回，日本天理图书馆、宫内厅书陵部藏。

9. 乾隆十七年序刊《东周列国志》二十三卷一百〇八回，俄罗斯科学院东方研究所圣彼得堡分所藏，书影见孔夫子旧书网。

10. 清刊《粉妆楼全传》八十回，清华大学图书馆藏。

〔七二九〕文盛堂2　扬州(维扬)

维扬文盛堂嘉庆二十二年刊《飞跎全传》四卷三十二回，中国国家图书馆藏；道光二十一年刊《绀雪斋塾钞贰集》，(清)徐廷璋编，苏州大学图书馆藏；清刊《全像东西汉演义》二种十八卷，北京大学图书馆藏，均题“维扬文盛堂”。维扬文盛堂当在扬州。

1. 嘉庆二十二年刊《飞跎全传》四卷三十二回，中国国家图书馆藏。

2. 清刊《西汉演义》八卷一百则，北京大学图书馆藏。

3. 清刊《东汉演义》十卷一百二十五则，北京大学图书馆藏。

〔七三〇〕文盛堂3　京师(京都打磨厂)

京都打磨厂文盛堂光绪十七年刊《今古奇闻》二十二卷，天津图书馆藏，内封有“京都打磨厂文盛堂”字样，以此知刊刻《今古奇闻》的文盛堂为京师书坊，位于打磨厂。京都文盛堂乾隆间刊《满汉字书经》六卷，北京大学图书馆藏，内封题“京都琉璃厂文盛堂梓”；嘉庆二十一年刊《六部成语》六卷，美国华盛顿大学东亚图书馆藏。文盛堂或于光绪间由琉璃厂搬迁到了打磨厂。

1. 光绪十七年刊《今古奇闻》二十二卷二十二篇，天津图书馆藏。

〔七三一〕文胜堂　烟台

1. **光绪二十五年刊《今古奇观》八卷四十回，书影见孔夫子旧书网**。

2. **约光绪二十五年刊《施案奇闻》八卷九十七回，日本东京都立中央图书馆特别买上文库藏**。

〔七三二〕文顺堂　凤翔

文顺堂道光二十六年刊《玉历钞传警世》，内封题“凤翔文顺堂”，见孔夫子旧书网。凤翔即清代陕西凤翔府，据此可知文顺堂位于陕西凤翔。

文顺堂光绪七年新刊《铁网珊瑚初集》；光绪二十六年刊《新刻四言杂字合编》；清刊《文顺堂大字四书音韵辨字旁训》《阳宅三要》《千家诗》等，书影均见孔夫子旧书网。

清末民初，湖南永州西乡渡枫塘有文顺堂，刊刻的书主要有：民国十五年刊《二美图》一卷；清末民初刊《新刻二十四孝全本》、《王氏女》一卷、《贤良词》一卷、《大审玉堂春》、《新刻双色记》、《普天同乐》等书，均由中国国家图书馆收藏。

1. **清刊《新世鸿勋》四卷二十二回，中国国家图书馆藏**。

〔七三三〕文枢堂　苏州

清初古吴德聚堂、文枢堂合刊万历庚申四十八年与耕堂费守斋刊本《新刻京本全像演义三国志传》，藏于日本。古吴指苏州，故知文枢堂为苏州书坊。清刊《西山先生真文忠公文章正宗》，华东师范大学图书馆藏。

金陵亦有文枢堂，康熙二十一年刊《韵府群玉》二十卷，复旦大学图书馆藏；清刊《四书真解》，内封题“金陵文枢堂梓行”，书影见孔夫子旧书网。

1. **清初与德聚堂合刊、后印万历庚申四十八年与耕堂费守斋刊本《新刻京本全像演义三国志传》,藏于日本。**

〔七三四〕文新堂　江西

文新堂道光十七年刻《直省乡墨崇经》,(清)武水朱香吏先生选,内封署"江西文新堂梓行",书影见孔夫子旧书网,以此知文新堂为江西书坊。文新堂道光十五年刻《直省乡墨研精》不分卷,(清)邓琳枝评选,藏于天津图书馆;咸丰元年刻《直省乡墨鸣凤》,(清)朱崇庆选,见《尘故庵藏书目录(子部)》。

文新堂顺治十七年序刻《古学鸿裁》十五卷,藏于北京大学图书馆;清重修万历四十七年刊本《山堂肆考》二十八卷,《补遗》十二卷,藏于南京师范大学图书馆。

另清末四川遂宁有文新堂,刻《真本改良绘图幼学故事琼林》。上海文新堂光绪三十二年石印《金石索》,书影见孔夫子旧书网。

关于文新堂的详细情况,参见文革红《乾嘉时期小说书坊与通俗小说》"文新堂"条(第289页)。

1. **咸丰己未九年刊《绣像红楼梦》一百二十回。**
2. **约清中叶刊《禅真逸史》八卷四十回,天津图书馆藏。**

〔七三五〕文兴堂1　金陵

清代金陵文兴堂刊《忠义水浒传》八卷一百十五回,见钱振民《初论〈水浒传〉简本与繁本的关系(上)》。

1. **清刊《忠义水浒传》八卷一百十五回,收藏地不明。**

〔七三六〕文兴堂2　京师

京都文兴堂咸丰十一年刊《新刻满汉全字十二头》,北京大学图书馆藏,内封题"京都文兴堂藏板";光绪十一年刊《王批增注七家试帖辑注汇钞》，牌记背面题“光绪十一年冬月/板藏京都打磨厂文兴堂”，北京大学图书馆藏，据此可知文兴堂位于京师打磨厂。京都文兴堂刊刻的书尚有：光绪十年刊《徐氏三种》，吉林大学图书馆藏；光绪十年刊《新编直指算法统宗》十二卷，北京师范大学图书馆藏；光绪十二年刊《五方元音》二卷，吉林大学图书馆藏；光绪辛巳七年刊《四书读本》；光绪庚寅十六年刊《新增幼学故事琼林》；光绪十七年刊《元亨牛马驼经》；清刊《千字文释义》《万事通考七言杂字》等，书影均见孔夫子旧书网。

另有文兴堂多家，分别叙述如下：

1. 常郡文兴堂。清刊《凤泉书经》六卷，内封题“常郡文兴堂梓行”；光绪庚寅十六年刊《内经知要》，内封题“常郡文兴堂藏板”，书影见孔夫子旧书网，据此可知常州府亦有文兴堂。

2. 巴川文兴堂。同治八年刊《寿世保元》，序末署“同治八年桂月新刊，文兴堂藏板”，内封背面牌记题“萧文兴/本堂开立川东足邑龙水镇，分店永川富顺荣县等处，自镌古今书籍发兑刷印”，书影见孔夫子旧书网。足邑，当指川东大足县，清属重庆府；永川，清属重庆府；富顺荣县，清属叙州府。清刊《四书旁音》正文卷端题“巴川文兴堂发”；民国初年刊《唐诗三百首笺注》，内封题“富顺文兴堂”，书影均见孔夫子旧书网。据此可知清代四川重庆府大足县有文兴堂，在永川、富顺荣县等处设有分号，主人姓萧。

3. 绛州文兴堂。丁巳（民国六年）刊《千字文》，内封题“绛州文兴堂”；戊辰（民国十七年）刊《鞭打芦花》。绛州清代为山西省直隶州。

1. **清刊《第一才子书》十九卷一百二十回，韩国成均馆大学藏**。

〔七三七〕文星堂　金陵

文星堂与德聚堂清初合刊《新刻出像京本忠义水浒传》十卷一百

十五回，中国国家图书馆藏，内封题“金陵德聚堂、文星堂梓行”，以此知文星堂为金陵书坊。

1. **与德聚堂清初合刊《新刻出像京本忠义水浒传》十卷一百十五回，中国国家图书馆藏。**

2. **道光十二年刊《百断奇观绣像龙图公案》八卷，书影见孔夫子旧书网。**

〔七三八〕文行堂　汀州(汀郡)

文行堂宣统二年刊《新刻大增广》，内封题“汀郡文行堂梓”，书影见孔夫子旧书网，以此知文行堂为福建汀州府书坊。

1. **乾隆四十九年序、光绪间刊《绣像春秋列国》十九卷，上海图书馆、天津图书馆藏。**

〔七三九〕文秀堂1　苏州

文秀堂清刊《寄园寄所寄》，内封题“姑苏文秀堂藏板”；清刊《四书备旨进学灵捷解》，内封题“古吴文秀堂藏板”；清刊《易经集注》，内封题“古吴文秀堂梓行”；清刊《书经》，外封有印，题“文秀郑氏”，书影均见孔夫子旧书网。以此知清代文秀堂为苏州书坊，主人姓郑。

文秀堂乾隆三十三年刊《清远堂课幼三十艺》，书影见孔夫子旧书网；雍正二年刊《增补古今姓氏族谱笺释》八卷，南开大学图书馆藏；道光庚辰元年新镌《元亨牛马集》，北京大学图书馆藏；清刊《增补绘像山海经广注》十八卷，北京大学图书馆藏；清刊《庄子南华经解》八卷，辽宁大学图书馆藏；另刊有《眼科大全》《幼科铁镜》等，书影见孔夫子旧书网。

1. **康熙五年序刊《前七国孙庞演义》四卷二十回，中国社会科学院文学研究所藏。**

2. **清刊《七国乐田演义》四卷二十回，中国社会科学院文学研究**

所藏。

〔七四〇〕文秀堂2　金陵

明代万历年间金陵有文秀堂，刻《新刊考正全像评释北西厢记》四卷，白阜肩云逸叟校，中国国家图书馆、北京大学图书馆藏。万历间文秀堂刊《新增说文韵府群玉》二十卷，(元)阴时夫编，(元)阴中夫注，北京大学图书馆藏。

苏州亦有文秀堂，可能为同一家书坊在不同地区的分号。

1. **清刊《拍案惊奇》三十六卷。**
2. **嘉庆二十三年重刊《欢喜冤家》六卷，吴晓铃旧藏。**
3. **嘉庆十年刊《续红楼梦》四十卷四十回，天津师范大学图书馆藏。**
4. **清刊《北方真武祖师玄天上帝出身志传》四卷二十四回，清华大学图书馆藏。**
5. **清刊《五显灵光大帝华光天王传》四卷，清华大学图书馆藏。**
6. **清刊《云合奇踪》十卷八十回，中国社会科学院文学研究所藏。**
7. **道光十年重刊《异说征西演义全传》六卷四十回，中国国家图书馆藏。**

〔七四一〕文雅斋　京师(京都)

京都文雅斋书坊光绪九年刊《三侠五义》一百二十四回，中国国家图书馆、中山大学图书馆藏。

又有粤东文雅斋，道光二十八年刊《李氏蒙求补注》六卷，中国人民大学图书馆等处藏。粤东一般指广州，据此可知文雅斋为广东书坊。道光二十八年刊《王先生十七史蒙求》十六卷、咸丰庚申十年刊《劝团练歌》附《万县团练战守图示》等。

1. **光绪九年刊《三侠五义》一百二十四回，中国国家图书馆藏**。

〔七四二〕文艺堂　上海（上海赵氏）

文艺堂“天主降世一千八百六十二年”（清同治元年）刊《敬礼圣母月》，内封有“上洋文艺堂赵氏镌”字样，北京大学图书馆藏，以此知文艺堂位于上海，主人姓赵。文艺堂道光二十四年刊《医学实在易》，书影见孔夫子旧书网。

1. **清刊《觉世名言十二楼》十二卷三十八回，南京师范大学图书馆藏**。

〔七四三〕文益堂　京师（打磨厂东口内路南）

文益堂崇祯癸未序刊《寓意草》，内封题“西昌喻嘉言先生著/娄东胡卣臣先生评定/文益堂藏板”；同治九年仲春新镌《元亨全图疗牛马驼集》，内封题“京都文益堂藏板”；光绪十年文益堂刊《傅青主男科附产后编》，内封题“京都文益堂藏板”，反面有识语，末题“打磨厂东口内路南文益堂主人识”。据此判断清代京师有文益堂，位于打磨厂东口内路南。

1. **乾隆十二年刊《玉娇梨》卷数未详，傅惜华旧藏**。
2. **乾隆十二年刊《平山冷燕》四卷二十四回，傅惜华旧藏**。

〔七四四〕文义堂　京师（京都）

文义堂光绪十二年刊《新刻中兴大唐演义传》（《异说反唐演义全传》）十卷一百回，内封题“京都文义堂”，北京师范大学图书馆藏，以此知文义堂为京师书坊。清代文义堂尚刊有：咸丰年间刊《万事晓》；光绪庚辰六年刊《孔子家语原注》；清刊《群珠杂字》《流年图》《阳宅必用》《务本堂塾课》等，民国十三年刊《真草百家姓》，书影均见孔夫子旧书网。

另陕西同州有文义堂，清刊《算法全书》，内封题“同州文义堂梓行”；民国三年刊《学道修真成正果》，书影均见孔夫子旧书网。

1. **光绪十二年刊《异说反唐演义全传》十卷一百回，天津图书馆、北京师范大学图书馆藏。**

2. **道光十九年刊《施案奇闻》八卷九十七回，日本东洋文库藏。**

〔七四五〕文英堂　苏州(古吴)

文英堂清初刻《新刻京本春秋五霸七雄全像列国志传》，藏于北京大学图书馆，内封署“古吴文英堂梓”；约嘉、道间刻《云合奇踪》五卷八十回，藏于天津图书馆，内封题“古吴文英堂梓行”。以此知文英堂位于苏州。

文英堂雍正年间序刊《古唐诗合解》十二卷，附古诗四卷，(吴郡)王尧衢翼注①，藏于苏州大学图书馆；乾隆五十九年重刊《试律浅说易知集》、同治二年刻《宸垣识略》、光绪二十一年重刊《四书补注附考备旨》、光绪二十八年刊《重校古文释义》，书影均见孔夫子旧书网。据此知文英堂营业时间从清初一直延续至清末。

道光年间金陵有文英堂，道光二十四年刻《唐诗三百首注释》，内封署“金陵文英堂梓”；光绪五年刻《明清两朝贡举考略》，藏于南开大学图书馆。光绪间东昌亦有文英堂，光绪十年刻《铜板四书补注附考备旨》，内封署“东昌文英堂藏板”。古吴文英堂与金陵文英堂、东昌文英堂之间有何关联，尚有待考证。

关于文英堂的详细情况，参见文革红《乾嘉时期小说书坊与通俗小说》“文英堂”条(第86—87页)。

1. **嘉庆二十年刊《新刻增删二度梅奇说》，谭正璧著录。**

2. **嘉庆二十二年重刊《新刻增删二度梅奇说》□卷，首都图书**

---

① 叶瑞宝. 苏州书坊刻书考[J]. 江苏出版史志，1992，(3).

馆藏。

3. **清刊《封神演义》□卷一百回，北京师范大学图书馆藏**。

4. **光绪十七年刊《镜花缘》□卷，中国国家图书馆藏**。

5. **嘉、道间刊《绣像第一才子书》十九卷一百二十回，书影见孔夫子旧书网**。

6. **清刊《隋唐演义》二十卷一百回，北京大学图书馆藏**。

7. **光绪十二年刊《东周列国志》二十三卷一百〇八回，辽宁省图书馆藏**。

8. **清初刊《列国志传》八卷二百二十三则，古吴文英堂刊本，北京大学图书馆藏**。

9. **嘉、道间刊《云合奇踪》五卷八十回，古吴文英堂刊本，天津图书馆藏**。

〔七四六〕文西堂　东昌

东昌文西堂光绪三十二年刊《新刻大仙阵鼓词存》六卷，吉林大学图书馆藏；光绪丙午三十二年春刊《针灸便用图考》，内封题“东昌文西堂藏板”，书影见孔夫子旧书网，据此可知文西堂为山东东昌书坊。

另陕西潼关亦有文西堂，光绪十二年刻《千字文》，内封题“潼关文西堂发行”，书影见孔夫子旧书网。潼关在清乾隆十三年以后属陕西同州府。两个文西堂的关系待考。

1. **光绪十四年刊《狐狸缘全传》六卷二十二回，北京大学图书馆藏**。

〔七四七〕文玉楼　广州（粤东天平街）

文玉楼同治二年刊《地理辨证疏》，内封题“同治癸亥冬镌/地理辨证疏/天平街文玉楼藏板”，香港中文大学图书馆藏；清刊《重订新增四书补注附考备旨》，内封题“广城文玉楼藏板”；光绪十年新镌《傅青主先生男女科全编》，内封题“粤东天平街文玉楼承印”，书影均见孔夫子旧书网。“粤东”“广城”均指广州，据此判断文玉楼为清代广州书坊，位于天平街。

文玉楼道光三年刊《对汇会海》，书影见孔夫子旧书网；道光四年刊《韩江闻见录》十卷，北京师范大学图书馆藏；光绪九年刊《辟径集》二卷，中山大学图书馆藏；咸丰己未九年新镌《十四层启蒙捷诀》二卷，书影见孔夫子旧书网。

另潮州有文玉楼，光绪十二年刊《新增验方新编》，内封题“粤东潮郡文玉楼藏板”，书影见孔夫子旧书网。潮州文玉楼可能为广州文玉楼的分号。

1. **同治五年春镌《绣像红楼梦》一百二十回，齐文广藏。**

2. **清末刊《第一才子书》十九卷一百二十回，书影见孔夫子旧书网。**

〔七四八〕文玉堂　金陵

文玉堂清刊《新镌重订彩凤字汇》，书影见孔夫子旧书网，内封题“金陵文玉堂梓行”，据此可知文玉堂位于金陵。清刊《新镌元亨疗马集大全》《易经备旨图考大全》《四书体注旁训》等，书影见孔夫子旧书网。

另有上洋文玉堂，同治五年刊《五方元音》二卷，复旦大学图书馆藏。

文玉堂道光二年刊《合刻绣像九才子书》，书影见孔夫子旧书网，内封题“道光壬午年重镌/合刻绣像九才子书/文玉堂藏板”，其中《好逑传》内封题“第二才子书/天花居士批评/好逑传/玉尺堂藏板”，乃是用玉尺堂本重刻的。

1. **道光壬午二年刊《玉娇梨》四卷（《合刻绣像九才子书》之一），**

书影见孔夫子旧书网。

2. **道光壬午二年刊《平山冷燕》四卷二十回(《合刻绣像九才子书》之一),书影见孔夫子旧书网。**

3. **道光壬午二年刊《好逑传》四卷十八回(《合刻绣像九才子书》之一),书影见孔夫子旧书网。**

〔七四九〕文玉斋　常州(常郡)

文玉斋同治己巳八年重镌《绣像二度梅》六卷四十回,北京大学图书馆藏,内封题"常州文玉斋藏板";同治庚午九年校正重刊《古文观止》,内封题"常郡文玉斋藏板",书影见孔夫子旧书网。以此知文玉斋为常州府书坊。

1. **同治八年重刊《二度梅全传》六卷四十回,辽宁省图书馆藏。**

〔七五〇〕文裕堂　苏州

古吴文裕堂清刊《后七国乐田演义》四卷十八回,山东省图书馆藏,据此可知文裕堂为苏州书坊。文裕堂刊刻的书主要有:乾隆二十一年序刊《乡党图考》十卷,河南大学图书馆藏;道光乙未十五年刊《状元策》,内封题"文裕堂藏版";道光甲辰二十四年重镌《状元四书备旨原本》;道光己酉二十九年刊《重订七言千家诗详解》;清刊说唱本《西汉演义》十二部,书影均见孔夫子旧书网;咸丰元年刊《小题虚字标准》不分卷,吉林大学图书馆藏。

另有武水文裕堂,道光二十六年刊《书经阐注图考合编》,内封题"道光丙午仲冬锓/书经阐注图考合编/武水文裕堂藏板",书影见孔夫子旧书网。武水,上游称峒河,是沅江一级支流,发源于湖南花垣县雅西镇坡脚村老人山,流经禾排、大兴寨、矮寨、寨阳、吉首市区、河溪、潭溪、洗溪,于泸溪县武溪镇汇入沅江,于河溪纳入沱江后称武水。河溪属吉首市,清嘉庆二年后属乾州直隶厅;潭溪、洗溪、武溪镇均属泸溪县，泸溪县清代属湖南辰沅永靖道辰州府，故而武水文裕堂当位于湖南辰州府泸溪县地区。

又有云南文裕堂，道光年间刊《正字略》，卷末题“滇南文裕堂刻字”，书影见孔夫子旧书网。

光绪间香港有文裕堂，主人为黄永发，光绪十九年排印《增补华英通语》，版心题“香港文裕堂藏版”，有序，题“光绪癸巳十九年冬月文裕堂主人黄永发谨识”，书影见孔夫子旧书网。光绪十二年铅印《尺牍称呼合解》，南京大学图书馆藏；光绪二十一年铅印《新政论议》，清华大学图书馆藏。

1. **清刊《后七国乐田演义》四卷十八回，古吴文裕堂刊本，山东省图书馆藏**。

〔七五一〕文渊堂　苏州(金阊)

文渊堂有多家，分别叙述如下：

1. 金阊文渊堂。清刊《芥子园画传二集》，内封题“金阊文渊堂镌藏”，有识语，题“文渊主人识”，美国哈佛大学哈佛燕京图书馆藏，据此可知清代苏州有文渊堂。金阊文渊堂道光六年刊《监本书经》，书影见孔夫子旧书网。

2. 常州文渊堂。清刊《建邑南阳会海对类大全》，内封题“常郡文渊堂梓行”，书影见孔夫子旧书网。

3. 棠樾文渊堂。咸丰二年刊《刑案汇览》六十卷，中国人民大学图书馆藏。棠樾村，今属安徽省黄山市歙县，明清属徽州府，故知安徽徽州府棠樾村亦有文渊堂。

4. 介邑文渊堂。清刊《小儿语》，内封题“版存介邑文渊堂发行”，书影见孔夫子旧书网。介邑即山西介休，清属汾州府。

5. 中江文渊堂。清末民初刻《指明算法九九全编》，末有牌记，云“文渊堂/本中江立川东道童川府江津县□□□东正街坐南朝北/新纂指明算法/较正无讹加有注解/此书只此一家并无分店/凡四路客商赐顾者须认招牌为记　童叟无欺　言不二价　每本取钱　文”，书影见孔夫子旧书网。中江，今四川中江县，明清两代和民国初期属四川潼川府管辖。以此可知中江文渊堂为四川潼川府书坊，位于江津县东正街，坐南朝北。光绪间刻《三圣合编句解》，内封题“光绪癸巳/中江文渊堂藏板”。民国甲寅三年刻《天地经》，内封题“中江文渊堂刻”；民国丙寅十五年刊《草性赋》，内封题“中江文渊堂存板”。

文渊堂刊刻的书有：康熙间序刊二节楼本《诗经体注图考大全》八卷，朱熹作序，高朝瑛定本；嘉庆丙子二十一年刻《诗学圆机活法大成》十二卷；嘉庆丁丑二十二年刻《韵学圆机活法大成》六卷，书影均见孔夫子旧书网。道光八年刊《书法正传》，北京师范大学图书馆藏；道光十年刊《就正斋帖体诗注》四卷，北京大学图书馆藏；咸丰二年刊《唐诗正文》，书影见孔夫子旧书网；清刊《读杜心解》六卷，卷首二卷，北京大学图书馆藏。

1. **道光十六年重刊《新史奇观》四卷二十二回，北京大学图书馆藏。**

2. **清刊《绣像第一才子书》六十卷一百二十回，书影见孔夫子旧书网。**

3. **乾隆六十年序、清刊《鬼谷四友志》三卷六回，北京大学图书馆藏。**

〔七五二〕文元堂 1　金陵

文元堂有多家，分别叙录如下：

1. 金陵文元堂。清初刊《汉宋奇书》，上层为《水浒传》二十卷，下层为《三国演义》六十卷，天津图书馆藏。文元堂乾隆五十六年重镌《今诗灵通解》二卷，书影见孔夫子旧书网，以此知文元堂刊书不晚于乾隆五十六年。

2. 桂林文元堂。道光十四年刊《小学》六卷，池生春撰，江西省图书馆藏。

3. 温州文元堂。同治四年孟夏新镌《新刻训蒙增广贤文附十穷十富警世俚言》，内封题“温州文元堂藏版”，书末题“东瓯文元堂梓”。

4. 叙府罗文元堂。清中期刊《朱子仪礼经传通解》六十九卷，中国人民大学图书馆藏。

5. 安庆高文元堂。同治十一年刊《夏小正集说》四卷，北京大学图书馆藏。

6. 湖南宝庆文元堂。光绪丁丑三年刊《吕祖新降司命经忏》，内封题“光绪丁丑夏”“板存湖南宝庆府新化县南门文元堂木瓜坪东林道院乐施，刷印者自备纸墨板不取租……”，书影见孔夫子旧书网，以此知此文元堂位于湖南宝庆府新化县南门。

7. 衢州文元堂。光绪丁未三十三年新刻《监本增广》，内封题“衢州文元堂刻字店”。此文元堂可能为杭州文元堂之分号。

8. 介邑文元堂。清刊《小儿语》，内封题“板存介邑文元堂发行”，书影见孔夫子旧书网。介邑即介休，清属山西汾州府。

1. 清刊《北方真武祖师玄天上帝出身志传》二十四回，日本东京大学东洋文化研究所双红堂文库藏。

2. 乾隆十八年刊《海游记》六卷三十回，傅惜华旧藏、北京大学图书馆藏。

3. 清刊《忠义水浒传》二十卷一百一十五回，《绣像汉宋奇书》之上栏，天津图书馆藏。

4. 清刊《四大奇书第一种》六十卷一百二十回，《绣像汉宋奇书》之下栏，天津图书馆藏。

5. 清刊《北宋志传》五十回，清华大学图书馆藏。

6. 清刊《南宋志传》五十回，清华大学图书馆藏。

7. 道光十八年重刊《绿牡丹全传》十一卷六十四回，书影见孔夫子旧书网。

〔七五三〕文元堂 2　杭州（杭城、杭省、浙江文元堂杨氏）

杭州文元堂同治戊辰七年春刊《文心雕龙》，内封题“杭城文元堂藏板”；杭州文元堂杨氏同治十年刊《对山书屋墨余录》十六卷，吉林大学图书馆藏；光绪二十一年刊《幼科心法保赤存真》，内封题“杭省文元堂藏版”；浙江清河坊文元堂光绪五年刊《洗冤录详义》，许梿撰，江西省图书馆藏；光绪间文元堂刊《红楼梦图咏》，内封反面题“浙江文元堂杨氏藏板”，书影见孔夫子旧书网，据此可知文元堂在杭州，位于清河坊大街，主人为杨氏。

1. **清刊《绣像批点红楼梦》一百二十回**。

〔七五四〕文远堂　京师（京都）

文远堂光绪壬辰十八年重校《保赤金鉴》，内封题“京都文远堂藏板”，书影见孔夫子旧书网，以此知文远堂位于京师。光绪辛卯十七年刊《御纂医宗金鉴》，南开大学图书馆藏；清刊《官板正字大中集注》，书影见孔夫子旧书网。

1. **清刊《西晋演义》四卷一百十六则，中国国家图书馆、北京大学图书馆藏**。

2. **清刊《东晋演义》八卷二百三十一则，中国国家图书馆、北京大学图书馆藏**。

〔七五五〕文苑阁　广州（凤城）

炎光堂乾隆四十九年刊《海刚峰先生居官公案传》六卷七十一则，内封署“炎光堂梓行”，序署“乾隆甲辰夏月之吉/凤城文苑阁藏板”，书影见孔夫子旧书网，故知此本为转板后印本，原刊者为凤城文苑阁。凤城即广东顺德，清属广州府，由此知文苑阁为广州书坊。

另有东郡文苑阁，同治八年刊《增补重订千家诗注解》，卷端署

“东郡文苑阁重梓”。东郡包括东昌府在内，则此文苑阁当位于东昌。

关于文苑阁的详细情况，参见文革红《乾嘉时期小说书坊与通俗小说》“文苑阁”条(第220页)。

1. **乾隆甲辰四十九年刊《海刚峰先生居官公案传》四卷七十一则，存三卷四十五回，书影见孔夫子旧书网。**

〔七五六〕文苑堂　杭州(杭城清泰门内下板儿巷金氏)

文苑堂乾隆五十年刻《金批第一才子书》十九卷，内封题“乾隆五十年新镌/金批第一才子书/文苑堂藏板/杭城清泰门内下板儿巷金氏发兑”，书影见孔夫子旧书网，以此知文苑堂位于杭州清泰门内下板儿巷，主人姓金。

武林文苑堂乾隆间刊《临症指南医案》，叶天士撰；嘉庆五年刊《增补四书近言正解》；咸丰四年刻《公车日记》二卷、《价堂文集》一卷(残)、《价堂诗草》三卷，(清)郭维藩手记，藏于四川大学图书馆；清刻《增补笺注第六才子西厢释解》八卷，藏于北京大学图书馆；光绪五年刻《小题清华》，书影见孔夫子旧书网，以此知文苑堂经营刻书业一直延续至光绪年间。

另有维扬文苑堂，道光二十四年刻《东调双剪发前传》八回、《后传》八回，(清)伯涛撰，藏于北京师范大学图书馆。

关于文苑堂的详细情况，参见文革红《乾嘉时期小说书坊与通俗小说》“文苑堂”条(第253—254页)。

1. **乾隆五十年刊《绣像第一才子书》十九卷一百二十回，书影见孔夫子旧书网。**

〔七五七〕文芸堂　不明

文芸堂详细地点不明。

1. **清刊《觉世名言十二楼》十二卷三十八回，复旦大学图书**

馆藏。

〔七五八〕文运堂　扬州(邗上)

邗上文运堂光绪十八年刊《新世鸿勋》四卷二十二回，鲁迅故居藏。邗上即扬州，据此可知文运堂位于扬州。

另有文运堂多家，分别叙录如下：

1. 泊镇文运堂。道光年间刊《增校万命根源百中经》，书影见孔夫子旧书网。

2. 巴川文运堂。清刊《状元阁女四书》，内封题“巴川文运堂发兑”；清光绪四年刊《八仙全图》，内封题“绵邑文运堂”；清刊《百家姓帖》，书影均见孔夫子旧书网。

3. 浒湾文运堂。清或民国间刊《酒醉花魁》，内封题“卖油郎/新出酒醉花魁/浒湾黄文运堂梓”，书影见孔夫子旧书网。浒湾清属江西抚州金溪，故知江西文运堂位于金溪，主人姓黄。

4. 绩溪文运堂。清刊《新刻童蒙便读孝经正文》，正文卷端题“绩城汪文运堂梓”，书影见孔夫子旧书网。绩溪清属安徽徽州府，故知安徽文运堂位于绩溪，主人姓汪。

1. **光绪十八年刊《新世鸿勋》四卷二十二回，邗上文运堂刊本，鲁迅故居藏**。

〔七五九〕文在兹善书坊　广州(粤东河南洪德大街)

文在兹善书坊位于广州。光绪三十三年刊《济世经验方》，内封题“顺邑谈乐善堂新刊/粤东河南洪德大街文在兹善书坊藏板”，有识语题“河南洪德大街谈文在兹主人披露”，序则题“光绪三十三年仲春吉旦顺邑谈泽文序于河南乐善草堂”，见孔夫子旧书网，以此知文在兹善书坊位于广州河南洪德大街，主人即谈泽文。

文在兹善书坊清刊《何仙姑宝卷》，内封题“板寄河南洪德大街文在兹善书坊承印”，书影见孔夫子旧书网；光绪二十八年刊《梵音大悲咒》不分卷，澳门大学图书馆藏；同治九年序刊《如来修行雪山记》一卷，北京大学图书馆藏；民国三年重镌《金刚经》，内封题“粤城河南南华西路文在兹善书坊承印”；民国八年刊《吕祖医道还元》九卷附《吕祖奇症新方》一卷，加拿大英属哥伦比亚大学亚洲图书馆藏，内封题“中华民国八年/华联仙馆敬刊/医道还元/广州河南洪德街文在兹书局承印”。文在兹善书坊是清末广州较早刻印善书、经文的书坊。

1. **光绪十九年序刊《七真因果传》二卷二十九回，书影见孔夫子旧书网。**

2. **光绪三十一年刊《忠孝勇烈奇女传》四卷三十二回，中国国家图书馆藏。**

〔七六〇〕翁少麓　苏州(南城)

翁少麓崇祯间刊《卜筮全书》十四卷，(明)姚际隆撰，美国哈佛大学哈佛燕京图书馆藏，内封题“金阊翁少麓梓行”，据此可知翁少麓为苏州书坊。天启二年刊《嘉乐斋三苏文范》十八卷，河南大学图书馆藏，版心下方有字曰“吴郡姚可达书章钦刻”，刻工和写工均为苏州人，进一步说明书坊翁少麓位于苏州。

翁少麓刊书多用“南城翁少麓”的名号，万历间刊《新镌玉茗堂批点按鉴参补出像南北宋传》存南宋卷一至五，傅惜华旧藏，内封题“镌玉茗堂批点出像南北宋传/像仿大家笔意、名公称式诗词/南城翁少麓”。南城可能是指苏州城的南部，或指吴江县的南城村。南城翁少麓主要活动于明末万历至崇祯年间，刊刻的书籍主要有：万历间刊《陆士衡集》十卷，北京大学图书馆藏；天启三年刊《删补古今文致》十卷，复旦大学图书馆藏；万历十五年至天启七年刊《学圃萱苏》六卷，中国人民大学图书馆藏；崇祯元年刊《名世文宗》三十卷，南京大学图书馆藏；明刊《草堂诗余》四集，北京大学图书馆藏；崇祯间刊《食物本草》廿二卷，首一卷，美国哈佛大学哈佛燕京图书馆藏；崇祯九年刊《四书直解》二十七卷，河南大学图书馆藏；明刊《性理标题综要》二十二卷，郑州大学图书馆藏；明刊《司马长卿集》一卷，南京大学图书馆藏。

1. **万历间刊《北宋志传》五十回，傅惜华旧藏**。

2. **万历间刊《南宋志传》五十回，傅惜华旧藏**。

〔七六一〕卧松阁　金陵

卧松阁万历三十四年序刊《杨家府世代忠勇通俗演义志传》八卷五十八则，北京大学图书馆藏。首《杨家通俗演义序》，题"时万历丙午长至日秦淮墨客书"，印"纪氏振伦""春华"，说明秦淮墨客为纪振伦，字春华，江宁人。每卷有双面连图五叶，从插图风格看，为金陵版画风格。据序作者、小说插图等综合判断卧松阁为江苏金陵书坊。

1. **万历三十四年序刊《杨家府世代忠勇通俗演义志传》八卷五十八则，北京大学图书馆藏**。

〔七六二〕卧闲草堂　扬州

卧闲草堂嘉庆八年刻《儒林外史》五十六回，藏于中国国家图书馆、复旦大学图书馆、英国伦敦博物院等，内封题"嘉庆八年新镌/儒林外史/卧闲草堂藏板"，首《儒林外史序》，末署"乾隆元年春二月闲斋老人序"。人民文学出版社1974年影印本《儒林外史》之出版说明云："卧闲草堂本回评的作者，已难考知，但从评文可见，评者对吴敬梓颇了解，对扬州风俗也相当熟悉，也许是作者的亲友。"由于未能找出卧闲草堂刊刻的其他作品，我们只能据《儒林外史》的评者大致推测其位于扬州。

关于卧闲草堂的详细情况，参见文革红《乾嘉时期小说书坊与通俗小说》"卧闲草堂"条（第180页）。

1. **嘉庆八年刊《儒林外史》五十六回，复旦大学图书馆藏。**

〔七六三〕卧云山馆　湖南（孙桐生）

卧云山馆光绪七年刊《红楼梦》评本，内封题“光绪辛巳新镌/妙复轩评本/绣像石头记红楼梦/卧云山馆藏板”，内有程伟元原序，孙桐生序跋，绣像二十幅，读法、题法等，正文有太平闲人双行类评及回后总评，是研究《红楼梦》的重要史料。《妙复轩评本绣像石头记》首叙题“同治癸酉季秋月下浣饮真外史孙桐生叙于卧云山馆”，可证卧云山馆即孙桐生书室。孙有《卧云山房文钞》二卷。

孙桐生（1824—1904），四川绵阳人，字小峰（亦作筱峰），号左绵痴道人、巴西忏梦居士、痴道人、情主人、饮真外史等，早期红学家，曾批过红楼梦甲戌本，倾其家产出版《妙复轩评石头记红楼梦》。

脂砚斋评本红楼梦二十八回后有刘铨福跋云：“近日又得妙复轩手批十二巨册，语虽近凿，而于《红楼梦》味之亦深矣。此批本丁卯夏借与绵州孙小峰太守，刻于湖南。”孙小峰当即孙桐生。从此按语看，此本为孙桐生刻于湖南，为湖南刊本。

1. **光绪辛巳七年刊《妙复轩评石头记》一百二十回，中国国家图书馆、上海图书馆、北京大学图书馆藏。**

〔七六四〕卧云书阁　抚州金溪（绣谷）

卧云书阁道光二十三年刊《双凤奇缘传》二十卷八十回，复旦大学图书馆藏，序题“道光癸卯岁绣谷彼冈饶云凤摹于卧云书阁”。绣谷，指江西抚州金溪锦绣谷，据序所题可推知卧云书阁位于江西金溪。

1. **道光二十三年刊《双凤奇缘传》二十卷八十回，复旦大学图书馆藏。**

〔七六五〕吴观明　建阳

吴观明明刊《李卓吾先生批评三国志》不分卷一百二十回，北京大学图书馆、日本蓬左文库藏，有《序批评三国志通俗演义》，题“秃子撰”“长洲文葆光书”“建阳吴观明刻”，故知吴观明乃明代建阳书坊主。

1. **明刊《李卓吾先生批评三国志》不分卷一百二十回，北京大学图书馆、日本蓬左文库藏**。

〔七六六〕吴贻先　河南汝宁(中州弋阳)

嘉庆二十五年刊《风月鉴》十六回，吴贻先撰，藏于中国国家图书馆，首作者自叙，署“嘉庆庚辰夏仲/爰存氏自书于茹芝小堂”。书末有作者友人方钰跋，曰：“先生中州弋阳旧族也，姓吴氏，讳贻先，字荫南，爰存其号也。与先君为莫逆交……然先生为人，好脱略，性豪迈，常对令窗矩榻，咄咄不自得，因编《可是梦》《风月鉴》二种以为消遣。”由此可知作者吴贻先字荫南，号爰存，河南弋阳人，曾出仕长芦，后回乡为塾师。弋阳即今河南潢川县，明清时属汝宁府。吴氏著作今存《风月鉴》一种，《可是梦》未见。

作者长期在家乡担任塾师，《风月鉴》方钰跋语曰：“钰堂弟存智为先生理家计，时居其家，钰与商之，付诸剞劂，庶存先生一时之无聊寄慨云尔。”说明此书是方钰与他的堂弟存智一起为吴氏刊刻的，当时存智在吴氏家中帮忙料理家计，故此书之刊刻当在河南，为吴氏家刻本。

1. **嘉庆二十五年自叙刊《风月鉴》十六卷十六回，中国国家图书馆藏**。

〔七六七〕吴玉田　福州

吴玉田光绪丁亥十三年刊《增订批点四书集注》，内封题“罗宗德堂藏板”，卷七末署“福州吴玉田镌字”字样；光绪二十五年刊《巴黎茶花女遗事》，最后一页末行刻有“福州吴玉田镌字”字样。故知吴玉田为福州书坊主。吴玉田，侯官（今福州市）人，生于清朝道光末年，自幼习学刻书，咸丰年间在南后街宫巷口东侧开设书坊，号“吴玉田刻坊”，营业时间至清末。同治八年刊《长乐县志》二十卷，首一卷，北京师范大学图书馆藏；同治十年刊《产孕集》二卷，北京大学图书馆藏；光绪二十六年刊《东游日记》不分卷，中国人民大学图书馆藏。其余刊书较多，不一一列载。

1. **光绪十四年刊（咸丰八年自序）《花月痕》十六卷五十二回，天津图书馆藏**。

〔七六八〕吴云北　扬州

吴云北嘉庆十四年刻《希夷梦》，藏于法国国家图书馆，有《古本小说丛刊》影印本，内封题“希夷梦/本堂藏板/嘉庆十四年新镌”，卷首作者自序，末署“新安蜉蝣氏汪寄志原”，另有“野马”序，其人名“吴云北，野人行踪，无定风帆，车蹇少有，已时其往来南北，或经邗沟，则寓于梵觉寺之远山房”。吴云北寓居梵觉寺远山房时得到作者手稿，野马序云：“予乃扃扉检册，奈汗津津不休，为之曲肱倚息，及霹雳震屋，注雨倾盆，乍惊寤时则已暮矣。移簟还房，驱蚊燃烛，垂帘玩绎，日上方眠。凡十夜始毕……惟其实有裨益于世道人心也，何可使之湮没！将谋梓焉，缘为之序。”

从序可知，谋求刊刻此书的人即吴云北，说明小说原刻者为吴云北，其时正寓居扬州梵觉寺远山房，因此此书刊刻地即在扬州，我们姑定此本为吴云北刊本。

关于吴云北的详细情况，参见文革红《乾嘉时期小说书坊与通俗小说》“吴云北”条（第181—182页）。

1. **嘉庆十四年刊《希夷梦》四十卷，天津图书馆、法国国家图书**

馆藏。

〔七六九〕五车轩　苏州？

五车轩清刊《四大奇书第一种》十九卷，一百二十回，内封题“金圣叹先生原本/毛声山批评三国志/绣像第一才子书/五车轩藏板”，美国哈佛大学哈佛燕京图书馆藏，版心下镌“启元堂”，乃是利用启元堂旧板刷印。启元堂为苏州书坊，五车轩是否位于苏州尚有待考证。

1. **清刊《第一才子书》十九卷一百二十回，美国哈佛大学哈佛燕京图书馆藏。**

〔七七〇〕五桂堂 1　广州（粤东省城第七甫、广州光复路）

五桂堂刊刻年代较早的书为《何必西厢》三十七卷，嘉庆五年刊，北京大学图书馆藏，内封题“嘉庆庚申小春镌/何必西厢/一名梅花梦/五桂堂藏板”；清刊《钟无艳娘娘全集四本》六集二卷，吉林大学图书馆藏，内封题“广州市第七甫五桂堂藏板”；清刊《俗话倾谈》二卷，外封有“第七甫五桂堂藏板”字样；清末刊《美味求真》，内封题“粤东省城七甫五桂堂板”；清刊弹词《梁婆求媳》，内封题“广州五桂堂”；清刊《五鼠闹东京传》，内封也有“广州五桂堂”字样；民初刊《何惠群叹五更》，内封有“广州光复路五桂堂”字样，书影见孔夫子旧书网，据此可知五桂堂应为广州书坊，位于第七甫（今光复中路）。

五桂堂由花县徐学源、徐学成兄弟创办，以专门刻印、发售弹词、木鱼书、南音、龙舟、曲本、小说而扬名省港澳。五桂堂光绪十六年刊《岭南即事杂咏》五卷，吉林大学图书馆藏；清末刊《接续三下南唐全本》四卷，北京师范大学图书馆藏；清末刊《新选梅李争花全本》四卷，复旦大学图书馆藏；清末刊《粤讴》一卷，吉林大学图书馆藏；民国间刊《全套赛韩湘赵昂九嫂看灯笼头金鈗金钗记》四卷，北京师范大学图书馆藏。

1. **清刊《五鼠闹东京传》二卷。**

2. **清刊《俗话倾谈初集》四卷十则，书影见孔夫子旧书网。**

3. **清末刊《三国因》二卷，英国博物院藏。**

4. **光绪十六至二十五年刊《绣像东游传》四十五回，香港中文大学图书馆藏。**

5. **光绪十六至二十五年刊《南游华光志传》四卷十八回，香港中文大学图书馆藏。**

6. **光绪十六至二十五年刊《西游记传》四卷，香港中文大学图书馆藏。**

7. **光绪十六至二十五年刊《北游记》二卷，香港中文大学图书馆藏。**

8. **清刊《警富新书》□卷四十回。**

〔七七一〕五桂堂 2　香港（香港文武庙）

民国四年广州五桂堂在香港设立分店，刊有木鱼书《背解红罗全本》，内封题“香港五桂堂书局版”，书影见孔夫子旧书网；民国间刊《五鼠闹东京传》，内封题“香港五桂堂板”，香港大学冯平山图书馆藏。民国间铅印《拗碎灵芝》四卷，北京师范大学图书馆藏，内封题“省港五桂堂/广州第七甫、香港文武庙”，据此可知香港五桂堂位于文武庙。

1. **民国间刊《五鼠闹东京传》二卷，香港大学冯平山图书馆藏。**

〔七七二〕五经楼　广州（粤东省城太平门外十七甫）

五经楼同治九年刊《俗话倾谈》二集四卷，北京大学图书馆藏，内封有“粤东省城十七甫五经楼藏板”字样；光绪十七年刊《保婴撮要良方》，内封题“粤东省城太平门外十七甫五经楼藏板”，香港中文大学图书馆藏。“粤东”泛指广东，“粤东省城”无疑指广州，因此五经楼应在广州，位于太平门外十七甫，今广州光复路。

五经楼刊书不晚于乾隆元年，刊有《原板五经楼小题拆字》，序题“乾隆元年春王之吉朝城山补职仲甫樊侯氏题于五经楼中”，可见乾隆元年就已经有五经楼。五经楼清刊初集《钟无艳》十卷、二至六集《钟国母》五十卷，厦门大学图书馆藏；光绪二年冬重刊《二论引端详解》，内封题“省城十七甫五经楼藏板”；光绪十五年发兑《礼仪便览》，内封题“羊城十七甫五经楼发兑”；光绪十九年新镌《阴骘感应格言》，内封题“省城十七甫五经楼承印”；清刊《李学士书法》，内封题“十七甫五经楼藏板”，书影均见孔夫子旧书网。

1. **同治九年刊《俗话倾谈一集》二卷十一则（与《俗话倾谈二集》合刊），中国国家图书馆藏。**

2. **同治九年刊《俗话倾谈二集》二卷七则（与《俗话倾谈一集》合刊），中国国家图书馆藏。**

〔七七三〕五雅堂　苏州（金阊）

金阊五雅堂崇祯十五年序刊《绣像演义片璧列国志》十卷一百〇四则，日本京都大学文学部藏，《古本小说集成》影印本，内封题“李卓吾先生评阅/绣像演义片璧列国志/金阊五雅堂梓行”；康熙三十年刊《绘事备考》，内封题“金阊大雅/五雅堂梓行”，书影见孔夫子旧书网。以此知五雅堂为苏州书坊。苏州五雅堂崇祯间刊《陶靖节集》八卷，中国国家图书馆藏。

1. **崇祯十五年刊《绣像演义片璧列国志》十卷一百〇四则，日本京都大学文学部藏。**

〔七七四〕五友堂　扬州

五友堂康熙间刊《增补武经三子体注》不分卷，内封署“五友堂梓行”，序署“大清康熙岁次庚子（五十九年）秋月/邗江杨谦序”，印二“杨谦之印”“状元及第”，卷端署“宁致堂增订武经体注”“于湖夏振翼遁闇纂订/酉溪包国甸次候校定”或“澜水金正音功成校订”，版心镌“五友堂”字样，据此知五友堂康熙间业已刻书。杨谦，字先豫，扬州仪征人，康熙四十五年丙戌科武状元，据序推知此本刻于扬州。

南京图书馆藏大德堂刊本《第一才子书》十九卷一百二十回，版心镌“五友堂”字样，显系用五友堂的板木后印，大德堂为扬州书坊，此点或可旁证五友堂亦为扬州书坊。

关于五友堂的详细情况，参见文革红《乾嘉时期小说书坊与通俗小说》“五友堂”条（第182页）。

1. **约嘉庆间刊《绣像第一才子书》十九卷一百二十回，南京图书馆藏**。

〔七七五〕五云楼　广州（省城天平街、凤城）

五云楼清刊《苏文忠诗合注》五十卷，（清）冯应榴辑订，北京大学图书馆藏，内封题“省城天平街五云楼藏板/天平街青云楼发兑”，据此知五云楼在广州，位于天平街。根据《中国通俗小说总目提要》，北京大学图书馆藏本《唐钟馗平鬼传》，内封有“广东凤城五云楼”“乾隆乙巳五十年”字样。“凤城”，顺德旧称，清属广州府，则凤城五云楼在广州。

五云楼道光二十九年刊《仲景归真》，书影见孔夫子旧书网；清刊《春秋左传》五十卷，北京大学图书馆藏；咸丰丁巳七年刊《增补详注批点春秋左传解要》，咸丰辛酉十一年新撰《四书味根录》，题“省城五云楼藏版”，书影均见孔夫子旧书网；同治五年刊《五方元音》，复旦大学图书馆藏。另刊有《唐诗合解笺注》《妇人良方》等书。

1. **同治七年刊《今古奇观》十卷，日本早稻田大学藏**。
2. **咸丰己未九年刊《新镌绣像红楼梦》一百二十回**。

3. **乾隆五十年刊《唐钟馗平鬼传》八卷十六回，北京大学图书馆藏。**

4. **清刊《斩鬼传》四卷十回。**

5. **嘉庆间刊《忠义水浒传》二十卷一百一十五回，中国国家图书馆藏。**

6. **嘉庆间刊《四大奇书第一种》六十卷一百二十回，中国国家图书馆藏。**

7. **同治二年重镌《四大奇书第一种》六十卷一百二十回，日本东京大学文学部藏。**

〔七七六〕五云堂 1　抚州刘氏

五云堂康熙年间刊《李杜全集》，北京大学图书馆藏，内封题“许玄祐先生较/李杜全集/云林五云堂藏板”；清刊《新刻秘传四先生鬼灵经通天窍》，内封题“绣谷五云堂藏板”，书影见孔夫子旧书网。“云林”“绣谷”均指江西抚州金溪云林镇，据此可知五云堂位于江西抚州金溪。绣谷锦盛堂道光十年刊本《华光天王南游志传》十七则，中国国家图书馆藏，卷三正文卷端题“书林五云堂刘氏梓”，据此可基本断定绣谷五云堂的主人为刘姓。

五云堂乾隆乙未秋刊《历朝咏物诗选注释》，书影见孔夫子旧书网。

京师琉璃厂亦有五云堂，清道光十年刊《三合语录》不分卷，北京大学图书馆藏，内封题“板藏琉璃厂五云堂”，据此可知京师五云堂位于琉璃厂。

1. **道光十年覆明刊《华光天王南游志传》十七则，《四游全传》之一，大连图书馆藏。**

2. **清刊《二度梅全传》六卷四十回，行款 9 行×26 字，中国国家图书馆藏。**

3. 清刊《二度梅全传》六卷四十回，行款 11 行×28 字，书影见孔夫子旧书网。

〔七七七〕五云堂　郑氏

五云堂乾、嘉间刊《南北宋志传》一百回，复旦大学图书馆藏，题“郑五云堂”，据此可知五云堂主人为郑氏。

1. 郑五云堂乾、嘉间刊《北宋志传》五十回，复旦大学图书馆藏。

2. 郑五云堂乾、嘉间刊《南宋志传》五十回，复旦大学图书馆藏。

〔七七八〕务本书局　宝庆

务本书局光绪十八年刊《重刊宋本十三经注疏附校勘记》，北京大学图书馆、复旦大学图书馆、四川大学图书馆等处藏，题“光绪十八年湖南宝庆务本书局重镌”，据此可知务本书局位于宝庆府。

1. 咸丰元年重刊《飞龙全传》十二卷六十回，日本东北大学狩野文库藏。

〔七七九〕务本堂　上海(上洋)

务本堂乾隆四十七年刊《图形枕藏外科》，内封题“乾隆壬寅仲夏/务本堂新镌”；乾隆甲寅五十九年春镌《务本堂周易》，书影均见孔夫子旧书网。说明务本堂乾隆间已经开始刻书。务本堂有多家，兹分别叙述如下：

1. 上洋务本堂。同治九年重刊《说岳全传》二十卷八十回，内蒙古大学图书馆藏，孔夫子旧书网有书影，内封题“同治庚午年重镌/绣像精忠演义/说岳全传/上洋务本堂梓行”。“上洋”此处指上海，以此知务本堂位于上海。

务本堂光绪九年刊《诗经集传》，内封题“上洋大东门务本堂藏板”，辽宁大学图书馆藏，以此知务本堂位于上海大东门。

2. 长沙务本堂

嘉庆二十年长沙务本堂刊《楚辞新注求确》,书影见孔夫子旧书网。

3. 遂宁务本堂

咸丰辛亥元年重镌《增补保赤类编》,卷末题“遂宁务本堂新刻”;光绪十五年新镌《医学从众录》,内封题“遂宁务本堂刊行”,书影见孔夫子旧书网。遂宁县位于四川。

4. 杭州务本堂

光绪间刊四种弹词,包括《六美图》三十回、《绣像九龙阵》十六卷十六回、《绣像双帅印》十四回、《闹芦庄》十六回,华东师范大学图书馆藏,内封题“武林务本堂新镌藏板”,以此知杭州有务本堂;光绪十九年刊《增广达生全编》,余杭图书馆藏。

5. 扬州务本堂

光绪丙子二年重镌《乌金丸录》,内封题“扬州务本堂藏板”,书影见孔夫子旧书网,以此知光绪间扬州有务本堂。

6. 金陵务本堂

金陵务本堂桂氏光绪八年刊《四书益智录》二十卷,(清)桂含章撰,书影见孔夫子旧书网。

7. 湖南宝庆务本堂

光绪十七年刊《唐诗三百首注释》六卷,华东师范大学图书馆藏。

务本堂刊刻的书有:嘉庆癸酉十八年镌《重订广事类赋》,内封题“剑光阁原本/务本堂藏板”,剑光阁为无锡华希闵书室名;嘉庆庚辰二十五年新镌《艺苑名言》,内封题“务本堂藏板”,正文题“苕水蒋澜云会氏纂辑”;同治己巳八年仲冬重刊《千家诗笺注》;清刊《增补四书备旨灵捷解》,内封题“务本堂藏板”;清刊《医方捷径》,内封题“务本堂原板”,正文卷端作“书林西山堂梓”,西山堂为苏州书坊,书影均见孔夫子旧书网。由此可知务本堂刊书较多,规模较大。

1. **清刊《今古奇观》四十卷四十篇,中国社会科学院文学研究所藏。**

2. 清刊《续金瓶梅》十二卷六十四回，英国博物院藏。

3. 清刊《绣像批点红楼梦》一百二十回。

4. 乾隆五十三年刊《驻春园小史》六卷二十四回。

5. 清刊《白圭志》四卷十六回，中国国家图书馆藏。

6. 同治十年刊《济颠大师醉菩提全传》不分卷二十回，北京大学图书馆藏。

7. 清刊《后西游记》四十回，日本早稻田大学藏。

8. 光绪五年刊《北宋志传》五十回，首都图书馆藏。

9. 光绪五年刊《南宋志传》五十回，首都图书馆藏。

10. 道光十七年刊《云合奇踪》十卷八十回，首都图书馆藏。

11. 道光二年刊《于少保萃忠全传》十卷四十传，中国国家图书馆藏。

12. 清刊《东周列国志》二十三卷一百〇八回，书影见孔夫子旧书网。

13. 嘉庆二十二年刊《粉妆楼全传》不分卷八十回，日本京都大学人文科学研究所藏。

14. 嘉庆十三年序刊《重订龙图公案》十卷一百则，天津师范大学图书馆藏。

15. 同治九年重刊《说岳全传》二十卷八十回，内蒙古大学图书馆藏。

16. 道光十二年刊《征西说唐三传》十卷八十八回，辽宁省图书馆藏。

17. 同治五年刊《施案奇闻》九十七回，中国国家图书馆、胡士莹旧藏。

X

〔七八〇〕西湖　杭州

西湖书坊清初刊《博古斋评点小说警世奇观》十八帙，日本东京大学东洋文化研究所双红堂文库藏，内封题“博古斋评点小说/警世奇观/西湖藏板”，卷首自序，署“龙钟道人漫题”，有“岑翁”“龙钟道人”印章，每篇后间有评语，署“叶岑翁”，观此书，编、序、评出自叶岑翁一人之手。“博古斋”为叶岑翁书斋名。叶岑翁，生平不详，福建人。此本之刊刻从“西湖藏板”看，似在杭州地区。

1. **康熙十二年以后刊《警世奇观》十八帙，日本东京大学东洋文化研究所藏。**

〔七八一〕西山堂　京师(北京琉璃厂)

西山堂同治十二年刊《菊部群英》一卷，复旦大学图书馆藏，内封题“北京琉璃厂西山堂”，以此知西山堂位于北京琉璃厂。西山堂刊书不晚于嘉庆六年，该年刊《重订路史》，南京大学图书馆藏。

1. **康熙五年序刊《孙庞斗志演义》二十卷二十回，俄罗斯圣彼得堡大学藏。**

〔七八二〕西泰山　不明

西泰山详细地点不明。

1. **清末刊《西游真诠》八卷一百回，复旦大学图书馆藏。**

〔七八三〕西园　扬州

西园康、雍间刊《桃花扇》传奇，内封题“云亭山人编/桃花扇/西园梓行”，首《桃花扇序》，署“梁溪梦鹤居士撰”，又“金坛小刿氏再题”序，此本乃据康熙刊本重刊，梁溪梦鹤居士序原刊本即有，而“金坛小刿氏再题”序原刻本是否有不清楚。

泰州沈氏乾隆七年重刊《桃花扇》，内封沿袭康、雍间刊本，仍题“云亭山人编/桃花扇/西园梓行”，首有“梁溪梦鹤居士撰”序，另有《重刊桃花扇小引》，末署“乾隆七年壬戌仲秋上浣/愚亭居士沈成垣识于清芬堂”，序云“《桃花扇》自进内廷以后，流传宇内益广，愚夫愚妇无不知此书之感慨深微，寄情远大，所憾者刻板为云亭主人珍藏东鲁，印本留南人案头者有时而尽，后学求观不得，每借抄于友朋，甚劳笔墨”，为此沈成垣之父沈默集资重刻，尚未完成而病逝，由沈成垣继其事，卷后有海陵沈默和海陵沈成垣跋语，据此可知西园刊本乃沈氏家刻本。

沈成垣，江苏泰州人，生活于康、雍、乾间，沈默之子，曾刻《发幽录》。

遍查各种资料，未见西园刊刻的其他书籍。西园刊刻《龙图公案》在乾隆年间，而刻《桃花扇》传奇亦在乾隆年间，故我们可以推测两个西园应为同一家，即泰州沈氏西园，泰州清属扬州府。

关于西园的详细情况，参见文革红《乾嘉时期小说书坊与通俗小说》“西园”条(第183页)。

1. **乾隆辛亥五十六年刊《龙图公案》十卷一百则，中国社会科学院文学研究所藏。**

〔七八四〕西园书屋　泉州

西园书屋清刊《朱子家礼》四卷，书影见孔夫子旧书网，正文版心有“西园书屋”字样，内封则题“崇经藏板”。崇经堂为福建泉州书坊，西园书屋有可能位于泉州。据泉州历史网之《泉版印刷》一文，泉州的书坊中就有西园书屋：

> （泉州）清代有堂记、坊号的刻书业，如辅仁堂、郁文堂、会文堂、光华堂、同文堂、润芬堂、涌芳堂、素经堂、继成堂、崇经堂、柯草堂、光韪堂、冠悔堂、清白堂、绮文居、二铭山馆、鉴湖亭、西园书屋、珠玉楼、梅石山房、益文斋、薰园、圣教书局、湖山草堂、聚德堂、辅仁堂、书文堂等。

可见，西园书屋确实位于泉州。

西园书屋清刊《本朝馆阁诗花样集》，内封题"西园书屋藏版"，卷端题"湘阴杨昌光秋笛编、同里蒋瑾我怀参"，书影见孔夫子旧书网；康熙辛未三十年刊《尧峰文钞》十卷，又四十卷，南京大学图书馆藏；清刊《小题秘诀》，书影见孔夫子旧书网；光绪十九年重校《经济类考》二卷，中国人民大学图书馆藏，封面镌"光绪己丑仲夏/上海鸿文书局石印"，卷端题"广陵顾九锡临邗氏辑著，同学诸子参订，西园书屋重校"。

1. **清刊《今古奇观》十二卷二十四回，节本，日本早稻田大学藏**。

〔七八五〕锡环堂　不明

锡环堂乾隆年间已经开始刊书，乾隆二十四年刊《唐诗体经笺注》，北京大学图书馆藏，内封题"乾隆己卯年新镌/天都吴瑞人选订、广陵顾天飞注释/唐诗体经笺注/锡环堂梓"；乾隆六十年刊《周易经义审》七卷，卷首一卷，北京大学图书馆藏；清刊《应试唐诗类释》十九卷，备考一卷，北京大学图书馆藏；嘉庆二年刊《增订古文析义合编》，内封题"锡环堂梓行"；清刊《篆字汇》十二卷，内封题"锡环堂藏板"，书影见孔夫子旧书网。

锡环堂具体地点不明。

〔七八六〕洗心斋　不明

洗心斋具体地点不明。

1. **清刊《采花心》不分卷十二回，马廉旧藏。**
2. **清刊《英云梦传》八卷十六回，天津师范大学图书馆藏。**

〔七八七〕夏振宇　不明

明嘉靖壬子三十一年序刊《新刻校正古本大字音释三国志通俗演义》十二卷二百四十则，日本蓬左文库藏，前溪堂夏振宇翻印原官刻本。陈翔华《日本藏夏振宇刊本〈三国志传通俗演义〉纪略》是这样描述夏振宇刊本的：

《三国志传通俗演义》十二卷二百四十段，明书林夏振宇刊本。仅见藏于日本名古屋市蓬左文库。

首卷端题“新刻校正古本大字音释三国志通俗演义”；次行至第四行分署：“平阳侯陈寿史传”、“后学罗贯中编辑”（其他各卷“编辑”俱作“编次”）、“书林夏振宇绣梓”。按陈寿曾官平阳侯相，此本及诸明本所署俱误落一“相”字。又，此本卷三首行书题“校正古本”空缺“正”“古”二字，第三行“罗贯中”挖改增作“罗本贯中”四字，第四行“夏振宇绣梓”挖改作“前溪堂绣梓”。尾题“三国志传”（见卷一、卷三、卷六、卷八），或“三国志传通俗演义”（见卷二）。板心题“官板三国传”。

陈翔华最后得出结论：

第一，夏振宇刊本是一部母本来自“官板”的坊刻本，刊行的时域疑当在明隆庆或万历初年，最早或可上推至嘉靖末年。这也是一部今见较早的明刊本。

第二，夏振宇刊本既使用了后人修改过的某些非“旧本”文字，又保存有原先“古本”（即旧本）的若干描写。正文承袭母本，而未见率尔增改。

第三，与北京人民文学出版社影印所谓明嘉靖元年序刊本相比照两本有不少文字相同或相近，甚至舛误亦同彼此；但是又有许多差异，夏振宇刊本在情节及文字上还保留某些重要描写。这些说明两本的祖本当共出于某一个传抄本，后来在各自再传抄与版刻时多次进行程度不一的或大或小的整饰和修改。于是，在祖本共出的系列中，生成了不同的版本。（按周曰校刊本也应属于这一系列。）

第四，夏振宇刊本保留了关索随诸葛亮南征的故事，而这个故事是原先就已存在的。

但夏振宇究竟为何处人，在何处开设书坊，这些问题仍然付之阙如。

1. **嘉靖三十一年刊《新刊校正古本大字音释三国志通俗演义》十二卷二百四十则，日本蓬左文库藏**。

〔七八八〕咸裕堂　不明

咸裕堂清刊《汤头歌括》，休宁汪庵编辑，书影见孔夫子旧书网。其余刊书未见，地点不明。

1. **清刊《说唐演义全传》不分卷六十八回，日本山口大学人文学部藏**。

2. **清刊《说唐演义后传》十卷五十五回，中国社会科学院文学研究所藏**。

〔七八九〕祥盛堂　陕西同州（咸林）

祥盛堂咸丰八年刊《见龙楼新较算法全书》，内封题“祥盛堂梓行”；咸丰八年刊《评改先入言》，内封题“祥盛堂藏板”，书影见孔夫子旧书网。刊书较少。咸林，古地名，位于今天陕西渭南华州区，清朝雍正三年前属陕西省西安府，雍正三年后升为直隶州，乾隆元年以后属同州府管辖，以此知祥盛堂为陕西同州书坊。

1. **清刊《张子房归山诗》一篇，书影见孔夫子旧书网**。

2. **清刊《解学士诗》一篇，书影见孔夫子旧书网**。

〔七九〇〕消闲居　杭州

消闲居乾隆初年刻《绣像拍案惊奇》三十六卷，藏于北京大学图书馆、上海图书馆，内封题“姑苏原本/绣像拍案惊奇/消闲居精刊”。“姑苏原本”的意思是以姑苏原刊本为底本重刻，有时确实按原来的内容重刻，有时并不完全按原来的内容刻，由于原刊本影响颇大，故书坊往往以“××原本”相号召，具有广告性质。《拍案惊奇》原刊本是崇祯元年金阊尚友堂刊本，此本是以金阊尚友堂刊本为底本的翻刻本，特意提出为“姑苏原本”，恰恰说明消闲居不是苏州书坊，正如明末福建书坊为了借南京板木（京本）的名气，以“京本”名义刊刻书籍多种。

据消闲居所刻《十二楼》，可推断消闲居为杭州书坊。《十二楼》第七图镌“念翼写”字样，说明插图出自胡念翼之手。胡念翼是顺、康间活动于杭州一带的画工，所画插图有刊刻于杭州的小说如蜩寄刊本《西游证道书》、翰海楼刊本《豆棚闲话》、李渔《无声戏》等，故从画工判断消闲居刊本《十二楼》刻于杭州，则消闲居或位于杭州。

关于消闲居的详细情况，参见文革红《清代前期通俗小说刊刻考论》“消闲居”条（第381—384页）。

1. **清初刊《绣像拍案惊奇》三十六卷，佚失**。

2. **乾隆四十三年刊《拍案惊奇》八卷二十三回，北京大学图书馆、日本广岛大学文学部藏**。

3. **清刊《拍案惊奇》十八卷三十六篇，美国哈佛大学哈佛燕京图书馆藏**。

4. **顺、康间刊《十二楼》十二卷三十八回，中国国家图书馆、北京大学图书馆、吴晓铃藏。**

5. **雍、乾间刊《醒世名言梦月楼》卷数未详，佚失，日本宝历甲戌《舶载书目》著录。**

〔七九一〕小蓬莱馆　长沙

小蓬莱馆珍藏光绪二年刊本《四游记》，中国社会科学院文学研究所藏，内封题“丙子长夏刊/小蓬莱馆珍藏”。小蓬莱馆道光二十六年刊《宫闺文选》二十六卷，北京大学图书馆、吉林大学图书馆藏，吉林大学目录著录该书版本为“清道光二十六年(1846)小蓬莱馆长沙”，据此，小蓬莱馆或位于长沙。北大目录则著录为“清道光二十六年(1846)小蓬莱山馆”，由此推断“小蓬莱馆”实即“小蓬莱山馆”。

小蓬莱山馆道光间刊《馆课诗钞》，内封题“道光癸未迄辛丑十科/翰林院原本/馆课诗钞/小蓬莱山馆重刊”，书影见孔夫子旧书网；道光二十七年刊《阅微草堂笔记》五种，北京大学图书馆藏，其中《如是我闻》内封题“道光二十七年丁未重刊/如是我闻/小蓬莱山馆藏板”；咸丰壬子二年重镌《小蓬莱山馆方钞》，书影见孔夫子旧书网。又有《小蓬莱山馆传奇》十种，见孔夫子旧书网。

1. **光绪二年刊《东游八仙全传》二卷四十五回，中国社会科学院文学研究所藏。**

2. **光绪二年刊《南游华光志传》十八回，中国社会科学院文学研究所藏。**

3. **光绪二年刊《西游记传》四卷四十一回，中国社会科学院文学研究所藏。**

4. **光绪二年刊《北游记》二十四回，中国社会科学院文学研究所藏。**

〔七九二〕小石山房　苏州（常熟顾氏）

小石山房道光八年刊《小石山房印谱》，内封背面题“道光戊子秋日海虞顾氏雕板”，版心作“小石山房”，正文卷端题“海虞顾湘翠岚、顾浩一编辑、弟濂亦溪校字”；清刊《明人诗品》二卷，杜荫棠撰，正文卷端题“常熟顾湘校刊”，书影均见孔夫子旧书网。据此可知小石山房为虞山顾氏书室名，主人为顾湘。虞山即常熟，清属苏州府。顾湘（1829—1880），清代藏书家，字翠岚，号兰江、石墩山人、石墩山民等。藏书楼名“玲珑山馆”“小石山房”“珍艺堂”，藏宋、元、明旧椠数万卷。

虞山顾湘小石山房同治十三年刊《小石山房丛书》五十八卷，包括《东观奏记》《岳阳风土记》等，北京大学图书馆、华东师范大学图书馆、辽宁大学图书馆等处藏；道光七年刊《名家印谱》；咸丰元年刊《易经旁训》，内封背面题“咸丰元年冬日虞山顾氏小石山房刊行”，书影均见孔夫子旧书网。

1. **咸丰三年刊《第一才子书》六十卷一百二十回，中国国家图书馆、北京师范大学图书馆藏**。

〔七九三〕小西山房　苏州（金阊）

小西山房咸丰二年刊《困学纪闻集证》十卷，北京大学图书馆藏，内封题“金阊小西山房梓”；同治六年刊《古文观止》十二卷，中国国家图书馆藏，内封题“姑苏小西山房”。据此可知小西山房为清代苏州书坊。

小西山房刊书不晚于乾隆年间，乾隆四年刊《明诗别裁集》十二卷，郑州大学图书馆藏；乾隆五年刊《本草备要》，河南大学图书馆藏；乾隆二十六年刊《宋诗别裁》八卷，郑州大学图书馆藏；乾隆三十九年刊《河洛精蕴》九卷，北京大学图书馆藏，内封题“乾隆甲午年镌/小西山房藏版”；乾隆四十五年刊《隶法汇纂》十卷，北京大学图书馆等处藏；嘉庆二年刊《淡巴菰唱和合刻》，北京大学图书馆藏；嘉庆二十二年刊《历代二十四史统纪全表》十三卷、《沿革表》三卷、《疆域表》三卷，北京师范大学图书馆、中国国家图书馆藏。清刊《芥子园画传》四集，辽宁大学图书馆藏；光绪间刊《古文析义》八卷，山东大学图书馆藏。刊书较多，不一一列载。

1. **清刊《娱目醒心编》十六卷三十九回，美国哥伦比亚大学藏。**

2. **同治六年刊《映旭斋增订北宋三遂平妖全传》十八卷四十回，南京大学图书馆藏。**

3. **乾、嘉间刊《北宋志传》五十回，复旦大学图书馆藏。**

4. **乾、嘉间刊《南宋志传》五十回，复旦大学图书馆藏。**

5. **清刊《说唐演义前传》十卷六十八回，浙江图书馆藏。**

6. **清刊《说唐小英雄传》二卷、《说唐薛家府传》六卷，浙江图书馆藏。**

〔七九四〕晓曙楼　不明

晓曙楼详细地点不明。

1. **康熙四十年序刊《警世选言》不分卷六回，中国国家图书馆藏。**

〔七九五〕啸风轩　不明

啸风轩详细地点不明。

1. **明末刊《浪史》不分卷四十回，美国哈佛大学哈佛燕京图书馆藏，风月轩又玄子著。**

2. **清刊《浪史奇观》不分卷四十回，周越然、千叶掬香旧藏。**

〔七九六〕啸花轩　苏州

啸花轩是清代苏州地区以刊刻才子佳人小说、艳情小说而著名的小说书坊，大约出现在康熙中期以后，最活跃的时间是雍、乾间，刻书时间延续至清末，是一个典型的以赢利为目的的商业性书坊。共计刊刻小说三十部。关于啸花轩的详细情况，参见文革红《小说书坊“啸花轩”考》一文（载《明清小说研究》2007 年第 2 期），该文从啸花轩所刻小说的作者、故事内容、序跋、民歌等情况，考证出啸花轩为苏州地区书坊。

除大量刊刻情色小说外，啸花轩刊刻的书尚有《增补解人颐大全》，题“啸花轩藏板”，藏于海堂。

1. **清初刊《人中画》十六卷五篇，路工旧藏。**

2. **清刊《一片情》九回，中央美术学院图书馆藏。**

3. **清初刊《新刻世无匹奇传》四卷十六回，谭正璧旧藏。**

4. **清刊《金兰筏》四卷二十回，残存十五至二十回，俄罗斯科学院东方研究所圣彼得堡分所藏。**

5. **清刊《天花藏批评平山冷燕》卷数未详，傅惜华旧藏。**

6. **清刊《锦香亭》四卷十六回，残存十一回（缺七、八、十一、十二、十三回），俄罗斯科学院东方研究所圣彼得堡分所藏。**

7. **清刊《幻中春》十八回，吴晓铃目见。**

8. **乾、嘉间刊《麟儿报》不分卷十六回，中国国家图书馆藏、傅惜华旧藏。**

9. **清刊《麟儿报》不分卷十六回，中国国家图书馆藏。**

10. **乾隆间刊《金云翘传》四卷二十回，中国国家图书馆藏。**

11. **清刊《玉支玑》六卷二十回，傅惜华旧藏。**

12. **清中期刊《画图缘》四卷十六回，书影见孔夫子旧书网。**

13. **乾隆间刊《好逑传》十八回，傅惜华旧藏。**

14. **乾、嘉间刊《情梦柝》四卷二十回，大连图书馆藏。**

15. **约乾、嘉间刊《蝴蝶媒》四卷十六回，中国国家图书馆藏。**

16. **清刊《戏中戏》不分卷七回，吴晓铃旧藏。**

17. **清刊《新刻比目鱼》不分卷九回，北京大学图书馆藏。**

18. **清刊《锦上花》不分卷十六回，李熙祖旧藏。**

19. **嘉庆间刊《玉楼春》十二回，北京大学图书馆藏。**

20. **清刊《绣榻野史》上下两卷，江篱馆校。**

21. **清刊《杏花天》四卷十四回，北京大学图书馆藏。**

22. **乾、嘉间刊《灯月缘》不分卷十二回，上海图书馆藏。**

23. **清刊《浓情快史》不分卷三十回，马廉旧藏。**

24. **顺、康间刊《新编觉世梧桐影》不分卷十二回，大连图书馆藏。**

25. **清刊《巫梦缘》十二卷，日本佐伯文库藏。**

26. **清刊《恋情人》六卷十二回，中国国家图书馆藏。**

27. **清初刊《自作孽醉春风》八卷八回，北京大学图书馆藏。**

28. **乾、嘉间刊《巫山艳史》四卷十六回，北京大学图书馆藏。**

29. **康熙五年序、乾隆间刊《前七国孙庞演义》四卷二十回，大连图书馆藏。**

30. **乾隆间刊《七国乐田演义》四卷二十回，大连图书馆藏。**

〔七九七〕啸花斋　不明

啸花斋清刊《玉楼春》十二回，北京大学图书馆藏。其余刊书未见。地点不明。

1. **清刊《精订玉楼春》四卷二十四回，北京大学图书馆藏。**

〔七九八〕啸月轩　常州

啸月轩清刊夏树芳撰《琴苑茶董酒颠》，《故宫珍本丛刊》第 470 册收录。《琴苑》序署："丙辰秋夕夏树芳书于啸月轩。"①印二"夏树芳印""大空名士"。正文署"据梧居士夏树芳编"，版心有"杨同春刻二百八十四。七十七、十八"等字。《茶董》正文署"延陵夏树芳茂卿甫辑"，附云间董其昌《茶董题词》。查《明人室名别称字号索引》，知夏树芳为江阴人。又查《光绪江阴县志》有关夏树芳的生平记载，

---

① 故宫博物院编. 故宫珍本丛刊，第 470 册[M]. 海口：海南出版社，2000.

曰:“夏树芳,字茂卿,先世素封,至其父以役费产。树芳少食贫,教授里中,万历乙酉(十三年)举于乡,念母老不欲少离,三上公车后不赴。隐居毗山东麓数十年。当道并荐于朝,请如陈献章、吴于弼故事。树芳若不闻也。年八十卒,所著有《消暍集》《词林海错》《女镜》《奇姓通谱》诸书。”①从这段记载可推测《琴苑序》中的“丙辰”为万历四十四年。又查《康熙字典》中“毗”字,知为山名。“又毗陵,汉县名,师古曰旧延陵也。汉改曰毗陵,属会稽郡,今常州曰毗陵。”②因此毗陵即延陵,今常州,古属会稽郡,复旦大学所藏《会稽延陵吴氏宗谱》即把延陵归于会稽郡。夏树芳之所以自称“延陵夏树芳茂卿甫”,当指他隐居常州毗山而言。因此,此本当是在常州刊刻的,则啸月轩应位于常州,明末即业刻书。

啸月轩清初刻《状元易经集注》,内封题“啸月轩遵韵较正/凤池易经”,书影见孔夫子旧书网。

关于啸月轩的详细情况,参见文革红《清代前期通俗小说刊刻考论》“啸月轩”条(第525—526页)。

1. **清初刊《玉娇梨》卷数不详,傅惜华旧藏。**

2. **清刊《新刻蕉叶帕》四卷十六回,中国艺术研究院戏曲研究所藏。**

3. **清刊《浪史》不分卷四十回,吴晓铃旧藏。**

4. **清刊《再同梦》四卷十八回,日本东京大学东洋文化研究所仓石文库藏。**

〔七九九〕校经山房 上海

校经山房光绪十四年刊《亭林先生遗书汇辑》二十六种附年谱、

---

① 中国地方志集成·江苏府县志辑·光绪江阴县志[M].南京:江苏古籍出版社等.

② 清张玉书等编.康熙字典[M].北京:北京师范大学出版社,1997.

神道表，北京大学图书馆等处藏，题“上海朱氏校经山房”；光绪十五年刊《抱朴子》内篇二十卷，外篇八卷，内封有朱印曰“上海校经山房成记督造书籍”，辽宁大学图书馆藏，据此可知校经山房位于上海，主人姓朱。

校经山房刊书多在光绪年间，光绪间三色套印《补注洗冤录集证》四卷，吉林大学图书馆藏；光绪十三年刊《黄极经世易知》八卷，山东大学图书馆藏；光绪二十年刊《观自得斋丛书》，辽宁大学图书馆藏。其余刊书不一一列载。

1. **光绪十年刊《西游真诠》一百回，大连图书馆藏**。

〔八〇〇〕心香阁　苏州

心香阁道光十五年刊《新科墨商四编》，内封题“道光甲午科/吴县席珍编辑/心香阁藏版”，序题“道光乙未孟夏鳌峰席珍书于郡城之□月山房/时年七十有六”，正文卷端题“吴县席珍竹村编辑”，书影见孔夫子旧书网。从本书编者、作序者席珍为吴县人，序写作于吴县，或可说明心香阁即位于吴县，清属苏州府。心香阁道光二十九年刊《楹帖采腴》，内封题“道光己酉孟秋心香阁藏板”，序题“道光二十九年岁次己酉孟秋月望日香山鲍俊序并书”，卷端题“罗昌基文心撰，郑传瑛玉田校”；咸丰甲寅四年春镌《蓬山塾课学庸小题》，内封题“心香阁藏板”，书影均见孔夫子旧书网。

另有光绪六年刊本《心香阁考定二十四气中星图》二卷，北京大学图书馆藏，内封题“光绪六年五月蜀东宋氏锓本”，紫薇垣图题“几江次兰女史图注”，据此可知作者为清代女天文学者江蕙，字次兰，重庆江津人，几江即位于江津。此“心香阁”当为作者书室名，非刻书书坊，刻书者为蜀东宋氏。

〔八〇一〕信德堂　天津

信德堂光绪三十二年刊《绣阁金针》，南开大学图书馆、山东大学图书馆藏，内封牌记题“光绪三十二年正月信德堂删纂重刊”，旁有小字一行“天津文美斋存板”，据内封可知信德堂为晚清天津书坊。各家目录均著录为“天津信德堂”。

信德堂所刊书在孔夫子旧书网上可见的有光绪三年刊《大字十言杂字》、清刊《世间杂字》《同音百家姓》《十三月古人名》等。

1. **光绪庚辰六年重刊《济颠大师醉菩提全传》二十回，书影见孔夫子旧书网**。

〔八〇二〕信记　烟台

称为“信记”的书坊，主要有成文信记，在烟台和潍坊两地均有店铺，烟台成文信记光绪壬辰刊《监本易经》《玉匣记》、光绪五年刊《铜板诗经》，书影见孔夫子旧书网。潍阳成文信记光绪间刊《龙文鞭影》等书。刊刻《雷峰塔传奇》的信记书坊是否即成文信记尚有待考证。

1. **嘉庆十一年序刊《雷峰塔奇传》五卷十三则，阿英旧藏**。

〔八〇三〕星聚堂　金陵

《蔡元放评点东周列国志》现存最早刊本为星聚堂本，藏于日本，作者署“白下蔡羿元放甫评点”，首蔡元放乾隆元年序，其刊刻早于其他有乾隆元年序的本子如经袖堂刊本，为原刊本。蔡元放为乾隆间金陵人，其批评的书另有《西游证道奇书》，金陵九如堂原刊本，卷首有乾隆十五年蔡元放序，署“乾隆十五年岁次庚午春二月/金陵野云主人题于支瞬居中”，据此推断支瞬居为蔡氏书室名，位于金陵。蔡氏所评之书大多由金陵书坊首刊，如《水浒后传》，乾隆三十五年序刊，刊于金陵，由此推测《蔡元放评点东周列国志》的原刊本有可能刊于金陵，则星聚堂为金陵书坊。

关于星聚堂的详细情况，参见文革红《乾嘉时期小说书坊与通俗小说》“星聚堂”条(第 160—161 页)。

1. 乾隆元年蔡元放序刊《东周列国志》不分卷一百〇八回，日本山口大学人文学部藏。

2. 乾隆九年蔡元放序刊《东周列国志》不分卷一百〇八回，书影见孔夫子旧书网。

〔八〇四〕兴文馆　湖州

兴文馆弘光年间刻《新编剿闯通俗小说》十回，乃作者的第二次修订本，藏于日本内阁文库，有《古本小说集成》影印本。正文署"西吴懒道人口授"，首《剿闯小说叙》，末署"西吴九十翁无兢氏序题于云溪之半月泉"。半月泉位于湖州德清县东北四里石壁山下慈相寺中，西吴无兢氏序中自称"结厦半月泉精舍"，"精舍"一般指佛教寺庙的房屋，可见，无兢氏实际上是住在湖州慈相寺半月泉中。序云"故兴文馆请以付梓而余为叙数行于首"，谈到此书刊刻之事，因此，可以说小说乃是在湖州刊刻的，则刊刻者兴文馆自应为湖州书坊。

此书的作者为"西吴懒道人"。廖可斌《古本小说集成·剿闯小说·前言》认为无兢氏可能是王维烈："晚明画家王维烈字无兢，朱谋垔《画史会要》卷四徐沁《明画录》谓为'吴人'，康熙《常熟县志》卷三十一则谓为常熟人。《海虞画苑略》谓王维烈'少游周少谷之门'，周为嘉靖、隆庆间人，则王维烈明末时可能年过八旬，不知作叙者即其人否。"兴文馆刊本《叙》中云："遇懒道人从吴下来口述此事甚详，因及西平剿贼一事，娓娓可听，大快人意，命童子援笔录之，可怒可喜具在编中，用以激发忠义，惩创叛逆，其于人理天心大有关系，非泛尝因果平话比。"本书题署亦说此书为"西吴懒道人"口述记录，但本书文字并非口述体，此为托词而已。作者与写叙者可能为同一人，即西吴懒道人与西吴九十翁无兢氏实为同一人。兴文馆刊本可能是西吴懒道人将书从"吴下"（苏州）带到湖州，由湖州的书坊刊刻出版的，与刊刻于"吴下"的第一个版本相比作了很大改动。

郭沫若《剿闯小史跋》(1944 年重庆说文出版社)谓:“而所谓葫芦道人者,盖即第八卷‘感时事侠客上书’中之‘毗陵匡社友人龚姓讳云起字仲震’其人。毗陵,今武进,古属润州……则所谓无兢氏、葫芦道人殆均此人所化名耳。”①如果无兢氏、葫芦道人、懒道人均指同一人,则其人当是常州人而寓居于湖州者。

关于兴文馆的详细情况,参见文革红《清代前期通俗小说刊刻考论》“兴文馆”条(第 492—493 页)。

1. **清初刊《新编剿闯通俗小说》十回,日本内阁文库藏。**

〔八〇五〕兴贤堂　金陵

兴贤堂清刻《绣像汉宋奇书英雄谱》,藏于中国国家图书馆,上栏为《忠义水浒传》,第一卷卷端署“东原罗贯中编辑/金陵兴贤堂梓行”,据此知兴贤堂为金陵书坊。据《中国古籍版刻辞典》,兴贤堂为崇祯间人唐少村的书坊,刻印过《葛一龙集》;又刻汪瑗《楚辞集解》,其牌记题“本坊精选新旧足本,好板书籍,倘有残篇短缺,认明兴贤堂书铺唐少村无误”②,可证兴贤堂主人为唐少村。

兴贤堂刻书时间持续到清代。清余治《得一录》卷十一《各书坊公禁淫书议单条约》之道光十七年十月日立公同议单名单中即有兴贤堂。

关于兴贤堂的详细情况,参见文革红《乾嘉时期小说书坊与通俗小说》“兴贤堂”条(第 161—162 页)。

1. **乾、嘉间刊《忠义水浒传》二十卷一百一十五回(《绣像汉宋奇书英雄谱》上层),中国国家图书馆藏。**

2. **乾、嘉间刊《四大奇书第一种》六十卷一百二十回(《绣像汉宋奇书英雄谱》下层),中国国家图书馆藏。**

---

① 丁锡根编著. 中国历代小说序跋集[M]. 北京:人民文学出版社,1996.

② 瞿冕良编著. 中国古籍版刻辞典(增订本)[M]. 苏州:苏州大学出版社,2009:270.

〔八〇六〕醒世书屋　不明

醒世书屋清刊《新编香阁艳史》四卷二十回，见《中国书店三十年所收善本书目》“集部·小说类”，中国书店1982年编。醒世书屋具体地点不明。

1. **清刊《新编香阁艳史》四卷二十回，中国书店书目所见**。

〔八〇七〕醒世轩　不明

醒世轩具体地点不明。

1. **道光十年刊《别本绣榻野史》六卷十二回，傅惜华旧藏**。

〔八〇八〕醒斋　苏州

清初宝仁堂刊《济颠大师玩世奇迹》，藏于大连图书馆，有《古本小说集成》影印本，首桃花庵主人序，末有印二“结庐在金阊桃坞之间”“醒斋”，据此可知醒斋乃为桃花庵主人室名，位于苏州桃花坞地区。

1. **清初刊《新镌玉娇梨》二十回，北京大学图书馆藏**。

〔八〇九〕醒醉轩　不明

醒醉轩清刻《新编艳婚野史》四卷十二回，藏于北京大学图书馆，其故事改编自《欢喜冤家》之《两房妻暗中双错认》和《乖二官骗落美人局》，故事地点由杭州改为湖州，而描写的景致仍为杭州：“如开头换妾故事，《欢喜冤家》的故事发生地在杭州府钱塘县，而此书改变到湖州，而下文接写的西湖风光却近在咫尺，换妾新闻一时又传遍杭州，驴唇不对马嘴。”[①]改编者江海主人当为湖州人，自称江海主人和

---

① 薛亮. 明清稀见小说汇考[M]. 北京：社会科学文献出版社，1999.

湖州的地理特征也颇相符，则此刊本或刊于湖州，醒醉轩可能即湖州书坊。

1. **清刊《新编艳婚野史》四卷十二回，北京大学图书馆藏。**

〔八一〇〕雄飞馆　建阳(熊飞，字赤玉)

崇祯年间雄飞馆将《三国》与《水浒》合刻为《精镌合刻三国水浒全传》二十卷二百四十回，即所谓《英雄谱》本，中国国家图书馆藏。卷端题“晋平阳侯陈寿史传，后学罗本贯中编次，温陵李载贽批点”。上层为《水浒传》，题“钱塘施耐庵编辑”，下层为《三国志》。有图共一百叶，题“刘玉明刻”。首熊飞序，题“熊飞赤玉甫书于雄飞馆”。熊飞乃建阳种德堂熊冲宇之子，故雄飞馆也是建阳书坊。

1. **明末刊《小说选言》十八卷十八篇，日本佐伯文库藏。**

2. **崇祯年间刊《雄飞馆合刻英雄谱》，包括《三国志》二十卷一百二十回，日本内阁文库藏；《水浒传》二十卷一百二十回，中国国家图书馆藏。**

〔八一一〕熊龙峰 忠正堂　建阳

明万历间忠正堂熊氏刊《天妃娘妈传》，日本东京大学东洋文化研究所双红堂文库藏，上卷卷首题“南州散人吴还初编，昌江逸士余德孚校，潭邑书林熊龙峰梓”，下卷卷尾有“万历新春之岁忠正堂熊氏龙峰行”字样。建阳，别称“潭阳”，据此可知熊氏龙峰忠正堂位于建阳。

熊龙峰万历间刊《熊龙峰四种小说》，日本内阁文库藏，其中《张生彩鸾灯传》题云“熊龙峰刊行”。万历十八年至二十年刊余泸东校《重刻元本题评音释西厢记》，封面题“忠正堂熊龙峰锓”；明刊海北游人无根子《新刻全像显法降蛇海游记传》。

1. **万历间刊《张生彩鸾灯传》一篇(《熊龙峰四种小说》之一)，日本内阁文库藏。**

2. **万历间刊《苏长公章台柳传》一篇(《熊龙峰四种小说》之一),日本内阁文库藏。**

3. **万历间刊《孔淑芳双鱼扇坠传》一篇(《熊龙峰四种小说》之一),日本内阁文库藏。**

4. **万历间刊《冯伯玉风月相思小说》一篇(《熊龙峰四种小说》之一),日本内阁文库藏。**

5. **万历间刊《天妃济世出身传》二卷三十二则,日本东京大学东洋文化研究所双红堂文库藏。**

6. **万历三十一年刊《新锓全像大字通俗演义三国志传》二十卷,忠正堂熊佛贵刊本。**

〔八一二〕熊云滨　建阳

熊云滨,名体忠,字尔报,云滨乃其号。明末清初福建建阳县崇化里书林人。其祖辈有熊宗立、熊大木等刻书名家。熊云滨也刊刻了不少书籍,万历二十二年刊《玉堂校传如岗陈先生二经精解全编》九卷,北京师范大学图书馆藏;万历二十五年刊《刻刘太史汇选古今举业文　注释评林》四卷,吉林大学图书馆藏。万历间建阳书林熊云滨重刻世德堂本《新刻出像官板大字西游记》,中国国家图书馆藏。

1. **万历二十年陈元之序刊《新刻出像官板大字西游记》二十卷一百回,中国国家图书馆藏。**

〔八一三〕修德堂　不明

修德堂详细地点不明。

1. **清刊《宿花心》六卷,马廉旧藏。**

〔八一四〕修绠山房　苏州

修绠山房清刊《宣和遗事》四卷,内封题"悉照宋本重刊/吴郡修绠山房梓”，北京大学图书馆藏；清刊《增补尺牍见心集》，内封题“姑苏修绠山房梓行”，书影见孔夫子旧书网，据此可知修绠山房位于苏州。修绠山房光绪二十三年刊《国朝骈体正宗》十二卷，内封题“乌程江氏修绠山房校刊”，武汉大学图书馆藏；清刊《古文观止》，内封题“修绠山房江氏藏版”，书影见孔夫子旧书网，由此可知修绠山房主人为江氏，乌程（浙江湖州）人，开设书坊于苏州。尚刊有《频罗庵遗集》十六卷，华东师范大学图书馆藏。

1. **清发兑顺、康间延南堂藏板《疗妒缘》四卷八回，日本筑波大学藏**。

〔八一五〕绣文堂　广州（双门底）

据刘秉荣《辛亥革命纪实》，广州有绣文堂书坊：“十二月二十八日，二标三营后队兵士吴英元等六人往城隍庙双门底绣文斋书店取定印名片，与店主发生口角。吴英元等以绣文堂所刻图章逾期，强减其价，店主不依，于是双方争吵起来，且愈争愈烈。”①可见绣文堂位于广州双门底。

绣文堂嘉庆三年刻《五经楼增小题拆字》；嘉庆四年刻《尺牍锦囊》，（云林）黄赞宇编辑；嘉庆十七年刻《续课幼草》，书影均见孔夫子旧书网，足证绣文堂刻书不晚于嘉庆间。

绣文堂约同治间刻《四七言杂字》，其中《四言杂字》由绣文堂梓行，《七言杂字》由崇文堂梓行；清刻《新刻汗衫记》十七卷，藏于北京大学图书馆。

1. **嘉庆十年刊《白圭志》四卷十六回，天津图书馆、郑州大学图书馆藏**。

---

① 刘秉荣. 天变：辛亥革命纪实[M]. 北京：人民日报出版社，2010.

〔八一六〕徐管城　泉州府(同安、银同)

徐管城咸丰七年刊《海公小红袍全传》十卷四十二回，日本东京大学文学部藏，内封有“同安徐管城藏版”字样，知徐管城为福建同安书坊，清属泉州府。

徐管城道光丙申十六年春镌浦泰著《四书阐注》，内封有“银同徐管城藏板”字样，书影见孔夫子旧书网。因同安别称“银城”，故有“银同”一说。

1. **清刊《玉娇梨》四卷二十回，中国国家图书馆藏。**

2. **清刊《平山冷燕》不分卷二十回，中国国家图书馆藏。**

3. **咸丰七年刊《海公小红袍全传》十卷四十二回，日本东京大学文学部藏。**

〔八一七〕徐佩珂　苏州

徐佩珂咸丰三年刊《荡寇志》七十卷七十回，内封题“本衙藏板”，中国国家图书馆、上海辞书出版社藏。该书同治十年玉屏山馆藏板本(复旦大学图书馆藏)有咸丰二年长洲陈奂《俞仲华先生荡寇志序》，其云：

> 此即后志之衷，更进前传之笔，所以结“天下太平”四字一部大吉祥书。徐君午桥，宰官江南，解囊锓版，不独为好友宣名，而要于世道人心亦有维持补助之德云。

可见，书由徐佩珂资助刊刻。咸丰二年“武林徐佩珂书于秣陵官廨”序亦云：“辛亥(咸丰元年)之夏，其嗣君伯龙，嘱余镌板。余喜其堂堂正正，笔法谨严，与余意吻合，遂付梓人，以公海内，期年而始成。读仲华之书，可想见其为人矣；而于世道人心，亦当有裨益云。”

书刻成于苏州。同治辛未俞鱻《续序》云：“予驰书于其子龙光，询是书，而午桥徐君已梓于姑苏矣。”可见，徐佩珂是在苏州刊刻此书的。

1. 咸丰三年刊《荡寇志》七十卷七十回,中国国家图书馆、上海辞书出版社藏。

〔八一八〕徐文斋　泉州(银同)

徐文斋道光间刊《重订青云能与集注释》二卷,内封题“银同徐文斋藏板”,书影见孔夫子旧书网。“银同”指福建同安,清属泉州府,因同安别称“银城”,故有“银同”一说。据此可知徐文斋为福建同安书坊。徐文斋可能是以人名作书坊名。

1. 光绪十三年刊《西湖小史》四卷十六回,中国国家图书馆藏。

〔八一九〕叙乐堂　金陵

叙乐堂嘉庆三年刊《左绣汇参》,版心有“嵩山书屋”字样,书影见孔夫子旧书网。嵩山书屋据考为金陵书坊,叙乐堂亦可能位于金陵,待考。

1. 明天启三年序、清刊《韩湘子全传》不分卷三十回,中国社会科学院文学研究所藏。

〔八二〇〕学耕堂　苏州

清代著名藏书家黄丕烈书室名。学耕堂嘉庆二十二年刻《船山诗选》,内封署“吴门学耕堂藏板”,序署“时嘉庆丁丑秋吴县黄丕烈识”,书影见孔夫子旧书网。黄丕烈,清代著名藏书家,字绍武,号荛圃,生于乾隆二十八年,卒于道光五年,吴县人。藏书室有“士礼居”“学耕堂”“百宋一廛”“求占居”“学山海居”“陶陶室”等。

学耕堂乾、嘉间刊《西湖佳话古今遗迹》十六卷十六篇,藏于荷兰汉学研究院,内封题“金阊学耕堂梓”,据此知学耕堂位于苏州。

金阊学耕堂乾隆四十七年刻《缀白裘新集合编》,藏于中国国家图书馆；乾隆六十年刻《易经》，书影见孔夫子旧书网。学耕堂道光以后是否刊书不明。

1. 约乾、嘉间刊《西湖佳话古今遗迹》十六卷十六篇，荷兰汉学研究院藏。

〔八二一〕学海堂　广州（岭南）

广东学海堂光绪二年刻《前汉纪》，内封背面题“光绪丙子八月岭南学海堂刊”，书影见孔夫子旧书网。岭南包括今广东、广西一带，“岭南三郡”指南海、桂林、象郡，此处的岭南指广州南海县。光绪十六年刻《三国志裴注述》，（清）林国赞撰，藏于上海图书馆，目录作“广州学海堂”，见《学海堂丛刻》。

广东学海堂道光九年刻《皇清经解》一千四百卷，（清）阮元辑，藏于北京大学图书馆、河南大学图书馆、浙江师范大学图书馆等处；道光二十九年刻《安邦志》二十卷，藏于北京大学图书馆；咸丰十年刻《皇清经解》八卷，卷末署“南海邹伯奇/香山麦乃求新校”，版心镌“庚申补刊”，藏于辽宁大学图书馆；同治十年刻《通典》二百卷，藏于华东师范大学图书馆；光绪元年刻《续通典》一百五十卷，藏于复旦大学图书馆。其余刊书不一一列载。

学海堂由阮元于嘉庆二十五年创办于广州城北粤秀山。阮元，字伯元，号芸台，乾隆五十四年进士，江苏仪征人，道光六年迁云贵总督，道光二十九年去世。嘉庆间任两广总督时创立学海堂。

1. 嘉、道间刊《第一才子书》十九卷一百二十回，书影见孔夫子旧书网。

〔八二二〕学库山房　宝庆（邵州）

学库山房光绪十年刊《唐诗三百首注释》六卷，内封题“光绪十年湖南学库山房校刊”，辽宁大学图书馆藏，以此知学库山房位于湖南。

湖南学库山房元记书局光绪二十年刊《道德经》二卷，四川大学图书馆藏。

学库山房刊刻的书尚有：道光二十二年刊《玉钏缘全传》三十二卷，复旦大学图书馆藏；光绪十六年刊《重镌官板地理天机会元正篇体用括要》三十五卷，吉林大学图书馆藏；光绪十七年刊《再生缘全传》二十卷，复旦大学图书馆藏；光绪二十二年刊《礼记集说》，内封背面题“光绪丙申岁学库山房刊”，书影见孔夫子旧书网；光绪乙未二十一年刊《增补万宝全书》二十卷，北京师范大学图书馆藏；光绪二十一年朱墨套印《文心雕龙》十卷，华东师范大学图书馆藏；清末刊《新刻昭明文选李善注》六十卷，北京大学图书馆藏；清刊《医学心悟》《增补名医指掌》《本草万方针线》《神农本草经读》《本草备要》等。

1. **光绪十五年重刊《争春园》六卷四十八回，北京大学图书馆藏。**

2. **清刊《封神演义》十九卷一百回，日本九州大学文学部藏。**

3. **乾隆四十九年序、同治乙丑四年刊《绣像春秋列国》十九卷，书影见孔夫子旧书网。**

4. **道光十九年刊《施案奇闻》八卷九十七回，山东大学图书馆藏。**

5. **同治十年重刊《荡寇志》七十卷七十回，山东大学图书馆藏。**

〔八二三〕学源堂 广州

广东学源堂光绪间刊《礼书》一百五十卷，苏州大学图书馆藏，据苏州大学馆藏目录可知学源堂位于广州，另据李绪柏《清代广州的书坊》等有关资料知学源堂位于广州龙藏街。

学源堂开始刻书不晚于雍正、乾隆年间，雍正八年序刊《学源堂四书体注合讲》十九卷，版心作“学源堂”，江西省图书馆藏；敦复堂乾隆十年刊《四书朱子本义汇参》，内封有“学源堂发兑”字样；乾隆二十一年序刊《乡党图考》十卷，清华大学图书馆藏；乾隆三十九年镌《脉理求真》三卷，内封题“乾隆甲午新镌/脉理求真/学源堂藏板”；乾隆己酉五十四年春刊《学源堂四书》（《学源堂诗经》《学源堂书经》《学源堂礼记》《学源堂周易》），其中《学源堂书经》版心有“学源堂”字样，《学源堂周易》正文卷端题“学源堂重刊”；乾隆壬子五十七年春刊《学源堂左绣》，书影均见孔夫子旧书网；嘉庆八年刊《资治通鉴纲目》五十九卷，末补一卷，前编二十五卷，续编二十七卷，中山大学图书馆藏；咸丰辛亥元年春镌《学源堂礼记》，书影见孔夫子旧书网；光绪二年刊林钧《余力吟草》，中国国家图书馆藏；光绪丙申二十二年刊《四书补注附考备旨》，书影见孔夫子旧书网；清刊《礼记体注大全》，四川大学图书馆藏；清刊《庚辰集》五卷附《唐人试律说》一卷，北京师范大学图书馆、辽宁大学图书馆藏；另刊有《学源堂易经体注》《增订古文析义合编》《增订日用便览须知》《国朝分体文约》《古文观止》等，书影见孔夫子旧书网。

1. **清刊《熊龙峰四种小说》，中国国家图书馆藏。**
2. **清刊《新刻京台公余胜览国色天香》十卷，中国国家图书馆藏。**
3. **清刊《续红楼梦》四十卷四十回，萱荫楼李氏藏。**
4. **清刊《第一才子书》六十卷一百二十回，美国耶鲁大学藏。**

〔八二四〕雪林居士　不明

雪林居士详细地点不明。

1. **同治十三年刊《五凤吟》四卷二十回，北京大学图书馆藏。**

〔八二五〕寻春馆　不明

寻春馆详细地点不明。

1. **道光二十七年刊《林兰香》八卷六十四回，中国国家图书馆藏。**

Y

〔八二六〕延陵堂 吴氏　不明

延陵堂为吴氏宗族所有之堂。道光二十年活字印《浏阳延陵堂吴氏族谱》，北京大学图书馆藏；民国六年活字印《万载水南吴氏族谱》十九卷，首一卷，末一卷，北京大学图书馆藏；民国十三年刊《登州吴氏族谱》八卷，吉林大学图书馆藏；民国二十九年活字印《资阳峡流溪吴氏七修族谱》，武汉大学图书馆藏；1993 年《吴氏宗谱》内有"吴氏统谱堂号"——三让堂、梅里堂、至德堂、延陵堂，书影见孔夫子旧书网，据此可知延陵堂为吴氏宗族之堂号。

1. **道光十年重刊《欢喜冤家》六卷，日本大阪外国语大学石浜文库藏。**

〔八二七〕延南堂　苏州?

延南堂清刊《疗妒缘》四卷八回，日本筑波大学藏，内封题"静恬主人戏题/疗妒缘/延南堂藏板"，有"苏州修绠山房发兑"字样，由于清初小说版本的发兑权多为本地书坊所获得，故疑延南堂也在苏州。

1. **顺、康间刊《疗妒缘》四卷八回，行款** 9 **行**×27 **字，日本内阁文库藏。**

2. **清刊《疗妒缘》四卷八回，行款** 9 **行**×24 **字，路工旧藏。**

〔八二八〕颜□锦　不明

1. **嘉庆二十二年刊《二度梅全传》六卷四十回，天津图书馆藏**。

〔八二九〕炎光堂　河南南阳

炎光堂乾隆间刻《应制分月诗笺》，内封题“炎光堂藏板”，序末署“乾隆五十七年岁次壬子春月/南阳中州氏书于炎光堂”，正文署“南阳郑洛堂中州氏选集”，书影见孔夫子旧书网，据此知此本刊刻于河南南阳，刊刻者为郑洛堂，南阳人，则炎光堂位于南阳。

炎光堂刊书不多，清刻《重订馆阁律赋集腋》，书影见孔夫子旧书网，乾、嘉间刊小说仅一种。

关于炎光堂的详细情况，参见文革红《乾嘉时期小说书坊与通俗小说》“炎光堂”条（第331页）。

1. **乾隆甲辰四十九年刊《海刚峰先生居官公案传》四卷七十一则，书影见孔夫子旧书网**。

〔八三〇〕炎惜轩　不明

炎惜轩所在地不明。

1. **清刊《蝴蝶媒》四卷十六回，南京图书馆藏**。

〔八三一〕衍庆堂　苏州（吴县）

北京大学图书馆藏三桂堂王振华刊本《警世通言》三十六卷三十六篇，封面有“衍庆堂刊醒世恒言”字样，馆藏标签题“天启四年刊、衍庆堂印本”，杜孚信著录“天启吴县书林衍庆堂刊四十卷本，北京大学图书馆藏”，大塚秀高《增补中国通俗小说书目》认为衍庆堂刊四十卷本为天启刻、清衍庆堂后印本。据杜所著录“吴县书林衍庆堂”，可知此衍庆堂在吴县，今苏州。惜杜孚信的著录不知有何依据。

嘉庆十一年衍庆堂刊《鳌溪周先生文集》,(元)吉水周闻孙撰,江西省图书馆藏,由此可见衍庆堂刻书的时间在入清以后。

又有吴兴钟氏衍庆堂,乾隆四十六年刊《汉隶分韵》七卷,《汉隶分韵增》一卷,(明)田汝耔原辑,(清)钟浩增辑,北京大学图书馆等处藏。清华大学图书馆藏本目录著录为"清乾隆四十六年(1781)吴兴钟氏衍庆堂",据此可知乾隆间吴兴钟氏有衍庆堂。吴兴清代为湖州府所辖县。

德州有衍庆堂,民国七年刊《孝女宝卷》四卷二十五回,吉林大学图书馆藏。德州清属山东济南府。

1. **清初刊《重刻增补古今小说》二十四卷二十四篇,日本内阁文库藏。**

2. **清刊《二刻增补警世通言》四十卷四十篇,大连图书馆藏。**

3. **清刊《警世通言》二十四卷二十四篇,日本天理图书馆节山文库藏。**

4. **乾、嘉间刊《醒世恒言》□篇,上海图书馆藏。**

5. **清刊《醒世恒言》四十篇,翻刻本足本,中国国家图书馆、首都图书馆藏。**

6. **清翻明本《醒世恒言》三十九篇,中国国家图书馆藏。**

〔八三二〕演剧轩　不明

据大塚秀高《增补中国通俗小说书目》,演剧轩乾隆四十二年刊《征西说唐三传》八十八回①,收藏地点不明。演剧轩刊刻的其他书未见,其地点亦付诸阙如。

1. **乾隆四十二年刊《征西说唐三传》八十八回,收藏地点不明。**

---

① [日]大塚秀高.增补中国通俗小说书目[M].日本:汲古书院,昭和五十九年八月(1984):213.

据大塚秀高《增补中国通俗小说书目》著录。

〔八三三〕艳阁　不明

艳阁详细地点不明。

1. **明刊《词坛飞艳》,残本,中国书店吴晓铃目见。**

〔八三四〕杨春荣　建阳(浑城泰斋杨春荣、同仁斋、四知馆)

杨春荣明刊《南海观世音菩萨出身修行传》四卷二十四则,现存焕文堂后印本,英国博物院藏,卷端题"南海西大午辰走人订著/羊城冲怀朱鼎臣编辑/浑城泰斋杨春荣绣梓",据此可知杨春荣曾刊刻过《南海观世音菩萨出身修行传》。

雅昌拍卖网有四知馆刊本《新刻秘传眼科七十二证》六卷,内封题"四知馆梓行",卷末为"甲辰(万历三十二年)之冬书林杨泰斋绣梓",卷端有"潭城书林同仁斋泰斋杨春荣绣梓"一行,据此可知杨春荣又名杨泰斋,有书坊曰"同仁斋""四知馆",为福建建阳人,约生活在晚明嘉靖、万历年间。

四知馆主人杨氏又刊《钟伯敬先生批评水浒忠义传》,牌记镌"浑城泰斋杨春荣"①,法国国家图书馆藏。

1. **明刊《南海观世音菩萨出身修行传》四卷二十四则,现存焕文堂后印本,英国博物院藏。**

2. **明刊《钟伯敬先生批评水浒忠义传》一百卷一百回,法国国家图书馆藏。**

---

① 曦钟.关于《钟伯敬先生批评水浒忠义传》[J].文献,1983,(1):42—52.

〔八三五〕杨景生、杨文高　福建建阳

杨景生万历后期刊《新刊京本通俗演义全像包龙图百家公案》十卷一百回，中国社会科学院文学研究所、日本山口大学栖息堂文库藏，内题“钱塘散人安遇时编集，明书林景生杨文高刊行”，以此知杨景生为明末书坊主，所在详细地点不明。杨景生明末刊《新刻薛仁贵征辽传》四卷，书影见孔夫子旧书网。卷端题“太末全吾子□□/书林杨景生□□”，卷二卷端题“新刊薛仁贵父子征东传”，卷一末、卷二末、卷三卷端和卷末、卷四卷端均题“新刊薛仁贵父子征西传”，字体不精，上图下文，有可能是福建建阳书坊所刊。

1. **万历后期刊《新刊京本通俗演义全像包龙图百家公案》十卷一百回，中国社会科学院文学研究所、日本山口大学栖息堂文库藏。**

2. **明末刊《新刻薛仁贵征辽传》四卷，书影见孔夫子旧书网。**

〔八三六〕杨美生　四川？

杨美生明刊《新刻按鉴演义全像三国英雄志传》存一册，卷一至卷十(可能为二十卷本)，日本大谷大学藏①，首闽西桃溪吴翼登序。

杨美生明末清初刊《新刊京本春秋五霸七雄全像列国志传》八卷，北京师范大学图书馆、四川省图书馆藏，卷端题“书林美生杨瑜梓”，据此可知杨瑜即杨美生。大塚秀高著录为“四川杨氏刊本”。

1. **明刊《新刻按鉴演义全像三国英雄志传》二十卷(卷数存疑)，存卷一至十，日本大谷大学藏。**

2. **明末清初刊《新刊京本春秋五霸七雄全像列国志传》八卷二百二十四则，北京师范大学图书馆、四川省图书馆藏。**

---

① [英]魏安.《三国演义》版本考[M]. 上海：上海古籍出版社，1996：52.

〔八三七〕杨明峰　不明

杨明峰万历十九年重刊《新镌龙兴名世录皇明开运英武传》八卷六十则，日本内阁文库藏。内封题“原板南京齐府刊行/书林明峰杨氏重梓”，杨明峰当为嘉靖、万历间人，为何处人尚不明确。

1. **万历十九年重刊《英武传》八卷六十则，日本内阁文库藏**。

〔八三八〕养浩堂　杭州

养浩堂可能位于杭州。周心慧《明代版刻述略》载：“万历中晚期苏杭一带刊行了不少春宫图册，如万历三十四年的《风流绝畅图》，新安刻工黄一明镌……从销路看，此类本子在苏杭等工商业比较发达、市民文化气氛较浓的城市有较大市场……此外，印于一六一零年前后杭州养浩斋刊刻的《花营锦阵》，图二十四幅；明天启间牡丹轩绣梓的《鸳鸯秘谱》，图三十幅，也都是五色套印。虽然皆为亵图，绘刻之精丽奇绝，则堪称一时之选。”①可见，万历三十八年前后杭州养浩斋刊刻过《花营锦阵》。养浩堂可能即养浩斋，位于杭州。

1. **清刊《绣屏缘》二十回，北京大学图书馆藏**。

〔八三九〕养真仙苑　京师（京都）

养真仙苑宣统二年刊《忠孝勇烈奇女传》四卷三十二回，内封题“大清宣统二年岁次庚戌端阳月重镌/京都养真仙苑藏板”，北京大学图书馆、吉林大学图书馆等处藏，据此可知养真仙苑位于京师，为宣统间书坊。

养真仙苑宣统三年刊《七真天仙宝传》，内封题“大清宣统三年春王正月望吉日镌/养真仙苑藏板”，外封题“田庆璜敬题”，卷端题“青

---

① 周心慧.明代版刻述略[A]明代版刻图释[M].北京：学苑出版社，1998:34.

阳山人易南子拜阅”，北京大学图书馆藏；宣统三年刊《普天用字思原》，序题“时在大清光绪二十三年丁酉孟春元旦吉日青阳山人易南子沐手拜启”“大清宣统三年端阳吉日青阳山人易南子谨启”，据此可知青阳山人易南子为光绪、宣统年间人；甲子刊《十六条规注解》，内封题“甲子季冬重刊/养真仙苑藏板”，书影见孔夫子旧书网。由于《七真天仙宝传》《十六条规注解》卷端均题“青阳山人易南子拜阅”，当为同一人校阅，青阳山人为光绪、宣统年间人，则甲子以民国十三年为是。

1. **宣统二年重刊《忠孝勇烈奇女传》四卷三十二回，中国国家图书馆藏。**

〔八四〇〕叶逢春　建阳

叶逢春嘉靖二十七年刊《新刊通俗演义三国志史传》十卷（存八卷：卷一、二、四至九）二百四十段，西班牙马德里爱斯高里亚尔修道院藏。这是现所知见《三国志演义》存世的第二部刊本，也是最早的插图本。

首卷端题“新刊通俗演义三国志史传”“东原罗本贯中编次/书林苍溪叶逢春彩像”。据陈翔华《西班牙藏叶逢春刊本〈三国志史传〉》，叶逢春刊本的刊行地，在福建建阳：

> 元峰子《序》说：“书林叶静轩子”加以图像；卷端又题“书林苍溪叶逢春彩像”。按“书林”，通常泛称书坊，但是又作为地名专指福建建阳县崇化里书林地方（即今书坊乡）。元至正十八年（1358）刘龄《书林余氏谱序》说余氏十四世同祖曾官广西安抚使，致政而归，“经崇政，蹈书林，见其真山真水之胜，又为圣贤过化之邦，于是遂家焉矣。实入书林之始”。此“书林”，即地名也。又见《清实录》卷九七五《高宗实录》载：乾隆四十年（1775）正月谕军机大臣等查建宁府所属余氏刊印书板源流，寻奏云：“据余

氏后人余廷勳等呈出族谱，载其先世自北宋迁建阳县之书林，即以刊书为业。”当地历史上还在歌乐山出入之处，建有一座石门，门上大题“书林门”三字。当地刻书家也往往以“书林”人自题，如“书林文台余象斗绣梓”“书林诚德堂熊清波锲行”“闽书林刘龙田梓行”等等。至于叶逢春刊本所题“书林”，究竟是指书坊还是专称地名呢？此刊本颇具建本作风。又见其卷八第四十五叶B面（可略作8/45b，以下同之）写孔明南征班师因泸水阴风大起、波涛汹涌，而“寻泸水边土人问之”。但是上图题句作“孔明问/闽地风俗”。诸葛亮七擒孟获在南中（今云南），何关“闽地”，而且其一生也不涉“闽地”。显然是刻工偶误为之，却不经意间透露了“闽地”刊刻此书的信息。可见，叶逢春乃建阳书林人。①

叶逢春万历九年刊《唐陆宣公集》二十二卷，吉林大学图书馆藏，可见其生活的年代大约在嘉靖、万历间。

1. **嘉靖二十七年刊《新刊通俗演义三国志史传》十卷，西班牙马德里爱斯高里亚尔修道院藏。**

〔八四一〕叶敬池　苏州（金阊）

金阊叶敬池明末刊《新列国志》不分卷一百零八回，中国国家图书馆、北京大学图书馆藏，内封有“金阊叶敬池梓行”字样，以此知叶敬池为明末苏州书坊主。金阊叶敬池崇祯十五年刊《扶轮集》十四卷，中国国家图书馆藏。

1. **天启七年序刊《醒世恒言》四十卷四十篇，日本内阁文库藏。**
2. **崇祯间刊《石点头》十四卷十四篇，中国国家图书馆藏。**
3. **崇祯间刊《新列国志》一百〇八回，北京大学图书馆、日本内**

---

① 陈翔华主编. 西班牙藏叶逢春刊本《三国志史传》[M]. 北京：国家图书馆出版社，2009.

阁文库藏。

〔八四二〕叶敬溪　苏州(金阊)

叶敬溪康熙间和叶继照合刊《重订博物典汇》十六卷，北京大学图书馆藏，内封题“金阊叶/敬溪、继照梓”，据此可知叶敬溪为清初苏州书坊主。金阊叶敬溪清初刊《醒世恒言》四十卷四十篇，大连图书馆藏。叶敬溪和苏州另一书坊主叶敬池为兄弟，同业书坊。

1. **清初刊《醒世恒言》四十卷四十篇，大连图书馆藏**。

〔八四三〕叶昆池　苏州(金阊)

叶昆池清初刊《古今谭概》，中国国家图书馆藏，内封题“冯犹龙先生纂/古今谭概/阊门叶昆池发”，以此知叶昆池为苏州书坊主，经营书坊不晚于天启年间。吴县叶昆池天启五年刊冯梦龙《春秋衡库》三十卷，《备录》一卷，北京大学图书馆藏；明末刊袁黄《重订袁了凡注释群书备考》，四川大学图书馆藏。崇祯八年刊冯梦龙《麟经指月》十二卷，有上海古籍出版社据叶昆池刊本影印本。① 其书坊名曰“能远居”。

1. **万历四十六年序刊《新刻玉茗堂批点绣像北宋传》五十回(与《南宋志传》合刊)，明天启吴县叶昆池能远居刊本，上海图书馆藏**。

2. **万历四十六年序刊《新刻玉茗堂批点绣像南宋传》五十回(与《北宋志传》合刊)，上海图书馆藏**。

〔八四四〕叶瑶池　苏州(金阊)

清初后印金阊贯华堂古本《第五才子书施耐庵水浒传》七十五卷七十回，北京大学图书馆藏，内封题“第五才子书施耐庵水浒传/金阊

---

① 魏同贤主编. 冯梦龙全集[M]. 上海：上海古籍出版社，1993.

贯华堂古本、叶瑶池梓行/本衙藏板”，从封面的题署看，为金阊叶瑶池梓行，据此可知叶瑶池为苏州书坊主。

万历间叶瑶池已经开始刻书，有天葆堂，万历间刻《五车韵府》一百六十卷，(明)吴兴凌稚隆辑，西安博物院藏。

1. **清初刊《第五才子书水浒传》七十五卷七十回，北京大学图书馆、复旦大学图书馆藏**。

〔八四五〕邺余堂　不明

邺余堂清刊《娱目醒心编》十六卷，郑州大学图书馆藏，有乾隆五十七年序。刊刻地点不明。

1. **清刊《娱目醒心编》十六卷三十九回，日本天理图书馆藏**。

〔八四六〕一得山房　重庆合州(合邑)

一得山房光绪十五年刊《东周列国全志》一百〇八回，内封镌“一得山房藏板”，版心下镌“竹深山房”，《订正东周列国志善本》第一叶镌“光绪十五年己丑岁仲夏月开雕/板藏合邑竹深书屋之一得轩”，中国人民大学图书馆藏，据此可知一得山房即一得轩，位于合邑之竹深书屋内。合邑，即四川合州，清属重庆府。

1. **光绪十五年朱墨套印刊《东周列国志》二十三卷一百〇八回，辽宁省图书馆藏**。

〔八四七〕一经堂　嘉兴

一经堂有多家：

1. 嘉兴一经堂。清中期刊《三字经训诂》《百家姓考略》《千字文释义》，内封均题“嘉郡一经堂藏板”，书影见孔夫子旧书网，以此知嘉兴有一经堂。

2. 婺源一经堂。乾隆间刊《四书集注》，版心题“一经堂”，《大学》卷端题“朱熹章句”，下有方印“婺源梅□□刊”，以此推断此一经堂在婺源，主人姓梅。婺源一经堂嘉庆二十二年刊《小学集注》，南京大学图书馆藏；道光十五年刊《监本四书》，题“婺源一经堂藏板”，南京大学图书馆藏。

3. 粤东一经堂。光绪庚子二十六年刊《叔园外集第一种红楼梦绝句》，题“粤东一经堂”，北京师范大学图书馆藏，此一经堂出现较晚，可能非嘉庆间书坊，光绪间一经堂为粤东即广州书坊。

一经堂嘉庆八年刊《有正味斋试帖详注》四卷，吉林大学图书馆藏；嘉庆间刊《犹贤录》十二卷，北京大学图书馆藏；道光六年刊《四书诠义》三十八卷，华东师范大学图书馆藏；道光二十年刊《伤寒论注来苏集》六卷，书影见孔夫子旧书网。

1. **嘉庆十一年序刊《雷峰塔奇传》五卷十三则，北京大学图书馆藏**。

2. **嘉庆二十一年刊《龙图公案》十卷一百则，英国博物院藏**。

〔八四八〕一笑轩　扬州

一笑轩嘉庆二十二年刊趣斋主人《飞跎全传》四卷三十二回，藏于中国国家图书馆，又称《飞跎子书》，以扬州土话编辑成书，该书用扬州方言讲述一位又跎又瘸之人的传奇一生，几乎都是用当年扬州俗语、土话、隐语、谚语、俚语、缩脚语写成。作者为扬州人，小说流传地区也以扬州为主，因此，一笑轩可能为扬州书坊。《扬州刻书考》将一笑轩列为扬州书坊。

关于一笑轩的详细情况，参见文革红《乾嘉时期小说书坊与通俗小说》“一笑轩”条（第184页）。

1. **嘉庆二十二年刊《飞跎全传》四卷三十二回，中国国家图书馆藏**。

2. **嘉庆二十三年覆刊《飞武全传》四卷三十二回，美国哈佛大学**

哈佛燕京图书馆藏。

3. **嘉庆十一年刊《新史奇观》四卷二十二回，中国国家图书馆藏。**

4. **道光间覆刊《飞跎全传》四卷三十二回，谭正璧旧藏。**

5. **道光二十九年刊《云中雁三闹太平庄全传》不分卷五十四回，吴晓铃旧藏。**

6. **同治三年刊《云中雁三闹太平庄全传》不分卷五十四回，中国国家图书馆藏。**

〔八四九〕一也轩　不明

一也轩刊书始于嘉庆年间，嘉庆十三年刊《英烈全传》八十回，北京大学图书馆等处藏，还刊有多种历史演义、英雄传奇小说，如《绿牡丹》《双凤奇缘》等，所在地不明。

1. **道光二十九年刊《争春园》不分卷四十八回，中国社会科学院文学研究所、北京大学图书馆藏。**

2. **清刊《西游真诠》一百回，书影见孔夫子旧书网。**

3. **清刊《云合奇踪》十卷八十回，北京大学图书馆藏。**

4. **同治元年刊《绿牡丹全传》六卷六十四回，吉林大学图书馆藏。**

〔八五〇〕一枝山房　常州

一枝山房同治十年刻《楷体蒙求》八卷，(清)刘廷玉编，藏于湖南图书馆，内封题“常郡一枝山房藏板”。常郡即常州府，据此知一枝山房位于常州。

一枝山房嘉庆二十四年刻《青溪风雨录》二卷附《牡蛎园》传奇，(清)雪樵居士撰，中国国家图书馆藏；道光元年刊《牡蛎园》《秦淮闻见录》，(清)雪樵居士撰，藏于中国国家图书馆；道光十八年刻《秦淮闻见录》二卷，(清)雪樵居士撰，藏于中国国家图书馆、北京大学图书馆。

一枝山房所刊书尚有：嘉庆五年刻《诗韵珠玑》五卷，藏于吉林大学图书馆；道光二年刻《国朝古文所见集》十三卷，(清)陈兆麟编选，藏于中国国家图书馆；道光四年刻《桃柳争春全传》八卷三十二回，(清)野图居士撰，藏于复旦大学图书馆；道光六年刻《有正味斋律赋》四卷，藏于苏州大学图书馆；道光六年刻《家塾蒙求》，(清)康基渊撰，藏于北京大学图书馆、中国国家图书馆。

1. **嘉庆二十一年刊《绮楼重梦》不分卷四十八回，日本京都大学藏。**

〔八五一〕夷白堂　杭州(武林)

夷白堂主人为杨尔曾，钱塘人，字圣鲁，号卧游道人、雉衡山人，又号夷白堂主人，生卒年不详，明神宗万历四十年(1612)前后在世。

夷白堂万历三十五年刊《图绘宗彝》八卷，美国哈佛大学哈佛燕京图书馆藏，内封题“武林杨衙夷白堂精刻”，叙后题“新安蔡冲寰汝佐绘，玉林黄德宠镌”，据此可知夷白堂位于杭州，主人为杨尔曾。

夷白堂万历三十七年刊《新镌海内奇观》十卷，杨尔曾撰，钱塘陈一贯绘，新安汪忠信镌，北京大学图书馆、北京师范大学图书馆藏。明刊《食物本草》三卷，美国哈佛大学哈佛燕京图书馆藏。

杨尔曾好编刊通俗书籍，编有小说《东西晋演义》十二卷五十回，《韩湘子全传》三十回等。

1. **明刊《新镌通俗三国演义便览》二十四卷，日本庆应义塾大学藏。**

2. **崇祯间刊《东西晋演义》十二卷五十回，中国国家图书馆藏。正文题“武林 夷白堂主人重修，泰和堂主人参订”。**

3. **天启三年序刊《韩湘子全传》不分卷三十回，钱塘雉衡山人编**

次,见《明清善本小说丛刊初编》(第四辑灵怪小说 15《韩湘子全传》)。

〔八五二〕遗经堂　杭州(杭城大街官巷口、武林)

遗经堂雍正七年刻《遗经堂四刻诗经嫏嬛体注》,美国哈佛大学哈佛燕京图书馆藏;乾隆二十七年又重刊《遗经堂四刻诗经嫏嬛体注》,内封有朱印,曰"杭城大街官巷口遗经堂发兑",以此知遗经堂位于杭州大街官巷口。遗经堂据乾隆六年旧板重刻《遗经堂六刻四书体注》,书影见孔夫子旧书网,内封题"乾隆辛酉原板重镌/苕溪范紫登先生参订/遗经堂六刻四书体注",并附朱印识语,曰:"《四书体注》一书,先君子费尽苦心纂辑成书,初刻于武林遗经堂……今遗经堂依原本六刻,细加考订字参差讹板……赏心爽目,四方诸公买□□□之。苕上范汝雯谨识。"据此可知遗经堂位于武林即杭州,刊书不晚于雍正年间。

遗经堂康熙间刊《水浒后传》,作者为陈忱,浙江乌程人,中年绝意仕进,与吴中名士遁迹林泉,优游文酒,晚年主要活动于吴中一带。遗经堂为杭州书坊,和作者的籍贯、活动地点基本接近。

遗经堂刻书始于明末,延续至晚清。遗经堂明刻《古今将略》四卷,题"明檇李冯时宁以一辑",藏于清华大学图书馆、中国科学院;康熙二十三年刻《女科经纶》,(清)萧壎撰,藏于中国国家图书馆;康熙四十八年刻《古今别肠词选》,(清)赵式辑,陈维崧等评点,藏于中国国家图书馆;文治、遗经堂康熙间合刊《性理大全标题汇纂》,(清)沈鸿学纂辑,藏于中国国家图书馆;清刻《遗经堂重订释义经书四民便用杂字通考全书》,(清)徐三省辑,戴启达增订,藏于中国国家图书馆。遗经堂刊书活跃期是康熙年间。

另苏州有遗经堂,叶德辉《书林清话 书林余话》之《吴门书坊之盛衰》根据黄丕烈《士礼居藏书题跋记》考察乾、嘉时苏州的书坊有:

“遗经堂　校旧抄本《建炎时政记》三卷。”①以此知遗经堂位于苏州。

道光年间婺源有遗经堂，婺源单氏遗经堂道光五年刻《医林纂要探源》十卷，(清)婺源汪绂撰，藏于江西省图书馆；道光三十年刻《杨忠愍公集》四卷首一卷，(明)杨继盛撰，藏于江西省图书馆；清刻《道言五种》，(清)陶素读撰，藏于江西省图书馆。

另浙江绍兴亦有遗经堂，咸丰八年刻《治疹全书》，总目后镘“绍乘长乐钱遗经堂梓行”字样，据此知绍兴乘州有遗经堂书坊，主人姓钱。

1. **康熙三年刊《水浒后传》八卷四十回，中国国家图书馆、英国博物院等藏**。

〔八五三〕遗香堂　金陵

遗香堂清初刊《绘像三国志》二十四卷一百二十回，藏于美国耶鲁大学，北京大学图书馆藏残本，内封署“遗香堂/绘像三国志”，有红印曰“溪香书屋”。首“壬申(崇祯五年)午日梦藏道人书于蒲室”序，有目录和人物表。版心下方题“遗香堂”，图像署“黄诚之刻”或“黄士衡刻”。黄诚之为徽州刻工黄一遂，据李国庆《明代刊工姓名索引》之附录《徽州歙邑仇村黄氏世系表》，知黄士衡生于万历三十年，卒年不详；黄诚之生于崇祯五年，卒于康熙三十八年。[英]魏安著《〈三国演义〉版本考》将此本定为徽州遗香堂刊本，可能是据刻工姓名前籍贯“新安”二字而定。但此本是否刻于徽州尚难判定，因为新安刻工迁居苏杭一带的很多。黄诚之又刻芥子园刊本《李卓吾评忠义水浒传》一百回，可见其主要活动于金陵一带，此本也有可能刻于金陵，故遗香堂可能位于金陵。

1. **清初刊《绘像三国志》二十四卷一百二十回，北京大学图书**

---

① 叶德辉. 书林清话 书林余话[M]. 湖南：岳麓书社，1999.

馆、美国耶鲁大学藏。

〔八五四〕宜文堂　不明

宜文堂道光九年刊《五美缘》十卷，中国国家图书馆、北京大学图书馆藏，内封题“道光九年孟夏镌/绣像再生缘/五美缘/宜文堂藏版”。宜文堂其余刊书未见，地点不明。

1. **道光九年刊《五美缘》十卷，中国国家图书馆、北京大学图书馆藏。**

〔八五五〕怡怡轩　上海

怡怡轩乾隆四十五年序刊《五经揭要》，内封题“重刊五经题解全编/五经揭要/云间许宝善先生原定/校对重镌只字无讹/合成粉本，度尽金针/传奇欣赏，花样一新/舟车便览，川防袖珍/非怀挟具，善宝荣名/怡怡轩主人题”，序题“乾隆五十四年岁在己酉正月中澣赐进士及第/诰受光禄大夫、南书房供奉、兵部左侍郎、提督江苏学政沈初序于江阴试院之崇素堂”，中国海洋大学图书馆藏。此本乃翻刻许宝善自怡轩乾隆四十五年刊本《五经揭要》。

怡怡轩主人光绪二十四年石印《新编凤双飞前后传》，内封正面题“程蕙英女史著/新编凤双飞前后全传/三豕秋八月涵青篆”，背面题“光绪戊戌仲秋月怡怡轩主人石印”“经售处 蜚英书局 慎记书庄”，北京师范大学图书馆藏。蜚英书局与慎记书庄均位于上海，上海蜚英书局光绪二十九年刊《五千年中外交涉史》九十七卷，北京大学图书馆藏；民国间石印《祝由医学十三科》，内封题“上海蜚英书局印行”，书影见孔夫子旧书网。上海慎记书庄光绪二十二年石印《池北偶谈》二十六卷，北京师范大学图书馆藏；光绪二十五年石印《康熙字典》，内封背面题“光绪己亥孟秋上海慎记书庄石印”，书影见孔夫子旧书网，以此知慎记书庄为上海地区书坊。怡怡轩石印《新编凤双飞前后传》由上海蜚英书局和慎记书庄发售，或可说明怡怡轩亦位于上海。

怡怡轩刊刻的书尚有：同治庚午九年刊《四书味根录》，内封题“怡怡轩藏板”，书影见孔夫子旧书网。

1. **同治五年刊《岭南逸史》二十八回，胡士莹旧藏。**

〔八五六〕以文堂　广州（粤东广州状元坊内太平新街以文堂主人杏花氏）

以文堂刊书不晚于乾隆间，乾隆五十一年刊《悬金字汇》，内封题“乾隆丙午年新镌/悬金字汇/以文堂藏板”，书影见孔夫子旧书网。道光七年刊《地理辨正疏》五卷，首一卷，末一卷，中山大学图书馆藏，内封题“太平新街以文堂藏板”；光绪十九年刊《地理仁孝格言》一卷，中山大学图书馆藏，内封题“粤东省太平新街以文堂藏板”；清末刊《慈云太子走国》一集，内封题“粤东广州状元坊内太平新街/以文堂”，南开大学图书馆藏。据以上内封题署，可知以文堂为广州书坊，位于状元坊内太平新街。民国六年机器板印南音曲本《新出大宋高文举珍珠记》，卷端题“广州省城状元坊内太平新街以文堂主人杏花氏订”，书影见孔夫子旧书网，据此可知以文堂主人为杏花氏。同治丁卯六年刊《傅青主女科》上下卷、《产后编》上下卷，内封题“杨以文堂刊刻”，书影见孔夫子旧书网，此或可说明以文堂主人姓杨。

以文堂清末至民国间刊有多种书籍，清刊《龙舟歌十六种》十七卷，复旦大学图书馆藏；光绪戊寅四年新刊《诗品注释》，书影见孔夫子旧书网。另刊有多种南音木鱼书，不一一列举。

1. **清刊《三国因》二卷，见《古本小说集成》。**

2. **清刊《新刻增异说唐全传》十四卷六十八回，中国国家图书馆藏。**

3. **清刊《说唐演义后传》十一卷五十五回，中国国家图书馆藏。**

4. **光绪甲申十年刊《薛仁贵征西说唐三传》十卷九十回，书影见孔夫子旧书网。**

5. **光绪十九年刊《龙图公案》则数不详，长泽规矩也旧藏。**

6. **清刊《警富新书》四卷四十回，书影见孔夫子旧书网。**

〔八五七〕以文居　福建

以文居道光辛丑二十一年刊《十岁能文善诱集》，内封题“以文居藏板”，版心题“以文居”，其中《家课小题初学读本》卷端题“莆田朱朗坦而先生手著/仙溪薛天玉昆山先生选评/闽中诸子参校”，书影见孔夫子旧书网。从作者及参校者多为福建人看，此本应刊于福建，以文居或为福建书坊。

清福建泉州书坊郁文堂刊《闺门必读女论语》，内封题“郁文堂藏板”，而卷端则题“以文居藏板”，可能是以文居刊、郁文堂转板后印本，书影见孔夫子旧书网。郁文堂为泉州书坊，则以文居为泉州书坊的可能性很大。

以文居道光十八年刊《增订诗韵集成》，内封题“以文居藏板”；清刊《监本提章提节四书集注》，内封题“以文居藏板”；清刊《三千文注》等，书影均见孔夫子旧书网。

1. **同治六年刊《说岳全传》二十卷八十回，日本东京大学东洋文化研究所双红堂文库藏。**

〔八五八〕义合堂　天津

义合堂光绪二年刊《增注字类标韵》，内封背面题“光绪二年丙子天津义合堂印”；光绪乙巳三十一年刊《绘图孝经辑注》，内封题“天津义合堂藏板”；清刊《四言杂字》附《称呼问答》，内封题“天津义合堂书笔庄自梓童蒙各种读本书籍发售”；清末刊《五体百家姓》，内封题“永安陈曾翰拼/天津义合堂刊”，书影均见孔夫子旧书网。据以上书籍内封所题可知义合堂位于天津。光绪二十一年刊《二家赋钞》七卷，清华大学图书馆藏；清末刊有《三字经》《千字文》《名贤集》等书。

1. **清刊《前七国孙庞演义》四卷二十回，书影见孔夫子旧书网。**

〔八五九〕义合斋　不明

1. **乾隆十七年序，乾、嘉间刊《东周列国志》二十三卷一百〇八回，中国社会科学院文学研究所、北京大学图书馆藏。**

〔八六〇〕义林堂　江苏通州（如皋）

如皋义林堂咸丰七年刊《飞跎全传》四卷三十二回，中国国家图书馆藏，内封题“咸丰丁巳年重镌/绣像飞跎全传/如皋义林堂梓行”；同治元年新镌《分类详注解饮香尺牍》，内封题“如皋义林堂藏板”，书影见孔夫子旧书网。以此知义林堂位于如皋。如皋康熙六年隶属江苏省扬州府泰州，雍正二年划归通州。

清代义林堂刊刻的书尚有：同治三年新镌《少岩赋草》，书影见孔夫子旧书网；清刊《义林堂增订释义经书便用通考杂字》，苏州大学图书馆藏；清发兑《两般秋雨盦随笔》，书影见孔夫子旧书网。

1. **咸丰七年刊《飞跎全传》四卷三十二回，中国国家图书馆藏。**
2. **同治十一年刊《云合奇踪》八十回，北京师范大学图书馆藏。**
3. **咸丰、同治间刊《忠烈全传》六十回，北京大学图书馆、法国国家图书馆藏。**

〔八六一〕义兴堂　西安（西安省多公祠门东边、西安桥梓口、西安南院门）

西安有义兴堂，清刊《昨非庵日纂》二十卷，北京大学图书馆藏，内封有红印题“西安省多公祠门东边义兴堂刷印”；光绪八年刊《率性阐微》，内封题“西安义兴堂藏板”；光绪乙酉十一年刊《居业堂课章草》，内封题“西安桥梓口义兴堂藏板”；清末石印《绘图七言杂字》，内封题“西安南院门义兴堂发兑”，以上书影均见孔夫子旧书网；中华民国八年石印《岳山宝卷》，内封题“陕西南院门义兴堂发行”，辽宁大学图书馆藏。据以上书籍内封所题，可知义兴堂位于陕西西安，大约在多公祠门东边、桥梓口、南院门一带。

西安义兴堂营业时间不晚于咸丰八年。咸丰八年刊《钦定孝经》，光绪三年刊《韵对典考》，书影均见孔夫子旧书网；光绪五年刊《新刻梁祝同窗记》不分卷，复旦大学图书馆藏。

此外，河北完县、蔚县，山东济南均有义兴堂，与陕西西安义兴堂的关系待考。

1. **清刊《七真祖师列仙传》二卷，书影见孔夫子旧书网。**

〔八六二〕艺古堂　扬州

艺古堂清末刻《徐孝穆全集》六卷，（陈）徐陵撰，（清）吴兆宜笺注，内封题“扬州艺古堂藏板”，藏于中国国家图书馆；乾隆间刻《玉溪生诗意》八卷，藏于复旦大学图书馆，内封题“扬州艺古堂藏板”；清末民初刻《李义山诗笺注》，内封署“扬州艺古堂藏板”，书影见孔夫子旧书网。据此知艺古堂为扬州书坊，刻书时间从清初延续至清末民初。

艺古堂道光三年刻《兰言集》二十卷，（清）谢堃选，藏于中国国家图书馆。

1. **嘉庆二十一年刊《儒林外史》五十六回，中国国家图书馆藏。**

〔八六三〕艺海堂　苏州

艺海堂清刻《第一才子书》十九卷一百二十回，内封题“金阊艺海堂梓行”，书影见孔夫子旧书网，据此知艺海堂为金阊即苏州书坊。

艺海堂道光二十一年刻《乡党正义》十四卷，（清）王鎏辑；道光二十二年刻《国朝文述》不分卷，王鎏辑；道光二十三年苏州艺海堂刻

《钱币刍言》，王鎏辑，藏于复旦大学图书馆。据此可知道光间艺海堂主人即长洲王鎏。王鎏(1786—1843)，初名仲鎏，字子兼，吴县人。著有《钱币刍言》《四书地理考》《壑舟园初稿》《壑舟园次稿》等书。

艺海堂乾隆间已经开始刻书，刻《说文统释自叙注》，(清)钱大昭撰，藏于中国国家图书馆；戊午年(嘉庆三年或咸丰八年)刊《春联谱》；道光五年刻宜兴褚同人评《左传选》等书。

关于艺海堂的详细情况，参见文革红《乾嘉时期小说书坊与通俗小说》“艺海堂”条(第96页)。

1. **嘉、道间刊《第一才子书》十九卷一百二十回，书影见孔夫子旧书网。**

〔八六四〕艺林山房　成都(傅世洵仲龙)

艺林山房光绪十三年刊《文选古字通疏证》(《益雅堂丛书》四集之一)，卷末有“傅世洵仲龙校”字样，中国国家图书馆藏。傅世洵为清末四川华阳人(成都府双流县)，光绪九年至光绪十三年辑有《益雅堂丛书》，由艺林山房梓行，中国国家图书馆藏，故艺林山房有可能为傅氏所开书坊，地点在成都，其所刊书较精整。

艺林山房道光二十六年刊墨庄氏撰《字林精粹》，北京大学图书馆藏；清刊《埤雅》二十卷，(宋)陆佃撰，河南大学图书馆藏；光绪七年刊《文选楼丛书》二十种，傅世洵辑，包括《广雅》《广释名》《比雅》《彬雅》《博雅》《别雅》、吴县江声撰《六书说》等，北京大学图书馆藏；光绪十一年朱墨套印《史记菁华录》，内封题“光绪乙酉年镌/艺林山房藏板”。

1. **道光二十年刊《绿野仙踪》八十回，见《中国通俗小说总目提要》。**

〔八六五〕翼化堂　上海(上海邑庙后)

翼化堂光绪三十四年刊《金莲仙史》，内封题“光绪三十四年岁次戊申刊/金莲仙史/上海邑庙后翼化堂藏板”，以此知翼化堂为上海书坊，位于邑庙后。

上海城隍庙内翼化堂咸丰五年刊《潘公免灾救难宝卷》三卷，苏州大学图书馆藏；同治庚午九年重刊《续千家诗》，内封题“上海城隍庙花园内翼化堂发兑各种善书”，书影见孔夫子旧书网。以此判断，翼化堂刻书的年代应不晚于咸丰五年，所谓邑庙当即城隍庙。清代翼化堂还刊有《参同直指》《成仙捷径》等多种书籍，清末民初刊有多种宝卷。

1. **光绪三十四年刊《金莲仙史》四卷二十四回，清华大学图书馆、郑州大学图书馆藏**。

〔八六六〕翼圣堂　金陵(白下)

李渔(1611—1680)，清初刻书家、小说家、戏曲家，本名仙侣，字笠鸿，号湖上笠翁、笠翁，亦号随庵主人、笠道人、新亭樵客等，浙江兰溪人。李渔最早开设的书铺为金陵翼圣斋，“翼圣斋”有时亦称为“翼圣堂”。据沈新林《芥子园再探》：“翼圣堂实际上是芥子园书铺的前身。后来虽然隶属于芥子园，由于翼圣堂经营有年，声誉日著，不宜废止，故与芥子园书铺并立，其实为一家。”①

翼圣堂刻书始于顺治十六年。李渔顺治十五年后由杭州迁居金陵，《与赵声伯文学书》交代迁居原因：“弟之移家秣陵也，只因拙刻作祟，翻板者多。”②因此为了杜绝盗版，李渔移家金陵后开设翼圣堂书铺。现存翼圣堂刊刻最早的书为顺治十六年所刊《唐诗类苑选》，藏于上海图书馆。翼圣堂清初发兑康熙四十年王公行郁郁堂本《资治通鉴纲目》前编二十五卷、正编五十九卷、续编二十七卷，藏于中国海

---

① 沈新林. 芥子园再探[J]. 明清小说研究，1991，(1).

② 单锦珩. 李渔年谱[M]//李渔. 李渔全集，第十九卷. 杭州：浙江古籍出版社，1993.

洋大学图书馆，内封下锓“江宁承恩寺对门翼圣堂书坊发兑”，据此可知翼圣堂位于金陵承恩寺对门。

翼圣堂以刊印李渔自己的著作为主，主要有：康熙十年刻《四六初征》十六卷，李渔撰，藏于中国国家图书馆；康熙十年刻《闲情偶寄》，李渔撰，藏于复旦大学图书馆。康熙间刻《笠翁传奇十种曲》，“包括《怜香伴》《奈何天》《风筝误》《比目鱼》《意中缘》《玉搔头》《巧团圆》《凤求凰》《慎鸾交》《蜃中楼》十种，清李渔撰，除《慎鸾交》外，皆为月光型版图，多出自苏州著名木刻家王思佐、蔡思璜之手，镌刻极为精雅”①。

康熙十七年刻《笠翁一家言全集》，藏于北京大学图书馆，收初集诗七卷，诗余一卷，古文、杂著四卷；二集诗五卷，古文、杂著七卷；《论古》四卷；《耐歌词》三卷；《笠翁词韵》四卷；《闲情偶寄》十六卷。康熙二十七年刻《新镌缀白裘合选》四卷，藏于北京大学图书馆。康熙三十三年朱墨套印刻《翼圣堂重订苏老泉朱批孟子》，藏于南京师范大学图书馆；清初后印万历十三年金陵富春堂刊本《重修正文对音捷要真传琴谱大全》，（明）杨表正撰，藏于北京大学图书馆。

翼圣堂在杭州设有分号，清刻《周行备览》六卷，题“武林翼圣堂辑”，藏于华东师范大学图书馆。

关于翼圣堂的详细情况，参见文革红《清代前期通俗小说刊刻考论》“翼圣堂”条（第432—434页）。

1. **乾隆五年重刊《玉娇梨》五卷（与《平山冷燕》合刊），吴晓铃旧藏。**

2. **乾隆五年重刊《平山冷燕》四卷二十回（与《玉娇梨》合刊），吴晓铃旧藏。**

3. **清刊《李笠翁评阅三国志》二十四卷一百二十回，法国国家图书馆藏。**

---

① 周心慧. 古本戏曲版画图录[M]. 北京：学苑出版社，1997.

4. **清初刊《禅真逸史》八卷四十回，北京大学图书馆藏**。

〔八六七〕亦西斋　苏州(苏阊、吴趋、姑苏)

亦西斋有两家，一在苏州，一在杭州：

1. 苏州亦西斋。同治四年刊《明斋小识》十二卷，内封题“吴趋亦西斋”，吉林大学图书馆藏；同治七年夏五月刊《广群芳谱》一百卷，北京大学图书馆藏，马骕撰《马氏绎史》一百六十卷，南京大学图书馆藏，内封均题“姑苏亦西斋藏版”；同治八年刊《监本诗经》，内封题“苏阊亦西斋藏版”，书影见孔夫子旧书网。以此知苏州有亦西斋书坊。

2. 杭州亦西斋。同治七年刊《定盦文集》三卷，《续集》四卷，《文集补》五卷，《文集补编》四卷，苏州大学图书馆藏，题“浙江亦西斋藏板”；道光九年刊《耐冷谭》十六卷，北京师范大学图书馆藏，内封题“武林亦西斋藏板”；光绪七年刊《昭代名人尺牍小传》二十四卷，辽宁大学图书馆藏，内封背面题“光绪辛巳孟秋镌杭州亦西斋藏板”；光绪间刊《幼学须知句解》，内封题“浙省亦西斋藏版”；清刊王叔和《图注难经脉诀》，内封题“浙江亦西斋藏板”，书影均见孔夫子旧书网。以此知亦西斋为武林即杭州书坊。

亦西斋咸丰八年刊《批点七家诗选笺注》，书影见孔夫子旧书网；同治四年刊《词综》四十卷，郑州大学图书馆藏；同治四年重校刊《湖海诗传》四十六卷，北京大学图书馆等处藏；同治丙寅五年刊《增订诗韵集成》；清刊《地理五诀》等书。

1. **清刊《残唐五代史演义传》六卷六十则，中国国家图书馆、南京图书馆藏**。

〔八六八〕益和堂　抚州金溪

益和堂乾隆四十三年刊《增订幼学故事珠玑》，序题“乾隆四十三年孟春月清岭周松龄希朋氏题于云林之百尺楼”，正文卷端题“绣谷周嘉彦参订”，书影见孔夫子旧书网。“云林”“绣谷”均指江西抚州之金溪，据此推测益和堂为江西抚州金溪书坊。

益和堂刊刻的书尚有：道光二十四年刊《文成字汇》；咸丰丙辰六年刊《时方括歌》，有嘉庆八年赵在田序，序末最左一行题“江右王凌云阁重镌，不惜工本，校对无讹”，可知益和堂藏板的《时方括歌》是用凌云阁的旧板重印的。咸丰间尚刊有《女科要旨》《医学三字经》《本草经读》《时方妙用》《景岳方砭》，即所谓《陈修园公余鉴录六种合刻》。同治八年刊《岣嵝鉴撮》一卷附《历代形势总论》一卷，南开大学图书馆藏；同治十二年刊《诗韵集成》，内封题“益和堂藏板”；清刊《柳庄相法全编》；民国三年甲寅岁重刻《捷径杂字》，书影见孔夫子旧书网。以此知益和堂营业时间不晚于乾隆四十三年，一直延续至民国年间。

1. **清刊《雷峰塔奇传》五卷十三则，中国国家图书馆藏**。

〔八六九〕益善堂　广信府广丰县(广邑谢益善堂)

益善堂清刊《不求人》(含《新刻百家姓》《三字经》等)，题“广邑谢益善堂”，书影见孔夫子旧书网。广邑即今江西广丰县，清属广信府，由此知益善堂为江西广信府广丰县书坊。此本上下层，与《国色天香》类似，刻《国色天香》的益善堂可能即广邑谢益善堂。

益善堂嘉庆间刊《刘子全书》四十卷，吉林大学图书馆藏；清益善堂梓行《删注脉诀归正》，题“门人徐良臣暨匡审补”；民国二年广邑谢益善堂刊《全家宝》，书影见孔夫子旧书网。

浙江兰溪亦有益善堂，主人亦为谢姓，光绪丙午五年重镌《李小姐十里亭全本》，卷端题“新刻十里亭全本/兰邑谢益善堂藏板”，书影见孔夫子旧书网，兰邑即兰溪，清属金华府。疑浙江兰溪谢益善堂为广邑谢益善堂的分号。

1. **清刊《新刻京台公余胜览国色天香》十卷，中国国家图书馆、**

北京大学图书馆藏。

2. **清刊《北宋志传》五十回(与《南宋志传》合刊),中国国家图书馆藏**。

3. **清刊《南宋志传》五十回(与《北宋志传》合刊),中国国家图书馆藏**。

〔八七〇〕益秀堂 金陵

益秀堂清刊《算法指明》,内封题“宝华亮记”,目录前题“金陵益秀堂梓行”,书影见孔夫子旧书网,以此知益秀堂为金陵书坊。益秀堂道光癸巳十三年刊《详注分韵试帖青云集》,内封题“益秀堂梓”,序题“道光辛卯年夏月通家生李宗昉书于闻妙香室”。北京大学图书馆藏民国二十五年《来薰阁书目》(第五期)所录戏曲书籍共计 99 种(补遗中另有 5 种),其中第 8 种为“第六才子书,益秀堂巾箱本,六册,一元伍角”。

1. **清刊《二度梅全传》六卷四十回,北京大学图书馆藏**。

〔八七一〕益友堂 济南(周村)

周村益友堂清刊《古唐诗合解》,中国国家图书馆藏;光绪庚子二十六年镌《正字千字文》;宣统三年刊《古文释义》,内封题“周村益友堂藏板”。周村,清属山东济南府淄博县管辖。

1. **道光十二年刊《绿牡丹全传》六卷六十四回,美国哥伦比亚大学藏**。

2. **光绪三十二年刊《新刻灯月传》二十四回,中国国家图书馆藏**。

〔八七二〕益元堂 宝庆

两益堂同治十三年刊本《眼科秘旨》,内封题“异人传授/眼科秘旨/两益堂藏板”，反面题“同治甲戌暮春刊于三原使署”，序双行分别题“同治十三年三月守拙生书于三原使署”“光绪十七年暑月宝庆益元堂复刊藏板”，此本为两益堂同治间刊本、益元堂光绪间翻刻本；光绪二十五年宝庆益元堂刊《公谷合编》，书影见孔夫子旧书网。以此知益元堂为湖南宝庆书坊。

益元堂刊刻的书籍尚有：清刊《益元堂古文析义二编》，北京大学图书馆藏；孔夫子旧书网有益元堂所刊《不知医必要》《增订幼学故事珠玑》《槐轩名家诗笺注》《女四书集注》《衡阳益垣先生地理八窍捷法》《种子金丹》《穷通宝鉴栏江网》《益元堂四书》《诗韵对锦》《春秋左传纲目句解》《捷径杂字》《新增命学纂要大全》《益元堂增定课读鉴略妥注善本》《慎诒堂诗经》等书。

1. **清刊《新刻京台公余胜览国色天香》十卷，中国国家图书馆、上海图书馆、北京大学图书馆藏。**

2. **清刊《第一才子书》六十卷一百二十回，书影见孔夫子旧书网。**

〔八七三〕益智堂　扬州

益智堂嘉庆间刻《益智堂增补注典释义第六才子西厢》，（清）薛蔚笺，藏于上海图书馆、吉林大学图书馆；清刻《新刻女进士胡二姐报冤记》，评话唱本，评话主要有扬州评话、宜春评话、福州评话；乾隆间刻《天花藏七才子前后集》，内封题“宝仁堂重镌”，卷端题“益智堂藏板”，乃宝仁堂利用益智堂的旧板重刻的，藏于中国国家图书馆。宝仁堂为苏州书坊，则益智堂也可能位于江苏省，因而其刊刻的评话唱本可能为扬州评话，则益智堂可能位于扬州。

益智堂清刻《小学金丹》《官板正字上论集注》《大字三训》等，书影均见孔夫子旧书网。

关于益智堂的详细情况，参见文革红《乾嘉时期小说书坊与通俗小说》“益智堂”条(第 185—186 页)。

1. **清刊《新镌玉娇梨》四卷,日本东北大学狩野文库藏。**

2. **雍、乾间刊《画图缘》四卷十六回,大连图书馆藏。**

3. **约康熙后期刊《玉娇梨》六卷(《天花藏七才子前后集》之前集),中国国家图书馆藏。**

4. **约康熙后期刊《平山冷燕》六卷二十回(《天花藏七才子前后集》之后集),中国国家图书馆藏。**

5. **清刊《龙图公案》五卷一百则,日本内阁文库藏。**

6. **嘉庆间刊《绿牡丹全传》六卷六十四回,书影见孔夫子旧书网。**

〔八七四〕英德堂　成都

英德堂清刊《两晋志传题评》,题“成都英德堂”①,因此,英德堂为四川成都书坊。英德堂在乾隆年间已经开始营业刻书。乾隆元年刊《四书疑问》,(清)李灏撰,见《哈佛燕京图书馆藏经部典籍珍本汇编目录》。乾隆二十三年刊《诗法针度》三十三卷,北京大学图书馆藏;乾隆二十七年刊《应试唐诗类释》十九卷,河南大学图书馆藏;乾隆四十四年刊《增订集录》,内封题“乾隆已亥秋日重镌/心简斋/增订集录/英德堂藏板”,北京大学图书馆藏;嘉庆乙亥二十年刊《注释寄岳云斋诗》;嘉庆丁丑二十二年新编《分类诗腋》;道光乙巳二十五年新镌《诗韵含英》;道光壬寅二十二年刊《初学检韵》,书影见孔夫子旧书网。

另英德堂刊刻的书籍尚有《伤寒集注》《酬世锦囊全集》《铜板四书补注附考备旨》《对联丽句》《景岳全书》《注释增补全家诗》《小题尖

---

① [日]大塚秀高. 增补中国通俗小说书目[M]. 日本:汲古书院,昭和五十九年八月(1984).

峰》《新纂氏族笺释》《四书题镜》《四书典林》《本草纲目图》《八铭堂塾钞》等，书影见孔夫子旧书网。

1. 清刊《今古奇观》四十卷，中国国家图书馆藏。

2. 清刊《新刻扬州近事雨花香》《家宝初集》，书影见孔夫子旧书网。

3. 清刊《新刻天花藏批评平山冷燕》四卷，上海图书馆藏。

4. 嘉庆二十一年刊《金石缘》八卷，谭正璧旧藏。

5. 道光二十三年刊《五美缘》不分卷八十回，谭正璧旧藏。

6. 道光二十二年刊《镜花缘》二十卷一百回，南京图书馆藏。

7. 清刊《北宋志传》五十回，中国国家图书馆藏。

8. 清刊《南宋志传》五十回，中国国家图书馆藏。

9. 清刊《云合奇踪》十卷八十回，北京大学图书馆藏。

10. 清刊《西晋演义》四卷一百一十六则(《东西晋演义》之一)，中国国家图书馆藏。

11. 清刊《东晋演义》八卷二百三十一则(《东西晋演义》之一)，中国国家图书馆藏。

12. 清刊《忠义水浒传》二十卷一百一十五回(《汉宋奇书》之上层)，北京大学图书馆、南京师范大学图书馆藏。

13. 清刊《四大奇书第一种》二十卷一百二十回(《汉宋奇书》之下层)，北京大学图书馆、南京师范大学图书馆藏。

14. 清刊《残唐五代史演义传》二卷六十回，吉林大学图书馆藏。

15. 清刊《说岳全传》二十卷八十回，南京大学图书馆藏。

16. 清刊《说唐演义前传》十卷六十八回，中国国家图书馆藏。

17. 清刊《说唐小英雄传》二卷、《说唐薛家府传》六卷，中国国家图书馆藏。

18. 乾隆四十八年刊《异说征西演义全传》四十回，上海图书馆藏。

19. 嘉庆十四年序刊《龙图公案》□卷，书影见孔夫子旧书网。

〔八七五〕英文堂　佛山（佛镇福禄大街）

英文堂清刊《大汉三合明珠宝剑全传》六卷四十二回，美国哈佛大学哈佛燕京图书馆藏，内封有“佛镇福禄大街英文堂”字样；光绪十六年朱墨套印《诹吉通书》，美国哈佛大学哈佛燕京图书馆藏，有“广东佛山镇英文堂”字样；清刊《同音字汇》，内封题“佛山英文堂”；乾隆甲辰序刊《增补韵对屑玉详注》，内封题“佛山英文堂藏板”；光绪乙未二十一年校正重刊《新增尺牍称呼合解》，内封题“粤东佛山英文堂书局较刊”，书影均见孔夫子旧书网。以知英文堂为广东佛山书坊，位于福禄大街。

1. 清重刊《新镌玉娇梨》四卷，书影见孔夫子旧书网。

2. 道光九年以后刊《新刻增异说唐后传》四卷十五回，不题撰人，英文堂藏板，内封分两栏。右栏镌“内附困杨城”，左栏（约占三分之二）一行题“罗通扫北”，一行镌“前后传”，下双行署“英文堂藏板”。无序跋图像。目录叶题“新刻增异说唐后传”。凡四卷十四回，正文实十五回。半叶十二行，行二十一字。书截畅心堂刊本（道光九年刊）《增异说唐后传》前十五回而成。详见《说唐后传》。

3. 同治十三年刊《赵太祖三下南唐被困寿州城》八卷五十三回，英国博物院藏。

4. 清刊《警富新书》四卷四十回，书影见孔夫子旧书网。

5. 同治十三年刊《大汉三合明珠宝剑全传》六卷四十二回，美国哈佛大学哈佛燕京图书馆藏。

〔八七六〕英秀堂　京师

据《东京大学藏汉籍善本全文影像资料库书目》，第一百八十种为《大清缙绅全书》不分卷，道光十年京都英秀堂刊本，据此可知英秀堂为清代京师书坊。

英秀堂康熙十七年序刊《重订增补陶朱公致富奇书》八卷，吉林大学图书馆藏。康熙四十四年序刊《五子近思录》十四卷，北京师范大学图书馆藏；雍正三年序刊《大六壬经纬》、乾隆五十三年序刊《四书翼注》，序题“乾隆五十三年岁次戊申四月朔日，古虞曹梦赉志”，书影均见孔夫子旧书网；道光八年刊《详注张太史训子三十篇》，景德镇市图书馆藏。道光二十九年刊《广类合编精蕴》二十四卷，北京大学图书馆藏；清刊《宅谱大成》四种，北京大学图书馆藏。清刊《英秀堂书经体注》，中山大学图书馆藏；清刊《新刻唱口时调沉香阁》二十四集，吉林大学图书馆藏。

其余书影见于孔夫子旧书网的有：道光丁亥七年刊《古今秘苑》；清刊《果老星宗命格大全》十卷，内封题“英秀堂藏板”，版心作“英秀”，卷端题“金陵三山益轩唐谦锓梓”，乃是明代金陵刊本的翻刻本；清刊《英秀堂诗学含英》《批点春秋左传纲目句解》《眼科大全》《地理山泽指迷》等书。

1. **清刊《觉世名言十二楼》十二卷三十八回，上海图书馆藏。**
2. **道光六年刊《天豹图传》十二卷四十回，中国国家图书馆藏。**

〔八七七〕迎熏楼　苏州

清初吴门玩花主人编《妆楼记》，见《古本戏曲丛刊》，以此知玩花主人为苏州人。传奇《燕子笺》改作小说《新编燕子笺》六卷十八回，北京大学图书馆藏，题“玩花主人评”，但并无评语，疑玩花主人即为作者。今本迎熏楼刊本刊刻于清初，玩花主人为明末清初人，因而疑迎熏楼可能即位于苏州。

1. **清刊《新编燕子笺》六卷十八回，北京大学图书馆藏。**

〔八七八〕瀛经堂　杭州(武林)

瀛经堂乾隆二年刊《王叔和图注难经脉诀》，(京江)蔡伯遴辑，内封署“武林瀛经堂藏板”，书影见孔夫子旧书网，以此知瀛经堂位于杭州。乾隆二十五年刻《历朝赋衡裁注释》，内封题“太史汤稼堂先生鉴定/仁和周辰吉、周生山编次/杭州蒋佩朝考典/瀛经堂藏板”，卷端题“仁和汤骋评骘/钱塘周嘉酋、周珍搜辑/仁和汤三省复审”，藏于中国国家图书馆，作者、评订者均为杭州人，足见为杭州刊本。

瀛经堂清刻《瀛经堂详校医宗必读》，（清）李中梓著，藏于中国国家图书馆；嘉庆五年刻《悟真篇约注》，（清）陶素耒注，书影见孔夫子旧书网。

关于瀛经堂的详细情况，参见文革红《乾嘉时期小说书坊与通俗小说》“瀛经堂”条（第255页）。

1. **乾隆五十四年刊《新镌绣像醉醒石》不分卷十四回，天津图书馆、美国国会图书馆藏**。

〔八七九〕郢雪　泉州

郢雪书林康熙二十一年刻《明八大家集》六十二卷，（清）张汝瑚评选，藏于上海图书馆等处，子目为《王遵岩先生集》《刘文成先生集》《宋文宪先生集》《汪南溟先生集》《归震川先生集》《茅鹿门先生集》《李空同先生集》《李沧溟先生集》，内封题“郢雪书林梓行”。上海图书馆藏《汪南溟先生集》，（新安）汪道昆著，序末署“时康熙壬戌端午前三日/晋江张汝瑚夏钟甫书于晴川楼”，内封镘方形印章曰“温陵张府藏版”，《茅鹿门先生传》卷端署“温陵后学张汝瑚纂”，可见书乃是张汝瑚所刻，为张氏家刻本。晋江、温陵均指福建泉州，故张汝瑚应为泉州人，书刊刻于泉州。中国人民大学图书馆藏《刘文成先生集》，内封题“康熙二十一年温陵书林梓行”，《汪南溟先生集》内封题“郢雪书林梓行”。据此可知郢雪书林即温陵书林，位于泉州，主人为张汝瑚。

康熙二十一年郢雪书林刊《明十二家文集》一百十四卷，（清）张汝瑚编，藏于清华大学图书馆。

关于郢雪书林的详细情况，参见文革红《清代前期通俗小说刊刻考论》“郢雪书林”条(第495—498页)。

1. **清初刊《十二笑》不分卷十二回，北京大学图书馆、复旦大学图书馆藏**。

〔八八〇〕影松轩　不明

影松轩乾隆间刻《第一奇书绣像金瓶梅》一百回，藏于浙江图书馆、大连图书馆等，内封题“彭城张竹坡批评/第一奇书绣像金瓶梅/影松轩藏板”，首序，末署“时康熙岁次乙亥清明中浣/秦中觉天者谢颐题于皋鹤堂”。影松轩刊刻的其他书未能找到，其为何处书坊不明。

1. **乾隆间刊《第一奇书绣像金瓶梅》一百回，浙江图书馆藏**。

2. **乾隆丁卯十二年刊《四大奇书第四种》五十卷一百回，日本东北大学狩野文库藏**。

〔八八一〕映秀堂　金陵

映秀堂雍正元年刻、清三多斋后印《绘风亭评第七才子书琵琶记》六卷附释义，(元)高明撰，(清)毛宗岗评，藏于上海图书馆，正文卷端署“上元陈方平衡斋氏汇辑”，内封署“精绘全像/毛声山批琵琶记/第七才子书/三多斋梓行/后附写情篇”。此本内封虽题“三多斋梓行”，正文、图像版心下方均作“映秀堂”，因此，乃映秀堂刻、三多斋后印本。此本内封“三多斋梓行”五字系毛笔书写，不是刻的。首《写情篇》，题“雍正元年三月既望日/上元陈方平衡斋氏/书于雨花山麓之恩洪楼中”，内封虽题“后附写情篇”，而实际上把《写情篇》放在最前面。

上海图书馆、中国国家图书馆等处藏有雍正元年映秀堂原刻本《绘风亭评第七才子书琵琶记》六卷，附《才子琵琶写情篇》一卷，(清)

陈方平辑，内封题“精绘全像/毛声山批琵琶记/第七才子书/映秀堂梓行/后附写情篇”，《写情篇》确实是附在书后，而三多斋后印本则把《写情篇》放在最前面。因此，此书原刻者确实是映秀堂。

从《写情篇》序之题署中可知，《写情篇》的汇辑者为上元（清属江宁）陈方平。参与写作的还有李传诗、高云风、车护等。序中曰：“后有真邑高君作二首摘题，撮句为八股文。坊友嘱予嗣出数首，欲汇为一编，予虽效颦，固不免续貂之惭也。因以‘写情’名其篇而为之序。”真邑，江苏省仪征县，高云凤为仪征人，他作了《琵琶记》摘题后，陈方平应书坊之请而续作，陈方平是南京人，序作于“雨花山麓之恩洪楼”，足证序的写作地是南京。在《琵琶记》的众多版本中，只有上海图书馆藏金陵三益堂刊本《镜香园毛声山七才子》有《写情篇》的片段内容，作者虽题“陈方平”，但无陈方平的序言，《自序》题“成都费锡璜拜书”，从内容、版式、图画看明显是映秀堂本的翻刻本，据此可知《写情篇》的版权应归于映秀堂。既然《写情篇》序作于金陵，作者也是金陵人，则刊刻者映秀堂当为金陵书坊。映秀堂刊本目录后附桂岩书屋张大纶题诗一首，后镌“张氏大纶”印一枚，诗主要抒发思乡和思亲之情。张大纶于嘉靖九年刻《枫山章先生文集》，（明）章懋撰，章翰重修，藏于浙江图书馆。疑映秀堂可能为张大纶后人所开设。映秀堂本《绘风亭评第七才子书琵琶记》插图线条圆熟，人物神态柔美，为典型金陵版画风格。

映秀堂雍正二年刻《历科表制句解》不分卷，藏于北京大学图书馆、吉林大学图书馆。

1. **清初刊《新镌全像武穆精忠传》六卷六十八回，复旦大学图书馆藏**。

2. **明末刊《新镌全像武穆精忠传》八卷八十则，存七卷，复旦大学图书馆藏**。

〔八八二〕映旭斋　苏州

映旭斋崇祯十年序刊《陶靖节集》八卷，藏于运城学院图书馆，内封署“金阊映旭斋”，据此知映旭斋为苏州书坊。

映旭斋康熙二年刻《辟疆园杜诗注解》十七卷、年谱一卷，藏于北京大学图书馆，内封题“映旭斋梓行”，据卷首顺治十八年李赞元序，该书由其鸠工寿之梨，七言律卷首有李壮序，言是书于康熙二年春告成，枣梨剞劂悉由其任焉，据此看来，映旭斋主人可能为李赞元。

映旭斋明末刻《批点春秋左传详节句解》三十五卷，书影见孔夫子旧书网；明末与二邑堂合刊《文章轨范》七卷，藏于曲阜师范大学图书馆。

映旭斋清代刊刻的书主要有：康熙二十九年刻《增补字汇》，书影见孔夫子旧书网；康熙四十三年刻《四书全解》，藏于北京大学图书馆；康熙五十年序刻《武经三子体注大全》三卷，附《射法总说》，藏于中国人民大学图书馆；康熙六十一年刻《孔子家语》，书影见孔夫子旧书网；清初刻《四书体注》，内封题“四书体注/步月楼梓行、映旭斋藏板”；康熙二十五年刻《吕晚村先生四书讲义》四十三卷；康熙间刻《古文启蒙初编》；雍正五年刻《近墨元魁秘笈》，版心有“太乙阁校”字样，书影均见孔夫子旧书网；雍正十二年刻《十家文钞》，藏于复旦大学图书馆，包括《艾千子文钞》《徐思旷先生文钞》等；清刻《熊次侯先生传稿全集》，藏于中国国家图书馆。

映旭斋清重修明万历二十九年吴勉学刻本《古今医统正脉全书》，其中《王氏脉经》内封题“王氏脉经/映旭斋藏板”，目录末行题“明新安吴勉学翻刻宋板”，乃重修吴勉学师古斋刊本，书影见孔夫子旧书网；清重修《文献通考》三百四十八卷，据明嘉靖三年司礼监内府刻本重修，藏于中国国家图书馆、南京大学图书馆。

另金陵亦有映旭斋，清刻《申文定公尚书讲义会编》十二卷，内封题“金陵映旭斋藏板”，版心下有“静寿堂”字样。金陵映旭斋与苏州映旭斋的关系待考。

1. **清初刊《西洋记》二十卷一百回，上海图书馆藏。**

2. **清刊《西汉演义》八卷一百则（《东西汉演义》之一），日本天理图书馆藏。**

3. **清刊《东汉演义》十卷一百二十五则（《东西汉演义》之一），日本天理图书馆藏。**

〔八八三〕映雪草堂　苏州（吴郡、金阊）

映雪草堂刊书不晚于乾隆间，乾隆十二年刊《唐诗选评笺注》八卷，内封题“乾隆丁卯年/映雪草堂藏板”，香港中文大学图书馆藏。

映雪草堂乾隆二十一年刊《礼记读本》，内封题“乾隆丙子季重镌/吴郡张氏重校/礼记读本/吴郡映雪草堂藏板”，书影见孔夫子旧书网。乾隆五十二年刊《礼记增订旁训》，内封题“乾隆丁未年重镌/吴郡张氏重校/礼记读本/金阊映雪草堂藏板”，北京大学图书馆藏。清刊《潜确居类书》一百二十卷，北京大学图书馆藏，题“金阊映雪草堂”。据以上书籍内封所题，可知映雪草堂位于金阊，即苏州。

金阊映雪草堂乾隆五十二年刊《书经增订旁训》，中国国家图书馆藏。同年刊《春秋读本》，书影见孔夫子旧书网。清重修《牡丹亭还魂记》二卷，清华大学图书馆藏。

1. **清刊《水浒全传》三十卷不分回，日本东京大学藏。**

〔八八四〕映雪山房　镇江

映雪山房清刊《映雪山房诗草》，书影见孔夫子旧书网，内封有“少庵”“孙企华印”朱印，正文卷端题“崔大宗师岁试取入丹徒春学第三名孙企华少庵”字样，知孙企华为丹徒人，据内封和题署，可知映雪山房为孙企华之书斋名，则映雪山房或在镇江府丹徒县。

映雪山房尚有《映雪山房印存》、无名氏《映雪山房谜语》、《映雪山房会课卷》等书。

1. **道光二十年刊《绿野仙踪》八十回，日本东京大学藏。**

〔八八五〕映雪堂　苏州（金阊）

映雪堂清刊《映雪堂新刻增补便用杂字世事通考全书》，上卷卷端题“金阊映雪堂新刻增订释义经书便用通考杂字上卷”，据此可知映雪堂位于苏州。

映雪堂刊书不晚于乾隆间，乾隆四十六年刊《映雪堂重订古文观止》，书影见孔夫子旧书网；嘉庆四年孙氏映雪堂刊《汉魏廿一家周易注》三十三卷，北京师范大学图书馆藏；嘉庆四年刊《监本四书》二十三卷，北京师范大学图书馆藏；清刊《水镜集》，版心题“映雪堂”，正文卷端题“右髻增删重订”；嘉庆十八年刊《东都孙氏族谱》；清刊《廿一史约编》《新镌尺牍达衷集》《映雪堂详校医宗必读》《思过斋杂体诗存》等，书影均见孔夫子旧书网。映雪堂当为孙氏家族堂名，其主人为孙姓。

1. **清刊《古今小说》十四篇，佚失。大连图书馆藏有无名氏据“映雪堂藏板”的抄本《海内奇谈之一》，题“七才子书”。既云“藏板”，说明映雪堂曾刻有《古今小说》。该书现在已经佚失，仅存抄本。**

2. **光绪十八年刊《征西说唐三传》十卷八十八回，日本东京大学文学部藏。**

〔八八六〕映雪轩　不明

清道光甲申四年黄立林刊《映雪轩诗钞》六卷，谦益堂藏板，华东师范大学图书馆藏，正文卷端题“眉江黄立林滋圃集，男培宗、弼宗校字”，知黄立林为湖南眉江人，映雪轩为其书室名。

光绪间孙鼎吉书室亦名映雪轩，光绪丙午三十二年刊《映雪轩诗草》一卷附《杂著》一卷，由东瓯乐古斋刻字，华东师范大学图书馆藏，内封题“光绪丙午婺源□□□题/映雪轩诗草”，序的末行题“东瓯乐古斋刻字”，书刻于东瓯，即今温州。序中有“戚友孙君筱山幼而颖悟……”字样，知作者为孙筱山，此映雪轩可能位于温州。

以上两家映雪轩均非刻书书坊，映雪轩书坊具体情况不明。

1. **清刊《好逑传》四卷十八回，美国国会图书馆藏**。

〔八八七〕映月楼　不明

1. **清刊《新刻玉娇梨》四卷，日本东京大学东洋文化研究所仓石文库藏**。

〔八八八〕应心斋　苏州

应心斋明刊《花阵绮言》十二卷，北京大学图书馆藏，卷端题“楚江仙叟石公纂辑，吴门翰史茂生评选”，据评选者大致判断此本刊刻于苏州。

1. **明刊《花阵绮言》十二卷，北京大学图书馆藏**。

〔八八九〕永安堂　广州

永安堂嘉庆十七年刻《渊海子平》，内封题“嘉庆壬申年新镌/岁寒子先生定/评注渊海子平大全/永安堂藏板”，目录题“洪都芝城广寒子增释/禅山书林老会贤堂梓行”，可见永安堂与佛山老会贤堂有一定联系，两者可能均为广东书坊。

永安堂刊书主要在乾、嘉间，乾隆四十五年刻《孔子家语》十卷，藏于北京大学图书馆；乾隆四十八年刻《素位堂周易备旨详解》四卷，(明)黄淳耀撰，(清)邹梧冈辑，藏于中国国家图书馆；嘉庆三年刻《仪礼章句》，藏于中山大学图书馆；嘉庆二十年刻《书经体注》，藏于华东师范大学图书馆。

关于永安堂的详细情况，参见文革红《乾嘉时期小说书坊与通俗小说》“永安堂”条(第223页)。

1. **嘉庆十二年刊《白圭志》四卷十六回,法国国家图书馆藏。**

2. **嘉庆二十五年刊《第一才子书》六十卷一百二十回,奥地利国家图书馆藏。**

3. **道光二十五年刊《第一才子书》六十卷一百二十回,亚非学院藏。**

〔八九〇〕永德堂　吉林

永德堂民国二十年刊《吉林永德堂自制各种丸散膏丹药材品类表》,版心作“吉林永德堂”,有《本堂启事二》,云“本堂自前清嘉庆中叶开设于吉林省会北大街路东,已历百余年矣”,书影见孔夫子旧书网,由此可知永德堂开设于嘉庆中叶,位于吉林省会,民国间吉林的省会为吉林市。吉林永德堂既是药店,又经营刻书业。此外,哈尔滨和阿城县亦有永德堂药店。

永德堂光绪庚辰六年秋双色套印《增补诹吉宝镜图》,书影见孔夫子旧书网。

1. **同治十二年刊发行《娱目醒心编》十六卷三十九回,中国国家图书馆藏。**

〔八九一〕永富堂　陕西同州(咸林)

永富堂同治壬申十一年刊《韵对典考》,内封题“咸林永富堂藏板”;清刊《算法全书》,内封题“咸林永富堂梓行”,书影均见孔夫子旧书网。咸林,古地名,位于今陕西渭南华州区,清雍正三年前属陕西省西安府,雍正三年后升为直隶州,乾隆元年后属同州府管辖,以此知永富堂为陕西同州书坊。

永富堂刊书不晚于道光年间,道光甲辰二十四年夏镌《诗韵题解辨同》,书影见孔夫子旧书网。据新华社报道,西安周至县李文华家中藏有永富堂同治壬戌元年刊《增补寿世保元》一书。

1. **道光四年刊《张子房归山诗》一篇(二节本之上层),书影见孔夫子旧书网。**

2. **道光四年刊《解学士诗》一篇(二节本之下层),书影见孔夫子旧书网。**

〔八九二〕永庆堂　建阳(余郁生)

据《福建古代刻书》,余继安为福建建阳余氏刻书业史上的重要人物,为勤有居士余文兴的八世孙。余继安有四子,见于族谱的有二子,即仲明和孟和(字双峰),余象斗为孟和之子。仲明第二子为福海,福海长子即余成章,字仙源,生于嘉靖三十九年,卒于崇祯四年,享年七十二岁,刻书以永庆堂为名号①。闽建书林余成章余仙源永庆堂明刻《新镌南雍会选古今名儒四书说苑》十四卷首一卷,(明)张汝霖等辑、敖文祯订正,藏于清华大学图书馆②。余郁生为余成章的后代。《福建古代刻书》云:"清初福建建阳的坊刻本,流传至今的已经极少。刻书世家余氏,刻书仅几种。"③其中小说仅一种,即余郁生永庆堂康熙十二年刻《精绣通俗全像梁武帝西来演义》十卷四十回。假设康熙十二年时余郁生为中年四十岁,则其出生约在崇祯间,而余成章此时已经去世,因此余郁生为余成章的孙辈或曾孙辈。

关于余郁生永庆堂的详细情况,参见文革红《清代前期通俗小说刊刻考论》"余郁生永庆堂"条(第498—500页)。

1. **康熙十二年刊《精绣通俗全像梁武帝西来演义》十卷四十回,美国国会图书馆藏。**

---

① 谢水顺.福建古代刻书[M].福州:福建人民出版社,1997.

② 清华大学图书馆编.清华大学图书馆藏善本书目[M].北京:清华大学出版社,2002.

③ 谢水顺.福建古代刻书[M].福州:福建人民出版社,1997.

〔八九三〕永善堂　广州(第七甫)

永善堂清末刊《铁冠图全传》八卷五十回，松滋山人撰，中国国家图书馆藏，内封题“第七甫永善堂”，据此知永善堂为广州书坊，位于第七甫。

永善堂清刊《道藏三元经》，内封题“乙卯年冬镌/永善堂敬刊/板存粤东河南鳌洲外街明星堂/好善者请至印送”，书影见孔夫子旧书网。

民国间有永善堂，民国六年石印《汉文快字全书》，北京大学图书馆藏，内封题“广东张才著”，版心题“张永善堂藏板”，此永善堂主人为张姓，可能即广州永善堂主人。

1. **清刊《铁冠图全传》八卷五十回，中国国家图书馆、苏州图书馆藏。**

〔八九四〕永顺堂　重庆(广安)

明代有永顺堂，刊《明成化说唱词话丛刊十六种》十九卷，附《新编刘知远还乡白兔记》一卷，1972 年上海书店在一次古旧书收购中意外获得，上海博物馆 1973 年影印本。书末有牌记题“成化戊戌仲春永顺书堂重刊”，此永顺堂非清代永顺堂。

清代永顺堂刊《学源堂四书述要旁训》，内封题“广安永顺堂梓行”，书影见孔夫子旧书网。广安，清雍正六年起隶属四川川东道重庆府，故此知清代永顺堂位于重庆。

永顺堂刊刻的书尚有：光绪间刊《下孟》《重订寄岳云斋试帖笺注》；清刊《新镌工师雕斫正式鲁班木经新家镜》三卷，(明)午荣编，中国国家图书馆藏。清刊《槐轩名家诗选笺注》《重刻周公秘传桃花镇书捷要》《新增幼学琼林》《古唐诗合解》《龙文鞭影》《眼科大全》《古文喈凤新解》等，书影均见孔夫子旧书网。

1. **清刊《说唐演义前传》十卷六十八回，书影见孔夫子旧书网。**

〔八九五〕拥万堂 苏州

拥万堂清刊《钟谭二先生评选明诗归》十卷，首一卷末一卷，北京大学图书馆藏，内封题“金阊拥万堂”，故知拥万堂位于苏州。

拥万堂至少在万历间已开始营业刻书，金阊拥万堂万历间刻《秘书九种》六十六卷，钟惺辑，藏于清华大学图书馆；崇祯间刊《吕东莱先生左氏博议》六卷，（明）陶珽汇辑，藏于复旦大学图书馆；明末刻《古名儒毛诗解十六种》二十四卷，（明）钟惺辑，藏于清华大学图书馆、复旦大学图书馆；明末刻《四书图史合考》二十四卷，蔡清辑，藏于美国哈佛大学哈佛燕京图书馆；明末刻《史怀》十七卷，（明）钟惺撰，藏于南开大学图书馆。

入清以后拥万堂刻的书主要有：顺治十七年刻《明纪编年》十二卷，（明）钟惺撰，（清）王汝南补，藏于四川师范大学图书馆；嘉庆七年刻《钱氏四种》，（清）钱坫撰，藏于北京大学图书馆；清刻《合刻五家言》五种，（明）钟惺评，藏于北京大学图书馆。

1. **康、雍间刊《新镌绣像圈点秘本玉娇梨》二十回，法国国家图书馆藏。**

2. **清初刊《重镌绣像圈点秘本平山冷燕》卷数未详，苏州图书馆藏。**

3. **清初刊《好逑传》四卷十八回，中国国家图书馆藏。**

4. **清刊《京本云合奇踪》二十卷八十则，中国国家图书馆藏。**

〔八九六〕有思堂 不明

有思堂约雍、乾间刊《浓情快史》四卷三十回，日本《舶载书目》之五十七记宝历甲戌运入《浓情快史》一部四本（有思堂藏版，四卷）。宝历甲戌相当于清乾隆十九年，则此本之刊不晚于乾隆十九年。有思堂刊刻的其他书籍未见，详细地点不明。

1. **约雍、乾间刊《浓情快史》不分卷三十回，日本宝历甲戌《舶载**

书目》著录。

〔八九七〕有益堂　京师(京都琉璃厂)

有益堂光绪二十五年刊《日本学校联络图说》,(清)寿富撰,内封题“京都琉璃厂”,北京师范大学图书馆藏,以此知有益堂为京师书坊,位于琉璃厂。有益堂清刊《唐明皇御制孝经》,序前题“黄有益堂梓”,或能说明有益堂主人姓黄。

有益堂刻书不晚于同治年间,同治辛未十年刊《读左补义》五十卷,首一卷,(清)姜炳璋辑,中国人民大学图书馆藏。大部分书刊刻于光绪年间,光绪十六年刊《四书便蒙》十卷,中国人民大学图书馆藏;光绪二十二年刊《鹿蕉呓录》四卷,华东师范大学图书馆藏;光绪二十七年刊《左传易读》六卷,北京大学图书馆藏;光绪二十九年刊《御纂医宗金鉴》六卷,中国人民大学图书馆藏;宣统二年刊《有益堂重订古文释义新编》八卷,北京师范大学图书馆藏。

有益堂刊书见于孔夫子旧书网的主要有:光绪丙戌十二年刊《诗经体注图考大全》;光绪丁亥十三年刊《监本诗经》;光绪十八年刊《阴阳三元总录》;清刊《礼记体注大全合参》《加批增注聊斋志异》《卜筮正宗全书》《梅花易数》等。刊书较多,不一一列载。

1. **光绪三十三年刊《绣像三国演义》六十卷一百二十回,书影见孔夫子旧书网。**

2. **光绪三十年刊《第一才子书》五十一卷一百二十回,上海图书馆藏。**

3. **光绪三十年刊《东周列国志》二十七卷一百〇八回,书影见孔夫子旧书网。**

4. **光绪丁未三十三年刊《粉妆楼全传》十卷八十回,书影见孔夫子旧书网。**

5. **光绪十四年刊《儿女英雄传》四十回,清华大学图书馆藏。**

〔八九八〕友德堂 不明

友德堂乾隆四年刊《明诗别裁集》十二卷，香港中文大学图书馆藏；乾隆二十八年刊《五朝诗别裁集》，清华大学图书馆藏；乾隆二十八年刊《唐诗别裁集》十二卷，香港中文大学图书馆藏。清刊《二论备旨童子进学解》。友德堂具体地点不明。

1. **光绪二十年刊《铁冠图全传》八卷五十回，首都图书馆藏。**

〔八九九〕友益斋 苏州

友益斋嘉庆十二年刊《五家注困学纪闻》，藏于北京大学图书馆等处，内封题"金阊友益斋藏版"，据此知友益斋为苏州书坊。

友益斋康熙间刻《南沙文集》八卷，藏于北京大学图书馆；乾隆三十六年刻《监本春秋》，见孔夫子旧书网；乾隆三十八年刻《重订五经类编》二十八卷，藏于苏州大学图书馆；乾隆四十三年刻《学庸说文》十二卷，藏于清华大学图书馆；乾隆四十四年刻《春秋左传》五十卷，藏于中国人民大学图书馆；嘉庆十年刊《监本书经》、雍正三年序刊《阳宅要览》，书影均见孔夫子旧书网；清朱墨套印《诗经》八卷，藏于北京大学图书馆。友益斋刊书最盛在乾、嘉间，所刊书籍纸墨精良，质量上乘。

关于友益斋的详细情况，参见文革红《乾嘉时期小说书坊与通俗小说》"友益斋"条(第 96—97 页)。

1. **乾、嘉间刊《岳武穆尽忠报国传》七卷二十八则，中国国家图书馆藏。**
2. **乾隆二十七年刊《新评龙图神断公案续编》，中国社会科学院文学研究所藏。**

〔九〇〇〕友于堂 扬州

友于堂道光戊戌十八年重镌《养蒙针度》，内封题"扬州友于堂藏板”，书影见孔夫子旧书网；道光二十九年刊《制艺醉心篇》二卷，(清)邹圣脉选辑，吉林大学图书馆藏；同年刊《云林别墅绘像妥注第六才子书》五卷，首一卷，山东大学图书馆藏，内封均题“扬州友于堂”；清刊《二论引端典故最豁集》，内封题“扬州友于堂梓行”，书影见孔夫子旧书网，据此可知友于堂位于扬州。

友于堂刊书不晚于乾隆间，乾隆三十七年刊《文选集评》十五卷，首末各一卷，(清)于光华编，北京师范大学图书馆藏；乾隆乙未四十年刊于光华编《增订诗经辑评》四卷，复旦大学图书馆藏，内封题“乾隆乙未冬镌/友于堂藏板”；同年又刊于光华编《古文分编集评》二十二卷，山东大学图书馆藏。

友于堂前面亦有题“通州”字样的，如同治十一年刊《诗经读本》，内封题“同治壬申年夏镌/诗经读本/通州友于堂梓”，卷四末题“通州友于堂发兑”；清刊《临证指南医案评本》，内封背面大字题“通州友于堂书坊镌”，书影均见孔夫子旧书网。通州清代属于扬州府。

友于堂刊刻的书尚有：道光十八年刊《时尚花样新裁》，书影见孔夫子旧书网；道光壬寅二十二年刊《古本新刻刘成美全传》二十五卷，北京师范大学图书馆藏；咸丰十年刊《紫藤馆杂录》十六卷，北京大学图书馆藏；清刊《文成字汇》《图像外科正宗》《银海精微》《状元易经》《听松楼家课小题正风》等，书影均见孔夫子旧书网。

1. **清刊《二度梅全传》六卷四十回，南京图书馆藏**。

〔九〇一〕卣清堂　建阳(詹秀闽)

卣清堂万历三十三年刊《两汉开国中兴传志》六卷四十二则，内封题“卣清堂詹秀闽藏板”，据《古本小说丛刊》(第二辑)前言：

> 卣清堂乃福建建阳詹氏书坊。署名卣清堂詹易斋所刻之书，多在嘉靖年间及万历初年。詹秀闽疑是易斋的后人。北京大学图书馆藏《许真君净明宗教录》有木记云：万历甲辰仲秋詹

氏卣清堂梓。甲辰即万历三十二年。其书当亦为詹秀闽所刻。

1. **万历三十三年刊《两汉开国中兴传志》之《西汉》四卷二十八则，日本蓬左文库藏。**

2. **万历三十三年刊《两汉开国中兴传志》之《东汉》二卷十四则，日本蓬左文库藏。**

〔九〇二〕右经堂　广州

右经堂同治十年刊《再生缘》二十卷，北京师范大学图书馆藏，版心有“宝宁”字样；清末刊《西瓜记》六卷附续集五卷，华东师范大学图书馆藏；清末刻南音木鱼书《新刻雁翎扇坠节义奇缘》四卷，复旦大学图书馆藏；同治八年新镌南音《姊妹偷琴》，内封作“新玉箫琴记南音”。从其多刻南音判断，右经堂或为广州书坊。

1. **同治二年刊《今古奇观》十卷，书影见孔夫子旧书网。**

2. **光绪二年刊《今古奇观》十卷，日本早稻田大学藏。**

〔九〇三〕右文堂　佛山(大地街)

右文堂清同治丙寅五年孟春合刻《达生遂生福幼合编》，内封题“佛山大地街右文堂藏板”；光绪元年重刊《俗话倾谈二集》二卷，内封题“佛山大地街右文堂板”，书影见孔夫子旧书网，据此可知右文堂位于佛山大地街。

右文堂刊刻的书籍有：雍正八年序刊《尚书离句》六卷，吉林大学图书馆藏；乾隆壬寅四十七年序刊《读左补义》五十卷，卷首一卷，香港中文大学图书馆藏；同治四年刊《春秋左传》十七卷，中山大学图书馆藏；同治八年刊《唐代丛书》十二集一百六十四种，复旦大学图书馆藏。见于孔夫子旧书网的有：道光丁酉十七年刊《书经读本》、咸丰戊午八年刊《小题指南二集》、咸丰十年刊《通天晓》、咸丰间刊《地理山洋指迷》、同治壬戌元年刊《右文堂四书集注》、同治庚午九年刊《蓬山塾课论语小题》、辛未年镌《注释向太史全稿》、清刊《医学三字经》《监本礼记》《外科秘录》等书。

1. 光绪元年重刊《俗话倾谈二集》二卷七则，书影见孔夫子旧书网。

2. 清发兑同文堂藏板《曹雪芹原本红楼梦》一百二十回。

3. 清刊《新刻天花藏批评玉娇梨》四卷二十四回，厦门大学图书馆藏。

4. 清刊《二度梅全传》六卷四十回，中山大学图书馆藏。

5. 咸丰九年刊《白圭志》四卷十六回，大连图书馆藏。

6. 清刊《第九才子书平鬼传》四卷十回，中山大学图书馆藏。

7. 道光十二年刊《镜花缘》二十卷一百回，日本东北大学狩野文库藏。

8. 光绪间刊《云合奇踪》十卷八十回，上海图书馆藏。

9. 清刊《西汉演义》八卷一百则(《东西汉演义》之一)，中国国家图书馆藏。

10. 清刊《东汉演义》十卷一百二十五则(《东西汉演义》之一)，中国国家图书馆藏。

11. 清刊《忠义水浒传》十七卷一百一十四回(《汉宋奇书》之上层)，郑州大学图书馆藏。

12. 清刊《四大奇书第一种》二十卷一百一十五回(《汉宋奇书》之下层)，郑州大学图书馆藏。

13. 咸丰七年刊《第一才子书》六十卷一百二十回，书影见孔夫子旧书网。

14. 乾隆十八年序、清刊《异说反唐演义全传》十卷一百回，日本京都大学文学部藏。

15. 咸丰九年刊《万花楼杨包狄演义》十四卷六十八回，日本早稻田大学藏。

16. 嘉庆十四年序刊《警富新书》四卷四十回，中山大学图书

馆藏。

17. **清刊《忠义水浒传》八卷一百一十五回，见钱振民《水浒传》新版序**。

〔九〇四〕余成章　建阳(余仙源)

书林仙源余成章万历间刊《牛郎织女传》四卷五十七则，中国国家图书馆藏。据福建师范大学邢海阔的硕士论文《〈新刻全像牛郎织女传〉的研究》，余成章字仙源，号聘君，为建阳余氏书坊永庆堂的堂主，生于嘉靖三十九年，卒于崇祯四年：

> 对于余成章的生平，古本小说集成本程有庆所撰的前言中提到"是著名刻书家兼小说家余象斗的堂侄，大概生活于万历至天启年间"。福建师范大学图书馆藏的《书林余氏重修宗谱》中也有对余成章的记载。据载，余成章系仲明二子福海公的长子，"生于嘉靖庚申年二月十七日寅时，终于崇祯末年七月初八酉时，高寿七十二岁"，福海父仲明与余象斗父孟和分别为余继安的长子及次子，仲明共有四子，分别为寿山、福海、彰德、寿岸(见图 2-1)，可见，余成章系余象斗堂侄的说法是可信的。
>
> 《建阳刻书史》称余成章生于嘉靖三十九年，卒于崇祯四年，字仙源，号聘君。而余成章本人，也就是建阳余氏书坊永庆堂的堂主。有《宗谱》记载的佐证，《建阳刻书史》中有关余成章生卒年代的记载应该是比较确定的，但是对于字号的记载，笔者还未找到确定的文献材料，并且从图 2-2 及图 2-3 中的记载来看，余仙源就是永庆堂的堂主，且刊刻过不少的作品，如此说来，余成章字仙源，为永庆堂书坊主人的说法是有很大可能性。①

1. **万历间刊《牛郎织女传》四卷五十七则，中国国家图书馆藏**。

---

① 邢海阔.《新刻全像牛郎织女传》的研究[D]. 福建师范大学，2008.

2. **万历三十三年刊《郭青螺六省听讼录新民公案》四卷四十三则，台湾大学旧藏据仙源金(余)成章刊本抄本。**

〔九〇五〕余古斋　京师

据陈重远《琉璃厂史话》，琉璃厂有古玩铺余古斋[①]。此余古斋不知是否经营刻书。

1. **崇祯十六年序刊《石渠阁精订皇明云合奇踪》十二卷八十则，日本东京大学东洋文化研究所双红堂文库藏。**

〔九〇六〕余季岳　金陵

金陵余季岳明末刊《盘古至唐虞传》二卷七则，日本内阁文库藏。

1. **明末刊《盘古至唐虞传》二卷七则，日本内阁文库藏。**
2. **明末刊《有夏志传》四卷十九则，日本内阁文库藏。**
3. **明末刊《有商志传》四卷十九则，佚失。**

〔九〇七〕余庆堂　福建(金氏)

金氏余庆堂康熙二十三年刻《增订精忠演义说岳全传》二十卷八十回，藏于北京大学图书馆，首金丰序，署“甲子孟春上浣/永福金丰识于余庆堂”，印二“金丰之印”“大有”。作者署“仁和钱彩锦文氏编次/永福金丰大有氏增订”。“仁和”即今杭州钱江县，则钱彩为杭州人。永福即今福建省永泰县，则金丰为福建人。金丰序中云：“予亦乐是说之可以公诸同好，因序数语以弁诸首而付之梓。”可见，刊刻此书的人为金丰，金丰序写作于余庆堂，则余庆堂为金丰书斋名，可能为福建书坊。

1. **康熙二十三年刊《增订精忠演义说岳全传》二十卷八十回，北**

---

① 陈重远.琉璃厂史话[M].北京:北京出版社,2015.

京大学图书馆藏。

〔九〇八〕余善堂　金陵(金陵城北科巷荫余善堂)

荫余善堂光绪二十四年刊《醉菩提》,中国国家图书馆、上海图书馆藏,内封题“金陵城北科巷荫余善堂”;光绪间朱墨套印《中虚宝全集》不分卷,内封题“板存金陵城北科巷荫余善堂”,书影见孔夫子旧书网。据此可知荫余善堂位于金陵城北科巷,刊书年代主要是光绪年间。

1. **光绪二十四年重刊《绘图度世金绳》四卷二十回,中国国家图书馆、上海图书馆藏。**

〔九〇九〕虞氏　杭州

1. **道光十二年刊《红楼梦补》不分卷二十四回,浙江图书馆藏。**

〔九一〇〕渔古山房　金溪(绣谷)

渔古山房清刊《小题正鹄二集》,内封题“珊城渔古山房梓”;同治十三年刻《绣像三国志演义》,内封背面题“同治甲戌绣谷渔古山房新刊”;光绪十三年刻《唐诗合解》,内封背面题“珊城渔古山房藏板”,书影均见孔夫子旧书网。“珊城”“绣谷”均为江西金溪之别称,故知渔古山房为金溪书坊。

渔古山房乾隆间即开始刻书,刊书较多,主要有:乾隆七年序刊《文成字汇》;道光间刻陈修园《医学从众录》《时方歌括》;同治五年刻《左翼》三十八卷,藏于北京大学图书馆;光绪三年刻陈修园《景岳新方砭》;另刊有《监本诗经》《唐诗三百首注疏》《地理雪心赋正解》《本草纲目》《广治平略》《渊海子平》等,书影均见孔夫子旧书网。

关于渔古山房的详细情况,参见文革红《乾嘉时期小说书坊与通俗小说》“渔古山房”条(第 285—286 页)。

1. **同治七年刊《续西游记》不分卷一百回，中国国家图书馆藏。**

2. **乾、嘉间刊《西汉演义》八卷一百则（《东西汉演义》之一），中国国家图书馆、上海图书馆、南京大学图书馆藏。**

3. **乾、嘉间刊《东汉演义》十卷一百二十五则（《东西汉演义》之一）十卷一百二十五则，佚失。**

4. **同治十三年刊《绣像三国志演义》六十卷一百二十回，书影见孔夫子旧书网。**

5. **嘉、道间刊《第一才子书》十九卷一百二十回，上海图书馆藏。**

6. **清刊《说唐演义前传》十卷六十八回，浙江图书馆藏。**

7. **清刊《说唐小英雄传》二卷、《说唐薛家府传》六卷，浙江图书馆藏。**

8. **清刊《东周列国志》二十三卷一百〇八回，书影见孔夫子旧书网。**

9. **清刊《粉妆楼全传》八十回，复旦大学图书馆藏。**

10. **清刊《五虎平西前传》十四卷一百一十二回（《五虎平西南传》之一），书影见孔夫子旧书网。**

11. **清刊《五虎平南后传》六卷四十二回（《五虎平西南传》之一），书影见孔夫子旧书网。**

〔九一一〕与耕堂费守斋　建阳

清初古吴德聚堂、文枢堂合刊万历庚申四十八年与耕堂费守斋刊本《新刻京本全像演义三国志传》，藏于日本。书末牌记题“万历庚申岁仲秋月/与耕堂费守斋梓行”，卷端题“云间木天馆张瀛海阅/书林与耕堂费守斋梓”。与耕堂费守斋亦为福建建阳书坊。

1. **万历庚申四十八年刊《新刻京本全像演义三国志传》，日本藏。**

〔九一二〕与耕堂朱仁斋　建阳

与耕堂朱仁斋万历二十二年刊《包龙图判百家公案》十卷一百回，日本蓬左文库藏，内封题“全补包龙图判百家公案/书林与耕堂朱仁斋绣梓”，卷一署“新刊京本通俗演义全像百家公案全传/钱塘散人安遇时编集/书林朱氏与耕堂刊行”，书末有牌记云“万历甲午岁，书林朱氏与耕堂刊行”，万历甲午为万历二十二年。一般建阳书坊多称“书林”，本书为上图下文形式，和建阳刊本常用版式一致，因而可以推测与耕堂朱仁斋亦为建阳书坊。

1. **万历二十二年刊《包龙图判百家公案》十卷一百回，日本蓬左文库藏**。

〔九一三〕玉尺堂　不明

玉尺堂嘉庆十八年刻《平山冷燕》二十回；清刻《三字锦》，内封题“玉尺堂”，外封题“大文堂”，书影均见孔夫子旧书网。大文堂为江西金溪书坊，疑玉尺堂亦位于金溪，惜无证据。

玉尺堂清刻《玉尺堂详校医宗说约》，书影见孔夫子旧书网。其余刊书极少。

另殷兆镛有玉尺堂。殷兆镛（1806—1883，嘉庆十一年至光绪九年），字补金，一字序伯，号谱经，江苏吴江人，道光二十年进士，授编修，任大理寺少卿，历任礼、户、吏诸部侍郎。工诗文，著有《玉尺堂诗文集》《松陵诗经》等。玉尺堂嘉庆十八年刊《第四才子书平山冷燕》二十回，但殷兆镛出生于嘉庆十一年，因而其玉尺堂可能非刻书书坊玉尺堂。

1. **清刊《第三才子书玉娇梨》四卷二十回，书影见孔夫子旧书网**。

2. **嘉庆十八年刊《第四才子书平山冷燕》二十回，书影见孔夫子旧书网**。

3. **道光间刊《玉娇梨》四卷，辽宁省图书馆藏**。

4. **道光间刊《平山冷燕》四卷二十回，辽宁省图书馆藏**。

5. **道光二年刊《好逑传》四卷十八回，南京图书馆、日本早稻田大学藏**。

〔九一四〕玉经堂　汀州(连城四堡乡)

陈支平《福建客家的从商性格与连城海丝之路》考证出玉经堂为福建连城书坊，主人为邹氏：

> 清乾隆至嘉庆年间，四堡的雕版印刷业进入了全盛时期。如云，“吾乡在乾嘉时，书业甚盛，致富者累相望”，“开坊募梓，集书板充栋，致赀信饶，若素封者然”；“广镌古今遗编，布诸海内，锱铢所积，饶若素封”。据估计，邹氏和马氏世代相传的大书坊，共有百余家。其中仍可查考者，邹氏族内有碧清堂、文海楼、文香阁、翰宝楼、玉经堂、崇文楼、素位堂、素位山房、萃芸楼、梅中昌、种梅山房、本立堂、以文阁等 13 家；马氏族内有泗波堂、林兰堂、万竹楼、翼经堂、德文堂等 5 家。①

据此可知玉经堂为福建连城书坊，连城清属汀州府。

1. **清刊《玉娇梨》四卷，辽宁大学图书馆藏**。

2. **清刊《第四才子书平山冷燕》二十回，日本东京汲古书院藏**。

〔九一五〕玉兰堂　扬州

玉兰堂乾隆三十年刻《陋轩诗》六卷，(清)吴嘉纪撰。吴嘉纪，字宾贤，号野人，明末清初扬州泰州县人，此本为陈璨补刻程岫、汪楫本，内封题“陋轩诗/玉兰堂藏版”，较康熙元年大业堂刊本增加陈璨

---

① 陈支平. 福建客家的从商性格与连城海丝之路[J]. 历史教学(下半月刊)，2016，(02).

《重订陋轩诗后序》，序中交代重刻事宜，曰："今本较旧刻加多逾倍，盖先生故人方于云又从而裒录之者也。历岁既久，版更易数主，渐次脱落。璨不忍里中先辈其幸而仅存者只此一编，不幸其子孙不能世守流传，将遂听其波荡转徙，日渐澌灭以至于尽也。乃因购得坊肆见行版，更取家藏旧本，逐一雠对，补其残阙，并字句有漫漶不可识者，亦一并刊正以行。"陈璨称吴嘉纪为里中先辈，则陈璨亦为泰州人，玉兰堂为陈璨书室名，自应位于泰州。明代文徵明书室亦名"玉兰堂"，然非乾隆间玉兰堂。

玉兰堂康熙五十六年刻《大清律集解附例》，藏于厦门大学图书馆；乾隆六年刻《二论启幼引端》，书影见孔夫子旧书网；乾隆十年刻《五经典要》，藏于北京大学图书馆；清刻《增删四书朱子大全精言》四十一卷，藏于北京大学图书馆；清刻《悬金字汇》，书影见孔夫子旧书网。

关于玉兰堂的详细情况，参见文革红《乾嘉时期小说书坊与通俗小说》"玉兰堂"条（第 186—187 页）。

1. **乾隆间《天花藏批评平山冷燕》六卷二十回，中国国家图书馆藏**。

2. **清刊《新平妖传》十卷四十回，存卷二至十，英国皇家亚洲学会藏**。

3. **乾、嘉间刊《北宋志传》五十回，辽宁省图书馆藏**。

4. **乾、嘉间刊《南宋志传》五十回，辽宁省图书馆藏**。

5. **乾、嘉间刊《东周列国志》二十三卷一百〇八回，书影见孔夫子旧书网**。

〔九一六〕玉蕊堂　不明

玉蕊堂乾隆五十八年刊《杨家府世代忠勇通俗演义志传》八卷五十八则，北京师范大学图书馆藏，内封题"玉蕊堂藏板"。玉蕊堂刊刻的其他书未见，具体地点不明。

1. **乾隆五十八年刊《杨家府世代忠勇通俗演义志传》八卷五十八则，北京师范大学图书馆藏**。

〔九一七〕玉茗堂　金溪（临川）

玉茗堂，明代汤显祖书室名，天启间刊《玉茗堂全集》，题“临川义仍汤显祖著”，中国人民大学图书馆、辽宁大学图书馆藏；又有“玉茗堂四梦”，即《还魂记》《南柯记》《紫钗记》《邯郸记》，中国国家图书馆藏，有《古本戏曲丛刊》影印本。汤显祖又有《临川汤若士先生玉茗堂尺牍》六卷，万历四十六年汤开远刊本，南京师范大学图书馆藏。

湖北有玉茗堂，刊刻《汤氏宗谱》，书影见孔夫子旧书网。

后世书坊经常伪托“玉茗堂批点”的名头刊刻书籍，伪托玉茗堂批点的《新镌玉茗堂批选王弇洲艳异编》、小说《南北宋志传》《英烈传》《残唐五代史演义》等，均题“玉茗堂评点”。

嘉庆二十四年刊本《双凤奇缘》，内封题“新刻昭君和番/玉茗堂评点/绣像双凤奇缘全传”，首《昭君和番序》，题“嘉庆己卯岁春月玉茗主人题”，嘉庆己卯为嘉庆二十四年，书即刊刻于该年，这里打了玉茗堂的牌号，而初刊本的序题“雪樵主人梓定”，此本之玉茗堂主人可能即刊刻此书之人，显然是伪托汤显祖，伪托之人为何处人不明。

1. **清刊《云合奇踪》十卷八十回，书影见孔夫子旧书网**。

2. **崇祯元年序刊《英烈志传》六卷六十则，台湾“中央图书馆”藏**。

〔九一八〕玉屏山馆　杭州（俞氏）

玉屏山馆清同治十年刊《结水浒全传》七十卷七十回，附卷末一卷一回，内封镌“同治十年重镌/山阴俞仲华先生荡寇志/荡寇志/蕉轩摭录嗣出/玉屏山馆藏板、翻刻千里必究/俍继光题签”，复旦大学图书馆等处藏。

此本为《结水浒全传》的重刻本，由作者中表兄弟钱湘出资刊刻，同治十年作者之弟俞泉序云："中表钱湘贷金续刻是书，以营窀穸之资。板成，存于钱氏旅邸。"钱湘同治序云"庚午(同治九年)秋，予将有珠江之行，道出玉屏山下，仲华之故居在焉"。按，钱湘为浙江慈溪人，他将去广州，路过玉屏山，来到俞万春的故居，而俞万春晚年主要居住在西湖一带，其子俞龙光咸丰元年有序云："道光辛卯、壬辰(道光十一、十二年)间，粤东瑶民之变，先君随先大父任，负羽从戎。缘先君子素娴弓马，有命中技，遂以功获议叙。已而归越，以岐黄术遨游于西湖间。"因此，钱湘所云玉屏山当指西湖边上的玉屏山。该书正文前题"山阴忽来道人俞万春仲华甫手著，钱塘范辛来金门甫、仁和邵祖恩循伯甫仝参评，仁和徐佩珂午桥甫、古歙项盛增旭东甫仝参阅，男龙光冶园氏校订，佛恩蓉庵氏绘像，胞弟吉甫俞护重刊，侄少甫俞熯重校订"，都可证此本刊刻于杭州，为俞万春之弟俞护所刊，钱湘出资，为俞氏家刻本。书板刻成以后存于钱氏旅邸亦可说明这一点。综合考虑，玉屏山馆当位于杭州西湖边的玉屏山下，有可能即是以钱湘所居住的旅馆为名。

1. **同治十年重刊《荡寇志》七十卷七十回，辽宁省图书馆藏**。

〔九一九〕玉树堂　苏州(金阊)

玉树堂乾隆三十一年刊《四书直解》，清华大学图书馆藏，题"金阊玉树堂"，以此知玉树堂为苏州书坊。康熙三十年玉树堂刊满汉合璧《四书》；乾隆十六年刊《图注难经脉诀》八卷；乾隆二十一年刊《嘉言集》八卷，可见玉树堂乾隆年间刊书较多。

溧阳有玉树堂，乾隆五十四年镌《幼科指南》，内封题"溧阳保赤、玉树堂藏板"，书影见孔夫子旧书网，以此知乾隆间溧阳亦有玉树堂。溧阳清属镇江府。外封题"□□□□大茹解村仁和街子厚崔如阜记”,书末有朱印“崔子厚记”“代郡大茹解村崔如阜记”“崔记”,代郡为河北蔚县,此书或为河北崔子厚所购置。

日本亦有玉树堂,刊《日本诗选》十卷,补遗一卷,(日本)江村绶辑,中国国家图书馆藏。日本宝历九年(清乾隆二十四年)刊《文海批沙》八卷,明谢肇淛撰,中国国家图书馆藏;正德四年(清康熙五十三年)刊《中庸发挥》二卷,(日本)伊滕维桢撰,题“京兆玉树堂”,中国国家图书馆藏。京兆,指长安,京兆玉树堂可能为日本人开设于长安的书坊。

1. **乾隆六十年刊《异说反唐演义全传》十卷一百回,日本无穷会织田文库藏。**

〔九二〇〕玉树园　杭州

玉树园清刊《重镌古文析义》,书影见孔夫子旧书网,内封题“千百年眼/晋安林西仲先生评注/重镌古文析义/玉树园梓”,并附题“挹奎楼主人识”的识语。按,挹奎楼为清福建闽县人林西仲位于杭州的室名,挹奎楼康熙三十六年刊《楚辞灯》四卷,辽宁大学图书馆藏,内封题“晋安林西仲先生论述/楚辞灯”,识语题“挹奎楼主人识”,序题“康熙丁丑岁孟春日晋安林云铭西仲氏题于西泠之挹奎楼”,据此可知挹奎楼位于杭州。玉树园刊《重镌古文析义》内封有挹奎楼主人识语,说明玉树园与挹奎楼为同一家书坊,也即林云铭的书室,或位于杭州。

林云铭,顺治十五年进士,官徽州府通判。康熙间刻印了多种图书。康熙乙亥三十四年杭州闽侯林氏挹奎楼刊《春秋单合析义》三十卷,美国哈佛大学哈佛燕京图书馆藏;康熙三十二年西泠挹奎楼刊《韩文起》十二卷,北京大学图书馆藏;康熙五十五年挹奎楼刊《庄子因》六卷,吉林大学图书馆藏。

1. **清刊《映旭斋批点新平妖传》十卷四十回,中国社会科学院文**

学研究所藏。

〔九二一〕玉□馆　佛山

佛山玉□馆清刊《群英杰》六卷三十四回，天津图书馆藏，内封有“佛山玉□馆藏板”字样，以此知玉□馆为佛山书坊。

1. **清刊《群英杰》六卷三十四回，天津图书馆藏**。

〔九二二〕郁文堂　泉州（泉城）

郁文堂光绪二十八年刊《说岳全传》，内封题“泉城郁文堂藏板”；光绪三十二年刊《粉妆楼全传》十卷，内封题“泉州郁文堂藏板”，据此知郁文堂位于泉州，为泉州老字号书坊，后分设经文堂，1930 年停业。

郁文堂刊书始于康熙间，康熙五十八年刊《增补四书精绣图像人物备考》十二卷，（明）陈明卿汇纂，何屺瞻订正，藏于郑州大学图书馆、山东省海阳图书馆。

郁文堂清代刊刻的书尚有：雍正十年刻《荆溪任太史稿》，藏于苏州大学图书馆；乾隆五十三年刻《前汉书钞》，书影见孔夫子旧书网；嘉庆元年刻《易见》九卷，卷首一卷，《易见启蒙》二卷，藏于北京师范大学图书馆；嘉庆八年刊《闻见瓣香录》十卷，藏于复旦大学图书馆；其余书影见于孔夫子旧书网的有《龙文鞭影》《神峰辟谬》《庄子南华经解》《闺门必读女论语》《引痘新法全书》《改良分类指南尺牍》《广玉匣记》等；又刊《李渔韵对千家诗》，题“癸酉仲秋镌/新注韵对千家诗/校对无讹/郁文堂梓”；光绪六年刻《诗韵集成》；光绪二十一年刻《疯门辩症》《疯门全书》等。

另河南有郁文堂，光绪二十八年刻《应读西学训蒙三字经》，内封题“汴省郁文堂藏板”。汴省即河南省，此郁文堂可能是泉州郁文堂开设于河南的分号。

1. **光绪二十六年刊《西汉演义》(《东西汉演义》之一),中国国家图书馆藏。**

2. **光绪二十六年刊《东汉演义》十卷一百二十五则(《东西汉演义》之一),中国国家图书馆藏。**

3. **光绪二十八年刊《说岳全传》二十卷八十回,中国国家图书馆藏。**

4. **乾隆三十二年序重刊《蔡元放评点东周列国志》二十三卷一百〇八回,美国哈佛大学哈佛燕京图书馆藏。**

5. **光绪三十二年刊《粉妆楼全传》十卷八十回,中国国家图书馆藏。**

6. **光绪十一年刊《平闽全传》六卷五十二回,厦门大学图书馆藏。**

7. **清刊《海刚峰先生居官公案传》四卷七十一则,上海图书馆藏。**

8. **雍正十二年与郁郁堂合刊《官板大字全像批评三国志》二十四卷,首一卷,一百二十回,北京大学图书馆藏。**

〔九二三〕郁郁堂　苏州(古吴)

王重民《中国善本书提要》著录万历间刻本《编注医学入门》七卷首一卷,曰:“此书卷末附延自撰《习医规格》,称是书刻于建宁,并汇刻人姓名云……此本多补板,为清代中叶刷印本。又封面题‘古吴郁郁堂藏板’,即不知此本果系吴中翻本,抑郁郁堂购得建宁版刷印者?”①据《编注医学入门》封面所题“古吴”字样,郁郁堂为苏州书坊。戴健、李昌集《明下叶吴越刊刻中心与通俗小说》(《明清小说研究》2003年第3期)也将“郁郁堂”列为苏州书坊。

---

① 王重民.中国善本书提要[M].上海:上海古籍出版社,1983.

郁郁堂主人为王公行，崇祯间刊《三种秘窍全书》，甘霖著，藏于中国国家图书馆，内封题“郁郁堂王公行梓行”，据此知郁郁堂主人为王公行，经营刻书业不晚于崇祯年间。浙江图书馆藏有郁郁堂所刊《五种秘窍全书》。

郁郁堂王公行康熙四十年刻《资治通鉴纲目》前编二十五卷、正编五十九卷、续编二十七卷，(明)陈仁锡辑评，藏于北京大学图书馆；康熙五十年刻《黄太史参补古今大方诗经大全》十五卷，藏于清华大学图书馆；康熙五十年刻《周会魁校正易经大全》二十卷，(明)胡广等辑，(清)周世显校，藏于清华大学图书馆、北京师范大学图书馆；康熙五十年刊《春秋大全》三十七卷，藏于南开大学图书馆；康熙五十五年刊《书经大全》十卷，(明)胡广等编，藏于山西省图书馆，据此知郁郁堂康熙年间刊刻过四种经书大全。雍正间郁郁堂刻《半窗史略》四十二卷，龙体刚撰，藏于中国国家图书馆。

郁郁堂刊书的活跃期是明末清初，刊刻小说、戏曲多种。

大业堂康熙间刊本《笺注第六才子书释解》八卷，藏于清华大学图书馆，版心下镌“大业堂”，十数叶后作“郁郁堂”，知郁郁堂曾刊刻过此书。郁郁堂清增刻崇祯胡氏十竹斋刊本《精选国朝诗余》一卷，藏于吉林大学图书馆。

郁郁堂所刊小说有所谓“郁郁堂四传”，版心题“郁郁堂四传”的有《忠义水浒全书》，郁郁堂还刻了《官板大字全像批评三国志》、康熙间刻《李笠翁评阅三国演义》，但郁郁堂刊本《西游记》和《金瓶梅》未见，待查。

另京都有郁郁堂，道光十七年刻《同馆试帖分韵合选》，藏于苏州大学图书馆，内封署“京都郁郁堂”。

关于郁郁堂的详细情况，参见文革红《清代前期通俗小说刊刻考论》“郁郁堂”条(第247—250页)。

1. **清初刊《李笠翁评阅三国演义》，《中国古籍文献拍卖图录》著录。**

2. 雍正十二年与郁文堂合刊《官板大字全像批评三国志》二十四卷,首一卷,一百二十回,北京大学图书馆藏。

3. 清初刊《新镌李氏藏本忠义水浒传》不分卷一百二十回,上海图书馆藏。

〔九二四〕裕德堂　陕西同州朝邑县(朝坂广济里雷氏、关中)

裕德堂嘉庆十一年刊《恭简公志乐》二十卷,华东师范大学图书馆藏,内封题"嘉庆十一年春花月新镌/关中裕德堂藏板",序则题"道光六年岁次丙戌中秋月上浣之吉/诰封奉直大夫附贡生候选府经历雷晟锦亭氏谨识于裕德堂",据此可知此本刊刻完成在道光六年,刊刻者裕德堂位于陕西关中地区,主人为雷晟,字锦亭。关中是指"四关"之内,即东潼关(函谷关)、西散关(大震关)、南武关(蓝关)、北萧关(金锁关)。现关中地区位于陕西省中部,包括西安、咸阳、宝鸡、渭南、铜川、杨凌五市一区。

裕德堂嘉庆戊寅二十三年序刊《达生篇》,内封题"朝坂广济里裕德堂雷氏重刻",跋题"嘉庆戊寅孟秋朔日咸林愚弟刘田殖顿首谨跋",进一步说明裕德堂位于朝坂广济里,主人为雷氏。朝坂,即陕西同州府朝邑县,今大荔县朝邑镇。

裕德堂刊刻的书尚有:嘉庆二十年刊《肥城县志》十九卷,首一卷,吉林大学图书馆藏;嘉、道间刊《念宛斋诗集》八卷,厦门大学图书馆藏;道光十一年刊《阳宅三要》,书影见孔夫子旧书网;道光己酉二十九年刊《滇南事实》,南京大学图书馆藏;清刊《新编韩湘子九度文公道情全本》三卷,复旦大学图书馆藏。其余见于孔夫子旧书网的尚有:同治七年刊《重订古文观止善本》;光绪己丑十五年重镌《道生堂初集》和《二集》;光绪壬辰十八年《孔子家语》;清刊《古唐诗合解》《幼学故事寻源》《二论引端》《尚书离句》《四书体注备旨合订》等书。

四川亦有裕德堂，道光五年刊《文成字汇》，内封题“宣城梅诞生先生原本/谨于道光乙酉岁孟春之月遵依康熙字典考正/安汉裕德堂铜板”，书影见孔夫子旧书网。安汉，古地名，清代为四川顺庆府南充县。四川裕德堂或为陕西裕德堂的分号。

1. **清刊《天花藏批评玉娇梨》四卷，内蒙古大学图书馆藏。**

2. **清刊《第四才子书平山冷燕》四卷二十回，书影见孔夫子旧书网。**

3. **清刊《岭南逸史》二十八回，中国国家图书馆藏。**

4. **清刊《白圭志》四卷十六回，内蒙古大学图书馆藏。**

5. **清刊《于少保萃忠全传》十卷四十传，大连图书馆藏。**

6. **清刊《东周列国志》一百〇八回，中国书店旧藏。**

7. **清刊《异说反唐演义全传》十卷一百回，中国国家图书馆藏。**

8. **嘉庆十三年序刊《龙图公案》十卷，南京师范大学图书馆、中国书店旧藏。**

9. **道光二十八年刊《大汉三合明珠宝剑全传》六卷四十二回，北京大学图书馆藏。**

10. **清刊《第五才子书水浒传》十二卷一百二十四回，书影见孔夫子旧书网。**

11. **清刊《飞龙全传》十二卷六十回，大连图书馆藏。**

〔九二五〕裕国堂　重庆

重庆裕国堂咸丰元年刊《梁武帝全传》不分卷四十回，中国国家图书馆藏。

1. **咸丰元年刊《梁武帝全传》不分卷四十回，中国国家图书馆藏。**

〔九二六〕裕文堂　绍兴(萧山)

裕文堂嘉庆己卯二十四年秋镌《书经体注图考大全合参》，内封题“萧山裕文堂锓板”；同年刊《诗经嫏嬛体注大全》，内封题“萧山裕文堂藏板”，书影均见孔夫子旧书网。据此可知裕文堂为清代萧山书坊。萧山清属绍兴府。

裕文堂刊书多在嘉庆、道光年间。嘉庆八年刊《注释纪太史馆课诗抄》，内封题“河间纪昀著/仁和许籛、宜黄李崇礼仝笺/裕文堂梓行”，后有“嘉庆八年癸亥年暮春朔日仁和许籛寿门氏书于双桐书舍”序；嘉庆乙丑十年重镌《周官精义》，书影见孔夫子旧书网；嘉庆十四年刊《卜筮正宗》，见博宝拍卖网。嘉庆丁丑二十二年刊《监本礼记》；嘉庆二十二年刊《绣像第六才子书》八卷，附西厢文，厦门大学图书馆藏；清刊《回文类聚》四卷，续编十卷，《织锦回文图》一卷，北京大学图书馆藏。道光元年梓行《增订图注本草备要》，道光二年刊《重订增补陶朱公致富全书》四卷等，均见孔夫子旧书网。

1. **道光四年刊《四大奇书第一种》六十卷一百二十回，苏州大学图书馆藏**。

〔九二七〕裕元堂　河北河间泊镇(泊镇大北门外)

裕元堂道光壬寅二十二年重刻《暗室灯注解》，内封题“板存泊镇大北门外裕元堂内”，书影见孔夫子旧书网。泊镇，指河北河间府交河县泊头镇。泊镇是泊头市的前身，在清道光年间就有雕印出版书籍，至民国年间，出版印刷堂号达十几家之多。

裕元堂咸丰己未九年刊《批点七家诗选注释》；清刊《眼科大全》《紫微斗数全书》《悬金字汇》等书，多见于孔夫子旧书网。北京大学图书馆藏有《增补姓氏族谱笺释》八卷。

1. **清刊《新刻京台公余胜览国色天香》十卷，中国社会科学院文学研究所藏**。

2. **清刊《后红楼梦》不分卷三十回，南京图书馆藏**。

3. **清刊《粉妆楼全传》八十回，书影见孔夫子旧书网**。

4. 清刊《飞龙全传》六卷六十回，俄罗斯圣彼得堡大学藏。

〔九二八〕袁无涯　苏州

袁无涯明刊《新镌李氏藏本忠义水浒传》不分卷一百二十回，上海图书馆、北京大学图书馆藏，首李贽序，杨定见小引，小引题“楚人凤里杨定见书于胥江舟次”。从杨定见小引中可知，袁无涯乃是一书坊主，对李贽非常崇拜景仰，与写小引的人杨定见偶然相识，杨定见乃李贽的学生，袁无涯从杨定见那里得到李贽所评《忠义水浒全传》，遂予以刊刻。《忠义水浒全传》的评语是否为李贽所评不得而知，或许是托名，实际上是杨定见所为。小引题“书于胥江舟次”，胥江在苏州，可见小引写于苏州，书的刊刻在苏州无疑，袁无涯当是苏州书坊主。

1. 明刊《新镌李氏藏本忠义水浒传》不分卷一百二十回，上海图书馆、北京大学图书馆藏。

〔九二九〕元茂堂　抚州金溪(绣谷周松筠)

元茂堂嘉庆十四年序刊《郡名详考天下全图》，内封题“元茂堂梓”，序题“嘉庆十四年岁在己巳天贶节绣谷周松筠谨识”，书影见孔夫子旧书网，据序所题，可大致推测元茂堂位于绣谷，即江西抚州金溪。元茂堂刊书约始于嘉庆间。

元茂堂清重印嘉庆二十二年广顺堂刊本《增补寿世保元书》，见7788收藏热线。该书内封题“元茂堂梓行”，序题“嘉庆二十二年孟秋月重定/书林广顺堂梓行”，版心亦作“广顺堂”，可知为广顺堂原刻、元茂堂后印。元茂堂道光五年刊《乡党图考》十卷，(清)江慎修著，山东大学图书馆藏。见于孔夫子旧书网的有：道光五年刻《古文释义》；道光癸卯二十三年刊《增辅痘科保赤类编》；道光甲辰二十四年刊《增补脉诀》，序末题“世兴堂/元茂堂校梓”；咸丰三年刊纪晓岚注《初学小题度针篇句解》;清刊《重订幼幼集成》;清刊苕水蒋澜《艺苑名言》等书。

1. **嘉庆二十四年刊《听月楼》不分卷二十回,见"邳州论坛"**。
2. **清刊《北宋志传》五十回,日本东京大学文学部藏**。
3. **清刊《南宋志传》五十回,日本东京大学文学部藏**。
4. **清刊《异说反唐演义全传》十卷一百回,日本内阁文库藏**。
5. **清刊《粉妆楼全传》八十回,俄罗斯圣彼得堡大学藏**。

〔九三〇〕源盛堂 重庆

源盛堂民国二十三年刊《万事不求人》,内封题"泸县水井沟源盛堂"。泸县清代为泸州,属重庆府,民国间属永宁道,故源盛堂为四川重庆书坊。清末刻民俗训子类唱本《新刻赛黄金》,卷端题"源盛堂";民国间刻《指明算法》,卷末有牌记题"源盛堂",书影均见孔夫子旧书网。源盛堂刻书不多,现存能找到的仅几种而已。关于源盛堂的详细情况,参见文革红《乾嘉时期小说书坊与通俗小说》"源盛堂"条(第319页)。

1. **嘉、道间刊《第一才子书》十九卷一百二十回,北京大学图书馆藏**。

〔九三一〕远景斋 不明

远景斋乾隆癸酉十八年序刊《异说反唐演义全传》十卷一百回,浙江图书馆藏,卷端题"姑苏如莲居士编次",版心下题"远景斋",首乾隆癸酉自序,乾隆癸酉为乾隆十八年,书即刊刻于此年。远景斋刊刻的其他书未见,地点不明。

1. **乾隆十八年序刊《异说反唐演义全传》十卷一百回,浙江图书馆藏**。

〔九三二〕岳家　金台(京师)

京师书肆金台岳家弘治戊午十一年刊《新刊大字魁本全相参订奇妙全相注释西厢记》,北京大学图书馆藏,是现知完整保存下来的、最早的《西厢记》插图本。金台位于北京朝阳区中西部,古称黄金台,金台岳家无疑为明代弘治年间京师书坊。《增相钱塘梦》附录于弘治本的"参增"部分,即在《西厢记》正文外增加的内容,是供阅读、欣赏《西厢记》时的参考,虽属于附录性质,却将它们置于卷首。

1. **弘治十一年刊《钱塘梦》,《西厢记》附载一篇,北京大学图书馆藏。**

〔九三三〕悦花楼　不明

悦花楼清刊《意中缘》十二回,中国社会科学院文学研究所藏,卷端题"南陵居士戏蝶逸人编次,松竹草庐爱月主人评阅"。南陵,安徽芜湖下属县,清属宁国府。清刊《意外缘》不分卷十二回,北京大学图书馆藏。悦花楼具体地点不明。

1. **清刊《新镌绣像小说吴江雪》四卷二十回,见《海外藏中国古代十大孤本》第九卷。**

2. **清刊《意中缘》不分卷十二回,中国社会科学院文学研究所藏。**

3. **清刊《意外缘》(《再求凰传》)不分卷十二回,北京大学图书馆藏。**

〔九三四〕悦心堂　重庆

重庆悦心堂清刊《催晓梦》二十回,四川省图书馆藏。

1. **清刊《催晓梦》二十回,四川省图书馆藏。**

〔九三五〕粤东　广州

粤东书坊清刊《一枕奇》二卷八回，即《鸳鸯针》卷一、卷二，大连图书馆藏，内封题“粤东藏板”，与《鸳鸯针》系同板，但据纸质墨色，为乾隆间后印本。“粤东”一词，在清末民初以前，不是指广东的东面，而是泛指广东；现在说“粤东”，才是指广东的东面潮汕地区。广州书坊常用“粤东”一词，因此粤东藏板《一枕奇》应刊刻于广州。

1. **光绪七年重刊《第一才子书》六十卷一百二十回，复旦大学图书馆藏**。

〔九三六〕越东　绍兴

越东书坊光绪七年重刊常熟顾氏刊本《第一才子书》六十卷一百二十回，复旦大学图书馆藏。绍兴古称“越”，故越东书坊可能位于绍兴。

1. **光绪七年重刊常熟顾氏刊本《第一才子书》六十卷一百二十回，复旦大学图书馆藏**。

〔九三七〕云林　抚州金溪

云林书坊康熙八年序刊《续证道书东游记》一百回，藏于上海图书馆等处，内封题“云林藏板”，卷端题“荥阳清溪道人著/华山九九老人述”。查有关地名字典，知江苏金坛县南八里西瑶村有云林镇；另据《同治金溪县志》，江西金溪县东四十里有“云林山，周八十里，为县之巨镇，势极峻峭，上接云际”“邑之镇山曰云林”①。云林为刻书要地，很可能指江西金溪云林镇，详细考证参见文革红《江西小说刊刻地——“云林”考》一文（载《明清小说研究》2010年第1期）。

云林书坊康熙间刊《本朝则例类编》十二卷、《续增新例》不分卷，

---

① 中国地方志集成·江西府县志辑·同治金溪县志[M]. 南京：江苏古籍出版社等.

藏于北京大学图书馆。

1. **康熙八年序刊《续证道书东游记》二十卷一百回，北京大学图书馆藏**。

〔九三八〕云林楼　苏州

苏州云林楼道光三十年刊《第一才子书》六十卷一百二十回，英国国家图书馆藏。

1. **道光三十年刊《第一才子书》六十卷一百二十回，英国国家图书馆藏**。

〔九三九〕云梯阁　广州（粤东城外新基渡头德兴街、羊城）

云梯阁道光二十二年刊《四书不二字音释》，美国华盛顿大学东亚图书馆藏，内封背面牌记镌“板存粤东城外新基渡头德兴街云梯阁承印”；光绪丁酉二十三年刊《爱育堂征信录》一卷，北京大学图书馆藏，内封题“征信录/省城外德兴街云梯阁承印”；同治十三年刊《娱目醒心编》六卷三十九回，杜纲撰，中国国家图书馆藏，内封题“羊城云梯阁藏板”。以此知云梯阁为广州书坊，位于广州城外新基渡头德兴街。其刊刻的书籍尚有：同治十二年刊《三字经注解备要》二卷，见博宝拍卖网，天津国拍今古斋 2009 秋季古籍善本拍卖会；光绪六年与聚德堂合刊《蕴香山房诗钞》一卷，（清）梁绮石撰，广东省立中山图书馆藏；光绪二十三年刊《昙花偶见传》等。

1. **同治十三年刊《娱目醒心编》十六卷三十九回，中国国家图书馆藏**。

〔九四〇〕云秀轩　嘉兴

云秀轩道光八年刊《拱璧缘》，藏于复旦大学图书馆，谭正璧《弹词叙录》著录:“《绣像拱璧缘》二十二回,二言联目,署桐乡陆怡安编,德清王柱臣评,清道光戊子桐乡霈甘氏序,同年云秀轩梓(六本)。”①《拱璧缘》云秀轩刊本有道光八年序,刻于道光八年,作者、作序者均为桐乡人,序亦作于桐乡,或可说明此书刊刻于桐乡,因此大致推测云秀轩为浙江嘉兴桐乡书坊。

关于云秀轩的详细情况,参见文革红《乾嘉时期小说书坊与通俗小说》“云秀轩”条(第 264—265 页)。

1. **嘉庆十年刊《痴人福》四卷八回,天津图书馆藏**。

2. **嘉庆间刊《南朝金粉录》四卷三十回,中央民族大学图书馆藏**。

3. **嘉庆间刊《鸳鸯配》,见《中国古典孤本小说宝库》**。

4. **嘉庆间刊《孙庞斗志演义》**。

〔九四一〕芸成斋　厦门

芸成斋光绪十六年刊《古文析义详解合编》十六卷,北京大学图书馆藏,内封题“厦门芸成斋藏板”;光绪十八年刊《征西说唐三传》,日本东京大学文学部藏,内封有“厦门芸成斋藏板”字样。据此可知芸成斋位于厦门,为晚清书坊。

芸成斋光绪戊子十四年朱墨套印《增注朱字拾伍音》,书影见孔夫子旧书网;光绪十七年刊《四书体注》十九卷,(清)范翔撰,北京师范大学图书馆藏。

1. **光绪二十一年刊《驻春园小史》六卷二十四回,美国哈佛大学哈佛燕京图书馆藏**。

2. **光绪十八年刊《征西说唐三传》十卷八十八回,日本东京大学文学部藏**。

---

① 谭正璧.弹词叙录[M].上海:上海古籍出版社,1981:229.

3. **光绪十年刊《说呼全传》十二卷四十回，日本东京大学文学部藏**。

4. **光绪十年刊《五虎平西前传》十四卷一百一十二回，日本东京大学文学部藏**。

〔九四二〕芸经堂　福州

陈旭东《清修〈四库全书〉福建采进本与禁毁书研究》提到李廷机的著述，他所见到的有《增补鉴略》四卷首一卷，同治甲子三年福州芸经堂刊本①，据此可知芸经堂位于福州。

芸经堂刊书不晚于康熙年间。康熙三十八年刊《事类赋》三十卷、《广事类赋》四十卷，北京师范大学图书馆藏；乾隆二十三年刊《韵府群玉》二十卷，清华大学图书馆藏；乾隆二十四年朱墨套印《礼记省度》四卷，西北民族大学图书馆藏；乾隆三十七年镌《芸经堂二刻诗经嫏嬛体注》，见孔夫子旧书网；乾隆三十四年刊《注释第六才子书》六卷，内封题"乾隆己丑年镌/金圣叹外书/芸经堂梓行"，大连图书馆藏；乾隆四十五年再刊《注释第六才子书》，内封题"乾隆庚子年镌/注释第六才子书/芸经堂梓行"，书影见孔夫子旧书网。

芸经堂清代尚刊有《论语》《孟子》，光绪十九年刊《本经遍读》；光绪癸巳十九年刊《经方歌括》，书影均见孔夫子旧书网，其余刊书不及备载。

1. **乾隆间刊《第一才子书》一百二十回，书影见孔夫子旧书网**。

〔九四三〕芸居楼　广州(双门底)

芸居楼同治二年刊《易经读本》，书影见孔夫子旧书网，内封题

---

① 陈旭东. 清修《四库全书》福建采进本与禁毁书研究[D]. 福建师范大学，2004.

"双门底芸居楼藏板";光绪戊寅四年刊《纲鉴易知录》九十二卷,北京大学图书馆藏,内封题"吴大中丞鉴定/纲鉴易知录/羊城双门底芸居楼藏板";清刊《随园诗话》,内封题"双门底芸居楼藏板",书影见孔夫子旧书网。据此可知芸居楼位于广州双门底,其刊书时间不晚于同治年间。

芸居楼清代刊刻的书尚有:同治二年刊《寄岳云斋诗赋详注》,(清)聂铣敏撰,(清)朱兆凤评,北京大学图书馆藏;同治二年刊《诗经精华》,书影见孔夫子旧书网;同治癸亥二年刊《诗经旁训读本》,香港中文大学图书馆藏;同年刊《书经旁训音义》,(清)张大受编,中山大学图书馆藏;同治三年刊《礼记读本》,唐文治辑,中山大学图书馆藏;同治癸亥二年秋季重镌《笔花医镜》,书影见孔夫子旧书网;同治乙丑四年双色套印《校补苏氏朱批孟子》二卷,附孟子年谱,清华大学图书馆藏。

1. **光绪丁丑三年刊《王希廉评红楼梦》一百二十回,书影见孔夫子旧书网**。

〔九四四〕芸生堂　金陵

芸生堂清刊《千字文释义》,内封题"金陵芸生堂梓",书影见孔夫子旧书网,以此知芸生堂为金陵书坊。

芸生堂刊书不晚于康熙年间,康熙五十一年刊《杜诗详注》三十一卷,首卷一卷,附诸家评论二卷,辽宁大学图书馆藏;乾隆四十八年序刊《秘传花镜》六卷,北京大学图书馆藏;嘉庆间刊《困学纪闻》二十卷、清刊《律赋笺注衡裁》五卷、《详注初学文范》四卷,中国国家图书馆藏;清刊《塾课小题分编》八集,中国海洋大学图书馆藏;清末刊《神农本草经读》四卷,四川大学图书馆藏。

书影见于孔夫子旧书网的有:乾隆间序刊《芸生堂四书补注附考备旨》,序题"大清乾隆岁次壬午仲春月上浣之吉江宁杜定基起元氏题于钟山书屋”，卷端题“江宁后学杜定基起元增订”；嘉庆丁丑二十二年新镌《律赋蕊珠新编》；清刊上元陈衡斋增选《注释分法小题拆字》、《集虚斋四书口义》、《孔子家语原注》、《渊海子平音义评注》、邹梧冈先生纂辑《钦奉御案经解芸生堂诗经备旨》等，不一一列举。

1. **清刊《天花藏批评平山冷燕》四卷二十回，书影见孔夫子旧书网。**

2. **清刊《前七国孙庞演义》四卷二十回，南京图书馆藏。**

3. **乾隆十七年序刊《东周列国志》二十三卷一百〇八回，日本内阁文库藏。**

〔九四五〕芸堂　重庆(渝城)

芸堂光绪五年刊《韩湘子全传》不分卷三十回，美国哈佛大学哈佛燕京图书馆藏，内封题“渝城芸堂藏板”，据此可知芸堂位于渝城，即重庆。

1. **光绪五年刊《韩湘子全传》不分卷三十回，美国哈佛大学哈佛燕京图书馆藏。**

〔九四六〕芸香阁　长沙

芸香阁有多家，分列如下：

1. 长沙芸香阁。清道光壬寅二十二年春刊《诗韵集成》，内封题“长沙芸香阁梓”；清刊《尚书离句》，卷端题“长沙芸香阁主人重订”，书影均见孔夫子旧书网。据此可知道光年间长沙有芸香阁。

2. 扬州芸香阁。光绪六年重镌《养蒙针度》，内封题“扬州芸香阁藏板”，书影见孔夫子旧书网，据此可知光绪年间扬州有芸香阁。

3. 金陵芸香阁。光绪五年校印《国朝名文春霆集》，(清)李鸣谦、吴承绪辑，中国海洋大学图书馆藏，封面后印“光绪五年夏六月金陵芸香阁校印”，下书口印“芸香阁”，据此可知光绪年间金陵亦有芸香阁。

芸香阁刊刻的书尚有：同治八年刊《澹庵文存》二卷，复旦大学图书馆藏；清刊《崇正辟谬通书》，书影见孔夫子旧书网；光绪四年刊《八美图》初集二十卷二十回，后集二十九卷二十九回，复旦大学图书馆藏；光绪五年铅印《登瀛仙馆会课文存》，苏州大学图书馆藏。刊书较多，不及备载。

1. **道光二十三年刊《警富新书》不分卷四十回，中国社会科学院文学研究所藏。**

〔九四七〕芸香堂　广州（粤东羊城双门底、粤东羊城杨殿邦）

芸香堂道光十年刊《四声易知录》四卷，《偏旁举略》一卷，中国人民大学图书馆藏，卷末镌“粤东羊城双门底芸香堂书坊承刊”“粤东羊城杨殿邦”；道光十二年刊《方舆类聚》十六卷，中山大学图书馆藏，内封题“羊城双门底芸香堂”；道光十三年承刊《史通削繁》四卷，中国海洋大学图书馆藏，内封背面书牌镌“道光十三年冬刊于两广节署”，下镌“粤东双门底芸香堂承刊”。据以上内封及牌记所题，可知芸香堂位于广州双门底，主人为杨殿邦，其刊书时间不晚于嘉庆年间，嘉庆二十二年刊《苏文忠公诗集择粹》十八卷，南京大学图书馆藏。

芸香堂刊刻的书尚有：道光二年刊《律赋必以集》；道光壬午二年重镌《听雨轩读本》，书影均见孔夫子旧书网；道光九年刊《古今小品》八卷，北京大学图书馆藏；道光十七年发兑《端溪砚史》，中国人民大学图书馆藏；清刊《楚辞灯》四卷，附《楚怀襄二王在位事迹考》《屈原列传》，中国海洋大学图书馆藏；咸丰九年刻《秋水轩尺牍详注》四卷，复旦大学图书馆藏。

1. **道光二十二年刊《雪月梅全传》十卷五十回，天津图书馆、日本东京大学东洋文化研究所藏。**

2. 清刊《忠义水浒传》二十卷一百一十五回，书影见孔夫子旧书网。

3. 清刊《四大奇书第一种》六十卷一百二十回，书影见孔夫子旧书网。

〔九四八〕耘香阁　不明

耘香阁同治三年刊《绣像红楼梦》一百二十回，北京大学图书馆、中国国家图书馆藏，内封题“绣像红楼梦/藤花榭原板/耘香阁重梓”，乃是藤花榭刊本的仿刻本，首识语，题“甲子夏日本堂主人谨识”，嘉庆以后的甲子年为同治三年，此本即刊刻于此年。耘香阁刊刻的其他书未见，详细地点不明。

1. 同治三年刊《绣像红楼梦》一百二十回，中国国家图书馆、北京大学图书馆藏。

〔九四九〕蕴古堂　金陵

蕴古堂明崇祯年间刊《史记》一百三十卷，北京大学图书馆藏，内封镌“笺注评林定本/太史陈明卿先生笺释/史记/金陵百城楼、蕴古堂、文枢堂藏板”，据此可知蕴古堂为金陵书坊，其刊书不晚于崇祯年间。明万历己酉三十七年周氏博古堂刊本《世说新语》三卷，中国人民大学图书馆藏，有印曰“金陵书铺廊蕴古堂朱文乡发兑”，据此题署可知金陵蕴古堂主人为朱文乡。

蕴古堂万历二十七年刊《诗法指南》二卷，(明)王槚编撰，辽宁省图书馆藏；清刊杨慎《文公家礼》，书影见孔夫子旧书网，内封题“金陵蕴古堂梓”。

另有余元声蕴古堂，康熙二十三年刊《新刻增补古今医鉴》，书影见孔夫子旧书网，卷端题“书林蕴古堂余元声重刊行”，据此题署可知蕴古堂主人为余元声，此蕴古堂与明代金陵蕴古堂或不是同一家，是否在金陵亦不明确。

1. **清刊《前七国孙庞演义》六卷二十回,李福清藏。**

〔九五〇〕蕴茂堂　不明

蕴茂堂清刊《第一才子书》十九卷一百二十回,书影见孔夫子旧书网,内封题“金圣叹先生原本/毛声山批评三国志/绣像第一才子书/蕴茂堂藏板”。首金圣叹顺治序,卷端题“四大奇书第一种书目”“圣叹外书　茂苑毛宗岗序如(始)氏评/声山别集　吴开(门)杭永年资能氏定”,刊刻不精,或刊于晚清。蕴茂堂具体地点不明确。

1. **清刊《第一才子书》十九卷一百二十回,书影见孔夫子旧书网。**

Z

〔九五一〕摘逃参　福建(余公仁)

摘逃参余公仁明末清初刊《增补批点图像燕居笔记》二十二卷，日本佐伯文库藏，有《古本小说集成》影印本。各卷卷端题“书林余公仁批补”，而插图作“仁公”，有题识曰“仁公氏识”，后有印曰“余元长印”，云“我　太祖康山显迹事”太祖顶格，应为明本，可见余仁公，又名余元长。插图第二十四叶题“余麟之”，有印“余元长印”，余麟之当与余仁公、余元长为同一人。“南窗道者”题识下也有印“余元长印”，可见，南窗道者为余仁公的号。苍山魏邦达《燕居笔记序》中云：“余子仁公，抱膝南窗，燕居之暇，供笔随喜，记无所不备，刻成小本，顿改新观。”可知余仁公实际为此本的刊刻者。余仁公与卷端所题余公仁当即同一人，名称的颠倒或是书坊刊刻时疏忽所致。

魏氏又云：“予闽人，闽之山水甲天下，惟武夷令人形于梦想，闻之体骨欲舞，曲折潆洄，目荡一转一境，神徙一触一奇。”从这段话看，此本或是在闽中刊刻的。插图亦显示为闽本风格，进一步说明它的刊刻地在福建。

1. **明末清初刊《增补批点图像燕居笔记》上九卷下十三卷，共二十二卷，日本佐伯文库藏。**

〔九五二〕在兹堂　合肥

在兹堂康熙二年刊《巽川祁先生文集》十六卷附二卷，(明)祁顺撰，东北师范大学图书馆藏，《四库全书存目丛书·集部·三七》收录。正文题“七世孙文友重刻”，版心每叶皆镌“在兹堂”三字。查《明人室名别称字号索引》，知祁顺为东莞人，字致和，号巽川居士、巽川、达庵、冷庵等，“生于宣德甲寅九月初八日……以弘治丁巳十一月六日卒于位，享年六十有四”。曾官江西、福建布政史。有二子，名惟学和惟允。书为其七世孙祁文友所刊。序末署“康熙二载次在癸卯嘉平之吉/南谯年家后学吴国缙拜叙于冶峰客舍”①。南谯，南朝梁置，治所在今安徽全椒县，故知吴国缙为安徽全椒人。查《明人室名别称字号索引》，吴国缙字玉林，号峙侯，有世书堂。序云：“（父台）首崇巽川公。公起家进士，为父台七世人父。”序中吴自称“年家后学”，称祁文友为“父台”，表明祁文友为当地父母官。《光绪庐江县志》卷六《职官·文职·顺治·祁文友》曰：“祁文友，号珊洲，广东人，进士，十八年任。”②以此知祁文友于顺治十八年任庐江县令，康熙四年由孟述乾接任。康熙二年在兹堂刊《巽川祁先生文集》，正好刊于任内。因此，此书乃祁文友在庐江为其祖辈祁顺而刊，序为安徽人吴国缙所写，进一步说明此书的刊刻地在安徽。庐江即今合肥一带。由此推知，在兹堂当位于合肥，活动于康熙年间。在兹堂刊《第一奇书金瓶梅》是在康熙年间，与合肥在兹堂活动时间相近，因此，可推测《第一奇书金瓶梅》在兹堂刊本乃是在合肥刊刻的。此本属康熙乙亥本系列，但并不是《第一奇书金瓶梅》原刻本，可能是后印本或覆刻本。

又有西陵在兹堂，清刊《古今将略》四卷，藏于中国国家图书馆和南开大学图书馆，内封题“西陵在兹堂梓行”，卷端题“明槜李冯时宁以一甫辑”，据此可知此在兹堂位于西陵，也即杭州。

---

① 四库全书存目丛书编纂委员会编. 四库全书存目丛书·集部·三七[M]. 济南：齐鲁书社，1997.

② 中国地方志集成·安徽府县志辑·光绪庐江县志[M]. 南京：江苏古籍出版社等.

在兹堂刊刻的书籍尚有：道光十三年刊《列仙传》四卷，藏于华东师范大学图书馆。

另钱塘夏曾传室名“在兹堂”，北京大学图书馆藏清抄本《钱塘夏氏杂稿》中有《在兹堂诗》七卷，但钱塘夏氏没有刊书的记录。绍兴山阴王元恺有《在兹堂集》，其孙王本堂名亦作“在兹堂”，但其家不是刻书世家；民国间江苏丹阳朱氏有在兹堂，民国八年木活字刊《观东朱氏重修族谱》十二卷，有图及像，朱祖栋等修，藏于中国国家图书馆，此在兹堂在民国时期，离刊刻《金瓶梅》的康熙年间较远，不可能是《金瓶梅》的刊刻者。

关于在兹堂的详细情况，参见文革红《清代前期通俗小说刊刻考论》“在兹堂”条（第 530—535 页）。

1. **康熙间刊《第一奇书金瓶梅》一百回，中国国家图书馆藏**。

〔九五三〕载道堂　苏州（金阊）

载道堂崇祯十六年刻《云合奇踪》十二卷八十回，题“稽山徐渭文长甫编”①，由此知载道堂明末即开始营业刻书。

清初载道堂刻《传奇翻水浒记》二卷，古吴介石逸叟撰，藏于中国国家图书馆，内封题“金阊载道堂梓行”，正文题“古吴介石逸叟撰/门下小冯君五云校”，由此知载道堂为苏州书坊。载道堂清刊《四书正义》，书影见孔夫子旧书网。

关于载道堂的详细情况，参见文革红《清代前期通俗小说刊刻考论》“载道堂”条（第 250—264 页）。

1. **清初刊《新镌批评绣像巧连珠》不分卷十五回，中国国家图书馆藏**。

---

① ［日］大塚秀高编著. 增补中国通俗小说书目［M］. 日本：汲古书院，昭和五十九年八月(1984).

2. **崇祯十六年序刊《云合奇踪》十二卷八十回。**

3. **顺治八年刊《新世弘勋》二十二回，上海图书馆藏。**

〔九五四〕藻春堂　不明

藻春堂同治甲戌十三年新镌《妇婴至宝》，书影见孔夫子旧书网。光绪十一年刊《验方新编》十六卷，附《女科》上下卷、《产后编》、《随缘便录》七卷、《妇婴至宝》，苏州大学图书馆藏。藻春堂具体地点不明。

1. **清刊《云合奇踪》十卷八十回，北京大学图书馆藏。**

〔九五五〕藻思堂　上海

藻思堂民国六年铅印《清鉴易知录》二十八卷，附《十朝大事表》，苏州大学图书馆藏，版心作“藻思堂”，内封背面题“民国六年藻思堂锓”，书末题“藏版者　藻思堂/发行者　上海九亩地富润里四弄五十二号门牌 广育书局/经售者　扫叶山房 汉口、苏州、松江各分号”，据此可知该书出版于上海，或能说明民国间藻思堂为上海书坊。

藻思堂刊刻书籍最早在乾隆年间，乾隆间刊《忠雅堂诗集》二十七卷，《补遗》二卷，《铜弦词》二卷，（清）蒋士铨撰，书影见孔夫子旧书网；咸丰二年藻思堂开雕《宸垣识略》十六卷，（清）吴长元辑，北京师范大学图书馆藏；藻思堂又于光绪二年重刻该书，北京师范大学图书馆藏；咸丰壬子二年刊《喻林一叶》二十四卷，（清）王苏撰，南京大学图书馆藏；清刊《新纂氏族笺释》八卷，中国人民大学图书馆藏。

藻思堂所刊书见于孔夫子旧书网的有清刊《仁在堂诗赋合刻》《卜筮正宗全书》《六壬金神课口诀》《小学大全集注》等书。

1. **清刊《今古奇观》□卷，容肇祖藏。**

〔九五六〕藻文堂　上海

上海藻文堂光绪二十六年石印《小蓬莱仙昭传奇》，书影见孔夫子旧书网，以此知藻文堂为上海书坊。

藻文堂乾隆二十五年序刊《庚辰集》五卷，(清)纪昀辑，书影见孔夫子旧书网；乾隆四十八年序刊《园林雅课花镜》，南京大学图书馆藏；同治六年刊《十三经不二字》，北京大学图书馆藏；同治辛未十年后印乾隆四十六年共赏斋刊本《缀白裘》四十八卷，内封题“同治辛未年新镌/计十贰集/重订缀白裘全集合编/藻文堂梓”，四川大学图书馆藏；清刊《汇纂诗法度针》三十三卷，南京师范大学图书馆藏；清刊《新增资治新书全集》，(清)李渔汇辑，中国人民大学图书馆藏；清刊《笠翁十种》二十卷，(清)李渔编，重庆三峡学院藏；清刊唐彪辑著《读书作文谱——父师善诱法》、乾隆间刊《崇正辟谬永吉通书》，书影均见孔夫子旧书网。根据藻文堂刊书情况，知藻文堂乾隆年间已经开始刻书，为清代上海书坊。

1. **清刊《西汉演义》八卷一百则(《东西汉演义》之一)，复旦大学图书馆藏。**

2. **清刊《东汉演义》十卷一百二十五则(《东西汉演义》之一)，复旦大学图书馆藏。**

3. **嘉庆十三年序刊《龙图公案》十卷一百则，中国社会科学院文学研究所藏。**

〔九五七〕增美堂　苏州

增美堂清刻顾元熙《兰修馆时文》，内封署“嘉庆戊辰科朱卷附后/兰修馆时文/增美堂梓行”，版心有“兰修馆”字样。清顾元熙有《兰修馆附稿》一卷，则兰修馆当为其书室名。顾元熙，字丽丙，号耕石，吴县人，嘉庆十三年乡试解元，嘉庆十四年进士，授编修。增美堂刊刻顾氏作品，有可能是在苏州刊刻，则增美堂为苏州书坊的可能性较大。

增美堂清刻《新刻校正增补便蒙明心宝鉴》，卷端题“临汝赵应详增补/书林增美堂绣梓”；清刻《有正味斋试帖详注》，书影均见孔夫子旧书网。

关于增美堂的详细情况，参见文革红《乾嘉时期小说书坊与通俗小说》“增美堂”条(第98页)。

1. **嘉庆十五年刊《龙图公案》十卷一百则，英国皇家亚洲学会藏**。

〔九五八〕赠言堂　苏州

赠言堂康熙二十七年刊《昭明文选》，山东大学图书馆藏，内封有识语，题“赠言堂主人谨识”，序题“康熙戊辰冬十有一月中浣昆山相里张缉宗孝绪氏题”，据序可知此本刊刻于昆山，清属苏州府。

赠言堂为清初书坊，康熙二十九年刊《深柳堂汇辑书经大全正解》十二卷、图一卷，《深柳堂禹贡增删集注正解读本》一卷，美国哈佛大学哈佛燕京图书馆藏；雍正十一年刊《赠言堂遵注诗经能解指南汇编》三十一卷，北京师范大学图书馆藏；清刊《片壁诗经》八卷，书影见孔夫子旧书网。

1. **明末清初刊《新列国志》一百〇八回，据《古本小说集成·新列国志·前言》著录**。

〔九五九〕兆敬堂　不明

兆敬堂嘉庆间刊《双凤奇缘》八卷八十回，藏于中国国家图书馆，不题撰人，序署“雪樵主人梓定”，刊刻者是否为雪樵主人、雪樵主人又系何人皆不得而知。兆敬堂为何地书坊，亦不明确。

1. **嘉庆二十一年刊《昭君传》八卷，中国社会科学院文学研究所藏**。

〔九六〇〕贞祥堂　绍兴

贞祥堂清初刻《贞祥堂汇纂警世选言集》六回，藏于日本天理图书馆，有《古本小说集成》影印本，此书乃《警世怡情集》的离析本，目录署“李笠翁先生汇辑警世选言”，卷端题“贞祥堂汇纂警世选言集”，此本伪托李笠翁，可能刊于浙江。第一回和第二回为新创的作品，故事均发生在浙江。第一回云：“这段奇闻出在唐时浙江会稽地方，有个处士姓成，名令言……素性爱着鉴湖，在会稽西南，又名镜湖。”第二回云：“明朝万历年间，严州府建德山中，猛虎甚多。”正话云：“话说景泰年间，衢州府江山县，有一贫士，姓朱，名恺，字寿仁。”第五回《许长公二难让产》：“且说会稽阳羡县，有姓许名武字文长。”为浙江人说话语气。作者可能是浙江绍兴人，则贞祥堂可能为绍兴书坊。贞祥堂尚刊有《贞祥堂镌李笠翁先生集古今联薮》不分卷，（清）李渔撰，藏于北京大学图书馆。

关于贞祥堂的详细情况，参见文革红《清代前期通俗小说刊刻考论》“贞祥堂”条（第 515—517 页）。

1. **康熙间刊《贞祥堂汇纂警世选言集》不分卷六回，日本天理图书馆藏**。

〔九六一〕真君会　江西赣州

《赣州地区志》“道教”之“真君会”条目，曰：“真君会是江西特有的庙会，属道教。赣南的真君会始于清代，为纪念许真君（即许逊）而创设。”“清朝中叶，赣南各县城、墟镇及人烟稠密的村庄，均先后举办真君会，建万寿宫。”“历年农历八月初一（许逊去世之日）定为‘福主日’，家家斋戒奉祀。从初一至初十，信众到当地万寿宫朝拜，并举办庙会。庙会期间，道士前来祝福，乡民前来烧香朝拜、看戏，在农村还举行游村、玩太平龙灯等，此活动一直延至解放初。”从上述记载看，真君会乃赣南地区特有的道教庙会，那么，版心有“真君会”字样的《西游真诠》，可能是赣南某个道观专门为真君会而刊印的小说，是否存在赢利企图尚不清楚。

关于真君会的详细情况，参见文革红《乾嘉时期小说书坊与通俗小说》“真君会”条(第291—292页)。

1. 乾、嘉间刊《西游真诠》一百回，中国国家图书馆藏。

〔九六二〕珍艺堂　苏州(常熟)

珍艺堂咸丰癸丑三年刊《第一才子书》，内封背面题“癸丑仲夏常熟珍艺堂重刊”，据此可知珍艺堂位于常熟，清属苏州府。

常熟珍艺堂咸丰元年刊《传家宝》，(清)石金成撰，北京师范大学图书馆藏；咸丰二年刊《书经旁训》四卷，南京师范大学图书馆藏，版心下方镌“小石山房”。按，小石山房为清代常熟顾湘书室名，则珍艺堂亦即顾湘书室。珍艺堂清后印上海曹炳曾城书室康熙六十一年刊本《山中白云词》八卷，附《乐府指迷》一卷，北京大学图书馆藏；咸丰三年刊《能与集》、清刊《礼记增订旁训》，书影均见孔夫子旧书网。

1. 咸丰三年刊《第一才子书》六十卷一百二十回，上海图书馆、浙江图书馆藏。

〔九六三〕枕松堂　汀州(福建连城四堡乡)

据吴伟珍《明清时期四堡书坊经营研究》，枕松堂为清代福建连城四堡乡书坊①，主人姓马。连城四堡乡清代属福建汀州府。枕松堂刊书不晚于乾隆四十二年，该年刊《左传要诠》八卷，(清)饶谦辑，中山大学图书馆藏；清刊《遗愁集》八卷，(明)张贵胜辑，清华大学图书馆藏；嘉庆十年重镌《重订昭明文选集评》、清刊《正字通》，书影均见孔夫子旧书网。

---

① 吴伟珍. 明清时期四堡书坊经营研究[J]. 福建论坛(人文社会科学版)，2012，(S1)：14—16.

1. **道、咸间刊《两交婚》四卷十八回，法国国家图书馆藏。**

〔九六四〕振文堂　漳州(龙溪)

龙溪振文堂清刊《铁树记》三卷，原本不存，存清代六秋亭后印本，北京大学图书馆藏，正文前题"竹溪散人邓谟子编，书林龙溪振文堂刊"。龙溪，一般指福建漳州府所属龙溪县，据此推测振文堂为福建漳州书坊。振文堂刊刻的其他书未见。

1. **清覆明刊《新订晋代许旌阳得道擒蛟全传》三卷首一卷，北京大学图书馆藏。**

〔九六五〕振贤堂　佛山

振贤堂乾隆四十七年重刊《平山冷燕》四卷，藏于辽宁省图书馆，内封题"佛山振贤堂"，以此知振贤堂位于佛山。

振贤堂乾隆四十七年刻《按史校正大唐全传》，藏于北京大学图书馆，序末有"乾隆四十七年中秋振贤堂新刻"字样，说明振贤堂刊书不晚于乾隆四十七年；嘉庆元年刊《尔雅注疏》，藏于复旦大学图书馆；嘉庆六年刊《五经读本》，书影见孔夫子旧书网；清刊《文公家礼》，藏于辽宁大学图书馆；清刊《振贤堂四书备旨善本》，书影见孔夫子旧书网。振贤堂为清代佛山地区经营时间较早的书坊之一。

关于振贤堂的详细情况，参见文革红《乾嘉时期小说书坊与通俗小说》"振贤堂"条(第232—234页)。

1. **壬寅(乾隆四十七年、道光二十二年、光绪二十八年)重刊《天花藏批评玉娇梨》四卷，日本东京大学东洋文化研究所仓石文库藏。**
2. **壬寅(乾隆四十七年、道光二十二年、光绪二十八年)重刊《天花藏批评平山冷燕》四卷二十回，日本东京大学东洋文化研究所仓石文库藏。**
3. **乾隆四十七年重刊《玉娇梨》四卷，辽宁省图书馆藏。**

4. **乾隆四十七年重刊《平山冷燕》四卷,辽宁省图书馆藏**。

5. **乾隆五十二年刊《好逑传》四卷十八回,日本东京大学东洋文化研究所仓石文库藏**。

6. **乾隆四十七年刊《残唐五代史演义传》六卷六十则,复旦大学图书馆藏**。

7. **清刊《大唐全传》八卷六十四回,北京大学图书馆藏**。

8. **乾隆四十七年刊《征四寇传》十卷四十九回,中国国家图书馆藏**。

〔九六六〕振元堂　不明

振元堂道光乙巳二十五年新镌《增订四体书法》,内封题“振元堂藏板”,篇首刘若璪序,题“嘉庆戊寅年春月新□刘若璪撰于聚文堂梓行”,书末有“大清嘉庆戊寅岁蒲月节后六日杨清照斋摹刻”“嘉庆癸酉夏六月清照斋敬刊”等字样,知此本刊刻在嘉庆年间,由聚文堂梓行、杨清照斋摹刻,振元堂刊本为翻刻本。聚文堂、杨清照斋之间有何关联尚不明确,清照斋本现存有道光六年刊本,内封题“道光丙戌年新镌/督学使者鉴定/清照斋四体书法/杨氏家藏”,清照斋主人既为杨氏,此本显然系杨氏原刻本。又有道光九年刊本,内封题“道光己丑年新镌/清照斋增订四体书法”。振元堂刊书不多,地点不明。

1. **清刊《第一才子书》六十卷一百二十回,美国耶鲁大学藏**。

〔九六七〕峥霄馆　杭州(钱塘陆云龙)

峥霄馆为明末清初陆云龙开设于杭州地区的书坊。陆云龙,字雨侯,号蜕庵、翠娱阁主人,约生于万历十五年,卒于康熙五年。曾祖自海宁迁杭州,陆云龙大约于天启五年在杭州开设峥霄馆。陈庆浩《〈型世言〉研究补论》(《1993 年中国古代小说国际研讨会论文集》,开明出版社 1996 年版)曰:“(陆云龙)大概此时开设峥霄馆,我们现在能看到峥霄馆刊出的第一本书，就是陆云龙天启五年（1625）作序的。”

钱塘陆氏峥霄馆刊刻的书有多种：崇祯五年刻《峥霄馆评定通俗演义型世言》十卷四十回；崇祯六年刻《翠娱阁评选皇明十六家小品》三十二卷，（明）钟惺等撰，（明）陆云龙等评选，藏于复旦大学图书馆；崇祯间刻《翠娱阁评选行笈必携十种》二十一卷，藏于复旦大学图书馆；崇祯间刻《翠娱阁评选文奇》四卷，（明）丁允和品定，（明）陆云龙评注，藏于中山大学图书馆。

关于峥霄馆的详细情况，参见文革红《清代前期通俗小说刊刻考论》“翠娱阁”条（第361—367页）。

1. **崇祯五年刊《峥霄馆评定通俗演义型世言》十卷四十回，韩国汉城大学奎章阁藏。**

2. **崇祯元年刊《峥霄馆评定出像通俗演义魏忠贤小说斥奸书》二十卷四十回。**

3. **崇祯己巳二年刊《禅真后史》十卷六十回，日本日光山慈眼堂藏。**

〔九六八〕郑乔林　福建（闽书林）

郑乔林明刊《新刻全像忠义水浒全传》二十五卷一百一十四回，书影见孔夫子旧书网，卷端题“闽书林郑乔林梓行”。福建建阳书坊一般用“书林”指称，据此可知郑乔林为福建建阳书坊。明末尚刊有《义成堂增补医方捷径》，现存据郑乔林刊本之抄本，书影见孔夫子旧书网。

1. **明刊《新刻全像忠义水浒全传》二十五卷一百十四回，闽书林郑乔林梓，书影见孔夫子旧书网。**

〔九六九〕郑世荣　福建（闽书林、郑云林）

郑世荣万历辛亥三十九年刊《新锲京本校正通俗演义按鉴三国

志传》二十卷，日本京都大学文学部藏，书末牌记题“万历辛亥岁孟秋月闽书林郑云林梓”，卷端题“东原罗贯中编次/书林云林郑世荣梓行”，福建建阳书坊一般用“书林”指称，据此可知郑世荣（字云林）为明代福建建阳书坊主。

郑云林万历壬子四十年刊《新锲注释旁训和韵千家诗选》一册，谢叠山辑、郑云林梓，日本京都大学谷村文库藏，亦为国内久佚之本。

1. **万历辛亥三十九年刊《新锲京本校正通俗演义按鉴三国志传》二十卷，日本京都大学文学部藏。**

〔九七〇〕正气堂　绍兴

正气堂光绪十三年重刻《余姚黄忠端公集》六卷，（明）黄尊素撰，牌记署“光绪丁亥重镌/姚江黄氏藏板/会稽王继香题”，藏于烟台公共图书馆。姚江，浙江余姚县的别称，清属绍兴府。因此，正气堂应为绍兴地区书坊，主人为黄氏。

正气堂明抄《孔子家语考次》不分卷，（明）刘宗周撰，藏于中国国家图书馆。刘宗周（1578—1645），字起东，号念台，山阴（今浙江绍兴）人，明末哲学家，官至南京左都御史，因在蕺山讲学，被称为“蕺山先生”，所著被后人辑为《刘子全书》和《刘子全书遗编》。著有《人学》，序题“时崇祯甲戌秋八月闰吉/蕺山长者刘宗周书”，以此知刘为绍兴人。

正气堂清抄《古学经辑注》八卷，（清）刘士林撰，藏于中国国家图书馆。正气堂所抄作品多为绍兴人所作，进一步说明正气堂位于绍兴。

正气堂雍正十年活字刊《精绘图像廿一史演义》二十六卷四十四回，藏于天津图书馆、北京师范大学图书馆，内封题“新昌吕安世辑/男维城京周、维垣辅周、维基起周同校/正气堂藏板”，首新昌县令李之果序，末署“雍正五年岁次丁未孟冬月吉/邑宰桂岩弟李之果题”，知作者为新昌人吕安世，他的三个儿子参与了校订工作，首有新昌县令序，进一步说明书之刊刻是在新昌，新昌清属绍兴府，则《精绘图像廿一史演义》刊刻于绍兴地区。

关于正气堂的详细情况，参见文革红《清代前期通俗小说刊刻考论》“正气堂”条（第520—521页）。

1. **雍正十年刊《精绘图像廿一史演义》二十六卷四十四回，天津图书馆藏**。

〔九七一〕正声堂　不明（云溪）

清刊《新订晋代许旌阳得道擒蛟》八卷，内封题“洪都新本许真君铁树记全传/梓行”，卷端作者题“竹溪散人邓谟子编/书林云溪正声堂刊”。云溪具体位置不明。

1. **清刊《新订晋代许旌阳得道擒蛟》八卷，美国哈佛大学哈佛燕京图书馆藏**。

〔九七二〕植桂楼　不明

大连图书馆藏抄本《留人眼人中画》三卷，据植桂楼藏板本抄写，可知植桂楼曾有刊本问世，刊刻于乾隆十年，已经佚失。植桂楼地点不明。

1. **乾隆十年刊《今古奇观》十一卷，日本无穷会平沼文库藏**。

2. **乾隆十年刊《留人眼人中画》三卷，佚失，大连图书馆藏据植桂楼藏板本之抄本，可知曾有刊本问世，刊刻于乾隆十年**。

〔九七三〕植槐堂　苏州（吴郡、叶敬池）

植槐堂清初和藜光楼合刊《李卓吾先生批评三国志》一百二十回，中国国家图书馆藏，内封题“吴郡藜光楼/植槐堂藏板”，以此知植槐堂位于苏州。明代叶敬池植槐堂刊《植槐堂新镌礼记大全》，书影见孔夫子旧书网，据此可知植槐堂主人为叶敬池。金阊叶敬池明末刊《新列国志》《石点头》等小说，内封有“金阊叶敬池梓行”字样，知叶敬池为苏州人。

植槐堂刊刻的书主要有：明末清初刊《植槐堂新刻书经腾飞正文》，孔夫子旧书网有嘉庆间抄本；清刊《春秋体注大全合参》，内封题“三畏/植槐/三元堂梓”，书影见孔夫子旧书网。

1. **清初和藜光楼合刊《李卓吾先生批评三国志》一百二十回，中国国家图书馆、北京大学图书馆藏。**

〔九七四〕至成堂　不明

至成堂道光二十一年刊《梅兰佳话》四十卷四十则，首都图书馆藏，详细地点不明。

1. **道光二十一年刊《梅兰佳话》四十卷四十则，首都图书馆藏。**

〔九七五〕致和堂1　苏州

致和堂乃苏州老字号书坊，从明代起开始刻书，万历十一年刻《摭古遗文》二卷、《再摭古遗文》一卷，（明）李登辑，姚履旋增补，藏于北京大学图书馆；万历四十六年刻《东郭记》二卷，藏于北京大学图书馆；康熙间刻《新刻出像点板时尚昆腔杂曲醉怡情》八卷，青溪菰芦钓叟辑，藏于上海图书馆，内封署“古吴致和堂梓”；清初刻《琵琶记》，题“菰芦钓叟点次”“古吴致和堂”，藏于中国国家图书馆；清刊《龙门纲鉴正编》二十卷，藏于北京大学图书馆，内封署“古吴致和堂梓”。以此知致和堂位于苏州。

致和堂刊刻的书籍尚有：康熙十八年刻《词学全书》五种，藏于华东师范大学图书馆；康熙五十一年刻《分国左传条贯》十八卷，藏于南开大学图书馆；康熙间刻《增补笺注绘像第六才子西厢释解》八卷，（吴）吴山三妇合评，藏于上海图书馆；乾隆三年刻《道德真经注》四卷，(元)吴澄撰，藏于北京大学图书馆；乾隆三十五年刻《楚辞评注》十卷，藏于北京大学图书馆；乾隆四十年刊《乡党图考》十卷，藏于北京大学图书馆；乾隆四十九年刻《痘疹定论》四卷，藏于中山大学图书馆；嘉庆五年刻《尔雅直音》二卷，藏于北京师范大学图书馆。其余刊书不一一列载。

关于致和堂的详细情况，参见文革红《清代前期通俗小说刊刻考论》“致和堂”条(第 268—272 页)。

1. **嘉庆十年刊《豆棚闲话》六卷，中国国家图书馆藏。**

2. **乾隆三十四年重刊《封神演义》十九卷一百回，北京大学图书馆藏。**

3. **道光十年覆明刊《东游八仙全传》二十九回，加二十七则，中国国家图书馆藏。**

4. **康、雍间刊《历代神仙通鉴》二十卷，不详。**

5. **戊午(康熙十七年)序刊《北宋志传》五十回，中国国家图书馆藏，存北宋卷一、卷三至六。**

6. **戊午(康熙十七年)序刊《南宋志传》五十回，中国国家图书馆藏，存南宋卷一、二。**

7. **清刊《云合奇踪》十卷八十回，日本京都大学文学部藏。**

8. **清刊《云合奇踪》十卷八十回，美国哈佛大学哈佛燕京图书馆藏。**

9. **康熙十八年刊《前七国孙庞演义》六卷，中国国家图书馆、北京大学图书馆藏。**

10. **康熙十八年刊《后七国乐田演义》四卷十八回，中国国家图书馆、北京大学图书馆藏。**

11. **清刊《第一才子书》六十卷一百二十回，日本小浜市立图书馆、北九州市立中央图书馆藏。**

12. **乾、嘉间刊《第一才子书》十九卷一百二十回，书影见孔夫子旧书网。**

13. **乾隆十七年序，乾、嘉间刊《东周列国志》二十三卷一百〇八回，辽宁省图书馆藏。**

14. **咸丰十年刊《南唐演义全传》十卷一百回，南京图书馆藏。**

15. **清刊《李卓吾先生批点忠义水浒传》十回，书影见孔夫子旧书网。**

〔九七六〕致和堂 2　金陵

金陵致和堂嘉庆八年刊《重镌食物本草会纂》八卷，沈李龙撰，藏于江西省图书馆、南开大学图书馆，内封署“金陵致和堂藏板”，据此知金陵有致和堂，晚出于古吴致和堂。

金陵致和堂嘉庆二年刊《四书述要》、嘉庆六年刊《新刊医林状元寿世保元》、癸丑年刻《重订诗韵含英》，书影均见孔夫子旧书网；道光五年刻《左绣》三十卷，藏于河南大学图书馆；清刻《增订注释塾课分编》，藏于河南大学图书馆。

关于金陵致和堂的详细情况，参见文革红《乾嘉时期小说书坊与通俗小说》“致和堂”条（第 164—166 页）。

1. **清刊《金批第一才子书》六十卷一百二十回，河南大学图书馆藏。**

2. **乾、嘉间刊《第一才子书》十九卷一百二十回，河南大学图书馆藏。**

3. **乾隆间刊《金批第一才子书》二十三卷一百二十回，南京图书馆、美国哈佛大学哈佛燕京图书馆藏。**

〔九七七〕致文堂　京师（京都打磨厂东头）

致文堂光绪壬寅二十八年刊《地理五诀》，书影见孔夫子旧书网，内封题“京都致文堂藏板”；宣统三年刊《监本书经》，南开大学图书馆藏，内封题“宣统三年新镌/监本书经/京都打磨厂东头致文堂藏板”；

民国四年刊《七言庄农考试系》，内封题“中华民国四年/官板刻字/七言庄农考试系/京都致文堂/唐秀”，书影见孔夫子旧书网。可知致文堂为晚清书坊，营业时间至民国间，位于京师打磨厂东头。

京都致文堂刊刻的书籍尚有：光绪丙申二十二年新刊《千字文》；光绪癸卯二十九年春刊《针灸便用图考》；光绪乙巳三十一年重镌《增释麻衣相法全编》；光绪丁未三十三年刊《新纂五方元音大全》；民国十七年刊《百家姓》，书影均见孔夫子旧书网；清末刊《新刻二簧梆子腔》不分卷，吉林大学图书馆藏；清末和京都锦文堂合刊《民俗戏》三十四种，北京师范大学图书馆藏；清末民初刊《和先生教书》不分卷，复旦大学图书馆藏；民国间刊《北京小调》二十九种，北京师范大学图书馆藏。

1. **清刊《第一才子书》十九卷一百二十回，书影见孔夫子旧书网。**

〔九七八〕致远堂　金陵

致远堂乾隆间刻《片玉四书》，内封署“金陵致远堂梓”，书影见孔夫子旧书网，以此知致远堂位于金陵。致远堂雍正十二年和启盛堂合刊《官板大字全像批评三国志》，首《叙》，末署“大清雍正七年岁次己酉仲春上浣大吉/江宁吉士犀明氏题于青溪之郁林堂”。序作于金陵，可证致远堂、启盛堂均为金陵书坊。

致远堂雍正三年刻《绘意云笺》三卷，《款式》一卷，藏于北京大学图书馆；咸丰七年刻《德壮果公年谱》三十二卷，（清）花沙纳撰，藏于北京大学图书馆；光绪四年刊《中庸参证》二卷，藏于复旦大学图书馆。

道光间顺德亦有致远堂，顺德书坊维新堂咸丰四年刊《续群方便览》，末卷有题字曰“道光九年孟冬顺德伍致远堂印送五十本”，书影见孔夫子旧书网，由此可知道光间顺德致远堂主人姓伍，道光九年已开始经营刻书业。

关于致远堂的详细情况，参见文革红《清代前期通俗小说刊刻考论》“致远堂”条(第 459 页)。

1. **雍正七年与启盛堂合刊《官板大字全像批评三国志》二十四卷一百二十回，内蒙古自治区图书馆藏。**

2. **雍正十二年与启盛堂合刊《官板大字全像批评三国志》二十四卷一百二十回，南京图书馆藏。**

〔九七九〕中胜堂　不明

中胜堂清乾隆五十七年序刊《新增第五才子书水浒全传》十卷四十九回，北京大学图书馆、辽宁大学图书馆藏。中胜堂刊刻的其他书未见，其具体地点不明。因《新增第五才子书水浒全传》十卷四十九回本多流行于广州地区，因而疑中胜堂亦当位于广州。

1. **乾隆四十七年刊《征四寇传》十卷四十九回，中国国家图书馆藏。**

〔九八〇〕忠华堂　不明

忠华堂乾隆五十三年序刊《驻春园小史》六卷二十四回，郑州大学图书馆藏，卷前有乾隆戊申水箬散人序，内封题“三合剑/双美缘全传/忠华堂梓行”。忠华堂刊刻的其他书未见，具体地点不明。

1. **乾隆五十三年序刊《驻春园小史》六卷二十四回，郑州大学图书馆藏。**

〔九八一〕忠恕堂　重庆(合州闵)

忠恕堂清刊《十美图》，北京大学图书馆藏，内封题“合州闵忠恕堂”。合州，清属重庆府，由此知忠恕堂为重庆书坊，主人姓闵。

江西建昌府亦有忠恕堂。据《江西出版纪事》记载，嘉庆十九年

“南城忠恕堂刊印曾鼎《曾氏医书》4 种(《妇科指归》4 卷、《痘疹会通》5 卷、《幼科指南》2 卷、《医宗必要》4 卷)”①。孔夫子旧书网有乾隆五十一年序刊《痘疹会通》五卷,(清)曾香田辑,内封题“盱江曾香田纂辑/痘疹会通/忠恕堂藏板”,高学濂序云“乃急请付之剞劂,曾君曰唯唯”,题“时乾隆五十一年丙午孟秋月学愚弟高学濂拜手谨序”,知本书初刊于乾隆五十一年。该书是初刻初印本,也是作者的私刻本,刻印俱佳,存世稀少。曾香田,盱江人,盱江即今江西广昌盱江镇,清代属建昌府,南城之别名即建昌。因此,乾、嘉间忠恕堂应在江西建昌府南城县。高学濂,字希之,安徽无为人。

忠恕堂清刊《金匮翼》,内封题“尤在泾先生手著/金匮翼/忠恕堂重刊”,序题“乾隆三十三年岁次戊子岳岩老人世辅书于虎丘山塘之思永堂”;清刊《明心宝鉴》,卷端题“较正便蒙资善宝鉴正文/忠恕堂较梓”;嘉庆八年刊《诗韵含英》;嘉庆己巳十四年刊《有正味斋试帖详注》,题“钱塘吴锡麟圣征著,泾县吴抡汝村、吴敬恒爱庭注”,书影均见孔夫子旧书网。

1. **嘉庆二十年刊《听月楼》不分卷二十回,北京大学图书馆、浙江大学中文系资料室藏。**

2. **道光十七年刊《开辟演义通俗志传》六卷八十回,辽宁省图书馆藏。**

3. **嘉庆十四年序刊《双凤奇缘传》八十卷八十回,存一至六十四回,英国博物院藏。**

〔九八二〕忠信堂　苏州

忠信堂有多家,分列如下:

1. 明代忠信堂。万历间刊《忠信堂四刻分类注释合像初颖日记

---

① 龚平如.江西出版纪事[M].南昌:江西人民出版社,1996:55.

故事》四卷，日本东京大学东洋文化研究所藏，封面题“忠信堂熊鹿台发兑”，据此可知明代忠信堂主人为熊鹿台。熊鹿台，建阳刻书家。据《中国古小说版画史略》：“除余氏外，建阳还荟集了不少他姓的刻书家，如熊氏熊龙峰的忠正堂、熊清波诚德堂、熊宗立种德堂、熊鹿台忠贤堂、熊氏宏远堂等；刘氏刘龙田乔山堂、南闽潭邑艺林刘氏太华等；杨氏清白堂，书林杨居寀等；郑氏联辉堂、宗文书堂等，举不胜举。建阳书业之盛，于此可见。”

2. 苏州忠信堂。乾隆丙寅年刊《五知斋琴谱》八卷，南京大学图书馆藏。

3. 中湘忠信堂。清刊《两湖联吟集》，内封有朱印曰“中湘黄龙巷忠信堂刊刻”，卷端题“湘潭秦关百二点定，古吴沈敬庄四勿校刊”，书影见孔夫子旧书网。中湘，一般指长沙，其辖地包括今攸县、醴陵、株洲、长沙、浏阳、湘潭、韶山等县市大部所辖之地，由此可知此忠信堂位于长沙黄龙巷。

4. 重庆忠信堂。光绪四年刊《新刻火龙传》，内封题“渝城忠信堂”，中国国家图书馆藏。渝城即重庆。

5. 颍川忠信堂。光绪壬午八年刊《巧搭心裁》，内封题“颍川忠信堂藏板”，书影见孔夫子旧书网。颍川，即河南禹州，清初沿袭明制归开封府管辖，领密县一县。至雍正二年升禹州为直隶州，领新郑、密县二县。十二年降为散州，乾隆六年复隶属开封府。

6. 民国间山西万邑乌苏村忠信堂。中华民国元年三月初三日新刊《地母真经》，内封题“板存山西万邑乌苏村忠信堂藏板”，书影见孔夫子旧书网。万邑即万泉县，雍正六年起属蒲州府。

清代忠信堂刊刻的书籍主要有：道光五年刊《诗经读钞》三十一卷，（清）李宗淇撰，复旦大学图书馆藏；道光十一年刊《熙朝新语》十六卷，（清）余金辑，北京师范大学图书馆藏；清刊《古文快笔贯通解》三卷，杭永年评解，复旦大学图书馆藏。清刊《新刊合并官板音义评注渊海子平》五卷，（宋）徐升编，中国国家图书馆藏。其余刊书不一一列载。

1. **清刊《绣像批点红楼梦》一百二十回。**

2. **清末刊《梼杌闲评全传》五十卷五十回,吉林大学图书馆藏。**

3. **道光十九年刊《绿牡丹全传》八卷六十四回,天津图书馆藏。**

〔九八三〕种德堂　建宁建阳(潭阳熊冲宇)

明代和清代均有种德堂。

1. 明代种德堂。位于福建建阳,主人为熊氏。万历三十七年刊《鼎镌六科奏准御制新颁分类注释刑台法律》十八卷,复旦大学图书馆藏中国书店影印本,题“潭阳种德堂”。潭阳,即福建建阳,另称“潭城”,是福建省最古老的五个县邑之一,清属建宁府。种德堂熊冲宇明万历十九年至四十八年刊《雅尚斋遵生八笺》十九卷,中国人民大学图书馆藏;万历壬子四十年刊《镌紫溪苏先生会纂历朝纪要旨南纲鉴》二十卷,首一卷,美国哈佛大学哈佛燕京图书馆藏;明刊《镌重盯补注历朝捷录史鉴提衡》四卷,清华大学图书馆藏;明刊《新镌百家评林国语天梯》二十一卷,北京大学图书馆藏。万历间刊《锓顾太史续选诸子史汉国策举业玄珠》三卷,吉林大学图书馆藏。据此可知明代种德堂主人为福建建阳人熊冲宇。

种德堂主人熊冲宇又名熊成冶,万历间刊《新锲京本校正通俗演义全像三国志传》二十卷,存卷一、二,中国国家图书馆藏,卷一首题“新锲京本校正按鉴演义全像三国志传之一后汉/东原贯中罗本编次/书林冲宇熊成冶梓行”,据此判断种德堂主人熊成冶即熊冲宇。熊成冶万历间刊《鼎锲叶太史汇纂玉堂鉴纲》七十二卷,首卷卷端题“宋京兆刘恕外纪、兰溪金履祥前编,福唐叶向高汇纂、闽中李京订义、建阳刘朝箴精校、书林熊成冶绣梓”,卷后题“书林种德堂熊成冶刊行”,郑州大学图书馆藏。

种德堂熊振宇。万历间中国潭邑刘龙田刊《新锲台阁校正注释补遗古文大全》八卷，张瑞图释，何乔迁详阅，书名页及目次为配抄，题“注释心鉴古文大全/书林熊振宇梓种德堂”，又有牌记，刊“飞龙万历新岁谷旦刘龙田梓”，美国哈佛大学哈佛燕京图书馆藏。

种德堂熊云吾。万历间建邑书林种德堂熊云吾刊《新镌注释里居通用合璧文翰》二卷，卷二有牌记，刊“书林种德堂熊氏云吾绣梓行”，美国哈佛大学哈佛燕京图书馆藏。

因此，明代种德堂主人应为熊姓。明书林熊氏种德堂还刊有《史记评林》一百三十卷，南京师范大学图书馆藏。

2. 清代种德堂。嘉庆十九年广东顺德种德堂刊《四书解》，（清）苏珥撰，中山大学图书馆藏。

3. 民国种德堂。杭州种德堂，主人为叶姓。民国三年刊《叶种德堂丹丸全录》，卷端题“杭城叶种德堂丹丸全录”，序题“中华民国三年，本堂领袖主人叶鸿年蕉生甫谨识”，书影见孔夫子旧书网。

1. **万历戊申三十六年序刊《绣榻野史》二卷，中国社会科学院文学研究所藏。**

2. **明刊《新镌京本校正按鉴演义全像三国志传》二十卷，中国国家图书馆藏。**

〔九八四〕种书堂　苏州（金阊）

勾吴袁氏种书堂万历三十六年刊《潇碧堂集》二十卷、续集十卷，藏于北京大学图书馆；清刊《龙图公案》八卷，藏于日本九州大学文学部，内封署“金阊种书堂校梓”。由此知种书堂为苏州书坊，主人为袁氏。吴门种书堂明末刻《月旦堂新镌绣像列仙传》四卷，（明）洪应明辑，藏于清华大学图书馆，可知种书堂明末即开始刻书。

吴门种书堂康熙间刻《字触》，藏于北京大学图书馆；康熙四十年刻《太上感应篇图说》，见《中国古籍文献拍卖图录》；乾隆三十七年刻《种书堂校刻集异编》四卷，藏于吉林大学图书馆。

金陵亦有种书堂，康熙三十八年刻《福惠全书》，藏于厦门大学图书馆；乾隆八年刻《孔子家语》十卷，藏于澳门大学图书馆。

关于种书堂的详细情况，参见文革红《乾嘉时期小说书坊与通俗小说》“种书堂”条（第100—101页）。

1. **乾隆间刊《龙图公案》八卷一百则，中国国家图书馆、日本九州大学文学部藏**。

〔九八五〕种秀堂　苏州（舒瀛溪）

舒瀛溪种秀堂明崇祯十七年刊《纲鉴统一》三十九卷、《论题》二卷，（明）冯梦龙辑，《历朝捷录》三卷，（明）顾充撰，中国国家图书馆藏，据此可知种秀堂主人为舒瀛溪，明代刻书家。明刊《家礼》八卷，（宋）朱熹撰，（明）邱睿辑，日本佐野文库藏，目录题“据金阊舒瀛溪刊本重刊，种秀堂藏板”，由此又可推断舒瀛溪为金阊即苏州人，则种秀堂应位于苏州。明刊《存古类函》三卷，（明）陈组绶撰，北京大学图书馆藏。清代种秀堂未见刊书记录。

1. **清刊《云合奇踪》十卷八十回，日本天理图书馆藏**。

〔九八六〕朱苍岭　建宁（芝潭）

芝潭朱苍岭明刊《新锲唐三藏出身全传》，英国牛津大学博德廉图书馆藏，卷首题“齐云阳至和□/天水赵毓真校/芝潭朱苍岭梓”。芝潭，指福建建阳，据此可知朱苍岭为明代福建建阳书坊主。

1. **明刊《新锲唐三藏出身全传》四卷四十则，英国牛津大学博德廉图书馆藏**。

〔九八七〕竹春堂　叙府

竹春堂道光四年刊《石点头》六卷十四回，中国国家图书馆藏，内封题“叙府竹春堂藏板”。叙府，今四川省宜宾市别称，明清时为府，以此知竹春堂位于四川叙府。清末民初刊《读书作文谱》，附《父师善诱法》，内封题“竹春堂梓行”，书影见孔夫子旧书网。

1. **道光四年刊《石点头》六卷，中国国家图书馆藏。**

〔九八八〕竹兰轩　不明

竹兰轩乾隆年间刊《西游真诠》一百回，北京大学图书馆藏。其余刊书未见，其具体地点不明。

1. **乾隆间刊《西游真诠》一百回，北京大学图书馆藏。**

〔九八九〕竹秀山房　金溪

竹秀山房乾隆己巳十四年序刊《新增伤寒集注》，版心下方题“竹秀山房”，内封则题“文光堂梓”，说明此书为竹秀山房刻、文光堂得板后印本，序题“闽汀雷铉题”，序中云“今乾隆己巳秋乞假归里省母，道经江西，驰远来舟索序，因令付梓以公海内……”，序中谈到雷铉写作此序是在回福建省亲的路上、经过江西时因书坊前来索取而写的，也就是说此书应刊刻于江西，文光堂即为江西金溪书坊，因而可以大致推测竹秀山房位于江西金溪。

竹秀山房道光壬辰十二年发兑《小题拾芥初编》及《小题拾芥二编》，内封题“元和宋清寿、吴县吴钟骏合编/文光堂藏板”，上有朱印题“竹秀山房发兑”；清刊《崇正辟谬永吉通书》，序后题“竹秀山房藏板”；道光丙申十六年刊《详注分韵试帖青云集》；清刊《御纂医宗金鉴》《尚论篇后四卷》《寓意草》《性理论鹄》《百局象棋谱》等，书影均见孔夫子旧书网。

1. **道光间刊《新刻按鉴演义京本三国英雄志传》六卷二百四十则，上海图书馆藏。**
2. **清刊《征西说唐三传》十卷八十五回，北京大学图书馆藏。**

〔九九〇〕竹轩　不明

1. **明末刊《幽闲玩味刘生觅莲记》六卷十六回，北京大学图书馆、美国哈佛大学哈佛燕京图书馆藏。**

2. **明末刊《三妙传》六卷，美国哈佛大学哈佛燕京图书馆藏。**

〔九九一〕筑野书屋　上海

筑野书屋光绪九年刊《蔡元放评点东周列国志》一百〇八回，内封背面题“光绪九年春筑野书屋校印于上海”，书影见孔夫子旧书网，据此可知筑野书屋为光绪间上海书坊。

1. **光绪九年刊《第一才子书》六十卷一百二十回，中国国家图书馆、北京大学图书馆藏。**

2. **光绪癸未九年刊《蔡元放评点东周列国志》一百〇八回，书影见孔夫子旧书网。**

〔九九二〕注礼阁　淮安(清江浦)

清江浦注礼阁嘉庆二十一年刊《儒林外史》五十六回，藏于中国国家图书馆，内封题“嘉庆丙子年新镌/儒林外史/清江浦注礼阁藏板”。清江浦本为清河码头至山阳淮城(今淮安市淮安区)之间的运河名，后在附近形成集镇。清江浦明清属江苏淮安府山阳县，则注礼阁为淮安书坊。

关于注礼阁的详细情况，参见文革红《乾嘉时期小说书坊与通俗小说》“注礼阁”条(第195页)。

1. **嘉庆二十一年刊《儒林外史》五十六回，中国国家图书馆藏。**

〔九九三〕著易堂　上海

著易堂光绪壬辰十八年阳月石印《杜诗镜铨》，内封有朱印曰“上洋著易堂督造各种书籍/涂”；光绪二十四年刊《时病论》，内封背面题“光绪戊戌孟春月上海著易堂开雕”；宣统二年仲夏依汲古阁原本精校石印《东野集》，版心题“上海著易堂校印”；民国间影印乾隆本《杜甫诗集》，有杜甫像一幅，版心题“上海著易堂印”；民国间印《曾侯日记》，内封背面题“著易堂仿聚珍版印”，书影均见孔夫子旧书网。据此可知著易堂为清末民初书坊，位于上海，主人或姓涂。

著易堂光绪十七年铅印《小方壶斋舆地丛钞》十二帙一千二百种，补编十二帙五十八种，再补编十二帙一百八十种，北京大学图书馆等处藏。

1. **清末刊《第一才子书》六十卷一百二十回，中国国家图书馆藏**。

〔九九四〕酌玄亭　杭州

酌玄亭主人为一文人型小说出版家。酌玄（避康熙讳改“玄”为“元”）亭清初刊《谐道人第一种快书闪电窗》，藏于中国社会科学院文学研究所，有《古本小说集成》影印本，正文卷端署“酌元亭主人编”，内封署“谐道人批评第一种快书”，序署“吴山道人谐野书于半塘之钓鱼舫中”，有印二“谐野道人”“秀才惜华史”。从序之题署及印章看，吴山道人即谐野道人。

酌玄亭清初又刻《谐道人批评第二种快书照世杯》四卷四回，藏于日本佐伯文库，有《古本小说集成》影印本，序署“吴山谐野道人载题于西湖狎鸥亭中”，序云：“今冬过西子湖头，与紫阳道人、睡乡祭酒纵谈古今，各出其著述。”从“各出其著述”看，此书的著作权当归于作序者谐野道人，此书卷端又题“酌元亭主人编次”，据此可见谐野道人实即酌元亭主人，序乃自序，《闪电窗》《照世杯》之作、序、编、评、刻均出自酌玄亭主人之手。序中提到的吴山、西湖均位于杭州，则其人或为杭州人。紫阳道人即丁耀亢，睡乡祭酒即杜濬，清初均活动于杭州一带，说明酌玄亭主人也是在杭州一带从事小说的创作和刊刻。

关于酌玄亭的详细情况，参见文革红《清代前期通俗小说刊刻考论》“酌玄亭”条（第150—153页）。

1. **顺、康间刊《谐道人第一种快书闪电窗》残存前六回，中国社会科学院文学研究所藏。**

2. **康熙间刊《谐道人第二种快书照世杯》四卷四回，日本佐伯文库藏。**

〔九九五〕资善堂　汝东

资善堂光绪十六年三色套印《三国志全图演义》六十卷一百二十回，北京大学图书馆藏，内封背面题“光绪庚寅三月汝东资善堂刊”。汝东，或指南通汝东，或指河南汝州，不能遽定。

资善堂嘉庆二十二年刊《读易集说》，（清）朱勋撰，北京大学图书馆藏；道光十八年刊《唐诗别裁集引典备注》二十卷，河南大学图书馆藏；同治戊辰七年新镌《养云山馆试帖注释》，内封题“资善堂藏板”，书影见孔夫子旧书网；同治九年刊《来福生》弹词，北京大学图书馆藏；光绪八年刊《喉科指掌》，书影见孔夫子旧书网；光绪十五年刊《困学纪闻集证》二十卷，吉林大学图书馆藏。其余刊书不一一列载。

1. **光绪十六年活字印《第一才子书》六十卷一百二十回，卷首一卷，北京大学图书馆藏。**

〔九九六〕紫贵堂　广州

紫贵堂清刊沈德潜《重订五朝诗别裁集》，其中《重订唐诗别裁集》题“紫贵堂藏板”，其余元诗、宋诗、明诗三种题“右文堂藏板”，国朝诗不题书坊名称，书影见孔夫子旧书网，足见此书乃是右文堂与紫贵堂合刊，右文堂为广州地区书坊，则紫贵堂亦应在广州地区。

紫贵堂清刊《地理知本金锁秘》二卷，香港中文大学图书馆藏，内封题“南野邓仙卿先生手著/紫贵堂藏板”，作者自序题“嘉庆二十一年岁次丙子一阳月前三日豫章梦觉山人邓恭自弁于凤城之抗仙山馆”，说明序写作于凤城。凤城，清代为广州府顺德县。该书卷端题“粤东古冈州黄其勤舟山父较订/粤东凤城陈垂耀星斋父正字/粤东宁阳受业门人马燕席犹龙父对勘”，从题署看，此本当刊于粤东，也即广州地区。作者自序写作于凤城，校订刊刻亦在广州，或能说明紫贵堂本为《地理知本金锁秘》的最早刊本，也进一步说明紫贵堂位于广州。

紫贵堂刊刻的书尚有：咸丰五年刊干宝撰《重增三教源流圣帝佛帅搜神记》，中山大学图书馆藏；咸丰戊午八年刊《霞楼逸志》六卷，吉林大学图书馆藏；戊午年镌《增注备载食物本草》，书影见孔夫子旧书网；清刊《夜谭随录》十二卷，中山大学图书馆藏。其余刊书不一一列载。

1. **咸丰八年刊《赵太祖三下南唐被困寿州城》八卷五十三回，中国国家图书馆藏。**

〔九九七〕紫文阁　上海(上洋)

紫文阁光绪己卯五年重刊《养云山馆试帖注释》四卷，内封题“上洋紫文阁藏板”。上洋即上海，以此知紫文阁为上海书坊。清刊《观聚方要补》《幼学须知句解》《字汇》，内封均题“上洋紫文阁藏板”；光绪五年刊《诗经体注图考大全》，内封有红印“江左书林督造书籍”，江左书林亦上海地区书坊。紫文阁刊刻的书籍尚有《诗韵集成》《雷公药性赋解》《唐诗合解笺注》《国朝八家四六文钞》等，中国人民大学图书馆等处藏，书影亦见孔夫子旧书网。

1. **道光十六年刊《五虎平西前传》十四卷一百一十二回，书影见孔夫子旧书网。**

〔九九八〕紫云阁　不明

1. **清刊《五色石》八卷，北京大学图书馆藏。**

〔九九九〕紫宙轩　苏州

紫宙轩康熙初刊《桃花影》四卷十二回，烟水散人编，又称“《桃花影》一编”，为《春灯闹奇遇艳史》(《桃花影二编》)的前书。烟水散人的另一部作品《春灯闹》多用吴语，书中种种迹象表明作者可能是吴中人。《春灯闹序》，署“东海友弟幻庵居士题”，有印二“东海居士”“幻庵居士”。东海应指苏州，如冯梦龙(苏州人)就自称“东海犹龙子”，故东海幻庵居士应为苏州人。烟水散人和幻庵居士合作的作品，和苏州关系比较密切，如《珍珠舶》，烟水散人序写作于虎丘，所以烟水散人和幻庵居士合作的作品，可能大多数由苏州地区的书坊刊刻。《桃花影》是烟水散人同苏州书商合作的作品，《春灯闹》亦是烟水散人的作品，创作于苏州，亦刊刻于苏州，所以紫宙轩书坊或位于苏州。

关于紫宙轩的详细情况，参见文革红《清代前期通俗小说刊刻考论》“紫宙轩”条(第264—268页)。

1. **康熙初期刊《桃花影》四卷十二回，不详。**

2. **康熙间刊《春灯闹奇遇艳史》不分卷十二回，日本佐伯文库藏。**

〔一〇〇〇〕梓潼会　成都(蜀都)

梓潼会咸丰二年刊《十三经集字募本》，内封题“蜀都梓潼会”，书影见孔夫子旧书网。“蜀都”即成都，以此知梓潼会为清代成都书坊。

梓潼会乾隆四十三年序刊《重订昭明文选集评》十五卷首末各一卷，武汉大学图书馆藏；光绪九年刊《仁在堂全集》，书影见孔夫子旧书网。

1. **光绪八年刊《第一才子书》六十卷一百二十回，北京大学图书馆藏。**

2. **清刊《粉妆楼全传》十卷八十回，上海图书馆藏。**

3. **光绪二十年刊《续施公案》三十六卷一百回，北京大学图书馆、中国社会科学院文学研究所藏。**

〔一〇〇一〕自得轩　岳州（平江）

自得轩乾隆六年刊《学宫备考》十卷首一卷附录一卷，（清）彭其位辑，中国人民大学图书馆藏，内封题“湖南平江彭其位敬辑”，卷首例言云“彭其位……谨识于家居之自得轩……”，说明此自得轩为彭其位书室名，彭氏为湖南平江人。平江清属岳州府。自得轩清刊《诸子全书》存六种，华东师范大学图书馆藏。

1. **道光十四年刊《玉支玑》四卷二十回（怡园五种之一），日本京都大学藏。**

2. **清刊《水石缘》六卷三十段，中国国家图书馆藏。**

〔一〇〇二〕自厚堂　广州

自厚堂嘉庆十六年刻《绣像四游全传》，其中《西游记传》由龙江聚古斋梓，《新刊北方真武祖师玄天上帝出身志传》由东粤书林圣秀堂刊行，这两家书坊均位于广东地区，因而自厚堂本《绣像四游全传》乃广东书坊所刊，则自厚堂或亦位于广东。

自厚堂道光间刊《试帖仙样集裁诗十法》，内封署“自厚堂藏板”，书影见孔夫子旧书网；咸丰八年刻《诗学圆机活法大成》十八卷，（明）余象斗编辑，李廷机校正，见嘉德四季第十三期拍卖会；咸丰八年刻《仰止子详考古今名家润色诗林正宗》，（明）余象斗编，藏于南京大学图书馆。

关于自厚堂的详细情况，参见文革红《乾嘉时期小说书坊与通俗小说》“自厚堂”条（第224页）。

1. **嘉庆十六年刊《东游八仙全传》（《四游记》之一），北京大学图书馆藏。**

2. 嘉庆十六年刊《南游华光志传》四卷十八回(《四游记》之一)，北京大学图书馆藏。

3. 嘉庆十六年刊《西游记传》四卷四十一回(《四游记》之一)，北京大学图书馆藏。

4. 嘉庆十六年刊《北游记》二十四回(《四游记》之一)，北京大学图书馆藏。

5. 嘉庆十年刊《隋唐演义》二十卷一百回，中国社会科学院文学研究所藏。

〔一〇〇三〕自愧轩　杭州

自愧轩乾隆五十六年刻《西湖拾遗》四十八卷四十四篇，藏于大连图书馆，内封署“钱塘梅溪搜辑/杭城十五奎巷内、玄妙观间壁青墙门内本衙发兑/西湖拾遗/自愧轩开雕”，由此可知自愧轩位于杭州十五奎巷内、玄妙观间壁青墙门内。自愧轩刊本为《西湖拾遗》原刊本，首序，末署“乾隆辛亥孟冬月钱塘梅溪陈树基撰”，内封既然署“本衙发兑”，说明该书是搜辑者自己刻、自己发行的，也就意味着自愧轩为钱塘梅溪陈树基自己的书室。除刊刻《西湖拾遗》外，未见自愧轩刊刻其他书籍，或亦说明自愧轩刊本《西湖拾遗》乃文人自著自刻的作品。

1. 乾隆五十六年刊《西湖拾遗》四十八卷四十四篇，北京大学图书馆、大连图书馆藏。

〔一〇〇四〕自怡轩　松江(云间)

乾、嘉间云间许宝善书室名“自怡轩”。许宝善，江苏青浦人，字穆堂，乾隆进士，累官至监察御史，丁忧后不复出仕，以诗文自娱。自怡轩刊有多种书籍。许宝善与杜纲友善，乾隆五十七年为杜纲刻《娱目醒心编》十六卷三十九回，藏于北京大学图书馆等处，题“茸城自怡轩主人评”，首有自怡轩主人序，署“乾隆五十七年岁在壬子五月十有二日/自怡轩主人书”，序曰“余故急为梓之以问世，世之君子幸勿以稗史而忽之也”，可见刊刻此书的人即云间自怡轩主人。云间为旧时松江府的别称，茸城亦指松江，此书由自怡轩主人刊刻于许宝善的家乡青浦，清属松江府。另外，杜纲之《南北史演义》也是许宝善为其刊刻的，委托昆山的陈景川局和吴门甘朝士局刊刻。

自怡轩刊刻的书尚有：约乾隆间刻《自怡轩古文选》，卷端题“云间许宝善穆堂氏选定/玉山杜纲草亭氏同辑”，书末有“昆山程郁文刻”字样，乃刻工名字。

乾隆间刻《自怡轩词谱》，署“云间许宝善穆堂辑”；刻《自怡轩词选》，署“云间许宝善穆堂评选”；乾隆五十二年刻《四书便蒙》，内封署“自怡轩藏版”；乾隆五十四年刻《五经揭要》，内封题“乾隆己酉年秋镌/云间许宝善穆堂氏阅定/五经揭要/玉峰周蕙田蓉裳氏辑录、杜纲草亭氏参订/自怡轩藏版”；嘉庆七年刻《杜诗注释二十四卷》，有光绪间朱氏补刻本，内封题“许穆堂先生定本/阳羡徐人骥书/光绪丁丑冬月吴县朱氏补刊”，序末署“嘉庆七年岁在壬戌小春月许宝善撰”，又嘉庆七年钱大昕撰序，版心有“自怡轩”字样，乃嘉庆七年自怡轩刻、光绪吴县朱氏补刻本。

关于自怡轩的详细情况，参见文革红《乾嘉时期小说书坊与通俗小说》“自怡轩”条(第 193—195 页)。

1. **乾隆五十七年序刊《娱目醒心编》十六卷三十九回，北京大学图书馆、华东师范大学图书馆藏。**

2. **嘉庆二年重刊《北史演义》六十四卷，北京大学图书馆、首都图书馆藏。**

〔一〇〇五〕最乐堂　嘉兴

最乐堂乾隆年间刊《说唐演义后传》五十五回，藏于大连图书馆，鸳湖渔叟著，内封署“鸳湖最乐堂发兑”。鸳湖即嘉兴南湖，故知最乐堂位于嘉兴。查《清人室名别称字号索引》，知元朝嘉兴范国宝以“最乐堂”为室名，清朝的最乐堂不知是否为范氏后代所开。

最乐堂雍正间刻《续缀白裘》，藏于中国国家图书馆；乾隆二年刻《陶靖节诗集》四卷、《附东坡和陶诗》一卷、《律陶》一卷，藏于清华大学图书馆；同治四年刻《最乐堂书经》《增补字学举隅》，书影均见孔夫子旧书网。

关于最乐堂的详细情况，参见文革红《清代前期通俗小说刊刻考论》“最乐堂”条(第 528—529 页)。

1. **乾隆十六年刊《草木春秋演义》三十二回，中国国家图书馆、北京大学图书馆藏**。

2. **乾隆戊子三十三年刊《说唐演义后传》五十五回，上海图书馆、大连图书馆藏**。

3. **乾隆四十年刊《异说征西演义全传》四十卷四十回，上海图书馆藏**。

〔一〇〇六〕醉耕堂　金陵

醉耕堂于明末开始经营刻书业，天启三年重校刊《诹择历眼通书》，藏于浙江图书馆，题“明南昌黄溪黄汝和得中甫著”。《周亮工与金圣叹关系探微》一文考证醉耕堂主人为金陵著名刻书家周亮工的弟弟周亮节，“醉耕堂是始自周文纬大业堂的一个周家出书标记。醉耕堂是其父子共用之堂名号”[①]。作者认为王望如与周亮节均号“桐庵老人”，但没有足够证据可断定王望如为醉耕堂主人，而醉耕堂之“墨室”指周亮工“蓄墨万种”之室也，因此桐庵老人周亮节才是醉耕

---

① 周亮工与金圣叹关系探微，见章培恒、王靖宇主编. 中国文学评点研究论集[M]. 上海：上海古籍出版社，2002.

堂主人。重要的证据另外有：周亮节于清初校正刊行孙思邈《银海精微》，版心下亦锓“醉耕堂藏板”五字。早在明末周文纬大业堂重刊《梨云馆类定袁中郎全集》，内封就已钤有“醉耕堂藏板”之印了，因此醉耕堂应为明末清初金陵书坊，主人为周亮节。

醉耕堂清初刊《新刻黄石斋先生诗经琅玕》十卷，(明)黄道周编著，(清)熊九岳订，藏于北京大学图书馆。康熙十八年毛宗岗批评《四大奇书第一种古本三国志》醉耕堂刊本问世时，周文炜、周亮节均已去世，故醉耕堂可能为周氏后代所继承。

关于醉耕堂的详细情况，参见文革红《清代前期通俗小说刊刻考论》“醉耕堂”条(第427—431页)。

1. **康熙十八年刊《四大奇书第一种古本三国志》六十卷一百二十回，中国国家图书馆藏**。

2. **顺治十四年刊《王望如先生评论五才子书水浒传》七十五卷七十回，中国国家图书馆藏**。

〔一〇〇七〕醉花楼　浙江

醉花楼清刊《玉支玑》二十回，藏于复旦大学图书馆，所写故事发生在浙江青田县：“话说浙江处州府有一个青田县”，小说描述这里是个粜米中心，“凡浙中的客商都到这里来粜卖，这日杭州的一个王客人，正粜了一船米”。足证作者对浙中的商业活动比较熟悉，乃浙中人，或者就是青田人。醉花楼可能为浙江书坊，位于杭州。

1. **清刊《蜃楼集》□卷□回，存第一至七回，傅惜华旧藏**。

2. **清刊《玉支玑》二十回，法国国家图书馆藏**。

3. **清刊《玉支玑》不分卷二十回，中国国家图书馆藏**。

〔一〇〇八〕醉经堂1　扬州

扬州醉经堂同治间刊《飞跎全传》四卷三十二回，见《古本小说集成》之前言，据此可知同治年间扬州有醉经堂书坊。

1. 同治间刊《飞跎全传》四卷三十二回，见《古本小说集成·飞跎全传·前言》。

〔一〇〇九〕醉经堂 2　广州（第七甫）

醉经堂清末刊《新刻金生全本》二卷，题“广州醉经堂”，北京师范大学图书馆藏；民国间石印《反唐女娲镜》，卷末署“广州市第七甫醉经堂机板”；清刊《明心宝鉴》，内封题“省城醉经堂藏板”；清末刊《特别改良呆佬拜寿》，卷末署“羊城醉经堂板”，书影均见孔夫子旧书网。据此可知醉经堂书坊位于广州第七甫，营业时间约在清末民初。

醉经堂另刊有多种书籍，如嘉庆十六年序刊《古文论语郑注》，北京师范大学图书馆藏；光绪五年刊《文选各家诗集》四卷，吉林大学图书馆藏；民国间铅印《狄青斩王天化》二卷，北京师范大学图书馆藏；和成文堂、五桂堂等合刊《广东地方戏剧》十七种，北京师范大学图书馆藏。民国间石印多种南音木鱼书。

又有华阳醉经堂，光绪五年刊《三才略存》二种二卷，复旦大学图书馆藏；光绪五年刊《王子安集》十六卷，中国人民大学图书馆藏。华阳，清代属成都府管辖。

1. 清刊《警富新书》四卷四十回，书影见孔夫子旧书网，粤东省第七甫醉经堂金属活字本。

〔一〇一〇〕醉六堂　湖州（苕溪吴氏）

醉六堂不知何年始业刻书，现存最早的刻书是道光七年刊《元遗山诗集笺注》十四卷，卷首一卷，卷末一卷，附补载，（金）元好问撰，（元）张德辉编次，（清）乌程施国祁笺，中国人民大学图书馆藏，内封背面题“道光丁亥年校刻/苕溪吴氏醉六堂藏板”，据此可知醉六堂为湖州书坊，主人为吴氏。湖州醉六堂同治庚午九年刊《对山书屋墨余录》十六卷，内封背面牌记题“湖州醉六堂吴氏藏版”，辽宁大学图书馆藏；同治七年刊《胡文忠公遗集》十卷，首一卷，（清）胡林翼撰，（清）阎敬铭等编辑，北京大学图书馆藏；光绪六年刊《状元尚书》六卷，卷首一卷，卷末一卷，（宋）蔡沈集传，牌记题“光绪庚辰镌/状元尚书/湖州醉六堂藏版”，书影见孔夫子旧书网。

咸丰元年太平天国革命爆发，醉六堂来到上海避乱，在上海设立分号。上海醉六堂同治三年刊《翻刻验方新编》十八卷，附《验方续编——痧症要法、咽喉秘集全》，内封题“同治甲子春镌/沪城翻刻/校对无讹/上海新北门内/醉六堂藏版”，书影见孔夫子旧书网；同治十年刊《五经楼小题拆字》不分卷，（清）山仲甫辑，吉林大学图书馆藏；同治十二年刊《曾文正公文钞》四卷，附刻一卷，（清）曾国藩撰，清华大学图书馆藏，内封题“吴兴包虎臣署首/同治十二年重刊/是编增补较雠与苏本不同/识者鉴之/上洋新北门内醉六堂发兑”，并识款印“吴申甫”，目录后有“同治十一年十二月醉六堂书铺谨识”字样，据此可知上海醉六堂位于新北门内，主人为吴申甫。光绪十六年刊《李氏遗书》十一种，（清）李锐撰，浙江师范大学图书馆藏；光绪十八年刊《筹洋刍议》不分卷，（清）薛福成撰，复旦大学图书馆藏。其余刊书不一一列载。

1. **光绪十九年刊《云合奇踪》十卷八十回，中国国家图书馆藏。**

〔一〇一一〕醉眠阁　不明

醉眠阁查无结果，所在地不明。

1. **天启、崇祯间重刊《绣榻野史》四卷不分回，日本波多野太郎藏。**

〔一〇一二〕醉园　不明

醉园查无结果，所在地不明。

1. **道光十四年刊《麟儿报》四卷十六回,日本京都大学藏**。

〔一〇一三〕醉月楼　不明

清代刘梦莲有书室名醉月楼,道光二年刊《醉月楼诗》二卷,第三册内封题“章门萍约诗选第三册/醉月楼诗/都昌刘梦莲香亭著”,中国国家图书馆藏。都昌,清顺治二年隶江西省九江道南康府,康熙九年隶饶南九道南康府,雍正九年隶广饶九南兵备道南康府。刘梦莲道光间刊《醉月楼试帖注释初编》,书影见孔夫子旧书网,卷端题“东□刘梦莲香亭稿”。醉月楼具体地点不明。

1. **清刊《新镌小说八段锦》八段,北京大学图书馆藏**。

2. **同治四年刊《五凤吟》四卷二十回,日本东京大学文学部藏**。

3. **同治十年刊《五凤吟》四卷二十回,复旦大学图书馆藏**。

4. **清刊《新编章台柳》四卷十八回,美国哈佛大学哈佛燕京图书馆藏**。

5. **《新刊霞笺记》四卷十二回,北京大学图书馆藏**。

6. **咸丰十年刊《玉楼春》四卷二十四回,中国社会科学院文学研究所藏**。

〔一〇一四〕醉月山居　浙江

醉月山居清初刻《才美相逢宛如约》四卷十六回,藏于中国国家图书馆等处,所写故事发生在浙江处州:“话说前朝浙江处州府丽水县小蓬莱村山中有一个地方叫做列眉村。为何叫做列眉村？只因这村中四山环绕,秀色耸出,一望有如双黛,故相传得名。”此本可能刻于浙江,醉月山居刊刻的其他书未见,其具体地点可能在浙江。

关于醉月山居的详细情况,参见文革红《清代前期通俗小说刊刻考论》“醉月山居”条(第551页)。

1. **康、雍间刊《才美相逢宛如约》四卷十六回,中国国家图书**

馆藏。

〔一〇一五〕醉月轩　不明

1. 清刊《肉蒲团》六卷二十回，中国国家图书馆藏。

2. 清刊《浓情快史》不分卷三十回，美国哈佛大学哈佛燕京图书馆藏。

〔一〇一六〕尊德堂　杭州

尊德堂嘉庆十五年刊武林黄淦纬文氏纂《诗经精义》《书经精义》《周礼精义》《周易精义》《春秋精义》等，内封题“嘉庆十五年新镌/礼记（或《诗经》《周易》等）精义/武林黄淦纬文氏纂/尊德堂原本”，其中《诗经精义》有嘉庆七年武林黄淦纬文氏自序，《书经精义》有嘉庆甲子（嘉庆十年）长白特通阿序，《礼记精义》有嘉庆十年武林黄淦纬文氏自序，《周易精义》有嘉庆甲子萧山王宗炎序，书影均见孔夫子旧书网，此本由杭州人纂辑，序写作于杭州，序写作时间嘉庆十年离刊刻时间嘉庆十五年不过几年，且内封称“尊德堂原本”，故可以认为尊德堂本为黄氏《五经精义》原刻本，据此可推知尊德堂位于杭州。

尊德堂刊刻的书另外尚有：道光癸卯二十三年刊《食物本草会纂》十二卷，（清）沈李龙著，卷端题“西湖沈李龙云将甫纂辑”，南开大学图书馆藏。清刊《新刻陶节庵家藏秘授伤寒六书》，首有“余杭节庵陶华述”序，书影见孔夫子旧书网。从此二书或可进一步看出尊德堂与杭州的联系。

尊德堂道光二十二年刊《陈子昂先生全集》，文集三卷，诗集二卷，附录一卷，武汉大学图书馆藏，内封题“尊德堂藏板”，卷末有道光壬寅二十二年张谦跋，末镌“春林柯道麟校刊”字样；清刊《重订古唐诗合解笺注》，北京大学图书馆藏；清刊《柳庄神像全编》、尤生洲先生著《袖珍士才三书》（包括《本草通元》《诊家正眼》《寿世青编》《病机沙篆》)等，书影均见孔夫子旧书网。

又有西昌夏敬庄尊德堂。光绪癸卯二十九年刊《通一斋四种》四卷附一卷，南昌方内散人撰，见《贩书偶记》。同年刊《闲情杂著》一卷，(清)方内散人撰，(清)夏敬庄辑。西昌，此处指南昌之西，因夏敬庄为南昌新建县人。

夏敬庄(1862—?)，字芰舲，号尊德堂、西山跛道人，江西新建人，清候补道职，著名学者、词人，对道学颇有研究，校刊前贤著作甚多，诗文主要有《桐华吟馆集》《闲情杂著》《通一斋四种》《江西青云谱志》《乡诗摭谭》《江西诗轨》《江西诗话》《遐憩山房诗》等传世。

1. **清刊《万花楼杨包狄演义》□卷，北京师范大学图书馆藏**。

参考文献

一、影印本

[1] 古本小说集成委员会. 古本小说集成[M]. 上海：上海古籍出版社，1994.

[2] 刘世德，陈庆浩，石昌渝. 古本小说丛刊，第一至四十一辑[M]. 北京：中华书局，1987—1989.

[3] 大连图书馆. 大连图书馆藏孤稀本明清小说丛刊[M]. 大连：大连出版社，2000.

[4] 哈佛燕京图书馆，国家图书馆. 哈佛燕京图书馆藏齐如山小说戏曲文献汇刊[M]北京：国家图书馆出版社，2011.

[5] “国立”政治大学古典小说研究中心. 明清善本小说丛刊初编，第一至四辑[M]. 台北：天一出版社，1989.

[6] 陈庆浩，王秋桂. 思无邪汇宝[M]. 巴黎：法国国家科学研究中心；台北：台湾大英百科股份有限公司，1994—1997.

[7] 国家图书馆古籍文献丛刊. 西谛藏珍本小说插图[M]. 北京：全国图书馆文献缩微复制中心，2007.

[8] 吴希贤. 所见中国古代小说戏曲版本图录[M]. 北京：中华全国图书馆文献缩微复制中心，1994.

[9] 王汝梅，[韩]朴在渊. 韩国藏中国稀见珍本小说[M]. 北京：中国大百科全书出版社，1997.

[10] 孙逊，[韩]朴在渊，潘建国. 朝鲜所刊中国珍本小说丛刊(共 9 册)[M]. 上海：上海古籍出版社，2014.

[11] 程有庆. 周绍良藏明清小说版画[M]. 北京:中国书店出版社,2007.

[12] 首都博物馆. 古本小说版画图录[M]. 北京:线装书局,1996.

[13] 中国古代小说版画集成[M]. 上海:世纪出版集团汉语大词典出版社,2002.

[14] 中国古籍文献拍卖图录[M]. 北京:北京图书馆出版社,2002.

[15] 郑振铎. 中国版画史图录[M]. 北京:中国书店出版社,2012.

[16] 周芜. 中国版画史图录(上下册)[M]. 上海:上海人民美术出版社,1988.

[17] 周芜. 武林插图选集[M]. 杭州:浙江人民美术出版社,1984.

[18] 周芜. 中国古本戏曲插图选[M]. 天津:天津人民美术出版社,1985.

[19] 周亮. 武林古版画[M]. 南京:江苏美术出版社,2013.

[20] 周心慧. 古本小说版画图录[M]. 北京:学苑出版社,2000.

[21] 周心慧. 明代版刻图释[M]. 北京:学苑出版社,1998.

[22] 周心慧. 古本戏曲版画图录[M]. 北京:学苑出版社,1997.

[23] 影印本《程甲本红楼梦》[M]. 北京:北京图书馆出版社,2001.

[24] 影印本《红楼梦——桐花凤阁批校本》[M]. 北京:北京图书馆出版社,2001.

[25] 影印本《儒林外史》,嘉庆八年卧闲草堂本,复旦大学图书馆藏[M]. 北京:人民文学出版社,1974.

二、论著

[1] 孙楷第. 中国通俗小说书目[M]. 北京:作家出版社,1958.

[2] 孙楷第. 日本东京大连图书馆所见中国小说书目提要[M]. 北京:人民文学出版社,1958.

[3] 江苏省社会科学院明清小说研究中心、文学研究所. 中国通俗小说总目提要[M]. 北京:中国文联出版公司,1990.

[4] 王清原,牟仁隆,韩锡铎. 小说书坊录[M]. 北京:北京图书馆出版社,2002.

[5] 石昌渝. 中国古代小说总目(白话卷)[M]. 太原:山西教育出版社,2004.

[6] 刘世德. 中国古代小说百科全书[M]. 北京:中国大百科全书出版社,1998.

[7] 柳存仁. 伦敦所见中国小说书目提要[M]. 北京:书目文献出版社,1982.

[8] 阿英. 小说闲谈四种[M]. 上海:上海古籍出版社,1985.

[9] 戴不凡. 小说见闻录[M]. 杭州:浙江人民出版社,1980.

[10] 谭正璧,谭寻. 古本稀见小说汇考[M]. 杭州:浙江文艺出版社,1984.

[11] [日]大塚秀高. 增补中国通俗小说书目[M]. 日本:汲古书院,昭和五十九年八月(1984).

[12] [日]大庭脩. 宫内省书陵部藏舶载书目,关西大学东西学术研究所资料集刊七[M]. 日本:关西大学东西学术研究所,昭和四十七年一月二十一日(1972).

[13] [英]魏安.《三国演义》版本考[M]. 上海:上海古籍出版社,1996.

[14] [美]魏爱莲.《红楼梦影》及其出版商北京聚珍堂[A]. 于沛主编. 清史译丛,第九辑[M]. 杭州:浙江古籍出版社,2010.

[15] [日]矶部彰. 庆应义塾图书馆所藏闽斋堂刊《新刻增补批评全像西游记》研究资料(上下)[M]. 东京:东北大学,2006.

[16] [日]矶部彰.《西游记》受容史的研究[M]. 东京:多贺出

版,1995.

[17] [日]矶部彰.东北大学所藏丰后佐伯藩“以吕波分书目”的研究[M].仙台:东北大学研究所,2003.

[18] [日]中川谕著,林妙燕译.《三国志演义》版本研究[M].上海:上海古籍出版社,2010.

[19] 程国赋.明代书坊与小说研究[M].北京:中华书局,2008.

[20] 文革红.清代前期通俗小说刊刻考论[M].南昌:江西人民出版社,2008.

[21] 文革红.乾嘉时期小说书坊与通俗小说[M].广州:世界图书出版广东有限公司,2015.

[22] 陈重远.琉璃厂史话[M].北京:北京出版社,2015.

[23] 陈翔华.西班牙藏叶逢春刊本《三国志史传》[M].北京:国家图书馆出版社,2009.

[24] 徐雁平.书估与清帝国的书籍流传[M].古典文献研究(第十六辑),2013年7月.

[25] 秋禾,少莉.旧时书坊[M].北京:三联书店,2005.

[26] 戚福康.中国古代书坊研究[M].北京:商务印书馆,2007.

[27] 文娟.文学场域变革中的交融共生——扫叶山房说部及杂志刊行研究[M].上海:上海大学出版社,2015.

[28] 杨丽莹.扫叶山房史研究[M].上海:复旦大学出版社,2013.

[29] 吴云涛.聊城刻书与出版业的兴衰概况[A].中国人民政治协商会议山东省委员会文史资料研究委员会编.文史资料选辑(第四辑)[M].山东人民出版社,1982.

[30] 胡士莹.话本小说概论[M].北京:中华书局,1980.

[31] 章培恒,骆玉明.中国文学史新著[M].上海:复旦大学出版社,2007.

[32] 安平秋,章培恒.中国禁书大观[M].上海:上海文化出版

社，1990.

［33］黄霖.《金瓶梅》考论［M］. 沈阳：辽宁人民出版社，1985.

［34］陈大康. 明代小说史［M］. 上海：上海文艺出版社，2000.

［35］李梦生. 中国禁毁小说百话［M］. 上海：上海古籍出版社，1994.

［36］路工，谭天. 古本平话小说集［M］. 北京：人民文学出版社，1984.

［37］路工. 明清小说话本选［M］. 上海：上海古籍出版社，1986.

［38］潘建国. 古代小说文献丛考［M］. 北京：中华书局，2006.

［39］潘建国. 中国古代小说书目研究［M］. 上海：上海古籍出版社，2005.

［40］董康著，傅杰校点. 书舶庸谭［M］沈阳：辽宁教育出版社，1998.

［41］孙佳讯.《镜花缘》公案辨疑［M］. 济南：齐鲁书社，1984.

［42］关四平.《铁花仙史》考论［A］. 中国古代小说研究［M］. 北京：人民文学出版社，2006.

［43］程国赋. 三言二拍传播研究［M］. 北京：中国社会科学出版社，2006.

［44］薛亮. 明清稀见小说汇考［M］. 北京：社会科学文献出版社，1999.

［45］许振东. 17 世纪白话小说的创作与传播——以苏州地区为中心的研究［M］. 北京：中国社会科学出版社，2005.

［46］韩春平. 明清时期南京通俗小说创作与刊刻研究［M］. 广州：暨南大学出版社，2012.

［47］曹立波.《红楼梦》东观阁本研究［M］. 北京：北京图书馆出版社，2004.

［48］王古鲁著，苗怀民整理. 王古鲁小说戏曲论集［M］. 北京：中华书局，2013.

[49] 苗怀民. 二十世纪中国小说文献学述略[M]. 北京：中华书局，2008.

[50] [俄]李福清著，李明滨编选. 古典小说与传说（李福清汉学论集）[M]. 北京：中华书局，2003.

[51] [韩]闵宽东. 中国古典小说在韩国之传播[M]. 上海：学林出版社，1998.

[52] 陈文新，[韩]闵宽东. 韩国所见中国古代小说史料[M]. 武汉：武汉大学出版社，2011.

[53] 崇彝. 道咸以来朝野杂记[M]. 北京：北京古籍出版社，1982.

[54] 叶德辉. 书林清话、书林余话[M]. 湖南：岳麓书社，1999.

[55] 王重民. 中国古籍善本书目（子部）[M]. 上海：上海古籍出版社，1994.

[56] 王重民. 中国善本书提要[M]. 上海：上海古籍出版社，1983.

[57] 瞿冕良. 中国古籍版刻辞典（增订本）[M]. 苏州：苏州大学出版社，2009.

[58] 杨绳信. 中国版刻综录[M]. 西安：陕西人民出版社，1987.

[59] 孙殿起. 贩书偶记附续编[M]. 上海：上海古籍出版社，2000.

[60] 张秀民著，韩琦增订. 中国印刷史（插图珍藏增订版）[M]. 杭州：浙江古籍出版社，2006.

[61] 谭正璧. 弹词叙录[M]. 上海：上海古籍出版社，1981.

[62] 路工. 访书见闻录[M]. 上海：上海古籍出版社，1985.

[63] 京都大学人文科学研究所. 日本京都大学人文科学研究所汉籍分类目录[M]. 日本：京都，1964.

[64] 北京图书馆. 北京图书馆古籍善本书目[M]. 北京：书目文献出版社.

[65] 吕志正. 烟台公共图书馆馆藏古籍书目[M]. 济南:齐鲁书社,2002.

[66] 复旦大学图书馆. 复旦大学图书馆中文古籍善本书目[M]. 上海:复旦大学出版社,1983.

[67] 北京大学图书馆. 北京大学图书馆藏古籍善本书目[M]. 北京:北京大学出版社,1999.

[68] 张宗茹,王恒柱. 山东师范大学图书馆馆藏古籍目录[M]. 济南:齐鲁书社,2003.

[69] 贾晋华. 香港所藏古籍书目[M]. 上海:上海古籍出版社,2003.

[70]《中国书店三十年所收善本书目》,中国书店 1982 年内部刊行。

[71]《中国书店所收善本书目补编》,中国书店 1992 年内部刊行。

[72] 王澄. 扬州刻书考[M]. 扬州:广陵书社,2003.

[73] 江澄波. 江苏刻书[M]. 南京:江苏人民出版社,1993.

[74] 杜信孚,漆身起. 江西历代刻书[M]. 南昌:江西人民出版社,1994.

[75] 龚平如. 江西出版纪事[M]. 南昌:江西人民出版社,1996.

[76] 缪咏禾. 明代出版史稿[M]. 南京:江苏人民出版社,2000.

[77] 谢水顺. 福建古代刻书[M]. 福州:福建人民出版社,1997.

[78] 福建省泉州市鲤城区地方志编纂委员会. 泉州文史资料(1—10 辑汇编)[M]泉州:福建省泉州市鲤城区地方志编纂委员会,1994.

[79] 刘秉荣. 天变:辛亥革命纪实[M]. 北京:人民日报出版社,2010.

[80] 来新夏. 林则徐年谱新编[M]. 天津:南开大学出版社,1997.

［81］朴趾源. 热河日记［M］. 上海：上海书店，1997.

三、期刊论文

［1］张秀民. 明代印书最多的建宁书坊［J］. 文物，1979(6)：S77.

［2］方彦寿. 明代刻书家熊宗立述考［J］. 文献，1987(1)：237—238.

［3］陈大康. 关于熊大木字、名的辨正及其他［J］. 明清小说研究，1991(3)：160—166.

［4］陈大康. 熊大木现象：古代通俗小说传播模式及其意义［J］. 文学遗产，2000(2)：99—113.

［5］黄永年.《天妃娘妈传》校点前言［J］. 古籍整理研究学刊，1989(4).

［6］黄冬柏. 日本内阁文库所藏《熊龙峰四种小说》考论［J］. 中正大学中文学术年刊，2011(1)：

［7］苗怀明. 几部描写于谦事迹的古代通俗小说考论［J］. 明清小说研究，2000，(2)：191—206.

［8］章宏伟. 论清代前期满文出版传播的特色［J］. 河南大学学报(社会科学版)，2009，(1)：80—91.

［9］陈美林. 略论《儒林外史》齐省堂评——纪念吴敬梓逝世240周年［J］. 河北师院学报(社会科学版)，1994，(3)：91—97.

［10］沈伯俊，金文京. 中国和日本：《三国演义》研究的回顾与展望［J］. 文艺研究，2006，(4)：61—75.

［11］潘建国. 晚清扬州吴引孙测海楼及所藏通俗小说考［J］. 上海师范大学学报(哲学社会科学版)，2003，(1).

［12］潘建国. 新见巴黎藏明刊《新刻全像批评西游记》考［J］. 文学遗产，2014，(1)：81—93.

［13］李金泉. 苹华堂刊《皋鹤堂批评第一奇书金瓶梅》版本考［J］. 书目季刊(台湾)，2012，(3).

[14] 涂秀虹,陈旭东.建阳刻本《三国》小说传播衰退原因浅析[J].明清小说研究,2006,(4):82—105.

[15] 汪燕岗.论清代四川雕版印刷下通俗小说的出版[J].四川图书馆学报,2015,(6).

[16] 曦钟.关于《钟伯敬先生批评水浒忠义传》[J].文献,1983,(1):42—52。

[17] 许振东,宋占茹.明代金陵周氏家族刻书成员与书坊考述[J].河北大学学报(哲学社会科学版),2011,(2):105—108.

[18] 孙崇涛.中国戏曲刻家述略[J].戏曲艺术,2005,(02):58—71.

[19] 陈安梅.《水浒传》在日本的传播[J].文艺评论,2014(8):164—168.

[20] 陈旭耀,罗念.明刊《西厢记》的主要佚本简介[J].井冈山学院学报(哲学社会科学版),2008(01).

[21] 陈国代,徐俐华.建阳书林乔山堂刘龙田刊刻书考略[J].飞天,2009,(24).

[22] 汪小洋.邓志谟《铁树记》的另一版本与来源[J].明清小说研究,2000,(4): 118—122.

[23] 吴伟珍.明清时期四堡书坊经营研究[J].福建论坛(人文社会科学版),2012,(S1):14—16.

[24] 李永宸,赖文.岭南医家活用王清任解毒活血汤治疗鼠疫[J].中华中医药杂志,2006(7).

[25] 邹颖文.晚清《三字经》英译本及耶教仿本《解元三字经》概述[J].图书馆论坛,2009,(2):176—178.

[26] 付善明.闽斋堂刊《西游记》篆言评语研究[J].河北北方学院学报(社会科学版),2009,(4).

[27] 曹炳建.《西游记》现存版本系统叙录[J].淮海工学院学报(社会科学版),2010,(10).

[28] 赵云彩. 清代合州文茂堂本川戏《司马貌夜断七贤》研究[J]. 四川戏剧,2013,(3):43—45.

[29] 谢伏琛.《中国通俗小说书目》补遗[J]. 文献,1983,(2):41—45.

[30]杨雨蕾. 朝鲜燕行录所记的北京琉璃厂[J]. 中国典籍与文化,2004,(4):55—63.

[31] 王丹. 经元升记本《绣像批点红楼梦》成书考辨[J]. 红楼梦学刊,2015,(1):90—98.

[32] 林家骊. 哈佛大学哈佛燕京图书馆所藏的《楚辞》典籍[J]. 职大学报,2007,(1):36—39.

[33] 黄青松. 清代连城四堡书坊堂号考究[J]. 福建图书馆理论与实践,2012,(1).

[34] 官桂铨手稿,《清刻单行话本小说〈三国因〉的发现》,书影见孔夫子旧书网.

[35] 官桂铨. 新发现明公案小说《奇快集》[J]. 明清小说研究,2007(3).

[36] 陈旭东. 熊大木身份新考[J]. 福建论坛(人文社会科学版),2012(7): 98—102.

[37] 陈支平. 福建客家的从商性格与连城海丝之路[J]. 历史教学(下半月刊),2016,(02).

[38] 李福清. 奥地利国家图书馆所藏汉文珍本书目[J]. 文献,1992(2):66—74.

[39] 宁稼雨. 尘故庵藏《三国演义》版本述略[J]. 明清小说研究,2006,(4):86—91.

[40] 宁稼雨. 尘故庵藏《西游记》版本述略[J]. 厦门教育学院学报,2007,(3):86—91.

[41] 陈力.《红楼梦》东观阁本小议[J]. 红楼梦学刊,1994,(2):289—297.

［42］陈力.《红楼梦》东观阁本及其相关问题［J］. 红楼梦学刊，2003，(1)：142—156.

［43］陈力.《红楼梦》东观阁本再考［J］. 文献，2003，(1)：160—177.

［44］曹立波.《红楼梦》东观阁本批语对姚燮的直接影响［J］. 红楼梦学刊，2002，(1)：209—228.

［45］赵建忠. 红学史上首部续书《后红楼梦》作者考辨［J］. 明清小说研究，2014，(1)：123—128.

［46］曹炳建.《西游记》佚本探考［J］. 明清小说研究，2011，(2)：114—128.

［47］张文德.《二度梅》版本及成书年代考论［J］. 明清小说研究，2004，(2)：198—208.

［48］周晴. 陶家鹤与《绿野仙踪》试探［J］. 文学遗产，2009，(6)：143—145.

［49］李雄飞，郭琼.《镜花缘》版本补叙［J］. 中国文化研究，2007，(3)：151—155.

［50］李忠明. 明末通俗小说刊刻中心的迁移与小说风格的转变［J］. 中国古代、近代文学研究，2004，(12)：107—113.

［51］李伯重. 明清江南的出版印刷业［J］. 中国经济史研究，2001，(3)：94—107.

［52］叶瑞宝. 苏州书坊刻书考［J］. 江苏出版史志，1992，(3)：78—149.

［53］李国庆.《醒世姻缘传》版本新探(上)［J］. 明清小说研究，2005，(2)：182—190.

［54］李国庆.《醒世姻缘传》版本新探(下)［J］. 明清小说研究，2006，(3)：170—182.

［55］汪燕岗. 明代中晚期南京书坊和通俗小说［J］. 南京社会科学，2004，(10)：55—59.

[56] 王晓华. 清代毛评《绣像第一才子书》(《三国演义》)之考证[J]. 山东档案,2009,(1):54—55.

[57] 王颖. 乾嘉时期白话小说市场及出版方式[J]. 郑州航空工业管理学院学报(社会科学版),2008,(4).

[58] 陈新宪. 邵阳木版书史[J]. 湖南出版史料,1997,(3).

[59] 郭平兴,张楠楠. 1840—1919 年间湖南图书出版业历史背景研究[J]. 湖南科技学院学报,2009,(1):223—225.

[60] 周连宽. 羊城访书偶记(一)书肆巡礼[J]. 广东图书馆学刊,1985,(4):8—11.

[61] 何光涛. 清代亡佚三种屈原戏考论[J]. 民族艺术研究,2012,(2):33—41.

[62] 汪燕岗. 试析清代北京通俗小说的出版与说唱业的关系——以侠义公案小说的形成为例[J]. 北京社会科学,2012,(5):69—76.

四、学位论文

[1] 沈冬丽. 17 世纪末—19 世纪初苏州书坊刻书——以书业堂、扫叶山房为中心[D]. 复旦大学,2009.

[2] 王晓梅. 清代《二度梅》鼓词与小说之比较研究[D]. 山西大学,2007.

[3] 郭小云.《平山冷燕》研究[D]. 山西师范大学,2015.

[4] 邢海阔.《新刻全像牛郎织女传》的研究[D]. 福建师范大学,2008.

[5] 周晴.《绿野仙踪》考论[D]. 山东师范大学,2010.

[6] 鲁春艳. 明代后期建本神魔小说创作与刊刻研究[D]. 黑龙江大学,2009.

[7] 王明远. 省府前街的历史变迁与民俗传承[D]. 山东大学,2007.

[8] 潘建国. 清代后期上海地区的书局与晚清小说[D]. 复旦大学,2002.

[9] 陈惠英. 乾隆朝禁毁通俗小说研究[D]. 暨南大学,2011.

[10] 白薇. 清代中后期广东地区通俗小说研究[D]. 暨南大学,2008.

[11] 邹彬.《三国演义》在明清时期的传播研究[D]. 扬州大学,2010.

[12] 赵洋. 明清杭州、湖州书坊与通俗小说研究[D]. 延边大学,2013.

[13] 孟亭竹. 二十世纪《东周列国志》传播研究[D]. 山东大学,2006.

[14] 王琦. "济公"小说研究[D]. 吉林大学,2007.

附录　明清通俗小说书坊及其所刊小说总数表

国内

序号	省份	府	小说书坊总数(家)	所刊小说总数(种)	小说书坊合计	所刊小说合计
1	江苏	苏州	144	460	321	983
		金陵	92	320		
		扬州	36	103		
		上海	25	67		
		松江	4	5		
		常州	12	15		
		镇江	3	5		
		通州	2	4		
		海门	1	2		
		淮安	1	1		
		太仓	1	1		
2	广东	广州	78	302	109	432
		佛山	27	125		
		嘉应	2	3		
		高州	1	1		
		香港	1	1		

续表

序号	省份	府	小说书坊总数(家)	所刊小说总数(种)	小说书坊合计	所刊小说合计
3	福建	建宁	43	93	87	205
		福州	19	22		
		厦门	7	45		
		泉州	9	26		
		汀州	6	10		
		漳州	3	9		
4	浙江	杭州	53	129	86	184
		嘉兴	10	21		
		绍兴	10	16		
		湖州	6	8		
		宁波	4	4		
		金华	1	3		
		处州	1	2		
		温州	1	1		
5	江西	南昌	7	11	41	144
		金溪	26	110		
		饶州	1	14		
		赣州	3	3		
		广信	1	3		
		南安	1	1		
		吉安	1	1		
		袁州	1	1		

续表

序号	省份	府	小说书坊总数(家)	所刊小说总数(种)	小说书坊合计	所刊小说合计
6	四川	成都	17	56	43	132
		重庆	20	70		
		叙州	2	2		
		绵州	1	1		
		眉州	1	1		
		内江	1	1		
		泸州	1	1		
7	直隶	顺天府	54	121	59	130
		河间	2	5		
		天津	3	4		
8	湖南	长沙	12	17	22	103
		宝庆	7	81		
		常德	1	2		
		岳州	1	2		
		道州	1	1		
9	山东	济南	11	15	25	68
		东昌	5	31		
		烟台	3	9		
		莱州	1	4		
		登州	2	3		
		兖州	1	3		
		青州	2	3		

续表

序号	省份	府	小说书坊总数(家)	所刊小说总数(种)	小说书坊合计	所刊小说合计
10	陕西	西安	3	4	11	30
		同州	5	18		
		兴安	1	5		
		榆林	1	2		
		凤翔	1	1		
11	山西	太原	4	13	5	14
		平阳	1	1		
12	湖北	汉阳	3	3	8	9
		武昌	1	2		
		麻城	1	1		
		德安	1	1		
		荆州	1	1		
		均州	1	1		
13	贵州	安顺	1	6	1	6
14	河南	归德	1	1	4	4
		怀庆	1	1		
		汝宁	1	1		
		南阳	1	1		
15	广西	梧州	1	1	2	2
		桂林	1	1		
16	安徽	合肥	1	1	1	1
17	吉林		1	1	1	1

续表

序号	省份	府	小说书坊总数（家）	所刊小说总数（种）	小说书坊合计	所刊小说合计
18	不明		181	253	181	253
国外						
1	日本		9	10	9	10
总计					**1016**	**2711**